증편 한국구비문학대계

8-23

경상남도 남해군 ①

이 저서는 2008년 정부(교육과학기술부)의 재원으로 한국학중앙연구원(한국학진흥사업단)의 지원을 받아 수행된 연구임.(AKS-2008-AIA-3101)

증편 한국구비문학대계
8-23
경상남도 남해군 ①

박경수 · 정규식 · 류경자 · 서정매 · 정혜란

한국학중앙연구원

역락

발간사

민간의 이야기와 백성들의 노래는 민족의 문화적 자산이다. 삶의 현장에서 이러한 이야기와 노래를 창작하고 음미해 온 것은, 어떠한 권력이나 제도도, 넉넉한 금전적 자원도, 확실한 유통 체계도 가지지 못한 평범한 사람들이었다. 이야기와 노래들은 각각의 삶의 현장에서 공동체의 경험에 부합하였으며, 사람들의 정신과 기억 속에 각인되었다. 문자라는 기록 매체를 사용하지 못하였지만, 그 이야기와 노래가 이처럼 면면히 전승될 수 있었던 것은 그것이 바로 우리 민족의 유전형질의 일부분이 되었기 때문이며, 결국 이러한 이야기와 노래가 우리 민족을 하나의 공동체로 묶어 주고 있는 것이다.

사회와 매체 환경의 급격한 변화 가운데서 이러한 민족 공동체의 DNA는 날로 희석되어 가고 있다. 사랑방의 이야기들은 대중매체의 내러티브로 대체되어 버렸고, 생활의 현장에서 구가되던 민요들은 기계화에 밀려 버리고 말았다. 기억에만 의존하여 구전되던 이야기와 노래는 점차 잊히고 있다. 한국학중앙연구원이 1970년대 말에 개원함과 동시에, 시급하고도 중요한 연구사업으로 한국구비문학대계의 편찬 사업을 채택한 것은 바로 이러한 시대적 상황에 대한 우려와 잊혀 가는 민족적 자산에 대한 안타까움 때문이었다.

당시 전국의 거의 모든 구비문학 연구자들이 참여하였는데, 어려운 조사 환경에서도 80여 권의 자료집과 3권의 분류집을 출판한 것은 그들의 헌신적 활동에 기인한다. 당초 10년을 계획하고 추진하였으나 여러 사정으로 5년간만 추진되었으며, 결과적으로 한반도 남쪽의 삼분의 일에 해당하는 부분만 조사하게 되었다. 그럼에도 불구하고 한국구비문학대계는 주관기관인 한국학중앙연구원의 대표 사업으로 각광 받았을 뿐 아니라, 해방 이후 한국의 국가적 문화 사업의 하나로 꼽게 되었다.

21세기에 들어서면서 한국학중앙연구원에서는 미완성인 채로 남아 있는 구비문학대계의 마무리를 더 이상 미룰 수 없다는 생각으로 이를 증보하고 개정할 계획을 세웠다. 20년 전의 첫 조사 때보다 환경이 더 나빠졌고, 이야기와 노래를 기억하고 있는 제보자들이 점점 줄어들고 있었던 것이다. 때마침 한국학 진흥에 대한 한국 정부의 의지와 맞물려 구비문학대계의 개정·증보사업이 출범하게 되었다.

이번 조사사업에서도 전국의 구비문학 연구자들이 거의 다 참여하여 충분하지 않은 재정적 여건에서도 충실히 조사연구에 임해 주었다. 전국 각지의 제보자들은 우리의 취지에 동의하여 최선으로 조사에 응해 주었다. 그 결과로 조사사업의 결과물은 '구비누리'라는 이름의 데이터베이스에 탑재가 되었고, 또 조사 자료의 텍스트와 음성 및 동영상까지 탑재 즉시 온라인으로 접근할 수 있는 시스템을 갖추었다. 특히 조사 단계부터 모든 과정을 디지털화함으로써 외국의 관련 학자와 기관의 선망의 대상이 되고 있다.

이제 조사사업의 결과물을 이처럼 책으로도 출판하게 된다. 당연히 1980년대의 일차 조사사업을 이어받음으로써 한편으로는 선배 연구자들의 업적을 계승하고, 한편으로는 민족문화사적으로 지고 있던 빚을 갚게 된 것이다. 이 사업의 연구책임자로서 현장조사단의 수고와 제보자의 고귀한 뜻에 감사를 표하지 않을 수 없다. 아울러 출판 기획과 편집을 담당한 한국학중앙연구원의 디지털편찬팀과 출판을 기꺼이 맡아준 역락출판사에 감사를 드린다.

2013년 10월 4일

한국구비문학대계 개정·증보사업 연구책임자 김병선

책머리에

    구비문학조사는 늦었다고 생각하는 지금이 가장 빠른 때이다. 왜냐하면 자료의 전승 환경이 나날이 달라지고 있기 때문이다. 전승 환경이 훨씬 좋은 시기에 구비문학 자료를 진작 조사하지 못한 것이 안타깝게 여겨질수록, 지금 바로 현지조사에 착수하는 것이 최상의 대안이자 최선의 실천이다. 실제로 30여 년 전 제1차 한국구비문학대계 사업을 하면서 더 이른 시기에 조사를 했더라면 하는 아쉬움이 컸는데, 이번에 개정·증보를 위한 2차 현장조사를 다시 시작하면서 아직도 늦지 않았다는 사실을 실감했다.

    구비문학 자료는 구비문학 연구와 함께 간다. 자료의 양과 질이 연구의 수준을 결정하고 연구수준에 따라 자료조사의 과학성이 결정되기 때문이다. 실제로 1차 조사사업 결과로 구비문학 연구가 눈에 띄게 성장했고, 그에 따라 조사방법도 크게 발전되었다. 그러나 연구의 수명과 유용성은 서로 반비례 관계를 이룬다. 구비문학 연구의 수명은 짧고 갈수록 빛이 바래지만, 자료의 수명은 매우 길 뿐 아니라 갈수록 그 가치는 더 빛난다. 그러므로 연구 활동 못지않게 자료를 수집하고 보고하는 일이 긴요하다.

    교육부에서 구비문학조사 2차 사업을 새로 시작한 것은 구비문학이 문학작품이자 전승지식으로서 귀중한 문화유산일 뿐 아니라, 미래의 문화산업 자원이라는 사실을 실감한 까닭이다. 따라서 학계뿐만 아니라 문화계의 폭넓은 구비문학 자료 활용을 위하여 조사와 보고 방법도 인터넷 체제와 디지털 방식에 맞게 전환하였다. 조사환경은 많이 나빠졌지만 조사보고는 더 바람직하게 체계화함으로써 누구든지 쉽게 접속하여 이용할 수 있는

데이터베이스를 구축했다. 그러느라 조사결과를 보고서로 간행하는 일은 상대적으로 늦어지게 되었다.

2차 조사는 1차 사업에서 조사되지 않은 시군지역과 교포들이 거주하는 외국지역까지 포함하는 중장기 계획(2008~2018년)으로 진행되고 있다. 한국학중앙연구원 어문생활연구소와 안동대학교 민속학연구소가 공동으로 조사사업을 추진하되, 현장조사 및 보고 작업은 민속학연구소에서 담당하고 데이터베이스 구축 작업은 한국학중앙연구원에서 담당한다. 가장 중요한 일은 현장에서 발품 팔며 땀내 나는 조사활동을 벌인 조사자들의 몫이다. 마을에서 주민들과 날밤을 새우면서 자료를 조사하고 채록하여 보고서를 작성한 조사위원들과 조사원 여러분들의 수고를 기리지 않을 수 없다. 조사의 중요성을 알아차리고 적극 협력해 준 이야기꾼과 소리꾼 여러분께도 고마운 말씀을 올린다.

구비문학 조사를 전국적으로 실시하여 체계적으로 갈무리하고 방대한 분량으로 보고서를 간행한 업적은 아시아에서 유일하며 세계적으로도 그 보기를 찾기 힘든 일이다. 특히 2차 사업결과는 '구비누리'로 채록한 자료와 함께 원음도 청취할 수 있는 데이터베이스를 구축해서 세계에서 처음으로 인터넷과 스마트폰으로 이용할 수 있는 디지털 체계를 마련했다. '구슬이 서 말이라도 꿰어야 보배'인 것처럼, 아무리 귀한 자료를 모아두어도 이용하지 않으면 소용이 없다. 그러므로 이 보고서가 새로운 상상력과 문화적 창조력을 발휘하는 문화자산으로 널리 활용되기를 바란다. 한류의 신바람을 부추기는 노래방이자, 문화창조의 발상을 제공하는 이야기 주머니가 바로 한국구비문학대계이다.

2013년 10월 4일
한국구비문학대계 개정·증보사업 현장조사단장 임재해

한국구비문학대계 개정·증보사업 참여자 (참여자 명단은 가나다 순)

연구책임자

김병선

공동연구원

강등학	강진옥	김익두	김헌선	나경수	박경수	박경신	송진한	신동흔
이건식	이경엽	이인경	이창식	임재해	임철호	임치균	조현설	천혜숙
허남춘	황인덕	황루시

전임연구원

이균옥   최원오

박사급연구원

| 강정식 | 권은영 | 김구한 | 김기옥 | 김영희 | 김월덕 | 김형근 | 노영근 | 류경자 |
| 서해숙 | 유명희 | 이영식 | 이윤선 | 장노현 | 정규식 | 조정현 | 최명환 | 최자운 |
| 한미옥 |

연구보조원

강아영	고호은	공유경	기미양	김미정	김보라	김영선	박은영	박혜영
백민정A	백민정B	서정매	송기태	신정아	오소현	윤슬기	이미라	이선호
이창현	이화영	임세경	장호순	정혜란	황영태	황은주	황진현

주관 연구기관 : 한국학중앙연구원 어문생활사연구소
공동 연구기관 : 안동대학교 민속학연구소

일러두기

■ 『증편 한국구비문학대계』는 한국학중앙연구원과 안동대학교에서 3단계 10개년 계획으로 진행하는 "한국구비문학대계 개정·증보사업"의 조사 보고서이다.

■ 『증편 한국구비문학대계』는 시군별 조사자료를 각각 별권으로 간행하는 것을 원칙으로 한다. 서울 및 경기는 1-, 강원은 2-, 충북은 3-, 충남은 4-, 전북은 5-, 전남은 6-, 경북은 7-, 경남은 8-, 제주는 9-으로 고유 번호를 정하고, -선 다음에는 1980년대 출판된 『한국구비문학대계』의 지역 번호를 이어서 일련번호를 붙인다. 이에 따라 『증편 한국구비문학 대계』는 서울 및 경기는 1-10, 강원은 2-10, 충북은 3-5, 충남은 4-6, 전북은 5-8, 전남은 6-13, 경북은 7-19, 경남은 8-15, 제주는 9-4권부 터 시작한다.

■ 각 권 서두에는 시군 개관을 수록해서, 해당 시·군의 역사적 유래, 사회·문화적 상황, 민속 및 구비 문학상의 특징 등을 제시한다.

■ 조사마을에 대한 설명은 읍면동 별로 모아서 가나다 순으로 수록한다. 행정상의 위치, 조사일시, 조사자 등을 밝힌 후, 마을의 역사적 유래, 사회·문화적 상황, 민속 및 구비문학상의 특징 등을 중심으로 설명하고, 마을 전경 사진을 첨부한다.

■ 제보자에 관한 설명은 읍면동 단위로 모아서 가나다 순으로 수록한다. 각 제보자의 성별, 태어난 해, 주소지, 제보일시, 조사자 등을 밝힌 후, 생애와 직업, 성격, 태도 등을 중심으로 서술하고, 제공 자료 목록과 사진을 함께 제시한다.

■ 조사 자료는 읍면동 단위로 모은 후 설화(FOT), 현대 구전설화(MPN), 민요(FOS), 근현대 구전민요(MFS), 무가(SRS), 기타(ETC) 순으로 수록한다. 각 조사 자료는 제목, 자료코드, 조사장소, 조사일시, 조사자, 제보자, 구연상황, 줄거리(설화일 경우) 등을 먼저 밝히고, 본문을 제시한다. 자료코드는 대지역 번호, 소지역 번호, 자료 종류, 조사 연월일, 조사자 영문 이니셜, 제보자 영문 이니셜, 일련번호 등을 '_'로 구분하여 순서대로 나열한다.

■ 자료 본문은 방언을 그대로 표기하되, 어려운 어휘나 구절은 ( ) 안에 풀이말을 넣고 복잡한 설명이 필요할 경우는 각주로 처리한다. 한자 병기나 조사자와 청중의 말 등도 ( ) 안에 기록한다.

■ 구연이 시작된 다음에 일어난 상황 변화, 제보자의 동작과 태도, 억양 변화, 웃음 등은 [ ] 안에 기록한다.

■ 잘 알아들을 수 없는 내용이 있을 경우, 청취 불능 음절수만큼 '○○○' 와 같이 표시한다. 제보자의 이름 일부를 밝힐 수 없는 경우도 '홍길○' 과 같이 표시한다.

■ 『증편 한국구비문학대계』에 수록된 모든 자료는 웹(gubi.aks.ac.kr/web) 과 모바일(mgubi.aks.ac.kr)에서 텍스트와 동기화된 실제 구연 음성파일을 들을 수 있다.

차례

설화

● 민요

2. 남해읍

▌조사마을

▌제보자

● 설화

● 민요

3. 서면

4. 설천면

근현대 구전민요

남해군 개관

1. 지리적 위치와 역사

　남해군은 한반도 남단에서 사천시와 여수시 사이에 위치한 섬이다. 제주도, 거제도, 진도, 강화도 다음으로 큰 섬으로 우리나라에서 다섯 번째이다. 세부적으로 남해도와 창선도에 조도, 호도, 노도 등 3개의 유인도와 73개의 무인도로 구성된 도서군을 형성하고 있다. 남해군은 1973년 6월에 노량해협을 잇는 남해대교의 개통으로 육지와 연결되었고, 1980년 6월 창선대교의 개통으로 본도와 연결되었다. 그리고 2003년 4월 남해 창선과 사천시를 잇는 3.4km의 창선·삼천포대교가 개통되어 남해로 드나들기 위한 교통이 훨씬 편해졌다.

　남해군의 총 면적은 357.62km²로 전국 면적의 0.36%이고, 경상남도 면적의 3.40%에 해당된다. 남해군은 북쪽으로 하동군과 사천시에, 동쪽으로 통영시, 서쪽으로 전남 광양시와 여수시, 남쪽으로는 대한해협과 접하고 있는데, 남북 약 30km, 동서 약 26km의 길이를 가진 나비 모양의 섬이다. 남해군의 지세는 망운산(786m), 금산(681m), 원산(627m) 등 높은 산들이 있어 산악지형이 많고 평야지대는 협소한 편이다. 해안은 굴곡이 심하며, 해안선이 302km로 길게 섬을 둘러싸고 있다. 사방이 모두 바다와 접하고 있기 때문에 어족자원이 풍부하고 연근해 어업을 위한 전진기지로서 좋은 조건을 갖추고 있다.

남해의 역사를 살펴보자.

남해는 삼한시대에 남쪽 변한의 12개 부족 국가 중 군미국(軍彌國) 또는 낙노국(樂奴國)에 속하였다고 추측하고 있다. 가야연합시대에는 6가야 중 진주 관할인 고령가야(古寧伽倻)에 속한 것으로 추정한다. 『삼국사기(三國 史記)』의 기록에 의하면, 신문왕 7년(687년)에 남해군을 전야산군(轉也山郡) 이라 칭했으며, 10년(690년)에는 청주(菁州, 현 진주) 관할의 11개 군에 속 했음을 알 수 있다. 경덕왕 16년(757)에는 지방행정제도를 다시 개편하면 서 청주를 강주(康州)로 개칭하고 그 아래에 11군과 27현을 두었는데, 강 주에 속한 전야산군은 남해군으로 개칭되었다. 『고려사(高麗史)』에 의하면, 남해군은 태조 10년(927년) 4월에 전이산향(轉伊山鄕, 구 전야산군)과 노포 향(老浦鄕, 구 난포현), 평서산향(平西山鄕, 구 평산현)이라고 하였다. 성종 14년(995년)에는 진주·합주 관할에 있던 남해군을 남해현으로 개칭하고 현령을 두었다. 창선면은 창선현으로 진주에 속하였으며, 충선왕 때 흥선 현(興善縣)으로 개명되었다. 그런데 왜구의 잦은 침탈로 고려 공민왕 (1351~1353년) 때는 행정치소를 진주 관내의 대야천(大也川), 즉 선천(鐥 川)으로 옮겨야 했던 때도 있었다. 정이오(鄭以吾, 1347~1434)는 『교은문 집(郊隱文集)』에 「남해읍성(南海邑城)」이라는 제목으로 이러한 사실을 기록 하고 있다. 그런데 『고려사』 지리지에서 창선도가 본래 고구려 유질부곡이 었다는 기록으로 보아 고구려 유민으로 구성된 부곡이었음을 알 수 있다. 고려 말에 남해는 문헌과 향토사의 자료 등을 통해 팔만대장경 판각지였 음이 밝혀지고 있고, 또한 몽고가 침입할 때 안전지대로서 국사(國史)가 소 장되어 있었고 삼별초군이 주둔하기도 했던 곳이다.

진주 관내의 대야천으로 옮겼던 남해군의 행정치소는 고려시대에는 복 원되지 못했고 46년 후인 조선 태종 4년(1404년)에야 복원되었다. 하지만 신라와 고려시대에 존재했던 속현 둘은 복원된 기록을 찾을 수 없고, 문헌

상 폐현으로 기록되어 있다. 태종 14년(1414년)에는 군현의 행정구역 개편에 따라 하동현과 합하여 하남현으로 개칭되었다. 이듬해 하동현이 독립하면서 남해현과 진주 관할 금양부곡을 합하여 해양현이라 했다. 1417년 금양부곡이 진주에 다시 합병되어 남해현으로 독립되었다. 세종 1년(1419년)에는 진주에 속해 있던 곤명(昆明)을 남해현에 병합시켜 곤남군(昆南郡)으로 삼았지만, 세종 19년(1437년)에 다시 남해현으로 독립했다. 선조 25년(1592년)부터 남해도는 임진왜란, 정유재란의 전란지가 되어 거의 무인지경이 되었다. 고종 32년(1895년)에 남해현은 남해군으로 개칭되었고, 1906년에는 진주목에 속해 있었던 창선도가 남해군으로 편입되어 8면이 되었다.

근대 이후 남해군은 8면의 행정구역을 계속 유지해 오다가 1979년 남해면이 남해읍으로 승격되어 1읍 7개면이 되었다. 1986년 4월 1일에는 이동면 상주출장소가 상주면으로, 삼동면 미조출장소가 미조면으로 승격되어 남해군의 관할 행정구역은 현재와 같이 1읍 9면, 즉 남해읍, 고현면, 설천면, 서면, 남면, 이동면, 삼동면, 창선면, 상주면, 미조면으로 구분되었다.

2. 자연환경과 관광·산업

남해는 기후가 온난한 곳이다. 겨울철 극한이라 해도 영하 7°를 넘는 때가 별로 없어서 겨울철에도 지내기가 쉽다. 그리고 여름에도 35°C 이상이 되는 날이 극히 드물어 사계절을 지내기가 좋은 지역이다.

그런데 남해는 임야면적이 68%, 농지는 23%에 불과하여 우리나라 섬 중에서 산의 비율이 가장 많은 지역이다. 한때 13만 명이 넘는 인구가 살았던 남해는 이런 지형적 조건에서 생존을 위해 산을 개간하여 논밭을 만들었다. 그것이 남해에 들어서면서 보게 되는 계단식 논밭인데, 남해에서는 이를 '다랭이(다랑이)논'이라 한다. 남해인들은 이 논밭에 마늘, 쌀, 고구마, 시금치 등을 심어 생계를 유지했다. 특히 마늘은 오늘날 남해의 주산지로 전국 생산량의 7%를 차지하고 있다. 그런데 농업은 남해의 주요 산업 중의 하나이지만 농지는 8,091ha, 농가 한 가구당 경지면적은 0.65ha에 불과하다. 남해 농민들은 경지면적이 협소함에도 불구하고 수입개방시대에 대비하기 위해 마늘, 쌀농사 위주의 농업에서 다양한 소득 작물을 개발하는 농업으로 변화를 시도하고 있다. 남해의 특산물인 유자는 향이 뛰어나 전국에서 인기를 끌고 있고, 유자술과 유자차 등 다양한 가공식품을 개발해 판매하고 있다.

남해는 15세기 이후 말을 기르는 유명한 목장지였다. 남해도의 금산목장, 흥선도 즉 창선도의 흥선목장은 유명한 말 목장지였다. 현재 남해는 말 대신 축산업으로 한우를 가장 많이 기르고 있고 젖소, 돼지, 염소, 닭을 기르는 주민들도 많다. 특히 남해의 화전한우는 육질이 뛰어나 농가소득 향상에 큰 도움이 되고 있다.

사면이 바다로 둘러싸인 남해는 수산자원이 풍부하여 연근해어업은 물론 수산양식의 최적지로 유명하다. 302km 해안선과 넓은 연안의 양식장은 우럭, 광어, 전복, 우렁쉥이, 피조개, 굴, 미역, 바지락, 보리새우 등을 양식하고 있으며, 연안 바다에는 감성돔, 삼치, 멸치, 도다리 등이 많이 잡히고 있다. 선박의 출어와 수산물 가공 등을 뒷받침하기 위해 1986년 미조항을 어업전진기지로 삼고 제빙공장, 수산물 판매장, 냉동설비 등을 갖추어 수산 남해의 소득 증대에 힘쓰고 있다. 또한 상주에는 국립수산진흥원에서 설치한 수산종묘배양장이 있어 종묘생산과 기술보급에 힘쓰고 있다.

남해는 천혜의 자연조건과 이순신 관련 역사유적 때문에 관광명소가 많다. 이른바 남해 12경은 대표적인 관광명소로 대부분 국가지정문화재이기도 하다. 1경 남해금산과 보리암, 2경 남해대교와 충렬사, 3경 상주은모래비치, 4경 창선교와 원시어업 죽방렴, 5경 이충무공전몰유허, 6경 가천암수바위와 남면해안, 7경 노도, 서포 김만중 선생 유허, 8경 송정솔바람해변, 9경 망운산과 화방사, 10경 물건방조어부림과 물미해안, 11경 경호구

산과 용문사, 12경 창선-삼천포대교가 바로 그것이다. 이중 특히 남해금산
은 태조 이성계의 건국신화를 간직한 곳으로 이성계 관련 설화가 많이 전
승되는 배경이 된다. 그리고 이순신의 최후 전투 현장이었던 노량해역 등
전적지와 유허지는 이순신 관련 설화를 생성한 역사의 현장이다. 「구운몽」,
「사씨남정기」를 쓴 서포 김만중의 유배지로 알려진 노도 역시 국문학사상
중요한 문학 현장이다.

3. 인구의 동태

남해군의 인구는 인구통계가 남아 있는 1900년대부터 1964년까지 계속
증가상태를 보여 137,914명으로 최고치를 기록하였다. 그러나 1965년 이
후부터 현재까지 점차 감소 추세를 보였다. 도시 중심으로 산업화가 되면
서 농촌 지역의 이농(離農)현상이 점차 가속화되는 한편 도시로의 청년층
이탈이 심화되었기 때문이다. 1985년 말 남해군의 총 인구수는 90,086명
이었는데, 2005년 말 한때 50,000명 이하(46,791명)로 줄어들었다가 2009
년 12월 말 기준 50,767명(남자 24,314명, 여자 25,453명)으로 최고치를
기록한 1964년 말 인구수 대비 36.81%가 되었다.

그런데 남해군은 장수의 고장으로 널리 알려져 있다. 65세 미만 인구는
감소하지만 65세 이상 노년층은 계속 증가 추세를 보였다. 2009년 말 현
재 65세 이상의 노령 인구는 15,004명으로 전체 인구의 29.55%로 거의
30%나 되는데, 이런 현상은 앞으로도 계속될 전망이다. 장수하는 노령 인
구가 증가하는 까닭은 청정지역에 건강에 좋은 마늘을 많이 먹기 때문이
라고 한다. 하지만 인구의 노령화가 가속화됨으로써 빚어지는 문제는 점점
심각해진다고 말할 수 있다. 그런데 남해군에 65세 이상 노인들이 많다는
사실은 구비문학을 조사하는 데에는 유리한 조건이 될 수 있다.

남해군은 노령 인구의 증가와 함께 농가(農家) 가구 수의 감소도 커다란

고민거리이다. 1985년도에 총 가구 수가 21,732호에 농가가 15,215호, 비농가가 6,517호로 농가수와 비농가수의 비율이 70 : 30 정도였으나 2009년 말 기준으로 총가구수 22,223호에 농가수 8,736호, 비농가수 13,487호로 농가수와 비농가수의 비율은 39.3 : 60.7로 나타나고 있어 농가수의 비율이 급격하게 낮아지고 있는 실정이다.

4. 민속과 문화·교육

남해는 오랜 기간 내륙과 분리되어 있었기 때문에 남해 특유의 여러 민속이 전승되고 있다. 정월 대보름의 진대굿기나 더위팔기, 2월 초하룻날의 영등맞이 등 세시명절에 따른 풍속이 다양하다. 이뿐만 아니라 마을을 중심으로 동제와 풍어제를 지내 왔다.

동제의 경우 대체로 음력 10월 상순이나 보름에 행하는데, 마을의 안녕과 풍년을 기원하기 위해 동신(洞神)을 모신 곳이나 마을의 당산나무에서 지낸다. 그런데 남해는 어업을 하는 해안마을이 많기 때문에 풍어제나 용신제를 지내기도 한다. 특히 이동면 화계마을에서는 일제강점기 동안 전승이 중단되었던 '화계배선대'라 하는 풍어제를 1996년부터 화계배선대보존회를 결성하여 다시 복원하였다. 이 화계배선대는 정월 대보름에 지내왔던 이 마을의 풍어제인데, 솟대세우기 → 풍어제 → 배선대 → 대동놀이의 순서로 진행된다.

남면 선구마을에서는 해마다 음력 정월 대보름날에 아랫마을과 윗마을로 나뉘어 '줄끗기'란 민속놀이를 행한다. 이 '선구줄끗기'(남해군 무형문화재 제26호, 2003년 지정)는 일제강점기 동안 사라졌다가 해방 이후에 선구마을 김찬중씨의 노력으로 재현되었고, 이후 보존회가 결성되어 이 놀이를 계속 전승하고 있다. 이 선구줄끗기는 본래 풍농과 풍어를 빌고, 해난사고를 방지하며, 마을의 번영을 위해 놀았던 것인데, 당산제 → 어불림 →

필승고축 → 고싸움 → 줄끗기 → 달집태우기의 순서로 진행된다. 당산제를 지낸 후 진행되는 줄끗기놀이에서 암고가 이기면 풍농, 풍어가 된다고 믿는다. 줄끗기가 끝나면 승부에 관계없이 달집태우기를 하면서 화합을 다짐한다.

남해에는 과거 화방사 중매구패란 놀이패가 있었다 한다. 하지만 현재 이들 놀이패의 놀이는 사라지고 그 실체에 대해서 밝혀진 바도 없다. 화방사 중매구패 이외에도 각 마을마다 매구패들이 있어 마을의 안녕과 풍농·풍어를 비는 매구를 치는 놀이가 있었다. 그렇지만 일제강점기에 민속놀이를 하지 못하게 하면서 매구패들도 차츰 사라졌다. 해방을 맞아 다시 마을에 매구패들이 살아났는데, 특히 서면 장항매구패가 크게 발전하여 남해의 대표농악으로 자리매김을 했다. 그리고 이들 매구패는 남해군의 별칭인 화전(花田)을 매구패의 공식 명칭으로 사용하여 '남해화전공악'이라 하여 오늘날까지 전승하고 있다.

한편, 남해는 제주도, 거제도, 진도 등과 함께 중요한 유배지였다. 남해로 유배를 온 사람들이 고려시대에 7명이고, 조선시대에는 182명이나 된다고 한다. 이중 백이정, 남구만, 김만중, 신위, 이달 등 유명 인물들도 많다. 그리고 이들이 유배 기간에 많은 저술을 남겼다는 점도 기억해둘 필요가 있다. 남해군은 이들 유배문인들이 남긴 문학을 기리기 위해 남해유배문학관을 2010년 11월에 개관하였다. 남해유배문학관은 향토역사실, 유배체험실, 유배문학관 등 전시실을 갖추고 있으면서 김만중문학상을 제정하여 매년 11월 1일 시, 소설, 평론 분야에서 시상한다. 남해는 이외 김홍우 교수가 개인적으로 모은 탈 등 공연예술 자료를 중심으로 '남해국제탈공연예술촌'을 2008년 5월 개관하여 전시하고 있으며, 삼동면에 폐교가 된 초등학교를 꾸며서 2003년 5월에 '남해해오름예술촌'을 개관하여 도자기 등 전통공예품들을 전시하고 있다. 이밖에 삼동면에 나비생태관 등을 갖춘 나비생태공원이 조성되어 있다.

남해군의 교육 환경은 섬지역의 특수성을 감안하여 유치원부터 대학까지 군 지역 내에 설치되어 있다. 중학교의 경우, 남해중과 창선중을 비롯하여 13개교가 있으며, 고등학교로는 남해종합고등학교(1932년 설립), 남해제일고등학교(1932년 설립), 남해해양과학고등학교(1938년 설립) 등 9개교가 있다. 대학으로는 도립남해대학(1992년 7월 설립)이 있다.

5. 구비문학의 전승과 조사

남해군의 구비문학은 오랫동안 제대로 조사되지 못했다. 남해군과 읍·면에서 군지나 읍·면지를 발간하면서 남해지역의 전설과 민요를 수록하고 있기는 하지만, 이들 자료는 군·읍·면에서 독자적으로 조사한 것들이 아닐 뿐만 아니라 구비전승의 현장성이 제대로 드러나지 않는 자료들이다. 가장 최근에 발간된 『남해군지』(남해군청, 2009)에 지역 전설 50편과 민요 163편이 수록되어 있는데, 민요 163편 중 90여 편은 경상대학교 박성석, 박용식 교수가 군청의 지원을 받아 남해군 민요를 조사하여 자료집으로 엮은 『금산 우에 뜬 구름아』(도서출판 열매, 2005)에 수록된 것을 재수록한 것이다. 남해군 민요가 두 교수의 노력에 의해 처음으로 전면 조사된 셈이나, 민요 구연의 현장성을 제대로 살리지 못하고 채록했다.

남해군의 구비문학은 물론 개인적으로도 여러 차례 조사된 바 있다. 설화보다는 민요 자료 조사가 많이 이루어졌다. 설화의 경우, 임석재의 『한국구전설화-경상남도편 1』(평민사, 1993)에 남해의 설화가 일부 채록되어 수록된 바가 있다. 민요의 경우는 일찍부터 조사한 자료들이 있다. 김소운이 편찬한 『언문조선구전민요집』(제일서방, 1929)에 남해 민요 3편이 수록되어 있으며, 임동권이 편찬한 『한국민요집』에도 남해군에서 채록했다는 <징금이타령>, <목도꾼 노래> 등 여러 민요들이 올라 있다. 그리고 강남주는 『남해의 민속문화』(도서출판 둥지, 1991)를 통해 남해 낙도의 어로요로 <쎄노야>를 조사하여 수록하면서 해당 민요의 특징을 논의했다. 남해 군 민요를 악보 또는 별도로 음원을 제공하는 전문적인 조사 성과를 학계 에 보고한 사례들도 있다. 이소라는 『한국의 농요』 제3집(현암사, 1989)에 서 남해의 <모찌는 소리>, <모심기 소리>, <논매는 소리> 등을 채록하 여, 악보와 함께 제시하면서 남해 농요에 대한 간략한 해설을 덧붙였다. 『한국민요대전-경남편』(문화방송, 1994)과 『임석재 채록 한국구연민요자 료집』(민속원, 2004) 등에도 남해의 민요가 여러 편 채록되어 있는데, 이들 자료는 음원자료를 함께 이용할 수 있도록 한 것이 특징이다. 남해군의 설 화와 민요는 남해 출신의 류경자에 의해 폭넓게 조사되었다. 『한국구전설 화집(18~20)-남해군편』(민속원, 2011)을 전설과 민담으로 구분하여 3권으 로 출간했으며, 『현장에서 조사한 구비전승 민요-남해군편』(민속원, 2011) 을 간행했다. 류경자의 조사를 통해 구연 현장성을 제대로 살린 남해군의 설화와 민요 자료를 풍부하게 살필 수 있게 되었다.

남해군의 설화와 민요에 대한 연구가 여러분에 의해 이루어졌다. 강남주 의 『남해의 민속문화』(1991)에서 남해의 어로요에 대한 논의와 함께 「남해 설화의 원초적 세계인식」을 통해 남해 설화를 나름대로 분류하면서 설화 에 나타난 세계인식을 논의했다. 이후 발표된 배도식의 「남해설화의 특성 과 구조」와 류종목의 「남해군 민요의 현상과 특성」(이상 『석당논총』 제25 집, 동아대 석당전통문화연구원, 1997)은 남해군의 설화와 민요 연구를 위 한 디딤돌을 놓았다. 그리고 류경자가 「경남 남해군의 전승민요 연구-<모 심기소리>를 중심으로」(부산대 석사논문, 2002), 「남해군의 장례의식요 연 구」(『한국민요학』 제25집, 한국민요학회, 2009)에 이어 「남해군 전승민요 의 현장론적 연구」(부산대 박사논문, 2010)를 발표하여 남해군 민요의 존 재 양상과 특성을 파악하는 데 크게 기여했다.

한국학중앙연구원의 한국학진흥사업의 일환으로 진행된 『한국구비문학 대계』 개정·증보사업(현장조사는 국립안동대학교의 민속학연구소가 주관

함)의 제1차 3차년도(2011년도) 현장조사 지역 중에 경상남도 남해군이 선정되었다. 경상남도 남해군 구비문학 현장조사단은 박경수(부산외대 교수)를 현장조사 책임자로 하여 정규식, 서정매, 류경자, 정혜란 등 조사연구원과 5명의 학부생 조사보조원을 포함하여 모두 10명으로 구성되었다. 특히 남해 출신으로 남해의 설화와 민요를 여러 차례 조사한 경험이 있는 류경자의 현장조사 참여는 남해군 조사에 큰 도움이 되었다. 조사단 일행은 3개의 조사팀으로 나뉘어 현장조사를 실시했다. 1개 읍과 9개면 중 남해읍은 공동조사 지역으로 정해서 조사하고, 나머지 9개면은 각 팀에서 3개면씩 분담하여 조사하기로 했다.

남해군 구비문학 현장조사는 2011년 1월 10일(월)부터 1월 26일(수)까지 집중적으로 이루어졌으며, 이후 보충조사를 2월 7일(월)~8일(화)과 2월 17일(목)~18일(금)에 실시했다. 먼저 조사단은 두 팀으로 나뉘어 남해읍을 3일간 공동조사를 했다. 남해읍 외의 9개면은 각 면별로 2일 또는 3일씩 일정을 할애하여 조사를 실시했다. 남해군의 읍·면별 조사마을과 각 마을별 조사자료를 차례로 보이면 다음과 같다.

[표 1] 남해읍 조사마을과 조사자료

조사마을	설화	민요	소계	조사마을	설화	민요	소계
선소리 선소마을	9편	18편	27편	차산리 동산마을	2편	6편	8편
서변리 서변마을	7편	0편	7편	차산리 중촌마을	1편	8편	9편
심천리 심천마을	0편	3편	3편	입현리 소입현마을	16편	12편	28편
아산리 아산마을	10편	37편	47편	입현리 토촌마을	3편	23편	26편
아산리 신기마을	1편	12편	13편	평현리 양지마을	7편	21편	28편
차산리 곡내마을	0편	14편	14편				
총계(11개 마을)				설화	56편	민요	154편	210편

[표 2] 고현면 조사마을과 조사자료

조사마을	설화	민요	소계	조사마을	설화	민요	소계
갈화리 화전마을	4편	18편	22편	오곡리 오곡마을	5편	10편	15편
남치리 북남치마을	0편	11편	11편	차면리 차면마을	1편	7편	8편
대사리 대사마을	13편	11편	24편	포상리 포상마을	7편	27편	34편
총계(6개 마을)				설화	30편	민요 84편	114편

[표 3] 설천면 조사마을과 조사자료

조사마을	설화	민요	소계	조사마을	설화	민요	소계
금음리 봉우마을	0편	2편	2편	문항리 모천마을	3편	0편	3편
남양리 남양마을	1편	0편	1편	비란리 정태마을	7편	12편	19편
문의리 왕지마을	3편	45편	48편	진목리 진목마을	10편	9편	19편
문항리 문항마을	4편	0편	4편				
총계(7개 마을)				설화	28편	민요 68편	96편

[표 4] 서면 조사마을과 조사자료

조사마을	설화	민요	소계	조사마을	설화	민요	소계
서상리 서상마을	1편	19편	20편	정포리 우물마을	1편	1편	2편
서호리 서호마을	2편	15편	17편	중현리 회룡마을	0편	11편	11편
연죽리 연죽마을	0편	1편	1편				
총계(5개 마을)				설화	4편	민요 47편	51편

[표 5] 남면 조사마을과 조사자료

조사마을	설화	민요	소계	조사마을	설화	민요	소계
덕월리 구미마을	2편	19편	21편	임포리 임포마을	2편	27편	29편
석교리 석교마을	3편	15편	18편	홍현리 가천마을	10편	38편	48편
선구리 선구마을	3편	20편	23편				
총계(5개 마을)				설화	20편	민요 119편	139편

[표 6] 창선면 조사마을과 조사자료

조사마을	설화	민요	소계	조사마을	설화	민요	소계
당저리 당저1마을	2편	23편	25편	오용리 오용마을	7편	17편	24편
동대리 동대마을	4편	28편	32편	진동리 장포마을	8편	25편	33편
서대리 서대마을	5편	20편	25편				
총계(5개 마을)				설화	26편	민요 113편	139편

[표 7] 이동면 조사마을과 조사자료

조사마을	설화	민요	소계	조사마을	설화	민요	소계
난음리 난양마을	2편	0편	2편	무림리 정거마을	1편	7편	8편
난음리 난음마을	0편	1편	1편	신전리 신전마을	0편	8편	8편
난음리 문현마을	3편	25편	28편	용소리 용소마을	4편	18편	22편
무림리 봉곡마을	2편	28편	30편	초음리 초양마을	0편	13편	13편
총계(8개 마을)				설화	12편	민요 100편	112편

[표 8] 삼동면 조사마을과 조사자료

조사마을	설화	민요	소계	조사마을	설화	민요	소계
동천리 내동천마을	0편	21편	21편	봉화리 내산마을	10편	19편	29편
물건리 물건마을	6편	14편	20편	봉화리 봉화마을	5편	7편	12편
총계(4개 마을)				설화	21편	민요 61편	82편

[표 9] 미조면 조사마을과 조사자료

조사마을	설화	민요	소계	조사마을	설화	민요	소계
미조리 미조마을	17편	7편	24편	송정리 설리마을	5편	9편	14편
미조리 사항마을	0편	22편	22편	송정리 항도마을	0편	21편	21편
송정리 노구마을	6편	0편	6편				
총계(5개 마을)				설화	28편	민요 59편	87편

[표 10] 상주면 조사마을과 조사자료

조사마을	설화	민요	소계	조사마을		설화	민요	소계
상주리 금전마을	1편	29편	30편	양아리 대량마을		0편	24편	24편
상주리 임촌마을	6편	26편	32편					
총계(3개 마을)				설화	7편	민요	79편	86편

이상의 표에서 보듯이, 남해군의 10개 읍·면에서 구비문학을 현장조사한 마을은 모두 59개 마을이며, 이들 마을에서 설화 232편, 민요 884편으로 총 1,116편이 채록되었다. 이중 12개 마을을 조사한 남해읍에서 설화 56편과 민요 154편으로 총 210편을 조사하여 가장 많은 조사 성과를 보였다. 남해읍 다음으로는 남면, 창선면, 고현면의 순으로 많은 구비문학 자료가 조사되었다. 조사 성과가 가장 빈약한 곳은 서면이었다. 설화를 기준으로 보면 남해읍, 고현면, 설천면, 미조면의 순으로 설화가 많이 조사되었으며, 민요를 기준으로 보면 남해읍, 남면, 창선면, 이동면의 순으로 민요가 많이 조사되었다.

설화로는 남해 금산을 배경으로 한 상사바위 설화, 이태조 등극설화 등 인물이나 지형지물에 관한 설화가 많았다. 민요의 경우 <모심기 노래>는 약간 채록하는 정도에 그쳤으며, <논매기 노래>는 거의 채록되지 않았다. 반면 <상여 소리>가 여러 지역에서 채록되었고, 여성 노인들을 중심으로 김쌈을 하며 불렀던 서사민요가 상당수 채록되었다. 남해읍 선소리 선소마을에서 채록한 <전어잡이 소리>는, 류경자에 의해 먼저 채록된 바 있으나, 어로요로 처음 채록된 귀중한 자료로 이번 구비문학 조사의 중요한 성과의 하나이다.

1. 고현면

▌조사마을

경상남도 남해군 고현면 갈화리 화전마을

조사일시 : 2011.1.20

조 사 자 : 박경수, 정규식, 오소현, 공유경

화전마을회관

   화전(花田)마을은 서갈화마을에서 분동한 마을이다. 갈화리는 원래 '갈구지'라고 불렸던 곳으로, 1912년부터 갈구지의 지형이 칡넝쿨 같다고 하여 갈화리라고 불러왔다. 인구의 증가로 1945년에 마을의 동쪽을 동갈화, 서쪽의 서갈화로 나눴다가 이후 1985년에 서갈화에서 다시 분동하여 화전마을이 되었다.

   2004년 12월 기준으로 남자 78명, 여자 87명이 거주하고 있으며 세대수는 총 63세대이다. 생업은 주로 농업 위주이며 수산업에 종사하는 사람도 있다.

이 마을에는 수령이 약 500년 정도 된 느티나무가 있는데 마을에서 대대로 제사를 모시는 신목(神木)이라 한다. 예전에 이 마을에 살던 유동지(劉同志)라는 분이 심었다고 한다.

조사자 일행이 2011년 1월 20일(목), 12시 50분경에 이 마을에 도착하였다. 앞서 오전 11시 경에 왔었지만 마을회관에 사람이 아무도 없어 다른 곳을 방문한 뒤 다시 찾았다. 도착하자마자 갈화 느티나무를 조사한 후 마을회관에서 조사를 시작하였다. 마을회관에는 총 6분의 할머니들이 계셨는데 시금치 수확 철이라 사람들이 적게 왔다고 했다.

제보자들은 조사자 일행을 상당이 반기며 맞아 주었다. 이 마을에서는 안순악(여, 81세) 제보자에게 <곶감이 무서워 도망간 호랑이> 설화 한 편과 <베틀 노래>, <모심기 노래> 등 민요 2편 등 총 세 편의 자료를 조사하였고, 임심순(여, 80세) 제보자에게 <도깨비와 씨름한 할아버지>, <귀신에게 홀려서 공동묘지에 간 할아버지> 등 설화 두 편과 <진도아리랑>, <도라지타령>을 비롯한 민요 등을 조사하였다. 그리고 정소아(여, 86세) 제보자로부터 <물구나무를 서서 호랑이를 쫓은 여자> 설화 한 편과 <청춘가>, <모내기 노래>, <창부타령>를 비롯한 민요 등을 조사하였다.

조사는 약 1시간 30분 정도 진행되었으며 조사는 2시 30분쯤에 완료하였다. 제보자들은 조사자 일행에게 훌륭한 일을 한다고 하면서 다음에 사람이 많을 때 다시 오라고 하였다.

경상남도 남해군 고현면 남치리 북남치마을

조사일시 : 2011.1.21
조 사 자 : 박경수, 정규식, 오소현, 공유경

북남치마을 북남치회관

　북남치(北南峙)마을은 고려·조선시대에 이르기까지 수차례의 왜적 침입에도 마을이 분지(盆地)로 되어 있어 자연의 요새(要塞)로 노출(露出)되지 않아 한 번도 침입을 받지 않았다는 마을이다. 북남치를 남재라고 부르는데 이곳과 설천면 덕신은 재를 넘어야 왕래할 수 있었고 남해에 출입할 때, 덕신역에서 현(縣) 소재지까지 이어지는 도로였으며 고현면의 첫 관문이다. 남치의 북쪽에 위치했다 하여 북남치(北南峙)라 한 것이 오늘까지 그대로 불리고 있다.

　2004년 12월 기준으로 남자 57명, 여자 69명이 거주하고 있으며 총 세대수는 64세대이다. 생업은 주로 농업을 하고 있으며 축산업을 하는 사람도 조금 있다. 이 마을은 박(朴) 씨(氏) 집성촌이다. 67세대 가운데 48세대가 박 씨일 정도로 그 비중이 높다.

　조사자 일행은 1월 21일(금), 오전에 대사마을의 조사를 마치고 점심을 먹은 다음 1시 30분에 이 마을에 도착하였다. 이 마을은 대사마을의 뒤쪽에 있는 마을로 상당히 깊은 골 안으로 들어가야 했다.

마을회관에 도착하자 마을 이장님이 이미 나와서 조사자 일행을 기다리고 있었다. 어제 전화로 조사의 취지와 목적을 충분히 설명하여 조사의 협조를 구한 상태였다. 마을회관에는 19명 정도의 어르신들이 모여 계셨다. 조사는 1시 40분부터 시작하였다.

이 마을에서는 제보자들로부터 조사를 많이 하지는 못하였다. 몇몇 분들이 이야기는 해 주셨으나 자료적 가치가 없는 것이 대부분이었다. 다행이 마을 어르신들이 적극 추천해 주신 이예심(여, 70세) 제보자가 <진도아리랑>과 <도라지타령>, <다리 세기 노래>, <화투타령> 등 민요를 제공해 주었다. 이 제보자는 <진도아리랑>을 아주 잘 구연했다. 예전에 한창 일할 때는 이 노래만 한 시간도 넘게 불렀다고 한다. 하지만 이금은 기억이 나지 않아 조금밖에 모른다고 했다.

조사자 일행은 다른 분들에게도 노래나 이야기를 구연해 달라고 하였으나 대부분 잘 못한다고 하면서 거부하였다. 조사는 약 1시간 가량 진행되었으며 조사를 마친 시간은 2시 40분이었다.

경상남도 남해군 고현면 대사리 대사마을

조사일시 : 2011.1.21
조 사 자 : 박경수, 정규식, 오소현, 공유경

대사(大寺)마을은 예전에 마을 뒷산에 큰 사찰이 있었다는 것에서 마을 이름이 유래되었다고 하기도 하고, 민족의 영산(靈山) 영남 지리산 대청봉의 정기(精氣)를 이어 받은 고현 녹두산의 모습이 평화를 상징하는 사슴머리를 닮았다 하여 이렇게 명명하게 되었다고도 한다.

이와 같은 명산 아래 북쪽은 병풍처럼 찬바람을 막아 주고 전방은 확

트인 양지 바른 곳에 남치 골에서 유유히 흘러내리는 대사천 유역에 옥토의 관당벌이 펼쳐져 오곡이 풍성하게 생산되어 하늘이 점지해 준 축복 받은 명당(明堂)마을이라 할 수 있다. 신라 불교 전성기에 관음사(觀音寺)의 소재지였고 고려시대는 세계문화유산으로 등록된 국보32호인 팔만대장경판(八萬大藏經板)의 판각지(板刻地)로 추정되고 있다.

대사마을회관

구전에 의하면, 신라35대 경덕왕 때 승전법사(勝詮法師)가 망덕사(望德寺)라는 절을 창건(創建)했는데 화재로 소실된 것을 고종3년(1216)에 원묘국사(圓妙國師, 1163~1245)가 제자 원영(元瑩)과 법안(法安)을 시켜 80여 간을 중건(重建)하고 망덕사라 칭하였다고 하며 나라에서 선사(禪師)의 칭호를 받았다고 한다.

이와 같은 절의 유적지는 대사리 88번지의 밭으로 마을 뒤편에 해발 60~70m 능선 위에 있고 이곳에는 와편, 토기, 자기편 등이 매몰되어 있다고 한다. 서쪽으로 뻗은 능선은 종지(오미) 등이며 종각(鐘閣)이 있었다. 한때는 대해동(大海洞)이라 불리기도 했으며 1917년 면제(面制) 실시와 더불어 대사리로 부르게 되었다.

여러 가지 종합해 볼 때, 본 마을에 규모가 상당했던 큰 절이 있었던 것으로 판단된다. 거기에 20여 년 전까지 팔만대장경 판각의 흔적이 있었던 것은 경판 판각과 유관한 것으로 보아진다. 주민들은 유순 근면하고 보수적이며 주로 농사에 종사하고 있다.

2004년 12월 기준으로 남자 73명, 여자 109명이 거주하고 있으며 총 세대수는 97세대이다. 생업은 농업이며 축산업을 하는 사람도 일부 있다. 정씨, 김씨, 박씨 등이 많이 거주하고 있다.

조사자 일행은 1월 21일(금), 오전 10시 10분에 대사마을의 마을회관에 도착했다. 어제 이미 정영준 이장과 통화를 하여 조사차 방문하겠다고 연락이 된 상태였다. 마을회관에 도착하니 노인 1명만 있어서 혹시 어제 이장으로부터 조사자 일행이 온다는 연락을 받았느냐고 물었더니 그렇다고 했다. 그러면서 11시 쯤 되면 사람들이 다 모일 것이라고 했다. 그래서 회관 앞에서 잠시 기다렸다. 마을 노인들이 한 명 두 명 모이기 시작하여 대략 10여 명의 노인들이 마을회관으로 왔다.

조사는 10시 40분부터 시작하였다. 노인들은 조사자 일행을 상당히 반겨 주었으며 조사에도 적극적으로 임하였다. 이 마을에서는 오원주(남, 93세) 제보자로부터 <천 장군과 부인이 내기해서 쌓은 대국산성>, <대사마을의 유래>, <관음포에서 왜적을 물리친 이순신 장군>, <태조 이성계가 이름 지은 금산(錦山)>, <이씨 집안에서 태어난 아기장수>, <무학대사를 놀리다가 봉변당한 태조대왕>, <자신을 데려다 준 귀신을 대접한 사람>, <묏자리 때문에 과부와 혼인한 남자>, <고려장이 없어진 유래>, <호랑이를 타고 가서 홍시를 구해 온 효자> 등의 설화와 <농부가>, <양산도> 등 민요를 조사하였다. 이 제보자는 상당한 학식을 지닌 것 같았으며 역사에 대해서도 상당한 조예가 있었다.

그리고 박재점(여, 78세) 제보자로부터 <지렁이국으로 시어머니를 봉양한 며느리>, <팥을 따다가 만난 귀신> 등의 이야기와 민요 <노랫가락> 등을 조사하였다. 이 제보자는 말이 상당히 빨랐으나 이야기를 아주 실감나게 구연하였다. 그 외 하관칠(남, 79세), 류일화(여, 80세) 등의 제보자들에게 이야기와 노래를 몇 편씩 조사하였다.

조사는 약 1시간 40분 정도 진행되었으며 조사를 마친 시간은 12시 20분이었다. 점심을 먹고 가라는 할머니들의 권유를 뒤로하고 조사자 일행은 가까운 곳으로 점심 식사를 하러 갔다.

경상남도 남해군 고현면 오곡리 오곡마을

조사일시 : 2011.1.22
조 사 자 : 박경수, 정규식, 오소현, 공유경

오곡마을 오곡회관

오곡(梧谷)마을은 언제부터 사람들이 들어와 살았는지 정확한 기록을 알기는 어렵다. 마을 뒷산에 봉우리가 세 개 있어 봉황 3마리가 앉았다고 하여 이 산을 삼봉산(三鳳山)이라 부르고 있다. 대략 500여 년 전 마을이 형성되었다고 하는데 오동나무 숲이 무성하므로 오실이라 부르던 것이 오곡(梧谷)으로 변하였다.

2004년 12월 기준으로 남자 66명, 여자 112명이 거주하고 있으며 총 세대수는 87세대이다. 생업은 주로 농업을 위주로 생활하고 있다. 고씨, 정씨, 김씨 등이 많이 거주하고 있는 실정이다.

조사자 일행은 1월 21일(금) 조사를 진행하던 도중 한 제보자로부터 오곡마을에 사는 박삼영(남, 66세) 씨가 <상여소리> 등 노래를 잘한다는 제보를 받고 오곡마을로 향했다. 하지만 이날은 박삼영 씨를 만나지 못하고 전화로 22일(토) 오전 10시쯤에 마을회관에서 만나자고 약속하였다.

조사자 일행은 1월 22일(토), 아침식사를 마치고 10시에 오곡마을 마을회관에 도착하였다. 박삼영 씨가 미리 도착해 있었고 다른 노인들도 몇 분 있었다. 조사의 취지와 목적을 말한 다음 10시 10분부터 본격적인 조사를 시작하였다.

박삼영 씨는 인근 지역까지 소문난 소리꾼이었다. 특히 <상여소리>를 아주 잘 구연하였다. 이 제보자는 <지신밟기>, <노랫가락>, <청춘가>, <상여소리>, <창부타령>, <양산도> 등의 민요와 <가청곡에서 왜군을 물리친 이순신>, <도술을 부려 쌓은 대국산성>, <사람으로 변하지 못하고 죽은 호랑이> 등의 설화를 제공해 주었다. 그리고 이순선(여, 83세) 제보자는 <사람으로 변하지 못하고 죽은 호랑이>, <죽어서 매미가 된 강피 훑던 여자> 등의 설화를 제공해 주었다.

평소 마을회관에는 할아버지 할머니들이 상당히 많이 모이는데 오늘은 시금치 밭에 일하러 가서 사람들이 많지 않다고 했다. 조사는 대략 1시간 50분가량 지속되었고 마친 시간은 12시였다.

경상남도 남해군 고현면 차면리 차면마을

조사일시 : 2011.1.21
조 사 자 : 박경수, 정규식, 오소현, 공유경

차면마을 차면회관

차면(車面)마을은 북(北)으로는 설천면 월곡리와 경계를 이루고 있으며 남(南)으로는 고현면 방월리(임기미등)와 경계이다. 마을이 형성된 시기는 정확히 알기는 어렵다. 진주진관 남해현지(1775년)의 기록에 의하면 이 마을이 현(縣)의 북쪽 23리에 있다고 되어 있다. 하지만 실제로는 그 이전부터 형성되었을 것으로 보는데, 그 이유는 1663년경부터 거주한 남원(南原) 양(梁)씨의 집성촌과 1728년 진해에서 이주한 김녕(金寧) 김(金)씨, 1755년에 진양(晉陽) 정(鄭)씨, 1810년 이후부터 밀양(密陽) 박(朴)씨와 은진(恩津) 송(宋)씨가 들어와 일가(一家)를 이루며 살고 있기 때문이다. 마을의 구성은 골안, 웃차면, 아래차면, 작은차면으로 나누며 2004년 12월 31일 현재

101호에 263명(남자 121명, 여자 142명)이다.

마을 이름은 벽(壁)에 비녀가 걸린 형상이라 하여 채면(釵面)에서 차면으로 불리었다는 설(說)과 마을의 생김새가 좌로는 이내기끝 우로는 너널끝이 관음포로 향하고 있어 수레(車)의 앞뒤로 길게 된 나무를 한글로 채라고 부르는 것이 변형되어 차면(車面)으로 불린다는 두 설이 있다.

차면 앞바다는 관음포(觀音浦)로 고려시대 정지(鄭地) 장군이 화약을 사용하여 왜구를 무찌른 곳(관음포대첩 1383년)이며, 1598년 11월 19일 노량해전에서 순국한 이순신 장군의 유해가 처음으로 뭍에 오른 곳으로 이순신 장군이 순국한 지 234년이 지난 1832년(순조32)에 수군통제사 이항권이 세운 충무공유허비와 1965년 4월 13일 박정희 대통령이 쓴 이락사(李洛司) 및 대성운해(大星隕海)가 현판에 쓰여 있다. 또한 충무공 유적지 정화사업에 의해 1973년 6월 11일 사적 제232호로 지정 관리되어 오고 있다. 1991년 2월 16일에 세운 첨망대(瞻望臺)와 충무공 순국 400주년을 기념하기 위해 1998년 12월 16일에 세운 유언비[戰方急愼勿言我死]도 유허 내에 있다.

양씨, 김씨, 정씨 등이 많이 거주하고 있으며 생업은 농업과 수산업이 주업이다.

조사자 일행은 북남치마을의 조사를 마친 후 바로 이 마을에 도착하였다. 약 3시 20분경에 도착하였는데 마을회관에는 노인들이 11명 정도 모여 있었다. 평소에는 더 많은 사람들이 모여 있는데 오늘은 밭에 일하러 간 사람들이 많아 적게 모인 것이라 했다.

조사의 목적과 취지를 이야기 한 후, 3시 30분부터 조사를 시작하였다. 많은 청중들이 있었지만 다른 분들은 조사에 적극적으로 임하지 않았다. 대부분 예전에는 많이 알았는데 지금은 기억이 잘 나지 않는다고 구연을 거부했으며 아예 노래는 부르지 못한다고 거부하기도 하였다.

이 마을에서는 서순자(여, 70세) 제보자에게 설화 <며느리 젖을 빤 시아

버지> 한 편과 민요 <창부타령>, <아리랑>, <진주난봉가>, <진도아리
랑> 등의 자료를 조사할 수 있었다. 다른 청중들에게도 조사를 시도했으
나 이루어지지 않았다.

조사는 약 1시간가량 진행되었으며 조사를 마친 시간은 4시 30분이었
다. 이 마을을 끝으로 1월 21일(금)의 조사를 완료하고 숙소로 돌아왔다.

경상남도 남해군 고현면 포상리 포상마을

조사일시 : 2011.1.20
조 사 자 : 박경수, 정규식, 오소현, 공유경

포상마을회관

포상(浦上)마을은 신라 신문왕 당시 '개뫼'라고 불리다가 고려에는 '개상
(介上)'으로 불렸다. 조선조 태종 때 고현면으로 개칭과 함께 포구의 위쪽

에 위치한다고 하여 '포상(浦上)'으로 부르게 되었다고 한다.

2004년 12월 기준으로 남자 58명, 여자 62명이 거주하고 있으며 총 세대수는 54세대이다. 대부분 농업에 종사한다. 성씨로는 정씨, 박씨, 김씨 등이 많이 거주하고 있다.

조사자 일행은 오전에 갈화리의 화전마을에서 조사를 마치고 간단한 점심 식사를 했다. 그리고 1시 30분경에 포상마을의 마을회관을 방문했으나 노인들이 많지 않았다. 노인 서너 분만이 있어서 조금 있다가 다시 오겠다고 하고 잠시 주변의 둘러보았다. 2시 30분경 다시 마을회관을 찾아가니 많은 노인들이 와 있었다. 조사의 취지와 목적을 설명하고 난 뒤 2시 40분부터 본격적인 조사를 시작하였다.

이 마을에서는 정선악(여, 91세) 제보자에게 <베틀 노래>, <창부타령>, <진도아리랑>, <자장가> 등의 민요를 조사하였고, 김명순(여, 82세) 제보자에게 <청춘가>, <심해타령>, <다리 세기 노래>, <진주난봉가> 등을 조사하였으며, 공순점(여, 84세) 제보자에게 <모심기 노래>, <베틀 노래>, <물레 노래>, <진도아리랑> 등을 조사하였다. 특히 류미자(여, 61세) 제보자는 이야기를 많이 해 주었는데 입담도 좋고 목소리도 좋았다. 이 제보자는 <술에 취해 도깨비와 싸운 사람>, <부모 봉양한 삼봉산의 김호랑이>, <곶감이 무서워 도망간 호랑이>, <해와 달이 된 오누이>, <시체 다리를 삶아 어머니를 봉양한 효자>, <고사리를 꺾다가 만난 귀신>, <목 없는 귀신을 만나 병이 든 사람> 등의 이야기를 제공해 주었다.

조사자 일행은 약 2시간가량 조사를 진행한 다음, 4시 40분경에 조사를 마쳤다. 노인들이 저녁을 먹고 가라고 권유하였으나 다른 팀이 기다리고 있어서 안 된다고 사양하고 돌아왔다.

▎ 제보자

공순점, 여, 1928년생

주 소 지 : 경상남도 남해군 고현면 포상리 포상마을
제보일시 : 2011.1.20
조 사 자 : 박경수, 정규식, 오소현, 공유경

공순점은 1928년 무진생으로 용띠이다.
남면 임포리 임포마을에서 4녀 중 셋째로
태어났다.

초등학교 2년을 다녔고 과거에 농사를 지
었지만 지금은 경작을 하지 않는다. 18살에
결혼하여 3남 3녀를 두었다. 자녀들은 모두
객지에 나갔고 남편은 10년 전에 작고했다.

제보자는 조사자의 선창에 맞춰 기억을
더듬으면서 노래를 불렀다. 말씀이 없는 조용한 성격이다. 발음이 정확했
으며 구연을 할 때는 눈을 감고 손뼉을 치며 노래를 불렀다.

제공한 자료는 민요 <모심기 노래>, <베틀 노래>, <물레 노래>, <진
도아리랑> 등이다. 제보자는 자신의 할머니로부터 노래를 듣고 익힌 것이
라 했다.

제공 자료 목록
04_04_FOS_20110120_PKS_KSJ_0001 진도아리랑
04_04_FOS_20110120_PKS_KSJ_0002 노랫가락 / 그네 노래
04_04_FOS_20110120_PKS_KSJ_0003 모심기 노래 (1)
04_04_FOS_20110120_PKS_KSJ_0004 베틀 노래
04_04_FOS_20110120_PKS_KSJ_0005 물레 노래
04_04_FOS_20110120_PKS_KSJ_0006 모심기 노래 (2)

04_04_FOS_20110120_PKS_KSJ_0007 청춘가
04_04_FOS_20110120_PKS_KSJ_0008 뒷동산에 딱따구리는
04_04_FOS_20110120_PKS_KSJ_0009 시내 방천에

김명순, 여, 1930년생

주 소 지 : 경상남도 남해군 고현면 포상리 포상마을
제보일시 : 2011.1.20
조 사 자 : 박경수, 정규식, 오소현, 공유경

　김명순은 1930년 경오생으로 말띠이다.
남해군 남해읍 심천리에서 4남 3녀 중 막내
로 태어났다. 일본에서 초등학교 3년을 다녔
고 예전에는 농사를 지었다. 21살에 결혼하
여 슬하에 3남 3녀를 두었다. 자녀들은 모두
객지에 나갔고 10년 전에 남편을 잃었다.

　제보자는 옆에 있던 할머니들이 노래를
잘한다고 추천을 한 분이다. 숨이 차는데도
불구하고 노래를 끝까지 불러 주었다. 노래를 부를 때 옛 생각이 많이 난
다며 눈물을 짓기도 했다.

　제공한 자료는 민요 <청춘가>, <심해타령>, <다리 세기 노래>, <진
주난봉가> 등이다. 제보자는 이 노래들이 예전에 입에서 나오는 대로 불
렀던 노래들이라고 했다.

제공 자료 목록
04_04_FOS_20110120_PKS_KMS_0001 심해타령
04_04_FOS_20110120_PKS_KMS_0002 청춘가
04_04_FOS_20110120_PKS_KMS_0003 진주난봉가
04_04_FOS_20110120_PKS_KMS_0004 강진 바다 갈포래는
04_04_FOS_20110120_PKS_KMS_0005 성주풀이

04_04_FOS_20110120_PKS_KMS_0006 모심기 노래
04_04_FOS_20110120_PKS_KMS_0007 총각아 총각아
04_04_FOS_20110120_PKS_KMS_0008 다리 세기 노래
04_04_FOS_20110120_PKS_KMS_0009 잠자리 잡는 노래

김소처자, 여, 1921년생

주 소 지 : 경상남도 남해군 고현면 갈화리 화전마을
제보일시 : 2011.1.20
조 사 자 : 박경수, 정규식, 오소현, 공유경

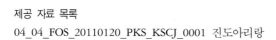

김소처자는 1921년 신유생으로 닭띠이다.
경상남도 남해군 남해읍 선소리 선소마을에
서 태어났다. 결혼 후 고현면 화전리 화전마
을로 이사를 와서 지금은 혼자 살고 있다.
1938년 18세에 결혼하여 슬하에 1남 3녀를
두었다. 자녀들은 부산 등 객지에 살고 있고
10여 년 전 남편을 잃었다.

제보자는 말이 별로 없고 부끄러움을 많
이 탔지만 잘 웃었다. 다른 분들의 노래를 잘 경청하다가 노래를 한 곡 불
러 주었다. 제공한 자료는 <진도아리랑>이다. 제보자는 이 노래를 어렸을
때 친정어머니에게 듣고 배웠다고 한다.

제공 자료 목록
04_04_FOS_20110120_PKS_KSCJ_0001 진도아리랑

류미자, 여, 1951년생

주 소 지 : 경상남도 남해군 고현면 포상리 포상마을
제보일시 : 2011.1.20

조 사 자 : 박경수, 정규식, 오소현, 공유경

류미자는 1951년 신묘생으로 토끼띠이다. 남해읍 야촌마을에서 1남 4녀 중 셋째로 태어났다. 20살에 결혼하여 슬하에 3형제를 두었고 10년 전에 남편을 잃었다.

제보자는 목청이 무척 크고 목청만큼이나 성격도 시원시원했다. 구연에 적극적이고 말솜씨도 뛰어났다. 사투리를 많이 사용했다. 노래를 모른다고 하면서 이야기를 많이 구술해 주셨다.

제공한 자료는 설화 <술에 취해 도깨비와 싸운 사람>, <삼부모 봉양한 삼봉산의 김호랑이>, <곶감이 무서워 도망간 호랑이>, <해와 달이 된 오누이>, <시체 다리를 삶아 어머니를 봉양한 효자>, <고사리를 꺾다가 만난 귀신>, <목 없는 귀신을 만나 병이 든 사람> 등이다.

제공 자료 목록

04_04_FOT_20110120_PKS_LMJ_0001 술에 취해 도깨비와 싸운 사람
04_04_FOT_20110120_PKS_LMJ_0002 부모 봉양한 삼봉산의 김호랑이
04_04_FOT_20110120_PKS_LMJ_0003 곶감이 무서워 도망간 호랑이
04_04_FOT_20110120_PKS_LMJ_0004 해와 달이 된 오누이
04_04_FOT_20110120_PKS_LMJ_0005 시체 다리를 삶아 어머니를 봉양한 효자
04_04_FOT_20110120_PKS_LMJ_0006 고사리를 꺾다가 만난 귀신
04_04_FOT_20110120_PKS_LMJ_0007 목 없는 귀신을 만나 병이 든 사람

류일화, 여, 1932년생

주 소 지 : 경상남도 남해군 고현면 대사리 대사마을
제보일시 : 2011.1.21
조 사 자 : 박경수, 정규식, 오소현, 공유경

류일화는 1932년 임신생으로 원숭이띠이다. 경상남도 남해군 서면 노구리에서 태어났다. 3녀 중 첫째이다. 어려서부터 농사를 지었다. 30살에 결혼하여 슬하에 1남 2녀를 두었다. 자녀들은 서울, 부산, 창원 등 객지에 살고 있다. 남편은 20년 전 작고했고 지금은 대사마을에서 혼자 살고 있다.

제보자는 조사에 대해 많은 관심을 가지며 적극적으로 즐겁게 참여해 주었다. 소리도 잘 내고 감성도 풍부하여 환하게 웃으며 노래를 불러 주었다. 제공한 자료는 <태평가>, <각설이타령> 등이다. 제보자는 이 노래를 어렸을 때 어머니에게 듣고 알았다고 했다.

제공 자료 목록
04_04_FOS_20110121_PKS_RIH_0001 백두산이 무너져서
04_04_FOS_20110121_PKS_RIH_0002 태평가
04_04_FOS_20110121_PKS_RIH_0003 각설이타령

박삼영, 남, 1946년생

주 소 지 : 경상남도 남해군 고현면 오곡리 오곡마을
제보일시 : 2011.1.22
조 사 자 : 박경수, 정규식, 오소현, 공유경

박삼영(朴三榮)은 1946년 병술생으로 개띠이다. 본관은 밀양으로 경상남도 남해군 고현면 오곡리 오곡마을에서 태어났다. 1남 5녀 중 막내이다. 초등학교 졸업을 마치고 농사를 지었다. 지금까지도 농사를 짓고 있고, 6년 동안 하던 이장을 올해 그만 두었다.

21살에 결혼하여 슬하에 2남 2녀를 두었다. 자녀들은 객지에 살고 있고 아내와 함께 오곡마을에서 살고 있다.

제보자는 조사자들이 직접 찾아가 조사를 했다. 목소리가 크고 적극적으로 조사에 참여하여 노래를 불러 주었다. 악기도 없고 뒷소리를 받아줄 사람이 없어 안타까워했지만 끝까지 열심히 불러 주었다.

제공한 자료는 <지신밟기 노래>, <노랫가락>, <청춘가>, <상여소리>, <창부타령>, <양산도> 등 여러 노래와 설화 <가청곡에서 왜군을 물리친 이순신>, <도술을 부려 쌓은 대국산성>, <사람으로 변하지 못하고 죽은 호랑이> 등을 제공해 주었다. 제보자는 이 노래를 어렸을 때 듣고 배웠으며 커서는 직접 가르치기도 했다고 한다.

제공 자료 목록
04_04_FOT_20110122_PKS_PSY_0001 가청곡에서 왜군을 물리친 이순신
04_04_FOT_20110122_PKS_PSY_0002 도술을 부려 쌓은 대국산성
04_04_FOT_20110122_PKS_PSY_0003 사람으로 변하지 못하고 죽은 호랑이
04_04_FOS_20110122_PKS_PSY_0001 지신밟기 노래
04_04_FOS_20110122_PKS_PSY_0002 상여소리(상여를 일으켜 세울 때)
04_04_FOS_20110122_PKS_PSY_0003 상여소리(오르막길을 오를 때)
04_04_FOS_20110122_PKS_PSY_0004 상여소리(상여를 놓을 때)
04_04_FOS_20110122_PKS_PSY_0005 방아타령
04_04_FOS_20110122_PKS_PSY_0006 자진방아타령
04_04_FOS_20110122_PKS_PSY_0007 노랫가락
04_04_FOS_20110122_PKS_PSY_0008 청춘가
04_04_FOS_20110122_PKS_PSY_0009 창부타령
04_04_FOS_20110122_PKS_PSY_0010 양산도

박재점, 여, 1934년생
주 소 지 : 경상남도 남해군 고현면 대사리 대사마을
제보일시 : 2011.1.21

조 사 자 : 박경수, 정규식, 오소현, 공유경

박재점은 1934년 갑술생으로 개띠이다. 경상남도 남해군 설천면 진목리에서 2남 2녀 중 둘째로 태어났다. 18살 나이에 진종연 할아버지(83세)와 결혼하여 슬하에 1남 4녀를 두었다. 자녀들은 부산, 거제, 여수 등 객지로 나갔고 지금은 남편 진종연과 함께 대사마을에서 살고 있다.

제보자는 말 속도가 빠른 편이다. 조사에 적극적으로 참여했으며 이야기를 할 때는 생동감 있게 구술했다.

제공한 자료는 <지렁이국으로 시어머니를 봉양한 며느리>, <팥을 따다가 만난 귀신> 등 이야기 두 편과 <노랫가락> 1편이다. 제보자는 이 <노랫가락>은 어렸을 때 모심고 일하면서 들은 것이라고 했다.

제공 자료 목록

04_04_FOT_20110121_PKS_PJJ_0001 지렁이국으로 시어머니를 봉양한 며느리
04_04_FOT_20110121_PKS_PJJ_0002 팥을 따다가 만난 귀신
04_04_FOS_20110121_PKS_PJJ_0001 노랫가락

서순자, 여, 1942년생

주 소 지 : 경상남도 남해군 고현면 차면리 차면마을
제보일시 : 2011.1.21
조 사 자 : 박경수, 정규식, 오소현, 공유경

서순자는 1942년생으로 말띠이다. 남해군 서면 도산리 도산마을에서 태어났다. 과거에는 농사를 지었다. 20살에 결혼하여 슬하에 1남 5녀를 두었다. 자녀들은 모두 객지에 나갔고 15년 전 남편을 잃고 혼자 살고 있다.

제보자는 노래할 때 발장단을 맞추며 즐
겁게 노래를 불러 주었다. 노래가 길어도 끝
까지 불렀다. 조사자들의 요청에 노래를 바
로바로 불러 주었다.

제공한 자료는 설화 <며느리 젖을 빤 시
아버지> 한 편과 <창부타령>, <아리랑>,
<진주난봉가>, <진도아리랑> 등의 노래이
다. 제보자는 이 노래들을 어렸을 때부터 친
정어머니에게 듣고 배웠다고 했다.

제공 자료 목록

04_04_FOT_20110121_PKS_SSJ_0001 며느리 젖을 빤 시아버지
04_04_FOS_20110121_PKS_SSJ_0001 창부타령
04_04_FOS_20110121_PKS_SSJ_0002 임은 가고 봄은 오니
04_04_FOS_20110121_PKS_SSJ_0003 진주난봉가
04_04_FOS_20110121_PKS_SSJ_0004 아리랑
04_04_FOS_20110121_PKS_SSJ_0005 진도아리랑

안순악, 여, 1931년생

주 소 지 : 경상남도 남해군 고현면 갈화리 화전마을
제보일시 : 2011.1.20
조 사 자 : 박경수, 정규식, 오소현, 공유경

안순악은 1931년 신미생으로 양띠이다.
경상남도 남해군 설천면에서 태어났다. 4남
2녀 중 둘째로 태어났다. 3살 때 남해군 삼
동면으로 이사 갔다. 남해군 고현면으로 18
살 때 시집오면서 다니던 야학을 그만두었
다고 한다. 슬하에 4남 2녀를 두었다. 자녀

들은 객지에 살고 있고 7년 전 남편을 잃고 현재는 혼자 살고 있다.

제보자는 기억이 나지 않아 못 부른다고 하면서도 아는 데까지 열심히 불러 주었다. 제공한 자료는 설화 <곶감이 무서워 도망간 호랑이> 한 편과 민요 <베틀 노래>, <모심기 노래> 등이다. 제보자는 어렸을 때 들었던 노래가 갑자기 생각나서 불러 주었다고 했다.

제공 자료 목록
04_04_FOT_20110120_PKS_ASA_0001 곶감이 무서워 도망간 호랑이
04_04_FOS_20110120_PKS_ASA_0001 베틀 노래
04_04_FOS_20110120_PKS_ASA_0002 모심기 노래

오원주, 남, 1929년생

주 소 지 : 경상남도 남해군 고현면 대사리 대사마을
제보일시 : 2011.1.21
조 사 자 : 박경수, 정규식, 오소현, 공유경

오원주는 1929년 기사생으로 뱀띠이다. 경상남도 남해군 고현면 대사리에서 태어났다. 3대 독자로 태어났다. 초등학교를 졸업하고 농사를 지었다. 슬하에 1남 5녀를 두었다. 자녀는 객지에 살고 있고 현재는 류순아(79세)와 함께 대사마을에서 살고 있다.

제보자는 많은 이야기를 해 주면서도 힘든 내색 없이 웃으며 구술했다. 말의 속도가 조금 느리며 가끔 더듬거리기도 했다. 조사자가 유도하지 않아도 먼저 구술해 주었으며, 조사자 일행은 즐겁게 이야기를 듣는 시간을 보냈다.

제공한 자료는 <천 장군과 부인이 내기해서 쌓은 대국산성>, <대사마을의 유래>, <관음포에서 왜적을 물리친 이순신 장군>, <태조 이성계가

이름 지은 금산(錦山)>, <이씨 집안에서 태어난 아기장수>, <무학대사를 놀리다가 봉변당한 태조대왕>, <자신을 데려다준 귀신을 대접한 사람>, <묏자리 때문에 과부와 혼인한 남자>, <고려장이 없어진 유래>, <호랑이를 타고 가서 홍시를 구해 온 효자> 등의 이야기와 <농부가>, <양산도> 등의 민요이다. 제보자는 노래와 이야기들은 어렸을 때 듣고 배운 것이라고 했다.

제공 자료 목록

04_04_FOT_20110121_PKS_OWJ_0001 천 장군과 부인이 내기해서 쌓은 대국산성
04_04_FOT_20110121_PKS_OWJ_0002 대사마을의 유래
04_04_FOT_20110121_PKS_OWJ_0003 관음포에서 왜적을 물리친 이순신 장군
04_04_FOT_20110121_PKS_OWJ_0004 태조 이성계가 이름 지은 금산(錦山)
04_04_FOT_20110121_PKS_OWJ_0005 이씨 집안에서 태어난 아기장수
04_04_FOT_20110121_PKS_OWJ_0006 무학대사를 놀리다가 봉변당한 태조대왕
04_04_FOT_20110121_PKS_OWJ_0007 자신을 데려다준 귀신을 대접한 사람
04_04_FOT_20110121_PKS_OWJ_0008 묏자리 때문에 과부와 혼인한 남자
04_04_FOT_20110121_PKS_OWJ_0009 고려장이 없어진 유래
04_04_FOT_20110121_PKS_OWJ_0010 호랑이를 타고 가서 홍시를 구해 온 효자
04_04_FOS_20110121_PKS_OWJ_0001 농부가
04_04_FOS_20110121_PKS_OWJ_0002 양산도
04_04_FOS_20110121_PKS_OWJ_0003 호박넝쿨 박넝쿨은
04_04_FOS_20110121_PKS_OWJ_0004 노랫가락 / 백두산성은 하도진이요

이순선, 여, 1929년생

주 소 지 : 경상남도 남해군 고현면 오곡리 오곡마을
제보일시 : 2011.1.22
조 사 자 : 박경수, 정규식, 오소현, 공유경

이순선은 1929년 기사생으로 뱀띠이다. 본관은 달성으로 경상남도 남해군 고현면 오곡리 오곡마을에서 태어났다. 1남 7녀 중 셋째로 태어났다.

16살에 결혼하여 슬하에 6남 3녀를 두었다. 자녀들은 객지에 살고 있고, 혼자서 고현면 오곡리 오곡마을 살고 있다. 종교는 천도교 라고 했다.

제보자는 말의 속도가 빨랐다. 제공한 자료는 <사람으로 변하지 못하고 죽은 호랑이>, <죽어서 매미가 된 강피 훑던 여자> 등 설화 두 편이다. 제보자는 이 이야기들을 어렸을 때 나무하러 다니면서 들었다고 했다.

제공 자료 목록
04_04_FOT_20110122_PKS_LSS_0001 사람으로 변하지 못하고 죽은 호랑이
04_04_FOT_20110122_PKS_LSS_0002 죽어서 매미가 된 강피 훑던 여자

이예심, 여, 1941년생

주 소 지 : 경상남도 남해군 고현면 남치리 북남치마을
제보일시 : 2011.1.21
조 사 자 : 박경수, 정규식, 오소현, 공유경

이예심은 1941년 신사생으로 말띠이다. 경상남도 남해군 서면 남상리에서 태어났다. 지금도 계속 농사를 짓고 있다. 23살에 결혼하여 슬하에 1남 6녀를 두었다. 자녀들은 모두 객지에 나갔고 현재 남편과 살고 계신다.

제보자는 고운 말투를 가졌고 부끄러움을 많이 타지만 노래를 부를 때는 적극적이었다. 노래를 더 많이 알고 있는 것 같았지만

부끄러움 때문인지 많이 불러 주지 않았다. 노래를 계속 부르지 못한다고 했지만 조사자가 유도하면 바로바로 불러 주었다.

제공한 자료는 5곡이다. 이 제보자는 <진도아리랑> 잘 불렀다. <도라지타령>, <다리 세기 노래>, <화투타령>도 제공해 주었다. 이들 노래는 어렸을 때 농사를 하면서 듣고 따라 부르면서 익힌 것이라고 했다.

제공 자료 목록
04_04_FOS_20110121_PKS_LYS_0001 진도아리랑 (1)
04_04_FOS_20110121_PKS_LYS_0002 도라지타령
04_04_FOS_20110121_PKS_LYS_0003 진도아리랑 (2)
04_04_FOS_20110121_PKS_LYS_0004 다리 세기 노래
04_04_FOS_20110121_PKS_LYS_0005 화투타령

임심순, 여, 1932년생

주 소 지 : 경상남도 남해군 고현면 갈화리 화전마을
제보일시 : 2011.1.20
조 사 자 : 박경수, 정규식, 오소현, 공유경

임신순은 1932년 임신생으로 원숭이띠이다. 경상남도 남해군 고현면 갈화리 화전마을에서 1남 3녀 중 막내로 태어났다. 17살의 나이로 결혼하여 슬하에 4남 2녀를 두었다. 자녀들은 객지에 살고 있고 10여 년 전 남편을 잃고 남해군 고현면 갈화리 화전마을에서 혼자 살고 있다.

제보자는 손이 큰 것이 특징이다. 박수를 치며 노래를 잘 불렀다. 주저하지 않고 노래를 불러 주어서 분위기를 화기애애했다. 노랫말을 자세히 설명해 주기도 했다.

제공한 자료는 <도깨비와 씨름한 할아버지>, <귀신에게 홀려서 공동묘지에 간 할아버지> 등 설화 두 편과 <진도아리랑>, <도라지타령> 등의 민요들이다. 이들 노래와 이야기는 어렸을 때 동네에서 살면서 듣고 기억하는 것이라고 했다.

제공 자료 목록

04_04_FOT_20110120_PKS_ISS_0001 도깨비와 씨름한 할아버지

04_04_FOT_20110120_PKS_ISS_0002 귀신에게 홀려서 공동묘지에 간 할아버지

04_04_FOS_20110120_PKS_ISS_0001 진도아리랑 (1)

04_04_FOS_20110120_PKS_ISS_0002 남산 위에 뜬 구름아

04_04_FOS_20110120_PKS_ISS_0003 진도아리랑 (2)

04_04_FOS_20110120_PKS_ISS_0004 우리네 서방님

04_04_FOS_20110120_PKS_ISS_0005 도라지타령

정선악, 여, 1921년생

주 소 지 : 경상남도 남해군 고현면 포상리 포상마을
제보일시 : 2011.1.20
조 사 자 : 박경수, 정규식, 오소현, 공유경

정선악은 1921년 신유생으로 닭띠이다. 2남 4녀 중 막내로 태어났다. 과거에는 농사를 지었고 17세에 결혼하여 아들 둘을 낳았다. 아들은 둘 다 객지에 있다. 현재 혼자 포상마을에 거주하고 있으며 종교는 무교이다.

제보자는 노래를 많이 알고 있으며 목청도 좋았다. 구연을 할 때는 손으로 바닥을 치면서 불렀다. 연세가 많음에도 불구하고 노래를 길게 잘 불렀다. 구연 중간에 노래에 대한 설명도 해 주었으며 긴 노래도 잘 불렀다.

제공한 자료는 민요 <베틀 노래>, <창부타령>, <진도아리랑>, <자장가> 등이다. 제보자는 부모님과 형제들에게 노래를 들으며 배웠다고 하였다.

제공 자료 목록

04_04_FOS_20110120_PKS_JSA1_0001 베틀 노래
04_04_FOS_20110120_PKS_JSA1_0002 창부타령 (1)
04_04_FOS_20110120_PKS_JSA1_0003 진도아리랑 (1)
04_04_FOS_20110120_PKS_JSA1_0004 창부타령 (2)
04_04_FOS_20110120_PKS_JSA1_0005 진도아리랑 (2)
04_04_FOS_20110120_PKS_JSA1_0006 자장가

정소아, 여, 1926년생

주 소 지 : 경상남도 남해군 고현면 갈화리 화전마을
제보일시 : 2011.1.20
조 사 자 : 박경수, 정규식, 오소현, 공유경

정소아는 1926년 병인생으로 호랑이띠이
다. 경상남도 남해군 서면 서호리에서 2남 3
녀 중 둘째로 태어났다. 17살에 결혼하여 슬
하에 4남 2녀를 두었다. 자녀들은 객지에 살
고 있다. 1949년, 즉 50여 년 전 남편을 잃
고 현재 큰아들과 며느리와 살고 있다.

제보자는 부끄러운지 계속 손으로 입을
가리며 웃었다. 노래를 많이 기억하고 있는

만큼 많이 불러 주었고 발음이 정확하고 목소리도 커서 모두가 즐겁게 흥
겨워했다.

제공한 자료는 설화 <물구나무를 서서 호랑이를 쫓은 여자>와 민요
<청춘가>, <모내기 노래>, <창부타령> 등이다. 제보자는 이 노래와 이
야기를 어렸을 때 친구들과 일하면서 듣고 배웠다고 했다.

제공 자료 목록

04_04_FOT_20110120_PKS_JSA_0001 물구나무를 서서 호랑이를 쫓은 여자
04_04_FOS_20110120_PKS_JSA_0001 청춘가
04_04_FOS_20110120_PKS_JSA_0002 창부타령 (1)
04_04_FOS_20110120_PKS_JSA_0003 니 정 내 정은
04_04_FOS_20110120_PKS_JSA_0004 설천 모너리 조내기밴가
04_04_FOS_20110120_PKS_JSA_0005 창부타령 (2)

하관칠, 남, 1933년생

주 소 지 : 경상남도 남해군 고현면 대사리 대사마을
제보일시 : 2011.1.21
조 사 자 : 박경수, 정규식, 오소현, 공유경

하관칠은 1933년 계유생으로 닭띠이다.
경상남도 남해군 고현면 대사리 대사마을에
서 첫째로 태어났다. 초등학교를 졸업하고
노동일을 하였다. 슬하에 3남 2녀를 두었다.
자녀들은 객지에 살고 있고 36년 전 아내를
여의고 지금은 혼자 살고 있다.

제보자는 목소리가 굵고 차분하여 이야기
를 천천히 구술하였다. 조사 내내 밝은 웃음
으로 청중들까지 기분 좋게 만들었다.

제공한 자료는 노래 <창부타령> 한 곡과 설화 <옷을 벗고 뒷걸음 쳐
서 호랑이를 쫓은 여자> 한 편으로 총 두 편이다. 제보자는 노래는 귀동
냥해서 알았다고 했다.

제공 자료 목록

04_04_FOT_20110121_PKS_HGC_0001 옷을 벗고 뒷걸음 쳐서 호랑이를 쫓은 여자
04_04_FOS_20110121_PKS_HGC_0001 창부타령

술에 취해 도깨비와 싸운 사람

자료코드 : 04_04_FOT_20110120_PKS_LMJ_0001
조사장소 : 경상남도 남해군 고현면 포상리 포상마을
조사일시 : 2011.1.20
조 사 자 : 박경수, 정규식, 오소현, 공유경
제 보 자 : 류미자, 여, 61세
구연상황 : 조사자가 귀신 이야기나 도깨비 이야기를 해 달라고 하자 제보자가 이 이야
기를 하였다. 제보자는 처음에 이야기를 하지 않으려고 했으나 조사자 및 청
중들이 계속 권유하자 이야기를 시작하였다. 이야기가 시작되자 연이어 많은
이야기를 계속해서 구연해 주었다.
줄 거 리 : 한 사람이 술 취한 상태로 송아지를 몰고 길을 오다가 버드나무 길가에서 도
깨비를 만났다. 도깨비와 한참을 싸우다가 옷이 엉망이 된 상태로 집에 왔다.
다음날 아침 아이들 보고 그곳을 가 보라고 하니 도깨비도 송아지도 없고 버
드나무에 빗자루만 묶여 있었다.

전에 우리 친정아버지가 시장을 가 가지고. 석사대를 해 가지고 송아지
를 한 마리 따 가지고. 술에 철썩 취해 갖고. 인자 술은 좋아한게 철썩 취
고. 읍에 저 예금 올라가는데 그쪽에 보면 버드나무 길가로 쫙 서가 있어
요. 오가 보이 송아지는 달아나 삐고 없는데. 인자 뭐 사람이 하나 자기 술
에 취해 놓으니까 둘이 싸움을 했어. 얼마나 치고 박고 우리 아버지가 고
랑차 쳐백이고 그게 또 쳐백기고 해 가지고 그래 싸웠는데. 집에 왔는데
옷이 뻘 좋이 되 갖고 피투성이가 돼 갖고. 그래 갖고.

"아버지 왜 그렇게 왔습니까?"

하니까,

"아. 내가 지금 저 갔다 오다가 소도 그 자식한테 뺏겼는데 버드나무 오
다가 허리끈을 끌러 놓고 창창 매 놓고 왔다."

그렇게요

"빨리 아침에 가라."

이래요. 자고 일아 술이 깨니까. 우리 동생들하고 갔어. 내가 걸어가도
되니까. 가 보니까 놈은 한 개도 안 매 놓고 새끼만 매 놓고.

빗자리 몽디만 버드나무에다가 떡 허리끈을 풀러다가 잡아 놨어. 그게
도채비라. 그 얘기지. 그 사람이랑 싸워서 막 피무시 돼서 왔어.

부모 봉양한 삼봉산의 김호랑이

자료코드 : 04_04_FOT_20110120_PKS_LMJ_0002
조사장소 : 경상남도 남해군 고현면 포상리 포상마을
조사일시 : 2011.1.20
조 사 자 : 박경수, 정규식, 오소현, 공유경
제 보 자 : 류미자, 여, 61세
구연상황 : 조사자가 마을에 유래하는 전설이 있으면 구연해 달라고 하니 제보자가 이
        이야기를 해 주었다. 제보자는 실제 있었던 이야기라면서 사실감 있게 이야기
        를 구연했다.
줄 거 리 : 예전에 부모를 모시고 살던 한 사람이 삼봉산에 나무하러 가서 호랑이를 만
        났다. 목숨을 구하려고 호랑이 앞에 엎드려 '형님'이라고 하니 호랑이는 자신
        이 예전에 사람이었던 줄 알았다. 이후 호랑이는 그 사람의 집에 산짐승들을
        잡아 주면서 부모를 봉양했다.

삼봉산에 김호랑이 굴이 있는데. 지금은 굴이 꽉 막히 갖고 박쥐만 그
깍 살아요. 그래 가지고 그 김호랑이가 굴에 살았는데.

옛날에 요 갯상에 김씨네가 살았는데. 인자 그 집이 아들이 인자. (얘기
가 우찌됐는지 모르겠다) 아부지하고 엄마하고 아들하고 이렇게 살았어. 살
았는데. 이 사람이 나무를 가 가지고 삼봉산에 나무를 가 가지고 호랑이를
만났어. 호랑이를 만났는데 살아야 될 긴데 싫어 가지고 호랑이 저태 가서

"아이고 형님. 아이고 형님."

오래간만이라고 막 그래. 그 책에는. 그래,

"아이고 형님이 이 산에 계셨냐?"

고 일싼시름(이렇게 하면서),

"아이고 형님이 김호랑이 아닙니까?"

그러쿤게. 호랑이가 들으니까 그 말이 맞거든. 아 커뜩 '아 내가 전에는 사람이었나. 어쩌다 호랑이가 됐네' 인자 글케 갖고.

인자 저그매한테(자기 어머니에게) 나무를 짊어지고 와 가지고 갯상에 살았는데. 어매. 호랑이도 따라서 내려왔지. 부모 사는 고향을 집을 볼라고.

"어머니 내가 오늘 가서 행님을 산에 가서 만났다."

고 이래쿤게. 그럼쿰서 저 오매는 이리 짜금서로(조그만 해서),

"형님이 오데 있데?"

이리 물은게,

"아이. 요 삼봉산 산에 나무하러 갔는데 김호랑이 행님이 턱 있어서 내가 행님을 만나고 올 왔는데 인자 올 기다."

고 글쿠더라. 그래 갖고 인자 호랑이가 큰 기 내려왔는데. 그놈의 호랑이가 낮이 되모 호랑이고 아 밤이 되면 호랑이고 낮이 되면 벅시로 넘어가지고 사람이 변동을 한데. 그 김호랑이가. 요 살았던 김호랑이가. 그래 가지고 인자 밤만 되면 산돼지도 한 마리 갔다 턱 마다 뿔가터리고 토끼고 몇 마리 갔다 뿔가터리고 마. 짐승을 만날 잡아다가 효자를 해. 그래 가지고, (조사자 : 어머니 봉양한다고?) 하모 어머니가 살아생전 아이고 어머니가 있어 가지고 참 잘해야겠다고 공양해야 잘 해야겠다 우리 어머니를 잘 먹여서 보리시켜야 되겠다 싶어서 그래갖다 장(늘) 했는데.

그래 갖고 인자 어머니가 죽기가 됐어. 큰 소를 소를 한 마리 잡아다가 딱 갖다 놓으니까, 그 소를 반 마리도 못 먹고 어머니가 별세를 했어. 그래 가 인자 인자 김호랑이 거기하고 저이 해가 오고. 저 백년이제. 인자 요세

백년이제 옛날에 백년이 아니겠제. 오일것제. 것따 가서 묻고 했는데. 이래 했는데. 그 김호랑이가 인자. 그리 갖고 인자 요 인자 요게 살던 동생을 크기 세고 인자 그기 살 거로 해 주고.

호랑이가 인자 '내가 인자 나쁜 짓을 하면 안 되겠다. 내가 우리 부모하고 형제간이 있는데. 나쁜 짓을 하면 안 되겠다.' 그래 가지고 깨우쳐 있는데 호랑이가 병이 나서 죽었대.

곶감이 무서워 도망간 호랑이

자료코드 : 04_04_FOT_20110120_PKS_LMJ_0003
조사장소 : 경상남도 남해군 고현면 포상리 포상마을
조사일시 : 2011.1.20
조 사 자 : 박경수, 정규식, 오소현, 공유경
제 보 자 : 류미자, 여, 61세
구연상황 : 조사자가 호랑이 이야기를 더 해 달라고 하자 제보자가 이 이야기를 하였다. 제보자는 다 알고 있는 이야기라고 하면서 구연을 거부했으나 조사자가 그래도 무관하다고 하자 이 이야기를 구연했다.
줄 거 리 : 옛날에 어느 마을에서 한 아이가 울고 있는데 어머니가 아이에게 곶감을 주자 아이가 울음을 그쳤다. 그것을 본 호랑이가 곶감이 자신보다 더 무서운 것인 줄 알고 도망갔다.

옛날에 아가 하도 울고 산게 한게. 호랑이가 장 어슬렁어슬렁 내려와 갖고 동네에서 닭도 잡아먹고 사람도 비모 잡아먹을라하고 그러는데. 어느 집 가니까 아가 울어서 가나는게. 저거 어매가,

"야 이놈의 새끼야. 호랑이 온다. 울지 마라. 호랑이 온다. 울지 마라."

해도 더 크게 울더라내. 그래서,

"아이고. 내가 곶감을 줄게 울지 마라."

그러니까 뚝 그치더라내. 그래가고 '아이고 호랑이 내보다 더 무서운 곶

감이 있구나.' 해서 호랑이가 도망을 가더래.

해와 달이 된 오누이

자료코드 : 04_04_FOT_20110120_PKS_LMJ_0004
조사장소 : 경상남도 남해군 고현면 포상리 포상마을
조사일시 : 2011.1.20
조 사 자 : 박경수, 정규식, 오소현, 공유경
제 보 자 : 류미자, 여, 61세
구연상황 : 조사자가 해와 달이 된 오누이 이야기를 해 달라고 하자 제보자가 이 이야기
　　　　　를 해 주었다. 처음에는 다 아는 이야기라고 하지 않으려고 하다가 조사자의
　　　　　유도에 따라 구연하였다.
줄 거 리 : 옛날에 어머니와 오누이가 살았다. 어느 날 떡장사를 하러 간 어머니가 산길
　　　　　에서 호랑이를 만나 잡아먹혔다. 호랑이는 오누이도 잡아먹으려고 아이들이
　　　　　있는 집으로 왔으나 잡아먹지 못했다. 아이들은 동아줄을 타고 하늘로 올라가
　　　　　서 해와 달이 되었는데 호랑이도 줄을 타고 올라가다가 수수밭에 떨어져 죽
　　　　　었다.

　저거 엄마하고 아들딸이 어느 산골에 살았는데. 엄마가 맨날 떡장사를
해. 떡장사를 해 가지고 떡을 팔아 가지고 오며는 아이들 먹을 걸 사고 하
는데. 어느 날은 엄마가 떡을 팔러가면,
　"오늘 저녁에는 내가 가면 누가 와도 문을 열어주지 말아라. 어마가 열
어 줄게."
　하는데. 호랑이가 그 소리를 들었어. 엄마가 저 인자 떡을 팔러 갔다가
오는데 호랑이를 만났어. 호랑이를 만나 가지고,
　"어흥. 떡 한 개 주면 안 잡아먹지."
　그런게. 그래서 떡을 한 개 주고 한 고개를 넘어갔어. 또,
　"어흥. 떡 한 개 주면 안 잡아먹지."
　이래가. 또 떡을 주고 또 갔어. 근데 또,

"어흥."

떡을 이제 세 번을 다 주고 없어 없어 놓으니까 이제 우짤 꺼야 또 한 고개를 넘어가니까 떡이 있는가 뭐가 있는가 또 인자 한 고개 넘어간게.

"어흥. 니 다리 한개 팔 한 개 떼어 주면 안 잡아먹지"

그러더랍니다. 그래서 팔을 한쪽만 뚝 떼 주니까 안 잡아먹더랍니다. 이 런 거 저런 거 다 떼 주고 다 잡혀 먹어버렸어. 호랑이가 저거 엄마 옷을 딱 입고 둔갑을 해 가지고 갔단 말이야. 가가지고,

"얘들아. 문 열어라."

그러쿤게,

"에. 우리 엄마 목소리가 아닌데."

그러쿤게,

"왜 너네 엄마 목소리가 아이라."

그래가 인자 호랑이기 딱 저그메(자기 엄마) 소리로 문 열아라. 글쿤게,

"손 한번 넣어 보면 알지. 우리 어멘가 아인가."

그런게. 손을 푹 넣으니까 호랑이가 털이 푹 났거든.

"우리 엄마 손은 털이 안 났는데."

그러쿤게. 와 안 나여. 그래가 또 우째 요 손을 폭 여. 그래 갖고. 문을 열어 줬는데. 호랑이라 우쩔 끼고 둘이서 죽을 낀데. 그래 가지고 나무 위를 올라갔어. 먼저 나무 위에 올라가서 있으니까. 호랑이가,

"너네 우찌 우찌 올라갔게."

하니까,

"뒷집에 가서 참기름을 바르고 올라갔다."

참기름 바르니까 미끄럽거든 또 자빠지고 또 자빠지고 머스마는 그리했는데 가스나가,

"뒷집에 가서 도찌로(도끼로) 가서 조근조근 쪼사서(찍어서) 올라갔다."

그게 맞거든. 그래서 하느님한테 그리해 '하느님 하느님 우리를 살리려

면 동아줄을 내려 주고 우리를 죽일라면 썩은 새끼줄을 내려 주세요.' 그래 놓으니까 동아줄을 내려줘서 하늘 나라 올라가서 햇님 달님이 됐는데.

호랑이도 이것도 그 말 듣고 올라가서 '하느님 하느님 내를 살리려면 썩은 새끼줄을 내려주고 죽이려면 동아줄을' 거꾸로 해 놓으니까. 새끼줄을 타고 올라가니까 반쯤 올라가면 뚝 떨어졌거든. 하필이면 쑤시밭에 떨어졌어. 쑤싯대에 짝 꼽히는게 요새 쑤싯대가 뻘건 그게 호랑이 피가 묻어서 그런 거야. 그게 이야기 끝이라.

시체 다리를 삶아 어머니를 봉양한 효자

자료코드 : 04_04_FOT_20110120_PKS_LMJ_0005
조사장소 : 경상남도 남해군 고현면 포상리 포상마을
조사일시 : 2011.1.20
조 사 자 : 박경수, 정규식, 오소현, 공유경
제 보 자 : 류미자, 여, 61세
구연상황 : 조사자가 귀신 이야기를 해 달라고 하자 이 이야기를 해 주었다. 제보자는 이
　　　　　 야기를 아주 진지하고 흥겹게 구연하였다.
줄 거 리 : 옛날에 효자가 살았는데 어머니가 병이 들었다. 의원을 찾아가니 시체의 다리
　　　　　 를 삶아 먹으면 낫는다고 하여 공동묘지에서 시체의 다리를 잘라 오니 귀신
　　　　　 이 '다리 내 놓으라.'하면서 효자를 쫓아왔다. 효자는 일 년을 산속에서 헤매
　　　　　 고 난 후 집에 오니 어머니가 백발이 되어 죽게 되었다. 다리를 솥에 넣어 삶
　　　　　 았는데 그것이 시체의 다리가 아니라 산삼이었다. 어머니는 그것을 먹고 병이
　　　　　 나았다.

옛날에 효자가. 엄마하고 지하고 둘이 살면서. 나무꾼거치 이래가 해서 먹고 살았는데. 어느 날 엄마가 병이 났어. 이놈의 의원한테 가도 병을 못 고치고 저 의원한테 가도 병을 못 고치고 그랬는데. 어느 날 어디를 가니까.

"저 공동묘지 가면 인자 삼일 째 묻은 시체가 하나 있을 거니까. 그 다리를 삶아 먹이면 너거 엄마 병이 낫는다."

그렇게 하니까. 이 아들이 저녁에 공동묘지 가서 산천을 찾아서 보니까. 새 매가 한 개 딱 있더랍니다. 이히 호작호작 파 본게. 남자가 젊은 남자 시체가 딱 있는데. 톱을 가지고 잘라 봐도 안 잘라지고 도치로 가서 짜사 봐도 안 쪼사지더래. 그래서 이걸 어떻게 내가 암만 그렇지만 내가 우리 부모 병을 고치기 위해서 이 다리가 안 짤라지고 그만 한 번 뚝 짤리모 잘라야 될 건데 하면서 우찌우찌 해서 딱 쳐서 짤랐어. 짤라니가. 피가 막 튕겨가지고 그 사람한테 다 묻어가지고. 그걸 이제 포대에 싸서 들쳐 매니까 뒤에서 탁 잡으면서,

"내 다리 내나라."

이라쿤게. 이기 놀래서 뒤로 나자빠지면서. 고마 훅 잡아 왔어. 그걸 솥에 가서 푹 삶아서 고아 미야. 그게 이제 그게 이제 누가 가르쳐 줬냐면 산신령이 가르쳐줬나 바.

그래서 들쳐 매고 험한 산길을 가고 뒤에서,

"내 다리 내나라."

고 막 구신이 서서 막,

"내 다리 내나라."

고 한쪽 다리만 갔고. 이리 잡아 껑 나잡졌다가. 또 가고 또 가고 막. 그래 갖고 막. 그래 마 이야긴게.

한 일 년을 산을 헤치고 다녔어. 질을 못 찾아서. 그래서 이제 집을 가니까 저거 어머니가 백발이 되어서 죽기가 돼서 이러고 있는데. 인자 그걸 갖다 솥에 턱 넣으니까 고을라고 턱 넣은게. 뒤에 와서,

"내 다리 내나라."

고 하는 바람에 이 사람이 기절을 했어. 기절을 하고 다시 일어나서 솥 안을 탁 차리본게. 다리가 아이고 다리가 한쪽 없는 산삼이 딱 다리가 똑 동가리가 짜리만큼 된 산삼이 솥 안에 있더라내. 그래서 그걸 고아서 먹이니까. 저거 엄마는 살아나더래.

고사리를 꺾다가 만난 귀신

자료코드 : 04_04_FOT_20110120_PKS_LMJ_0006
조사장소 : 경상남도 남해군 고현면 포상리 포상마을
조사일시 : 2011.1.20
조 사 자 : 박경수, 정규식, 오소현, 공유경
제 보 자 : 류미자, 여, 61세
구연상황 : 조사자가 다른 이야기를 구연해 달라고 하자 제보자는 직접 겪은 일이 있다고 하면서 이 이야기를 해 주었다. 앞서 구연한 귀신 이야기에 이어 자신이 실제 경험한 것이라고 하면서 실감나게 구연하였다.
줄 거 리 : 제보자가 고사리를 꺾으러 갔다가 깊은 산속에서 땅바닥에 앉아 있는 여자를 만났다. 제보자가 그 여자에게 말을 걸었는데 아무 대답이 없었다. 잠시 다시 그 여자를 보자 온데간데없었다. 그때부터 제보자는 정신을 잃고 산을 헤매다가 겨우 집으로 돌아왔다.

　올봄에 내가 고사리를 끊으러 다녔어. 고사리를 딱 끊으러. 작년에는 거서 2키로를 더 끊고 고사리를 많이 끊었는데. 올해도 다녔는데. 오늘 끊고 내일 가서도 끊고 참 그길로 다녔는데 귀신도 없어 그랬는데. 고사리를 삶아 끊고 며칠 있다가서 삶아 끊고 했는데.

　그날은 오전에 비가 왔단 말이야. 비가 와 가지고 인자 아이 고사리를 가서 끊었어. 그날은 간게 고사리가 또 많아요. 이래 나이론 소쿠리를 가지고 가서 고사리를 요 소쿠리에다 한 소쿠리 끊어 갖고. 또 오실 쪽에 저 쪽에 또 고사리 밭을 가야 돼. 가는데 인자 요리 그서 요 앞산인데 그 짚어서 요리 탑동 수도당골을 지내 갖고 가는데. 아니 그 인자 매가 요리 옛날 매가 요리 있고 그 우에는 집이 요리 지어져 창고가 있는데.

　내가 인자 요쪽서 간게. 각시가 복삭은 옷을 입고 내 같이 이리 파마를 해 가지고 저 모 있는 거서 요리 풀을 뜯고 앉았더라고. 손으로가 뭘 요러고 있어요. 그기 구신이라고 생각을 했으면 내가 거기를 못 갔을 텐데. 창고 뭐. 진주서 주인이 와 갖고. 산 주인이 서방 각시 와가 그 창고 안에 보면은 책이고 이불이 꽉 들어있거든. 산안에 가면은. 있는데. 그래서 산 주인이 와서 여자가 앉아가 이래 하는가 왜 아지매가 비가와서 이실이 꽉 있는데 맨 땅에 앉아서 손으로 헛 질을 하는 것인고 싶어 옆에 가가지고,

"아지메 그 찹은데(차가운데) 앉아서 와 그리 앉잤오?"

말도 않았는데. 글쿠고. 그 여자는 요 아가씨 옆에 있고 내는 요 정도 서서 얘기를 해가 앉자가 흙질 앉아가 손으로 갖고 욜삿고 요래는데.

내가 그리 가서 글쿠고 글쿨 때까지 분명히 있었어. 여자가. 우찌 요리 내가 뭘 하면서 뒤로 한번 딱 돌아보고 보니까. 온 데 간 데가 없어. 그기 인자 그때서 내가 아 이게 귀신이구나 사람 같았으면 말을 할 텐데 말도 안하고. 그래서 이쪽으로 돌아올려고 해도 발이 안 떨어지고 저기로 가려고 해도 발이 안 떨어지고. 이놈으 이거 막막한 거라. 그 서서. 이걸 인자 가만이 인 그 서서 생각을 했제.

아 이걸 우찌 해서 '내가 요기를 내려가야 한 질만 내려가면 내가 되겠는데. 아 이상하다 싶어'갖고. 그래 고사리 끊은 게 아까븐게. 그기 어끄라지가 싶어 조심을 해 갖고 '에에 올 저녁 죽기 아니면 살기다 니가 구신 것으모 내를 죽일 끼고 사람것으모 내를 도와줄 끼다.' 싶어 갖고

인자 해가 어심어심 그때 비가 와 갖고 정때 해가 조금 나 갖고 어심어심 넘어갈라고. 그래가 에이 비르먹일. 그래 갖고 그리 구신 앉았던 자리를 싸고 요리 인자 막 나무 밑을 헤치고 저리가 길를 내려가니까. 내 옷이 흠뻑 젖어서 물이 흘러요 얼매나 내 딴엔 식겁을 봤는지. 그래 인자 집에 와 갖고 정신이 없어.

'아 내가 오늘 그기 진짜 구신일까? 이 사람이 그랬을까? 낼 내가 한 번가 볼까?'이러고 그 뒤로부터 그 산을 내가 안 가. 고마 안 가 가기 싫어.

(조사자 : 아이고야. 진짜 구신을 만났는가베?) 혼박 구신을 만났어. 그때부터 거를 안 갔어?

목 없는 귀신을 만나 병이 든 사람

자료코드 : 04_04_FOT_20110120_PKS_LMJ_0007
조사장소 : 경상남도 남해군 고현면 포상리 포상마을
조사일시 : 2011.1.20
조 사 자 : 박경수, 정규식, 오소현, 공유경
제 보 자 : 류미자, 여, 61세
구연상황 : 조사자가 다른 귀신 이야기가 더 없느냐고 하자 제보자가 자신의 아들이 실
　　　　　 제 경험한 이야기가 있다고 하면서 이 이야기를 구술하였다.
줄 거 리 : 제보자의 아들이 새벽에 집으로 오는 길에서 목 없는 귀신을 만나자 살려 달
　　　　　 라고 소리를 쳤다. 그러자 제보자 나가 귀신을 쫓았는데 그 후로 그 아들이
　　　　　 병이 들었다.

　내 둘째 아들이. 아 내가 자다가. 그때 막,
　"살리 주라."
고 고함을 질러사서. 그때 내가 잠이 깨서,
　"와 그러내 강평아."
그러쿤게,
　"엄마 요게 목 없는 구신이 나타나가 내를 늘 막네."
　그러산게 내가 후차가 나갔지. 처음에는 우리 강평이가 옥자네 살빡 들
어가는데. 그서 구신을 만났는데. 꼭 처음에는 지는 구신이다 생각을 안하
고. 그때가 새벽 2시 이정도 됐는데. 선문이가 술이 취해서 지를 막는가
했다네. 이리 올라 쿠모 이서 막고 저리 갈라 쿠모 저리 막고 늘 막더라네.
그래 갖고 이리 쳐다본게. 대가리도 없고 이리 몸뚱이만 있는 게. 자꾸 우
리 아들 이리 가몬 이리 막고 저리 가면 저리 막고 그러더랗게.
　그래서 내가 막 후차. 내가 조금 장심은 센가 봐. 내가. 어느 놈이 우리
아로 성을 가시노냣고 마 마놈의 새끼 가만 안 냅둔다고 마 내가 바지작대
기를 잡고 나갔어. 근데 온데간데없더라고 그래서 집에 내가 됐고 와서,
　"왜 그러냐 강평아 얘기를 해 봐라."

"아이고 엄마 내가 처음에는 선문이 행님인가 했더니. 목 없는 구신이 지를 늘 가로막고 죽일 케서 고함을 질렀다."

쿠는 기라. 그래가 우리 강평이 병이 나서 참 고생을 했네.

가청곡에서 왜군을 물리친 이순신

자료코드 : 04_04_FOT_20110122_PKS_PSY_0001
조사장소 : 경상남도 남해군 고현면 오곡리 오곡마을
조사일시 : 2011.1.22
조 사 자 : 박경수, 정규식, 오소현, 공유경
제 보 자 : 박삼영, 남, 66세
구연상황 : 조사자가 이 지역에서 전승되고 있는 전설에 대해 이야기해 달라고 하자 제
　　　　　보자가 이 이야기를 해 주었다.
줄 거 리 : 이순신 장군이 왜적을 속이기 위해 지도에다가 육지 부분을 바다처럼 푸르
　　　　　게 칠을 했다. 왜적들이 지도만 보고 바다인 줄 알고 그곳에 왔다가 전멸을
　　　　　했다.

가청곡이라 하면은 한문으로 보며는 더할 가(加)자 푸를 청(靑)자 고긴데. 옛날에는 바닷물이 그기 밑에 꺼지 왔어요. 와가지고.

이순신 장군이 왜적을 물리칠 때 왜놈들한테 지도를 팔면서 고게 육지를 바다로 칠해 버렸어. 바다로 칠해서 왜적들이 관음포 앞바다로 쫓겨와 가지고 그 지도만 보고 바다인 줄 왔다가 바다가 아니니까 거기서 전멸을 당했다.

(조사자 : 빠져나가지도 못하고?) 예. 그런 전설이 있습니다. 지금보다 옛날이 수면이 높았단 모양이죠. 그래서 가청곡이다. 그 푸렇게(파랗게) 칠을 해서 왜적을 잡은 곳이다. 전해 내려오고 있습니다.

도술을 부려 쌓은 대국산성

자료코드 : 04_04_FOT_20110122_PKS_PSY_0002
조사장소 : 경상남도 남해군 고현면 오곡리 오곡마을
조사일시 : 2011.1.22
조 사 자 : 박경수, 정규식, 오소현, 공유경
제 보 자 : 박삼영, 남, 66세
구연상황 : 조사자가 인근에 있는 대국산성에 대한 전설을 이야기해 달라고 하자 제보자
가 이 이야기를 하였다.
줄 거 리 : 어떤 도사가 도술을 부려 바다에 있는 돌을 불러 올려 대국산성을 쌓았다. 그
래서 지금도 산에 가면 돌들이 산성을 향해 방향을 잡고 있다.

　옛날에는 도술을 부리지 않습니까. 바다에 있는 돌을 불러 올리 가지고
성을 쌓았다. 그 근거로는 지금 바다를 경사지로 만들어서 그 논이 돼 있
지마는 예전에는 바단데.

　그 돌이 대국산을 보고 몇 동이가 딱 이렇게 방향을 잡고 있어요. 불려
올라가 스톱한 자리다. 그런 전설이 있습니다. 돌을 불러 올려서 성을 쌓
은 기다. 그런데 지금은 성이 많이 무너져서 새로 보강을 해 가지고 새 돌
로 쌓아 있을 깁니다.

사람으로 변하지 못하고 죽은 호랑이

자료코드 : 04_04_FOT_20110122_PKS_PSY_0003
조사장소 : 경상남도 남해군 고현면 오곡리 오곡마을
조사일시 : 2011.1.22
조 사 자 : 박경수, 정규식, 오소현, 공유경
제 보 자 : 박삼영, 남, 66세
구연상황 : 조사자가 호랑이 이야기나 도깨비 이야기를 해 달라고 하자 제보자가 이 이
야기를 해 주었다. 이야기의 당사자가 실제로 제보자의 마을에 살았다고 하면
서 진지하게 구술하였다.

줄 거 리 : 예전에 도술을 부리는 사람이 있었다. 호랑이로 변신하고 사람으로 변신하다
가 어느 날 할머니가 도술 책을 불태워 버려 영원히 호랑이로 백년굴에서 살
다가 죽었다.

도술을 부리는 사람이 우리 마을 살았대요. 그 자기가 호랑이로 변했다
가 사람으로 변했다가 하는데. 그 할멈이 그런 짓을 한다고 책을 불로 살
라삔 것이 영감이 호랑이가 변핸 것을 불살라삔 기라. 부엌에 갖다가 책을
넣삐렀어(넣어 버렸어). 그러니까 호랑이가 사람이 되려면 책이 있어야 하
는데 책이 없어 가지고 환생을 못하고 그 백년굴에 살다가 사람들한테 죽
었다고 하는 전설이 있어요

지렁이국으로 시어머니를 봉양한 며느리

자료코드 : 04_04_FOT_20110121_PKS_PJJ_0001
조사장소 : 경상남도 남해군 고현면 대사리 대사마을
조사일시 : 2011.1.21
조 사 자 : 박경수, 정규식, 오소현, 공유경
제 보 자 : 박재점, 여, 78세
구연상황 : 조사자가 효자나 효부 이야기를 해 달라고 하자 제보자가 이 이야기를 구연
하였다.
줄 거 리 : 봉사 시어머니를 모시고 살던 며느리가 지렁이로 국을 끓여 주었다. 오랫동안
집을 나가 있던 아들이 돌아와 어머니를 보니 얼굴이 좋았다. 뭘 먹었느냐고
물으니 지렁이를 보여 주고 그것이 지렁이라고 하자 어머니가 눈을 떴다.

저거 엄마가 봉사인데 아들이 장장 며느리 맡겨 놓고 나다니다가 한 달
이나 인자 멀 국을 끓이조서 할매가 묵고 묵고 맛있고 그래서,

"우찌 그리 국을 끓이 어머니 얼굴이 좋냐?"

그리면서. 인자 자리를 딱 들면서 거시 그걸 내가 딱 뱀서로,

"아가 이거 바라."

한게,

"아이고 어머니 거기 거십니다."

한게, 그 봉사인 그 할매가 눈을 팍 뜨더라 캐. 눈을 눈을 팍 뜨더라 카대.

팥을 따다가 귀신 만난 사연

자료코드 : 04_04_FOT_20110121_PKS_PJJ_0002
조사장소 : 경상남도 남해군 고현면 대사리 대사마을
조사일시 : 2011.1.21
조 사 자 : 박경수, 정규식, 오소현, 공유경
제 보 자 : 박재점, 여, 78세
구연상황 : 조사자가 귀신 이야기를 해 달라고 하자 제보자가 이 이야기를 하였다. 이야기를 구연하면서 자신이 직접 경험한 것이라고 강조하였다.
줄 거 리 : 제보자가 젊었을 때 산에서 팥을 따고 있는데 '엄마, 엄마'라고 부르는 소리를 들었다. 딸인 줄 알고 잠시 기다리라고 하고는 잠시 뒤에 그곳에 가니 아무도 없었다. 제보자는 놀라서 신발을 벗고 정신없이 집으로 내려왔다.

　내가 젊었을 때 우리 딸네들은 뎃시(네다섯 명) 키우는데 저 산을 논 산이 밭을 붙이는데 칠팔인데 칠판인게 인자 칠팔인게 풋것든 거 그걸 딴다 아입니까. 그걸 딴다고 컴컴 어더워서 맘 놓고 따고 있는데. 저 아래서 우리 딸이,

　"엄마, 엄마."

　세 번을 불러요 어두버 진게 안 온게 우리 딸이 마지배 왔는가 이리 했어.

　"다 따고 간다 기다려라."

　클구코. 다따고 그 어둡데 인자 내려온게.

　"두레야 두레야."

　부른게 사람이 없는 기라. 그 바로 구신이 맞는 기라. 구신 봤는 기라. 올매나 옴마라 쿠더라고 이라 그래 갖고 신을 벗어 들고 그때는 아마 딸

이 없은게. 어둡긴 어둡고 어이고 이놈의 구신인가 싶어서 그때는 귀신을 만났어.

에이 신을 벗고 신을 벗고 내려오면서 막 빌어먹을 년 망치군년 엄마가 뭐이고 개것은 년 막은 년 이년 이리 오있노 나와 라 때리죽인다 쿠면서. 그래 가지고 내가 신을 벗고서 저 남주골을 밭으로 신을 벗고 들고 닳도록 뛰어내려 그 바로 구신을 내가 구신을 만났다. 바로 그 구신입니다 그거는. 구신이 우리 딸이 어둡어서 좋거든.

"두레야 두레야."

부르니까 오이 없어. 그게 분명 산에 귀신이라. 아이고 그래갖고 신발 들고 에이 망할 년 오이 몬땐 버리 내가 장심이 세길래 그렇제. 어이 에이 막 저년 쌔리 직인다구먼서(때려 죽인다고 하면서) 악을 쓴다 내 뒤도 안 돌아보고 쫓아 내리왔어. 거기 막 내가 귀신 만났어.

며느리 젖을 빤 시아버지

자료코드 : 04_04_FOT_20110121_PKS_SSJ_0001
조사장소 : 경상남도 남해군 고현면 차면리 차면마을
조사일시 : 2011.1.21
조 사 자 : 박경수, 정규식, 오소현, 공유경
제 보 자 : 서순자, 여, 70세
구연상황 : 조사자가 옛날이야기도 해 달라고 하지 제보자가 한 참을 생각하다가 제보자
          가 이 이야기를 하였다. 청중들도 즐겁게 이야기를 경청했다.
줄 거 리 : 며느리가 시아버지의 갓을 씌어 주는데 며느리 치마가 내려가는 바람에 시아
          버지가 그만 며느리 젖을 빨게 되었다. 며느리가 집에 돌아온 남편에게 그 사
          실을 말하자 아들이 아버지에게 항의를 했다. 그러자 "너는 삼 년 동안 내 각
          시 젖을 빨았는데 내가 한 번 빤 것을 그러냐?"라고 했다.

시아버지가 인자 오디 갈라고. 오디 갈라고 쿠는데. 인자 전에는 갓하고

맹건하고 씌웠다 아입니까. 며느리가 씌워 쥔게. 그 전에는 치마를 말치마를 입었는데 고만 요리 말치마를 입었는데. 말이 쏙 내려 가버리니까 시아버지가 모자 씌워 주는 며느리 젖을 빨았더랍니다. [청중 웃음]

그래 놓으니까 며느리가 골이 나서 가만 앉아 있으니까 신랑이 어디 갔다 오더랍니다.

"왜 니 골이 났냐?"

고 하니까,

"아까 아버지가 내 젖을 빨아서 내 골이 나 죽겠다."

하니까, 저거 아버지가 갔다 오니까,

"아버지는 며느리 젖을 다 빨고 그래도 되겠냐?"

고 하니까,

"야 이 자식아 니는 내 각시 젖을 삼 년이나 빨아 놓고 내 한 번 빤 게 어떻냐?"

카더랍니다.

곶감이 무서워 도망간 호랑이

자료코드 : 04_04_FOT_20110120_PKS_ASA_0001
조사장소 : 경상남도 남해군 고현면 갈화리 화전마을
조사일시 : 2011.1.20
조 사 자 : 박경수, 정규식, 오소현, 공유경
제 보 자 : 안순악, 여, 81세
구연상황 : 조사자가 귀신 이야기나 호랑이 이야기를 해 달라고 하자 제보자가 이 이야기를 구연하였다. 처음에는 아는 이야기가 없다고 하더니 조사자가 <곶감과 호랑이> 이야기의 서두를 조금 말하자 제보자가 이어서 이야기를 하였다.
줄 거 리 : 우는 아기에게 곶감을 주자 아기가 울음을 그쳤다. 그것을 본 호랑이가 곶감이 자신보다 무서운 것인 줄 알고 도망갔다.

아가 울어쌌게. 오만 걸 다 준게 달개도 아가 울어쌌게. 애가 타서. 아를 아나 곶감 줄게 하니. 아가 그마 곶감을 보고 울음을 그치더라. 그래 논게 호랑이 자물라고(잡아 먹으려고) 바같에 왔다가. '곶감이 나보다 무서운 갑다. 그런게 아가 참는다.' 그러니게 호랑이가 도부 돌아가 삣더라 캐.

천 장군과 부인이 내기해서 쌓은 대국산성

자료코드 : 04_04_FOT_20110121_PKS_OWJ_0001
조사장소 : 경상남도 남해군 고현면 대사리 대사마을
조사일시 : 2011.1.21
조 사 자 : 박경수, 정규식, 오소현, 공유경
제 보 자 : 오원주, 남, 83세
구연상황 : 조사자가 이 마을에서 유래하는 대국산성 유래 전설에 대해 이야기해 달라고 했다. 제보자는 처음에는 잘 모른다고 하다가 다른 청중들이 권유하자 이 이야기를 구술했다.
줄 거 리 : 오래 전 중국의 천 장군이 남해에 왜적들이 자주 출몰한다는 소문을 듣고 이곳에 와서 성을 쌓았다. 부인과 함께 누가 먼저 쌓는지 내기를 했는데 결국 천 장군이 승리했다.

중국 천, 천, 천, 천, 일천 천자 장군이거든. 중국사람. 그 장군이 그때가 와 가지고 인자. 그 저짝에 그 해적들이 와서 남해를 자꾸 방해를 해 산게. 그 우리 천 장군이 그게서 성을 쌓았단 말야. 성을 쌓았는데. 성 쌓았는 내력을 갖다 얘기를 하며는.

저거 부인하고 내기를 했어. 부인하고 내기를 했는데. 어떤 내기를 했냐면. 부인은 맹주실을 말아 가지고 베로 메 가지고 베로 짜 가지고 그 부근을 두루마기로 만들고. 천 장군은 바다 돌을 갖다주 올려 가지고 담을 쌓기 했단 말이야. 그 담을 갖다가 어떻게 사람이 올라가 쌓을 수 없거든. 그런데 둘이서 약조를 해 가지고 시작을 했는데.

할매는 저거 부인은 명주실을 말아 가지고 베를 짜기 시작하고. 자기 부군은 술을 부쳤단 말이야. 여여 간암포 도로고 간암포에 있는 이 바다에 도로고. 한계라고 저짜 한계 있는 도로고. 막 세리 술을 부치 가지고.

(조사자 : 도술을 부리 가지고?) 도술을 부리 가지고 마 하고. 그래가 세리 올리 난데. 이놈의 돌들이 막 그리 올라가서. 그리 그 가모 돌에 그게 ○○○[청중의 기침소리 때문에 내용을 알 수 없음]들이 있거든. 그 부처 올려 놓은게 인제.

돌이 어느 정도 다 되었다. 싼게 되논게.(다 쌓게 되어 버렸으니) 그만 해논게(성 쌓기를 그만 하니까). 그 돌들이 전부다 올라가다 차라보모, 돌들이 전부다 대국산을 보고 있거만 그 대갈베이가. 올라가모 그만 해논게.

그 인자 부인도 딱 만들었단 말야. 딱 시험을 차다보니까. 부군을 담을 갔다가 성을 다 쌓고 부인도 다 두루마기를 만들었는데 조사를 해 본게 여 동정이 하나 안 달렸다네. 그래 갖고 졌다는 그런 말이 부인이 졌다는 그런 얘기가 전설은 거기제 거기 전설이제.

(조사자 : 천 장군이 먼저 성을 쌓았다.) 하기는 했는데. 조사를 해 보니까 부인이 동정을 하나 안 달았더라. 그런 얘기가 있고

대사마을의 유래

자료코드 : 04_04_FOT_20110121_PKS_OWJ_0002
조사장소 : 경상남도 남해군 고현면 대사리 대사마을
조사일시 : 2011.1.21
조 사 자 : 박경수, 정규식, 오소현, 공유경
제 보 자 : 오원주, 남, 83세
구연상황 : 조사자가 마을 유래에 대한 이야기를 구연해 달라고 하자 제보자가 이 이야기를 해 주었다.
줄 거 리 : 대사마을의 뒷산에 망덕사라는 절이 있었다. 이 마을에 오씨와 박씨가 제일

먼저 입조하여 마을을 형성했다.

대사 요거는. 대사거든. 대사리인데. 그러니까. 선조 선조대왕이 천오백 육십팔년인가. 그때 선조 대왕이 즉위를 했는데. 선조 대왕이 오래 했거든 요. 한 40년 했나.

그때에 요 우리 부락이 들어왔다 말이야. 선조대왕 때에. 그래 금년 광복이 66년이지. 광복이.

그러면 선조대왕이 이조 그 마지막 그 희까지 그 마지막이 희거든요. 사백삼십사 년이야. 그러면 사백삼십사 년하고 66년하고 보태면 사백구십 구 년이지. 근 오백 년이다. 그 전체적으로 태조대왕까지 합태보면(합쳐 보면) 근 육백 년은 되네. 이때까지. 근데 태조대왕이 이조가 오백십삼 년인가 그리했거든. 이조 기간이 29대 왕까지 했으니까.

근데 이 대사리라고 하는 기 그때 들어왔단 말야. 그때 들왔는데. 선조 대왕 때에 임진왜란이 7년. 7년. 그때 아메 온상 싶은 기라. 왜냐하면 올라가면은 총 같은 그거. 옛날에 조그마한 총 그거.

(조사자 : 구멍.) 어 구멍이 있고 그런 거. 그런 걸 전에 주가지고 갖다 가 바치고 그런 기 있더마는. 그런데 인자 또 부처도 어떤 데 부처도 나오고. (조사자 : 부처 부처?) 부처도 나오고. 그때가 절이 있었다 말이야 대사리에 대사에. 그 절 이름이 망덕사라고 이랬어. 망덕사. 망덕사라고 그렇게 했는데.

이 인자 물도 없고. 그래서 그때 빈대가 끌었는 모양이야. 아아 절이 약 간이 컸는데. 아이 고만 그기 망해가지고 저기 갔단 말야. 망원사. 망원사 앞으로 갔는데.

그래 우리가 옛날에 할아버지한테 들은 이야기이지만은 우리 여기 대사 리에 성씨가 7~8개 있거만. 우리 집안 오가하고 정씨네들 이씨네들 박씨 네들 윤씨네들이 있다가 윤씨네들 지금 없고. 또 그렇체? 많은 기 그렇체?

(청중 : 이씨네들도 있제.) 그래 이씨네들. 그런데 그중에서도 우리 오가가 일찍 들어왔단 말이야. 아침에 들어오고 제일 처음에 여 부락을 안착할 적에. 개척할 적에. 그러니까 우리 집안 모가 제일 우에 있거든. 집안이 제일 위에 있고. 여게도 잘 알지만은.

그래가지고 뒤에 정때에 오후에 박씨네가 들어오고. 아침절에 우리 오씨가 들어오고 오후에 박씨가 들어오고 인자 그리 가지고 우리 모든 마을을 갔다가 처음에 일았다 말이야. 일아 가지고 마 그 뒤에 이씨 머 정씨 이런 분들이 들어오고. 나머지 조금씩 윤씨 그런 분들이 상구 늦가 들어온 사람이지마는. 야튼 주 그걸 이룬 것은 오씨하고 정씨하고 이씨하고 박씨하고 박씨가 두 번째 들어오고 이런 이야기이제.

관음포에서 왜적을 물리친 이순신 장군

자료코드 : 04_04_FOT_20110121_PKS_OWJ_0003
조사장소 : 경상남도 남해군 고현면 대사리 대사마을
조사일시 : 2011.1.21
조 사 자 : 박경수, 정규식, 오소현, 공유경
제 보 자 : 오원주, 남, 83세
구연상황 : 조사자가 이순신 장군과 관련된 전설을 이야기해 달라고 하자 제보자가 이 이야기를 하였다.
줄 거 리 : 이순신 장군이 관음포에서 왜적의 총탄을 맞아 전사할 때 자신의 죽음을 알리지 말라고 하면서 왜적을 물리쳤다.

관음포라는 곳이 관음이거든. 관음포. 이순신 장군의 유적지가 그 있고 유지거마는 그게. 그 모도 있고.

거기서 인자 떨어졌다 말이야. 우리 장군이. 왜놈들 총탄에 맞아 가지고 배를 막 몰아댔는데. 인자 장군이 앞에 서서 지휘를 할 때, 총탄이 날아와 가지고 가슴을 때려 가지고 인자. 죽으감서로 죽으감서로 하는 말이.

"지금 앞에 전투가 심하다. 내가 죽었다 쿠는 말을 하지 마라."

아 요리 그 딱 해 놓고. 그 당시에 이순신 장군이 수를 부리기로. 여 가 친골을 이걸 갔다가 마 없앴빗다 말이야. 물이 확 마 한바다가 되기 돼 있어요

그런데 이순신 장군이 저저 애적을 갖다가 애적을(외적을) 한 백 몇 십 척 갖다가 우리 한 몇 십 척 몇 십 척 물론 거북선을 갖다가 다 때렸지마는. 그놈을 다 때리 몰아가지고 요리 몰았다 말이야. 새리 몰아가지고 딱 들어오는데 갈 때가 없거든 저놈들이. 지도를 그리 기리 놨단 말이야. 그런게 전부다 터져가지고 저리 가는가 싶어서 이리 몰아 때리는게네. 그만 그서 다 씨리져삐고 그놈들이 다 그리 했제. 그런 자가 우리는 이야기를 듣고

태조 이성계가 이름 지은 금산(錦山)

자료코드 : 04_04_FOT_20110121_PKS_OWJ_0004
조사장소 : 경상남도 남해군 고현면 대사리 대사마을
조사일시 : 2011.1.21
조 사 자 : 박경수, 정규식, 오소현, 공유경
제 보 자 : 오원주, 남, 83세
구연상황 : 조사자가 남해의 명산 금산에 대한 이야기를 해 달라고 하자 제보자가 이 이
　　　　　야기를 해 주었다.
줄 거 리 : 태조대왕이 금산에서 공부를 하다가 공부를 마치고 돌아가게 되었다. 처음에
　　　　　는 자신이 공부한 산을 비단으로 입히려고 했으나 결국은 이름을 금산(錦山)
　　　　　으로 지었다.

태조야. 뭐 옛날에 장군. 그런 여러분도 다 아실 텐데. 태조장군을 즉위를 해 가지고 금산에 저게 가 갖고 공부를 했지. 공부를 하는데. 그 공부를 한 자리가 있구만. 금산에 올라가면 태조대왕이 공부 한 자리가 있거만

은. 딱 희한하게 생기거마는. 그 인자 책을 펴고 공부를 하는데 공부를 다 마치고 감서로.

금산을 이 금산을 갔다가 이름을 짓기로 금산이라 지었는데 금산이라 하는 것은. 아 처음에 금산에는 자기가 감서로 그따 비단을 입힐라고 했어. 비단을. 비단을 입힐라고 했는데 비단 금자 비단을 입힐라고 했는데.태조대왕이 생각하니까 여기다가 비단을 입히면 일 년도 못 가서 다 없어질 긴데. 이름을 금산을 이름을 갖다가 비단 금자 금산을 이름을 갖다가 태조대왕이 지었다.

(조사자 : 영원히 비단을.) [웃으며] 영원히 비단이죠.

이씨 집안에서 태어난 아기장수

자료코드 : 04_04_FOT_20110121_PKS_OWJ_0005
조사장소 : 경상남도 남해군 고현면 대사리 대사마을
조사일시 : 2011.1.21
조 사 자 : 박경수, 정규식, 오소현, 공유경
제 보 자 : 오원주, 남, 83세
구연상황 : 조사자가 아기장수 이야기 같은 것도 해 달라고 했다. 그러자 그런 것은 다 거짓말이라고 하면서 구연을 거부했다. 하지만 조사자가 그런 것도 소중한 자료이니 아시는 대로 구연을 해 달라고 하자 제보자가 이 이야기를 하였다.
줄 거 리 : 예전에 이 씨 집안에 아기 장군이 태어났다. 왜놈들은 그 소문을 듣고 아기를 죽이려고 했다. 아기는 미리 알고 바위 안에 들어가 말과 창을 만들고 있는데 왜놈들이 불을 질러 버렸다. 결국 말과 창을 다 완성하지 못하고 아기장수가 죽고 말았다.

옛날에 옛날에 요런 말은 또 있지. 일제시대. 일본놈들이 우리나라를 막 쳐들어와서 그석할 적에는. 이런 거는 전설뿐이 안 되는 기지.

이씨 집안 얘기 좀 해 볼까. 이씨 집안에 오래된 사람이 하나 있었는데.

새로 집을 지었지만은. 옛날에 일본놈들이 아이 이놈들이 우리나라를 학그석 할라고 그리 안 했소 하모? 그런데 우리 대사도 마마 그런데. 그 집에서 이거는 얘기라고 들어야 된다.

그 집에서 아를 낳았는데. 이 아가 낳자마자 온 천지를 헤맨단 말야. 그러니까 일본놈들이 이거를 알았단 말야. 알아가지고 이놈을 죽여야 한다 이랬단 말이지. 저 놈이 나중에 큰사람이 된다. 자기네들한테 큰 해가 된다. 이래가지고 죽일라 했단 말야. 이 아가 그걸 알았단 말야. 알아가지고 방에 그 뒤에 바이가 있거마는. 바이에 고랑이 확 나가 있는데.

이아가 들어감서로 우떻게 말핸 기 아이라. 퐅을 한 말하고 창을 창을 맨들라고 뭘 이야기가 그래서, (청중 : 콩.) 콩.

(청중 : 콩은 말이 되고) 콩. 아 콩하고 창을 만들라고 뭐를 줄라 카이 뭘 줄라 하니까 야가 인자 바위 밑에 들어가 버렸단 말이야.

일본놈들이 와서 아무리 찾아도 없거든. 그래 갖고 불을 났뻤어 일본놈들이. 불을 났는데. 나중에 딱 나왔는데 사람이 인자 일마가 안에서 맹글라가지고. 근데 그기 말이 몇 백필 되고 창을 억수로 만들어서 그 얼쭈 되가 있는데 그만 이놈들이 이리 했빗다 말이야. 그리 논게 그기 가가 그만 없어져 버렸어 죽어 버렸어.

그리 논게 우리나라가 그 왜놈들 때문에 망해 버렸단 얘기가 있고.

무학대사를 놀리다가 봉변당한 태조대왕

자료코드 : 04_04_FOT_20110121_PKS_OWJ_0006
조사장소 : 경상남도 남해군 고현면 대사리 대사마을
조사일시 : 2011.1.21
조 사 자 : 박경수, 정규식, 오소현, 공유경
제 보 자 : 오원주, 남, 83세

구연상황 : 제보자가 앞의 이야기에 이어 이 이야기를 구연하였다. 제보자는 역사적 인물과 연관되는 이야기를 많이 알고 있는 듯했다. 특히 역사에 대한 식견도 상당해서 이름이나 연도 등도 정확히 알고 있었다.

줄 거 리 : 태조가 궁궐을 짓는데 자꾸 건물이 넘어졌다. 무학대사에게 물으니 사방에 지세를 눌러야 한다고 하여 그렇게 하니 궁궐이 무너지지 않았다. 태조가 궁궐을 다 짓고 무학대사를 불러 잔치를 열었다. 잔치 도중 태조가 무학대사에게 '돼지 같다'고 하자 무학대사는 태조에게 '부처님 같다'고 했다. 그러면서 마음이 돼지 같은 사람은 돼지만 보이고 마음이 부처 같은 사람은 부처만 보인다고 하자 태조가 아무 말도 못했다.

태조 태조대왕이 즉위 도읍을 장만해 가지고. 도읍을 서울에다가. 그 무학대사 알지 무학대사가 태조대왕의 은사거든. 그 사람 시키는 대로 해야하거든.

무학대사가 하루는 집을 지었단 말야. 왕실을 왕실을 지었는데. 왕실을 지었는데 자꾸 자빠져 뺐단 그마.

(조사자 : 집이?) 응. 자꾸 자빠지 뻔게. 무학대사한테 물었다 말야.

"왜 대관절 왜 저렇게 집을 다 지어 놓고 무너져 뻐요?"

이런게,

"거기 무학설인데 말이제 학설인데, 학설인데 집만 지어가 되나? 양쪽에 따 사방에다가 누질러 나야 되제."

인자 이랬단 말이야.

"그래 누질러 노모 우떻게 됩니까?"

인자 거기 사대문이라. 동대문 서대문 북대문 남대문 이거. 그래서 딱 누질러 놓고서 집을 지어 보라고 했더만 그만 집이 됐다 말이야. 그래가지고 인자 왕이 거석이 돼가지고. 왕이 왕을 즉위를 하가지고 무학대사를 불렀어. 짝 문무백관들 막 앉아가지고 있는데. 인자 기생들이 춤을 추고 인자 술을 묵고 잔치를 벌였는 기라. 그런데 무학대사는 옆에 딱 앉고 왕이 이리 앉아가지고,

그 아주머니가 그 그만 그것을 갔다가 요구하는 기라. 그래서 아이 오예 이럴 수가 있노 아이 된다고 말이야.

저 사람이 꿈을 꿨다 말이야. 여자가. 틀림없이 큰 자식이 하나 날상 싶어서(좋은 자식을 낳을 것 같아서). 그래서 그래 인자 그리 마치고 인자 마치고 매를 가지고 올라가 다져 지고 어머니를 눕혀 놓고 모를 잘 맹그랐다 말이야.

저 영감은 가 버리고. 그래 가지고. 아이 어머니도 세상을 버려 버리고 저 부인도 혼자인 게 고마 같이 살게 됐다 말이야. 그마 이 사람은 무조건 부자가 돼버린 기라. 그게 바로 발복이거든. 부자가 돼 가지고 자식도 낳았는데 잘 살았더라 이기라.

고려장이 없어진 유래

자료코드 : 04_04_FOT_20110121_PKS_OWJ_0009
조사장소 : 경상남도 남해군 고현면 대사리 대사마을
조사일시 : 2011.1.21
조 사 자 : 박경수, 정규식, 오소현, 공유경
제 보 자 : 오원주, 남, 83세
구연상황 : 제보자가 앞의 이야기에 이어 이 이야기를 구연하였다. 제보자는 이 이야기는 책에 있는 것이라고 하면서 다 알고 있는 것이라고 말했다.
줄 거 리 : 중국의 손순이 어머니를 고려장하기 위해 산에 가서 땅을 팠더니 종이 나왔다. 종소리가 너무 고와 어머니와 종을 함께 가지고 집으로 왔다. 임금이 그 종소리를 듣고 연유를 알게 되어 손순의 효심에 감명을 받아 고려장이 없어졌다.

중국에 손순이라 쿠는 사람이 있어.

(조사자 : 손순 예예.) 손순 아네? (조사자 : 손순매아라고. 이야기해셔도 됩니다.)

그 대효자가 저그 어머니가 그때는 인자 고려장이라 쿠는 것이 있었단 말이야. 저그 어머니가 고려장을 안 시키모 모르지 법에 접촉이 되는지 모르지마는. 저그 어머니를 업고서 산에 올라갔단 말이야. 저거 어머니가 자꾸자꾸 솔 이파리를 따서 지게 다리 위에서 솔 이파리를 따서 놓고 놓고,

"뭘라고 그러십니까?"

"니 내중 내려가다가 길 잊어버리면 어쩔 기고? 그러니까 내 니 가도록 그리 한다."

그래 인자 올라가서 자리를 인자 파는데. 아이 파니까 머이 소리가 나거든 소리가 나니까 자꾸 판단 말이야 종이 나왔단 말이야 쪼그만한 돌 종이 돌종이지. 아이 차라본게서 소리가 굉장히 좋거든 꽉 울리가는 기 마 이거 안되겠다 싶어서 어머니를 다부 업고 내려왔어.

내리와서 옷따 심키논는 기 아니라 청 밑에 마루 밑에 놓고 밥을 자꾸 갖다 디리고 그래 인자 거기다 매어 놓고 이 사람이 인자 종을 갖다 처마 밑에 매어 놓고. 하루에 한 번씩 친다. 치니까 이놈의 소리가 어떠게 좋은지. 고을이 알아가지고,

"저 집에 무슨 종소리가 그렇게 좋은 종소리가 저렇게 좋은 종소리가 나냐?"

그래서 인자 임금한테 알았단 말이야 밑에 대신들 시켜가지고,

"저 소리가 무슨 소리 종소리가 어떤 종소리인지 알아봐라."

그러니까 아 뭐 우짜 낀고 명령이니까 갔단 말이야.

"어디서 돌을 이런 좋은 종을 했냐?"

이란게. 저 사람은 머시 말 잘 못해 가지고 어머니를 살려 놨다 말하면 큰일 날까 싶어서,

"내가 말씀을 드리기가 어차합니다."

"아니 괜찮은게. 임금이 시켜서 하는 거니까 말씀을 좀 해 주라."

니까. 그래서 이 사람이 그대로 말을 했어.

"내가 사실 이래서 어머니를 고려장 할라고 이런게 그 돌이 나와서 이걸 가지고 와서 어머니도 여기 갔다 났다. 제발 좀 나이 많아도 고려장 그런 거 시키지 말아 달라."

고 좀 부탁을 했단 말이야. 그런게 임금한테 올라갔단 말이야. 그 사람들이 그런 사실을 말했단 말이야. 인자부터 고려장 시키지 말고. 그 사람한테 해마다 쌀 몇 가마니하고 돈하고 갖다가 드리라고 말이지. 어머니 어머니 그 대(大) 그런 효자가 어딨냐.

호랑이를 타고 가서 홍시를 구해 온 효자

자료코드 : 04_04_FOT_20110121_PKS_OWJ_0010
조사장소 : 경상남도 남해군 고현면 대사리 대사마을
조사일시 : 2011.1.21
조 사 자 : 박경수, 정규식, 오소현, 공유경
제 보 자 : 오원주, 남, 83세
구연상황 : 제보자가 스스로 효자 이야기하나 더 한다고 하면서 이 이야기를 구연하였다. 제보자는 이야기를 상당히 많이 알고 있었는데 지금은 다 잊어버리고 아는 것이 별로 없다고 말했다.
줄 거 리 : 옛날 어머니를 모시고 사는 남자가 있었다. 그런데 어머니가 병이 생겨 홍시가 먹고 싶다고 했다. 남자는 감나무 밑에서 울고 있었는데 호랑이가 나타나서 엎드렸다. 남자가 호랑이의 등에 오르자 호랑이는 제사를 지낸 집으로 갔다. 그 집에서 홍시를 주어 어머니에게 홍시를 구해 줄 수 있었다.

어느 아들이 저 어머니를 모시고 있는데 저 어머니가 갑작스럽게 병이 나가지고 드러누웠는데 드러누워서. 무엇을 갖다 요구하냐면은 오뉴월에 요즘은 오뉴월에도 홍시가 있지만 오뉴월에 홍시가 어디 있는고 그때 홍시가 먹고 싶다고 말했단 말이야.

아이 이 사람이 감나무 밑에 가서 대성통곡을 하고 우는 기라 막 홍시

홍시 하나 내 주라 이라고서. 고마 해가 져 버렸어 해가 져 버렸는데. 아이 올라쿤게서 큰 대호가 호랑이가 앞으로 탁 막아가지고 엎드린다 말이야. 이왕지 어머니도 못 살리고 내가 죽든자 살든지 내가 호랑이나 한번 타 볼까 하고 집어 탔단 말이야. 탔는데 호랑이가 산골 산골 달려가는데 아이 딱 오이 내리는데 차라보니까 앞에 딱 불이 빼꼬롬하게 있어.

호랑이가 엎드려 인자 내리라 쿠는 모양이라. 그래서 인자 이 사람이 불 있는 데로 갔단 말이야. 어둡아 논게 어쩔 긴고. 그래서 가니까 그때서말고 그 집이 제사라 아버님 제산가 선친의 제산가 제산데. 손님이 들어가니까,

"아이고 어디서 오시냐?"

고 하니,

"내가 사실 사실 이래서 어머니가 아파서 이래 갖고 요새 어디에 홍시가 있습니까? 홍시 구할라니까 감나무 밑에 가서 아무리 해비도 홍시도 없고 해서 범이 와서 내를 엎어다 주갖고 들어와 보니까 내가 갈 떼도 없고 좀 시갖고 가자."

이란게,

"아이고 잘왔다."

고 주인이,

"조끔 좀 기다리라."

고 여름이 되어 놓으니까 평상을 펴 놓고 앉아 있으라고 앉아 있었는데 밤중이나 되서 인자가 음식을 가지고 나오는데 상에 홍시가 딱 올려져 있단 말이제. 이 사람은 마 다른 건 필요없어 마. 이것만 고마 우짜든지 이건만 내를 주마 좋다 이리 생각하는데.

"아이 그런데 들고 보니까 아는데 당신 효자라고 대효잔데 그거 잡수면은 내가 갈 적에 홍시를."

냉동을 오데 구덕을 파고 냉동을 시키 놓은 이 사람이 옛날 사람이라도

약간 지혜가 있는 사람인 기라. 그래 가지고. 그것도 안 먹고 고마 어머니 있으니 물 수도 없어. 그것도 나두고 그래가 마 되밥만 다른 거는 먹고 그래 인자 어디 가더니 보통 주인이 머라 쿠는 게 아이라

"우리가 감을 갖다가 50개씩 갖다 넣어 놓는데 다른 데는 얼추 다 썩어져 비는데. 금년에는 여남은 게 남았다. 그런데 세 개 드릴 테니까 어머니 갖다 드리라."

싸가지고 나오니까 이놈의 호랑이가 누워 있다 말이야. 그대로 엎드려있어. 이제는 죽어도 괜찮다 싶어서 어머니만 갖다 드리면. 그래가지고 호랑이 딱 잡고서 잡고서 앉아 있으니까 확 날아서 오디 갔다 논는 기 아이라 저거 마당에다 딱 갖다 놓는단 말이야 호랑이는 가버리고 자기 어머니.

사람으로 변하지 못하고 죽은 호랑이

자료코드 : 04_04_FOT_20110122_PKS_LSS_0001
조사장소 : 경상남도 남해군 고현면 오곡리 오곡마을
조사일시 : 2011.1.22
조 사 자 : 박경수, 정규식, 오소현, 공유경
제 보 자 : 이순선, 여, 83세
구연상황 : 제보자가 조사자의 구연 유도에 의해 이 이야기를 해 주었다.
줄 거 리 : 예전에 책을 많이 읽어 도술을 도통한 사람이 있었다. 호랑이로 변해 있는데 할머니가 책을 태워 버려 사람으로 변신하지 못했다. 짐승을 잡아먹고 살다가 사람들이 자신을 잡으려고 하자 백년굴에 숨었다. 동네 사람들이 굴에 불을 질러 호랑이는 죽게 되었다.

책이 있어 갖고 자꾸 읽어 갖고 질을 머 백리 질로 모 올매 마 건너져 그런 우리 할바시 애기로 그런데. 글싸다가 사람이 슝년이 들고 몬 묵고 사는데. 빌어먹을 영감탱이가 맨날 그짓만 하고 데인다 쿰서로.

그 사람이 인자 자꾸 도로 터져가이고 사람도 되었다가 호랑이도 되었

다가 개도 되었다가. 그러는디 그 책을 고마 전에 우리 할바시 들은 책을 고마 불에 쳐질러삤어. 호랑이 돼 있을 때 불에 쳐질러삐렸다 말이야. 사람 되모 쳐질러삤어모 됐싯긴데. 호랑이되 쳐질러삣논게. 고마 호랑이라고 배가 고프니까 개도 잡아먹고.

그런데 사람이 잡을라 큰게 내나 '호랑이가 아니요 호랑이가 아니요'해도 인제마 경경하제 말을 못 알아듣으니까. 저 백년굴이라 쿠데 잡을라고 애를 씬게 숨어서 백년굴이라는데 그 가서 숨었는디 동네 사람들이 싹 다 가서 불로 질러서 그래서 죽이삐릿답니다.

죽어서 매미가 된 강피 훑던 여자

자료코드 : 04_04_FOT_20110122_PKS_LSS_0002
조사장소 : 경상남도 남해군 고현면 오곡리 오곡마을
조사일시 : 2011.1.22
조 사 자 : 박경수, 정규식, 오소현, 공유경
제 보 자 : 이순선, 여, 83세
구연상황 : 조사자가 예전에 신랑 잘못 만나서 고생한 사람 이야기를 아느냐고 하면서 구연을 유도하자 제보자가 이 이야기를 하였다.
줄 거 리 : 한 여자가 남자가 공부만 하는 것을 못마땅하게 여겨 도망을 가 버렸다. 다른 곳에서도 강피를 훑고 살았는데 과거에 급제한 전 남편이 그 여자를 보고 노래를 불렀다. 여자가 울면서 그 남자를 따라가는데 남자가 발로 차는 바람에 죽어서 매미가 되었다.

남자가 만날 공부만 한다고. 비가 줄줄 왔는데. 갱피 훑어 널어놨는데. 홀빡 울타리 넘어가는게.

여자가 도망을 가서 도망을 가갖고 간다고 가서 시집을 가논게. 또 못산게 갱피를 훑어여. 그런게. 그 사람이 과게 해가 옴슨,

징개만개 너른들에

갱피훑는 저할마니

무신팔자 저리좋아

간디마당 갱피홅고

이내머시는 팔자가좋아서

무슨 과게 갔다고 무슨 과겐고 과게 갔다고 그러면서 나온게,

새죽좋은 내가감세

모죽좋은 내가감세

새죽존거 내가있고

모죽존거 내도있네

그러면서 훨훨 들고 간게. 그 여자가 따라감선. 울고 따라간게. 큰 나박전을 가지고 발로 차서 볼바비고 죽으논게 그리 매미가 돼갖고 매앙매앙 매앙매앙 하.

도깨비와 씨름한 할아버지

자료코드 : 04_04_FOT_20110120_PKS_ISS_0001
조사장소 : 경상남도 남해군 고현면 갈화리 화전마을
조사일시 : 2011.1.20
조 사 자 : 박경수, 정규식, 오소현, 공유경
제 보 자 : 임심순, 여, 80세
구연상황 : 조사자가 귀신이나 도깨비와 관련된 이야기를 해 달라고 하자 제보자가 이 이야기를 구연해 주었다.
줄 거 리 : 어떤 할아버지가 갯벌에서 큰 바위를 넘어 오다가 도깨비를 만났다. 할아버지는 도깨비와 씨름을 한 후 허리띠로 소나무에 묶어 놓았는데 다음날 가보니 빗자루가 묶여 있었다.

그 할아버지가. 여는 인자 옛날에 진지리라고 벌에서 요래 풀이 짓거든. 짓는디. 그거를 이기 인자 떨어져가지고 막 밀리면. 옛날에는 비누 그런

게 별로 없으니까. 그걸 거름한다고 그것 금으러 가는 기라. 가모 새복에
도 가고 날이 새다가 물이 들었다가 쓰모 가고 거라는데. 하루 아측에 새
복에 일어나서 간다 간게. 대차 바위 타고 넘어간께.

어이 한 사람이 와가 씨름을 허자 쿠더라 캐. 씨름을 허자 그러더라네.
그리 씨름을 붙었더라네. 붙어 갖고 대차 허리끈을 팍 끌러 갖고 니가 내
한테 뭉키가 니로 영감배지 싫어. 솔나무 거다 달아 매놓고 뒷날 아즈 간
게 빗자락이라. 빗자락. 그래 갖고 그 소릴 옛날에 들었었제.

귀신에게 홀려서 공동묘지에 간 할아버지

자료코드 : 04_04_FOT_20110120_PKS_ISS_0002
조사장소 : 경상남도 남해군 고현면 갈화리 화전마을
조사일시 : 2011.1.20
조 사 자 : 박경수, 정규식, 오소현, 공유경
제 보 자 : 임심순, 여, 80세
구연상황 : 조사자가 귀신 이야기를 해 달라고 하자 제보자가 이 이야기를 해 주었다. 예
　　　　　전에 마을에 살던 할아버지가 직접 경험한 일이라고 하면서 구연하였다.
줄 거 리 : 한 할아버지가 술을 먹고 산을 넘어 오다가 예쁜 색시를 만났다. 그 색시가 할
　　　　　아버지에게 따라오라고 손짓을 하여 할아버지가 여자를 따라가서 하룻밤을 자
　　　　　게 되었다. 아침에 일어나 보니 그곳은 공동묘지였고 여자는 간 곳이 없었다.

전에 전에 장. 우리 동네 할배라 나이 참 많은 할배라. 저 등넘에 가서
이 넘에는 웃골이고 여는 갈화고 이렇거든. 산 넘에 갔는데 그래 인자 가
가지고. 술을 한 잔 딱 먹고 내려오는데.

요 요만치 가면 예쁜 색시가 이 두름에 가서 또 오라 손질해 또 따라가
고 또 오고 오라 캐. 또 따라가. 그라고 우리 동네 공동묘지가 여 있는데
산 뒷봉우리에 왔는데. 산에꺼지 따라왔어. 자꾸 예쁜 사람이 자꾸 오라산
세. 할배가 홀래서(홀려서) 올라갔고 그래 아처 실컷 자고 일어났는데 공

동묘지라. 그서 밤새도록 어쨌는가 거서 자고 할배가 식겁을 하고 밤에.

그 공동묘지 가는게 예쁜 사람도 가뿌고 없고 가 삐고 없데. 혼자서 밤새도록 그리 고생을 하고 온 사람이 있어. 구신도 요새 구신도 없지 요새도 구신도 없지. 옛날들에는 구신이 있어.

물구나무를 서서 호랑이를 쫓은 여자

자료코드 : 04_04_FOT_20110120_PKS_JSA_0001
조사장소 : 경상남도 남해군 고현면 갈화리 화전마을
조사일시 : 2011.1.20
조 사 자 : 박경수, 정규식, 오소현, 공유경
제 보 자 : 정소아, 여, 86세
구연상황 : 조사자가 처녀가 호랑이를 쫓은 이야기를 해 달라고 하자 제보자가 이 이야기를 해 주었다.
줄 거 리 : 한 할머니가 산길을 가다가 호랑이를 만났다. 호랑이가 할머니를 잡아먹으려고 하자 할머니가 물구나무를 서서 다가가니 호랑이 놀라서 도망가 버리고 할머니는 목숨을 구했다.

할머니가 길을 가니까 어디 산골이던가. 걸어가니까. 호랑이가 나타나 잡아먹을라 해서. 호랑이로,

"니가 내를 잡아먹으면 니가 죽는다."

하니까,

"우째 그러냐?"

큰게, 옷을 할딱 벗고 거꾸로 걸어가니까. 저기 찌게가다.

"할매. 그기 꺼먼 그기 머이요?"

이란게,

"니 자묵는 용태다."

용태 구녕이라 큰게 놀라서 찌게 가서. 그래갖고 그 할매가 살았다고 하데.

옷을 벗고 뒷걸음 쳐서 호랑이를 쫓은 여자

자료코드 : 04_04_FOT_20110121_PKS_HGC_0001
조사장소 : 경상남도 남해군 고현면 대사리 대사마을
조사일시 : 2011.1.21
조 사 자 : 박경수, 정규식, 오소현, 공유경
제 보 자 : 하관칠, 남, 79세
구연상황 : 다른 제보자가 효자 이야기를 하자 제보자도 이 이야기를 하였다.
줄 거 리 : 효부 며느리가 호랑이를 만났는데 옷을 벗어 뒷걸음을 쳤다. 호랑이가 그 광
          경을 보고 놀라서 도망갔다. 그 소문을 들은 불효 며느리도 호랑이를 만나서
          들은 대로 했지만 호랑이에 잡아먹혔다.

옛날 효자며느리가 계셨는데. 그러면 시아버지가 병이 나 곧 죽기 됐어
요. 그래서 어디 의논을 들이니까. 옛날에는 이가가 드물었거든요.

저 산넘어 어디 가면은 옛날엔 인가가 드물었거든요 산을 넘어서 인자
약지로 가는 기라. 약을 지고 오는데. 산골에 고개를 넘을라 하니까 큰 범
이가 입을 딱 벌리가 올라 이리 한게.

인자 뒤로 가도 잡아먹히고 앞으로 가도 잡아먹히고 이러니 꾀를 낸 게
옷을 할딱 벗어서 옷을 할딱 벗어 둘둘 말아 머리에다 이고 뒷걸음을 치는
기라 잡아먹을라면 잡아먹어라.

호랑이가 차라본게, 내는(나는) 호랑이 호랑이 내는 입이 옆으로 째졌는
데. 입이 내리 째져가 있다. 아이고 인자 내 잡아먹으러 오는가 싶어서 호
랑이가 도망가 버렸어.

그래 무사히 그 여자가 약을 가지고 집에 와가지고 아버지를 데리(다려
서) 미가지고(먹여서) 아버지 병을 고쳤는데.

그 부락에 불효여자가 있는 기라 그마 호평을 받고 부락에 상을 주고
그런게 내도 그리 함 따라 해보끼라고.

우째서 그랬노 물은게 사실대로 가르쳐 주니까. 저 가믄 약국이 있는데.
올 때 호랑이가 떡 호랑이 사는 지역이라 그가.

그런게 마음이 지성이라야 신도 도우제. 이 순 불효년인데 효자에 뽄받아가지고 지도 상 탔기라고.

뭐 저그 부모도 아푸도 안은데 약 지러 갔다. 가가지고 거짓말 하고 약 지고 오는 기라. 그 인자 신이 돌보는 기라.

호랑이가 또 앉아서 노는 자리 앉아서 여자가 오는 기라. 딱 그만 눈 꼴 치고 정신 바짝 차리라. 여자가 또 본 여자 배운 대로 옷을 벗어가 돌돌 말아가 대갈바닥 이고 뒷걸음치가 오는데.

호랑이가 차라본게(쳐다보니) 입은 먼체이 말로 내리쨌는데. 그때 본 여자 그거는 보름기가 있어 몸에기가 있으니까 피가 벌거. 그런게 놀랬는디. 요거는 깨끗하이 내리쨌기만 째졌지 아무 상관 없거든. 에래기 입을 깍 벌리고 요 안으로 속 들어가. 불효 행사하니까 잡아 먹어삣다.

진도아리랑

자료코드 : 04_04_FOS_20110120_PKS_KSJ_0001
조사장소 : 경상남도 남해군 고현면 포상리 포상마을
조사일시 : 2011.1.20
조 사 자 : 박경수, 정규식, 오소현, 공유경
제 보 자 : 공순점, 여, 84세
구연상황 : 조사자가 구연을 유도하자 이 노래를 불렀다. 청중들과 함께 박수를 치면서
구연을 했다. 박수를 치는 장단이 잘 맞지 않았다.

　　일본 못가고 내 죽거들랑
　　연락선 한복판에 날 묻어두소
　　아리아리랑 쓰리쓰리랑 아라리가 낫네
　　아리랑 고개로 넘어 간다

그네 노래 / 노랫가락

자료코드 : 04_04_FOS_20110120_PKS_KSJ_0002
조사장소 : 경상남도 남해군 고현면 포상리 포상마을
조사일시 : 2011.1.20
조 사 자 : 박경수, 정규식, 오소현, 공유경
제 보 자 : 공순점, 여, 84세
구연상황 : 앞의 노래에 이어 구연하였다. 차분한 목소리로 노래를 불렀다. 녹음 상태가
좋지 않아 사설을 정확힌 알기 어려운 부분이 있다.

　　수천당 새모시남기 ○○○　○○○[1]

---

1) 주위의 소음 때문에 안 들림.

내가타면 님이밀고 님이타며는 내가밀고
이마종종 줄살살 밀어라 줄떨어지며는 정떨어진다

모심기 노래 (1)

자료코드 : 04_04_FOS_20110120_PKS_KSJ_0003
조사장소 : 경상남도 남해군 고현면 포상리 포상마을
조사일시 : 2011.1.20
조 사 자 : 박경수, 정규식, 오소현, 공유경
제 보 자 : 공순점, 여, 84세
구연상황 : 조사자가 모심기 노래를 구연해 달라고 하자 제보자가 이 노래를 불렀다. 제
보자 혼자 박수를 치면서 구연하였다.

어라 농부야 내말 들어라
서마지기 논빼미가 반달만큼 남았구나
내가무슨 반달이냐 초생달이 반달이지

베틀 노래

자료코드 : 04_04_FOS_20110120_PKS_KSJ_0004
조사장소 : 경상남도 남해군 고현면 포상리 포상마을
조사일시 : 2011.1.20
조 사 자 : 박경수, 정규식, 오소현, 공유경
제 보 자 : 공순점, 여, 84세
구연상황 : 베틀 노래를 구연해 보라는 조사자의 권유로 이 노래를 불렀다. 사설을 잘 모
른다고 하면서 앞부분만 하고 구연을 마쳤다.

베틀다리는 사다리요 울기대는 호불애비

물레 노래

자료코드 : 04_04_FOS_20110120_PKS_KSJ_0005
조사장소 : 경상남도 남해군 고현면 포상리 포상마을
조사일시 : 2011.1.20
조 사 자 : 박경수, 정규식, 오소현, 공유경
제 보 자 : 공순점, 여, 84세
구연상황 : 박수를 치고 장단을 맞춰 가면서 구연하였다. 옆에 있던 청중은 '좋다. 좋다'
라고 흥을 돋우었다.

물레야 자세야 어서잘 돌아라
남의집 귀동자 밤이실 맞네
에헤야 데헤야 얼씨구나 좋다

모심기 노래 (2)

자료코드 : 04_04_FOS_20110120_PKS_KSJ_0006
조사장소 : 경상남도 남해군 고현면 포상리 포상마을
조사일시 : 2011.1.20
조 사 자 : 박경수, 정규식, 오소현, 공유경
제 보 자 : 공순점, 여, 84세
구연상황 : 조사자가 다른 노래도 구연해 달라고 하자 이 노래를 불렀다. 제보자 혼자 박
수를 치면서 노래를 불렀다.

시어머니 잔소리 할대로 하세요
며느리 내복장 클때로 컸어요

청춘에 뜬구름은 비실로 가고
가시길 가는차는 임실로 간다
임을랑 실어다가 내방에 놓고
빌랑은 실어다 내논에 주소

청춘가

자료코드 : 04_04_FOS_20110120_PKS_KSJ_0007
조사장소 : 경상남도 남해군 고현면 포상리 포상마을
조사일시 : 2011.1.20
조 사 자 : 박경수, 정규식, 오소현, 공유경
제 보 자 : 공순점, 여, 84세
구연상황 : 앞의 노래에 이어 이 노래를 구연하였다. 무릎을 살짝살짝 치면서 장단을 맞
춰 불렀다.

산천초목은 젊어나오는데
우리청춘은 늙어만간다
우리동무 좋던동무
상추심궈 배추심궈
골골마당 다흩치네

뒷동산에 딱따구리는

자료코드 : 04_04_FOS_20110120_PKS_KSJ_0008
조사장소 : 경상남도 남해군 고현면 포상리 포상마을
조사일시 : 2011.1.20
조 사 자 : 박경수, 정규식, 오소현, 공유경
제 보 자 : 공순점, 여, 84세
구연상황 : 조사자가 다른 노래도 불러 달라고 하자 제보자가 이 노래를 불렀다. 구연하
는 도중 청중들은 재미있다고 하면서 웃음을 멈추지 않았다.

뒷동산에 딱따구리는 참나무구멍도 잘뚫는데
우리집의 저문딩이는 뚫던구멍도 못뚫는다

시내 방천에

자료코드 : 04_04_FOS_20110120_PKS_KSJ_0009
조사장소 : 경상남도 남해군 고현면 포상리 포상마을
조사일시 : 2011.1.20
조 사 자 : 박경수, 정규식, 오소현, 공유경
제 보 자 : 공순점, 여, 84세
구연상황 : 앞의 노래에 이어 계속 구연하였다.

시내방천에 굴까는처녀야 내언제니커서 내사람될래
얼씨구나 좋다 절씨구나 좋다
에헤야 데헤야 사랑이로 구나

심해타령

자료코드 : 04_04_FOS_20110120_PKS_KMS_0001
조사장소 : 경상남도 남해군 고현면 포상리 포상마을
조사일시 : 2011.1.20
조 사 자 : 박경수, 정규식, 오소현, 공유경
제 보 자 : 김명순, 여, 82세
구연상황 : 조사자의 유도에 제보자는 가사를 같이 맞춰 보고 기억을 한 후에 불러 주었
다. 옆에 있던 청중이 박수를 치면서 '아이고 좋다'라고 하면서 추임새를 넣
었다.

일천간장 탈때마다 부모생각이 절로나고
무전객선 떠날때마다 고향생각이 절로나네
고향생각 날적에는 부모님생각은 오죽하리
근심수심 책을모아 부모문전에 던져놓고
죽구지야 죽구지야 자는듯이 죽구지야

청춘가

자료코드 : 04_04_FOS_20110120_PKS_KMS_0002
조사장소 : 경상남도 남해군 고현면 포상리 포상마을
조사일시 : 2011.1.20
조 사 자 : 박경수, 정규식, 오소현, 공유경
제 보 자 : 김명순, 여, 82세
구연상황 : 조사자가 예전에 불렀던 청춘가를 불러 달라고 하자 이 노래를 불렀다.

죽장맹하 담포자로 천리강산을 들어가니
만구강산 홍로들이 일년이때 다시만나
춘삼을 자랑노라
만춘꽃속 잠든나비 자체없이도 날아들고

유선앵비는 팽팽금이요
육국육신 소진장은 열국왕을 다달래도
염마왕을 못달래서
건너안상 두군성에 세우춘풍 맞고있네
우리모두 벗님내야 한잔먹고 놀아보세
아차한번 잘못되면 누로한잔을 먹자하리

진주난봉가

자료코드 : 04_04_FOS_20110120_PKS_KMS_0003
조사장소 : 경상남도 남해군 고현면 포상리 포상마을
조사일시 : 2011.1.20
조 사 자 : 박경수, 정규식, 오소현, 공유경
제 보 자 : 김명순, 여, 82세
구연상황 : 앞의 노래에 이어 이 노래를 구연하였다. 제보자 혼자 박수를 치면서 구연하
였다. 옆에 있던 청중이 '아이고 잘 한다.'라고 하면서 추임새를 넣었다.

진주난강 저치들이 빨래하는 저처자야
장난질로 던진돌이 니맞을줄은 내몰랐네
니맞을줄 알았으면 던진돌이 우해로다

강진 바다 갈포래는

자료코드 : 04_04_FOS_20110120_PKS_KMS_0004
조사장소 : 경상남도 남해군 고현면 포상리 포상마을
조사일시 : 2011.1.20
조 사 자 : 박경수, 정규식, 오소현, 공유경
제 보 자 : 김명순, 여, 82세
구연상황 : 앞의 노래에 이어 구연하였다. 손뼉을 치면서 흥겹게 불렀다.

강진바다 갈포래는 시오머니죽은 넋이던가
펄펄하네 펄펄하네 날만 며는 펄펄하네

성주풀이

자료코드 : 04_04_FOS_20110120_PKS_KMS_0005
조사장소 : 경상남도 남해군 고현면 포상리 포상마을
조사일시 : 2011.1.20
조 사 자 : 박경수, 정규식, 오소현, 공유경
제 보 자 : 김명순, 여, 82세
구연상황 : 앞의 노래에 이어 구연하였다.

저건네라 잔솔밭에 설설기는 저포수야
나도간밤에 님을잃고 너와같이 설설긴다

모심기 노래

자료코드 : 04_04_FOS_20110120_PKS_KMS_0006
조사장소 : 경상남도 남해군 고현면 포상리 포상마을
조사일시 : 2011.1.20
조 사 자 : 박경수, 정규식, 오소현, 공유경
제 보 자 : 김명순, 여, 82세
구연상황 : 제보자가 앞의 노래에 이어 이 노래를 구연하였다. 가끔씩 손을 방바닥을 치
면서 구연하였다.

　　　남해금산 뜬구름아 눈들었나 비들었나
　　　눈도비도 아니들고 노래명창 내들었네
　　　노래명창 네불러라 장구장단은 내처주마

총각아 총각아

자료코드 : 04_04_FOS_20110120_PKS_KMS_0007
조사장소 : 경상남도 남해군 고현면 포상리 포상마을
조사일시 : 2011.1.20
조 사 자 : 박경수, 정규식, 오소현, 공유경
제 보 자 : 김명순, 여, 82세
구연상황 : 제보자는 노래를 다 부른 뒤에 조사자가 노래에 대한 뜻을 물어보자 노래에
대한 부연 설명을 자세히 해 주었다.

　　　총각아 총각아 유닮은 총각아
　　　말많은 내집에 님얻으로 왔네
　　　숫돌이 고와서 낫갈로 왔제
　　　처니가 고와서 낫갈로 왔나

다리 세기 노래

자료코드 : 04_04_FOS_20110120_PKS_KMS_0008
조사장소 : 경상남도 남해군 고현면 포상리 포상마을
조사일시 : 2011.1.20
조 사 자 : 박경수, 정규식, 오소현, 공유경
제 보 자 : 김명순, 여, 82세
구연상황 : 조사자가 어릴 적 했던 다리세기 노래를 해 달라고 하자 제보자가 이 노래를
　　　　　구연하였다.

이다리 저다리 갓거리
진주 명주 또맹주
짝 발레 휘상것
요때 요때 전라도
하늘 수박 제비콩

잠자리 잡는 노래

자료코드 : 04_04_FOS_20110120_PKS_KMS_0009
조사장소 : 경상남도 남해군 고현면 포상리 포상마을
조사일시 : 2011.1.20
조 사 자 : 박경수, 정규식, 오소현, 공유경
제 보 자 : 김명순, 여, 82세
구연상황 : 조사자가 어릴 적에 잠자리를 잡을 때 불렀던 노래를 구연해 달라고 하자 이
　　　　　노래를 구연하였다.

잠자라 꿈자라
붙은자리 딱붙어라
먼데가면 눈먼다

진도아리랑

자료코드 : 04_04_FOS_20110120_PKS_KSCJ_0001
조사장소 : 경상남도 남해군 고현면 갈화리 화전마을
조사일시 : 2011.1.20
조 사 자 : 박경수, 정규식, 오소현, 공유경
제 보 자 : 김소처자, 여, 91세
구연상황 : 조사자가 진도아리랑을 불러 달라고 하자 이 노래를 구연하였다. 청중들이 박
　　　　　수를 치면서 구연하였다.

　　　노세 노세 젊어서 노세
　　　늙어야 병들면 못노 리라
　　　아리아리랑 쓰리쓰리랑 아라리가 낫네
　　　아리랑 응응응 아라리가 낫네

백두산이 무너져서

자료코드 : 04_04_FOS_20110121_PKS_RIH_0001
조사장소 : 경상남도 남해군 고현면 대사리 대사마을
조사일시 : 2011.1.21
조 사 자 : 박경수, 정규식, 오소현, 공유경
제 보 자 : 류일화, 여, 80세
구연상황 : 제보자가 혼자 박수를 치면서 구연하였다. 조사자가 구연을 유도하여 불렀다.
　　　　　처음에는 잘 모른다고 하다가 조사자가 지속적으로 구연을 유도하자 이 노래
　　　　　를 불렀다. 청중 몇몇이 호응하면서 박수를 쳤다.

　　　백두산이 무너져서 평안댈주를 누알았나
　　　우리조선 해방이되고 병정갈줄은 누알았나
　　　처녀총각 만낸연분이 이별을할줄은 누알았나

태평가

자료코드 : 04_04_FOS_20110121_PKS_RIH_0002

조사장소 : 경상남도 남해군 고현면 대사리 대사마을

조사일시 : 2011.1.21

조 사 자 : 박경수, 정규식, 오소현, 공유경

제 보 자 : 류일화, 여, 80세

구연상황 : 제보자가 앞의 노래에 이어 이 노래를 구연하였다. 제보자와 청중들이 같이
　　　　　박수를 치면서 노래를 불렀다.

　　　닐리리야 닐리리야

　　　니나노 난실로 내가 돌아간다

　　　닐리리 닐리리야

　　　상사초라 불밝혀라 잊었던낭군이 다시돌아온다

　　　닐리리 닐리리야

　　　배꽃같은 요내얼굴 햇빛에그슬려 웬말인가

　　　닐리리 닐리리야

　　　일구일심 걸었던님인데 그어느시절에 만나볼까

각설이타령

자료코드 : 04_04_FOS_20110121_PKS_RIH_0003

조사장소 : 경상남도 남해군 고현면 대사리 대사마을

조사일시 : 2011.1.21

조 사 자 : 박경수, 정규식, 오소현, 공유경

제 보 자 : 류일화, 여, 80세

구연상황 : 제보자가 앞의 노래에 이어 이 노래를 불렀다. 박수를 치면서 흥겹게 불렀다,
　　　　　구연 도중 가사를 몰라 잠시 멈췄다가 다시 불렀다.

　　　얼씨구씨구 잘한다

작년에왔던 각설이가 죽지도않고 또온다

봄바지는 젓바지 여름바지는 홑바지

개울바지는 솜바지 한대문만 빠지모

기집애자식을 굶긴다 어어품마나 잘한다

마당텁텁 벌어진대는 소쿠리바지게가 제적이고

처녀총각 병난대는 총각남근이 제적이고

어어품마 잘한다

지신밟기 노래

자료코드 : 04_04_FOS_20110122_PKS_PSY_0001
조사장소 : 경상남도 남해군 고현면 오곡리 오곡마을
조사일시 : 2011.1.22
조 사 자 : 박경수, 정규식, 오소현, 공유경
제 보 자 : 박삼영, 남, 66세
구연상황 : 조사자가 예전에 불렀다던 지신밟기를 구연하였다. 구연을 하다가 가사가 기억이 나지 않아 한참을 생각하다가 다시 구연하였다. 실제 구연상황을 상세히 설명해 주면서 실감 있게 구연하였다. 제보자는 예전에 이런 노래를 많이 했는데 요즘엔 하지 않아 기억이 가물거린다고 했다.

성주주왕님네

아들놓걸랑 서울로보내고 딸놓걸랑 경상도사이로삼으소

그 중간에는 농악이 들어가야 합니다.

어이여라 지신아 지신봅자 지신아

그 뒤에는 말을 후렴은 따라하는 게 아니라 악기를 칩니다. 잊어버렸다.

뒤로봐도 천석군 앞으로봐도 천석군

아들놓고 딸놓고 천년만년 누리세

상여소리(상여를 일으켜 세울 때)

자료코드 : 04_04_FOS_20110122_PKS_PSY_0002
조사장소 : 경상남도 남해군 고현면 오곡리 오곡마을
조사일시 : 2011.1.22
조 사 자 : 박경수, 정규식, 오소현, 공유경
제 보 자 : 박삼영, 남, 66세
구연상황 : 제보자가 상여소리도 잘 한다는 정보를 듣고 조사자가 상여소리를 구연해 달
라고 적극 권유하였다. 제보자가 처음에는 잘 하려고 하지 않았으나 조사자가
뒷소리를 받아준다고 하니 이 노래를 구연하였다. 아주 구성지고 진지하게 노
래를 구연하였다.

관음보살

관음보살

관음보살

관음보살

극락세계로 잘가시라고 염불이나 하여주소

관음보살

어~ 놈 어~ 놈 어하넘차 어~ 놈

어~ 놈 어~ 놈 어하넘차 어~ 놈

저승길이 멀다드만은 대문앞이 황천이라

어~ 놈 어~ 놈 어하넘차 어~ 놈

여보시오 시주님께 이네말씀 들어보소

어~ 놈 어~ 놈 어하넘차 어~ 놈

세상천지 만물중에 사람밖에 또있는가

어~ 놈 어~ 놈 어하넘차 어~ 놈

이세상에 나울적에 니덕으로 나왔는가
어~ 놈 어~ 놈 어하넘차 어~ 놈
부처님전 공덕으로 아버님전 뼈를빌고
어~ 놈 어~ 놈 어하넘차 어~ 놈
어머님전 살을빌며 칠성님전 명을빌고
어~ 놈 어~ 놈 어하넘차 어~ 놈
제성님전 복을빌어 이네일신 반성하니
어~ 놈 어~ 놈 어하넘차 어~ 놈
한두살에 침을볼라 부모은공 못다갚아
어~ 놈 어~ 놈 어하넘차 어~ 놈
무정세월 여류하여 은수백발이 찾아드니
어~ 놈 어~ 놈 어하넘차 어~ 놈
없던망녕 절로난다 망령이라 흉을보고
어~ 놈 어~ 놈 어하넘차 어~ 놈
구석구석 웃는모양 애달고도 설울지고
어~ 놈 어~ 놈 어하넘차 어~ 놈
할수없다 할수없다 홍안백발이 찾아드니
어~ 놈 어~ 놈 어하넘차 어~ 놈
인간에 이공도를 어느누가 막을손가
어~ 놈 어~ 놈 어하넘차 어~ 놈
춘초에는 년년록이나 왕손은 귀불귀라
어~ 놈 어~ 놈 어하넘차 어~ 놈
우리인생 늙어지면 다시젊기 어려워라
어~ 놈 어~ 놈 어하넘차 어~ 놈

상여소리(오르막길에 오를 때)

자료코드 : 04_04_FOS_20110122_PKS_PSY_0003
조사장소 : 경상남도 남해군 고현면 오곡리 오곡마을
조사일시 : 2011.1.22
조 사 자 : 박경수, 정규식, 오소현, 공유경
제 보 자 : 박삼영, 남, 66세
구연상황 : 앞의 상여소리에 이어 계속 가창하였다. 상여를 메고 가는 상황을 말로 설명하며 소리를 했다. 조사자가 후렴을 불렀다.

오르막길이 나타났다.

어하넘차	어하넘차
어하넘차	어하넘차
태산중령이	어하넘차
닥쳤으니	어하넘차
긴소리는	어하넘차
그만막고	어하넘차
짧은소리로	어하넘차
막고가세	어하넘차
열에여섯	어하넘차
상부꾼들	어하넘차
이네말을	어하넘차
들어보소	어하넘차
짧은소리를	어하넘차
잘맞으면	어하넘차
옆에사람	어하넘차
보기좋고	어하넘차
먼데사람	어하넘차

듣기좋네	어하넘차
삼천갑자	어하넘차
동방석도	어하넘차
가고싶어	어하넘차
갔겄는가	어하넘차
저승사자	어하넘차
망령으로	어하넘차
가기싫어도	어하넘차
가셨겄제	어하넘차
우리인생	어하넘차
늙어지면	어하넘차
가기싫어도	어하넘차
가는것을	어하넘차
이세상에	어하넘차
살았을때	어하넘차
좋은일만	어하넘차
하고살세	어하넘차
어하넘차	어하넘차

그래 더 까끄막에 왔다.

자~	자~

상두꾼들이 전부 자~ 고함을 지르면서 올라갑니다.

자~	자~
자~	자~

상여소리(상여를 놓을 때)

자료코드 : 04_04_FOS_20110122_PKS_PSY_0004
조사장소 : 경상남도 남해군 고현면 오곡리 오곡마을
조사일시 : 2011.1.22
조 사 자 : 박경수, 정규식, 오소현, 공유경
제 보 자 : 박삼영, 남, 66세
구연상황 : 앞의 상여소리에 이어 계속 불렀다.

저승길이 멀다드만은 여기코앞이 황천일세
어~ 놈 어~ 놈 어하넘차 어~ 놈
잘가시오 잘가시오 극락세계로 잘가시오
어~ 놈 어~ 놈 어하넘차 어~ 놈

방아타령

자료코드 : 04_04_FOS_20110122_PKS_PSY_0005
조사장소 : 경상남도 남해군 고현면 오곡리 오곡마을
조사일시 : 2011.1.22
조 사 자 : 박경수, 정규식, 오소현, 공유경
제 보 자 : 박삼영, 남, 66세
구연상황 : 조사자가 다른 노래도 불러 달라고 하자 제보자가 이 노래를 불렀다. 청중들
        과 제보자, 조사자 모두 함께 박수를 치면서 즐겁게 구연하였다.

에혜에혜에혜에혜이야
에야 우여라 방아로구나
반넘어서 늙었 으니
다시젊기는 꽃집이팽돌아 졌다
에혜다 주오 구나
오초 동남 너른물에

오고 가는 상부어선은

순풍에 돛을 달고

북을 두리둥실 울리면서

어기여차 닻갚는소리 엄포기버이미

에헤라 이여디라 말가

에헤에헤에헤에헤이야

에라 얼거라 방아로구나

늙어낡아 다지나 가느라

줄을 당기 어라

물떼가 만들어져 간다

에헤다 주어 구나

무산 시민 높은봉은

구름밖에 솟아 있고

해솟아 떠가는 배는

범여에 오오 주요

운강으로 날아드는 새는

서왕모에 에헤라 천조로다

에헤에헤에헤에헤이야

에라 얼거라 방아로구나

일락은 서산에 해떨어지고

월출동영에 저기저다리 막솟아온다

에헤다 주어 구나

연산 홍노 봄바람에

넘노 나니 항봉대적

붉은꽃 푸른 잎은

산홍 수새를 거림하고

나는 나비 우는새는
춘당춘을 에헤라 자랑한다
에헤에헤에헤에헤이야
에라 울어라 방아로구나

자진방아타령

자료코드 : 04_04_FOS_20110122_PKS_PSY_0006
조사장소 : 경상남도 남해군 고현면 오곡리 오곡마을
조사일시 : 2011.1.22
조 사 자 : 박경수, 정규식, 오소현, 공유경
제 보 자 : 박삼영, 남, 66세
구연상황 : 앞의 노래에 이어 이 노래도 불렀다. 청중들과 조사자도 함께 박수를 쳤다.

에헤에요 에헤요 방아응아 로다
정월이라 십오일 부머리장군 김코백이
애먹인연이 떳다
에헤라디여
에헤요 에헤여라 방아응아 로다
이월이라 한식날 종달새 떳다
아하
에헤요 디여라 방아응아 로다
삼월이나 삼짓날 제비새끼 먹마구리
바람개비가 떳다
에헤라디여
에헤요 에헤여라 방아응아 로다
사월이라 초파일 강등아류 인고대

사면보살 장안사 아가리붕실 잉어등에

등대줄이 떳다

아하

에헤요 에헤여라 방아응아 로다

오월이라 단오일 동백수양에 푸른가지

높다랗게 등에메고 자자또하니 늘어진가지

백년버선에 두발길로 에후리쳐 툭툭차니

낙엽이둥실 떳다

에헤라디여

에헤요 에헤여라 방아응아 로다

노랫가락

자료코드 : 04_04_FOS_20110122_PKS_PSY_0007

조사장소 : 경상남도 남해군 고현면 오곡리 오곡마을

조사일시 : 2011.1.22

조 사 자 : 박경수, 정규식, 오소현, 공유경

제 보 자 : 박삼영, 남, 66세

구연상황 : 제보자가 노랫가락을 잘 부른다고 하면 이 노래를 구연하였다. 제보자와 청중 한 분이 박수를 치면서 노래를 불렀다.

충신은 만조정이요 효자열녀는 가가재라

화영재 낙처자니 붕우유신 하오리다

우리도 성주모시고 태평성대를 누리리라

청춘가

자료코드 : 04_04_FOS_20110122_PKS_PSY_0008
조사장소 : 경상남도 남해군 고현면 오곡리 오곡마을
조사일시 : 2011.1.22
조 사 자 : 박경수, 정규식, 오소현, 공유경
제 보 자 : 박삼영, 남, 66세
구연상황 : 제보자가 노랫가락을 구연한 다음 청춘가도 불렀다. 청중 몇 분과 박수를 치
　　　　　면서 구연하였다.

　　　　이팔 청춘에 소년몸 되어서
　　　　문맹에 학문을 닦아를 봅시다

　　　　청춘 몸에는 내자랑 말아라
　　　　덧없는 세월에 백발이 되노라

　　　　요지 일을 순직은 공이오
　　　　태평 성대가 여기로오 구나

　　　　동두천 소요산은 약수대 꼭대기
　　　　홀로선 소나무 날같이 애롭다

　　　　무정 세월아 가지를 말아라
　　　　장난에 홀이 다늙어 가느나

　　　　세월이 가기는 흐르는 물같고
　　　　인생이 늙기는 바람결 같구나

창부타령

자료코드 : 04_04_FOS_20110122_PKS_PSY_0009
조사장소 : 경상남도 남해군 고현면 오곡리 오곡마을
조사일시 : 2011.1.22
조 사 자 : 박경수, 정규식, 오소현, 공유경
제 보 자 : 박삼영, 남, 66세
구연상황 : 제보자가 앞의 노래에 이어 이 노래를 계속 구연하였다. 제보자는 아주 흥에
　　　　　 겨워 즐겁게 구연하였다.

　　　아니 아니 놀지는 못하리라
　　　창문을 닫혀도 숨어드는 달빛
　　　마음을 달래도 파고드는 사랑
　　　사랑이 달빛이냐 달빛이 사랑이냐
　　　텅빈 내가슴속에 사랑만가득 쌓였구나
　　　사랑 사랑이라니 사랑이란게 무엇인가
　　　보일듯이 아니보이고 잡힐듯허다 놓쳤으니
　　　내혼자만이 고민하는게 이것이모두가 사랑이야
　　　아니 띠리리리리리 아니나 놀지는 못하리라

양산도

자료코드 : 04_04_FOS_20110122_PKS_PSY_0010
조사장소 : 경상남도 남해군 고현면 오곡리 오곡마을
조사일시 : 2011.1.22
조 사 자 : 박경수, 정규식, 오소현, 공유경
제 보 자 : 박삼영, 남, 66세
구연상황 : 제보자가 이제 노래 많이 불렀으니 그만하자고 하였다. 조사자가 혹시 양산도
　　　　　 나 아리랑 같은 것도 아시느냐고 하자 제보자가 이 노래를 불렀다.

헤에라 아니 못노 것네
능지를 하여도 못놀 것네
에헤이여~~
봉안돌이 편시춘이이
일촌에 광음이 애석 하다
세월아 봄철아 오고가질 마라
장한에 오걸이 다늙어 간다

에헤이여~~
풍화 유수 흐르는 물에
두둥실을 배띄어 더너라 볼까
일락은 서산에 해떨어 지고
월출동영에 달이 솟아 온다

에헤이여~~
양덕 명산 흐르는 물은
감돌아 든다고 구경놓아 오다
아서라 말어라 내아들이 말아
사람에 괄세를 내그리 말아

노랫가락

자료코드 : 04_04_FOS_20110121_PKS_PJJ_0001
조사장소 : 경상남도 남해군 고현면 대사리 대사마을
조사일시 : 2011.1.21
조 사 자 : 박경수, 정규식, 오소현, 공유경
제 보 자 : 박재점, 여, 78세

구연상황 : 조사자가 구연을 유도 하자 제보자가 이 노래를 불렀다. 제보자는 노래를 부를 때 어깨를 들썩이며 흥겹게 구연하였다. 제보자는 구연 도중 가사가 기억이 나지 않아 잠시 조사자의 도움으로 계속 구연하였다.

> 남해금산 잔솔밭에 뽈뽈기는 저포수야
> 오만짐승 다잡아도 기러기한상은 잡지마오
> 그기러기 나와같이 임을잃고 다닌단다
>
> 남해금산 뜬구름아 눈실었나 비실었나
> 눈도비도 아니실고 노래명창 내실었네
>
> 나물먹고 물마시고 팔을베고 누웠으니
> 대장부 살림살이 요만하면 넉넉하리

창부타령

자료코드 : 04_04_FOS_20110121_PKS_SSJ_0001
조사장소 : 경상남도 남해군 고현면 차면리 차면마을
조사일시 : 2011.1.21
조 사 자 : 박경수, 정규식, 오소현, 공유경
제 보 자 : 서순자, 여, 70세
구연상황 : 조사자가 노래를 불러 달라고 구연을 유도하였다. 처음에는 구연을 하지 않으려고 하다가 이 노래를 불렀다. 청중 가운데 한분이 '아 좋다'라고 하면서 흥을 돋우었다. 제보자가 혼자 박수를 치면서 구연을 하였다,

> 음순열어 질상갈에 신이나살살 갱기놓고
> 산수공부 힘써갖고 유림일장 기와집밑에
> 상점이나 보고지야
>
> 옛노래적 김유신장군은 삼국통일도 시키더마는

때리직일너무 김일성은 남북통일도 못시키나
얼씨구나좋네 지화자좋네 아니놀지를 못하리라

잠아잠아 오지마라 시어머니 눈에난다
시어머니 눈에나면 정던님도 절로난다

임은 가고 봄은 오니

자료코드 : 04_04_FOS_20110121_PKS_SSJ_0002
조사장소 : 경상남도 남해군 고현면 차면리 차면마을
조사일시 : 2011.1.21
조 사 자 : 박경수, 정규식, 오소현, 공유경
제 보 자 : 서순자, 여, 70세
구연상황 : 제보자는 앞의 노래에 이어 이 노래를 불렀다.

임은가고 봄은오니 꽃만피어도 임무생각
강추일월이 하수심하여 강물만철렁해도 임무생각
앉아생각 누워서생각 생각나는게 임이로다
임은가서 날잊었나 나는못가서 못잊었네
잊어야만이 좋을줄은 범나비나도 알건마는
웬수녀러 미련이남아 그래도못잊어서 한이로다

진주난봉가

자료코드 : 04_04_FOS_20110121_PKS_SSJ_0003
조사장소 : 경상남도 남해군 고현면 차면리 차면마을
조사일시 : 2011.1.21
조 사 자 : 박경수, 정규식, 오소현, 공유경

제 보 자 : 서순자, 여, 70세
구연상황 : 조사자가 민요 제목을 말하며 유도를 하니 제보자가 생각나는 대로 바로바로
　　　　　불러 주었다.

　　　울도담도 없는집이 시집삼년을 살고난게
　　　시어머니 하는말씀 아가아가 며늘아가
　　　너거님을 볼라걸랑 진주남강에 빨래가게

아리랑

자료코드 : 04_04_FOS_20110121_PKS_SSJ_0004
조사장소 : 경상남도 남해군 고현면 차면리 차면마을
조사일시 : 2011.1.21
조 사 자 : 박경수, 정규식, 오소현, 공유경
제 보 자 : 서순자, 여, 70세
구연상황 : 조사자가 아리랑을 불러 달라고 하자 제보자가 이 노래를 구연하였다. 청중들
　　　　　이 '잘 한다'고 하면서 추임새를 넣었다.

　　　아리랑 아리랑 아라리요
　　　아리랑 고개로 넘어간다
　　　나를버리고 가시는 님은
　　　십리도 못가서 발병난다
　　　아리랑 아리랑 아라리요
　　　아리랑 고개로 넘어간다
　　　아리랑고개다 주막집을 짓고
　　　정든님 오기만 기다린다

진도아리랑

자료코드 : 004_04_FOS_20110121_PKS_SSJ_0005
조사장소 : 경상남도 남해군 고현면 차면리 차면마을
조사일시 : 2011.1.21
조 사 자 : 박경수, 정규식, 오소현, 공유경
제 보 자 : 서순자, 여, 70세
구연상황 : 조사자가 진도 아리랑의 후렴구를 먼저 불러 구연을 유도하였다. 그러자 제보
자가 이 노래를 구연했다.

> 아리아리랑 스리쓰리랑 아라리가 낫네
> 아리랑 끙끙끙 아라리가 낫네
> 시집을 못살아 신문에 났나
> 양골년 술담배 신문에 났네
> 시집을 못살고 오고가기가 숩제
> 양골년 술담배 내가못참 겠네
> 아리아리랑 쓰리쓰리랑 아라리가 낫네
> 아리랑 끙끙끙 아라리가 낫네

베틀 노래

자료코드 : 04_04_FOS_20110120_PKS_ASA_0001
조사장소 : 경상남도 남해군 고현면 갈화리 화전마을
조사일시 : 2011.1.20
조 사 자 : 박경수, 정규식, 오소현, 공유경
제 보 자 : 안순악, 여, 81세
구연상황 : 조사자가 베틀 노래를 구연해 달라고 하자 제보자가 이 노래를 불렀다. 제보
자는 구연 도중 가사가 기억나지 않아 잠시 멈췄다가 다시 구연하였다.

> 베틀다리는 사형제요 요내다리는 두다리다

모심기 노래

자료코드 : 04_04_FOS_20110120_PKS_ASA_0002
조사장소 : 경상남도 남해군 고현면 갈화리 화전마을
조사일시 : 2011.1.20
조 사 자 : 박경수, 정규식, 오소현, 공유경
제 보 자 : 안순악, 여, 81세
구연상황 : 조사자가 모심기 노래도 한 곡 해 달라고 하자 제보자가 이 노래를 불러 주
었다. 예전에는 길게 불렀는데 지금은 잘 기억나지 않는다고 하면서 중간 중
간 끊어 가면서 불렀다.

서마지기 논배미가 발달만치 남았구나

초승달만 반달이냐 세복달도 반달이라

하동땅땅 박을숨어 중간에다 중방열고

끝동에다 끝방열고

중방을랑 올케열고 끝방을랑 시누들고

꿀까로가세 대동강으로 꿀까로 가세

난지른듯 비가들어 어리둥둥 떠내려가네

우리오빠 거둥보게

발목물에 처를잡고 허리물에 날안잡네

창밖에 창치는님아 임창진다고 내나가나

니보도 뜨거운임이 내품안에 잠들었다

농부가

자료코드 : 04_04_FOS_20110121_PKS_OWJ_0001
조사장소 : 경상남도 남해군 고현면 대사리 대사마을
조사일시 : 2011.1.21
조 사 자 : 박경수, 정규식, 오소현, 공유경
제 보 자 : 오원주, 남, 83세
구연상황 : 조사자가 농부가를 불러 달라고 하자 제보자 이 노래를 불렀다.

어여루 상사디여~

어라농부들 말들어 어라농부들 말든소

섬마지기 논배미가 반달만큼 남았네

네가무슨 반달이야 초생달이 반달이로다

어여루 상사디여~

양산도

자료코드 : 04_04_FOS_20110121_PKS_OWJ_0002
조사장소 : 경상남도 남해군 고현면 대사리 대사마을
조사일시 : 2011.1.21
조 사 자 : 박경수, 정규식, 오소현, 공유경
제 보 자 : 오원주, 남, 83세
구연상황 : 제보자가 다른 청중들의 노래를 듣고 이 노래를 하였다. 가끔씩 박수를 치면
　　　　　서 노래를 불렀다.

에헤에헤이여~

세월아 봄아한철아 오고가지 말아라

아까운 청춘이 다늙어 진다

에헤라 노여라 아니못놓 것네

능기를 하여도 못노 나니

호박넝쿨 박넝쿨은

자료코드 : 04_04_FOS_20110121_PKS_OWJ_0003
조사장소 : 경상남도 남해군 고현면 대사리 대사마을
조사일시 : 2011.1.21
조 사 자 : 박경수, 정규식, 오소현, 공유경
제 보 자 : 오원주, 남, 83세
구연상황 : 제보자가 어떤 노래가 기억난다고 하면서 이 노래를 불렀다. 처음에는 잘 기
         억이 나지 않는다고 하다가 이 노래를 불렀다.

　　　호박넝쿨 박넝쿨은 울안으로 손주는데
　　　우리집이 우리어머니 날키워서 남을주니
　　　얼씨구나절씨구나 못살겠네 우리어머니 나쁜여자

노랫가락 / 백두산성은 하도진이요

자료코드 : 04_04_FOS_20110121_PKS_OWJ_0004
조사장소 : 경상남도 남해군 고현면 대사리 대사마을
조사일시 : 2011.1.21
조 사 자 : 박경수, 정규식, 오소현, 공유경
제 보 자 : 오원주, 남, 83세
구연상황 : 제보자가 앞의 노래에 이어 이 노래를 구연하였다.

　　　백두산성은 하도진이요 두만강수위는 엄마무라
　　　난모이신 내평군이면 후세무친 대장부랄까
　　　아마도 이걸지우니 남이 장군

진도아리랑 (1)

자료코드 : 04_04_FOS_20110121_PKS_LYS_0001
조사장소 : 경상남도 남해군 고현면 남치리 북남치마을
조사일시 : 2011.1.21
조 사 자 : 박경수, 정규식, 오소현, 공유경
제 보 자 : 이예심, 여, 70세
구연상황 : 제보자는 부끄러움을 많이 타서 계속 못 부른다고 했지만, 조사자가 가사 유
　　　　　도를 하니 바로 불러 주었다. 한 번 시작하더니 노래가 계속 생각났는지 옆에
　　　　　분들의 호응을 받아서 계속 불러 주었다. 주변 분들이 제보자의 노래에 박수
　　　　　를 치며 장단을 맞추어 주니 제보자도 신이 나서 계속 불러 주었다.

　　　　설천 모내기 조내리 밴가
　　　　조오롬 조오롬 잘조리 난다
　　　　아리아리랑 쓰리쓰리랑 아라리가 낫네
　　　　아리랑 끙끙끙 아라리가 낫네

　　　　술은 술술술 잘넘어 가고
　　　　찬물은 명수는 입안에뱅뱅 돈다
　　　　아리아리랑 쓰리쓰리랑 아라리가 낫네
　　　　아리랑 끙끙끙 아라리가 낫네

　　　　세월아 봄철아 오고가지 말어라
　　　　아까븐 우리청춘 다늙어 간다

　　　　찰그닥 찰그닥 베짜는 소리
　　　　질가던 선보가 발을 맞춰준다
　　　　아리아리랑 쓰리쓰리랑 아라리가 낫네
　　　　아리랑 끙끙끙 아라리가 낫네

　　　　○○○○ 거리졸졸 옷당못 보소

발가락만 ○○○○ 나를버리 낸다
아리아리랑 쓰리쓰리랑 아라리가 낫네
아리랑 끙끙끙 아라리가 낫네

우리가 살더라 몇백만년을 사나
살아야 생전에 먹고쉬고나 노세
아리아리랑 쓰리쓰리랑 아라리가 낫네
아리랑 끙끙끙 아라리가 낫네

설천 모내기 조내기 뱀가
조롬 조로옴 잘조리가 가네
아리아리랑 쓰리쓰리랑 아라리가 낫네
아리랑 끙끙끙 아라리가 낫네

청천 하늘에는 잔별도 많고
이내야 가슴속에는 수심도 많네
아리아리랑 쓰리쓰리랑 아라리가 낫네
아리랑 쿵딱쿵딱쿵 아라리가 낫네

도라지타령

자료코드 : 04_04_FOS_20110121_PKS_LYS_0002
조사장소 : 경상남도 남해군 고현면 남치리 북남치마을
조사일시 : 2011.1.21
조 사 자 : 박경수, 정규식, 오소현, 공유경
제 보 자 : 이예심, 여, 70세
구연상황 : 조사자가 도라지타령을 구연해 달라고 하자 이 노래를 가창하였다. 청중들과
　　　　　함께 박수를 치면서 흥겹게 구연하였다.

도라지 도라지 도라지
심심 삼천에 백도라지
한두 뿌리만 캐어도
바구니 반삼만 되노라
에헤요 에헤요 에헤에요
어허라난다 지화자자 좋다
니가내간장 스리살살 다녹힌다

진도아리랑 (2)

자료코드 : 04_04_FOS_20110121_PKS_LYS_0003
조사장소 : 경상남도 남해군 고현면 남치리 북남치마을
조사일시 : 2011.1.21
조 사 자 : 박경수, 정규식, 오소현, 공유경
제 보 자 : 이예심, 여, 70세
구연상황 : 앞의 노래에 이어 이 노래를 불렀다. 제보자 혼자 박수를 치면서 노래를 불
       렀다.

○○○ 잘살아 신문에 낫나
연골량 술담배 신문에 낫네

우리네 서방님은 명태잡이 갔는데
바람아 강풍아 석달열흘만 불어라
아리아리랑 쓰리쓰리랑 아라리가 낫네
아리랑 끙끙끙 아리리가 낫네
우리가 살더라 몇백만년을 살으냐
살아야 생전에 먹고쉬고나 놀자

다리 세기 노래

자료코드 : 04_04_FOS_20110121_PKS_LYS_0004
조사장소 : 경상남도 남해군 고현면 남치리 북남치마을
조사일시 : 2011.1.21
조 사 자 : 박경수, 정규식, 오소현, 공유경
제 보 자 : 이예심, 여, 70세
구연상황 : 조사자가 예전에 어릴 적 했던 다리세기 노래를 해 달라고 하자 제보자가 이
　　　　　노래를 하였다. 조사자와 직업 시연을 보이면서 구연하였다.

　　　이거리 저거리 갓거리
　　　진주 맹강 또맹강
　　　짝 바리 앵감
　　　열두 열두 전라도
　　　하늘 번뜩 개좆구
　　　똘똘 몰아 장도칼

화투타령

자료코드 : 04_04_FOS_20110121_PKS_LYS_0005
조사장소 : 경상남도 남해군 고현면 남치리 북남치마을
조사일시 : 2011.1.21
조 사 자 : 박경수, 정규식, 오소현, 공유경
제 보 자 : 이예심, 여, 70세
구연상황 : 조사자가 화투 노래 한 편 불러 달라고 하자 제보자가 이 노래를 불렀다. 처
　　　　　음에는 구연을 하지 않으려고 하다가 청중들과 조사자가 계속 권유하자 노래
　　　　　를 불렀다. 제보자 혼자 박수를 치면서 구연하였다.

　　　정월 솔가지 속속이앉아
　　　이월 매때 이성하여

삼월 사쿠라 산라던나비

사월 흑사리 허사로다

오월 난초 날아든나비

유월 목단꽃에 앉아

칠월 홍사리 홀로나노여

팔월 공산에 달도밝다

구월 국화 굳었던마음

시월 단풍에 똑떨어진다

동지섣달 설은풍에 백설만날려도 임의생각

얼씨구나좋네 지화자좋네 아니노지는못하 리오

진도아리랑 (1)

자료코드 : 04_04_FOS_20110120_PKS_ISS_0001
조사장소 : 경상남도 남해군 고현면 갈화리 화전마을
조사일시 : 2011.1.20
조 사 자 : 박경수, 정규식, 오소현, 공유경
제 보 자 : 임심순, 여, 80세
구연상황 : 조사자가 진도 아리랑을 불러 달라고 하자 제보자가 이 노래를 구연하였다.
후렴 부분을 구연하지 않아 조사자가 유도하니 후렴을 불렀다. 제보자 혼자서
박수를 치면서 노래를 불렀다.

니연애 나의연애 솔방구 연애

바람만 불어도 똑떨어져 산다

아리아리랑 쓰리쓰리랑 아라리가 낫네

아리랑 금마절씨구 아라리가 낫네

남산 위에 뜬 구름아

자료코드 : 04_04_FOS_20110120_PKS_ISS_0002
조사장소 : 경상남도 남해군 고현면 갈화리 화전마을
조사일시 : 2011.1.20
조 사 자 : 박경수, 정규식, 오소현, 공유경
제 보 자 : 임심순, 여, 80세
구연상황 : 앞의 노래에 이어 이 노래를 구연하였다. 제보자 혼자 박수를 치면서 구연하
　　　　　 였다.

　　　　남산우에 뜬구름아 눈실었나 비실었나
　　　　눈도비도 아니실고 노래명청 임실었네

진도아리랑 (2)

자료코드 : 04_04_FOS_20110120_PKS_ISS_0003
조사장소 : 경상남도 남해군 고현면 갈화리 화전마을
조사일시 : 2011.1.20
조 사 자 : 박경수, 정규식, 오소현, 공유경
제 보 자 : 임심순, 여, 80세
구연상황 : 진도 아리랑의 후렴 부분만 박수를 치면서 구연하였다.

　　　　아리아리랑 쓰리쓰리랑 아라리가 낫네
　　　　아리랑 엄마절씨구 아라리가 낫네

우리네 서방님

자료코드 : 04_04_FOS_20110120_PKS_ISS_0004
조사장소 : 경상남도 남해군 고현면 갈화리 화전마을
조사일시 : 2011.1.20

조 사 자 : 박경수, 정규식, 오소현, 공유경
제 보 자 : 임심순, 여, 80세
구연상황 : 조사자가 다른 노래도 불러 달라고 하자 제보자가 이 노래를 구연하였다. 청
중들과 함께 박수를 치면서 흥겹게 구연하였다.

우리네 서방님 명태잡이 가고
원수야 한오바람아 섯달열흘만 불어라
에헤야 에헤야 에헤에헤야 어헤야
에헤야 디여로 사랑이로 구나

도라지타령

자료코드 : 04_04_FOS_20110120_PKS_ISS_0005
조사장소 : 경상남도 남해군 고현면 갈화리 화전마을
조사일시 : 2011.1.20
조 사 자 : 박경수, 정규식, 오소현, 공유경
제 보 자 : 임심순, 여, 80세
구연상황 : 조사자가 도라지타령도 불러 달라고 하자 제보자가 이 노래를 구연하였다. 청
중들과 함께 박수를 치면서 구연하였다.

도라지 도라지 도라지
심심 산천에 백도라지
한두 뿌리만 캐어도
내바구니 반실만 되노라
노래미 노래미 노래미
노랑 도랑에 노래미
한두 마리만 잡아도
내바구니 반실만 되노라
에헤요 에헤요 에헤요

에헤라난다 지화자자 좋네
니가내간장 스리살살 다녹인다

베틀 노래

자료코드 : 04_04_FOS_20110120_PKS_JSA1_0001
조사장소 : 경상남도 남해군 고현면 포상리 포상마을
조사일시 : 2011.1.20
조 사 자 : 박경수, 정규식, 오소현, 공유경
제 보 자 : 정선악, 여, 91세
구연상황 : 다른 청중들이 제보자가 베틀 노래를 잘 한다고 구연할 것을 권유하자 제보자
가 이 노래를 불렀다. 가끔씩 방바닥을 손으로 치면서 노래를 구연을 하였다.

하리라 하심심해 베틀연장을 차려보니
베틀다리는 사형제요 내다리는 성자로다
앉을때 돋음놓고 그위에 앉은몸은
왕태전 구왕전에 남비궁을 자애하고
잉에때는 삼형제요 늙어때는 하오래비
줄줄히 섰는양은 백도키로 야선듯
몰캐라 하는기는 총각죽은 넋이던가
처녀허리 감아드네
채바리라 하는거는 동해바다에 ○○○네
부디집 치는소리 월명청 붉은달에
옥도끼로 꿰치는듯
잉에때는 삼형지 늙어때는 하오래비
줄줄이 애아섰네
비거리라 하는거는 밀고닫고 올라간다

용두마리 우는소리 청천에 뜬구름

이고가는 소리로다

도투마리라 넘어가는거는 니구비로치고 소리하며넘어간다

절개신이라 하는거는 여자곰치마 물고돈다

창부타령

자료코드 : 04_04_FOS_20110120_PKS_JSA1_0002
조사장소 : 경상남도 남해군 고현면 포상리 포상마을
조사일시 : 2011.1.20
조 사 자 : 박경수, 정규식, 오소현, 공유경
제 보 자 : 정선악, 여, 91세
구연상황 : 조사자가 창부타령을 구연해 달라고 하자 제보자가 이 노래를 불렀다.

설천모너리는 조내기밴가 조름조름 좋아든다

얼씨구나절씨구나 지화자좋네 아니노지를 못하리라

높은산에는 눈날리고 낮은산에는 비날린다

오압수장마 오시는비는 대동강으로 밀어내네

얼씨구나좋다 절씨구나좋다 아니노지를 못하리라

진도아리랑 (1)

자료코드 : 04_04_FOS_20110120_PKS_JSA1_0003
조사장소 : 경상남도 남해군 고현면 포상리 포상마을
조사일시 : 2011.1.20
조 사 자 : 박경수, 정규식, 오소현, 공유경
제 보 자 : 정선악, 여, 91세
구연상황 : 제보자는 노래를 부르기 전에 노래에 대한 설명을 먼저 하고 난 뒤 노래를

불러 주었다. 노래를 부르는 중간중간에도 노래 가사에 대한 설명을 해 주었다.

아리랑 고개다 주막집을 짓고
정든 님 오기만 기다리네
아리아리랑 쓰리쓰리랑 아라리가 낫네
아리랑 고개고개로 나를 넘겨두소
○○○ 날봐라 낼따라 살까
신랑같은 법이무서바 니도따라 산다
아리아리랑 쓰리쓰리랑 아라리가 낫네
아리랑 음음음 아라리가 낫네
황해도 봉산에 인심이 좋아
노량돈 한두푼에 큰애기 둘썩세썩

창부타령

자료코드 : 04_04_FOS_20110120_PKS_JSA1_0004
조사장소 : 경상남도 남해군 고현면 포상리 포상마을
조사일시 : 2011.1.20
조 사 자 : 박경수, 정규식, 오소현, 공유경
제 보 자 : 정선악, 여, 91세
구연상황 : 제보자가 앞의 노래에 이어 이 노래를 불렀다. 손으로 방바닥을 치면서 구연하였다.

함삼모수 속적삼안에 분통같은 저조탱이
많이보면 병되는데 쌀낫만치 보고싶네
얼씨구나절씨구나 지화자좋네 아니노지는 못하리라

진도아리랑 (2)

자료코드 : 04_04_FOS_20110120_PKS_JSA1_0005
조사장소 : 경상남도 남해군 고현면 포상리 포상마을
조사일시 : 2011.1.20
조 사 자 : 박경수, 정규식, 오소현, 공유경
제 보 자 : 정선악, 여, 91세
구연상황 : 제보자는 앞의 노래에 이어 박수를 치면서 흥겹게 구연하였다. 옆에 있던 청
중은 '좋다'라고 하면서 흥을 돋우었다.

소쿠리 날르자 병아리강고 들고
모정한기차가 떠나자 정뱅이간곳이 없구나
아리아리랑 쓰리쓰리랑 아라리가 낫네
아리랑 음음음 아라리가 낫네
술은 술술 잘넘어 가고
찬물 냉수는 입안에빙빙 돈다
아리아리랑 쓰리쓰리랑 아라리가 낫네
아리랑 음음음 아라리가 낫네
설천 모너리 조내기 밴가
조름 조름 잘도돌아 진다
아리아리랑 쓰리쓰리랑 아라리가 낫네
아리랑 음음음 아라리가 낫네

자장가

자료코드 : 04_04_FOS_20110120_PKS_JSA1_0006
조사장소 : 경상남도 남해군 고현면 포상리 포상마을
조사일시 : 2011.1.20
조 사 자 : 박경수, 정규식, 오소현, 공유경

제 보 자 : 정선악, 여, 91세

구연상황 : 조사자가 예전에 애기 기를 때 불렀던 자장가를 불러 달라고 하자 제보자가
이 노래를 구연하였다.

자장자장 우리애기 잘도 잔다

멍멍개야 짖지마라 꼬꼬닭아 우지마라

자장자장 잘도잔다 우리애기 잘도잔다

창부타령

자료코드 : 04_04_FOS_20110120_PKS_JSA_0001

조사장소 : 경상남도 남해군 고현면 갈화리 화전마을

조사일시 : 2011.1.20

조 사 자 : 박경수, 정규식, 오소현, 공유경

제 보 자 : 정소아, 여, 86세

구연상황 : 조사자가 청춘가를 구연해 달라고 하자 제보자가 창부타령을 불렀다. 처음에
는 잘 못한다고 하다가 계속 구연을 권유하자 이 노래를 불렀다. 구연 도중
청중이 '잘 한다.'고 하면서 흥을 돋우었다.

노세 젊어서 놀아 늙고 병들면 못노니라

얼씨구 절씨구 지화자좋네

아니 놀지는 못하리라

창부타령 (1)

자료코드 : 04_04_FOS_20110120_PKS_JSA_0002

조사장소 : 경상남도 남해군 고현면 갈화리 화전마을

조사일시 : 2011.1.20

조 사 자 : 박경수, 정규식, 오소현, 공유경

제 보 자 : 정소아, 여, 86세
구연상황 : 제보자가 앞의 노래에 이어 이 노래를 구연을 하였다. 노래의 앞부분 사설을
         잘못 구연하였지만 끝까지 잘 마무리하였다. 가끔씩 박수를 치면서 노래를 불
         렀다.

유자는 고와도 발질에 놀고

탱주는 고와도 발질에 놀고

유자는 늙어도 기생이손에 논다

에헤야 디야 에헤에헤 에헤야

에헤야 디여라 놀다가 가세

니 정 내 정은

자료코드 : 04_04_FOS_20110120_PKS_JSA_0003
조사장소 : 경상남도 남해군 고현면 갈화리 화전마을
조사일시 : 2011.1.20
조 사 자 : 박경수, 정규식, 오소현, 공유경
제 보 자 : 정소아, 여, 86세
구연상황 : 제보자가 앞의 노래에 이어 이 노래를 불렀다. 청중이 박수를 치고 제보자가
         노래를 불렀다.

니정 내정은 정태산 굿고

언수야 금수야 니정내정 된다

에헤야 디야 에헤에헤 에헤야

에헤야 디여라 사랑이로 구나

설천 모너리 조내기뱃가

자료코드 : 04_04_FOS_20110120_PKS_JSA_0004
조사장소 : 경상남도 남해군 고현면 갈화리 화전마을
조사일시 : 2011.1.20
조 사 자 : 박경수, 정규식, 오소현, 공유경
제 보 자 : 정소아, 여, 86세
구연상황 : 조사자가 앞 사설을 부르면서 구연을 유도하였다. 제보자가 박수를 치면서 노
　　　　　래를 불렀다.

　　　설천 모너리 조내기 뱃가
　　　졸음 졸음 잘도지 낸다
　　　에야 디야 에헤에헤야 에헤야
　　　에헤야 디여라 사랑이로 구나

창부타령 (2)

자료코드 : 04_04_FOS_20110120_PKS_JSA_0005
조사장소 : 경상남도 남해군 고현면 갈화리 화전마을
조사일시 : 2011.1.20
조 사 자 : 박경수, 정규식, 오소현, 공유경
제 보 자 : 정소아, 여, 86세
구연상황 : 조사자가 창부타령을 불러 달라고 하자 이 노래를 구연하였다. 구연 도중 사
　　　　　설을 기억하지 못해 잠시 멈췄다가 청중의 도움으로 구연을 마무리하였다.

　　　산우에 뜬구름아 비실었나 눈실었나
　　　눈비도 아니실고 노래명창 임실었네
　　　얼씨구나좋네 절씨구네좋네 아니놀지는 못하리라

　　　니가잘나 내가잘나 그누가 잘났느냐
　　　은하동정 지하별전 돈백이 더잘났나

얼씨구나좋네 절씨구나좋네 아니놀지는 못하리라

청사초롱 불밝히라 잊었던낭군이 찾아온다
얼씨구나좋네 절씨구나좋네 아니놀지를 못하리라

진주남강 의암이는 우리조선 살릴라고
애장청장 목을안고 남강물에 떨어졌네
얼씨구나좋네 절씨구나좋네 아니놀지를 못하리라

청사초롱 불밝히라 잊었던낭군이 날찾아온다
니가잘나 일석이냐 내눈이어두워 한장이다
얼씨구나좋네 절씨구나좋네 아니놀지를 못하리라

창부타령

자료코드 : 04_04_FOS_20110121_PKS_HGC_0001
조사장소 : 경상남도 남해군 고현면 대사리 대사마을
조사일시 : 2011.1.21
조 사 자 : 박경수, 정규식, 오소현, 공유경
제 보 자 : 하관칠, 남, 79세
구연상황 : 제보자는 처음에 노래를 잘 못한다고 하다가 조사자가 계속 구연을 유도하자
이 노래를 불렀다.

얼씨구절씨구 기가차좋다 아니놀고서 무엇하나
처녀총각이 정이들적에는 사쿠라밑에서 정이들고
신랑신부가 정들적에는 양단이불밑에서 정이들고
영감할멈이 정이들적에는 담밭에꼭두리에 정이들고
당신과나와 정이들적에는 하숙집잠자리 정이든다
얼씨구절씨구 기화자좋네 아니놀고서 무엇하요

2. 남해읍

▌조사마을

경상남도 남해군 남해읍 서변리 서변마을

조사일시 : 2011.1.17
조 사 자 : 박경수, 서정매, 황영태, 윤슬기

남해읍 서변마을 전경

　서변마을은 현재 남해군청의 위치에 옛 현(縣)이 위치했었는데 이곳의
사방으로 성(城)이 형성되어 있었고 그 성(城)의 서문 안과 밖 마을을 서변
이라 한 데서 유래되었다고 한다. 따라서 지금도 이 마을을 성안, 성 밖,
성터 안, 성터 뒤, 서문 안, 서문 밖 마을이라 부르고 있다. 현재 군청 뒤편
에는 약 50미터의 성곽이 온전한 상태로 남아 있으며 조선시대부터 불리
고 있는 우물(서문안샘, 웃새미)이 있었던 두 곳과 축성 당시 음각한 문자

등이 남아 있다.

서변마을은 원래 조사 예정지가 아니었다. 조사자 일행이 남해유배문학관을 찾아가서 김성철 관장을 만나 이야기를 나누다가 자연스럽게 관장을 대상으로 설화 조사를 하게 되었다. 관장은 국어국문학과 출신인 데다가 남해군 서변마을 출신이어서 구비문학 조사에 많은 관심을 보이면서 자신이 알고 있는 남해 관련 설화를 구술하게 되었다.

김성철 제보자는 <노자묵고 할배와 노지나묏등>, <김만중이 배를 부른 망노대>, <중이 떨어져 죽은 중바위>, <사량도의 처녀총각이 바람나는 돼지포 암수바위>, <사량도 처녀들이 바람나는 성기바위>, <어부 총각과 과부가 정을 나눈 상사바위>, <상사바위와 구렁이> 등을 구술해 주었다.

경상남도 남해군 남해읍 선소리 선소마을

조사일시 : 2011.1.17, 2011.1.19
조 사 자 : 박경수, 정규식, 류경자, 서정매, 정혜란, 황영태

선소(船所)마을은 행정구역상 경남 남해군 남해읍 선소리의 법정마을이자 자연마을이다. 공기가 맑고 경치가 좋아 신선이 살았다고 해서 선소(仙所)라고 불러왔다. 그러다가 조선시대에 중앙관리가 배편으로 이곳을 지나게 되었는데, 배가 많이 정박해 있다 하여 문서상에 선소(船所)라고 기록해 놓은 것이 오늘날의 표기가 되었다.

선소마을은 마을이름에서 알 수 있듯이 어업을 주로 하는 마을인데, 남해군에서도 전어잡이가 유명한 곳이다. 오늘날은 남해의 다른 일부 지역에서도 전어가 잡히지만, 예전에는 선소마을에서만 전어잡이를 했다고 한다. 선착장에 전어잡이 배가 들어오면 온 마을 사람들이 모여 그물에서 전어를 따며, 음식을 나누는 등 전어잡이 철이 되면 온 마을이 축제 분위기였다고 한다. 오늘날은 마을의 앞바다에서 생산되는 자연산 새조개와 피조개

의 수확이 좋아 전국 최고의 새조개, 피조개 생산지로 부각되고 있다.

선소마을에는 도유형문화재 제27호(1972. 2. 12.)인 '장량상동정마애비(張良相東征磨崖碑)'가 있다. 이 문화재는 임진왜란(壬辰倭亂)과 정유재란(丁酉再亂)이 끝나는 선조 31년의 마지막 전투인 노량해전의 승리를 기념한 것이다. 노량해전 당시 일본군 패잔병 500여 명이 관음포를 통하여 육지로 올라온 후 일본군이 주둔하고 있던 선소왜성으로 갔다. 그러나 왜성에 주둔군이 없자 패잔병들은 주민들의 선박을 탈취하여 일본으로 도주했다. 일본군을 추격하던 명나라 군이 선소에 도착하여 왜군을 찾았으나 이미 떠나고 없었다. 그래서 유격대장(遊擊大將) 장량상(張良相)이 다음 해인 선조 32년(1599)에 이 비를 만들었다. 왜성 아래에 있는 선소마을 선착장의 오른쪽 해변에 자리하고 있다. 12행 종서로 된 자연석 마애비에는 '명나라 황제의 명에 의해 제독 이여송과 수군도독 진린이 남해까지 와서 왜군을 무찔렀다.'는 내용이 새겨져 있다.

2008년 12월에 조사한 통계에 따르면, 이 마을은 현재 151세대에 주민이 435명으로 남자가 219명, 여자가 216명이다.

조사자 일행은 선소마을이 남해군에서 전어잡이로 유명했다는 이야기를 듣고, <전어잡이 소리>를 채록하기 위해 남해에 도착한 첫날인 1월 17일 먼저 선소마을을 찾았다. 그러나 앞소리를 하는 분이 출타 중이라 <전어잡이 소리>는 채록하지 못했다. 그래서 마을에 대한 개략적인 이야기만 듣고, 할머니 방에 가서 할머니들을 대상으로 민요와 설화를 채록한 뒤 다른 날을 기약하고 물러났다. 그리고 이틀 후인 1월 19일에 이장으로부터 연락을 받고 다시 마을을 찾았는데 마을주민들이 마을회관에 한 방 모여 있었다.

<전어잡이 소리>로 판을 벌였는데, 류창옥(남, 73세) 씨가 앞소리를 메기고 마을 사람들이 뒷소리를 받았다. 전어잡이를 공동으로 한 지가 오래된 까닭에 류창옥 제보자는 예전처럼 앞소리를 풍부하게 하지는 못했다.

<전어잡이 소리>를 조사하기 이틀 전인 1월 17일에 정희권 제보자로 부터 <헛배 이야기>를 들었으며, 김정중 제보자로부터 <과부 아홉 명이 나야 큰사람이 나는 묏자리> 이야기를 들었다. 더 이상 이야기 조사가 어려워 할머니방으로 옮겨서 조사했다. 김정림 제보자가 <탄로가>, <춘향이 노래>, <진도아리랑>, <성주풀이> 등을 불러 주었는데, 대체로 중년 세대에서는 들을 수 없는 노래들이었다. 정연악 제보자는 남해군에서 모찌기 노래로 부르는 <진도아리랑>을 부른 후, <삼삼기 노래>, <모심기 노래> 등을 불러 주었다. 박청자 제보자는 가장 많은 민요를 제공해 주었다. <시집살이 노래>, <진주난봉가>, <물레질 노래>, <사랑 노래> 등을 불렀는데, 이들 노래는 삼삼기를 할 때 주로 부른 것이라고 했다. 그리고 <어머니를 잡은 바보 아들>, <계산 먼저 하는 사람치고 잘사는 사람 없다> 등 짧지만 재미있는 이야기도 들려주었다. 신민순 제보자는 민요 <이야기 서두 노래>와 설화 <빗자루로 변한 도깨비>을 제공해 주었다. 이외 정표이 제보자가 민요 <삼삼기 노래>와 설화 <할아버지 이야기에 도망간 도둑>, 신순엽 제보자가 설화 <낮귀신을 만나 죽은 사람>, 박필심 제보자가 설화 <호랑이 때문에 죽은 사람> 등을 구연하였다.

경상남도 남해군 남해읍 심천리 심천마을

조사일시 : 2011.1.18
조 사 자 : 박경수, 서정매, 황영태, 오소현, 공유경

심천(深川)마을은 남해읍의 관문이라고 할 수 있는 마을이다. 마을 앞을 지나는 두 개의 하천이 매우 깊기 때문에 심천(深川)이라 불린다고 했다. 또한 이 마을의 북쪽에는 작은 동산이 있어 이곳 산 중턱의 바위가 '말구유 모양'이기 때문에 이 골짜기를 '구시골'이라고도 부른다고 했다.

심천마을에 사람들이 들어와 살기 시작한 연대는 확실치는 않으나 약 6

백여 년 전부터 이곳에 사람들이 들어와 살았던 것으로 추정한다. 현재 2백 27가구 694명이 살고 있는, 비교적 규모가 큰 마을이다. 심천마을에서 생산되는 마늘은 남해군에서 최고의 양과 질을 자랑하며, 매년 큰 농가소득을 올리는 작물이라고 한다.

남해읍 심천리 심천마을회관

심천마을은 각종 어류들의 자유로운 이동로와 서식처를 마련하기 위해 남해군의 지원을 받아 심천의 생태계 복원사업을 시행했다. 어류 서식처 및 각종 정화기능 공법을 이용한 이 사업을 통해 심천천의 생태계를 되살렸으며 이로 인해 깨끗한 마을, 살기 좋은 마을로 발돋움하고 있다.

심천마을 마을회관은 우측의 할머니방과 좌측의 할아버지방으로 구분되어 있었다. 할아버지방에는 노인 서너 명만 있었는데, 다행히 김정규 할아버지로부터 <상여 소리>를 짧게 조사할 수 있었다. 할아버지방의 조사를 마치고 할머니방으로 이동하니 많은 분들이 삼삼오오 모여 화투를 치기도 하고 이야기를 나누기도 했다. 조사자 일행이 들어가자 화투 치는 것을 멈추고 조사자들을 반기면서 조사에 응해 주었다. 하지만 구연이 활발하게 이루어지지는 않았다. 조사자가 지속적으로 구연을 유도하였으나 할머니들은 "그런 것을 할 줄 아는 사람이 다 죽었다."라고 하면서 구연을 기피했다. 설화는 한 편도 나오지 않았으며, 곽복순 제보자로부터 <노랫가락 / 그네 노래>, 김덕아 제보자로부터 <화투타령>을 겨우 들을 수 있었다.

경상남도 남해군 남해읍 아산리 신기마을

조사일시 : 2011.1.19
조 사 자 : 박경수, 황영태, 오소현, 공유경

신기마을회관

　　신기마을은 남해읍 중앙에 위치하고 있으며, 가구 수는 67호에 100세대로 현재 300여 명의 사람들이 살고 있다. 신기마을은 현재 본토박이 20여 호만 농사를 짓는 편이고 나머지 대부분은 자영업이나 직장인이다. 신기마을은 양옥집들이 많은 편인데 그중 이삼순 제보자의 댁은 고풍스런 한옥을 보존하고 있었다. 댓돌이며 정원 크기로 보아 옛날에는 살림살이가 꽤 넉넉했을 것으로 생각되었다.

신기마을에는 200여 년은 족히 넘었을 만한 귀목나무가 마을 한 가운데 있다. 그러나 마을 골목을 시멘트로 포장하면서 귀목나무의 기상이 예전 같지는 못하다고 했다. 여름이면 이 나무 아래에 주민들이 사랑방처럼 모여 들었으나 지금은 그렇지 않다고 했다.

신기마을의 마을회관을 방문하니 거기에는 할아버지 2명과 할머니 6명이 있었다. 조사자 일행을 보자 수고한다고 하면서 웃으면서 맞아 주었다. 조사자 일행이 처음에 들어섰을 때는 모두 TV를 보거나 담소를 나누고 있었는데, 조사자들을 맞이하고 민요와 설화의 구연에 적극적으로 임해 주었다. 조사 도중에 할머니 몇 명이 더 들어와서 조사판에 참여하였다.

이 마을에서는 윤봉아 제보자가 <창부타령>, <진도아리랑> 등의 민요를 불러 주었고, 이정자 제보자는 설화 <팥죽을 몰래 먹으려다가 낭패 본 시아버지>와 민요 <다리 세기 노래>, <시집살이 노래>, <진주 남강 굴다리 밑에>를 구연하였다. 정석엽 제보자는 <창부타령>, <아리랑>, <화투타령>, <진주난봉가>, <창부타령>, <아리랑>을, 허숙자 제보자는 <물레 노래>, <자장가>, <잠자리 노래> 등을 불러 주었다.

경상남도 남해군 남해읍 아산리 아산마을

조사일시 : 2011.1.18, 2011.1.19
조 사 자 : 박경수, 서정매, 황영태, 오소현, 공유경

아산마을은 고려 말에 서 씨(徐氏)가 금음산 밑에 거주하면서 마을을 형

성하여 오늘에 이르고 있다. 마을 뒷산이 어금니를 닮았다고 하여 아산(牙山)이라 부르게 되어 지금에 이르고 있다. 아산마을은 남해읍이 한눈에 들어는 곳에 위치해 있으며 주민의 80% 이상이 마늘, 시금치를 생산하며 살고 있다.

아산마을회관

마을회관은 새로 지은 건물이어서 무척 크고 깨끗한 편이었다. 마을회관이 복지관과 인접해 있어서 복지관에 먼저 들렀다. 거기에 있는 대한노인회 남해지부에서 할아버지들을 대상으로 간단히 조사를 하고 오후에 할머니들이 모여 있는 마을회관에서 조사하였다. 할아버지들은 주로 바둑을 두거나 운동기구로 운동을 하기도 하고 텔레비전을 보고 있었다. 조사자가 조사의 목적과 취지를 설명하자 모두 하던 일을 멈추고 조사에 적극적으로 임해 주었다. 오후에는 마을회관으로 와서 할머니들을 대상으로 조사하였다.

김말엽 제보자는 <노랫가락>을 불렀는데 비교적 길고 구성지게 가창하였다. 김선이 제보자는 <화투타령>, <창부타령>, <산아지타령> 등을 불렀으며, 류복아 제보자는 설화 <남의 복을 사려다가 실패한 복 없는 사람>과 민요 <창부타령> 등을 구연하였다. 이미규 제보자는 설화 <호랑이를 놀린 토끼>와 민요 <설움가>, <산아지타령>, <노랫가락 / 그네 노래> 등을 구연하였다. 이윤모 제보자는 설화 <죽을 몰래 먹으려다가 들킨 시아버지와 며느리>를 구연해 주었다. 정의순 제보자는 설화 <복 없는 사람의 팔자>와 민요 <모심기 노래>, <사발가> 등을 구연하였다.

마을회관은 할머니방과 할아버지방으로 나누어져 있었다. 할머니방에는 화투놀이를 하고 있었고 할아버지방에는 사람이 거의 없었다. 할머니방에 도착한 조사자 일행이 조사의 목적과 취지를 설명했음에도 할머니들은 화투를 멈추지 않고 조사에 무관심했다. 준비해 온 음료수와 과자를 내어 분위기를 조성하자 조사자를 대하는 태도가 다소 변했다. 그러나 대부분 부끄럼이 많고 또 기억나는 노래가 없어서인지 설화는 전혀 구연하지 못했다. 다행히 정막순 할머니가 비교적 많은 노래를 제공해 주었으며 다른 청중들은 조용히 있거나 박수를 치며 노래를 따라 부르는 정도였다. 조사한 자료는 <창부타령>, <봄나비 노래>, <시집살이 노래> 등의 민요이다.

경상남도 남해군 남해읍 유림1동

조사일시 : 2011.1.19
조 사 자 : 박경수, 서정매, 황영태, 오소현, 공유경

유림동은 세종 때인 1444년을 전후해서 형성된 마을이다. 당시 남해현에 부임한 현령이 읍 소재지를 순찰하다 동·서·남쪽은 방어가 튼실하나 북쪽이 허술한 것을 보고 북쪽에 나무를 심으라고 지시하였다. 이때 유림동 고개를 중심으로 물버들나무를 대량으로 심었는데 그것이 자라 숲이

울창해지고 풍광이 빼어나게 되어 현재는 남해의 명물이 되었다고 한다. 이리하여 유림(柳林)이라는 이름이 생기게 되었고 이것이 지금의 유림동의 유래이다.

유림동 전경

유림1동은 심천다리를 지나 읍으로 들어오는 길목에 자리하고 있다. 마을 뒷동산에는 유서가 깊은 문화의 고장이라는 이미지를 심어 주던 팔각정이 서 있는데 단층이 화려한 이 팔각정 아래쪽이 유림1동 마을이다. 새안골이라는 다른 이름이 있으나 서기 1444년을 전후해 조림을 할 때 버드나무를 많이 심어 이때부터 유림이라 불러 왔다 한다. 그러나 지금은 길목에 늘어서 장관을 이루던 버들이 베어지고 거대한 아파트가 들어서 있어 과거의 모습을 찾기는 어렵다.

유림2동의 가구 수는 170여 호이며 세대수는 280여 호로 1500여 명의 주민들이 살고 있으나 토박이는 30%정도이다. 주민들 생계는 대개가 상업이며 15호 정도만 농사를 짓고 있다. 사정이 이러다 보니 "사흘 걸러 이웃이 바뀌는 통에 이장·반장 일 보기가 여간 까다롭지 않다"고 한다.

유림2동은 향교에서 학생들에게 유학을 가르치던 곳이라 하여 생원골이라 불려 왔는데 '생원골 조기회' 이름도 여기에서 비롯된 것이다. 유림2동 주민들은 마을에 자리한 향교와 포교당, 그리고 남해성당을 자랑스럽게 여기며 그 가운데서도 주민들이 남다른 자부심을 느끼는 곳이 바로 남해향교이다.

남해향교는 대성전(大成殿), 동서고(東西庫), 내삼문(內三門), 명륜당(明倫堂), 동서재(東西齋), 외삼문(外三門), 홍살문(紅殺門), 고자가(庫子家) 등의 건물이 위용을 자랑하던 곳으로 본래는 현 포교당 자리에 있었다. 임진왜란 때 문헌이 유실되어 창건 연대는 확실치 않으나 조선 현종 10년(1669년) 10월 대성전을 중수하고 그 후 고종 29년(1892년) 4월 동서고, 내삼문을 현 위치로 옮겼다. 명륜당을 비롯한 건물은 1917년 옮겨 왔으며 홍살문은 1982년 8월에 세워졌다. 향교는 유교를 국시로 한 조선왕조가 인재 양성의 요람으로 세운 공립학교이다. 또 유림2동에는 청아한 불경 소리와 해맑은 성당의 찬송가가 들리는 청정도량 같은 마을이다. 불경 소리로 하루를 시작하고 닫으며 찬송가에 실려 한 주가 오고 간다. 그래서인지 큰 사고, 도둑 없는 곳이 유림2동이라고 한다.

유림1동은 김우영 제보자의 적극적인 협조로 조사할 수 있었다. 이분은 남해에서 초등학교 교장을 역임하고 현재는 남해향토사연구소에서 재직하고 있다. 조사자가 인쇄소를 방문했다가 제보자를 만나게 되어 그곳에서 조사를 하게 되었다. 김우영 제보자는 남해군의 전설에 관한 책을 쓰기도 했다고 한다. 하지만 구연력이 높지는 않았다. 김우영 제보자는 <시루봉의 유래>, <도술을 부리다 붙잡힌 인천장군> 등의 설화를 구연해 주었다. 이들 설화는 모두 자신이 조사를 다니면서 들었던 이야기라고 했다.

경상남도 남해군 남해읍 입현리 소입현마을

조사일시 : 2011.1.18
조 사 자 : 박경수, 정규식, 정혜란, 윤슬기, 강아영

소입현회관

소입현마을은 옛날에 대나무로 유명했던 마을이다. 원래는 대나무 때문에 마을이 보이지 않을 정도였다고 한다. 그러나 지금은 대나무가 쓸모가 없어 많이 베어 버려 마을이 잘 보인다고 한다. 이 마을의 남쪽에는 제석당이라는 산이 있는데 옛날에 할머니 한 분이 자리를 잡고 살았다고 해서 제석당산을 할머니산이라고 부르고 있다.

그래서 얼마 전까지는 일 년에 한 번씩 산에 올라가서 제사를 지내기도 했는데 나무가 무성해지자 지금은 없어졌다. 할머니산이 되어서 그런지 당시 똑똑한 인재가 없다는 전설도 있었으며 산 밑으로는 밭이 많이 있는데 스님이 바랑을 지고 지나갔다고 해서 바랑밭이라고 부르고 있다. 그 옆으

로는 '오빽(옛 약초이름)'고랑이라는 밭이 많이 있었는데 지금도 밭이름을 오빽고랑이라고 부르고 있다. 서쪽으로는 남해에서 최고봉인 망운산이 보이고 동쪽에 있는 산은 옛날에 군인들이 진을 치고 있었다고 해서 군둔산이라 불렀던 산인데 지금은 군들산이라고 부르고 있다. 군들산에 올라가서 사방을 바라보면 전망이 매우 좋다.

조상들께서 가난하게 살았기 때문에 밖에 나가서 사람을 만나면 돈을 쓰게 되므로 삿갓을 쓰고 시장에 가서 필요한 물건을 사면 바로 집으로 왔다고 하여 '삿갓을 쓰고 다닌다.'는 의미에서 입현(笠峴)이라고 부르고 있다. 또한 지형적으로 오르막과 내리막이 많아 깍곡이라고 부르기도 하고 작은 깍곡이라고도 부르고 있다. 옛날에는 마을 앞에 바다가 있어 배가 있었는데 매립을 해서 지금은 산중마을이 되었다. 1년에 한 번 반별로 정성껏 당산제를 모시고 있으며, 시골이지만 주택개량이 95%가 된 마을이다.

조사자 일행은 1월 18일(화), 오후 2시 30분경에 소입현마을의 마을회관에 도착하였다. 오전에 인근 토촌마을을 조사한 후 1시쯤에 이 마을을 방문하였으나 그때는 노인들이 많지 않아 나중에 온다고 이야기를 하고 점심을 먹고 다시 방문했다.

마을회관을 다시 방문하니 많은 노인들이 와 있었다. 조사자가 조사의 취지와 목적을 설명하자 아주 좋은 일을 한다면서 조사에 적극적으로 응해 주었다.

마을회관 내의 사랑방에는 13명 정도의 노인들이 있었는데 조사자 일행까지 합치니 방이 좁을 정도였다. 공간이 협소하여 조사가 다소 힘들었지만 노인들의 적극적인 협조로 조사를 잘 마무리할 수 있었다.

이 마을에서는 한두엽(여, 61세) 제보자가 설화 <하룻밤에 만리장성을 쌓는다>, <동냥하러 온 중과 동침한 여자>, <옆집 할머니와 시아버지를 골탕 먹인 며느리> 등과 민요 <진도아리랑> 등을 구연해 주었고, 김분엽(여, 80세) 제보자가 설화 <딸 덕분에 낭패를 면한 친정아버지>, <과부

집에 낫 갈러 갔다 빚을 갚은 홀아비> 등과 민요 <임아임아 서방님아> 등을 제공해 주었다. 그리고 정재봉(남, 73세) 제보자가 <남해 금산(錦山)의 이름 유래>, <과부에게 매 맞은 장님>, <곶감이 무서워 도망간 호랑이> 등의 설화를 제공해 주었다. 그 외 다른 제보자들도 민요와 설화를 몇 편씩 제공해 주었다.

조사자 일행은 약 2시간 정도 조사를 진행한 후 오후 4시 30분경에 조사를 마쳤다.

경상남도 남해군 남해읍 입현리 토촌마을

조사일시 : 2011.1.18
조 사 자 : 박경수, 류경자, 정혜란, 윤슬기, 강아영

토촌(兎村)마을은 행정구역상 경남 남해군 남해읍 입현리의 자연마을이다. 마을 이름의 유래를 보면, 월구산하 복토망월(月狗山下 伏兎望月)이라는 풍수지리설에 의한 길지(吉地)가 있다 하여 주민이 살기 시작하였다. 그래서 마을 이름을 토골이라 부르다가 행정동명에 따라 토촌으로 바꿔 부르게 되었다. 마을 뒤의 달구산에서 두둥실 보름달이 떠오르면 달 속 계수나무와 토끼가 훤히 보인다 하여 토끼 토(兎)자를 써서 토촌이라 부른다.

마을 주민들은 토촌의 옛이름인 토골이 골짝의 이미지를 풍긴다 하여 달가워하지 않으며 토촌이라 불러 주기를 원했다. 달구산에서 흘러내리는 작은 내가 마을을 가로지르는데, 이 내를 따라 웃땀 아랫땀으로 나뉘어 마을이 형성되어 있다.

토촌에 들어서면 마을회관과 나란히 선 초현대식 2층 건물이 눈에 띈다. 붉은 벽돌 건물에 햇빛이 잘 들도록 건물의 절반 이상을 유리창으로 채운 이 건물은 노인들을 위한 입현리의 합동경로당이다. 여기에는 취사장과 샤워장까지 갖추고 있으며 남녀노인회가 따로 쉼터를 가지게끔 만들어져 있

다. 남자노인회는 매월 16일, 여자노인회는 10일에 월례회를 가지는데, 함께 음식을 나누면서 화합을 도모한다.

마을 앞 바닷가에는 달구산 자락이 흘러내리다 멈춘 곳에 먹물 한 방울이 떨어진 듯 자그마한 섬 하나가 떠 있다. '쎄섬' 혹은 '쇠섬'이라 부르는 이 섬에는 대나무, 소나무, 벚나무가 우거진 숲이 있고, 호수 같은 강진만이 펼쳐져 있어 정취를 더하고 있다.

2008년 12월에 조사한 통계에 따르면, 이 마을은 현재 92세대에 주민이 218명으로 남자가 103명, 여자가 115명이다.

조사자 일행은 전날 마을 이장님과 약속을 한터이라 좀 일찍이 마을회관을 찾았다. 날이 너무 차서 그런지 마을회관에는 할아버지 1명과 할머니 몇 명이 자리를 하고 있었다. 오후가 되어야 많이 모인다는 이야기를 듣고 오후에 다시 오겠노라고 하고는 일단 물러났다. 그리고 다른 마을에 들러 채록을 하고 오후 3시쯤에 다시 마을을 찾았다.

이 마을에서 장분순(여, 79세) 제보자가 <모심기 노래>, <어린 각시 노래>, <아리랑>, <모심기 노래>, <이야기 서두 노래>, <진도아리랑>, <아기 어르는 노래>, <황새 놀리기 노래>, <다리 세기 노래>, <방귀 노래>, <바지 노래> 등을, 이차순(여, 79세) 제보자는 주로 모심기를 하면서 부르던 노래들을 불러 주었다. 박점조(남, 85세) 제보자는 <상여 소리>, <청춘가>, <진도아리랑> 등의 민요와 <산신령을 감동시킨 효자 아들>, <남해 금산의 상사바위>, <백마가 나타났던 달구산> 등의 설화를 들려주었다. 그러나 설화는 짧고 구성이 탄탄한 편이 못 되었다.

경상남도 남해군 남해읍 차산리 곡내마을

조사일시 : 2011.1.19
조 사 자 : 박경수, 황영태, 오소현, 공유경

남해읍 차산리 곡내마을회관

곡내마을이라는 명칭은 이 마을의 지형에서 유래한 것이다. 이 마을에 들어서면 마을의 좌우와 마을 뒤편의 낮은 산을 중심으로 골이 형성되어 있다. 그래서 처음에는 이곳을 '골안'으로 불리다가 지금은 한자식으로 '곡내(谷內)'로 부르고 있다. 현재 2000년 1월 2일에 준공된 남해군 문화체육센터가 이곳에 자리 잡고 있으며, 남해인의 건강을 책임지고 있는 남해군 보건소도 있다.

곡내마을회관은 미리 전화를 하지 않고 방문한 터였다. 회관에 들어서자 할머니와 할아버지 방이 따로 있었는데, 방에는 음이온 찜질방도 있었다. 방으로 들어가니 할머니들이 모여 담소를 나누고 TV를 보고 계셨다. 처음에는 조사 팀을 약간 의심하여 이장님에게 전화를 하기도 했다. 조사자가 자초지정을 애기하자 상황을 이해하며 조사에 적극적으로 임해 주었다.

설화를 유도를 하였으나 구연되지 않았고 민요를 중심으로 조사가 진행되었다. 처음에는 요즘 유행가를 부르며 민요는 잘 모른다고 하였다. 조사자가 계속 민요를 권유하자 원난순 제보자가 <백발가>, <노랫가락 / 그네 노래>, <진도아리랑>을, 유성읍 제보자가 <다리 세기 노래>, <진도아리랑>을, 이미순 제보자가 <너냥 나냥>, <진도아리랑>, <청춘가> 등을 불러 주었다. 특히 이미순 제보자는 <진도아리랑>을 길고 구성지게 잘 불러 주었다.

경상남도 남해군 남해읍 차산리 동산마을

조사일시 : 2011.1.19
조 사 자 : 박경수, 서정매, 황영태, 오소현, 공유경

동산마을 전경

동산마을은 동산을 빙 둘러 옹기종기 58호가 모여 앉은 작은 마을이다.

동산마을은 차산마을이 분동될 때 남해읍의 동북쪽에 위치하고 있다고 하여 동산(東山)이라 불리게 되었다.

동산마을은 70년대 초부터 80년대 초반까지 들불처럼 번지던 새마을 운동의 기수로, 웬만한 농민대회가 열렸다 하면 상을 휩쓸었다고 한다. 체육대회, 퇴비증산 등의 대회가 열리면 군내에서는 단연 선두였다. 지금도 마을 사진첩에는 수십 대의 리어카를 끌고 읍을 가로질러 풀 베러 가는 동산마을 주민들의 행렬이 흑백사진으로 남아있다.

동산마을은 산이 없어 경운기, 리어카, 지게를 지고 10리 길이 넘는 외금마을 뒷산까지 가서 퇴비용 풀을 베어 왔다. 또 날물이면 바닷가에 나가 해초들을 모으는 억척으로 퇴비증산 군내 1등을 차지하기도 했다. 퇴비증산 1등으로 받은 상금으로는 간이 상수도를 놓고, 신식 마을회관 건립과 마을안길 확장을 선구적으로 추진해 경남도 전역에서 새마을운동 일꾼들이 견학을 올 정도였다. 한때는 원예농사를 많이 지으며 앞서가는 농정을 펼치던 마을이었다. 공동으로 동제를 올리는 중촌·곡내 마을과 열린 마음으로 공동체를 형성하고 있으며 10ha의 작은 바다에 주민 모두가 참여하여 바지락·피조개 양식해서 수익금을 골고루 나눠 갖고 있다.

동산마을회관은 미리 연락을 하지 않고 찾아갔다. 회관에 도착하니 회관 건물이 보수 공사 중이었고 사람도 아무도 없어서 이장님에게 전화를 하고, 마을의 골목 첫 집에 할머니들이 모이신다는 제보를 듣고 찾아갔더니 할머니 세 분이 과일을 드시며 담소를 나누고 계셨다. 조사자 일행에게 과일(배)을 직접 깎아 주시며 친절하게 대해 주었다.

다과와 음료를 내어놓으며 녹음을 시작하려하자 부끄러워하시며 모른다며 구연을 거부를 했지만, 이내 청중들과 분위기가 무르익자 한 분씩 노래를 구연하기 시작했다. 할머니 한 분은 적극적이고, 다른 두 분은 소극적이었다. 기분 좋게 유행가도 부르면서 잡담도 나누며 흥겨운 조사 분위기였다.

이 마을에서 박중아 제보자로부터 설화 <며느리 몰래 죽을 먹으려다 들킨 시아버지>, <강피 훑는 팔자의 부인>과 민요 <창부타령> 등을 조사하였고, 정앵선 제보자에게 <모심기 노래>, <나비 노래> 등을 제공 받았다. 그리고 하추홍 제보자는 <진도아리랑>, <노랫가락 / 그네 노래>, <찔레꽃 노래> 등을 구연하였다.

경상남도 남해군 남해읍 차산리 중촌마을

조사일시 : 2011.1.18
조 사 자 : 박경수, 서정매, 황영태, 오소현, 공유경

중촌마을회관

중촌마을 전경

남해읍 차산리 중촌마을은 신문왕 13년부터 전주(全州) 이씨(李氏)가 처음으로 거주하다가 이후 박(朴)·김(金)씨가 들어와 번창하게 된 마을이다. 처음에는 마을명칭을 윤산(輪山)이라 불러 오다가 윤(輪)자에 들어있는 차(車)자를 이용하여 차산(車山)이라 변경하였으며, 이 마을은 차산리의 3개 마을 중 중간에 위치하였다 하여 중촌(中村)이라 부르게 되었다. 차산리의 3개 마을은 중촌·곡내·동산 등이며 이 세 마을은 지금도 합동으로 동제를 지내고 있는 마을이다.

중촌마을은 노인들이 많이 모이는 마을이라는 제보를 받고 미리 연락을

하지 않고 갔다. 마을회관에 도착하니 많은 노인들이 보건소에서 나온 의료담당자들로부터 건강을 위한 수업을 받고 있었다. 조사자 일행이 도착했을 때 다행히 수업이 거의 끝나는 상황이었다. 할아버지들은 없었고 할머니들만 있어서 할머니 위주로 조사를 진행했다.

음료수와 과자를 내어 드리며 분위기를 조성하자 모두 화기애애한 분기기에서 조사에 임했다. 설화는 거의 구연되지 않았고 노래 위주로 구연이 이루어졌다. 노래가 시작되자 모두 박수를 치고 즐거워하였지만 제보가 많은 편은 아니었다.

정영자 제보자가 <창부타령>, <마당가에 모깃불이>, 김재순 제보자가 <낚시 노래>, 이봉심 제보자가 <창부타령>, 박금전 제보자가 <상추 씻는 처자 노래> 등을 불러 주었다. 그리고 박명순 제보자가 민요 <남해 금산 미나리깡에>와 설화 <강피 훑는 팔자의 부인> 등을 구연해 주었다. 대부분 노랫가락 등 창민요가 주를 이루었다.

경상남도 남해군 남해읍 평현리 양지마을

조사일시 : 2011.1.19
조 사 자 : 박경수, 정규식, 정혜란, 윤슬기, 강아영

양지마을은 원래 평평하고 높은 계곡이 있다고 하여 평곡이라 불렸던 곳이다. 그 후 양지와 음지로 분동할 때, 양지쪽에 위치한 마을을 양지(陽地), 음지쪽에 위치한 마을을 음지(陰地)로 부르다가 이후 평현으로 개칭하였다.

일찍이 신라 때부터 사람이 들어와 살기 시작했다고 하나 확실한 기록을 알 수는 없다. 옛 어르신들의 말씀에 의하면, 금산김씨가 부족을 이루고 살다가 떠나자 성주 이 씨들이 약 450년 전쯤부터 평현마을에 들어 와서 살기 시작하였다고 한다. 이후 청송 심 씨들이 150년 전쯤으로 들어 온

곳으로 추정되며 그 외 타 성씨가 몇 호 살고 있으나 한 가족처럼 인심 좋고 인정이 넘치는 마을이다. 예전에는 마을 진입로가 없어 도로까지 나가려면 약 1km의 거리였다고 한다.

양지마을회관

따뜻하고 아담한 마을, 망운산 줄기의 정기를 타고 내려오는 맑은 산수, 당산샘물을 마시며 살아온 양지마을에 불상사가 없고 범죄 없는 살기 좋은 마을로 알려져 있다고 한다.

조사자 일행은 1월 19일(수), 오후 2시 25분에 양지마을의 마을회관에 도착하였다. 이 마을을 방문하기 전에 인근의 평현마을 등 다른 마을을 방문하였으나 대부분의 사람들이 일을 하러 나간 탓에 경로당이나 마을회관에 모여 있지 않았다. 다행히 양지마을에는 사람들이 모여 있어 조사를 수행할 수 있었다.

이 마을은 마을회관을 중심으로 좌측에 할머니들이 계신 경로당이 있었고 마을회관 안쪽에는 할아버지들이 계시는 공간이 별도로 구분되어 있었다. 우선 할머니들이 계신 방으로 들어가 조사의 취지와 목적을 설명을 드린 후 조사를 시작하였다.

이 마을에서는 하납지(여, 83세) 제보자에게 <화투타령>, <창부타령>, <모심기 노래>, <진도아리랑>, <밀양아리랑>, <베짜기 노래> 등의 민요를 조사하였으며, 조막점(여, 90세) 제보자로부터 <모심기 노래>, <진도아리랑> 등의 민요를 조사하였다. 또한 송재옥(여, 83세) 제보자로부터 <베틀 노래>, <모심기 노래> 등의 민요를 조사할 수 있었다. 특히 이영숙(여, 73세) 제보자는 <진주난봉가>를 구연해 주었는데 사설이 상당히 길고 내용도 풍부한 자료였다. 그리고 심순덕(남, 78세) 제보자에게 <곶감이 무서워 도망간 호랑이> 설화 1편, 하용규(남, 65세) 제보자에게 <남편 따라 죽은 열녀> 설화 1편, 박용수(남, 74세) 제보자에게 <친구가 잡아 준 묏자리 덕에 부자 된 사람>과 <은혜 갚은 귀신> 등 설화 2편을 조사하였다.

조사는 오후 4시 10분경에 마무리되었다. 마을 노인들은 다음에 다시 오면 그때는 더 많은 노래와 이야기를 해 주겠다고 하면서 조사자 일행을 환송해 주었다.

▌제보자

곽복순, 여, 1928년생

주 소 지 : 경상남도 남해군 남해읍 심천리 심천마을
제보일시 : 2011.1.18
조 사 자 : 박경수, 서정매, 황영태, 오소현, 공유경

곽복순은 무진생으로 뱀띠이다. 17세에
남편을 만나 결혼하여 현재 1남 2녀를 두고
있으며, 모두 타지에서 살고 있다. 농사로
평생을 보내었으며 학교에 다닌 적은 없다.
불러준 노래는 농사를 지을 때 배운 노래이
며, 노래를 부를 때 가끔씩 미간을 찌푸리며
불렀다. 그리고 스스로 손으로 장단을 맞춰
가며 흥을 띄우기도 했다.

성격이 차분하고 말하는 속도가 느린 편이며 조사자를 친절하게 대해
주었다. 다만 아는 노래를 다 부르고 싶어 노래의 운은 많이 띄웠으나 대
부분 가사가 기억이 안 나서 중간에 멈추고 했다.

제공 자료 목록
04_04_FOS_20110118_PKS_KPS_0001 노랫가락 / 그네 노래

김덕아, 여, 1935년생

주 소 지 : 경상남도 남해군 남해읍 심천리 심천마을
제보일시 : 2011.1.18
조 사 자 : 박경수, 서정매, 황영태, 오소현, 공유경

김덕아는 을해생으로 3녀의 막내로 태어났다. 17세에 결혼하여 슬하에

2남 2녀를 두고 있으며 자녀들은 울산, 서
울, 사천 등지에서 거주하고 있다.

제보자가 제공한 노래는 <화투타령>이
다. 친구들과 화투를 치면서 주로 노래를 듣
고 배운다고 했다. 원래 노래를 즐겨 부르는
데, 막상 조사에 임하자 생각이 잘 안 난다
며 많이 불러 주지 못함을 안타까워했다.

목소리가 칼칼하고 시원하여 청중들의 주
목을 받았다.

제공 자료 목록
04_04_FOS_20110118_PKS_KDA_000 화투타령

김말엽, 여, 1930년생

주 소 지 : 경상남도 남해군 남해읍 아산리 아산마을
제보일시 : 2011.1.18
조 사 자 : 박경수, 서정매, 황영태, 오소현, 공유경

김말엽은 경오생으로 경상남도 남해군 남
해읍 서변동에서 태어났고 양띠이다. 3남 2
녀 중 막내로 태어나 초등학교까지 졸업하
고 남해에서 마을 농사를 했다. 21살에 남편
을 만나 결혼하여 슬하에 3남 2녀를 두었는
데 남편은 20년 전에 이미 작고하였다. 현재
아들은 울산과 김해에 있고 딸은 남해에 있
다. 고향에서 남해로, 남해에서 다시 김해로,
김해에서 다시 남해로 이사를 번갈아 했다.

제보자는 처음에는 많이 수줍어했지만 조사자의 유도에 따라 노래를 불러 주었다. 노래에 흥이 더해지면서 스스로 박수를 치며 장단을 맞췄다. 제공한 자료는 <노랫가락>이다. 귀동냥으로 듣고 배운 것이라고 했다.

제공 자료 목록

04_04_FOS_20110118_PKS_KMY_0001 노랫가락

김분엽, 여, 1932년생

주 소 지 : 경상남도 남해군 남해읍 입현리 소입현마을
제보일시 : 2011.1.18
조 사 자 : 박경수, 류경자, 정혜란, 윤슬기, 강아영

김분엽은 임신생으로 양띠이고 본관은 김해이다. 남해군 남면 홍현리 홍현마을에서 2남 3녀 중 셋째로 태어났고 야학을 다녔다. 18세에 남편과 결혼하여 삼동에서 살다가 40년 전에 남편이 세상을 떠나면서 딸을 따라 소입현마을로 왔다. 슬하에는 딸 셋이 있는데, 큰딸은 용소에, 작은 딸은 남해읍에, 막내딸은 진주에 살고 있다고 했다.

제보자는 이야기하는 내내 웃음을 지었고, 손동작을 사용하면서 이야기를 잘하였다. 특히 제보자가 이야기할 때에 주변 반응이 좋았다. 제보자는 옛날에 할아버지, 할머니로부터 듣고 배웠던 노래와 이야기라고 했다. 제공한 자료는 설화 <친정아버지의 봉변을 모면시킨 딸>, <과부 집에 낫 갈러 가서 동침한 후 빚을 갚은 홀아비> 등과 민요 <임아 임아 서방님아> 등이다.

제공 자료 목록

04_04_FOT_20110118_PKS_KBY_0001 친정아버지의 봉변을 모면시킨 딸

04_04_FOT_20110118_PKS_KBY_0002 과부 집에 낫 갈러 가서 동침한 후 빚을 갚은
홀아비
04_04_FOS_20110118_PKS_KBY_0001 말은 가자고
04_04_FOS_20110118_PKS_KBY_0002 임아 임아 서방님아

김선이, 여, 1937년생

주 소 지 : 경상남도 남해군 남해읍 아산리 아산마을
제보일시 : 2011.1.18
조 사 자 : 박경수, 서정매, 황영태, 오소현, 공유경

김선이는 정축생으로 경상남도 남해군 남
면 덕원리에서 태어났다. 혼자서 공부하며
노사와 식모살이를 하였다. 슬하에 3남 2녀
를 두었으나 남편은 22년 전에 먼저 작고하
였다. 남편을 작고하고 난 뒤 외로움 때문에
고향인 남해읍 부평리로 이사했다.

제보자는 먼저 노래를 부를 정도로 활발
하다. 박수소리에 맞춰 고개를 흔들며 노래
를 불렀다. 제공한 자료는 <산아지타령>, <화투타령>, <창부타령> 등이
다. 모두 귀동냥으로 듣고 배운 것이라고 했다.

제공 자료 목록
04_04_FOS_20110118_PKS_KSI_0001 화투타령
04_04_FOS_20110118_PKS_KSI_0002 창부타령
04_04_FOS_20110118_PKS_KSI_0003 산아지타령

김성철, 남, 1963년생

주 소 지 : 경상남도 남해군 남해읍 서변리 서변마을

제보일시 : 2011.1.17

조 사 자 : 박경수, 서정매, 황영태, 윤슬기

김성철(金聖哲)은 2011년 1월 당시 남해유
배문학관 관장을 맡고 있었는데, 임기가 다
되어 후임 관장이 올 때를 기다리고 있다고
했다. 그는 계묘생으로 토끼띠이다. 남해군
삼동면 지족마을에서 10살 때까지 거주하였
고 유림마을에서 살다가 서울로 올라갔고,
지금은 서변마을에서 살고 있다. 본관은 경
주로 1988년에 26세 나이로 동갑인 부인 조

혜연과 결혼했고, 자녀는 1남 1녀로 각각 충주와 남해 등에 거주하고 있다.

학부에서 국어국문학과를 전공하고 대학원에 진학하여 석사학위를 받았
다. 과거에는 출판사 일을 했으며, 개인적으로 남해 조사를 많이 하여 책
도 썼고, 『남해읍지』를 만드는 데도 기여했다고 했다. 제보자가 구술한 설
화들은 직접 조사한 것이거나 책에 기록된 것들이라고 했다.

체격이 크고 굵직한 얼굴상이 과묵한 인상을 주었다. 처음에는 설화의
제보에 소극적인 태도를 보였지만, 조사자와 여담을 주고받는 가운데 호의
적인 태도로 바뀌어 손가락으로 책상에 그림을 그려가며 설명하는 등 적
극적으로 조사에 임해 주었다.

<노자묵고 할배와 노지나묏등>, <김만중이 배를 부른 망노대>, <중이
떨어져 죽은 중바위>, <사량도 처녀총각이 바람나는 돼지포 암수바위>,
<사량도 처녀들이 바람나는 성기바위>, <어부 총각이 과부와 정을 나눈
상사바위>, <상사바위에 얽힌 구렁이 이야기> 등을 구연해 주었다.

제공 자료 목록

04_04_FOT_20110117_PKS_KSC_0001 노자묵고 할배와 노지나묏등
04_04_FOT_20110117_PKS_KSC_0002 김만중이 배를 부른 망노대

04_04_FOT_20110117_PKS_KSC_0003 중이 떨어져 죽은 중바위

04_04_FOT_20110117_PKS_KSC_0004 사량도 처녀총각이 바람나는 돼지포 암수바위

04_04_FOT_20110117_PKS_KSC_0005 사량도 처녀들이 바람나는 성기바위

04_04_FOT_20110117_PKS_KSC_0006 어부 총각과 과부가 정을 나눈 상사바위

04_04_FOT_20110117_PKS_KSC_0007 상사바위와 구렁이

김우영, 남, 1937년생

주 소 지 : 경상남도 남해군 남해읍 유림1동
제보일시 : 2011.1.19
조 사 자 : 박경수, 서정매, 황영태, 오소현, 공유경

김우영은 1937년 정축생으로 소띠이다. 본관은 김해이며 슬하에 1남 3녀를 두고 있다. 부인과 함께 살고 있으며, 현재 남해향토사연구소에 다니고 있다. 대학을 졸업했으며 신기마을에서 21세까지 거주하다가 1958년부터 지금까지 53년간 유림1동에 거주하고 있다.

남해초등학교 교장을 지낸 바 있으며 11년 전에 정년퇴임을 하였다. 목소리가 작은 편이면서 말이 무척 빠른 편이었다. 예전에 직접 조사를 다닌 바가 있다고 해서 많은 이야기를 기대했지만, 책을 보면서 이야기를 하는 등 아쉬움이 있었다. 그렇지만 질문에 정성껏 대답해 주는 등 적극적으로 조사에 임해 주었다. <도술을 부리다 붙잡힌 인천장군>, <시루봉의 유래> 등을 구술해 주었다. 이들 이야기는 모두 조사를 다니면서 직접 들었던 것이라고 했다.

제공 자료 목록

04_04_FOT_20110119_PKS_KWY_0001 시루봉의 유래

04_04_FOT_20110119_PKS_KWY_0002 도술을 부리다 붙잡힌 인천장군

김원아, 여, 1939년생

주 소 지 : 경상남도 남해군 남해읍 입현리 소입현마을
제보일시 : 2011.1.18
조 사 자 : 박경수, 류경자, 정혜란, 윤슬기, 강아영

김원아는 기묘생으로 토끼띠이고 본관은
김해이다. 경상남도 남해군 남해읍 입현리
소입현마을에서 2남 5녀 중 둘째로 태어났
다. 27살 때 자신보다 3살이 많은 남편과 결
혼하여 삼천포에서 생활을 하다가 30년 전
남편이 세상을 떠난 뒤 다시 소입현마을로
돌아왔다. 슬하에 자녀는 없고 중학교를 졸
업한 이후에는 줄곧 농사를 지었다.

제보자는 조사할 때 긴장하고 조금은 흥분한 탓에 말이 빨랐다. 그리고
이야기를 마친 후에는 가쁜 숨을 내쉬었다. 이야기 몇 편과 마지막에 <뒷
동산에 딱따구리> 노래를 제공해 주었다. 조사자는 어렸을 때 들었던 이
야기와 노래들이라고 했다.

제공 자료 목록
04_04_FOT_20110118_PKS_KWA_0001 글 모르는 할아버지의 심부름
04_04_FOT_20110118_PKS_KWA_0002 산신령의 가르침으로 큰사람이 된 못난이
04_04_FOS_20110118_PKS_KWA_0001 뒷동산에 딱따구리

김윤홍, 남, 1931년생

주 소 지 : 경상남도 남해군 남해읍 아산리 아산마을
제보일시 : 2011.1.18
조 사 자 : 박경수, 서정매, 황영태, 오소현, 공유경

김윤홍은 신미생으로 남해군 서면 배정리에서 태어나 지금까지 배정리

에서 살고 있는 토박이이다. 양띠이며 본관
은 경주이다. 19세 때 3살 연하인 부인 하동
순과 결혼하여 지금까지 함께 살고 있다. 슬
하에 자녀는 2남 3녀를 두었다. 주로 논농사
와 밭농사를 하면서 생계를 유지하였다.

그는 일제 강점기를 거쳐 6·25 전쟁에도
참여하는 등 나라에도 공훈을 했는데, 주로
농사만 짓고 살았지만 당시에 살기가 너무
힘들어서 군 입대를 하게 되었다고 한다. 초등학교를 나왔는데 일제강점기
때여서 아픈 기억이 많은 편이다. 제보자가 불러 준 노래는 그 당시 귀동
냥으로 듣고 배운 것이라고 했다. 종교는 유교이다. 집은 남해군 서면이지
만 남해읍 중앙경로당에 자주 와서 친구들을 만난다고 했다.

전형적인 경상도 사투리에 보수적이라는 인상을 주었다. 그래서인지 조
용하고 과묵한 편으로 노래를 구연할 때도 얌전하고 바른 자세를 고수했
다. <농부가>를 가창했는데, 목을 빼어 구성지게 잘 불렀다.

제공 자료 목록
04_04_FOS_20110118_PKS_KYH_0001 농부가

김재순, 여, 1931년생

주 소 지 : 경상남도 남해군 남해읍 차산리 중촌마을
제보일시 : 2011.1.18
조 사 자 : 박경수, 서정매, 황영태, 오소현, 공유경

김재순은 신미생으로 양띠이다. 남해읍 차산리 중촌마을에서 1남 3녀
중 둘째로 태어났다. 17세에 결혼을 하여 4남 2녀를 두었는데 20년 전 남
편은 작고하였다. 학교는 다닌 바가 없으며 주로 농사를 지으며 살았다.

제보자는 처음에는 노래 부르기를 부끄러워하였지만 시간이 조금 지나고 나서야 조금 익숙해졌는지 노래를 불러 주기 시작했다. 가사를 많이 잊어버려 노래를 많이 불러 주지는 못했다. 기억이 나지 않아서 중간 중간 노래가 끊겼지만 기억나는 민요는 거의 다 불러 주었다. 구연해 준 노래는 <낚시 노래>인데, 이 노래는 시집을 가기 전에 홀치기를 하고 놀면서 배운 것이라고 한다.

제공 자료 목록

04_04_FOS_20110118_PKS_KJS_0001 낚시 노래

김정규, 남, 1932년생

주 소 지 : 경상남도 남해군 남해읍 심천리 심천마을
제보일시 : 2011.1.18
조 사 자 : 박경수, 서정매, 황영태, 오소현, 공유경

김정규는 임신생으로 원숭이띠이다. 경상남도 남해군 남해읍 심천리 심천마을에서 태어나 지금까지 살고 있는 토박이로, 3남 1녀 중 첫째로 태어났다. 초등학교를 졸업하였으며 어업뿐만 아니라 농사까지 지었다. 21살에 부인 곽옥순(현재 77세)을 만나 결혼하여 슬하에 3남 1녀를 두었는데, 자녀들은 서울이나 남해 등 외지로 나가 살고 있으며 지금은 부인 곽옥순과 함께 심천마을에서 살고 있다.

제보자는 밝은 성품으로 환하게 웃으며 조사에 적극적으로 응해 주었다. 기억이 잘 안 나는 것은 곰곰이 생각한 후에 상기하여 노래를 불러 주었다. 노래를 부를 때는 몸을 위아래로 움직이거나 눈물을 흘리기도 하는 등 감정이 풍부한 편이었다. 제공한 자료는 <상여소리> 한 곡이며, 어렸을 때 동네 어른들로부터 귀동냥으로 들으며 습득한 것이라고 했다.

제공 자료 목록
04_04_FOS_20110118_PKS_KJG_0001 상여소리

김정림, 여, 1923년생

주 소 지 : 경상남도 남해군 남해읍 선소리 선소마을
제보일시 : 2011.1.17
조 사 자 : 박경수, 정규식, 류경자, 서정매, 정혜란, 황영태

김정림은 계해생으로 돼지띠이다. 남해읍 선소리 선소마을에서 태어나 지금까지 거주하고 있다. 1남 3녀 중 첫째로 태어났으며 본관은 김해이다. 19세 되던 해 12살 연상인 남편과 결혼을 하였으며 남편은 5년 전 작고하였다. 남편과의 사이에는 4녀를 두었으며 현재 모두 객지에서 생활하고 있어 마을에는 제보자가 혼자 거주하고 있다.

제보자는 5편의 민요를 구연했는데, 1편은 유행가인 <성주풀이>라서 제외했다. 이들 노래는 처녀 때 마을 어른들이 부르는 것을 듣고 알게 된 것들이라고 했다. 몸을 앞뒤로 흔들면서 박자를 맞춰 가며 노래를 불러 주었다.

제공 자료 목록
04_04_FOS_20110117_PKS_KJR_0001 탄로가

04_04_FOS_20110117_PKS_KJR_0002 춘향이 노래
04_04_FOS_20110117_PKS_KJR_0003 진도아리랑
04_04_FOS_20110117_PKS_KJR_0004 기러기 노래

김정중, 남, 1939년생

주 소 지 : 경상남도 남해군 남해읍 선소리 선소마을
제보일시 : 2011.1.19
조 사 자 : 박경수, 정규식, 류경자, 서정매, 정혜란, 황영태

김정중은 기묘생으로 범띠이고 본관은 김
해이다. 경상남도 남해군 남해읍 선소리 선
소마을에서 2남 2녀 중 첫째로 태어났다. 초
등학교를 졸업했고, 25살 때 부인 이금이(68
세)와 결혼하여 슬하에 4남 1녀를 두고 있
다. 옛날부터 줄곧 농사와 고기잡이를 함께
하고 있다.

구연에 있어서 말하는 속도는 조금 느린
편이지만 자세히 설명하는 편이다. 주변의 반응에 적절하게 대응하며 이야
기도 잘 해 주었다. 유쾌한 성격이며, 말할 때 손동작을 많이 곁들이는 편
이었다. 어릴 때 들었던 이야기와 직접 보았던 이야기를 해 주었다.

제공 자료 목록
04_04_FOT_20110119_PKS_KJJ_0001 과부 아홉 명이 나야 큰사람이 나는 묏자리

김종원, 남, 1924년생

주 소 지 : 경상남도 남해군 남해읍 평현리 양지마을
제보일시 : 2011.1.19
조 사 자 : 박경수, 류경자, 정혜란, 윤슬기, 강아영

김종원(金鍾元)은 갑자생으로 쥐띠이다. 남해군 남면 구미마을에서 2남 3녀 중 셋째로 태어났다. 본관은 경주이다. 68년 전 이 마을에 들어와 지금까지 살고 있다. 20세 되던 해 4살 연하 부인(이분예)과 결혼을 하여 슬하에 6남 2녀를 두었다. 1년 전에 큰아들 가족이 고향에 들어오면서 지금은 큰아들과 부인과 함께 거주하고 있다. 다른 자녀는 모두 객지에 거주하고 있다.

제보자는 학교를 다닌 적이 없으며 과거에 배를 타는 일을 직업으로 삼고 살아왔다.

제보자는 손으로 이야기의 동작을 표현하면서 천천히 구연을 해 주었다. 귀가 어두워 큰 목소리로 말을 해야 대화가 통했다. <나무로 부모를 깎아서 효를 행한 사람>이라는 설화 1편을 구연했다.

제공 자료 목록
04_04_FOT_20110119_PKS_KJW_0001 나무로 부모를 깎아서 효를 행한 사람

류복아, 여, 1936년생

주 소 지 : 경상남도 남해군 남해읍 아산리 아산마을
제보일시 : 2011.1.18
조 사 자 : 박경수, 서정매, 황영태, 오소현, 공유경

류복아는 병자생으로 쥐띠이다. 경상남도 남해군 남면 향촌리에서 태어났다. 초등학교를 졸업하고 농사를 했는데 남해읍으로 이사 오면서 바느질도 하였다. 남편은 30여 년

전 돌아가셨으며 슬하에는 1남 4녀를 두었다.

성품이 적극적이어서 이야기를 재미나게 하여 청중들도 모두 귀담아 듣곤 했다. 노래를 부를 때는 인상을 찌푸리며 노래에 더욱 집중을 하기도 했다. 제공한 자료는 <창부타령> 한 편과 <남의 복을 얻으려다 실패한 복 없는 사람> 이야기 한 편이다.

제공 자료 목록

04_04_FOT_20110118_PKS_RBA_0001 남의 복을 사려다가 실패한 복 없는 사람
04_04_FOS_20110118_PKS_RBA_0001 창부타령

류창옥, 남, 1939년생

주 소 지 : 경상남도 남해군 남해읍 선소리 선소마을
제보일시 : 2011.1.19
조 사 자 : 박경수, 정규식, 류경자, 서정매, 정혜란, 황영태

류창옥은 기묘생으로 토끼띠이다. 본관은 문화이다. 경상남도 남해군 남해읍 선소리에서 4남 2녀 중 다섯째로 태어났다. 초등학교를 졸업하고 고기잡이를 시작해서 지금도 배를 타고 있다. 23살에 부인 김영자(71세)와 결혼하여 슬하에 3남 3녀를 두고 있다. 지금은 아들네 가족과 함께 생활하고 있다.

제보자는 <전어잡이 소리>를 선창하였는데, 노래 중간에 자세한 설명을 곁들여 주었다. 여러 할아버지들이 함께 있는 자리에서 대표로 선창할 만큼 목소리가 크고 시원시원했다. 노래 중간에 계속 설명을 붙이는 바람에 노래가 자주 끊기게 되어 청중들이 약간 답답하고 지루하게 느꼈다. 제보자는 자신만이 <전어잡이 소리>를 안다

는 자부심을 가지고 가능한 열중해서 많은 사설을 부르려고 노력했다. 그러나 마을에서는 아직 젊은 편이라 주변을 너무 의식하는 바람에 오히려 가창에 지장을 받는 것 같았다.

제공 자료 목록
04_04_FOS_20110119_PKS_RCO_0001 전어잡이 소리

류필남, 여, 1924년생

주 소 지 : 경상남도 남해군 남해읍 아산리 아산마을
제보일시 : 2011.1.18
조 사 자 : 박경수, 서정매, 황영태, 오소현, 공유경

류필남은 갑자생으로 쥐띠이며 1남 4녀 중 넷째로 태어났다. 18살 때 결혼하여 슬하에 3남 3녀를 두었으나 남편은 이미 10년 전에 작고하였다. 30살 때까지 고향에서 살다가 서울과 진주 등을 50년 정도 돌아다니다가 남해읍 아산리 아산마을로 이사 왔다. 집안일과 농사를 하며 지내 왔다고 한다. 적극적이고 꼼꼼한 성품으로 손으로 바닥을  두드리며 박자를 맞추며 노래를 구연해 주었다. 구연한 노래는 <회심곡> 한 편이며, 귀동냥으로 듣고 배운 것이라고 했다.

제공 자료 목록
04_04_FOS_20110118_PKS_RPN_0001 회심곡

박금전, 여, 1935년생

주 소 지 : 경상남도 남해군 남해읍 차산리 중촌마을

제보일시 : 2011.1.18

조 사 자 : 박경수, 서정매, 황영태, 오소현, 공유경

박금전은 을해생으로 돼지띠이다. 남해군
남면 두호리 두호마을에서 3남 2녀 중 첫째
로 태어나 19살에 남편을 만나 결혼을 하여
2남 3녀를 두었다. 그러나 10년 전에 남편을
잃었고 지금은 혼자 살고 있다. 얼굴이 곱고
인상도 좋은 편으로 웃으면서 조사자들을
대해 주었다.

제보자는 조사가 거의 끝날 무렵에 노래
기억나는 노래를 한 곡 불러 주었다. 흔치 않은 노래라고 하면서 가창 후
에 노래에 대한 설명을 덧붙여 말해 주었다. 처녀 때 어른들이 부르는 것
을 듣고 배웠다고 하면서 <상추 씻는 처자 노래>를 구연해 주었다.

제공 자료 목록

04_04_FOS_20110118_PKS_PKJ_0001 상추 씻는 처자 노래

박명순, 여, 1942년생

주 소 지 : 경상남도 남해군 남해읍 차산리 중촌마을

제보일시 : 2011.1.18

조 사 자 : 박경수, 서정매, 황영태, 오소현, 공유경

박명순은 임오생으로 말띠이다. 남해읍 입현리 소입현마을에서 3남 2녀
중 다섯째로 태어나 초등학교를 졸업하였고, 26세에 남편을 만나 결혼하여
슬하에 1남 2녀를 두었다. 그러나 10년 전에 남편이 작고하여 지금은 혼
자 살고 있다.

제보자는 박수를 치며 장단에 맞추어 노래를 부르는 등 적극적으로 조

사에 임해 주었다. 그러나 처음에는 노래를
몇 번을 유도했으나, 계속 망설이다가 나중
에 되어서야 용기가 났는지 적극적으로 노
래를 불러 주었다. 제공한 자료는 민요 한
곡과 설화 한 편이며, 어릴 적 어머니에게
또 주위 사람들에게 귀동냥으로 듣고 배운
것이라고 했다.

박명순 제보자는 <남해 금산 미나리깡
에>를 불러 주었고, <강피 훑는 팔자의 부인> 이야기를 구연해 주었다.

제공 자료 목록

04_04_FOT_20110118_PKS_PMS_0001 강피 훑는 팔자의 부인
04_04_FOS_20110118_PKS_PMS_0001 남해 금산 미나리깡에

박순자, 여, 1944년생

주 소 지 : 경상남도 남해군 남해읍 입현리 소입현마을
제보일시 : 2011.1.18
조 사 자 : 박경수, 류경자, 정혜란, 윤슬기, 강아영

박순자는 갑신생으로 원숭이띠이고 본관
은 밀양이다. 식민지 시대에 일본에서 태어
나서 2살 때 해방되면서 남해로 왔다. 초등
학교는 졸업했고, 23살 때 지금의 남편인 김
성수(73세)와 결혼하여 슬하에 2남 3녀를 두
고 있다. 예전에는 부녀회장을 맡았고, 농사
는 지금도 계속해서 짓고 있다.

제보자는 말이 약간 빠른 편이지만 차근
차근 이야기하려고 노력하였고 이야기하면서 손동작을 사용하였다. 제공한

자료는 <신랑의 무심함에 집을 나가서 고생한 여자> 한 편이다. 이 이야기는 예전에 어른들에게 들은 것이라고 했다.

제공 자료 목록
04_04_FOT_20110118_PKS_BSJ_0001 신랑의 무심함에 집을 나가서 고생한 여자

박용수, 남, 1937년생

주 소 지 : 경상남도 남해군 남해읍 평현리 양지마을
제보일시 : 2011.1.19
조 사 자 : 박경수, 류경자, 정혜란, 윤슬기, 강아영

박용수는 정축생으로 소띠이다. 남해군 서면 중리마을에서 3남 2녀 중 넷째로 태어났다. 본관은 밀양이다. 25세 되던 해 4살 연하 부인(최수자)과 결혼을 하여 슬하에 1남 1녀를 두었다. 1967년 12월 1일 평현리 양지마을로 이사를 와서 지금까지 거주하고 있으며 자녀들은 부산에서 거주하고 양지마을에서는 부인과 같이 거주하고 있다.

제보자는 사립 중학교를 1,2년 다니다가 학교가 학생 수 미달로 문을 닫으면서 중퇴를 했다. 과거 농사를 지으며 살았고, 지금도 농사를 조금 짓고 있다고 했다. 현재 양지마을의 이장을 맡고 있다.

제보자는 조사에 매우 적극적으로 임했는데, 첫 설화는 조사자가 유도를 하였지만 두 번째 설화는 본인이 직접 이야기를 해 주겠다고 나설 정도로 적극적이었다. 제공한 자료는 <친구가 잡아 준 묏자리 덕에 부자 된 사람>, <은혜 갚은 귀신> 등의 설화 두 편인데 차분한 말투로 구연하는 동안 손동작을 적절히 사용하면서 구연을 했다.

제공 자료 목록

04_04_FOT_20110119_PKS_PYS_0001 친구가 잡아 준 묏자리 덕에 부자 된 사람
04_04_FOT_20110119_PKS_PYS_0002 은혜 갚은 귀신

박점조, 남, 1926년생

주 소 지 : 경상남도 남해군 남해읍 입현리 토촌마을
제보일시 : 2011.1.18
조 사 자 : 박경수, 류경자, 정혜란, 윤슬기, 강아영

박점조는 병인생으로 범띠이다. 남해군 입
현리 토촌마을에서 태어나 지금까지 거주하
고 있다. 3남 1녀 중 막내로 태어났으며 19
세 되던 해 2살 연하인 최남덕 씨와 결혼하
여 슬하에 3남을 두었다. 자식들은 모두 결
혼하여 객지에서 거주하며 부인과 둘이서
생활하고 있다. 과거에 고기잡이, 머슴 생활
을 했고, 결혼 후 17년 동안 셋방살이를 하
면서 힘든 생활을 했다고 한다. 초등학교 중퇴가 학력의 전부로 못 배운
것이 한이 되어 혼자 독학으로 공부를 했다고 한다. 초등학교를 다닐 적에
는 돈이 없어 학교에서 더 이상 공부를 할 수 없었는데, 집에는 말을 못하
고 학교에 다녀온 것처럼 하기도 했다고 한다.

제보자는 3편의 민요와 3편의 설화를 구연했는데, 주로 조사자의 유도
하에 이루어졌다. 조용하고 차분한 말투였으며 주변 반응을 살피면서 천천
히 이야기를 구술했다.

제공 자료 목록

04_04_FOT_20110118_PKS_PJJ_0001 산신령을 감동시킨 효자 아들
04_04_FOT_20110118_PKS_PJJ_0002 남해 금산의 상사바위

04_04_FOT_20110118_PKS_PJJ_0003 백마가 나타났던 달구산
04_04_FOS_20110118_PKS_PJJ_0001 상여소리
04_04_FOS_20110118_PKS_PJJ_0002 청춘가
04_04_FOS_20110118_PKS_PJJ_0003 진도아리랑

박중아, 여, 1923년생

주 소 지 : 경상남도 남해군 남해읍 차산리 동산마을
제보일시 : 2011.1.19
조 사 자 : 박경수, 서정매, 황영태, 오소현, 공유경

박중아는 계해생으로 돼지띠이다. 남해읍 장항마을에서 태어나 17세에 남편을 만나 동산마을로 시집을 왔고, 지금까지 동산마을에서 살고 있다. 슬하에 3남 1녀을 두고 있으나 남편은 이미 작고하였고 지금은 홀로 남해읍 동산마을에서 살고 있다. 주로 나물도 다듬고 담소를 나누며 일상을 보내고 있다.

제보자는 처음에는 조사하는 것을 많이 꺼려하며 자신의 정보를 알려주기를 싫어했는데, 주변의 다른 청중들이 조사에 응하는 것을 보고 조금씩 마음을 열어 주었다.

구연해 준 내용은 설화 두 편과 민요 한 편으로 젊었을 때 귀동냥으로 듣고 배운 것이라고 했다. <며느리 몰래 죽을 먹으려다 들킨 시아버지>, <강피 훑는 팔자의 부인> 이야기 두 편과 민요 <창부타령>을 구연해 주었다.

제공 자료 목록
04_04_FOT_20110119_PKS_PJA_0001 며느리 몰래 죽을 먹으려다 들킨 시아버지
04_04_FOT_20110119_PKS_PJA_0002 강피 훑는 팔자의 부인
04_04_FOS_20110119_PKS_PJA_0001 창부타령

박청자, 여, 1941년생

주 소 지 : 경상남도 남해군 남해읍 선소리 선소마을
제보일시 : 2011.1.17
조 사 자 : 박경수, 정규식, 류경자, 서정매, 정혜란, 황영태

박청자는 신사생으로 뱀띠이다. 남해군 남면 덕월리에서 태어났다. 본관은 밀양이다. 6세 연상의 정준석씨와 결혼을 하여 슬하에 1남 4녀를 두고 있다. 아들은 해군에 있으며 다른 자녀는 모두 객지에서 생활하고 있어 남편과 둘이서 선소마을에 거주하고 있다. 학교를 다닌 적은 없으며 독학으로 공부를 했고 지금도 틈나는 대로 공부를 하고 있다고 한다.

제보자는 4편의 민요와 3편의 설화를 구연했는데 쑥스러워하면서도 민요를 끝까지 불렀다. 특히, <진주난봉가>를 매우 차분하게 불렀다. 설화의 경우 조사자가 유도하여 구연했는데 역시 차분하게 구연했다. 민요를 부를 때는 손을 톡톡 두드리면서 불렀으며 이야기를 구연할 때는 손동작을 활기차게 하였다.

제공 자료 목록
04_04_FOT_20110117_PKS_PCJ_0001 어머니를 잡은 바보 아들
04_04_FOT_20110117_PKS_PCJ_0002 할아버지 이야기에 도망간 도둑
04_04_FOT_20110117_PKS_PCJ_0003 계산 먼저 하는 사람치고 잘사는 사람 없다
04_04_FOS_20110117_PKS_PCJ_0001 시집살이 노래
04_04_FOS_20110117_PKS_PCJ_0002 진주난봉가
04_04_FOS_20110117_PKS_PCJ_0003 물레질 노래
04_04_FOS_20110117_PKS_PCJ_0004 사랑 노래

박필심, 여, 1941년생

주 소 지 : 경상남도 남해군 남해읍 선소리 선소마을
제보일시 : 2011.1.17
조 사 자 : 박경수, 정규식, 류경자, 서정매, 정혜란, 황영태

박필심은 신사생으로 뱀띠이다. 남해에서 태어났다. 3남 2녀 중 첫째로 태어났으며 본 관은 밀양이다. 22살 되던 해, 7세 연상인 김 용필 씨와 결혼하여 슬하에 2남 2녀를 두고 있다. 모두 남해에 거주하며 제보자는 남편 과 함께 큰아들 가족과 거주하고 있다. 14세 되던 해 가족들과 같이 부산으로 이사해서 생활하다가 1963년 남해읍 선소리 선소마을 에 와서 지금까지 살고 있다. 초등학교를 졸업한 것이 학력의 전부이다. 과 거에는 읍에서 일을 하기도 했으나, 지금은 아무 일도 하지 않고 있다.

제보자는 큰아버지로부터 전해들은 이야기를 구연했는데, 차분하게 이 야기를 잘 했으며, 이야기를 할 때 손을 사용하며 설명하기도 했다.

제공 자료 목록
04_04_FOT_20110117_PKS_PPS_0001 호랑이 때문에 죽은 사람

송재옥, 여, 1929년생

주 소 지 : 경상남도 남해군 남해읍 평현리 양지마을
제보일시 : 2011.1.19
조 사 자 : 박경수, 류경자, 정혜란, 윤슬기, 강아영

송재옥은 기사생으로 뱀띠이다. 남해군 남면 구미마을에서 2남 3녀 중 셋째로 태어났다. 16살 되던 해 12살 연상의 남편과 결혼을 하여 양지마 을로 왔으며 슬하에 3남 3녀를 두고 있다. 자녀들은 모두 결혼하여 객지에

서 거주하고 있으며, 제보자는 20년 전 남편이 작고한 이후 혼자 양지마을에서 거주하고 있다.

제보자는 일제 강점기 시절에 일본 학교 3년을 다닌 것이 학력의 전부이며 한글은 많이 모른다고 하였다.

제보자는 목소리가 큰 편으로 윗니가 없어 발음이 새는 경향은 있었지만 듣기에 큰

지장은 없었다. 유머 감각이 있어 시종일관 유쾌한 분위기를 제공했다. 조사자가 유도를 하기도 했으나, 제보자 먼저 스스로 해보겠다고 하면서 노래를 불러 주었다. 제공한 자료는 <베틀 노래>, <모심기 노래> 등 총 5편의 민요인데, 모두 처녀 때 어른들이 부르는 것을 듣고 알게 된 노래라고 말했다.

제공 자료 목록
04_04_FOS_20110119_PKS_SJO_0001 우리집에 저 남자는
04_04_FOS_20110119_PKS_SJO_0002 남해 금산 잔솔밭에
04_04_FOS_20110119_PKS_SJO_0003 베틀 노래
04_04_FOS_20110119_PKS_SJO_0004 모심기 노래
04_04_FOS_20110119_PKS_SJO_0005 앞집에는 유자나무

신민순, 여, 1942년생

주 소 지 : 경상남도 남해군 남해읍 선소리 선소마을
제보일시 : 2011.1.17
조 사 자 : 박경수, 정규식, 류경자, 서정매, 정혜란, 황영태

신민순은 임오생으로 말띠이다. 남해군 서면 도산마을에서 1남 4녀 중 막내로 태어났다. 19세 되던 해, 7세 연상의 류씨와 결혼을 하여 슬하에 3

남을 두었다. 남편, 결혼한 큰아들, 미혼인
막내아들과 함께 생활하고 있다. 학력은 무
학이다. 과거에는 고기잡이를 해서 생활을
해 나갔다. 남편이 둘째임에도 불구하고 시
집 식구를 부양하며 생활했기 때문에 늘 고
달팠다고 한다.

제보자는 민요 1편과 설화 1편을 구연했
다. 민요는 어른들이 부르는 것을 듣고 알게
된 것이며, 설화는 열 살도 되기 전에 오빠로부터 들었던 이야기라고 했다.
이야기나 노래를 잘 못한다고 하면세 구연하지 않으려고 하였으나 제보자
의 유도 끝에 구연한 것이다. 목소리는 큰 편이었다.

제공 자료 목록
04_04_FOT_20110117_PKS_SMS_0001 빗자루로 변한 도깨비
04_04_FOS_20110117_PKS_SMS_0001 이야기 서두 노래

신순엽, 여, 1935년생

주 소 지 : 경상남도 남해군 남해읍 선소리 선소마을
제보일시 : 2011.1.17
조 사 자 : 박경수, 정규식, 류경자, 서정매, 정혜란,
　　　　　황영태

　신순엽은 을해생으로 돼지띠이다. 경상남
도 남해군 서면 도산마을에서 태어났다. 20
살 되던 해 결혼을 하여 슬하에 5남을 두었
으나 아들 한 명을 잃었다. 3년 전에 남편이
작고하여 현재는 남해군 고현면 대곡마을에
서 혼자 거주하고 있다. 조사가 있던 날은

선소마을에 살고 있는 동생 집에 놀러와 있던 중이어서 조사를 했다.

　제보자는 노래를 잘하지 못한다며 이야기를 하나 해 주었는데 매우 차분하게 이야기를 구술했다. 다른 제보자의 구연을 말없이 차분하게 듣고 있었는데, 이런 점을 미루어 보아 조용한 성격인 듯했다.

제공 자료 목록

04_04_FOT_20110117_PKS_SSY_0001 낮귀신을 만나 죽은 사람

심순덕, 남, 1933년생

주 소 지 : 경상남도 남해군 남해읍 평현리 양지마을
제보일시 : 2011.1.19
조 사 자 : 박경수, 류경자, 정혜란, 윤슬기, 강아영

　심순덕(沈順德)은　계유생으로　닭띠이다. 남해군 평현리 양지마을에서 2남 중 둘째로 태어났다. 24세 되던 해 4살 연하 부인과 결혼을 하여 슬하에 3남 2녀를 두고 있다. 자녀는 모두 서울, 부산, 진주 등에 살고 있고 양지마을에는 부인과 같이 거주하고 있다. 고등학교를 졸업하였으며 안동에서 군 생활을 한 것을 제외하고 마을을 떠난 적이 없다. 군 제대 후 농사를 지었고, 지금도 농사를 짓고 있다고 했다.

　제보자는 인상이 좋은 편이었고 이야기를 천천히 구연했다. 어릴 적 들은 <곶감이 무서워 도망간 호랑이> 이야기 1편을 구술했다.

제공 자료 목록

04_04_FOT_20110119_PKS_SSD_0001 곶감이 무서워 도망간 호랑이

원난순, 여, 1925년생

주 소 지 : 경상남도 남해군 남해읍 차산리 곡내마을
제보일시 : 2011.1.19
조 사 자 : 박경수, 황영태, 오소현, 공유경

원난순은 을축생으로 소띠이다. 경상남도
남해군 서면 유포리에서 태어나, 18살의 나
이에 결혼하여 슬하에 2남 3녀를 두었는데,
안타깝게도 10년 전에 남편이 작고하였다.
현재 자녀들은 모두 객지에 살고 있어서 지
금은 혼자 살고 있다. 젊었을 때는 야학으로
공부를 한 바 있으며, 농사를 짓거나 길쌈도
하며 생계를 유지하였다.

제보자는 적극적인 성품으로 다른 할머니에게 노래 부르라고 권유를 하
기도 하고, 또 틈틈이 생각나는 노래가 있으면 불러 주었다. 예전에는 노
래를 많이 알았지만 지금은 모두 잊어버렸다며 안타까워하였다. 가사를 몰
라서 노래를 부르던 중간에 그만둔 것도 몇 곡 있었지만 끝까지 열심히 불
러 주려고 애를 썼다. 제공한 자료는 <백발가>, <노랫가락 / 그네 노래>,
<진도아리랑> 세 곡이다. 제보자는 이들 노래는 어렸을 때 듣고 따라 부
르면서 익힌 것이라 했다.

제공 자료 목록
04_04_FOS_20110119_PKS_WNS_0001 백발가
04_04_FOS_20110119_PKS_WNS_0002 노랫가락 / 그네 노래
04_04_FOS_20110119_PKS_WNS_0003 진도아리랑

유성읍, 여, 1926년생

주 소 지 : 경상남도 남해군 남해읍 차산리 곡내마을

제보일시 : 2011.1.19
조 사 자 : 박경수, 황영태, 오소현, 공유경

　유성읍은 병인생으로 호랑이띠이다. 경상남도 남해군 남해읍 예금리에서 태어났다. 3남 2녀 중 막내로 태어났는데, 19살의 나이에 남편을 만나 결혼하여 남해읍 차산리 곡내마을로 시집을 와서 지금까지 살고 있다. 슬하에 2남 4녀를 두었는데, 자녀들은 서울·부산·울산 등 객지에 나가 살고 있다. 남편은 작고하였고 지금은 홀로 살고 있다. 주로 농사를 지으면서 생활하였으며 종교는 불교이다.

　제보자는 잘 웃는 편이었고, 말을 천천히 했으며, 성품이 조용하다는 인상을 주었다. 노래를 부르다가 가사를 잊어버려도 끝까지 기억하여 불러주려고 노력하였다. 제공한 자료는 민요 2편으로 <다리 세기 노래>, <진도아리랑>이다.

제공 자료 목록
04_04_FOS_20110119_PKS_USE_0001 다리 세기 노래
04_04_FOS_20110119_PKS_USE_0002 진도아리랑

윤봉아, 여, 1937년생

주 소 지 : 경상남도 남해군 남해읍 아산리 신기마을
제보일시 : 2011.1.19
조 사 자 : 박경수, 황영태, 오소현, 공유경

　윤봉아는 정축생으로 소띠이다. 남해읍에서 태어났고 무남독녀이다. 18살에 남편을 만나 결혼하여 3남 1녀를 두었으나, 안타깝게도 남편은 13년

전에 먼저 작고하였다. 지금은 막내딸과 함께 살고 있다.

제보자는 노래 부르는 것을 좋아하였는데, 조용히 말이 없다가도 노래가 생각나면 바로 불러 주었다. 모두 일하면서 듣고 배운 노래라고 했다. 제공한 민요는 <창부타령>, <진도아리랑> 두 곡이다.

제공 자료 목록

04_04_FOS_20110119_PKS_YBA_0001 창부타령
04_04_FOS_20110119_PKS_YBA_0002 진도아리랑

이마순, 여, 1926년생

주 소 지 : 경상남도 남해군 남해읍 차산리 곡내마을
제보일시 : 2011.1.19
조 사 자 : 박경수, 황영태, 오소현, 공유경

이마순은 병인생으로 호랑이띠이다. 경상 남도 남해군 여동면 신전리에서 1남 3녀로 태어났다. 초등학교는 졸업하였으며, 16살에 남편을 만나 결혼하여 슬하에 2남 4녀를 두 었으나 작년 10월에 남편이 먼저 작고하였 다. 자녀들은 부산·언양 등의 객지에 나가 살고 있고, 할머니는 현재 혼자 살고 있다. 젊었을 때부터 농사를 지으며 생계를 꾸려 왔다.

제보자는 처음에 말이 별로 없었지만 분위기가 흥겨워질수록 노래를 많

이 불러 주었다. 말은 조금 느린 편이었지만, 장단에 맞추어 어깨를 덩실 거리며 노래를 불렀다.

　제공한 자료는 어렸을 때 모 심을 때 부르면서 익힌 노래라고 했다. <진도아리랑>, <청춘가>, <너냥 나냥>의 세 곡을 불러 주었는데, <진도아리랑>은 가사를 다양하게 바꾸어 가며 연속적으로 가창했다.

제공 자료 목록

04_04_FOS_20110119_PKS_LMS_0001 너냥 나냥
04_04_FOS_20110119_PKS_LMS_0002 진도아리랑 (1)
04_04_FOS_20110119_PKS_LMS_0003 청춘가
04_04_FOS_20110119_PKS_LMS_0004 진도아리랑 (2)

이민규, 남, 1931년생

주 소 지 : 경상남도 남해군 남해읍 아산리 아산마을
제보일시 : 2011.1.18
조 사 자 : 박경수, 서정매, 황영태, 오소현, 공유경

　이민규는 신미생으로 양띠이다. 3남 6녀 중 둘째로 태어났다. 본관은 전주이며 1955 년 23세 때 5살 연하인 부인 하상엽을 만나 지금까지 유림동에서 노모를 모시고 함께 살고 있다. 슬하에 4남 1녀를 두고 있고, 자 식들은 모두 외지에서 살고 있다. 해병대에 서 생활했으며, 군인 출신이어서인지 목소리 가 크고 남자다운 면이 강한 편이다.

　학교는 다닌 바가 없다. 성격은 쾌활하고 시원시원한 편으로 적극적으로 구연에 임했다. 민요를 가창할 때는 자신감을 가지고 몸을 흔들며 맛깔나 게 불렀다. 평소 이야기와 노래를 좋아한다고 했다. 조사가 자신에게 집중

되면, 다른 청중을 조사를 하도록 배려하기도 했다. 민요로 <설움가>, <산아지타령>, <노랫가락 / 그네 노래> 3편과 설화로 <호랑이를 놀린 토끼> 1편을 구연해 주었다.

제공 자료 목록
04_04_FOT_20110118_PKS_LMK_0001 호랑이를 놀린 토끼
04_04_FOS_20110118_PKS_LMK_0001 설움가
04_04_FOS_20110118_PKS_LMK_0002 산아지타령
04_04_FOS_20110118_PKS_LMK_0003 노랫가락 / 그네 노래

이봉심, 여, 1922년생

주 소 지 : 경상남도 남해군 남해읍 차산리 중촌마을
제보일시 : 2011.1.18
조 사 자 : 박경수, 서정매, 황영태, 오소현, 공유경

이봉심은 임술생으로 개띠이다. 과거에 농사를 지었으나 지금은 나이가 많아 쉬고 있다. 남편을 만나 결혼하여 4남 3녀를 두 었고 자녀들은 현재에는 모두 객지에 나가 있다. 1년 전에 남편이 작고하여 현재 혼자 살고 있다.

제보자는 눈을 떴다 감았다 하기도 하고, 때로는 머리를 흔들면서 노래를 불렀다. 조 사자의 유도에 따라서 같이 장단을 맞추었다. 제공한 노래는 <창부타령> 1편인데, 귀동냥으로 듣고 배운 것이라고 하였다.

제공 자료 목록
04_04_FOS_20110118_PKS_LBS_0001 창부타령

이영숙, 여, 1940년생

주 소 지 : 경상남도 남해군 남해읍 평현리 양지마을
제보일시 : 2011.1.19
조 사 자 : 박경수, 류정매, 정혜란, 윤슬기, 강아영

이영숙은 경진생으로 호랑이띠이다. 마산
에서 외동딸로 태어났다. 본관은 전주이다.
직장생활로 인해 서울에서도 잠시 생활을
하였고, 31세 되던 해 남편과 결혼을 하여
슬하에 1녀를 두고 있다. 현재는 딸과 같이
양지마을에서 거주하고 있다. 남편은 몇 개
월 전에 작고하였다. 초등학교를 졸업한 것
이 학력의 전부이다.

<진주난봉가> 1편을 불렀는데, 목소리가 좋아 노래를 잘 부른다는 느
낌을 주었다. 처녀 시절 공장에서 직장생활을 하였는데, 그때 공장에서 마
산 사람에게 배운 노래라며 <진주난봉가>를 가창했다.

제공 자료 목록
04_04_FOS_20110119_PKS_LYS_0001 진주난봉가

이윤모, 남, 1926년생

주 소 지 : 경상남도 남해군 남해읍 아산리 아산마을
제보일시 : 2011.1.18
조 사 자 : 박경수, 서정매, 황영태, 오소현, 공유경

이윤모(李允模)는 병인생으로 호랑이띠이다. 본관은 전주이다. 전라남도
순천시 영옥동 마을에서 태어나 독남으로 태어나 30세까지 거주하다가
1970년에 3살 연하인 부인을 만나 남해에 정착하여 지금까지 함께 살고

있다. 슬하에 4남 3녀의 7남매를 두고 있는
데, 자녀들은 각각 서울·충청도·순천 등에
서 살고 있다.

고향인 순천에서 철도국을 다니며 일한 경
력이 있고, 현재는 노인대학에서 공부를 계
속하고 있다. 초등학교를 졸업했는데, 구연해
준 이야기는 옛날에 공부를 할 때 다른 사람
으로부터 귀동냥으로 들은 것이라고 했다.

전라남도 순천이 고향이라고 했지만, 청중들은 제보자가 이북에서 내려
왔다고 하는 점으로 미루어 보아 북한에서 거주하다가 해방기나 피난 시
절에 남해로 내려온 것으로 보인다. 그래서인지 제보자는 이북 말씨를 쓰
고 있었다.

제보자는 성품이 차분하게 보였다. <죽을 몰래 먹으려다가 낭패 본 시
아버지와 며느리> 이야기 1편을 흐름에 맞게 구술했으며, 목소리를 적절
하게 조절하기도 했다. 그리고 이야기의 상황에 맞게 표정을 짓거나 손짓
을 하면서 이야기를 재미있게 구술했다.

제공 자료 목록
04_04_FOT_20110118_PKS_LYM_0001 죽을 몰래 먹으려다가 낭패 본 시아버지와 며느리

이정자, 여, 1943년생
주 소 지 : 경상남도 남해군 남해읍 아산리 신기마을
제보일시 : 2011.1.19
조 사 자 : 박경수, 황영태, 오소현, 공유경

이정자는 계미생으로 양띠이다. 남해군 평현리에서 태어나 23세 때 3살
더 많은 남편을 만나 결혼하여 남해읍 아산리 신기마을에 살게 되어 지금

까지 거주하고 있다. 주로 마늘 농사를 하며 생계를 이었다.

밝은 성격이어서 항상 웃으면서 즐거운 분위기를 조성해 주었고, 먼저 나서서 노래를 불러 주었다. 제공한 자료는 민요 세 곡과 설화 한 편이다. 이들 민요와 설화는 모두 귀동냥으로 듣고 익힌 것이라 했다. 민요는 <다리 세기 노래>, <시집살이 노래>, <진주남강 굴다리 밑에>이며, 설화는 <팥죽을 몰래 먹으려다가 낭패 본 시아버지>이다.

제공 자료 목록

04_04_FOT_20110119_PKS_LJJ_0001 팥죽을 몰래 먹으려다가 낭패 본 시아버지
04_04_FOS_20110119_PKS_LJJ_0001 다리 세기 노래
04_04_FOS_20110119_PKS_LJJ_0002 시집살이 노래
04_04_FOS_20110119_PKS_LJJ_0003 진주 남강 굴다리 밑에

이차순, 여, 1933년생

주 소 지 : 경상남도 남해군 남해읍 입현리 토촌마을
제보일시 : 2011.1.18
조 사 자 : 박경수, 류경자, 정혜란, 윤슬기, 강아영

이차순은 계유생으로 닭띠이다. 남해군 이동면 난음마을에서 4남 6녀 중 둘째로 태어났다. 본관은 성주이다. 18세 되던 해 2살 연상의 남편과 결혼하여 슬하에 6남을 두었다. 13년 전에 남편이 작고했으며, 자식들은 모두 결혼하여 객지에 거주하고 있다. 현재

는 제보자 혼자 난음마을에서 생활하고 있다. 학력은 무학이다. 과거에는 농사를 지었다.

제보자는 총 4편의 민요를 불렀는데 모두 처녀 때, 그리고 시집 와서 어른들이 부르는 것을 듣고 알게 된 노래라고 했다. 쑥스러움을 타는 듯하였으나, 노래를 차분하면서도 크게 불러 주었다.

제공 자료 목록
04_04_FOS_20110118_PKS_LCS_0001 모심기 노래
04_04_FOS_20110118_PKS_LCS_0002 삼삼기 노래

장분순, 여, 1932년생

주 소 지 : 경상남도 남해군 남해읍 입현리 토촌마을
제보일시 : 2011.1.18
조 사 자 : 박경수, 류경자, 정혜란, 윤슬기, 강아영

장분순은 임신생으로 원숭이띠이다. 남해
군 고현면 대곡리 대곡마을에서 1남 6녀 중
둘째로 태어났다. 본관은 안동이다. 19세 되
던 해 결혼을 하여 슬하에 1남 4녀를 두었
다. 44년 전에 남편이 작고하였고, 현재는
아들 가족과 함께 토촌마을에서 생활하고
있다. 토촌마을로 시집을 온 후 선생님을 하
던 남편을 따라 남면, 이동면, 창선면 그리
고 하동 등으로 이사를 다니다가 36세 되던 해 토촌마을에 터를 잡고 지금까지 거주하고 있다.

제보자는 초등학교를 졸업한 것이 학력의 전부이다. 남편은 교감선생님까지 하고 세상을 떠났으며, 그 뒤 제보자는 농사를 지으며 생활했다고 한다.

제보자는 목소리가 크고 걸걸했는데, 웃는 모습으로 조사에 매우 적극적으로 임했다. 가만히 있다가도 노래가 생각나면 곧바로 불러 주었다.

제보자는 12편의 민요를 불렀는데, 모심기를 할 때 부른 노래와 놀면서 부르는 유희요가 대부분이었다. 이들 노래는 어릴 때 주변 사람들이 하는 것을 듣고 알게 된 것들이라고 했다.

제공 자료 목록
04_04_FOS_20110118_PKS_JBS_0001 모심기 노래 (1)
04_04_FOS_20110118_PKS_JBS_0002 어린 각시 노래
04_04_FOS_20110118_PKS_JBS_0003 아리랑
04_04_FOS_20110118_PKS_JBS_0004 모심기 노래 (2)
04_04_FOS_20110118_PKS_JBS_0005 이야기 서두 노래
04_04_FOS_20110118_PKS_JBS_0006 진도아리랑
04_04_FOS_20110118_PKS_JBS_0007 아기 어르는 노래
04_04_FOS_20110118_PKS_JBS_0008 잠자리 잡는 노래
04_04_FOS_20110118_PKS_JBS_0009 황새 놀리는 노래
04_04_FOS_20110118_PKS_JBS_0010 다리 세기 노래
04_04_FOS_20110118_PKS_JBS_0011 방귀 노래
04_04_FOS_20110118_PKS_JBS_0012 바지 노래

정막순, 여, 1930년생

주 소 지 : 경상남도 남해군 남해읍 아산리 아산마을
제보일시 : 2011.1.19
조 사 자 : 박경수, 서정매, 황영태, 오소현, 공유경

정막순은 경오생으로 말띠이다. 경상남도 남해군 이동면 소읍리에서 2남 4녀 중 셋째로 태어났다. 17세에 남편을 만나 결혼하게 되면서 남해읍 아산리 아산마을로 이사를 와서 지금까지 살고 있다. 슬하에는 2남 3녀를 두었는데, 자녀들은 모두 부산에 살고 있다. 그러나 30년 전에 남편이 작고했으며, 지금은 혼자 살고 있다. 초등학교를 졸업하였고, 농사를 지으며

살았다.

제보자는 노래를 부를 때 숨이 차기도 했지만, 끝까지 노래를 부르고자 했다. 처음에는 노래하기를 망설이기도 했지만, 한 번 노래를 시작한 다음부터는 계속해서 2편의 노래를 불러 주었다. <창부타령>, <봄나비 노래>, <시집살이 노래> 등 3곡이 제보자가 가창한 노래이다.

제공 자료 목록

04_04_FOS_20110119_PKS_JMS_0001 창부타령

04_04_FOS_20110119_PKS_JMS_0002 봄나비 노래

04_04_FOS_20110119_PKS_JMS_0003 시집살이 노래

정석엽, 여, 1932년생

주 소 지 : 경상남도 남해군 남해읍 아산리 신기마을

제보일시 : 2011.1.19

조 사 자 : 박경수, 황영태, 오소현, 공유경

정석엽은 임신생으로 원숭이띠다. 남해군 옥면에서 태어나 17세에 남편을 만나 결혼하여 신기마을에서 살게 되었고 지금까지 거주하고 있다. 슬하에 2남 2녀를 두었으며, 안타깝게도 남편은 3년 전에 작고하여 지금은 홀로 살고 있다. 과거에는 주로 농사를 지으며 살아 왔다.

제보자는 조용하게 앉아 있다가 생각나는 노래가 있으며 노래를 시작하였다. 숨이 차서 중간 중간 쉬면서 부르기도

했다. 노래를 많이 알고는 있지만 숨이 차서 많이 부르지 못한다고 했다. 손장단과 발장단에 맞추어 노래를 불렀는데, 제공한 자료는 <창부타령>, <아리랑>, <화투타령>, <진주난봉가> 등의 민요로 모두 여섯 편이다. 이들 민요는 어릴 때부터 듣고 익힌 것이라고 하였다.

제공 자료 목록

04_04_FOS_20110119_PKS_JSY_0001 창부타령 (1)
04_04_FOS_20110119_PKS_JSY_0002 아리랑 (1)
04_04_FOS_20110119_PKS_JSY_0003 화투타령
04_04_FOS_20110119_PKS_JSY_0004 진주난봉가
04_04_FOS_20110119_PKS_JSY_0005 창부타령 (2)
04_04_FOS_20110119_PKS_JSY_0006 아리랑 (2)

정앵선, 여, 1927년생

주 소 지 : 경상남도 남해군 남해읍 차산리 동산마을
제보일시 : 2011.1.19
조 사 자 : 박경수, 서정매, 황영태, 오소현, 공유경

정앵선은 정묘생으로 토끼띠이다. 택호는 현면댁이다. 17세에 남편을 만나 결혼하여 슬하에 3남 1녀를 두었다. 자녀들은 모두 분가하여 지금은 동산마을에 홀로 거주를 하면서 농사일로 주로 마늘과 시금치를 하며 살고 있다.

조사를 시작했을 때에는 다른 제보자가 부르는 노래를 유심히 듣고 있거나 장단을 맞추면서 노래판 분위기에만 집중할 뿐 노래는 부르지 않았다. 조사가 끝날 무렵에 2편의 노래를 불러 주었다. 다른 청중들과 함께 분위기를 맞추

어 노래를 부르는 것을 좋아했다. 다른 제보자가 노래를 부르고 난 뒤 거기에 설명을 덧붙이거나 가사를 정정해서 불러 주기도 하였다. 제보자가 부른 민요는 <모심기 노래>와 <노랫가락 / 나비 노래>이다. 모두 귀동냥으로 듣고 배운 것이라고 했다.

제공 자료 목록

04_04_FOS_20110119_PKS_JES_0001 모심기 노래

04_04_FOS_20110119_PKS_JES_0002 노랫가락 / 나비 노래

정연악, 여, 1925년생

주 소 지 : 경상남도 남해군 남해읍 선소리 선소마을

제보일시 : 2011.1.17

조 사 자 : 박경수, 정규식, 류경자, 서정매, 정혜란, 황영태

정연악은 을축생으로 소띠이다. 남해에서 2남 2녀 중 셋째로 태어났다. 본관은 진양이다. 18세 되던 해 3세 연하의 이씨와 결혼을 하여 슬하에 딸 한 명을 두고 있다. 남편은 10년 전 작고하여 현재는 혼자 살고 있다. 학교를 다닌 적은 없으며 동네 야학에서 글을 조금씩 배웠던 것이 전부라고 했다. 예전에는 농사를 지으며 생활했다.

제보자는 체구가 작은 편이다. 적극적인 성격으로 먼저 나서서 노래를 불러 주었고, 조사자들이 노래를 불러 달라는 요청을 하면 망설임 없이 바로 부르곤 했다. 총 5편의 민요를 구연했다.

제공 자료 목록

04_04_FOS_20110117_PKS_JYA_0001 진도아리랑 (1)

04_04_FOS_20110117_PKS_JYA_0002 삼삼기 노래 (1)
04_04_FOS_20110117_PKS_JYA_0003 모심기 노래
04_04_FOS_20110117_PKS_JYA_0004 삼삼기 노래 (2)
04_04_FOS_20110117_PKS_JYA_0005 진도아리랑 (2)

정연이, 여, 1935년생

주 소 지 : 경상남도 남해군 남해읍 평현리 양지마을
제보일시 : 2011.1.19
조 사 자 : 박경수, 류경자, 정혜란, 윤슬기, 강아영

정연이는 을해생으로 돼지띠이다. 부산광
역시 영도구 동삼동에서 3남 2녀 중 셋째로
태어났다. 본관은 동래이다. 19세 되던 해
남편과 결혼을 하여 태종대에서 계속 거주
를 했으며, 슬하에 3남 1녀를 두고 있다. 2
년 전 남편이 작고하면서 이 마을로 온 후
지금까지 혼자 생활하고 있다. 과거 부산에
서 남편이 고기잡이를 하는 가운데 생활을
했으며, 학력은 무학이다.

제보자는 첫인상이 엄한 느낌을 주었지만, 성격은 유쾌한 편이었다. 주
변 분위기에 이끌려 설화 <짧고도 긴 이야기>, <쓸모없는 것들> 두 편
을 구연했는데, 어릴 적 할머니께 들은 이야기라고 했다.

제공 자료 목록
04_04_FOT_20110119_PKS_JYI_0001 짧고도 긴 이야기
04_04_FOT_20110119_PKS_JYI_0002 쓸모없는 것들

정영자, 여, 1932년생

주 소 지 : 경상남도 남해군 남해읍 차산리 중촌마을
제보일시 : 2011.1.18
조 사 자 : 박경수, 서정매, 황영태, 오소현, 공유경

정영자는 임신생으로 원숭이띠이다. 남해
군 서면 심천리에서 태어나 남편을 만나 결
혼하여 남해읍 차산리 중촌마을에서 살게
되어 지금까지 거주하고 있다. 슬하에 4형제
를 두었으며, 15년 전에 남편이 작고하여 현
재는 셋째 아들과 함께 살고 있다.

제보자는 청중들 중에서 가장 먼저 노래
를 불러 주었는데, 주변 청중들의 박수소리
에 맞춰 흥겹게 노래를 불렀다. 때로는 흥에 겨웠는지 양팔을 펼쳐 장단에
맞추어서 춤을 추기도 했다. 제공한 자료는 <창부타령>, <마당가에 모깃
불이> 두 곡으로 어렸을 때 귀동냥으로 듣고 배웠다고 하였다.

제공 자료 목록
04_04_FOS_20110118_PKS_JYJ_0001 창부타령
04_04_FOS_20110118_PKS_JYJ_0002 마당가에 모깃불이

정의순, 여, 1923년생

주 소 지 : 경상남도 남해군 남해읍 아산리 아산마을
제보일시 : 2011.1.18
조 사 자 : 박경수, 서정매, 황영태, 오소현, 공유경

정의순은 계해생으로 돼지띠이다. 경상남도 남해군 남해읍 사산리에서
태어났다. 진주에서 중학교까지 나왔다. 1987년 결혼하면서 남편이 밤나무

단지를 사면서 남해군 남해읍 평리로 이사
를 했다. 그러나 남편은 1998년에 작고했다.
슬하에 1남 1녀를 두었는데, 지금은 며느리
와 손자들과 함께 살고 있다.

　제보자는 이야기할 때는 두 손을 모았다.
입담이 없다며 먼저 설명을 한 후 이야기를
해 주었는데, 제공한 자료는 민요 <모심기
노래>, <사발가> 두 곡과 설화 <복 없는
사람의 팔자> 한 편이다. 모두 귀동냥으로 듣고 배운 것이라고 했다.

제공 자료 목록

04_04_FOT_20110118_PKS_JYS_0001 복 없는 사람의 팔자

04_04_FOS_20110118_PKS_JYS_0001 모심기 노래

04_04_FOS_20110118_PKS_JYS_0002 사발가

정재봉, 남, 1939년생

주 소 지 : 경상남도 남해군 남해읍 입현리 소입현마을

제보일시 : 2011.1.18

조 사 자 : 박경수, 류경자, 정혜란, 윤슬기, 강아영

　정재봉은 기묘생으로 토끼띠이다. 본관은
진양이다. 경상남도 남해군 남해읍 입현리
소입현마을에서 2남 3녀 중 첫째로 태어났
다. 부인 박영자(72세)와 연애 끝에 1959년
에 결혼에 성공했다. 슬하에는 2남 2녀가 있
고, 손자가 부산대학교 학생이라고 했다. 학
교는 다니지 않았다. 옛날에 택시운전을 하
였다.

제보자는 천천히 이야기하면서 중간에 센 목소리를 내어 강조하기도 하고 부끄러워서 웃기도 했다. 얼굴을 앞뒤로 흔들기도 하고 손동작을 사용하여 좀 더 재미있게 이야기를 하려고 노력했다. 제공한 자료는 <남해 금산(錦山)의 이름 유래>, <과부에게 매 맞은 장님>, <곶감이 무서워 도망간 호랑이> 등 설화 세 편이다. 이들 설화는 제보자가 옛날에 어르들로부터 듣고 알게 된 것이라고 했다.

제공 자료 목록

04_04_FOT_20110118_PKS_JJB_0001 남해 금산(錦山)의 이름 유래
04_04_FOT_20110118_PKS_JJB_0002 과부에게 매 맞은 장님
04_04_FOT_20110118_PKS_JJB_0003 곶감이 무서워 도망간 호랑이

정표이, 여, 1941년생

주 소 지 : 경상남도 남해군 남해읍 선소리 선소마을
제보일시 : 2011.1.17
조 사 자 : 박경수, 정규식, 류경자, 서정매, 정혜란, 황영태

정표이는 신사생으로 뱀띠이다. 남해군 남면에서 태어났다. 22살 되던 해 결혼을 하여 슬하에 2남 2녀를 두고 있다. 남편은 53세되던 해 작고하였고, 지금은 혼자 거주하고 있다. 결혼 후 계속 남해읍 선소마을에서 거주하고 있으며, 학력은 무학이다.

제보자는 1편의 민요와 1편의 설화를 구연했는데, 구연을 하는 때를 제외하고는 거의 말이 없었다. 그렇지만 먼저 노래를 불러 주겠다고 선뜻 나서기도 하였으며, 조사자가 유도를 하면 바로 설화를 구술했다. 구연을 할 때 긴장한 탓인지 말을 조금 더듬었으며, 약간 빠르게 말을 하는 편이었다.

제공 자료 목록

04_04_FOT_20110117_PKS_JPI_0001 할아버지 이야기에 도망간 도둑

04_04_FOS_20110117_PKS_JPI_0001 삼삼기 노래

정희권, 남, 1929년생

주 소 지 : 경상남도 남해군 남해읍 선소리 선소마을

제보일시 : 2011.1.17

조 사 자 : 박경수, 정규식, 류경자, 서정매, 정혜란, 황영태

정희권(鄭喜權)은 기사생으로 뱀띠이다. 남
해군 남해읍 선소리 선소마을에서 태어났다.
2남 2녀 중 둘째로 태어났으며 본관은 경주
이다. 1년 전 작고한 부인과의 사이에는 5남
2녀를 두었으며, 자녀 두 명과 함께 거주하
고 있다. 10년 전까지는 어업에 종사하였으
나 현재는 특별한 일을 하고 있지는 않다.
초등학교를 졸업한 것이 학업의 전부이다.

제보자는 말재주가 없다고 하면서 이야기를 하지 않으려고 하는 등 소
극적인 모습을 보였다. <헛배 이야기> 1편을 구연했는데, 고기잡이를 가
서 들었던 이야기라고 했다. 손동작은 크게 하면서 이야기를 구술했다.

제공 자료 목록

04_04_FOT_20110117_PKS_JHK_0001 헛배 이야기

조막점, 여, 1922년생

주 소 지 : 경상남도 남해군 남해읍 평현리 양지마을

제보일시 : 2011.1.19

조 사 자 : 박경수, 류경자, 정혜란, 윤슬기, 강아영

조막점은 임술생으로 개띠이다. 남해군 대
입현마을에서 2남 4녀 중 둘째로 태어났다.
본관은 함안이다. 18세 되던 해 남편과 결혼
을 하여 평현리 양지마을로 와서 지금까지
거주하고 있다. 슬하에 2남 3녀를 두었는데,
남해읍에 아들이 거주하고 있고, 다른 자녀
들은 다 객지에서 거주하고 있다. 남편은 32
년 전 작고했으며, 현재 양지마을에서 혼자
생활하고 있다. 학력은 무학이며, 과거에 농사를 지으며 생활했다.

제보자는 목소리가 크고 좋았는데, 목청이 좋다고 이야기를 하자 기뻐했
다. 윗니가 없었지만 노래를 할 때 큰 지장은 없었다. 처음에는 조사자가
유도에 따라 민요를 불렀지만, 다음에는 먼저 나서서 한 번 불러 보겠다고
하면서 가창했다. 제보자는 <모심기 노래>, <진도아리랑> 등 총 7편의
민요를 구연했는데, 처녀 시절에 주변 사람들이 부르는 것을 듣고 부르면
서 알게 된 노래라고 했다.

제공 자료 목록
04_04_FOS_20110119_PKS_JMJ_0001 야래야 미나리깡에
04_04_FOS_20110119_PKS_JMJ_0002 간다간다 할 적에는
04_04_FOS_20110119_PKS_JMJ_0003 모심기 노래
04_04_FOS_20110119_PKS_JMJ_0004 오늘 일기가 좋아서
04_04_FOS_20110119_PKS_JMJ_0005 꿩 노래
04_04_FOS_20110119_PKS_JMJ_0006 범벅 솥에 불 넣었다고
04_04_FOS_20110119_PKS_JMJ_0007 진도아리랑

조영래, 여, 1926년생

주 소 지 : 경상남도 남해군 남해읍 입현리 소입현마을
제보일시 : 2011.1.18

조 사 자 : 박경수, 류경자, 정혜란, 윤슬기, 강아영

조영래는 병인생으로 범띠이다. 경상남도
남해군 남해읍 입현리 소입현마을에서 2남
5녀 중 첫째로 태어났다. 학교는 다니지 못
했으나 어릴 때부터 농사를 지었고, 19살에
시집와서도 계속 농사를 지었다. 본인보다
한 살 더 많은 남편과 결혼하였으나 남편은
79살의 나이로 숨을 거두었다. 슬하에 5남 2
녀의 자녀를 두고 있고, 아들과 한 동네에
살고 있다.

제보자는 머리카락이 하얗게 변했지만 목소리만은 좋았다. 목소리가 조
금 낮은 편이었으나 걸걸했다. 설화를 구술할 때 손동작을 많이 사용했다.
도깨비 이야기와 <노랫가락>으로 3편을 가창했다. 조사자는 어렸을 때
이야기와 노래를 듣고 자라서 기억한다고 했다. 제공한 자료는 설화 <빗
자루로 변한 도깨비> 한 편과 민요 <성아성아 사춘성아> 등 세 편이다.
이들 자료들은 예전에 젊었을 때 배운 것이라고 했다.

제공 자료 목록
04_04_FOT_20110118_PKS_JYR_0001 빗자루로 변한 도깨비
04_04_FOS_20110118_PKS_JYR_0001 이 산 저 산 나무 비어
04_04_FOS_20110118_PKS_JYR_0002 님은 가서 안 오는데
04_04_FOS_20110118_PKS_JYR_0003 성아성아 사춘성아

하납지, 여, 1928년생

주 소 지 : 경상남도 남해군 남해읍 평현리 양지마을
제보일시 : 2011.1.19
조 사 자 : 박경수, 류경자, 정혜란, 윤슬기, 강아영

하납지는 무진생으로 용띠이다. 남해군 남편 북구마을에서 4녀 중 둘째로 태어났다. 본관은 성주이다. 8살에 일본으로 갔다가 18살에 다시 남해로 돌아와서 19세 되던 해 결혼을 하였다. 남편은 10년 전 작고하였으며 슬하에 2남 3녀를 두고 있다. 큰아들이 남해군에서 일을 하고 있어 큰아들 가족과 같이 거주하고 있다. 학력은 무학이며 과거에 농사를 지으며 생활했다.

제보자는 <화투타령>, <창부타령>, <모심기 노래>, <진도아리랑>, <밀양아리랑>, <베짜기 노래> 등 총 7편의 민요를 구연했는데, 시집와서 살면서 어른들에게 듣고 알게 된 노래라고 했다.

제공 자료 목록

04_04_FOS_20110119_PKS_HNJ_0001 밀양아리랑
04_04_FOS_20110119_PKS_HNJ_0002 화투타령
04_04_FOS_20110119_PKS_HNJ_0003 바람은탱탱 불어싸고
04_04_FOS_20110119_PKS_HNJ_0004 모심기 노래
04_04_FOS_20110119_PKS_HNJ_0005 진도아리랑
04_04_FOS_20110119_PKS_HNJ_0006 창부타령
04_04_FOS_20110119_PKS_HNJ_0007 베짜기 노래

하용규, 남, 1947년생

주 소 지 : 경상남도 남해군 남해읍 평현리 양지마을
제보일시 : 2011.1.19
조 사 자 : 박경수, 류경자, 정혜란, 윤슬기, 강아영

하용규(河容圭)는 정해생으로 돼지이다. 3남 1녀 중 막내로 태어났다. 본관은 진양이다. 평현마을에서 태어나 노동일과 건축업에 종사하면서 여러

도시를 다니다 지금은 마을에서 거주하고
있다. 슬하에 1남이 있으며, 부인과는 이혼
해서 혼자 생활하고 있다. 학력은 초등학교
졸업이 전부이다.

　제보자는 약간 느릿한 말투로 <남편 따라
죽은 열녀>라는 1편의 설화를 구술했는데,
어린 시절 할아버지에게 들은 이야기라고
했다.

제공 자료 목록
04_04_FOT_20110119_PKS_HYK_0001 남편 따라 죽은 열녀

하추홍, 여, 1927년생

주 소 지 : 경상남도 남해군 남해읍 차산리 동산마을
제보일시 : 2011.1.19
조 사 자 : 박경수, 서정매, 황영태, 오소현, 공유경

　하추홍은 정묘생으로 토끼띠이다. 18세에
남편을 만나 결혼하여 슬하에 3남 2녀를 두
고 있다. 현재 자녀들은 서울과 남해 등지에
서 사업을 하고 지내고 있으며, 남편은 이미
작고하여 현재 동산마을에서는 홀로 거주하
고 있다.

　과거에는 농사와 집안일을 병행하였고 야
학을 다닌 바가 있다.

　성격이 시원시원해서 그런지 목소리가 크고 호탕하면서 자신감이 있어
보였다. 항상 밝게 웃는 모습은 청중들과 조사자들에게 호의적으로 보였

고, 조사를 한결 수월하게 만들었다. 조사를 처음 시작할 때는 노래를 모른다고 하였지만 조사자가 계속 유도하자 기억나는 대로 노래를 불러 주었다. <노랫가락 / 그네 노래>, <찔레꽃 노래>, <진도아리랑> 세 편인데, 이들 노래는 농사를 지으면서 귀동냥을 해서 듣고 알게 된 것이라고 했다.

제공 자료 목록
04_04_FOS_20110119_PKS_HCH_0001 진도아리랑
04_04_FOS_20110119_PKS_HCH_0002 노랫가락 / 그네 노래
04_04_FOS_20110119_PKS_HCH_0003 찔레꽃 노래

한두엽, 여, 1951년생

주 소 지 : 경상남도 남해군 남해읍 입현리 소입현마을
제보일시 : 2011.1.18
조 사 자 : 박경수, 류경자, 정혜란, 윤슬기, 강아영

한두엽은 신묘생으로 토끼띠이다. 본관은 청주이다. 경상남도 남해군 남면 홍현리 홍현마을에서 1남 5녀 중 넷째로 태어났다. 초등학교를 졸업하고 19살 때 소입현마을로 시집와서 줄곧 농사를 지으며 살았다. 1년 전 남편이 세상을 떠났고, 지금은 슬하에 있는 1남 2녀 중 아들과 함께 생활하고 있다.

제보자는 유쾌하고 적극적인 성격을 가졌다. 이야기할 때나 노래할 때도 차분하게 생각하면서 말해 주었다. 이야기와 노래 몇 가지를 하였는데, 제보자는 어렸을 때 주변 어른들이 부르는 노래를 듣고 자랐다고 했다. 제공한 자료는 <하룻밤에 만리장성을 쌓는다>, <동냥하러 온 중과 동침한 여자>, <옆집 할머니와 시아버지를 골탕

먹인 며느리> 등 설화 세 편과 민요 <진도아리랑>이다.

제공 자료 목록

04_04_FOT_20110118_PKS_HDY_0001 하룻밤에 만리장성을 쌓는다
04_04_FOT_20110118_PKS_HDY_0002 동냥하러 온 중과 동침한 여자
04_04_FOT_20110118_PKS_HDY_0003 옆집 할머니와 시아버지를 골탕 먹인 며느리
04_04_FOS_20110118_PKS_HDY_0001 진도아리랑

한막달, 여, 1923년생

주 소 지 : 경상남도 남해군 남해읍 아산리 아산마을
제보일시 : 2011.1.18
조 사 자 : 박경수, 서정매, 황영태, 오소현, 공유경

한막달은 계해생으로 돼지띠이다. 경상남
도 남해군 남해읍 북변리에서 태어났다. 1남
5녀 중 막내로 태어나 남해보통학교 24회를
졸업하였고 배드민턴, 배구 등의 공놀이를
무척 좋아했다고 한다. 22살에 결혼하여 슬
하에 5남 2녀를 두었다. 아버지가 기독교의
장로여서 지금도 기독교를 믿고 있으며, 결
혼하면서 여수로 이사를 갔다가 다시 남해
서변마을로 이사를 왔다가 지금은 아산마을에서 거주하고 있다. 남편은 4
년 전에 작고하여 지금은 홀로 살고 있다.

제보자는 손을 많이 움직이거나 눈을 감고 노래를 불렀다. <다리 세기
노래> 1편을 불러 주었다. 어렸을 때 친구들과 함께 놀면서 이 노래를 불
렀다고 했다.

제공 자료 목록

04_04_FOS_20110118_PKS_HMD_0001 다리 세기 노래

허숙자, 여, 1950년생

주 소 지 : 경상남도 남해군 남해읍 아산리 신기마을
제보일시 : 2011.1.19
조 사 자 : 박경수, 황영태, 오소현, 공유경

허숙자는 경인생으로 호랑이띠이다. 남해읍 평리 외금마을에서 무남독녀로 태어나 중학교까지 학교를 다녔고, 과거에는 농사를 했다. 21살에 결혼을 하여 슬하에 2남 1녀를 두었는데, 남편은 제보자보다 2살이 더 많다. 현재 시어머니와 막내딸과 같이 살고 있다.

제보자는 아직도 손녀를 달래기 위해서 노래를 부른다고 하였다. 수줍게 노래를 불렀는데, 가창하면서도 웃음을 잃지 않았다. 손녀에게 아직도 불러 주는 <자장가>를 조사할 수 있었다. 이외 <물레 노래>와 <잠자리 잡는 노래>를 더 불러 주었다. 이들 노래는 제보자가 어렸을 때 할머니로부터 듣고 배운 것이라고 하였다.

제공 자료 목록
04_04_FOS_20110119_PKS_HSJ_0001 물레 노래
04_04_FOS_20110119_PKS_HSJ_0002 자장가
04_04_FOS_20110119_PKS_HSJ_0003 잠자리 잡는 노래

친정아버지의 봉변을 모면시킨 딸

자료코드 : 04_04_FOT_20110118_PKS_KBY_0001

조사장소 : 경상남도 남해군 남해읍 입현리 소입현마을

조사일시 : 2011.1.18

조 사 자 : 박경수, 류경자, 정혜란, 윤슬기, 강아영

제 보 자 : 김분엽, 여, 80세

구연상황 : 조사자가 아는 이야기를 하나 해 달라고 하니 제보자가 생각이 났다며 이이
야기를 해 주셨다.

줄 거 리 : 딸네 친정어머니와 아버지가 시댁에 찾아왔다. 시댁에서는 사돈이 왔다고 근
사하게 상을 차려주니까 주는 대로 다 먹었다. 딸은 그것이 민망해서 친정에
갔을 때 앞으로 그러지 말라고 했다. 영감이 체면치레로 다시 시댁에 갔다.
시댁에서는 사돈이 죽을 잘 먹는 줄 아니까 죽을 한 솥을 해서 끓여 주었다.
영감은 체면을 차린다고 죽을 거의 먹지 않고 밖에 두었다. 그런데 밤이 되니
배가 고파서 잠이 안 왔다. 그 죽을 먹으려고 바지를 제대로 여미지 않고 나
가서 죽 사발을 가지러 갔다. 죽 사발을 가지고 돌아오다가 머리가 천장에 있
는 못에 걸렸다. 한 손은 바지를 잡고 있고 한 손은 죽을 들고 있어서 이러지
도 저러지도 못하고 있다가 죽을 든 손을 놨는데 큰 소리가 났다. 시댁식구들
이 놀라서 뛰쳐나와 사람을 잡고 때렸는데, 알고 보니 사돈이었다. 이에 며느
리가 꾀를 내어서 망신을 당해야지 병을 고칠 수 있다는 신수가 나왔다고 변
명을 했다. 딸 덕분에 영감은 난감한 상황을 모면했다.

전에 인자 딸로 하나 키웠는데 옛날 할머니가. 딸로 키웠는데. 저거는
없이 살았어. 그런디 딸을 하나 여 논게(시집을 보내 놓으니). 있는 집에다
였단 말이야. 여 논게.

이 할배도 좀 모지래요. 저거 친정아버지도. 딸을 여 놓고 딸네 집에 간
다고 할매하고 할배가 쫓아갔단 말이야. 가 논게 사돈 왔다고 얼매나 차담
상을 해 주거든. 보이 반찬을 잘해 가지고 많이 해 준게 밥도 많이 담고

해 준게. 죄지 다 밥도 다 묵고 반찬도 다 묵고 싹 묵어삐 논게.

딸이 당초 어른들 보기가 민망커든. 민망해서 아무 똑 나중에 친정에 가 가지고. 저거 아부지가 가 가지고 아부지는 머 한다고 그리 사돈네 집에 와 가이고 명석도 안 남구고 죄진 다 잡수고. 내가 마 낯이 마 어른들 보기가 낯이 없더라고 그런게.

그 영감티가 체면 치러 간다고 또 갔어. 간게. 하모 사돈네 집에 가요 할매할배가 좀 모지래요 그런 게 인자 간게. 사돈 잘 먹는 줄 알고 죽을 쒔더라네 그날 저녁에. 죽을 쒀 가지고 큰 양재비다 떠 줬단 말야. 할배로 떠 줘 논게. 그날 저녁에는 체면 채린다고 묵고잡어 죽겠는 걸 쬐게 먹고 남가 내 났거든. 내논게. 그날 저녁 망개 잠이 안 와요 안 무 논게. 잼이 안 온게 딸 방에 자는데 묵을라고 허리끈을 끄르고 잤어. 그리 가고

"야야 어제 내 묵던 죽 그그 어디 갔네?"

"큰방에 안봉새 실 단수 앞에 있을 깁니다."

그래 논게 그 영감탱이가 찾아 나간다고 어두운 데 갔단 말이야. 큰방 문을 살짝 열고 죽사발을 갖고 나온 게.

옛날에 노 까는 천장에 노 까는 못이 있거든. 까꾸래진 거 거거 거게 상 투가 걸리 삤어. 상투가 걸리 삤는데. 걸려 논게 망개 한 손은 고말 잡았재 한 손은 죽사고 들었재. 망개 우찌로 해 볼 도리가 없어여.

이 문디가 고마를 놨시면 좀 안 나았긋나. 죽사고를 들래삐 논게. 아이 고 큰방에 자던 할매들이 일어나서 도둑놈 들었다고 이 사돈을 실컷 쎄리 패고 난게. 사돈이라. 사돈이 뒷날 아침에 아이고아이고.

딸이 얼매나 맨목이 없어서 변명이 없어서 딸이 그래도 꾀를 잘 냈단 말이야. 우리 아버지가 어데 가서 신수를 보니게 사돈네 집에 가서 그런 망신을 해야 병을 떼우겠다 쿤다고. 딸이 그리 꾀를 내 갖고 그리 가이고 몬면을 한 모양이라. 하모 그리 가이고 몬면을 했재 뭐.

과부 집에 낫 갈러 갔다 빚을 갚은 홀아비

자료코드 : 04_04_FOT_20110118_PKS_KBY_0002
조사장소 : 경상남도 남해군 남해읍 입현리 소입현마을
조사일시 : 2011.1.18
조 사 자 : 박경수, 류경자, 정혜란, 윤슬기, 강아영
제 보 자 : 김분엽, 여, 80세
구연상황 : 조사자가 아는 이야기를 하나 해 달라고 하니 생각나는 이야기를 해 주셨다.
줄 거 리 : 홀아비가 매일 낫을 갈러 과부 집에 갔다. 옛날에는 삼베옷을 입으면 안이 다
비쳤다. 홀아비가 삼베옷을 입고 낫을 가니까 과부가 보고는 좋아했다. 홀아비
가 과부에게 빌린 돈이 많았는데, 과부 집에 몇 번 다니고는 빚을 다 갚았다.

옛날에 옛날에 머슨. 뒷집에는 과부가 살고 앞집에는 나그네가 호불애비
가 살았어. 살았는디. 호불애비 거기 과부 집에 낫갈러 가요. 낫갈러 가는
디 잘 낫 갈아 주러 가는디.

거기 옛날에는 삼배를 저저 중우 입으몬 죄지 안에가 다 비재. 낫 갈러
간게. 또 낫갈러 오라 크고 과부가 그리 하거든. 과부가 뭔다고 낫 가는데
쪼그려 앉아가 처다보고 낫을 간 게. 속에 삼배 입은 속에 보이거든. 흔들
흔들 해 샀커든. 흔들흔들 해 산케 이 과부가 있다가 자꾸 좋아서 인자.

하루 저넉가. 과부집에 돈을 많이 썼단 말야. 하루 저녁에 놀러 오라케.
그래 가이고 놀러 간 게 잠을 자 뺐단 말이다. 잠을 자 논게 이 과부가 마
하루 저넉 더 오라 캐요. 빚 안 받을 긴게 더 오라 캐요. 얼매나 좋아서.
빚을 안 받을 긴게.

과부집에 몇 번가 가지고 빚을 갚아 내뺐다 쿠대. 아랫도리를 가지고 빚
을 갚아 내뺏겠지.

노자묵고 할배와 노지나묏등

자료코드 : 04_04_FOT_20110117_PKS_KSC_0001
조사장소 : 경상남도 남해군 남해읍 남변리 555 남해유배문학관
조사일시 : 2011.1.17
조 사 자 : 박경수, 서정매, 황영태, 윤슬기
제 보 자 : 김성철, 남, 48세
구연상황 : 제보자는 과묵한 성격이어서 처음부터 적극적으로 구연에 임하지 않았다. 그
러나 조사자와 자연스럽게 대화하던 도중 기억나는 이야기를 몇 가지 언급을
하였고, 조사자가 부탁하자 차분하게 구연해 주었다.
줄 거 리 : 매일 놀고만 먹고사는 할아버지가 있었는데, 할아버지가 죽고 난 뒤 묘를 세
웠더니 풀만 약간 자랄 뿐 다른 잡목이 자라지 않았다. 알고 보니 그 할아버
지는 유배를 온 서포 김만중이었다. 그래서 그를 '노자묵고 할배'라고도 부르
고 그 묘를 '노지나맷등'이라고 한다.

옛날에 노도 큰 골이라는 골짜기가 하나 있었어요. 근데 지금은 다 인제
북쪽 선창가에만 사람들이 모여 살고 있는데, 그 이게 큰 골에 옛날에 노
도에 백 년, 이백 년 전에는 그 큰 골에 사람들이 다 모여 살다가 여긴 물
이 나는 곳이 그곳 큰 골 밖에 없어요. 노도에 골짜기로, 물이 가장 많이
나는 곳이라서 그래서 거기(그곳에) 인자 사람들이 많이 살았는데, 지금은
인제 그 쪽 저 육지에서 가까운 곳으로 이동해서 사는 이유가 그 물을 인
자 노도에서 나는 물을 물탱크에 받아서 이렇게 딱 가져가기 때문에 인제
물이 많이 나기 때문에 살기가 더 불편타 해서 여 옮겨 온 거에요.

그래서 옛날에 노도 큰 골에 가면은 그 큰 골에 사람들이 살 때, 어떤
할아버지가, 한 뭐 한 삼백 년 전쯤에 할아버지가 왔는데 그 할아버지는,
농사도 안 짓고, 일도 안 하고 아무것도 없이 그냥 놀기만 하고 책만, 책도
보고, 글도 쓰고, 농사는 안 짓고 이렇게 사는 할배가 하나 있었대요.

그 할배가 인제 뭐 아무 하는 일 없는데, 인제 남의 현령이나 이런데서
쌀도 갖다 주고, 뭐 일반 채소도 갖다 주고 이런 걸 받으면서 묵고 살던
할배가 하나 있었는데, 그 할배가 인제 그 골짜기 살다가 돌아가셨다. 그

래서 맨날 놀고 묵는다 해서 노자묵고 할배라고 이렇게 구전, 옛날 사람들 노자묵고 할배라고 이렇게 했는데, 그 할배가 죽고 나서 위에 인제 무덤을 만들었는데 그 무덤에 인제 몇 백 년이 지나도록 일반 잡목이 안 살고, 풀만 조금씩 나고 그 공간 주변에는 아무것도 나지가 않아요 그래서 이상하다 이래 가지고 왔는데 마, '그 사람이 서포 김만중이었구나'하고 이렇게 인제 알려져 오는. 유배를 왔기 때문에, 유배 온 사람들한테 이게 관에서 이렇게 식량을 대 주고 했기 때문에 그런, 이제 구전이 지금 전설이 내려오고 있다.

그게, 살던 곳에 이제 우물이 있고 이러니까 그 우물에서 물도 묵고 했는데, 그 큰 골에 가면은 주춧돌도 있고 지금 막 이런 것들이 있어서 사람이 살던 흔적들이 이제 있었대요. 그래서 지금은 인제 이렇게 파 보면은, 이렇게 집터가 있어 가지고 그걸 이제 서포 김만중 선생이 살았던, 아니면 노자묵고 할배가 살았던 곳이고, 그 위에 있는 묘가 '노지나맷등'이라 해 가지고 그렇게 지금까지 쭉 전해 내려오고 있는 그런 이야기가 있습니다.

김만중이 배를 부른 망노대

자료코드 : 04_04_FOT_20110117_PKS_KSC_0002
조사장소 : 경상남도 남해군 남해읍 남변리 555 남해유배문학관
조사일시 : 2011.1.17
조 사 자 : 박경수, 서정매, 황영태, 윤슬기
제 보 자 : 김성철, 남, 48세
구연상황 : 제보자가 이야기를 한 편 구연한 뒤 계속해서 다른 이야기를 구연해 주었다. 자연스럽게 이야기를 하는 분위기가 되자 제보자는 한결 부드럽게 이야기를 이어 주었다.
줄 거 리 : 서포 김만중이 관아나 어디를 갈 때 바위에서 소리를 질러 배를 부르면, 배가 와서 김만중을 실어 날랐다. 그곳을 망노대라고 한다.

노도 사람들을 불렀던, 그 큰 골이 보이는 맞은 편 육지가 한 거리로 한 삼백, 삼사백 미터 되는데 거기 보면 여 큰 바위가 하나 있었어요.

지금 가면. 그 바위에서 인자 서포 김만중 선생이 밖에 인제 어디 관아를 가거나 어디를 갈 때 거기서 배를 보내 주라고 막 소리를 지르면 인제 배가 나가서 인제 돛단배가 나가서 실어오는 그게 인제 망노대라 불렀어. 그 '바라볼 망'자에 '노도 노'자. '노 노'자를 써서. 노도를 바라보면서 인제 소리를 지르면서 불렀다 해서 '망노대'라 부르는 그런. 인제 바위가 하나 있고 그래서 거기서 인제 배를 보내 달라고 부르고, 그 배를 기다리고 했던 그런 곳을 망노대라 부르고.

중이 떨어져 죽은 중바위

자료코드 : 04_04_FOT_20110117_PKS_KSC_0003
조사장소 : 경상남도 남해군 남해읍 남변리 555 남해유배문학관
조사일시 : 2011.1.17
조 사 자 : 박경수, 서정매, 황영태, 윤슬기
제 보 자 : 김성철, 남, 48세
구연상황 : 제보자와 조사자가 대화를 주고받는 중에 중바위 이야기가 나왔다. 조사자가 중바위에 얽힌 이야기를 해 달라고 부탁했다. 제보자는 이야기를 구술하면서 도 머쓱한 듯 가끔씩 웃기도 했다.
줄 거 리 : 옛날 동천 마을에서 장날에 한 아낙네가 장을 보고는 바위 위에서 잠시 쉬고 있었다. 그런데 지나가던 스님이 그 예쁜 처자를 보고 반하여 강제로 어떻게 해 보려고 위협했다. 그러자 처자는 놀라 옆으로 피했고 스님은 그만 낭떠러지로 떨어져 죽어버렸다. 그래서 그 바위를 중바위라 불렀다.

중바위는 뭐냐고 하면은 정확한 동네는 모르는데 저 노구 쪽에 살던 사람이 인제 옛날에 장날이 서는 데가 동천 장이라고 있었는데, 동천 마을에 인제 동천 마을에 장 보러 왔다가 장날이 어쩌고 구경하다 보니까, 어떤

그 아낙네가 이렇게 장을 보러 왔다가, 뭐 장을 보러 왔다.

이야기가 여러 개가 나오죠. 장을 보러 왔다거나 아니면 뭐, 시가집에 들렀다가 친정집에 들렀다거나. 그래서 일을 보러 왔는데 집에 돌아가는 길에 힘이 들어서 중, 그 큰 바위 위에 걸터앉아 있는데, 지나가는 스님이 하필 또 거길 지나간 거야.

지나가는데 지나, 스님이 지나가다가 예쁜 아낙네가 있으니까 싹 쳐다보는데 갑자기 바람이 휙! 불어 가지고 치맛단이 탁 걷어 올려지며 속곳을 봐 버린 거에요. 아! 여자 속곳을 보니까, 여자가, 이 중이 오래간만에 그걸 보니까 눈이 핑 돌아 가지고 옆에 썩 와 가지고,

"어이 처자. 잠시 이야기 좀 나눠도 되겠습니까?"

하는데, 이 여자가 아이 무슨 말씀을 하시는 거냐고 이렇게 피하려고 하니까 도저히 뭐, 몇 년 동안 여자라고 손도 못 대봤기 때문에 중이 확 덮쳤는데, 여자가 놀래서 피해 버렸더니 이 중이 갑자기 그 뒤는 바로 낭떠러지고, 해안 절벽이다 보니까 빠져 죽었다 해서 중바위라고.[웃음]

그래 그 뒤로 이걸 중바위라고 불렀대요.

(조사자 : 이 중바위가 어디에 있다고 그랬죠? 노도 쪽에?)

아니, 아니, 아니요. 돼지포에서 노구 넘어가는 그 사이에 있어요. 삼동면.

사량도 처녀총각이 바람나는 돼지포 암수바위

자료코드 : 04_04_FOT_20110117_PKS_KSC_0004

조사장소 : 경상남도 남해군 남해읍 남변리 555 남해유배문학관

조사일시 : 2011.1.17

조 사 자 : 박경수, 서정매, 황영태, 윤슬기

제 보 자 : 김성철, 남, 48세

구연상황 : 제보자는 앞의 이야기에 이어서 돼지포에 있는 바위 이야기를 구연했다. 구연
         내용이 쑥스러웠는지 제보자가 민망한 부분은 웃으며 넘겼다.

줄 거 리 : 돼지포에는 남자와 여자 성기를 닮은 바위가 있다. 이 바위에 꽃이 피면 사량
　　　　　도 총각들이 바람이 나고, 물이 빠져서 남자 성기 모양이 보이면 사량도 여자
　　　　　들이 바람이 났다.

돼지포에 가면은 돼지포라는 마을에 가면은 이제 이거는 좀 이상한 다 내용들인데 돼지포에 보면 남자 성기처럼 생긴 바위가 요 요 탁자만한 게 하나 있어요.

(조사자 : 내나 그 저 그 마을에 있는 남녀 바위 비슷한?)

예. 가천 암소바위. 돼지포 가면은 돼지포가 이렇게, 돼지포 해변이 북쪽에서 남쪽으로 이렇게 되어 있는데, 그 여기서 인제 제일 북쪽 끝에 가면은 인제 남자 성기 모양의 큰 바위가 하나 있고, 제일 남쪽에, 절벽 쪽에 가면은 여자 모양의 바위가 하나 있어요.

있는데 인제 그 바위가 물이 들며는 안 보이고, 물이 빠지면 보여요.

물이 빠지면 보이는데, 크기가 한 이만해요. 한 크기가 3~4미터 정도 이렇게 되고, 물속에 들어 있기 때문에, 물이 빠져야 보여요. 물이 빠지면 물속에 찰랑찰랑 이렇게 보이고.

여자 바위는 절벽 위에 배를 타고 나가야 볼 수 있어요. 똑같이 생겼는데 그 가운데 좀 찢어졌는데 거기 인제 철쭉 같은 게 이렇게 있어요. 봄이 되면 빨갛게 꽃이 피어요.[웃음]

그래 가지고 인제 그 봄이 되면서, 이게 진달래나 철쭉 같은 게 이렇게 그 여자 그 속에서 싹 피면은, 저 멀리 사량도 총각들이 바람이 나고 물이 빠져서 남자 바위가 탁 보이면은, 그 사량도 여자들이 바람이 나 가지고 이 사량도 사람들이 저 바위를 없애기 위해서 무지 노력을 했는데 결국은 못 없앴다고 하는 그런.

사량도 처녀들이 바람나는 성기바위

자료코드 : 04_04_FOT_20110117_PKS_KSC_0005
조사장소 : 경상남도 남해군 남해읍 남변리 555 남해유배문학관
조사일시 : 2011.1.17
조 사 자 : 박경수, 서정매, 황영태, 윤슬기
제 보 자 : 김성철, 남, 48세
구연상황 : 제보자는 앞에서 한 이야기에 이어 내용이 유사한 이야기를 구연했다. 같은
　　　　　맥락의 이야기라서 제보자가 막힘없이 구술해 주었다.
줄 거 리 : 사량도에서 보면 남자 성기 모양의 바위가 있다. 그게 보이면 사량도 여자들
　　　　　이 바람이 자꾸 나자 총각들이 배를 타고 가서 그 바위를 없애버렸다.

　사량도가 항상 타겟인데 저 창선면 대곡마을 어디 그 쪽에 가면은 옛날
에 이렇게 큰 남자 성기 모양의 바위가 있었대요. 있었는데, 지금은 없어요.
　그 바위가 인제 아주 그 날이 좋은 날 보면, 사량도에서 그 바위가 탁
보이는 거에요. 그래서 인제, 그 바위가 이렇게 보이는 날에, 보이면은 사
량도 처녀들이, 바람이 난다 해 가지고 야밤에 야밤을 틈타서 사량도 그
총각들이 인제 그게 유부녀도 바람이 나기 때문에, 그 신랑들이 배를 타고
와서 그거를 부셔서 없애 버려, 부셔 가지고 바다 속에 빠뜨려 버렸다.

어부 총각이 과부와 정을 나눈 상사바위

자료코드 : 04_04_FOT_20110117_PKS_KSC_0006
조사장소 : 경상남도 남해군 남해읍 남변리 555 남해유배문학관
조사일시 : 2011.1.17
조 사 자 : 박경수, 서정매, 황영태, 윤슬기
제 보 자 : 김성철, 남, 48세
구연상황 : 제보자가 상사바위에 얽힌 이야기를 했다. 제보자가 옛날에 조사한 자료여서
　　　　　차분하게 시간 순서대로 구연을 해 주었다.
줄 거 리 : 옛날 상주마을에 과부댁과 그 어머니가 살고 있었다. 어떤 어부 총각이 그 집

에 세를 들어 살게 되었는데, 어느 날 총각이 과부댁을 발견하고 첫눈에 반해서 상사병에 걸리게 되었다. 이 사실을 안 과부댁은 심한 갈등을 하다가 결국 금산 상사바위에서 그 총각과 정을 나누게 되었다. 이후 둘은 행복하게 살았다.

옛날 상주라는 마을에 그 어머니하고 그 결혼을 막 갓 해 가지고 인자 과수댁이라. 둘이 살고 있었는데, 저 여수 돌산도에 저 어부가, 남해 가서 저 남해가 고기가 많이 잡힌다니까 남해 가서 한번 고기잡이를 해 봐야 되겠다하고 배를 이렇게 탁 타고 왔어요.

그래서 상주에서 정착을 하게 됐는데, 그 과정에서 인제 뭐, 일단 셋방 살이로 살 데가 있어야 될 거 아닙니까? 그러니까 인제 그 집에 있는 사랑방에 이렇게 세를 들어 살고 있는데 어머니는 아침 일찍 나갔다가 뭐 한 새벽 다섯 시 쯤 이렇게 나갔다가 오후에 들어오고 이러니까 서로 이 어머니하고만 이렇게 알고, 밑에 그 젊은 과수댁을 만나지를 못한 거에요.

열심히 고기잡이를 하고 있는데 하루는 물때가 안 좋고 이래 가지고 하루 쉴라고, 좀 늦게 인제 오늘 고기잡이를 안 하고 밖에 슥 나오는데, 우물가에서 빨래를 하고 있는 그 과수댁을 본 거에요. 근데 갑자기 딱 보는 순간에 한눈에 반해 가지고,

"야! 저렇게 내 마음에 드는 이상형의 여자를 만나다니!"

보는 순간 말도 못하고 참 좋은데 노골적으로 말도 못하고 들어가서 그냥 짝사랑 하면서 끙끙 앓게 됐어요. 상사병에 걸려 버렸어요. 그래서 인제 항상 이 과수댁을 보면은, 댓돌 위에 이렇게 신발을 본 적이 아침에 없는데, 아니 다음날 와도 이 총각이 고기를 안 잡으로 가고 자꾸 이 방에서 나오지를 않는 거에요.

그러고 막 몇 날 몇 일을 지났어요. 이상하다, 이 총각이 죽었나 싶어가지고 문을 톡톡 두드려도 기척도 없고 마 안절부절 못 하다가, 어쩔 수 없이 그래도 이 확인을, 생사로 확인을 해야 될 것 같아서 문을 탁 여니까 거의 뭐, 죽음에 일보직전까지 가 있는 거에요. 그래서 막 흔들어 깨워 가

지고, 아니 어떻게 된 거냐고 하면서 막 죽도 써 오고 이래 가지고 먹이고 막 이래 가지고 겨우 말하는데

"제가 아가씨를 보고 너무나 충격을 받고 사랑에 빠졌는데 고백도 못하고 끙끙 앓다가 지금 죽을 지경에 처했다."

하니까 이 여자가 정조를 지켜야 되잖아, 아니 정조라기보다는 뭐라 합니까? 그 옛날로 따지면 인자 남편이 죽었기 때문에 수절을 해야 되는데 수절을 해야 되는데 이 남자의 소원을 들어주도 못 하겠고 그래서 막 고민 고민 끝에 죽게 놔둘 수도 없고 그래서 가만히 생각해 보니까, 아! 옛날부터 전해 내려오던 이야기가 있는 거에요.

금산에 상사바위에 올라가서 그 상사를 나누면은, 좀 이제 그 수절을 하던 죄도 좀 가벼워진다던지, 그 남자를 살릴 수 있다하는 그런 이야기를 전해 오는 이야기를 듣고 어쩔 수 없이 이제 이 남자의 마음을 상사바위에서 받아 주기로 하고, 상사바위까지 사람들 부축을 받아 올라 가지고, 거기서 이제 우의의 정을 나눴다 카죠. 옛날에.[웃음]

그래서 이제 그 사랑을 받아 줬더니, 이 남자가 씻은 듯이 나아 가지고 내려와 가지고 잘 먹고 잘 살았대요.

상사바위와 구렁이

자료코드 : 04_04_FOT_20110117_PKS_KSC_0007
조사장소 : 경상남도 남해군 남해읍 남변리 555 남해유배문학관
조사일시 : 2011.1.17
조 사 자 : 박경수, 서정매, 황영태, 윤슬기
제 보 자 : 김성철, 남, 48세
구연상황 : 제보자가 상사바위 이야기를 하나 제시했고, 그와 관련된 이야기가 떠올랐는지 앞의 이야기에 이어 자신 있게 구연해 주었다.
줄 거 리 : 하인이 양반댁의 규수를 짝사랑하여 상사병에 걸려 죽었다. 그 뒤 하인은 구

링이로 환생하여 규수의 몸을 감고 풀어주지 않았다. 스님의 제안으로 상사바위에서 제를 올렸더니 구렁이는 스스로 상사바위 밑으로 떨어졌다.

그 동네 양반댁에 규수가 한 명 있었는데 그 집 하인이 그 규수를 사랑한 거에요. 근데 이제 하인이 건방지게 이렇게 결혼하자 하면은 맞아 죽을게 뻔하잖아요.

그 양반집 여자의 아버지한테 거의 뭐 이뤄지지도 못할뿐더러 그래서 아니 인제 마음속에 짝사랑 하다가 그냥 병이 들어서 죽어버렸어요.

죽어버려 가지고, 그 죽은 총각이 인제 구렁이로 환생을 해 가지고 이 여자를 꼭 안고 싶은 마음에 가서 칭칭 감았대요. 여자를 칭칭 감고 있으니까, 큰 구렁이가 인자 칭칭 감고 있으니까 큰일 났잖아요.

여자는 인제 아버지가 와서 보고 뭐 용하다는 의사면 의사, 뭐 굿도 하고, 아무리해도 이 구렁이는 떨어질 생각을 안 하는 거에요. 잡아 죽일 수도 없고 그래 가지고 하루는 어느 스님이 지나가다가 금산 상사바위 가서 제를 지내고, 이렇게 원혼을 풀어주면은, 구렁이의 원혼을 풀어주면은 구렁이가 이제 풀릴 것이다.

"그래서 이 구렁이는 옛날이 이 규수를 짝사랑 했던 어느 총각의 원혼, 총각이 환생한 거기 때문에 그렇게 풀어줘야 된다."

해 가지고 인제 구렁이하고 인제 이 규수를 그대로 칭칭 감고 있는 상태로, 상사바위 가서 인제 제를 지내고 이랬더니, 이 구렁이가 스스로 몸을 풀고 상사바위 밑으로 떨어져서 떨어졌다.

그래서 상사 그래서 상사 생각 이제 우리가 상사바위면 상사병 이래 똑같은 거잖아요? 그래서 이제 그 바위를 상사바위라고 부른다하는 뭐 이런 이야기도 있고 뭐 여러 이야기가 있죠.

시루봉의 유래

자료코드 : 04_04_FOT_20110119_PKS_KWY_0001
조사장소 : 경상남도 남해군 남해읍 유림동 문성인쇄사
조사일시 : 2011.1.19
조 사 자 : 박경수, 서정매, 황영태, 오소현, 공유경
제 보 자 : 김우영, 남, 74세
구연상황 : 제보자는 책에 다 있는 내용이라고 하면서, 다른 지역에도 비슷한 유래가 있
　　　　　다면서 처음에는 이야기하기를 꺼렸지만, 조사자가 그래도 한번 부탁한다고
　　　　　요청하자 부끄러운 듯이 짧게 이야기를 구연해 주었다.
줄 거 리 : 옛날에 세상이 모두 물에 잠겼을 때, 시루 크기만한 곳이 하나가 남았다고 해
　　　　　서 '시루봉'이라 불렀다.

　이 세상이 전부 다 물에 잠길 정도로 맨 맨 아주 마 여러 수십 일 동안
비가 왔는데, 세상이 다 잠겼다 이기죠. 근데 고기(거기에) 고, 딱 고 부분
만큼 시루 하나 앉을 만큼 남았다. 그래서 시루봉.

도술을 부리다 붙잡힌 인천장군

자료코드 : 04_04_FOT_20110119_PKS_KWY_0002
조사장소 : 경상남도 남해군 남해읍 유림동 문성인쇄사
조사일시 : 2011.1.19
조 사 자 : 박경수, 서정매, 황영태, 오소현, 공유경
제 보 자 : 김우영, 남, 74세
구연상황 : 제보자는 책에 있는 내용이라고 하면서 별 내용 없다고 계속 이야기하기를
　　　　　꺼렸다. 책에 있는 이야기라도 좋으니 이야기를 해달라고 부탁하자 제보자가
　　　　　긴 이야기를 짧게 구술했다.
줄 거 리 : 인천 장군이 바다에서 세곡선을 털었다. 조정에서는 그를 잡으려고 했지만 도
　　　　　술을 부렸기 때문에 잡기 어려웠다. 그의 둘째 부인을 잡아 문초하니 있는 곳
　　　　　을 가르쳐 주어 결국 붙잡히고 말았다.

　인천 장군이 인제, 군사들 거느리고 이곳에 살았는데, 인자 바다를, 그

앞 바다를 지나가는 세곡선을 전부 터는 기라. 정부에 바치는 세곡을 갖다가 터는데, 이 부채로 요리 붙여 가지고 요리 바다 지나가는 걸 그럼 배가 끌리오는 기지.

그래 이제 털고 이러니까 이 조정에서는 큰일 아닙니까? 세곡이. 그 지방에 세곡이 안 올려. 해산물이라던가 많이 올라와야 되는데 안 올라오니까. 이, 인제 그, 그것을 했는데 이 장군이 유명한 도술을 부려 가지고 숨어 버렸는 거지. 바위 밑에나 짚신 밑에 것은 데다 지네, 지네로 변해 가지고 숨어 버리는 기라. 그래가 잡을 수가 있어야지.

근데 이자 이 이 장군이 부인이 둘이라. 그래 아무도 말을 안 하는데, 부인을, 작은 부인을 인자 문초를 해 보니까 가르쳐 준 기라. 그래가 인제 잡았다, 그런 전설이 있는 거예요.

글 모르는 할아버지의 심부름

자료코드 : 04_04_FOT_20110118_PKS_KWA_0001
조사장소 : 경상남도 남해군 남해읍 입현리 소입현마을
조사일시 : 2011.1.18
조 사 자 : 박경수, 류경자, 정혜란, 윤슬기, 강아영
제 보 자 : 김원아, 여, 72세
구연상황 : 조사자가 아는 이야기를 하나 해 달라고 하니 제보자가 이 이야기를 해 주셨다.
줄 거 리 : 옛날에 한 부부가 살았는데, 남자가 아내를 너무 무서워했는데 하루는 남편이 심부름을 갔다. 할아버지가 글을 모르고 기억력이 나빠서 걱정하면서 물건을 주면서 염통문이라고 보냈다. 아니나 다를까 길을 가다가 까먹어서 다시 집으로 와 물어봤더니 아내가 집에 통이 없는데 통이 무슨 통이냐고 하니까 할아버지가 염통문이라고 했다.

옛날에 어떤 사람이 인자 머이고 어떤 사람이 보니까 부부가 둘이 사는데. 말하자면은 남자 되는 사람이 너무 망부석을 무서워하는 기라. 심부름

을 보냈는 기라.

뭐 물건을 줌서로 염통문이라고 보내 논거나. 염통문이라고 보내 논거로 할배가 글을 모르는 기라 기억력이 없어 논게로. 염통문 염통문 허고 가다가 딱 고랑이 있는데 길을 가다 본게 이자뻤는 기라.

망송바리 이자삐 논게 생각이 안 나는거든. 그래 논게라 도로 집에 와서 여자한테 물어본게나 여자가 그것도 모르냐고 자꾸 마 구박을 해샀커든. 염통문 아니냐 커로 집에 통이 없는데 통이 무슨 통이고 한게 염통문 한게나 옳고 하고 고마 손뼉을 치어란다 영감이.

산신령의 가르침으로 큰사람이 된 못난이

자료코드 : 04_04_FOT_20110118_PKS_KWA_0002
조사장소 : 경상남도 남해군 남해읍 입현리 소입현마을
조사일시 : 2011.1.18
조 사 자 : 박경수, 류경자, 정혜란, 윤슬기, 강아영
제 보 자 : 김원아, 여, 72세
구연상황 : 조사자가 아는 이야기를 하나 해 달라고 하니 생각나는 이야기를 해 주셨다.
줄 거 리 : 옛날에 못난 사람이 있었는데 그래도 머리는 똑똑했다. 하지만 어떤 말도 안
         듣고 방에만 박혀 있으려고 했다. 어느 날 산신령이 와서 그럼 안 된다고 사
         람이 아무리 궂어도 같이 합해야 살 수 있는 거라고 했다. 그래서 그 사람은
         공부를 해서 큰사람이 되었다.

전에 인자 내 같이로 못난 사람이 있었던 모양이라. 못난 사람이 있었는데 그래도 그 사람이 머리가 있었는가 몰라도 옆에서 뭘 좀 시킬라 컨게나 말을 안 들을라 커거든. 말을 안 들을라 쿤게나.

저거 할아버지가 하는 말이 뭐라 컨게 아니라 자네는 그래 갖고는 안 되네. 아무것도 할 줄을 모르면 방구석에나 천구석에나 쳐 박혀 앉으라고 그랬다케. 그래 샀트만은.

어느 산신령이 와가지가 하는 말이 그럼 안 되는 거고 사람이 아무리 궂으나 좋으나 뒤에서 밀어줘야 사는 기고 모든 사람들은 같이 합해야 산다코 그런 이야기를 한구나.

그 사람이 난중에 공부를 해가고 큰사람이 됐다. 뭐 그런 이야기제.

과부 아홉 명이 나야 큰사람이 나는 묏자리

자료코드 : 04_04_FOT_20110119_PKS_KJJ_0001
조사장소 : 경상남도 남해군 남해읍 선소리 선소마을회관
조사일시 : 2011.1.19
조 사 자 : 박경수, 정규식, 류경자, 서정매, 정혜란, 황영태
제 보 자 : 김정중, 남, 74세
구연상황 : 이틀 전에 마을을 찾아 이장님께 멸치잡이 소리를 할 수 있는 분들을 모아달라고 부탁을 했다. 이틀 후 이장님의 연락을 받고 마을을 다시 찾아 멸치잡이 소리를 채록했다. 멸치잡이 소리를 하고 난 후에 생각나는 이야기가 있는지 물어보았다.
줄 거 리 : 한 집안에 과부 아홉 명이 나야 큰 인물이 난다는 말이 있었다. 그런데 과부가 여덟 명이 나자 묘를 파는 바람에 큰 인물이 나지 못했다.

요 공동산이 있지요? 공동산 저기 전설이 하나 있는디. 저기 인자 김씨들 공동산인데, 말하자면, 지금 말하자면 김영 뭐이고? 그 사람들의 인자 산손데.

옛날에 어른들이 이야기를 하기에, 허는 말이, 원래 그 집…… 옛날에 그리 허긴 그리 했답니다. 그런데 그 묘를 써놓고 이러면 대대로 내려옴시로 아홉 이가 과부가 나야 큰사람이 난다 이래 가지고서, 그런께 여덟 챈가 아홉 챈가 헌께, 그 말허자면 하다 그 말이제 집안에 과부가 나 산께 그 산을 팠다 아입니까. 판께 마을 건너의 사람이 차라본께 거기에서 하헌(하얀) 학이, 학인가 백론가 해 가지고 날아갔다 했고. 저 건너에서,

"그 묘를 빨리 묻어라!"

이렇게까지 했다. 음. 그런 소리가 있지.

(조사자 : 위치가 어디 있습니까?)

위치가 요 곡내(谷內)에서 돌아가는 그 우에서 쪼끔, 밑에,

(청중 1 : 요서 보면 공동산이 보입니다.)

(청중 2 : 봉광사.)

밑에서 차라보몬 밑에 묘를 써 놓은 기 있고 대매로 들어가는, 남해 종교 들어가는 디. 그 차라보면 그 샌데, 그 우에가 기지요.

(조사자 : 그래서 묘를 파 갖고 잘 됐습니까? 어찌 됐습니까?)

그 뒤로는 그런 일이 없었다 이기라. 그런데 거기 말허자면 남해 김성욱 씨, 아는가 모르겄다. 남해 최고의 왜정시대 부잿집 텁니다.

(청중 2 : 김성욱씨 돌아가셨잖아.)

그리 인자 돌아갔인께 인자, 그 전설에 대해서 이야기제.

(청중 2 : 김성욱씨 아들이 김영태씨다.)

영태, 영태씨 거기 산소다.

(조사자 : 과부가 아홉이 나야 되는데 여덟 분까지는 났는데. 마 못……)

말하자면 묘를 팠는데 거기 전설이니까 알 수 없고. 말을 반만치 타다가 말았다. 이런 소리가.

(조사자 : 될라 하다가 말았다.)

나무로 부모를 깎아서 효를 행한 사람

자료코드 : 04_04_FOT_20110119_PKS_KJW_0001
조사장소 : 경상남도 남해군 남해읍 평현리 양지마을 양지마을회관
조사일시 : 2011.1.19
조 사 자 : 박경수, 류경자, 정혜란, 윤슬기, 강아영

제 보 자 : 김종원, 남, 86세

구연상황 : 조사자가 이야기를 해 달라고 요구하자 제보자가 요새는 그런 이야기도 하지 않아 기억나는 것이 없지만 조금 기억나는 이야기를 해 주겠다고 말을 꺼낸 뒤 이야기를 구연했다.

줄 거 리 : 옛날에 부모가 없는 사람이 부모 있는 사람이 너무 부러워 나무를 깎아서 방 안에 모셔 놓고는 실제 사람한테 하듯이 늘 문안 인사를 드렸다. 그렇게 자꾸 하다 보니 그 나무 안에서 피가 나왔다.

옛날에 옛날에. 어느 사람이. 하도 넘이. 저 어머니 아버지 이름 부리고 부모 밑에서 대이는 그거는 저거 부모가 없었어. 그 사람은. 없어 가지고. 그 하도 아주마. 부러워 가지고. 엄마 아빠 부르는 기 부러버 가지고. 그 뭐이고. 저저 아 오디 나갈 때마다. 아 그 뭐고 저저 나무둥치로 나무로 깎 아가 바로 인자 그 저거 어매 저거 아배라 카고. 말하자면 저거 어매라 카 고 나무를 깎아가 세워 가지고 조그만한 방안에 세워 놓고 들어갈 때마다 나갈 때마다

"어머니, 내 오늘은 어디어디 갑니다."

그렇게 자꾸 하니까 나중에 그 나무동작이 속에서 피가 나오더라고

남의 복을 사려다가 실패한 복 없는 사람

자료코드 : 04_04_FOT_20110118_PKS_RBA_0001

조사장소 : 경상남도 남해군 남해읍 아산리 중앙경로당

조사일시 : 2011.1.18

조 사 자 : 박경수, 서정매, 황영태, 오소현, 공유경

제 보 자 : 류복아, 여, 76세

구연상황 : 제보자가 재미있는 이야기가 있다며 구연을 시작하였는데, 말씀이 차근차근 하여 청중들도 이야기에 집중하여 모두 즐겁게 경청하였다.

줄 거 리 : 관상쟁이가 자신의 관상이 별로 좋지 못하여 고민하던 중에 어느 날 어떤 집 에 기르던 강아지의 복을 보고 저 놈을 잡아먹어야겠다고 생각하여 그 개를

돈을 주고 사서 복을 삶아 먹으려고 했는데, 그만 그 집의 며느리가 개를 삶 다가 가장 복덩어리를 먹어 버리고 말았다. 그제서야 관상쟁이는 역시 남의 복은 가지고 올 수가 없음을 깨달았다.

우리가 또 옛날 나 많은 사람들한테 들은 이야기가, 자기가 넘의 관상을 보고 댕깄는데, 명경을 보고 내 관상을 보면 자기가 참 너무 복이 없더랍 니다. 넘의 관상을 봐 주는디 너무 복이 없이 생깄어.

아이, 그러머 내가 우찌하꼬. 복 없이 어찌 말년을 펴고 살아야 하는데 어찌것네 싶어서 보러 간다고 간께, 그 집에 쪼그만한 집에 강아지가 쏙 들어가더랍니다. 들어가는데 그 강아지가 참, 그 강아지 속에 복 그 속에 복 거기 뭐라 카더라 참 복이 많더랍니다. 그 집은 강아지 덕으로 먹고 사 는데, 강아지 저거를 내가 잡아가 복조마니를 내가 띠 묵으면 내가 좀 살 겠다 싶어서, 강아지를 따라 들어간 기라.

들어가 가지고 내가 오늘 저녁 밤 하룻밤 자고 가면 안 되겠습니까? 한 께, 자고 가라 카더란다. 그런께 인자 그 있음서,

"내가 배가 고프고 몸이 안 좋은께, 당신네 개 저거를 내가 돈을 좀 많 이 주끼께 내가 사면 안 되겠십니까?"

저거는 그 집에 살라 카니까 개 한 마리 만원쯤 할 낀데, 10만원을 주고 살라 카거든. 비싸니깐 이자 팔거 아닙니까? 그러면 팔지, 하면서 사기는 샀는데,

"여기서 잡아먹고 가야 되겠습니다."

그 개 몸땡이는 필요가 없고 속에 그 복조마니 그것만 무면 되거든, 근께,

"그러면 개를 잡아 갖고, 삶아 갖고, 한 개도 손대지 말고 소로시 내한 테로 갖고 오너라."

"갖고 오며는 살은 당신네들 묵고, 내는 딱 한 군데 묵을 것 한 가지만 먹어야 내 병이 좋아질 일이 있는 께, 살은 내 당신들 먹으라고 줄 낀께, 오로시 갖고 오이라."

그래, 그 집에서 삶았어. 솥에 삶았어. 며느리가 삶아 갖고, 이게 익었나 안 익었나 싶어서 솥뚜껑을 딱 열어 본게로, 그 뭐 쪼께는 이게 뭐 동동 떠가 있더란다. 떠가 있은께, 거기 막 억수로 맛이 있어 뵈더란다, 며느리가 볼 때. 아 요기 너무 맛있건데, 몸띠만 갖고 오라고 했은께, 이거를 띠 먹어도 괜찮겠다 싶어 며느리가 얼른 주워먹어 버렸는 기라. 그래 주워먹어 삐고, 개를 큰 데다 담아 갖고 가 갔는데, 갖다 놓은께로 아무리 허치봐도 복덩어리가 없더랍니다.

"아니, 여기 와 조그만한 그게 어쨌노?"

하니, 며느리가,

"하이고, 내가 마 하도 맛있어 뵈서 그거 주워먹어 뺐습니다."

그런께 그 상보는 그 사람이 무릎팍을 치면서,

"아차, 넘의 복은 내가 못 갖고 오는 기다."

"그 개로 묵고 사는 디 내가 묵고 내가 좀 살아 볼라고 했는디 그거는 죽어도 너거 복이다."

그런께로 내가 어리석은 짓을 하고 넘의 복은 못 갖고 오겠다. 그래 갖고 며느리가 그 복덩어리를 먹고 그 집에서 잘 살더랍니다.

강피 훑는 팔자의 부인

자료코드 : 04_04_FOT_20110118_PKS_PMS_0001
조사장소 : 경상남도 남해군 남해읍 차산리 중촌마을 중촌마을회관
조사일시 : 2011.1.18
조 사 자 : 박경수, 서정매, 황영태, 오소현, 공유경
제 보 자 : 박명순, 여, 69세
구연상황 : 조사자의 설화 유도에 제보자는 처음에는 자신이 없는 듯하다가 이내 이야기를 시작하였다. 생각이 잘 떠오르지 않아서 말을 멈출 때마다 옆에 제보자들의 도움으로 이야기 중간 중간을 채워 나갈 수 있었다.

줄 거 리 : 남편과 아내가 함께 사는데, 아내는 매일 강피를 훑는 일을 하며 고되게 생활
하고 있었다. 남편은 과거 공부만 하느라 일을 전혀 도와주지 않자, 아내가
너무 힘들어서 도망을 가서 새살림을 차려 살게 되었다. 새살림 집에서도 또
다시 강피를 훑는 일을 하며 지내게 되었는데, 어느 날 옛 남편이 과거급제를
하여 오는 길에 옛 아내를 만나게 되었다. 남편은 옛 아내를 보고는 아직도
강피 훑는 일만 하고 있느냐고 탄식하고는 가 버렸다.

너무너무 못살고 그런데, 만날 서방이라는 사람은 어데 뭐 과거 볼 기라
고 공부만 하고 댕기고 통 안 오고 이 각시는 맨날 가서 인자 나락논에
가서 이제 갱피를 훑고.

그리 하다가 하도 하도 못 살겠어서 그 인자 각시가 다른 데로 재혼을
했는가 재물을 어쨌는가 갔는데, 그게 간 그 자리에서도 가서 또 이 각시
가 또 갱피로 인자 훑고, 우리는 어릴 적에 인자 그래 들었는데.

또 갱피를 훑고 허자마자 서방이라쿠는 사람이 인제 장원급제 해 갖고
말을 타고 이리 가는데, 이 각시가 쳐다보니까 이거 저거 서방인데, 서방도
우찌 뭐 각시를 봤는가 어쨌는고, 어릴적에 들은게 잘 기억은 안나지만도.

아이고 아이고 저기 저논에 갱피 훑는 저각시야. 그러니까 저 서방말이,
날 버리고 간 니가 어디 가서 부귀영화로 잘살 줄 알았는데, 또 갱피 훑는
다고 간 곳 마다 갱피로다.

신랑의 무심함에 집을 나가서 고생한 여자

자료코드 : 04_04_FOT_20110118_PKS_BSJ_0001
조사장소 : 경상남도 남해군 남해읍 입현리 소입현마을 소입현마을회관
조사일시 : 2011.1.18
조 사 자 : 박경수, 류경자, 정혜란, 윤슬기, 강아영
제 보 자 : 박순자, 여, 67세
구연상황 : 조사자가 아는 이야기를 하나 해 달라고 하니 생각나는 이야기를 해 주셨다.
줄 거 리 : 한 여자가 부잣집에 시집을 갔는데 아들이 공부만 하고 일은 여자가 다 했다.

하루는 비가 많이 오는 날 집 마당에 피방석을 내 놨는데 남편이 치워 주길 바랐건만 이미 비를 다 맞고 피방석들은 다 떠내려갔다. 신랑은 그것도 모르고 공부에만 집중하고 있었다. 이에 화가 난 아내는 집을 나갔다. 신랑은 과거에 급제해서 길을 지나가는데 옛 아내가 또 강피를 훑고 있는 것이 보였다.

옛날에 우리 같은 여자들이 부자집으로 시집을 갔는데. 시집을 갔는데. 그 집이 부자집이 되논게 아들이 공부만 늘 하는 집이라 공부만 늘 해 산 게. 그래가 부잣집잉게 농사도 있고 헌게.

농사 그거를 여자는 좀 할라 케도 신랑은 맨날 공부만 헌다고 거기만 몰두해 가 있응게. 들에 가서 일을 허는데 혼자서 남자가 안 도와준게 혼자 헌게. 소나기가 막 와 사서 집에다가 막, 옛날에는 양식을 피라케 피 그 걸 훑어다가 묵는데. 피 그글 널어놓고 왔는데 비가 소나기가 온게 집에 사람이 있이몬 걸을 긴대. 그걸 걸을 긴가 싶어서 온게. 벌써 소내기를 다 맞아가 피방석이 다 떠내려갔는 기라. 가벼워 노니까. 신랑이 공부한다고 강피 그기 떠내려가는 줄도 모리고 공부를 해사서.

이래가는 아무래도 못 살겠다 싶어서 딴 데로 갔어. 딴 데로 가면 살기가 좀 편할가 싶어서. 그런 남편 밑에서 사는 기 너무 힘들어서. 딴 데로 갔는데 또 그거 훑는 데로 갔어 하모 훑는 데로 가나 논게. 글로 간 게 신랑이 공부를 해 갖고 벼슬을 해 갖고 지나 본게.

그 여자가 훑고 있으니까 인자 공부허는 갱피 덕석이 떠내려가서 몬 살아서 갔는데. 또 가 봤자 그라. 또 갱피만 훑는다고 저기 요새는 아지매라 커는데. 저 마누라 간데 족족 갱피만 훑는다고 그리 허는 이야기가 하나 있었고. 그런 이야기를 해야 옛날 이야기제.

그래가 하모 우에 해 봤자 그 사람이 고마 그 지키고 있었시몬 과거 해 가 와 가지고 좀 편해졌긴데. 그걸 차버리고 가도 참 복이 없었어. 내가 살기가 힘들어서 팔자를 고치 볼라고 가 봤자 참 그라. 힘들어도 좀 참고 살라 커는 그른 기겠지. 그 뜻이.

친구가 잡아 준 묏자리 덕분에 부자 된 사람

자료코드 : 04_04_FOT_20110119_PKS_PYS_0001
조사장소 : 경상남도 남해군 남해읍 평현리 양지마을 양지마을회관
조사일시 : 2011.1.19
조 사 자 : 박경수, 류경자, 정혜란, 윤슬기, 강아영
제 보 자 : 박용수, 남, 74세
구연상황 : 조사자가 풍수 이야기 없냐고 물어보자 제보자가 이 이야기를 했다. 부담스러
웠는지 장난을 친다고 '전설 따라 삼천리.'라는 말을 꺼내면서 이야기를 시작
했는데, 조사자들을 의식해서였는지 처음에는 자연스럽게 이야기를 하지 못
했다. 그러다 이야기 끝으로 갈수록 조금 더 자연스럽게 이야기를 구연했다.
줄 거 리 : 옛날에 친한 친구 두 명이 있었다. 한 명은 가난하여 풍수 노릇을 하고 다른
한 명은 집안이 잘살아서 그 재산으로 살았다. 나이가 들어 풍수가 외지에서
돈을 벌어 들어오자 부자 친구가 매일 술을 사라며 놀림을 하였고, 풍수는 기
분이 나빠 부자 친구의 부모가 돌아가시면 묏자리를 써 달라고 할 날만을 기
다리며 이를 갈고 있었다. 때마침 부자 친구의 모친이 돌아가셔서 풍수는 뱀
이 개구리를 잡아먹는 자리에 묘를 쓰라고 말해 주고, 양심에 찔려 마을을 떠
났다. 그 후, 세월이 흘러 다시 돌아와 보니 부자 친구는 더 부자가 되어 있
었다. 알고 보니 뱀 형국 뒤에 뱀을 잡아먹는 형국이 있어 뱀이 나오지 못하
고 개구리가 더 성장하는 형상에 묏자리를 잡아 준 것이었다.

전설 따라 삼천리.

옛날에 옛날 옛적에 어느 마을에 친한 친구 분이 두 분 살았는데, 한 사
람은 집안이 좀 곤란해서 공부는 해도 집안이 곤란해서 풍수 노릇을 하고,
한 사람은 뭐 조상으로부터 물려받은 재산을 가지고 잘살았는데.

풍수하는 분이 외지에 나가서 돈을 벌어가 들어오면 마을에 부자가 된
사람이 들어오면 술 한 잔 사라고 놀려 먹어 싸니까 풍수가 마음을 먹기로

'이놈의 자식, 보자 한번 보자.' 스면서 재고 있었는데,

'너거 부모가 돌아가시면 틀림없이 내보고 묏자리를 잡아주라 칼꾸다.'

재고 있었는데. 아이 때마침 부잣집 그분의 모친이 돌아가셔서 자리를
잡아주라 캐서, 뱀이 개구리를 잡아먹는 그런 묏자리에다가 자리를 잡아주

기는 잡아 줬는데, 그래 놓고 자기는 비양심적이라서 고마 다른 데로 이사를 갔다가 한 십년 뒤에 돌아와 보니께 그 친구가 더 부자로 살더랍니다.

더 부자로 살아서 자세히 산천을 살펴보니까 그 산 뒤에는 뱀이를 잡아 먹는 무슨 형국이 뭐 독수리 형국인가 뭔 형국인지 모르겠지만 무슨 형국이 있어 가지고 뱀이 나오지를 못하니까 개구리를 더 성장해 가지고 새끼도 많이 치고 부자가 되었다는 그런 이야기를 들은 적이 있습니다.

은혜 갚은 귀신

자료코드 : 04_04_FOT_20110119_PKS_PYS_0002
조사장소 : 경상남도 남해군 남해읍 평현리 양지마을 양지마을회관
조사일시 : 2011.1.19
조 사 자 : 박경수, 류경자, 정혜란, 윤슬기, 강아영
제 보 자 : 박용수, 남, 74세
구연상황 : 앞서 다른 제보자가 이야기를 끝내고 난 뒤, 조사자가 더 이야기를 해 달라고
　　　　　요구하자 제보자가 예전에 들은 이야기라면서 이 이야기를 시작했다.
줄 거 리 : 어떤 사람이 해치미라는 곳에서 귀신불을 만났는데 귀신불과 인사를 하게 되
　　　　　었다. 어디 사는 누구냐고 묻자, 예전에 남상 바닷가에 죽은 자신을 묻어 주
　　　　　고 음식까지 주었던 사실을 말하면서 그때 그 송장이 자신이었다고 하면서
　　　　　은혜를 갚기 위해 왔다고 했다.

나도 들은 이야긴데, 저기 내 저기 고현에 살 적에

(조사자 : 어딥니까?)

서면 남산인데 남산 살 때 들은 이야긴데 그 누구 이름을 들먹여도 되는 가 모르겠다. 그 종길이 저거 할아버지 수협에 종길이 저거 할아버지, 할아버지가 박씬데, 남산 박씨하고는 좀 다릅니다. 저기 전라도에서 왔는데, 외로이 사는데, 옛날에는 향고답이라고 그런 게 있었는데, 사답도 있고 절답도 있고 향고답 논도 있고

그걸 인자 농촌에 있는데 그걸 인자 농사를 지으면 거기서 와서 그 뭘 맥여 가지고 받아 간다대. 그걸 인자 얼마나 되는가 싶어서 남해 요기 왔다가 옛날에는 전부 걸어다녔거든요. 얼마나 될꼬? 12km 더 될 겁니다. 요 읍에까지 향교까지 남상에서 12km 더 될 깁니다. 왔다가 옛날에는 걸어가니까 저물어서 해도 짧고 겨울에 두루마기 그래 입고서는 한참 가니까 저기 작장에 작장이라고 가면 작장하고 남상사이는 거리가 멀어서 마을이 없는 데가 있어요. 옛날에는 거기 참 무서운 데라 캤거든. 우리 남해 말로 해미치라고 했어요. 해미치. 귀신이 잘 난다고. 그래 가니까 그 쎄꼬 때기라는 등이 하나 있는데, 바로 작장 뒤에 박씨들 제가 있는데 바로 뒤에 보면 그 무슨 농원이 있더라. 백길 농원인가 그 있는 그긴데, 아 불이 하나 앞에 턱 나타나더니 불이. 불이 안에 턱 나타나더라 밤에 한참 땀을 흘리고 가는데, 불이 확 나타남서로 인사를 하더래요. 박장이 어르신 다녀오더라면서 인사를 하더래요.

"네 누군지 모른다니까. 누군지 모른다니까."

"내가 어디 사는 누군데, 하동 사는 하동에 사는 누군데."

전에는 비가 많이 오면 육수가 나면 홍수가 나면 시체가 마 떠내려옵니다. 내려오면 남상에 거기 바다가 있는데, 거기 바닷가에 밀리가 들어오거든요. 밀리가. 그 논이 바닷가에 있어 노니까 거기 가면 인자 밀리오면 나무토막도 줍고, 남해말로 질피라 하제? 진지쿠라 하제? 그런 것도 거름할라고 그 바닷가 가서 걸어 올리는데 가니까 아이 송장이 있어서 하나 건져 올려 가지고 그 대략 우째해 가지고 그 순 돌밭인데 지금도 돌밭인데 그따가 집에 와서 음식을 조금 장만해서 못사니까 조금 장만해서 그따가 묻어 놓고 왔는데, 거기 바로 자기라 쿠더래요. 그 구신불이. 마중 왔다 하더래요.

그리고 마을 가까이 갔는데, 그 마을 가까이 가니까 남상초등학교 그기 동의대학교 수련회라고 되어 있제? 그 남상초등학교 거기. 내 그 나온 사람인데, 거기 마을하고 조금 조금 한등 너먼데, 그 가더니 옛날에는 그 저 집 이영할라꼬 날개로 엮어 가지고 막 재 놓거든. 재 놓는 구석구석 재 놓으면 그 사이가 이래이래 있고 그런데, 아 그 가더니,

"어르신, 들어가시다."

쿠더래요

"내 인자, 내 인자 요까집니다."

쿠더래요

"가만히 좀 있게. 잠깐 집에 좀 갔다 올게."

집에 와 가지고 할멈보고도 마 밥 있냐고 물어본께 있다 쿤게로, 그 뭐 나갔던 사람 밥 다 있거든. 바가지에다 틀어부뻬라 쿠고, 가가 나오니께 불이 있더라캐. 그래서 그 부어주고, 들어왔는데 그 할배가 그래 가지고 오래 살지는 못한 모양이라. 고생을 많이 해 갖고 그래 갖고 돌아갔다 하는 이야길 한 번 들었어요. 그게 인자 죽은 사람도 은혜 갚는다고.

산신령을 감동시킨 효자 아들

자료코드 : 04_04_FOT_20110118_PKS_PJJ_0001
조사장소 : 경상남도 남해군 남해읍 입현리 토촌마을 토촌경로회관
조사일시 : 2011.1.18
조 사 자 : 박경수, 류경자, 정혜란, 윤슬기, 강아영
제 보 자 : 박점조, 남, 85세
구연상황 : 조사자가 할머니 방에서 조사를 끝낸 다음 경로회관에 있는 모든 사람이 점심 식사를 했다. 점심 식사가 끝나고 할아버지방으로 자리를 옮겨 조사를 했는데, 제보자가 점심 식사 전부터 자신이 이야기를 해 주겠다고 미리 약속을 해 놓은 상태여서 바로 이야기를 시작했다.
줄 거 리 : 어머니가 아파 아들이 약을 지으러 먼 길을 걸어갔다. 약을 지어 돌아오는 길에 밤이 되었는데 갑자기 호랑이가 나타났다. 호랑이가 이 사람을 잡아먹으려고 하자 자기가 죽는 것은 괜찮으나 어머니께 약을 갖다 드려야 한다고 말을

했다. 그러자 호랑이가 자기 등에 업히라고 하고 그 사람을 집 앞까지 데려다 주었다. 나중에 알고 보니 그 호랑이는 아들의 효심에 감동을 한 산신령이었다고 한다.

우리 어릴 때 하는 이야기가, 효도 한다는 그 뜻에서 인자 이전에 어느 그 어머님이 아팠어. 아팠는데, 아들이 인자 봉양을 해서 걸어서 갔단 말이라. 걸어서 가 놓으니까 약을 지어 가지고 저거 어머니 병 고칠 거라고 돌아오는데, 인자 길이 멀어 놓은께 그만 밤이 돼 삤어. 밤이 돼 삤는데, 뜻에도 없던 호랑이가 나타나 가지고 이 사람을 잡아먹으려고 이리 허거든. 그런께 그 사람 아들이 하는 말이,

"내 죽는 거는 하나도 아깝지 않다. 아깝지 않은데, 이 약을 갖다가 우리 어머님 병을 고쳐야 되긴데, 이 약을 우리 어머님 병만 고친다 쿠면은 내는 이 자리에서 당신 밥이 되도 좋겠다." 이리쿤께,

"그러몬 그 내 약을 갖다 주긴께 내 등어리에 업히라."

그래 가지고, 문 앞까지 갖다 주고는 그만 사라졌어. 그 인자 워낙 마음이 즉심이 돼가 부모한테 효도심이 강한께 산신령이 나와 가지고, 신이 나와 가지고 그 인자 부모 살리라 쿠는 그런 뭐슬 했다 쿠는 그런 얘기도 듣고. 그래 부모에게 효도를 해라 쿠는 그런 전설도 있고.

남해 금산의 상사바위

자료코드 : 04_04_FOT_20110118_PKS_PJJ_0002
조사장소 : 경상남도 남해군 남해읍 입현리 토촌마을 토촌경로회관
조사일시 : 2011.1.18
조 사 자 : 박경수, 류경자, 정혜란, 윤슬기, 강아영
제 보 자 : 박점조, 남, 85세
구연상황 : 앞선 이야기를 끝낸 다음 조사자가 상사바위에 대한 이야기를 꺼내자 제보자가 바로 이 이야기를 구연했다.

줄 거 리 : 옛날에 한 남자가 아주 예쁜 여자를 보고는 그 여자를 아내로 삼고 싶어 했다. 하지만 그럴 수 없는 형편에 이 남자는 상사병에 걸려 죽고 말았다. 그리고는 그 혼이 뱀이 되어 여자를 칭칭 감아 턱 밑으로 얼굴을 내밀고는 꼼짝도 못하게 했다. 그렇게 되면 상사바위에 올라가 굿을 해 뱀을 떼어내는데, 이때 떨어져 나온 뱀을 독수리가 물고 가야 살 수 있다는 전설이 있다.

(조사자 : 그 상사바위 전설.)

상사바위는 우째서 상사바위냐 하면, 이전에 그 말하자면 남자가 여자를 아주 미인을 차라봐(쳐다봐) 가지고, 그 남자를, 아 여자를 내가 한번 덧고 자든지, 내 아내로 삼을 수가 있든지 이런데, 자기 능력으로는 그 사람을 안게도[2] 못허고 얻을 수도 없는 그런 형편이야. 그런 형편이 되어 놓은께 죽어 삐맀어. 죽어 삐맀어. 죽어 가지고 혼의 그 넋새가 뭐가 됐냐허면 뱀이가 되었어. 뱀이가 되어 가지고 그 사람한테 따라갔단 말이야. 그 여자한테 갔단 말이야. 가 가지고 어쩌든지 마, 턱 밑에 요,

(청중 : 하아,[3] 몸을 칭칭 감아 갖고.)

하아, 턱 밑에 고마 딱 붙어 가지고서 꼼짝 몬 허고로 해여. 꼼짝 몬 허고로 해서. 그리 인자 저 상사바위 거다 가 가지고 거 마 굿을 허고 뭣이로 허몬 그기 떨어져 나온다 이기라. 떨어져서 인자 밖으로 살 나왔을 적에 독수리나 그런 것들이 참 뜻에도 없는 그런 것들이 그걸 차고 가 삔다 이기라. 그 차고 가 삔다. 그래 가지고 그게 상사바우다 그거야.

말하자면 상사라 쿠는 거는 그 사람을 사모해서 못 얻는 그 병이 갖다가 상사병이라고 안 헙니까? 상사병이라고 하는데, 그래서 그것을 인자 저 저 뭣이를 해 가지고 제(祭)를 지내 가지고 뗀다캐 가지고, 그래 가지고 상사바위라고 그랬답니다. 내는 잘 모릅니다마는 말이 그렇대이다. 어른들 말이.

---

2) '안지도'의 의미임.
3) '그래 맞다.'의 의미로 상대에게 대답하는 말이다.

백마가 나타났던 달구산

자료코드 : 04_04_FOT_20110118_PKS_PJJ_0003
조사장소 : 경상남도 남해군 남해읍 입현리 토촌마을 토촌경로회관
조사일시 : 2011.1.18
조 사 자 : 박경수, 류경자, 정혜란, 윤슬기, 강아영
제 보 자 : 박점조, 남, 85세
구연상황 : 조사자가 근처 산에 대한 이야기를 해 달라고 하면서 달구산 얘기를 꺼내자
　　　　　제보자가 바로 이야기를 시작했다.
줄 거 리 : 달구산은 달 월자를 써서 달구산이라고 하는데, 예전 일제 강점기 때에 달구
　　　　　산에서 백마가 나타났다. 그 이야기를 들은 일본 사람들이 달구산의 맥을 따
　　　　　라 산에 불을 놓는 바람에 정기가 사라졌다고 한다.

　달 월자, 그 월구산,

　(조사자 : 월구산.)

　월구산. 그렇게 그만 달 월(月) 자로 써서 달구산 이러는데, 인자 내가
그 전에 어른들한테 듣기는, 전에 일본놈들 시대.

　(조사자 : 왜정 때.)

　왜정 때, 여게 인자 참 우리 여 달구산에 여서, 여 인자 저 저쪽 지금 안
테나 서 가지고 있는 저거는 큰 달구산. 큰 달구산. 요쪽 목이 잘라져 있는
그 공동묘지가 있어 가지고 목이 잘라져 가지고 요쪽으로 나온 거는 작은
달구산. 우리 어릴 적에. 작은 달구산. 소월구산. 말하자면 대월구산이 되
는 거 아닙니까?

　우리 어릴 적에 들을 때는 큰 달구산, 작은 달구산 이리 했는데, 그 인
자 전에 인자 마 맞는 말인가 안 맞는 말인가 몰라도 백마가 나와 가지고
백마가 나와 가지고 아주 뭣이로 했는데, 일본놈들이 그걸 알고서는 우리
애릴 때(어릴 때) 허는 말이. 그 산에다 불을 떠삤다 캐여. 산에다 불을 떠
가지고 정기가 많이 없어졌다. 이런 말을 많이 들었제.

　(조사자 : 산에다가 어떻게 하셨다구요?)

산에 인자 말허자몬 산에 원 맥이 가는 대로, 말하자면 사람도 혈맥이 제일 잘 통하는 그 이로운 맥이 안 있습니까? 그 맥에다가, 그 맥을 잘라 버렸다는 그런 뜻이라. 그래 가지고 인자 그래서 인자 우리 동네는 저 토촌인데, 토끼 토자(兎字). 마을 촌자(村字) 이리 써서 토촌인데, 앞에 저 뵈이는 저 산은 군돈산(군둔산(軍屯山)입니다. 군돈산. 군사 군(軍)자에다가 저저 몇 돈씩 모인다는 돈자(둔자) 있제이다?4) 오도뱅인가 써 가지고 군돈 씨고 인자 요쪽 산은 여 우리가 도림이라고 카는데, 도미입니다. 도미산. 칼 도자(刀字) 입구변에 미자 그게 뭡니까?

    (조사자 : 맛 미자(味字).)

어어, 그래 가지고 산(山) 이리 씨고. 이래서 인자 우리 동네가 그 월구산 하(下)에 토끼가 맥을 못 춘다 쿠는 때미로,5) 우리 동네는 아주 잘난 사람이 없어이다. 잘난 사람이 없고 매(아주) 출세허는 사람이 없어.

며느리 몰래 죽을 먹으려다가 들킨 시아버지

자료코드 : 04_04_FOT_20110119_PKS_PJA_0001
조사장소 : 경상남도 남해군 남해읍 차산리 동산마을 첫 골목집
조사일시 : 2011.1.19
조 사 자 : 박경수, 서정매, 황영태, 오소현, 공유경
제 보 자 : 박중아, 여, 88세
구연상황 : 조사자가 청중들에게 다른 마을에 들었던 이야기를 들려주자, 제보자가 그것
          과 비슷한 이야기가 있다면서 적극적으로 구연해 주었다.
줄 거 리 : 며느리가 물을 길러 간 사이에 시아버지가 죽을 몰래 먹으려고 죽을 들고 화
          장실에 들어갔다. 물을 긷고 온 며느리도 죽을 몰래 먹으려고 죽을 떠서 화장
          실로 갔다. 화장실에서 며느리와 시아버지가 맞닥뜨리게 되었다. 무안해진 며

---

4) '있지요?'의 의미임. 남해말의 종결어미 '-이다'가 붙은 것이다. 이 '-이다' 종결어미는 높임을 나타내는데, 의문문에도 붙는다.
5) '월구산 아래에는 토끼가 맥을 못 쓴다고 하기 때문에'의 의미임.

느리는 시아버지께 죽을 건네자 시아버지가 웃으면서 함께 먹자고 했다.

며느리가 죽을 끼리 놓고(끓여 놓고) 저 샘이, 옛날에는 물 질러다(길러 와서) 묵거든. 물 지르러 간께네(가니까). 좀 먹고 싶어서 떠 가지고 뒤안으로 갔어. 뒤안에 가서 묵을라꼬. 인자 묵은께(먹었더니), 며느리 물 이고 와서 보고, 좀 묵고(먹고) 싶어서 떠 갖고 저 뒤안으로 강께, 지아배가 죽을 떠가 묵는 기라. 그래가, [웃음]

"아버지 죽 잡숩시다."

항께(하니까),

"내도 있다."

그래 카더란다.

강피 훑는 팔자의 부인

자료코드 : 04_04_FOT_20110119_PKS_PJA_0002
조사장소 : 경상남도 남해군 남해읍 차산리 동산마을 첫 골목집
조사일시 : 2011.1.19
조 사 자 : 박경수, 서정매, 황영태, 오소현, 공유경
제 보 자 : 박중아, 여, 88세
구연상황 : 조사자가 제보자에게 강피 이야기를 아느냐고 묻자, 제보자가 이야기의 끝 부분을 먼저 이야기하면서 자연스럽게 전반적인 내용을 구연해 주었다.
줄 거 리 : 신랑 각시가 둘이 살고 있는데, 신랑은 집안일을 전혀 도와주지 않고 오로지 공부만 했다. 각시가 매일 강피를 훑어서 겨우 먹고 살았다. 어느 날 집안일을 전혀 도와주지 않는 남편이 너무도 얄미워서 도망쳐 나왔는데, 여전히 강피 훑는 일을 했다. 어느 날 각시가 강피를 훑고 있는데 남편이 과거에 급제하여 돌아오는 길에 서로 만나게 되었다. 각시는 과거에 급제한 남편을 따라 다시 집으로 가고 싶다고 했지만, 남편은 단호하게 거절했다.

신랑하고 각시하고 저금을 나가 사는데, 글만 읽고 망구 안 하는데, 갱

피를 훑어다가 널어놓고 또 훑으로 갔는데, 비가 억수같이 와서 떠내려가도, 고마 그 이가 안 나와서 어찌 골이 나서 달아나 버렸어.

달나 버렸는데, 또 복이 그 뿐이라 논께 또 거(거기에) 가도 갱피를 훑어요. 훑은게 인자, 아이 영감, 그 신랑이 인제 공부하던 그 사람이 과거를 해 가지고 인자 온 께로, 그 여자가, 저거 갱피 훑는 저거(자기) 여자가 그 들에서 갱피를 훑거든.

"진주 맹게 너른 들에
  갱피 훑는 저 마느레
  마누래는 팔자 좋아
  간데 족족 갱피로다."

그래 카드란다. 그래 칸께(그렇게 하니까) 말죽이라도 써 주고 따라갈라고 한께(하니까),

"말죽 정도 내 있고, 다 있응께 오지마라" 카더란다.

어머니를 잡은 바보 아들

자료코드 : 04_04_FOT_20110117_PKS_PCJ_0001
조사장소 : 경상남도 남해군 남해읍 선소리 선소마을 선소마을회관
조사일시 : 2011.1.17
조 사 자 : 박경수, 정규식, 류경자, 서정매, 정혜란, 황영태
제 보 자 : 박청자, 여, 71세
구연상황 : 조사자가 이야기를 해 달라고 하자 이야기가 없다고 했다. 그래도 강권하자
        옛날이야기를 하나 해 보겠다고 하면서 이 이야기를 구연했다.
줄 거 리 : 예전에 조금 모자란 형제가 있었다. 산짐승들이 곡식을 다 파먹자 어머니가
        곡식을 지키러 아들들을 보내면서, 오는 짐승들을 모두 죽이라고 일렀다. 그
        리고는 어머니가 아들들에게 줄 밥을 해 가지고 산으로 갔는데, 형제는 짐승
        인줄 알고 어머니를 죽였다.

전에 전에 이약허께. 전에 전에 한 사람이 바보 같은 아들을 낳았어여. 낳았는디. 아이, 산에다가 저 요새겉이 곡식을 요래 해 났는데, 산짐승이 와서 늘 파묵는 기라.

파 묵어싼께 인자 하리는 성지꺼장(형제끼리) 인자 지키러 간 기라. 지키러 갔는데, 적 어매가(자기 어머니가) 죽을 쒀 가지고 갔어. 적 어매가 그러기 전에 저거 어매가 인자,

"오늘은 오는 대로 다 잡아라."

요래 됐더란 말이다. 인자 성지꺼장 지킴서. 인자 산 짐승은 아무라도 오는 대로 잡으라고 해 놓은께, 이 문~디 아무리 미련타꼬 적 어매가 죽을 쒀서 갔는데, 밥을 해 가지고 갔는데 적 어매를 잡아 빘더란 말이다.

(청중 : 잘 잡았다.)

이야기 거기 참말이가? 잡았는데, 인자 또 죽을 쒀 갖고 동네잔치를 한다 아이가. 오늘처럼 이리 많이 모이몬. 죽을 쒀씨면 인자 우에 나 많은 사람부터 착착 줘야 허건디, 우에서부터 내리 주라 해 놓은께 그만 그 죽을 그만 머리에서부터 다 들이부었삤어. 거기 이야기가? 하하하

할아버지 이야기에 도망간 도둑

자료코드 : 04_04_FOT_20110117_PKS_PCJ_0002
조사장소 : 경상남도 남해군 남해읍 선소리 선소마을 선소마을회관
조사일시 : 2011.1.17
조 사 자 : 박경수, 정규식, 류경자, 서정매, 정혜란, 황영태
제 보 자 : 박청자, 여, 71세
구연상황 : 앞의 바보 이야기가 끝난 다음 주위에서 하나 더 하라고 했다. 그러자 비슷한 이야기가 있다면서 바로 이 이야기를 구연했다.
줄 거 리 : 도둑이 한 집에 솥을 훔치러 갔다. 그런데 할아버지가 손자에게 이야기를 해 주고 있었다. 도둑이 도둑질을 하려고 하는데, 할아버지가 도둑의 행위를 그대로 이야기했다. 그래서 도둑은 자기를 보고 있는 줄 알고 도망을 쳤다.

한 사람은 아이 도둑, 거기도 인자, 그 집에 가서 어제 저녁에, 소두방을 (솥뚜껑을) 요리 인자 솥에다가 인자 뭘 해 났는데 두리로(훔치러) 갔다. 갔는데, 방에서 이약을(이야기를) 갤춘다꼬(가르쳐 준다고) 방에서 인자 할아버지가 손자를 갤춘다꼬. 가서 뭐 두릴라꼬 요리요리 허몬,

"찌웃찌웃 헌다."

이러거든. 자기가 들을 땍에 방에서. 또 요리 허몬,

"덥석 헌다."

또 요러거든. 또 그리서 살~ 서몬 또,

"선다."

인자 손자를 시키는 기 그리 시키는 기라.

그리서 인자 사람이 확실히 아는가 모리는가 싶어서 뒷날 저저, 고기를 한 소쿠리 가져갔더란다. 넝커리로[6] 가져갔더란다. 아! 이걸 들어 보고 저걸 들어 보고 그래 샀거덩. 요걸 든게,

"이 사람아. 장(항상) 그놈이 그놈이네." 이러거덩.

'아이구! 내가 어젯저녁 내가 두리로 와 놓은께, 저 사람이 알고서 그놈이 그놈이라 쿠는갑다.'

싶어서 그만 내삐고 내달리 빴단다.

(청중들 : 웃음.)

계산 먼저 하는 사람치고 잘사는 사람 없다

자료코드 : 04_04_FOT_20110117_PKS_PCJ_0003
조사장소 : 경상남도 남해군 남해읍 선소리 선소마을 선소마을회관
조사일시 : 2011.1.17
조 사 자 : 박경수, 정규식, 류경자, 서정매, 정혜란, 황영태

6) '넝쿨을'의 의미임. 생선을 한 꾸러미 새끼줄에 꿰어 갔다는 말이다.

제 보 자 : 박청자, 여, 71세

구연상황 : 이제 더 이상 할 이야기가 없다고 했다. 그러나 하나만 더 해 보라고 강권하
자 바로 이 이야기를 구연했다. 이야기를 하는 도중에 손동작을 많이 했다.

줄 거 리 : 어떤 사람이 옹기 장사를 했는데 수입이 꽤 좋았다. 그래서 한 짐을 지고 가
다가 쉬면서, '이번에 팔면 팔자를 고치겠다.'고 하면서 바지게 작대기를 힘
껏 쳤다. 그랬더니 옹기가 모두 깨져 버렸다.

전에 한 사람이 옹구 장시를(옹기 장사를) 했어. 옹구 장시를 했는디, 한
번 지고 가서 폰께(파니까) 많이 남더라네. 많이 남아서 인자, 또 한 짐 지고
올라가다가 하다 되서 인자 쉈어. 이번에 지고 가몬 인자 많이 남는다고,

"이번에 지고 가몬 팔자 고쳤다!"[무릎을 탁 치면서]

꼬, 바지작대기7)로 뚜드라 빘어. 그리 그만 거기 제다 깨져빘다 아이가.

(청중들 : 하하하하.)

그 말이 옛날부터 '여산쟁이8) 잘 사는 데가 없다.' 쿠는 기라. 여산을
해 놓은께, 이번에 지고 가몬 많이 남는다꼬 바지작대기로 뚜드라삐 놓은
께, 옹구가 제지 다 깨졌비 놓은께 망해 빘다 아닌가? 그. 허허허허허.

호랑이 때문에 죽은 사람

자료코드 : 04_04_FOT_20110117_PKS_PPS_0001

조사장소 : 경상남도 남해군 남해읍 선소리 선소마을 선소마을회관

조사일시 : 2011.1.17

조 사 자 : 박경수, 정규식, 류경자, 서정매, 정혜란, 황영태

제 보 자 : 박필심, 여, 70세

구연상황 : 조사자가 호랑이 이야기를 아는 것이 없느냐고 묻자 제보자의 큰아버지가 직
접 겪었던 일이라고 하면서 이 이야기를 구연했다.

줄 거 리 : 큰아버지가 하동에서 머슴살이를 할 때, 호랑이를 만나 호랑이를 대창으로 겨

---

7) '바지게 작대기'의 의미이다. 바지게 작대기는 바지게를 버티는데 쓰는 긴 막대기이다.

8) '계산쟁이'의 의미이다. '계산부터 하는 사람'이라는 말이다.

우 죽인 다음 그 길로 병이 들어 시름시름 앓다가 죽었다.

옛날에 하동에 우리 큰아버지한테 갔더니, 우리 큰아버지가 허는 말이, 내가 있다가 허는 말이,

"큰아버지, 여기는 와 이리 문에다가 대로 갖고 이리 이렇게 막아 놨습니까?"

그런께,

"야야, 요게는 그 문이 이유가 있는 기다."

그래.

"와 그리 이유가 있습니까? 와 이 문을 밀창문을 해 놓재. 이리 대로 갖고 얼러 놨습니까?"

옛날에 그 수린대로[9] 갖고 문 대로 해와 놓으면은 호랑이가 안 들어온다고 그래 갖고서 그 대로 갖고서 문짝을 이리 만들어 놨대. 그래서 내가 그래,

"야야."

인자, 그래 이야기를, 우리 큰아버지가 남면에 살다가 하동으로 머슴살이를 갔는데, 머슴살이를 가 갖고서 그 이야기를 헌께 우리 큰아버지가 했던 말이.

일 년에 나락을 세 가마이썩(세 가마니씩) 받고 머슴을 살았어. 그래 머슴을 살고 우리 큰아버지가 풀로 잘 비고(베고) 나무도 잘하고 그 집 살림을 야무치게 산께, 우리 큰아버지 이름을 부르면서 하는 말이.

"야야, 내가 저거 산협에 논 끝에 들어얹힌 논이 조금 있는데, 니가 그걸 살살 가 갖고 살살 논달갱이를(다랑이를) 만들어서 거기다가 나락을 심거 먹어라."

그래. 우리 큰아버지가 나락을 숭거서 것다 놔 놓은께 자꾸 이 나락이

---

9) 마디가 매끈하고 가는 대[竹]를 말한다.

없어져 삐고 뭐이가 따 먹어 삐리고 써리고 그래서 큰아버지가,

"아, 이거 나락을 어디서 산돼지가 이래서 이러는 갑다."

샜어(생각했어). 그래가 인자 그 논 언덕 밑에다가 구덕을 파 놓으니께 하룻밤 자고 나니까 거기서 돼지가 두 마리나 빠져 죽어 삤더라네. 그래가 빠져 죽어서 인자 돼지를 갖다가 주인집에 갖다 췄더니, 주인이 좋아서 고마 죽을라 쿠더라네. 그러더니 그 해 세 가마니 나락을 탔는데 두 가마니를 더 주더라네. 돼지 그거 잡아 췄다고. 그래가 잡아 줘서 나락을 그리 따 먹었어.

우리 큰아버지가 인자 저저 뭣꼬? 비싸릿대 그거를 울막(움막)을 해 갖고 울막을 해서 나락을 따 먹을까 싶어서 징키러 갔어. 아들은(아이들은) 많고 징키러 갔는데, 호랑이가 와 갖고, 그래가 가기 전에 우리 큰아버지가 대창을 해 가지고 갔더라 캐여. 호랑이가 와 가지고 우리 큰아버지를 갖다가 피로 그만,

"어홍!"

이럼서로 요를(여기를) 째리 물더라네. 우에 그 잠딱깨를 요래 놔 놓은께, 우리 큰아버지가 큰 그, 전에 예비군할 때 대창살 있제? 대창. 그걸 가지고 폭 쑤시삐 놓은께, 고마 호랑이가 피를 쏵 우리 큰아버지한테다가 쏴빔서로(뿜으면서) 가 비더란네. 우리 큰아버지가 옷에다가 전부 배설을 해 갖고 내리와 갖고 그러고로 병이 들어 갖고 고골고골 해 갖고는 돌아가섰어.

그런 얘기 헌께 우리가 올매나 울었는고 그게 생각이 나서 내가 이야기를 해봤어.

빗자루 도깨비에게 홀린 사람

자료코드 : 04_04_FOT_20110117_PKS_SMS_0001
조사장소 : 경상남도 남해군 남해읍 선소리 선소마을 선소마을회관

"자 우에(위에) 올라강께 뭐이 대롱대롱하는 기 벨딥까?"

그래서 안 봤다 카면 잭기(작게) 올라갔다고 이 자식이 무시 할 끼고,

"자 우에 올라강께 대롱대롱 뵈디라."

"그게 내 붕알이오."

[웃음]

"이런 변이 있나."

토끼 지가 호랭이보다 높이 간 턱이 되고, 고마 호랭이를 무시해 버렸다 말이지. 그리 그걸 잡아 묵기로되, 같이 놀러 다니면서 그걸 기르고 그래 가지고 뭐 그런 짐승이 아울러 요새 그냥 사는 냥으로 된, 그리 뭐 알고 있습니다.

죽을 몰래 먹으려다가 낭패 본 시아버지와 며느리

자료코드 : 04_04_FOT_20110118_PKS_LYM_0001
조사장소 : 경상남도 남해군 남해읍 아산리 355 대한노인회 남해부지회
조사일시 : 2011.1.18
조 사 자 : 박경수, 서정매, 황영태, 오소현, 공유경
제 보 자 : 이윤모, 남, 85세
구연상황 : 이북에서 왔다는 청중의 제보로 제보자의 말투는 남달랐다. 예전에 이야기를 자주 구연한 것처럼 막힘없이 이야기를 잘 풀어서 재미나게 했다.
줄 거 리 : 가난한 처녀가 진도로 시집을 갔다. 하루는 일을 마치고 집으로 왔는데 저녁 밥으로 죽을 끓였다. 물을 이로 간 사이에 집에 온 시아버지가 죽을 몰래 떠 서 화장실로 갔다. 물을 이고 온 며느리도 몰래 죽을 떠 화장실로 갔다. 서로 보고 놀라 시아버지는 죽을 머리에 뒤집어쓰고 며느리는 치마 밑에 숨겨 놨 다가 쏟아 버렸다. 다음 날 서로 운수대통하라고 그렇게 한 것이라고 했는데, 실제로 운수대통한 일이 생겼다.

우리 대한민국 국민이 제일 못 묵고 못 살 시절입니다. 뭣이냐, 육지에 서 처녀가 하나 크는디, 부모들이 걱정이오. 시집을 보내야 될 건디 굶어

죽어, 다. 못 묵고 못 사니까. 그래서 진도라는 섬 있죠? 옛날에 진도. 그 섬으로 보내. 시집을 보내면은, 개꺼서레(개펄) 묵고 살아도 배는 안 굶을 것이다. 그리 시집을 가거라. 그래 부모의 말 듣고, 총각 아버지 어머니 농사 조금 짓고, 배 쪼까는 것 같고 가야지 그 뭐. 미역도 캐 묵고 인자 이런 식으로 살고 있는 집으로 시집을 보냈어요. 그래 인자 배가 너무 고프니까 뭐야, 개껏에서 바지락이고 꼬막이고 뭐 파서 묵어도 섬이 안 낫냐. 그래 인자 섬으로 보냈는디.

시집 간 석 달 만에, 그러니까 한 가을에 인자 농사를 거둬들일 시기가 돼 갖고 전부다 들에 가서 일을 했는디, 시마이 오후에 며느리가 먼저 들어와서 밀가루 한 주먹을 솥에다가 옇고(넣고) 죽을 끓였어요. 저녁밥이요, 거기. 그러니까 죽을 끓여 놓고 시내에 물을 길러 갔는디 시아버지가 절로 안자 앞에 들어왔다 말입니다. 배는 고프고 하루는 일은 하고, 그래 갖고 와서 보니 막 죽이 부글부글 밀가루죽 끓여 놓은 거여. 부글부글 마 끓고 있거든. 그니까 며느리도 없지, 아직 마누레 하고 아들하고 올라믄 멀었지. 시간 있으니까 갑자기 그냥 바가지에다가 죽을 좀 떴어요 이 밀가루죽 뜨 겁습니다. 못 먹습니다. 뜨거워서. 그러니까 옛날에 화장실은, 뭐야 헛간에 다가 쪼그려 앉아서 화장 보면, 뭐야 재를 요래 덮어 갖고 매 부렸죠. 그런 화장실인디, 뒷간인디 그 가서 화장실에 들어가서 앉아서 그 죽을 불어 가면서 시방 마시고 있단 말입니다.

누가 와도 뭐야 좀 할까 싶어서 뜨거워서 못 마시니까 골마루 깔고 앉아서 시방 죽을 요롱게 후 하고 있는디, 며느리가 인자 물 이고 들어왔어. 들어와서는 아부지도 안 계시지, 엄마도 아직 올라믄 멀었지, 신랑도 아직 올라믄 멀었지, 배는 되게 고프지. 궁케로, 사발에다가 밀가리를 하나 떴어요. 죽을 떠 가지고, 옛날에는 치마고 보자기고 빤스고 전부 다 터자 부렸습니다. 알지요? 근디 그 치마 속에다가 죽을 옇습니다. 누가 보면 안 되니까. 치마 속에다가 죽을 여 갖고, 갈 떼는 없으니까 화장실로 들어갔어요.

화장실로 들어가니까 시아버지가 바가지를, 그 며느리가 들어오니까 어쩔 겁니까. 계속 마실 수는 없고 머리에다 둘러써 버렸어요. 그 뜨거운 죽이 옷 속으로 들어가서 예를 들면 인자 웃기는 데가 안자 그거요. 사람이 발광하는 거. 그걸 시늉을 해야 될 거인디 못 하겠고 뭐야 막 죽이 흘러내려가고. 며느리는 며느리대로 놀래서 그냥 치마 속에서 죽을 흘으려 부니까 밑으로 들어가서 뜨거워서 오만 발광을 다했습니다.

그래 갖고는 인자 나왔다 그럽니다. 나와 갖고 인자 시어매가 들어오고, 신랑이 들어와서 인자 저녁밥을 먹고 자고 뒷날 일을 가면서 시아버지가 며느리를 이뻐하거든요.

"아가. 니 뭣 땀에 죽을 치마 속에다 그래 가지고 하필 이리 들어왔느냐?"

그러니까 며느리가 하는 말이,

"아버지는 왜 죽을 좋게 그냥 어르신이니까 잡수도 누가 말할 사람이 없는디, 왜 화장실에 가서 죽을 마시면서 죽을 쏟아버렸습니까?"

했단 말이야. 그러니까,

"금년에 신수를 보니까 죽을 머리에 퍼자 갖고, 화장실에 가서 풀어 쓰면은, 일 년 내 건강하고 신수대통하고 그러더라. 그래서 그렇게 했다."

그러니께는 며느리한테는 인자,

"니는 이러 죽을 하필 치마 속에다 여 갖고 화장실에 와서 그래 부렸냐?"

물었다 말입니다. 그러니까 며느리가 하는 말이,

"아버지. 나도 어디 가서 물어보니까 죽을 한 그릇 퍼자서 치마 속에 옇고 가다가 화장실에 가서 퍼자 버리면은 거기서 풀면은 첫 아들을 낳는다고 그래서 그렇게 했습니다."

아이구, 이 말대로 그 해에 영감님 건강하게 사셨죠. 며느리가 애를 갖고 첫아들 낳죠 그래 갖고는 그 유래가 있어 갖고 진도 시집만 가면은 처녀 새 뭐야, 며느리들이 전부 다 죽을 한 그릇 볼라 갖고 첫아들 낳을라고 죽을 끓였다고 그런 전설이 있습니다.

팥죽을 몰래 먹으려다가 낭패 본 시아버지

자료코드 : 04_04_FOT_20110119_PKS_LJJ_0001
조사장소 : 경상남도 남해군 남해읍 아산리 신기마을 신기마을회관
조사일시 : 2011.1.19
조 사 자 : 박경수, 황영태, 오소현, 공유경
제 보 자 : 이정자, 여, 69세
구연상황 : 조사자가 이런 저런 이야기의 제목을 말하면서 구연을 유도하다가 이웃 마을
　　　　　에서 화장실에서 죽 먹다가 낭패를 본 이야기를 들었다고 하자, 제보자가 다
　　　　　음 이야기를 구연했다.
줄 거 리 : 시아버지와 며느리가 함께 사는 집에서 어느 날 팥죽을 쑤게 되었다. 시아버
　　　　　지가 팥죽이 먹고 싶어서 며느리 몰래 한 그릇 떠서 화장실에서 먹고 있는데,
　　　　　며느리도 먹고 싶은 마음에 한 그릇을 들고 화장실에 갔다. 며느리가 화장실
　　　　　문을 여니 시아버지가 팥죽을 몰래 먹다가 너무 놀라서 머리에 쏟고 말았다.

　　옛날에 시아버지하고 며느리하고 살았는데, 저 뭐이고, 팥죽을 쒔어요,
동지 팥죽을. 동지 팥죽을 쒀 가지고, 쒀 놓고 며느리가 샘에 물 길러 갔
어요.
　　물 길러 간세 시아버지가 며느리 없을 때 한 그릇 묵을라고, 한 그릇 떠
가지고 와서 숨어서 먹을 데가 없어요. 그래서 화장실밖에 갈 데가 없어요.
그래서 화장실에 가서 숨어서 먹는디, 며느리가 물 길러 와 가지고 시아버
지 없을 때 또 한 그릇 먹을라고, 살짝 먹을라고 떠 가지고 숨을 데가 없
어서 또 화장실로 갔어요. 화장실로 가면 시아버지가 있거든. 시아버지가
놀래 가지고 마, 머리에 둘러써 뻤어요, 놀래 가지고 그러니까 며느리도
또 할 말이 없응께,
　　"아버님, 죽 잡수세요."
　　하니께,
　　"나도 머리에 고야 썻네. 온죽 같은 땀을 팥죽처럼 흘리네."
　　그러더랍니다.

짧고도 긴 이야기

자료코드 : 04_04_FOT_20110119_PKS_JYI_0001
조사장소 : 경상남도 남해군 남해읍 평현리 양지마을 양지마을회관
조사일시 : 2011.1.19
조 사 자 : 박경수, 정규식, 류경자, 정혜란, 윤슬기, 강아영
제 보 자 : 정연이, 여, 77세
구연상황 : 조사자가 이야기도 한 자리 부탁한다고 이야기하자 이 제보자가 이야기를 했다.
줄 거 리 : 긴 장대에 긴 조래를 받쳐 놓으면 길고도 좋더라는 이야기가 있다.

할매가 이야기를 하라 카면,

"야야 무슨 이야기가 맨날 있노 긴 장대에다 진 조래를 받쳐 놓으면 질고도 좋더란다."

이러더라구요.

쓸모없는 것들

자료코드 : 04_04_FOT_20110119_PKS_JYI_0002
조사장소 : 경상남도 남해군 남해읍 평현리 양지마을 양지마을회관
조사일시 : 2011.1.19
조 사 자 : 박경수, 정규식, 류경자, 정혜란, 윤슬기, 강아영
제 보 자 : 정연이, 여, 77세
구연상황 : 앞의 이야기에 대한 조사자의 반응을 살피더니 제보자가 이어 바로 이 이야기를 했다.
줄 거 리 : 여자가 술 먹는 것, 담 배부른 것, 암수 벌에 쏘인 것은 모두 쓸모없게 된다.

여자 술 묵는 거. 간담 배부른 거. 암수 벌이아래 씨인 거. 아무짝에도 못씬다 쿠대.

(조사자 : 와 그래 못셉니까?)

옛날에는 여자들 그러면 못센다.

(조사자 : 감당이 어떻게 되면?)

담이 배가 부르면 어그러지거든. 어그러진다.

복 없는 사람의 팔자

자료코드 : 04_04_FOT_20110118_PKS_JYS_0001
조사장소 : 경상남도 남해군 남해읍 아산리 중앙경로당
조사일시 : 2011.1.18
조 사 자 : 박경수, 서정매, 황영태, 오소현, 공유경
제 보 자 : 정의순, 여, 88세
구연상황 : 조사자가 재미있는 이야기를 하나 해 달라고 부탁하자 제보자가 마침 재미나
　　　　　 는 이야기가 있다며 구연을 시작하였다. 이야기가 재미있어서 청중들도 모두
　　　　　 귀를 기울이며 이야기에 맞장구를 치기도 하면서 경청하였다.
줄 거 리 : 동네 친구가 한 명은 과거 급제하여 잘되었지만 한 명은 계속 장사를 하며
　　　　　 힘들게 보냈다. 과거 급제한 친구가 그 모습이 안타까워 금덩어리를 가방 속
　　　　　 에 넣어 주었다. 그런데 금을 받은 이 친구는 금인지도 모르고 그냥 돌인 줄
　　　　　 알고 길을 가던 중에 무거워서 버렸다.

　옛날 얘긴데, 이웃에 한 아들네들 둘이 선부네가 과거 보로 갈려고 공부
를 하고 있는데, 한 사람은 과거 보로 저 갔다 왔는데, 한 사람은 되고 한
사람은 못 되었어요.

　근데 한 사람은 과거를 보고 진사급제를 했는데, 이 한 친구는 장사를
해요, 장사. 삼장사를 하고. 인자 갔다 오면 이 친구 집에 와서 밥 먹고 자
고 가고 항상 들락날락 이래 했는데, 어찌 그 급제한 친구가 너무나 마음
이 아파서, 어이, 이 친구를 어떻게 하면 밥 한 묵고 살구로, 장사를 안 하
고 하면 살게 하면 안 되겠나 싶어서. 생각을 하다가 다음에 또 오게 했는
데. 하루는 왔더랍니다. 그래서 과거자가 금덩어리로 그 과거자가 굵은 거
를 넣어 줬어요.

"이것만 가 가면 평생 묵고 장사 안 해도 묵고 살 거다."

말은 안 해도

'가져가거라' 하고 넣어 줬는데, 한 며칠 안 오더만, '이제 잘 사는갑다' 생각하고 있으니께, 아이, 며칠 뒤에 또 왔더랍니다.

"아이, 이 사람아, 와 또 장사하러 오는고?"

"나는 배운 기 이것뿐 아닌가."

"내가 아무리 강태라도 그 금덩어리 두 개를 넣어 줬는데, 그것만 묵어도 지금도 묵고 남을 건데, 왜 그러는가?" 그러니까,

"아, 그때구나. 하고 무거버서 내려 보니 돌이 들어가 있어서 버렸뺐네." 그러더랍니다.

그러더니, 넘의 복을 내가 못 하고, 내 복을 넘 못 주는 그런 얘기입니다.

남해 금산(錦山)의 이름 유래

자료코드 : 04_04_FOT_20110118_PKS_JJB_0001
조사장소 : 경상남도 남해군 남해읍 입현리 소입현마을 소입현마을회관
조사일시 : 2011.1.18
조 사 자 : 박경수, 정규식, 류경자, 정혜란, 윤슬기, 강아영
제 보 자 : 정재봉, 남, 73세
구연상황 : 조사자가 동네의 유래나 전설 같은 것이 없냐고 물어보니 제보자가 생각하다가 이야기해 주셨다.
줄 거 리 : 이태조가 왕이 되기 전에 공부를 할 적에, 내가 왕이 되면 금산을 비단으로 싹 덮겠다고 했는데 진짜 왕이 되었다. 그래서 비단으로 덮으려니 보통 문제가 아니라 고민을 하고 있는데 신하 중 한 사람이 금산을 비단 금자 뫼 산자를 써서 금산이라 이름을 바꾸면 어떻겠냐고 하니까, 좋겠다 싶어서 그렇게 이름을 바꾸었다.

이태조가 여 남해 들어와서. 남해 금산에. 그 내 들은 이야긴데. 금산에서 공부를 했는데, 내가 여 공부를 해 가지고 만약에 나중에 여 내가 나중

에 공부를 해 가지고 뭐 그 탁 그거 하면은 이 남해 금산 이걸 그 비단을 남해 금산에다가 비단을 싹 다 입히 주겠다. 내가 공부를 해 갖고 왕이 된다면, 이 남해 금산을 이 큰 산 이걸 비단을 가지고 싹 덮어주겠다 했는데. 진짜 공부를 해갔고 왕이 됐는데.

이 금산에다가 비단을 다 덮을라 하니까 옛날에 중국, 중국, 중국서, 우리나라는 비단 조금밖에 안 나고 중국 같은 데는 많이 나니까 그서 들여올라 케도 보통 문제가 아니고, 가만히 그리 고민을 허고 있응게. 그 임금 밑에 대신들이, 그 머리 있는 한 대신이 딱 나타나서 이 금산을 갖다가 비단을 주 덮을라 커몬 비단도 많이 들고 돈도 많이 들고 엄청나게 헌데. 남해 금산을 고마 비단 금(錦)자, 뫼 산(山)자를 써가 금산 허몬, 역사에도 오래가고 자손만대 이기 남해 금산이라 쿠는 이름이 될 거 아니냐.

그 소리 들어보니까 맞거든. 그러니까 참말로 신하 그 참 머리가 영리하다 해 가지고. 그 이자 그리 갖고 남해 금산이 비단 금자 뫼 산자로 써가지고 금산이라 그른 기고.

과부에게 매 맞은 장님

자료코드 : 04_04_FOT_20110118_PKS_JJB_0002
조사장소 : 경상남도 남해군 남해읍 입현리 소입현마을 소입현마을회관
조사일시 : 2011.1.18
조 사 자 : 박경수, 정규식, 류경자, 정혜란, 윤슬기, 강아영
제 보 자 : 정재봉, 남, 73세
구연상황 : 조사자가 재미나는 이야기 없느냐고 물으니 한참을 생각하다가 이건 도움이 안 될지도 모른다고 하시며 이야기해 주셨다.
줄 거 리 : 봉사가 혼자 앉아서 과부 이름을 한 명씩 말하는데 듣고 있는 과부 이름만 이야기를 안 했다. 그러자 이 과부는 자기만 안 말하자 괘씸해서 무언가로 봉사를 때렸다.

좀 고참 머슴들은 야담을 많이 가지고 주로 전에 우리 들어 본 봉사이 야기.

봉사가 혼자 따땃한 데 앉아서, 엉덩이 밑에 따신 데 앉아서. 혼자서 인 자 혼자서 죄다 과부 이름을 다 들믹이가.(언급하다) 이 여자만 안 들믹인 게. 그른까. 그 온 안에 동네 과부들 이름을 다 들믹이는데 자기 이름만 안 들믹이거든. 괴씸해서 뭐 뭔갈 쭈시삐다 쿠던가.

(조사자 : 봉사가?)

봉사가 쭈시삔 게 아니고 과부가. 지는 안 들믹이고 죄다 들믹이는데 지 만 딱 빼놓고. 올매나 회초리를 가 뚜드려 쌔리삔다 코더나.

곶감이 무서워 도망간 호랑이

자료코드 : 04_04_FOT_20110118_PKS_JJB_0003
조사장소 : 경상남도 남해군 남해읍 입현리 소입현마을 소입현마을회관
조사일시 : 2011.1.18
조 사 자 : 박경수, 정규식, 류경자, 정혜란, 윤슬기, 강아영
제 보 자 : 정재봉, 남, 73세
구연상황 : 제보자는 조금 쉬었다가 다시 생각나신 듯 이 이야기를 해 주었다.
줄 거 리 : 호랑이 한 마리가 산에서 내려와서 한 집을 들여다보고 있었다. 애가 울고 있
었는데 엄마가 호랑이가 온다고 해도 안 그치자 곶감을 준다 그러니까 애가
그쳤다. 그러자 호랑이는 자기보다 곶감이 더 무서운 것인 줄 알고 도망쳤다.

무서운 얘길 해도 자꾸 우니까. 호랭이가 한 마리 산에서 내려왔는데, 배가 고파서 내려와서 본게. 애가 울고 있는데 아무리 호랭이가 온다 해도, 그 무서운 호랭이 온다 해도 아가 울음을 안 그치고 자꾸 울거든. 운 게 나중에 인자 맛있는 기 곶감 아닌가 배. 곶감 주께 하니까 뚝 그치거든.

호랭이가 가마 생각한 게 이 호랭이는 아가 안 무섭고 곶감이라 쿤게 딱 그치거든. 아따 이놈의 곶감이 얼마나 부서바야. 고마 호랭이가 그 소

리를 들고 줄행랑을 쳐서 잡아묵지도 안 허고 지 겁에 곶감이란 게 그리 무서운 기라.

할아버지 이야기에 도망간 도둑

자료코드 : 04_04_FOT_20110117_PKS_JPI_0001
조사장소 : 경상남도 남해군 남해읍 선소리 선소마을 선소마을회관
조사일시 : 2011.1.17
조 사 자 : 박경수, 정규식, 류경자, 서정매, 정혜란, 황영태
제 보 자 : 정표이, 여, 71세
구연상황 : 다른 제보자의 이야기가 끝나자, 제보자가 나도 이야기를 하나 하겠다고 하면서 이 이야기를 했다.
줄 거 리 : 흉년에 떡을 찌면서 기다리는 동안 방에서 할아버지가 이야기를 시작했다. 그런데 떡시루를 훔치러 왔던 도둑이 자기를 보고 하는 말인 줄 알고 떡시루를 포기하고 도망을 갔다.

전에 숭년에(흉년에) 떡시리로(떡시루를) 인자 솥에다가 쪘는데, 아이, 방에 앉아서 인자 떡시리 익도록 기다리고 있는데, 인자 할배가 허는 말이, 이야기로 허는 말이,

"찌웃째웃 허는고나!"

그런께 인자 도둑놈이 그럴 때 인자 떡시리 떼로 와서 찌웃째웃 허는 기라. 허는디, 또,

"콕콕 쫓는구나!"

헌께, 또 호매이로(호미를) 갖고 떡시리로 떼여. 그리 갖고 인자 들고 갈라고,

"풀~ 나는고나!"

헌께네 그만 제로 보고 허는가 마이(싫어서) 떡실이를 그만 낳뻤어. 그래 놓은께 떡시리로 갖고 식구대로 묵고 살았다.

(제보자와 청중들 : 하하하하.)

(청중 : 이약도 참.)

헛배 이야기

자료코드 : 04_04_FOT_20110117_PKS_JHK_0001

조사장소 : 경상남도 남해군 남해읍 선소리 선소마을 선소마을회관

조사일시 : 2011.1.17

조 사 자 : 박경수, 정규식, 류경자, 서정매, 정혜란, 황영태

제 보 자 : 정희권, 남, 82세

구연상황 : 조사자들이 배 타고 바다에 나갔다가 봤던 '헛배' 이야기를 해 달라고 했다.
그랬더니 들은 이야기라고 하면서 이 이야기를 들려주었다.

줄 거 리 : 고기잡이를 끝내고 배에서 모두 잠을 자고 있었는데, 하장이 소변이 마려워
일어나 소변을 보러 갔다. 그런데 어떤 신사가 공책 같은 것에 무엇인가를 적
고 있었다. 이상하게 여긴 하장이 선장에게 말을 했더니 선장이 닻을 올리고
배를 끌고는 뭍으로 들어왔다. 몇 시간 후 바다에 심한 태풍이 불어서 그곳에
있던 사람들이 모두 죽었다.

삼일 작업을 해 가지고 가로 들어가거든. 배가. 고기를 잡으몬 모아 가
지고 가로 가고 날이 궂으몬 날마당 인자 그물을 해 갖고 고기 잡아 날마
당 들어가는데, 옛날에 우리가 그런 전설 같은 이야기를 한번 들은 일이
있제.

그래 가지고 대여섯 배 인자 낮에 작업을 허고, 닻을 놓고 인자 누워 자
는데, 하장이 인자, 하장이라꼬 제일 졸병이거든. 밤에 자다가 오줌이 내럽
아서(마려워서) 오줌 누러 일어나니까, 어떤 신사가 뭔 공책을 가지고 뭘
자꾸 적어샀더라 쿠는 기라. 여러 명이 여거 누워 자는데, 적어샀더라고
그래서 인자 하장이 사공을 깨밴(깨운) 기라.

"아이구, 밖에 나간께, 오줌 누러 나간께, 어떤 양복쟁이 신사가 와 가지

고, 뭐인 공책에다 뭘 적어샀더라."

　꼬 이런께, 그 사공이 눈, 약간 뭐이 있는 사공인 모양이제. 당장 선원들을 깨배 가지고 닻을 들어 가지고 저 그만 가로 갔빈(가버린) 기라. 가로 갔빗는데, 가로 갔빈 몇 시간 후에 그만 바람이, 태풍이 때려 가지고서 거기 있는 사람이 전부 다 죽었다 쿠는 기라. 그런 소리는 우리가 들었제. 그거는 참말이라 캐여. 그거는.

빗자루로 변한 도깨비

자료코드 : 04_04_FOT_20110118_PKS_JYR_0001
조사장소 : 경상남도 남해군 남해읍 입현리 소입현마을 소입현마을회관
조사일시 : 2011.1.18
조 사 자 : 박경수, 정규식, 류경자, 정혜란, 윤슬기, 강아영
제 보 자 : 조영래, 여, 85세
구연상황 : 조사자가 귀신 이야기를 해 달라고 하니까 제보자가 생각을 하다가 이 이야기를 구연해 주셨다.
줄 거 리 : 귀신이 쫓아오면서 괴롭히자 화가 난 한 남자가 허리띠를 끌어서 나무에다 묶어 놨다. 다음 날 아침에 가 보니 빗자루가 묶여 있는 것이었다.

　옛날에 옛날에 인자 요즘은 구신이 없는데, 그때는 도깨비 같은 그런 기도 있고 구신도 있고 그랬는가 봐. 그랭게네.

　그리 가지고 오는 도중에 뒤에 따라오면서 막 돌을 던지고 막 따라오고 그리산게. 귀천이 없어서 그 사람이 고마 아이기 막 나가고 허리띠를 끌러 가고 나무에다 꽁꽁 뭉끼 놓고 막 좇아왔어.

　뒷날에 간 게 빗자루 몽댕이를 딱 뭉끼 났더라네. 빗자리 그 사람 가 노는 기 거기 그시기 되가고 머이고 도깨비가 되가고.

남편 따라 죽은 열녀

자료코드 : 04_04_FOT_20110119_PKS_HYK_0001
조사장소 : 경상남도 남해군 남해읍 평현리 양지마을 양지마을회관
조사일시 : 2011.1.19
조 사 자 : 박경수, 정규식, 류경자, 정혜란, 윤슬기, 강아영
제 보 자 : 하용규, 남, 65세
구연상황 : 조사자가 열녀 이야기는 없느냐고 물어보자 제보자가 이 이야기를 했다.
줄 거 리 : 종이 결혼을 했는데 결혼한 날 죽고 말았다. 신부도 살 의욕을 잃고 따라서 나무에 목을 매고 죽었는데, 그 나뭇잎은 벌레가 먹은 잎이었는데 그 잎에는 '열녀'라고 쓰여 있어서 열녀문이 세워졌다.

아까 이야기한 것처럼 부잣집인데 종을. 논도 많고 들에. 종이 힘이 천하 장사라. 큰 돌을. ○○을 걷어 가지고 ○○○○ 저거 논 옆에 달돌을 놓고 있는데. 참때 되면 밥도 먹고 마 그 돌에서 얼마나 힘이 쎘던지, 글허다구데.

결혼을 시킬라고 군케는. 이동 세평 그 동네에 여자가 하나 있는데, 이 야기를 했어요. 그래 왔는데. 그래 뭐. 자보도 못하고 남자가 고마 죽어버 렸어. 종이.

죽어 삐놓께 그래가 여자가 마 혼자서 안 되겠던지 목을 달며 죽었는데. 그 나무 이파리에 벌레가 먹었는데, 피로 흘리다가 묻어 주고 낳께, 벌레 먹은 거 보니까 열녀라고 해서 그래 열녀문을 세웠다 합니다. 동네서.

(조사자 : 아, 나무 이파리에?)

네, 그 목 다는 나무 이파리에 벌레가 먹어 가지고

(조사자 : 아, 벌레가 먹었는데 어떻게?)

그 열녀라고 그 해석을 한께 글이 열녀라고

(조사자 : 아, 나무에 이파리에 글이 새겨져 벌레 먹은 대로.)

예, 그래서 그렇답니다. 우리 알던 것은 그런 기지.

(조사자 : 그래서 부락 사람들이 인자 그게 지금 어디 있습니까?)

열녀문 저 건너 질가에 큰 길가에 평현리 평현마을.

하룻밤에 만리장성을 쌓는다

자료코드 : 04_04_FOT_20110118_PKS_HDY_0001
조사장소 : 경상남도 남해군 남해읍 입현리 소입현마을 소입현마을회관
조사일시 : 2011.1.18
조 사 자 : 박경수, 정규식, 류경자, 정혜란, 윤슬기, 강아영
제 보 자 : 한두엽, 여, 61세
구연상황 : 다른 사람들이 이야기를 하는 것을 듣고 있다가 조사자가 넌지시 이야기를
　　　　　 여쭤보자 흔쾌히 다음 이야기를 해 주었다.
줄 거 리 : 한 남자가 여행을 하다가 울음소리가 끊이지 않는 집을 지나가게 되었다. 시
　　　　　 간이 늦어서 그냥 그 집에 들어가서 쉬게 되었는데 그 집 여자와 술을 마시
　　　　　 며 놀다가 취해 잠이 들었다. 그러다가 그 다음 날 새벽에 자고 있다가 갑자
　　　　　 기 나타난 남자들에게 붙잡혀서 만리성으로 가게 되었다. 이는 남편이 만리성
　　　　　 으로 일하러 가게 되면 돌아오지 못하게 되니까 그게 싫어서 아내가 꾀를 내
　　　　　 어 지나가던 나그네를 대신 보낸 것이다.

저게 하룻밤을 자도 만리성을 쌓는다. 인자 참 그런 옛날 이야그가 있었
제. 있었는데. 그기 인자 만리성을 그걸 쌓은 게 아니고 옛날에는 저 중국
에 어디고 그. 만리성에 그게를 갔다 쿠먼 못 오는 기라.

그런데 인자 한사람이 온 천지로 다니다가 보니까. 한 집에는 한 영감이
저녁내 울고 술도 묵고 울고 막 그래 쌌드라네. 그래 사서 마 그 집에 들
어간 기라 이 남자가. 들어가 놓게 고마 여자가 저거 남자는 나두고 둘이
다 술에 취해가고 있으민서 그 남자를 억수로 좋아하는 것치로 이리 들이
가지고 그 남자를 술로 믹인 기라. 그릉게 인자 저거 남자는 술이 취해서
자 삐고, 누 뜰어즈가 자 삐고. 그 여자가 술을 맥이 갖고서 방에서 같이
잔 기라.

잤는데 아이 자다가 인자 거기 우찌된 건가 하믄. 뒷날, 뒷날 그 남자가
중국에 만리성에 가는 기라. 가는 날 짠 게 인자 이 부부간에 헤어지면 으
찌겄네 싫어 가지고 서로 우는 기지. 가면 다시 못 본게 하모 못 온게 울
어샀는데 그 여자가 머리가 너무 좋은 기라. 이 남자로 해 가지고 술로 믹

이 가고서 길로 보낼라고 머리를 쓴 기라. 새벽에 그릏게 날이 새기 전에 잡으러 온 기라 그그 그 남자로 그 집 남자로. 데불러 온 기라.

옛날 요새가트믄 고마 그 가믄 안 올라 산게 으데 도망도 가삐고 그리 산게. 데릴러 일찍 오니까 그 남자가 술을 묵고 누어가 있거든 그 남자를 데리고 가뻤어. 데리고 가삐 논게.

뒷날 봉게 동네 사람들이 다 알고 있는 기라 이 남자는 무슨 날짜에 이기. 이 남자가 갈 긴데. 아침에 자고 낭게 있거든. 그래 가지고 뭐 땜에 그리 안 가고 이래가 있네 그래 농네. 그 여자가 머리를 쓴 기라. 자기는 사랑하는 사람을 보내믄 다신 못 봉게. 그 떠돌이 나그네로 데비다가 그렇게 보내 삐고. 자기는 인자 그 남자하고 그리 잘 살더란다.

그렇게 거기 옛날에 거기 하룻밤을 자도 만리장성을 쌓는다는 게 그러는데 거기 아니고. 옛날 그기라 캐. 옛날에 남자가 만리성에 가면은 다신 못 옹게 그 이야기제. 우리가 생각헐 때 하룻밤 자고 나면 정이 들어 갖고 뭐 그런 게 아니고. 그리 머리가 좋아 가지고 사랑하는 사람을 안 보낼라고 그런 수단을 써 가지고 잘 살더라요.

동냥하러 온 중과 동침한 여자

자료코드 : 04_04_FOT_20110118_PKS_HDY_0002
조사장소 : 경상남도 남해군 남해읍 입현리 소입현마을 소입현마을회관
조사일시 : 2011.1.18
조 사 자 : 박경수, 정규식, 류경자, 정혜란, 윤슬기, 강아영
제 보 자 : 한두엽, 여, 61세
구연상황 : 조사자가 아는 이야기를 하나 더 해 달라고 하니 제보자가 다음 이야기를 해 주었다.
줄 거 리 : 중이 동냥하러 한 집을 방문하여 동냥을 달라고 하니 여자가 동냥을 거부했다. 중이 그러면 하룻밤 묵고 가자고 했더니 여자는 당장 그렇게 하라고 하여 두 사람이 동침했다.

중놈이 인자 이 마을로 돌아댕기다가 해가 인자 저거 한게. 어데 인자 좀 잘라고 가니까 여자가 베를 짜샇거든 옛날에는 베를 많이 짷네.

그거 순 옷을 해 입을라고 베를 짜는데. 그 중이 동냥을 달라 컨게 동냥은 없다 커드라네. 그라면 동냥은 안 주고 잠이나 자자 쿤게. 고마 베틀 그것을 내삐고 내려와서 자라 쿠더라네.

중놈이 아 그거 참 동냥귀는 어두바도 좃귀는 붉다(밝다) 그런 기라. 그리 했는데. 그날 밤으로 인자 잤는데 얼마나 중놈이 때리 문뎄던지. 문태논게 여자가 자고 나서 꺼끄럽네 꺼끄럽네 중놈 대갈빼이먼치로 꺼끄러븐게 없다고. 그러더란다.

옆집 할머니와 시아버지를 골탕 먹인 며느리

자료코드 : 04_04_FOT_20110118_PKS_HDY_0003
조사장소 : 경상남도 남해군 남해읍 입현리 소입현마을 소입현마을회관
조사일시 : 2011.1.18
조 사 자 : 박경수, 정규식, 류경자, 정혜란, 윤슬기, 강아영
제 보 자 : 한두엽, 여, 61세
구연상황 : 제보자는 민요를 몇 곡 하다가 조사자가 동네 유래나 전설 같은 것이 없느냐고 물어보자 잠시 생각하다가 다음 이야기를 해 주었다.
줄 거 리 : 한 여자가 옆 동네로 시집갔는데 신랑이 군대를 가 버렸다. 그리고 시아버지가 매일 옆집 사는 할머니를 데리고 와서 집에서 잤다. 화가 나도 매일 참고 있다가 할머니가 와서 비싼 참기름을 계속 쓰니까 결국은 참지 못하고 참기름병을 휘발유병과 바꿔 버렸다. 할머니는 참기름인 줄 알고 시아버지와 함께 먹었는데, 계속 머리가 아팠다. 시아버지가 왜 그렇나 싶어서 라이터를 켜는 순간 불이 붙어 버렸다. 두 분이 불에 데여 병원으로 갔다.

이 동네 아무 동네라 쿠믄 아니고 저저 남면 동넨데. 남면 동네라. 남면동넨데. 그걸 내가 우찌 아냐크믄 우리 동네 사람이 시집을 갔거든, 갔는데.

대천지 한바나닥에 뿌리없는듯 남기솟아
가지는 열두나가지에 꽃은피어서 삼백육십
그가지 열마가[16]열어 떨어질까도 염려로다

유자도 남기열마다 한가지에서 두석세석
모진야 강풍이불어 떨어질까도 염려로다
우리도 좋은님만나 저유자같이도 살아보세

말은 가자고

자료코드 : 04_04_FOS_20110118_PKS_KBY_0001
조사장소 : 경상남도 남해군 남해읍 입현리 소입현마을
조사일시 : 2011.1.18
조 사 자 : 박경수, 류경자, 정혜란, 윤슬기, 강아영
제 보 자 : 김분엽, 여, 80세
구연상황 : 조사자가 아는 노래를 하나 해 달라고 하니 생각나는 대로 노래를 불러 주었
다. 옛날 노래를 하나 부른다고 하면서 이 노래를 가창하였다. 가창 도중 목
이 매여 잠시 쉬었다가 계속 불렀다.

말은 가자고 내굽이 치고
임은 날잡고 남거로 한다
임아 임아 날잡지 말고
서산 저해를 금잡아 주라
서강은 저재를 넘고
나으 갈길은 천리을 고나

---

16) 열매가.

임아임아 서방님아

자료코드 : 04_04_FOS_20110118_PKS_KBY_0002

조사장소 : 경상남도 남해군 남해읍 입현리 소입현마을

조사일시 : 2011.1.18

조 사 자 : 박경수, 류경자, 정혜란, 윤슬기, 강아영

제 보 자 : 김분엽, 여, 80세

구연상황 : 앞에 하셨던 노래에 이어서 생각나는 노래를 해 주셨다.

> 임아 임아 서방 님아
> 해다 지고 저문 날에
> 옥갓을 씌고 어데 가요
> 첩으 집에 갈라 컬랑
> 내죽는 꼬라지로 보고 가소
> 첩으 집은 꽃밭 이요
> 나으 집은 연못 이라
> 꽃과 나비는 봄한철 인데
> 물과 고기는 사시 사철

화투타령

자료코드 : 04_04_FOS_20110118_PKS_KSI_0001

조사장소 : 경상남도 남해군 남해읍 아산리 중앙경로당

조사일시 : 2011.1.18

조 사 자 : 박경수, 서정매, 황영태, 오소현, 공유경

제 보 자 : 김선이, 여, 75세

구연상황 : 조사자가 화투 노래를 불러 달라고 제보자에게 요청하자 대답을 하기도 전에
　　　　　 바로 노래로 구연해 주었다. 청중들은 화투 노래가 나오자 좋다면 모두 박수
　　　　　 를 치며 호응하였다.

정월솔가지 속속히올라

이월멧대에 이상하다

삼월사쿠라 산란한마음

오월난초 날아든나비

유월목단 꽃에앉아

칠월홍사리 홀로누워

팔월공산에 달도밝다~

달밝은뒤 임을만나

거드렁거리고 놀아보세

구월국화 굳었던마음

시월단풍에 다떨어진다

얼씨구나좋네 절씨구나좋네~

아니놀아서 무엇하리

창부타령

자료코드 : 04_04_FOS_20110118_PKS_KSI_0002

조사장소 : 경상남도 남해군 남해읍 아산리 중앙경로당

조사일시 : 2011.1.18

조 사 자 : 박경수, 서정매, 황영태, 오소현, 공유경

제 보 자 : 김선이, 여, 75세

구연상황 : 제보자는 한 번 구연을 시작하자 노래가 계속 생각이 났는지 이어서 노래를 구연해 주었다. 청중들은 잘한다며 추임새를 절로 넣고 박수를 치며 함께 노래를 즐겁게 경청하였다.

높은산 눈날리고 낮은산에는 비날리도

박수장마 비퍼부도 우비없이 살았는데

일편단심 이내몸이 임없다고 못살소냐
얼씨구나좋네 지화자좋네 이렇게좋다가 아들놓겄네
얼씨구나좋아 절씨구아니아니 놀지를 못하겄네

근심초심 배를모아 눈물강에다가 띄워놓고
한손바람 디리분다 임있는곳을 찾아가세
얼씨구나좋네 지화자좋네 아니놀지를 못하리라

산아지타령

자료코드 : 04_04_FOS_20110118_PKS_KSI_0003
조사장소 : 경상남도 남해군 남해읍 아산리 중앙경로당
조사일시 : 2011.1.18
조 사 자 : 박경수, 서정매, 황영태, 오소현, 공유경
제 보 자 : 김선이, 여, 75세
구연상황 : 조사자가 아리랑을 불러 달라고 요청하자 제보자가 이내 산아지타령을 불러
　　　　　주었다. 노래를 시작하자 청중들도 함께 따라서 부르기도 하고 가사 내용이
　　　　　모두 맞는 말이라며 호응하기도 하였다.

우리가 살더라 몇백년을 살것나~
많이야 살아봐야 천팔십년 사네
에헤야 디야 에헤에 에이야~
에이야 디여라 사랑이로 구나

뒷동산에 딱따구리는

자료코드 : 04_04_FOS_20110118_PKS_KWA_0001
조사장소 : 경상남도 남해군 남해읍 입현리 소입현마을

조사일시 : 2011.1.18

조 사 자 : 박경수, 정규식, 류경자, 정혜란, 윤슬기, 강아영

제 보 자 : 김원아, 여, 72세

구연상황 : 다른 분들이 노래 부르는 것을 듣고 계시다가 조사자가 이런 노래 아시느냐
고 물으니 제보자가 생각해 보다가 불러 주셨다.

뒷동산에 딱따구리는 읍는구멍도 잘뚫는데

우리집에 저문둥이는 있는구멍도 못뚫나

딱따구리 딱따구리

농부가

자료코드 : 04_04_FOS_20110118_PKS_KYH_0001

조사장소 : 경상남도 남해군 남해읍 아산리 355 대한노인회 남해부지회

조사일시 : 2011.1.18

조 사 자 : 박경수, 서정매, 황영태, 오소현, 공유경

제 보 자 : 김윤홍, 남, 80세

구연상황 : 농부가를 늘어지게 부르고, 제보자가 한 수 더 해달라고 부탁했지만 제보자는
지겹다면서 구연을 그쳤다. 아마 가사가 기억이 잘 나지 않아서인 것 같았다.
그치만 스스로 박수를 치며 소리를 길게 빼면서 열심히 구연해 주었다.

아~ 아하~ 아하-여~루 상-사~디~여-

여보시오 농부님네 이내말을 들어보소

어화 농부들 말들어요

나먼저~ 달밝은밤~ 손님그면 노름이요

합창례 불어온대소는 산신령의 노름이요

대령이 꼭지에~ 장화를 꼽고서

얼씨구 춤이나 추어보세-

어화-어화~ 어허~여~루 상사~디~여

여보시오 농부님네 이내말을 들어보소

어화 농부들 말들어요

신농시 만든쟁기 상하논밭을 깊이갈아

오곡씨앗을 뿌렸더니 그씨앗이 싹이솟아나

풍년시절이 돌아왔네

어화- 어어~ 어허~ 여루~ 상-사~ 디~여

낚시 노래

자료코드 : 04_04_FOS_20110118_PKS_KJS_0001

조사장소 : 경상남도 남해군 남해읍 차산리 중촌마을 중촌마을회관

조사일시 : 2011.1.18

조 사 자 : 박경수, 서정매, 황영태, 오소현, 공유경

제 보 자 : 김재순, 여, 80세

구연상황 : 제보자는 노래 부르기를 부끄러워했지만 막상 부르기 시작하면서는 부끄러움을 잊고 즐겁게 구연해 주었다.

물레야 초가집에 울도담도 없는집에

고분처녀가 드나드네

잘낚으면 상사로다 못낚으면 영사로다

영사상사 고로매자 풀리족족 놀아보자

상여소리

자료코드 : 04_04_FOS_20110118_PKS_KJG_0001

조사장소 : 경상남도 남해군 남해읍 심천리 심천마을회관

조사일시 : 2011.1.18

조 사 자 : 박경수, 서정매, 황영태, 오소현, 공유경

둘이도 못 젓십니다. 혼자서 살살 젓는 기거덩. 기 달아 놓고 들어오면서.

어-여루 방-애

어-여루 방-애

이방애가 누방앤고

어-여루 방-애

류창옥이 방애로세

어-여루 방-애

어-여루 방-애

어-여루 방-애

이거는 끝이고. 배에서도 골고루 실으라고 할 때.

니는주고 내는받고

에-야라 디여라

잘걸었네 잘걸었네

받~어라

어~여루 받어라

받~어라

저리도받고 요리도싣고

받~어라

많이도걸었네 받~어라

받~어라

이리 가지고 인자 쉬고. 인자 이래 가지고 술 한 잔 갈라 먹고

회심곡

자료코드 : 04_04_FOS_20110118_PKS_RPN_0001
조사장소 : 경상남도 남해군 남해읍 아산리 중앙경로당
조사일시 : 2011.1.18
조 사 자 : 박경수, 서정매, 황영태, 오소현, 공유경
제 보 자 : 류필남, 여, 88세
구연상황 : 제보자가 불교 신자라고 하면서 회심곡을 한번 불러 보겠다고 했다. 긴 가사
를 잘 불러 주었다.

유행이 책이로다

이세상에 나온사람 무덤으로 생기시며

석가여래 공덕으로 아버님전에 배를빌어

어머님전에 살을빌고 제석님전에 복을받고

칠성님전에 명을빌어요 운수백발 돌아오네

운수백발 돌아보니 없던망령이 절로나네

이삼심이 당도해도 부모은공 못따고

운수백발 돌아왔네

높은 산에 법당짓고 중생공덕을 하였던가

좋은곳에 집을짓고 해인공덕을 하였던가

깊은물에 다리낳고 월정공덕을 하였던가

목마른데 물을주어 급수공덕을 하였던가

좋은곳에 집을짓고 해인공덕을 하였던가

높은산에 법당짓고 중생공덕을 하였던가

깊은물에 다리낳고 월정공덕을 하였던가

한두살에 처를몰라 부모공덕을 몬다고

이삼십이 돌아와도 운수백발 돌아왔네

운수백발 돌아오니 없던망령이 절로나네

상추 씻는 처자 노래

자료코드 : 04_04_FOS_20110118_PKS_PKJ_0001
조사장소 : 경상남도 남해군 남해읍 차산리 중촌마을 중촌마을회관
조사일시 : 2011.1.18
조 사 자 : 박경수, 서정매, 황영태, 오소현, 공유경
제 보 자 : 박금전, 여, 76세
구연상황 : 제보자는 노래를 잘 못 부른다고 하였지만, 막상 노래를 시작하니 흥겹게 불
러 주었다.

    이아래라 상추씻는 저처니야

    은을줄게~ 날따리라 돈을줄꾸마~ 날따리라

    은도돈도~ 내야싫고~ 짜기한단 반단이나밑에~

    신단양 이불에다가 베담요로 깔고~어

    기여차~ 베개를베고-

    도련님품안에 잠한숨 들기가 원이로다-

남해 금산 미나리깡에

자료코드 : 04_04_FOS_20110118_PKS_PMS_0001
조사장소 : 경상남도 남해군 남해읍 차산리 중촌마을 중촌마을회관
조사일시 : 2011.1.18
조 사 자 : 박경수, 서정매, 황영태, 오소현, 공유경
제 보 자 : 박명순, 여, 69세
구연상황 : 제보자는 성격이 활발해서인지 목소리도 굵고 시원시원하였다. 큰 소리로 박
수를 치며 흥겹게 구연해 주었다.

    남해금산 미나리깡에~미나리비는 저처녀야

    던진다고 던진돌이~ 니팔뚝에 맞았구나

상여소리

자료코드 : 04_04_FOS_20110118_PKS_PJJ_0001
조사장소 : 경상남도 남해군 남해읍 입현리 토촌마을 토촌경로회관
조사일시 : 2011.1.18
조 사 자 : 박경수, 류경자, 정혜란, 윤슬기, 강아영
제 보 자 : 박점조, 남, 85세
구연상황 : 오전에 조사를 하던 중에 이 제보자가 소리 받아 주는 사람을 불러 모을 테
니 오후에 다시 오면 상여 소리를 해 준다는 약속을 했었다. 그래서 조사자들
은 오후에 다시 이 마을에 방문하여 조사자를 만났다. 예전에는 상여 소리를
잘했었으나 지금은 많이 기억하지 못해 짧게 불러 주었다. 그 점에 대해 제보
자도 미안하다는 말을 덧붙이기도 했으나 전체적으로 뒷소리를 불러 주는 사
람들이 적극적이지 못해 조사가 잘 되진 않았다.

어어놈 어어놈 어이가리넘차 어아놈

어어놈 어어놈 어나리넘차 어아넘

불쌍하요 불쌍해요 죽은매인이[22] 불쌍허요

어어놈 어어놈 어나리넘차 어아놈

북마산천이[23] 멀다더니 저건네저산이 북마산이로세

어어놈 어어놈 어나리넘차 어아놈

이제가면 언제나올것이오 올날이나 일러주오

어어놈 어어놈 어나리넘차 어아놈

청춘가

자료코드 : 04_04_FOS_20110118_PKS_PJJ_0002
조사장소 : 경상남도 남해군 남해읍 입현리 토촌마을 토촌경로회관
조사일시 : 2011.1.18

---

22) 죽은 매인(埋人)이.
23) 북망산천이.

조 사 자 : 박경수, 류경자, 정혜란, 윤슬기, 강아영
제 보 자 : 박점조, 남, 85세
구연상황 : 제보자가 상여 소리 말고 다른 노래를 불러 주겠다고 말을 하면서 이 노래를
바로 구연했다.

이팔 청춘에 소년몸 되고요
무명한학문을 어허어 닦으나 봅시다

니가 잘나서 일색이 더냐
내가 못나서 니가 일색이지

진도아리랑

자료코드 : 04_04_FOS_20110118_PKS_PJJ_0003
조사장소 : 경상남도 남해군 남해읍 입현리 토촌마을 토촌경로회관
조사일시 : 2011.1.18
조 사 자 : 박경수, 류경자, 정혜란, 윤슬기, 강아영
제 보 자 : 박점조, 남, 85세
구연상황 : 제보자가 앞의 노래를 부른 다음 바로 이 노래를 불렀다.

영글렀네 영글렀네 영글~렀네
가마타고 시집가기는 영글~렀네
아리아리랑 스리스리랑 아라리가 났네~
아리랑 응응응 아라리가 났네~

창부타령

자료코드 : 04_04_FOS_20110119_PKS_PJA_0001
조사장소 : 경상남도 남해군 남해읍 차산리 동산마을 동산마을 첫 골목집

조사일시 : 2011.1.19

조 사 자 : 박경수, 서정매, 황영태, 오소현, 공유경

제 보 자 : 박중아, 여, 88세

구연상황 : 다른 제보자가 노래를 부르고 나자 제보자가 갑자기 유사한 노래가 생각났다
며 선뜻 부르겠다고 자청했다. 그리고 노래를 길게 빼면서 자신감 있게 불러
주었다.

　　　　해당화 범나비야~ 꽃이진다꼬 서러워마라ᅳ

　　　　맹년춘삼월 봄돌아오면은 어느듯이 피려마는

　　　　내청춘은 한번만가면 다시오기가 어려와요~

시집살이 노래

자료코드 : 04_04_FOS_20110117_PKS_PCJ_0001

조사장소 : 경상남도 남해군 남해읍 선소리 선소마을 선소마을회관

조사일시 : 2011.1.17

조 사 자 : 박경수, 정규식, 류경자, 서정매, 정혜란, 황영태

제 보 자 : 박청자, 여, 71세

구연상황 : 제보자가 자세히 기억이 나지 않는다고 하면서 노래 부르기를 꺼리자 청중들
이 그냥 해 보라고 하며 제보자를 부추겼다. 제보자가 노래를 조금 하더니 맞
는지 모르겠다면서 처음부터 다시 불렀다.

　　　　시집가던 샘일만에24) 서방님이 병이나서

　　　　반지팔고 은비네팔고25) 저건네라 탄약방에

　　　　약한첩을 지어다가

　　　　약솥에라 앉히놓고 앉아종신 서서종신

　　　　모진놈의 새복잠에26) 임가는줄 내몰랐네

---

24) '삼일 만에'의 뜻임.

25) '은비녀 팔고'의 의미임.

26) '새벽잠에'의 의미임.

니명쨀라[27] 니죽은걸 팔자세단말 내듣는다

진주난봉가

자료코드 : 04_04_FOS_20110117_PKS_PCJ_0002
조사장소 : 경상남도 남해군 남해읍 선소리 선소마을 선소마을회관
조사일시 : 2011.1.17
조 사 자 : 박경수, 정규식, 류경자, 서정매, 정혜란, 황영태
제 보 자 : 박청자, 여, 71세
구연상황 : 제보자가 삼을 삼으면서 불렀던 노래라고 하면서 이 노래를 불렀다. 가슴을
통통 치면서 이 노래를 불렀다.

울도담도 없는집에 시집삼년을 살고나니

씨어마니 하는말씀 야야아가 며느리아가

진주낭군님 볼라커덩 진주남강에 빨래가라

흰빨래는 희기씻고 껌은빨래는 껌게씻고

오동통통 씻노라니 난디없던 발작소리[28]

옆눈으로 흘기보니 하늘같은 말을타고

구름같은 갓을씨고 못본체로만 지나간다

어서빨리 씻쳐들고 우리집에 돌아오니

아릿방에 내리가니 기생처를[29] 옆에다두고

못본체로 술만먹네

오른방으로 돌아와서 약을먹고 죽었더니

그소리로들은 서방님은 한달음에 뛰어와서

잘못했다 잘못했다

---

27) '네 명(命) 짧아'의 의미임.
28) '발자국소리'의 의미임.
29) '기생첩을'의 의미임.

기생처는 석달이오 본처는 백년인데
잘못했다 잘못했다 내가널두고 잘못했다

물레질 노래

자료코드 : 04_04_FOS_20110117_PKS_PCJ_0003
조사장소 : 경상남도 남해군 남해읍 선소리 선소마을 선소마을회관
조사일시 : 2011.1.17
조 사 자 : 박경수, 정규식, 류경자, 서정매, 정혜란, 황영태
제 보 자 : 박청자, 여, 71세
구연상황 : 제보자가 이제 노래를 그만 부르겠다고 했다. 그러자 조사자가 물레 돌릴 때 하는 노래를 해 달라고 했더니 바로 이 노래를 불렀다. 하지만 뒷부분이 생각이 나지 않는다며 웃으면서 노래를 마무리했다.

각시야 자자 오감사야30) 자자
밤중 새별이31) 산넘어 간다

사랑 노래

자료코드 : 04_04_FOS_20110117_PKS_PCJ_0004
조사장소 : 경상남도 남해군 남해읍 선소리 선소마을 선소마을회관
조사일시 : 2011.1.17
조 사 자 : 박경수, 정규식, 류경자, 서정매, 정혜란, 황영태
제 보 자 : 박청자, 여, 71세
구연상황 : 제보자가 이 노래도 있다며 이 노래를 불렀다. 부르고 난 뒤 바로 이 노래는 모심을 때도 불렀던 노래라는 이야기를 했다.

---

30) '각시야 자자'의 뜻임. '오감사'는 각시의 일본말이라고 한다.
31) '샛별이'의 의미이다. '새별'은 샛별의 옛말이다.

울타리뜯어 군불로옇고 애통베개[32] 마주베고
공단이불을 둘이덮고 불꺼줄이[33] 누가있네
천장에라 붙은파리 니나와서[34] 불꺼주라

우리집에 저 남자는

자료코드 : 04_04_FOS_20110119_PKS_SJO_0001
조사장소 : 경상남도 남해군 남해읍 평현리 양지마을 양지마을회관
조사일시 : 2011.1.19
조 사 자 : 박경수, 류경자, 정혜란, 윤슬기, 강아영
제 보 자 : 송재옥, 여, 83세
구연상황 : 조사자가 노래를 부탁하자 제보자가 그럼 가사를 조금 바꾸겠다고 말을 한
다음 이 노래를 불렀다.

우리집에 저남자는
낮으로는 병든걸음
밤으로는 미친걸음
다늙는다 다늙는다
본처간장이 다늙는다

남해 금산 잔솔밭에

자료코드 : 04_04_FOS_20110119_PKS_SJO_0001
조사장소 : 경상남도 남해군 남해읍 평현리 양지마을 양지마을회관

---

32) '외통베개'의 뜻이다, 한통으로 된 베개로서, 첫날밤에 신랑신부가 베는 베개를 말
한다.
33) '불 꺼줄 사람'의 의미이다.
34) 너나 와서.

조사일시 : 2011.1.19

조 사 자 : 박경수, 류경자, 정혜란, 윤슬기, 강아영

제 보 자 : 송재옥, 여, 83세

구연상황 : 조사자가 노래를 참 잘 부른다고 말을 하면서 한 곡 더 불러줄 것을 요구하자
　　　　　제보자가 이 노래를 불렀다. 부르면서 이제 됐지 않느냐는 말을 자주 했다.

　　　남해금산 잔솔밭에 은비둘고 알을낳여

　　　때리보고 몬치보고 놓고가는 저선비야

　　　첫아들을 놓거들랑 평양감사로 매련하고

　　　둘째딸을 놓거들랑 정읍감사로 매련하고

　　　셋째딸을 놓거들랑 정읍감사로 매련하소

베틀 노래

자료코드 : 04_04_FOS_20110119_PKS_SJO_0003

조사장소 : 경상남도 남해군 남해읍 평현리 양지마을 양지마을회관

조사일시 : 2011.1.19

조 사 자 : 박경수, 류경자, 정혜란, 윤슬기, 강아영

제 보 자 : 송재옥, 여, 83세

구연상황 : 송재옥 제보자가 다른 제보자가 앞소리를 꺼내자마자 바로 같이 부르면서 끝
　　　　　까지 노래를 불러 주었다.

　　　오늘날이 하심심해 베틀연장이나 챙겨볼까

　　　베틀다리는 사형제요 도토마리나 하는양은

　　　만민관을 거느리고 곡마절사 넘어간다.

모심기 노래

자료코드 : 04_04_FOS_20110119_PKS_SJO_0004

조사장소 : 경상남도 남해군 남해읍 평현리 양지마을 양지마을회관
조사일시 : 2011.1.19
조 사 자 : 박경수, 류경자, 정혜란, 윤슬기, 강아영
제 보 자 : 송재옥, 여, 83세
구연상황 : 조사자가 부탁하여 제보자가 이 노래를 한 곡 더 불렀다. 끝부분에서 잠시 머
　　　　　뭇거리다가 읊조리듯이 빨리 노래를 마쳤다.

　　　파래라 멍멍밑에 시누올케 꽃따다가
　　　떨어졌네 떨어졌네 한강수에 떨어졌네
　　　울오랍새 무정허다 옆에동생 밀쳐놓고
　　　먼데올케 건지더라 나도죽어 남자가되어
　　　생길라요 생길라요 우리사랑 생길라요

앞집에는 유자나무

자료코드 : 04_04_FOS_20110119_PKS_SJO_0005
조사장소 : 경상남도 남해군 남해읍 평현리 양지마을 양지마을회관
조사일시 : 2011.1.19
조 사 자 : 박경수, 류경자, 정혜란, 윤슬기, 강아영
제 보 자 : 송재옥, 여, 83세
구연상황 : 조사자가 노래를 불러 줄 것을 요구하자 제보자가 이 노래를 불렀다.

　　　앞집에는 유자나무 뒷집에는 성도나무
　　　유자성도 거는이좋아 한꼭대기 줄서세요

이야기 서두 노래

자료코드 : 04_04_FOS_20110117_PKS_SMS_0001
조사장소 : 경상남도 남해군 남해읍 선소리 선소마을 선소마을회관

조사일시 : 2011.1.17
조 사 자 : 박경수, 정규식, 류경자, 서정매, 정혜란, 황영태
제 보 자 : 신민순, 여, 70세
구연상황 : 조사자가 '이야기 노래'를 불러줄 것을 부탁하자 제보자가 매우 쑥스러워하면
서 이 노래를 구연했다. 끝내고 난 뒤에도 쑥스러운지 한참을 웃었다.

이약이약 뽄디약
뒷집할매 조재통
정기문이35) 털거덕
달구씹이36) 빼쪽
금포큰애기가37) 빼~쪽

백발가

자료코드 : 04_04_FOS_20110119_PKS_WNS_0001
조사장소 : 경상남도 남해군 남해읍 차산리 곡내마을 곡내마을회관
조사일시 : 2011.1.19
조 사 자 : 박경수, 황영태, 오소현, 공유경
제 보 자 : 원난순, 여, 87세
구연상황 : 제보자는 노래를 부르고 싶은데도 막상 가사가 생각이 안 나자 중간에 말로
가사를 이야기했다가 다시 노래로 이어서 불러 주었다.

어지38)청춘 오늘백발 청춘으로 내늙었제

정 그래 하는디, 백발보고 관절마라.

백발보고 관절마라 청춘으로 내늙겄제

---

35) '부엌문이'의 의미이다.
36) '닭의 성기가'의 의미이다.
37) 남해군 상주면 상주리 '금포마을의 처녀'라는 말이다.
38) '어제'의 의미이다.

백발로 안늙었네

노랫가락 / 그네 노래

자료코드 : 04_04_FOS_20110119_PKS_WNS_0002
조사장소 : 경상남도 남해군 남해읍 차산리 곡내마을 곡내마을회관
조사일시 : 2011.1.19
조 사 자 : 박경수, 황영태, 오소현, 공유경
제 보 자 : 원난순, 여, 87세
구연상황 : 제보자는 노래를 부르는 것을 좋아하는 편이었다. 적극적으로 구연을 해 주었
　　　　　으나, 노래를 부르던 중에 가사가 조금씩 헷갈려하기도 하여 노래가 중간에
　　　　　끊어지기도 하였다. 그렇지만 끝까지 노래를 잘 불러 주었다.

　　　그네로 매어임아 줄살살 밀어라

　줄떨어지면 아!

　　　내가밀면 임이타고 임이밀면은 내가타고
　　　임아임아 서방님아 줄살살 밀어라
　　　줄떨어지면은 정떨어진다

진도아리랑

자료코드 : 04_04_FOS_20110119_PKS_WNS_0003
조사장소 : 경상남도 남해군 남해읍 차산리 곡내마을 곡내마을회관
조사일시 : 2011.1.19
조 사 자 : 박경수, 황영태, 오소현, 공유경
제 보 자 : 원난순, 여, 87세
구연상황 : 제보자가 다른 노래를 불러 주고 이어서 계속 노래를 구연해 주었다. 노래가
　　　　　흥겨워서인지 청중들도 손뼉을 치며 함께 불러 주었다.

꽃피면 온다던님이 열매가열어도 아니오네
아리아리랑 쓰리쓰리랑 아라리가 났네
아리랑 응응응 아라리가 났네

다리 세기 노래

자료코드 : 04_04_FOS_20110119_PKS_USE_0001
조사장소 : 경상남도 남해군 남해읍 차산리 곡내마을 곡내마을회관
조사일시 : 2011.1.19
조 사 자 : 박경수, 황영태, 오소현, 공유경
제 보 자 : 유성읍, 여, 86세
구연상황 : 다리 세기 노래를 아는지 묻자 곧 다리를 뻗어서 손으로 놀이 동작을 취하면
서 구연해 주었다. 다만 가사를 끝까지 기억을 못해서 중간쯤만 불러 주었다.

이거리 저거리 각거리
진주 맹긍 또맹근
짝 바리 희양근
열두 열두 전라도
경상이 멀어

진도아리랑

자료코드 : 04_04_FOS_20110119_PKS_USE_0002
조사장소 : 경상남도 남해군 남해읍 차산리 곡내마을 곡내마을회관
조사일시 : 2011.1.19
조 사 자 : 박경수, 황영태, 오소현, 공유경
제 보 자 : 유성읍, 여, 86세
구연상황 : 다른 제보자가 진도아리랑을 부르자 제보자가 이어서 받아 불러 주었다. 청중

들도 박수를 치며 함께 불러 주었다.

세월아 내어라 오고가지를 마라
아까운 내청춘 다늙는~~ 다
아리아리랑 쓰리쓰리랑 아라리가 났네
아리랑 쿵쿵쿵 아라리가 났네

창부타령

자료코드 : 04_04_FOS_20110119_PKS_YBA_0001
조사장소 : 경상남도 남해군 남해읍 아산리 신기마을 신기마을회관
조사일시 : 2011.1.19
조 사 자 : 박경수, 황영태, 오소현, 공유경
제 보 자 : 윤봉아, 여, 75세
구연상황 : 제보자가 구연을 시작하자 청중들도 아는 노래여서인지 애절한 가사를 음미
하며 함께 불러 주었다.

잠아잠아~ 오지마라 시어마니~ 눈에난다
시어마니~ 눈에나면 임도따라~ 눈에난다
얼씨구나 저절씨구 아니놀지는 못하겠네-

진도아리랑

자료코드 : 04_04_FOS_20110119_PKS_YBA_0002
조사장소 : 경상남도 남해군 남해읍 아산리 신기마을 신기마을회관
조사일시 : 2011.1.19
조 사 자 : 박경수, 황영태, 오소현, 공유경
제 보 자 : 윤봉아, 여, 75세
구연상황 : 아리랑을 한번 불러 달라고 하자, 이내 진도아리랑을 불러 주었다. 청중들은

박수를 치며 함께 따라 부르기도 했다.

청천하늘에 잔별도많고 이내가슴에 수심도많다
아리아리랑 쓰리쓰리랑 아라리가 났네
아리랑 응응응 아라리가~ 났네

닐보고 날봐라~ 내가널따라 살겠나~
사시가 부득이라 닐따라 산다
아리아리랑 쓰리쓰리랑 아라리가 났네
아리랑 응응응 아라리가~ 났네

우리가 살더라 몇백년 살것나
많이야 살아야~ 근팔십년 이로다
아리아리랑 쓰리쓰리랑 아라리가 났네
아리랑 응응응 아라리가~ 났네

청천하늘에 잔별도많네 이내가슴에 수심도많네
아리아리랑 쓰리쓰리랑 아라리가 났네
아리랑 응응응 아라리가~ 났네

선친구어서 본보쳐라
문밑에 우리오빠가 숨가빠 온다
아리아리랑 쓰리쓰리랑 아라리가 났네
아리랑 응응응 아라리가~ 났네

너냥 나냥

자료코드 : 04-04_FOS_20110119_PKS_LMS_0001

조사장소 : 경상남도 남해군 남해읍 차산리 곡내마을 곡내마을회관

조사일시 : 2011.1.19

조 사 자 : 박경수, 황영태, 오소현, 공유경

제 보 자 : 이마순, 여, 86세

구연상황 : 제보자는 <너냥 나냥>을 진도아리랑의 곡조로 불러 주다가 후렴구에서 가요의 후렴구로 대신하여 노래가 섞여 버렸다.

우리집 서방님은 명태잡으러 가는데
바람아 강풍아 석달열흘만 불어라
아리아리 동동 쓰리쓰리 동동
아리랑 꽃노래를 불러나주소

진도아리랑 (1)

자료코드 : 04-04_FOS_20110119_PKS_LMS_0002

조사장소 : 경상남도 남해군 남해읍 차산리 곡내마을 곡내마을회관

조사일시 : 2011.1.19

조 사 자 : 박경수, 황영태, 오소현, 공유경

제 보 자 : 이마순, 여, 86세

구연상황 : 제보자는 스스로 흥이 많아서인지 손뼉을 치면서 적극적으로 구연해 주었다. 다만 진도아리랑을 불러 주면서 후렴구는 가요의 후렴구로 대신하여 노래가 섞여져서 불려졌다.

우리가 살거든 몇말년 사는데
살아 생전에 먹고쉬고 놀자
아리아리 동동 쓰리쓰리 동동
아리랑 꽃노래를 불러나 주소

춘마냥 치고 노래나 잘잘불러도
늙어야 살림은 알뜰이39) 산다

아라린가 지랄인가 지랄용천 인가
오백년 살건가 잘잘 노네

우리네 서방님은 명태잡으러 갔는데
바람아 강풍아 석달열흘만 불어라
아리아리랑 쓰리쓰리랑 아라리가 났네
아리랑 꿍꿍꿍 아라리가 났네

청춘가

자료코드 : 04-04_FOS_20110119_PKS_LMS_0003
조사장소 : 경상남도 남해군 남해읍 차산리 곡내마을 곡내마을회관
조사일시 : 2011.1.19
조 사 자 : 박경수, 황영태, 오소현, 공유경
제 보 자 : 이마순, 여, 86세
구연상황 : 제보자는 노래를 몇 곡 부르다 보니 스스로 흥에 겨워 박수를 치며 계속 노
　　　　　래를 구연해 주었다.

노세 좋구나 젊어서 놀아라
늙고 병들면 아니 못노리라

진도아리랑 (2)

자료코드 : 04-04_FOS_20110119_PKS_LMS_0004
조사장소 : 경상남도 남해군 남해읍 차산리 곡내마을 곡내마을회관
조사일시 : 2011.1.19
조 사 자 : 박경수, 황영태, 오소현, 공유경

---

39) 알뜰하게.

제 보 자 : 이마순, 여, 86세
구연상황 : 제보자는 진도아리랑으로 여러 가사를 넣어 노래를 구연해 주었다. 스스로 손
          뼉을 치며 즐겁게 구연하자 청중들도 함께 불러 주었다.

　　　　　니가잘나 내가잘나 그누가 잘나
　　　　　지하백전 은하동전 돈잘 났네
　　　　　아리아리랑 쓰리쓰리랑 아라리가 났네
　　　　　아리랑 고개를 내가건너 간다

　　　　　저게가는 저가순아 다자빠지 거라
　　　　　보듬아 주는듯이 보듬아 보자
　　　　　아리랑 쓰리쓰리랑 아라리가 낫네
　　　　　아리랑 끙끙끙 아라리가 낫네

　　　　　닐보고 날봐라~ 내가니따라 살까
　　　　　실날같은 범무서워 내를따라 산다
　　　　　아리아리랑 쓰리쓰리랑 아라리가 낫네
　　　　　아리랑 끙끙끙 아라리가 낫네

　　　　　우런님 보고서 넘의님 보네
　　　　　하나는 신사가 아이고절로 난다
　　　　　아리아리랑 쓰리쓰리랑 아라리가 낫네
　　　　　아리랑 끙끙끙 아라리가 낫네

　　　　　쾌지나 칭칭노세 우리가이렇게 살다가
　　　　　아차한번 죽어지면 저건네무덤 되노라
　　　　　아리아리랑 쓰리쓰리랑 아라리가 낫네
　　　　　아리랑 끙끙끙 아라리가 낫네

설움가

자료코드 : 04_04_FOS_20110118_PKS_LMK_0001

조사장소 : 경상남도 남해군 남해읍 아산리 355 대한노인회 남해부지회

조사일시 : 2011.1.18

조 사 자 : 박경수, 서정매, 황영태, 오소현, 공유경

제 보 자 : 이민규, 남, 81세

구연상황 : 다소 혼잡하고 시끄러운 분위기에서 제보자가 선뜻 노래를 읊겠다고 자청했다. 서럽다는 표현의 설움가를 가사로 풀어서 이야기 하듯이 구연했다.

[이야기를 읊듯이]

설움이야- 설움이야- -아숩웠다.

카는기 설움이거든예- 기가차는 설움이야-

아들좀 그좋은거 6·25전장 앗아가고

영감좀 그좋은거 북망산천이 뺏들어가고

딸좀 그좋은거 사우시가 뺏들어가고

설움이야 설움이야 설움설음 설음이야

모밀매불 한새몸의 설움이야

좁쌀한섬

한섬낱낱이 설음이야 설음가야 설음가야

산아지타령

자료코드 : 04_04_FOS_20110118_PKS_LMK_0002

조사장소 : 경상남도 남해군 남해읍 아산리 355 대한노인회 남해부지회

조사일시 : 2011.1.18

조 사 자 : 박경수, 서정매, 황영태, 오소현, 공유경

제 보 자 : 이민규, 남, 81세

구연상황 : 구연자가 자신의 흥에 취해 선뜻 노래를 불러 주었다. 발음이 좋지 않고 가사

가 정확하지 않았지만 제보자가 무척 즐거워하면서 구연해 주었다. 청중들도
박수를 치며 장단을 맞추어 주었다.

옥토는 다퍼라 조지고~

콩구라지- 살긴삼이를 망구살수가 없소-

에이야~ 디야~ 에헤~이야~ 어여라디여라 사나이로~구나

문전옥토는 다퍼다조지고~ 이노무세상 금분딸아 망구몸싸리다

　수시댁 울마개 우리우리 부모님~ 생각만 헐쑤록 눈에눈물이~ 납
니더이

에이야~ 디야~ 에헤~이야~ 어여라디여라 사나이로~구나

　오는새- 가는새는 웃다리밑에 노는데~ 처녀야 총각은 연애소식
오니라~

에이야~ 디야~ 에헤~이야~ 어여라디여라 사나이로~구나

노랫가락 / 그네 노래

자료코드 : 04_04_FOS_20110118_PKS_LMK_0003
조사장소 : 경상남도 남해군 남해읍 아산리 355 대한노인회 남해부지회
조사일시 : 2011.1.18
조 사 자 : 박경수, 서정매, 황영태, 오소현, 공유경
제 보 자 : 이민규, 남, 81세
구연상황 : 조사자가 구연자에게 노래를 요청하자 제보자는 곰곰이 생각하더니 노래를
　　　　　불렀다. 노래가 하나가 끝나자마자 다른 노래를 바로 이어서 불러 주었다. 청
　　　　　중들은 잘한다며 박수를 치며 즐거워하였다.

주천당 세모신남개~ 망구가지다 그네를매서

임아임아 줄살금밀어라~ 줄떨어지면은~ 생여르레수세

말은가자고 내굽을놓고~ 임은놀자고 막놀로오세-
임아임아 나잡아마시고~ 서산에지는해 큰잡아아다꺾네~

창부타령

자료코드 : 04_04_FOS_20110118_PKS_LBS_0001
조사장소 : 경상남도 남해군 남해읍 차산리 중촌마을 중촌마을회관
조사일시 : 2011.1.18
조 사 자 : 박경수, 서정매, 황영태, 오소현, 공유경
제 보 자 : 이봉심, 여, 90세
구연상황 : 제보자가 처음에는 계속 기억이 안 난다며 조사에 임해 주지 않았지만, 다른
조사자가 여러 민요들의 제목과 가사를 이야기하자 그제서야 생각이 난 듯
바로 불러 주었다.

백발로 내아니늙고 소년으로 내늙었네
백발로 팔자하니 백발자리가 누있던고
소년을 사자하니 소년팔이가 누있던고
얼씨구 절씨구 지화자 좋네
아니놀고서 못살겠네

유월달에 두달~이라 첩을팔아 부채를샀더니
동지석달 긴긴밤에 첩의생각이 절로난다
얼씨구 절씨구 지화자 좋네
아니놀고서 무엇하리

나비야 청산가자~ 범나비야~ 너도가자
가다가 저물거든~ 그때부터~ 쉬어가세
꽃이 괄세하거들랑 잎에붙어~ 쉬어가세

얼씨구 좋네 지화자 좋네~

아니놀고 못하리라

진주난봉가

자료코드 : 04_04_FOS_20110119_PKS_LYS_0001

조사장소 : 경상남도 남해군 남해읍 평현리 양지마을 양지마을회관

조사일시 : 2011.1.19

조 사 자 : 박경수, 류정매, 정혜란, 윤슬기, 강아영

제 보 자 : 이영숙, 여, 73세

구연상황 : 조사자가 진주남강 노래를 불러 달라고 요구하자 이 제보자가 나섰다. 중간에
기억이 나지 않아 청중이 잠시 부르는 듯했으나 제보자가 틀렸다며 그게 아
니라고 나서면서 다시 제보자가 끝까지 불렀다.

울도담도 없는집에 시집삼년을 살고보니

시어머니 하시는말씀 야야아가 며느리아가

낭군님이 오시는데 진주남강에 빨래를가

그말들은 며느리는 진주남강에 빨래를갔다

(청중 : 진주남강에 빨래를가서 흰빨래는 희게씻고.)

흰빨래는 희게빨고 검둥빨래는 검게빨고

오동통통 빨래를하니 난데없는 발자욱소리

철거덕 철거덕 들려 오네

옆눈을 흘켜보니 하늘같은 갓을쓰고

구름같은 말을타고 못본체로 지나가네

하다보기에 원통하여 집이라고 돌아오니

시어머니 하시는말씀 야야아가 며느리아가

낭군님이 오셨으니 사랑방을 내려가라

그말들은 며느리는 사랑방을 내려가서

사랑방문을 열어보니 오색가지 술을놓고

기생첩을 옆에다끼고 진주가를 부르고있네

하다보기에 원통하여 웃방으로 뛰어가서

아홉가지에 약을놓고 석자수건 명지수건

자는듯이 죽었다네 그말들은 남편은

버선발로 뛰어와서 여보여보 마누라야

너거럴줄 내몰랐다 기생첩은 삼년이오

본처정은 백년이라 어화둥둥 내사랑아

다리 세기 노래

자료코드 : 04_04_FOS_20110119_PKS_LJJ_0001
조사장소 : 경상남도 남해군 남해읍 아산리 신기마을 신기마을회관
조사일시 : 2011.1.19
조 사 자 : 박경수, 황영태, 오소현, 공유경
제 보 자 : 이정자, 여, 69세
구연상황 : 조사자가 제보자에게 다리 세기 노래를 불러 달라고 요청하자 갑자기 큰 소리로 불러 주었다. 동요식으로 경쾌하고 재미나게 구연해 주었다.

이거리 저거리 갓거리

춘지 맹건 도맹근

짝 바리 희양근

도래 줌치 장도칼

시집살이 노래

자료코드 : 04_04_FOS_20110119_PKS_LJJ_0002
조사장소 : 경상남도 남해군 남해읍 아산리 신기마을 신기마을회관
조사일시 : 2011.1.19
조 사 자 : 박경수, 황영태, 오소현, 공유경
제 보 자 : 이정자, 여, 69세
구연상황 : 시아버지와 며느리 이야기가 끝나자 시집살이에 관한 이야기가 나오게 되었
고, 자연스레 시집살이 노래가 구연되었다.

성아성아~ 사촌성아~ 시집살이~ 어떻든고

시집살이는 좋데마는 도래도래~ 도래판에~

수저놓기가 에렵더라- 조그마는 도롱아제

하소하까 허게할까 말하기가~ 어렵더라

진주 남강 굴다리 밑에

자료코드 : 04_04_FOS_20110119_PKS_LJJ_0003
조사장소 : 경상남도 남해군 남해읍 아산리 신기마을 신기마을회관
조사일시 : 2011.1.19
조 사 자 : 박경수, 황영태, 오소현, 공유경
제 보 자 : 이정자, 여, 69세
구연상황 : 조사자가 제보자에게 '진주남강'의 가사 운을 띄우자 제보자가 이내 노래를 불
러 주었다. 청중들도 노래가 즐거운지 박수를 치며 조용히 따라 불러 주었다.

진주남강 굴다리밑에 빨래하는 저처녀야

너는종종~ 빨래를하나 나는종종~ 쇠꼴빈다

부르자니 남이듣고 손질을하자니 넘이보고

던진다고 던진돌이~ 처녀발등에 딱맞았네-

홀짝홀짝 우는소리~ 대장부간장을 다녹힌다

모심기 노래

자료코드 : 04_04_FOS_20110118_PKS_LCS_0001
조사장소 : 경상남도 남해군 남해읍 입현리 토촌마을 토촌경로회관
조사일시 : 2011.1.18
조 사 자 : 박경수, 류경자, 정혜란, 윤슬기, 강아영
제 보 자 : 이차순, 여, 79세
구연상황 : 조사자가 이 노래의 앞 소절을 말하며 불러 달라고 요구하자 제보자가 바로
　　　　　 부르면 되는지 물어본 다음 노래를 불렀다.

　　　　금산우에40) 뜬구름아 눈들었나 비들었나
　　　　눈도비도 아니들고 노래명창 내실었다

　　　　설천모너리 조내깃밴가41)조롬조롬 잘조린다

　　　　한삼모시 속적삼밑에 분통걸은 저젖봐라
　　　　많이보면 병드는데 쌀낱끝만침42) 보고가소
　　　　얼씨구나 절씨구 아니놀고 무엇하리

삼삼기 노래

자료코드 : 04_04_FOS_20110118_PKS_LCS_0002
조사장소 : 경상남도 남해군 남해읍 입현리 토촌마을 토촌경로회관
조사일시 : 2011.1.18
조 사 자 : 박경수, 류경자, 정혜란, 윤슬기, 강아영
제 보 자 : 이차순, 여, 79세
구연상황 : 조사자가 한 곡만 더 불러 달라고 요구하자 제보자가 이 노래를 부르며 이리
　　　　　 밖에는 못 부른다는 말을 덧붙였다.

---

40) '금산 위에'의 의미이다.
41) 설천모너리 : 설천 모노리(慕魯里), 모너리 또는 모노리는 설천면 모천리의 옛 지명.
　　조내기 배 : 그물을 던져서 고기잡이를 하는 배.
42) '쌀 낱 끝만큼'의 의미이다.

호박너쿨[43] 박너쿨은 울안으로[44] 손주는데
우러집이[45] 울어마니[46] 날키와서[47] 넘주더라[48]
얼씨구나 저절씨구 아니놓고 무엇하리

모심기 노래 (1)

자료코드 : 04_04_FOS_20110118_PKS_JBS_0001
조사장소 : 경상남도 남해군 남해읍 입현리 토촌마을 토촌경로회관
조사일시 : 2011.1.18
조 사 자 : 박경수, 류경자, 정혜란, 윤슬기, 강아영
제 보 자 : 장분순, 여, 79세
구연상황 : 다른 제보자가 노래를 부르는 것을 듣고 자기도 해 보겠다고 하면서 이 노래
를 불렀다.

강진바닥[49] 갈포래는[50] 씨어마니 닮았는가
펄펄하네 펄펄하네 날만보면 펄펄하네

야아래라 소년들아 백발보고 절말아라
백발로 내아니늙고 소년으로 내늙었네

진주남강 돌다리밑에 배추씻는 저처자야
겉눈은 감아도 속눈만 떴구나

---

43) '호박넝쿨'의 의미이다.
44) '울타리 안으로'의 의미이다.
45) '우리 집의'의 의미이다.
46) '우리 어머니'의 의미이다.
47) '나를 키워서'의 의미이다.
48) '남 주더라'의 의미이다.
49) '강진바다'의 의미이다. 남해군의 앞에 있는 강진만을 일컫는다. '바닥'은 바다의 남해
지역말이다.
50) '갈파래는'의 의미이다.

어서퐁당 모심어놓고 엄마친정 내갈라네

엄마친정 가거들랑 석달열흘만 비옵소사

석달열흘 비가오면 한덜을랑51) 누워자고

한덜을랑 빨래썻고 한덜을랑 일을허고

열흘만에 내올라네

논드럼의52) 깨고리는53) 뱀이간장 녹히는데

하무런54) 여자도여55) 대장부간장을 못녹히리

얼씨구나 저절씨구 아니놀지를 못하리라

어린 각시 노래

자료코드 : 04_04_FOS_20110118_PKS_JBS_0002

조사장소 : 경상남도 남해군 남해읍 입현리 토촌마을 토촌경로회관

조사일시 : 2011.1.18

조 사 자 : 박경수, 류경자, 정혜란, 윤슬기, 강아영

제 보 자 : 장분순, 여, 79세

구연상황 : 앞서 다른 제보자가 민요를 구연한 뒤 조사자가 한 곡 더 해달라고 하자 이
노래를 불렀다.

각시는 작아도 치매는56) 질고~57)

신작로 문지를58) 다 닦아간다

---

51) '한 달은'의 의미이다.

52) '눈두렁에'의 의미이다.

53) '개구리는'의 의미이다.

54) '하물며'의 의미이다.

55) '여자 되어'의 의미이다.

56) '치마는'의 의미이다.

57) '길고'의 의미이다.

58) '먼지를'의 의미이다.

아리랑

자료코드 : 04_04_FOS_20110118_PKS_JBS_0003
조사장소 : 경상남도 남해군 남해읍 입현리 토촌마을 토촌경로회관
조사일시 : 2011.1.18
조 사 자 : 박경수, 류경자, 정혜란, 윤슬기, 강아영
제 보 자 : 장분순, 여, 79세
구연상황 : 자진해서 이 노래를 불렀다.

유자는 얽어도 웃상에 놀고

탱자는 고와도 발길에 논다

아리랑 아리랑 아라리요~

아리랑 고개로 넘어간다

모심기 노래 (2)

자료코드 : 04_04_FOS_20110118_PKS_JBS_0004
조사장소 : 경상남도 남해군 남해읍 입현리 토촌마을 토촌경로회관
조사일시 : 2011.1.18
조 사 자 : 박경수, 류경자, 정혜란, 윤슬기, 강아영
제 보 자 : 장분순, 여, 79세
구연상황 : 제보자가 바로 이 노래를 불렀다.

이산저산 솔을비어59) 남해금산 절을지어

그절안에 피던꽃은 반만피어도 오갈진다60)

얼씨구나 저절씨고 아니노지를 못하리라

---

59) '솔을 베어'의 의미이다.
60) '오그라진다'의 의미이다.

이야기 서두 노래

자료코드 : 04_04_FOS_20110118_PKS_JBS_0005
조사장소 : 경상남도 남해군 남해읍 입현리 토촌마을 토촌경로회관
조사일시 : 2011.1.18
조 사 자 : 박경수, 류경자, 정혜란, 윤슬기, 강아영
제 보 자 : 장분순, 여, 79세
구연상황 : 조사자가 앞머리를 꺼내면서 이 노래를 아냐고 하자 제보자가 부끄러운 듯 웃으면서 이 노래를 불렀다.

이약 디약 뿐디약61)

뭐신 어매62) 똥구녕

물사마구가63) 조랑조랑

진도아리랑

자료코드 : 04_04_FOS_20110118_PKS_JBS_0006
조사장소 : 경상남도 남해군 남해읍 입현리 토촌마을 토촌경로회관
조사일시 : 2011.1.18
조 사 자 : 박경수, 류경자, 정혜란, 윤슬기, 강아영
제 보 자 : 장분순, 여, 79세
구연상황 : 제보자가 바로 이 노래를 불렀다. 부르면서 스스로 아주 흥겨워했다.

탄산바위 흰연락선 검은연기

오봉뿡뿡 고다이떼떼 부는데 에헤에헤에

오륙도 성아섬에는 시모노세끼로 고나

아리아리랑 시리시리랑 아라리가 났네

---

61) 이 말은 이야기 서두소리를 부를 때 나오는 공식구이다.
62) '누구 엄마'의 의미이다.
63) '물사마귀가'의 의미이다.

에헤아리랑 어정절씨고 단둘이 노자

아기 어르는 노래

자료코드 : 04_04_FOS_20110118_PKS_JBS_0007
조사장소 : 경상남도 남해군 남해읍 입현리 토촌마을 토촌경로회관
조사일시 : 2011.1.18
조 사 자 : 박경수, 류경자, 정혜란, 윤슬기, 강아영
제 보 자 : 장분순, 여, 79세
구연상황 : 조사자가 아기 어르는 노래가 없냐고 물어보자 바로 이 노래를 불렀다.

        잘도잔다 울애기
        너거애기는 울어도
        울애기는 안운다
        고사리주먹을 쥐고서
        도리도리를 하면서
        앵두같은 입살로64)
        엄마아빠 부른다
        우리아가야

잠자리 잡는 노래

자료코드 : 04_04_FOS_20110118_PKS_JBS_0008
조사장소 : 경상남도 남해군 남해읍 입현리 토촌마을 토촌경로회관
조사일시 : 2011.1.18
조 사 자 : 박경수, 류경자, 정혜란, 윤슬기, 강아영

---

64) 입술로 아기 어르는 노래.

제 보 자 : 장분순, 여, 79세

구연상황 : 조사자가 혹시 어릴 때 부르던 노래를 모르냐고 묻자 바로 이 노래를 불렀다.

남자라65) 꼼자라66)

붙은자리 붙어라

먼디가면67) 니죽는다

황새 놀리는 노래

자료코드 : 04_04_FOS_20110118_PKS_JBS_0009

조사장소 : 경상남도 남해군 남해읍 입현리 토촌마을 토촌경로회관

조사일시 : 2011.1.18

조 사 자 : 박경수, 류경자, 정혜란, 윤슬기, 강아영

제 보 자 : 장분순, 여, 79세

구연상황 : 잠자리 잡는 노래를 부르고 난 뒤, 조사자가 다른 노래도 더 불러 줄 것을 요
구하자 이제 모르겠다고 말을 한 다음 이 노래를 불렀다.

황새야 덕새야 너거집에 불났다

너거새끼 다타지고 쭉지만68) 남았다

행기돌이 물떠놓고 뱅뱅돌아라

다리 세기 노래

자료코드 : 04_04_FOS_20110118_PKS_JBS_0010

조사장소 : 경상남도 남해군 남해읍 입현리 토촌마을 토촌경로회관

---

65) '잠자리야'의 의미이다.

66) '곰자리야'의 의미이다.

67) '먼 곳으로 가면'의 의미이다.

68) '날개 죽지'의 의미이다.

조사일시 : 2011.1.18

조 사 자 : 박경수, 류경자, 정혜란, 윤슬기, 강아영

제 보 자 : 장분순, 여, 79세

구연상황 : 제보자가 어릴 적 다리 빼기 놀이를 하면서 불렀던 노래라고 하면서 이 노래
를 불렀다. 옛 기억에 매우 신이 난 듯 보였다.

> 이걸이 저걸이 갓걸이
> 진주 망건 또망건
> 짝 발로 희양건
> 도래미 줌치 장두칼

방귀 노래

자료코드 : 04_04_FOS_20110118_PKS_JBS_0011

조사장소 : 경상남도 남해군 남해읍 입현리 토촌마을 토촌경로회관

조사일시 : 2011.1.18

조 사 자 : 박경수, 류경자, 정혜란, 윤슬기, 강아영

제 보 자 : 장분순, 여, 79세

구연상황 : 동요를 계속 부르다가 무슨 노래를 할지 모르겠다며 망설이다가 이 방귀 노
래를 불렀다.

> 방구친구 나온다 아가리자가리 받혀라
> 무우거는69) 없어도 냄새나 맡아라

바지 노래

자료코드 : 04_04_FOS_20110118_PKS_JBS_0012

조사장소 : 경상남도 남해군 남해읍 입현리 토촌마을 토촌경로회관

---

69) '먹을 것은'의 의미이다.

조사일시 : 2011.1.18

조 사 자 : 박경수, 류경자, 정혜란, 윤슬기, 강아영

제 보 자 : 장분순, 여, 79세

구연상황 : 동요를 부르던 끝에 이제는 마지막이라는 말을 하면서 이 노래를 불렀다.

아부지바지 핫바지[70]

짝짝 찢어서

맘보바지 만들자

창부타령

자료코드 : 04_04_FOS_20110119_PKS_JMS_0001

조사장소 : 경상남도 남해군 남해읍 아산리 아산마을회관

조사일시 : 2011.1.19

조 사 자 : 박경수, 서정매, 황영태, 오소현, 공유경

제 보 자 : 정막순, 여, 82세

구연상황 : 제보자가 노래 부르는 것을 좋아해서인지 선뜻 직접 불러 보겠다고 하여 제일 먼저 노래를 불러 주었다. 성격이 밝은 만큼 목소리도 크고 시원하게 노래를 불러 주었다.

남해금산 구지봉에 꽃을심어서 던져놓고

꽃보러도 아니오고 물주러도 아니오네

가고다시 못온임을 생각하니 날그리다

얼씨구 절씨구 지화자 좋네

달만 뜨걸랑 단둘이 둘이가자

---

70) '솜을 두어 지은 바지'의 의미이다.

봄나비 노래

자료코드 : 04_04_FOS_20110119_PKS_JMS_0002
조사장소 : 경상남도 남해군 남해읍 아산리 아산마을회관
조사일시 : 2011.1.19
조 사 자 : 박경수, 서정매, 황영태, 오소현, 공유경
제 보 자 : 정막순, 여, 82세
구연상황 : 제보자는 스스로 목소리가 별로라며 부끄러워하기도 하였지만, 이내 기억나
는 노래가 있다며 노래를 불렀다. 가사가 긴 노래여서 청중들도 모두 숨을 죽
이며 노래를 경청하였고 노래가 끝나자 잘 불렀다며 청중들에게 환호의 박수
를 받았다.

봄날이 따시다고[71] 시누올케 배를타고
봄놀이를 가다보니
능지없던 풍어가일어 물우에 죽어졌네
저건네 서산끝에 이를낚는 우리오빠
건져주소 건져주소 이내일신을 건져주소
울오랍시 거둥보소 젵에있는 날밀쳐놓고~
먼데 체근을 건져주네
체근아 죽어지면 있고있고 또있어도
너랑나 죽어지면 봄에피어 싹이나요
삼단같은 요내머리 분찔같은 이내홀몸
맵삭꽃같은 요내얼굴
대천지 한바닥에 고기밥이 도여간다
나도죽어 강남가서 강남땅에 제비도여
나도오빠집 충세끝에~ 새끌마당 집을지어
듬성보고[72] 남성보리[73]

---

71) '따뜻하다고'의 의미이다.
72) '들면서 보고'의 의미이다.

시집살이 노래

자료코드 : 04_04_FOS_20110119_PKS_JMS_0003
조사장소 : 경상남도 남해군 남해읍 아산리 아산마을회관
조사일시 : 2011.1.19
조 사 자 : 박경수, 서정매, 황영태, 오소현, 공유경
제 보 자 : 정막순, 여, 82세
구연상황 : 제보자는 청중들 중에서 가장 노래를 잘 불렀기 때문에 청중들도 모두 귀를
기울이며 손뼉을 치면서 장단을 맞추며 노래를 경청하였다.

시아버지는 호령새요 시오마니는 구정새요

시누올케 구정새요 따뜻산나 우는새다

미련한 남편아 나~ 미련새요

열두폭 처마폭이 눈물닦이 닦을선데

창부타령 (1)

자료코드 : 04_04_FOS_20110119_PKS_JSY_0001
조사장소 : 경상남도 남해군 남해읍 아산리 신기마을 신기마을회관
조사일시 : 2011.1.19
조 사 자 : 박경수, 황영태, 오소현, 공유경
제 보 자 : 정석엽, 여, 80세
구연상황 : 제보자에게 노래를 부탁하니 선뜻 바로 불러 주었다. 가사가 독특하여 청중들
은 모두 귀 기울이며 조용히 경청하였다.

꼽자꼽자 유자꼽자 한꼭지애기~ 둘석셋석

처니총각 근원이좋아~ 대통베개로 둘이빈다

얼씨구나 저절씨구~ 얼마나좋은줄 모리겠네

---

73) '나면서 보겠다'의 의미이다.

아리랑 (1)

자료코드 : 04_04_FOS_20110119_PKS_JSY_0002
조사장소 : 경상남도 남해군 남해읍 아산리 신기마을 신기마을회관
조사일시 : 2011.1.19
조 사 자 : 박경수, 황영태, 오소현, 공유경
제 보 자 : 정석엽, 여, 80세
구연상황 : 아리랑을 불러 달라고 하자 처음에는 본조아리랑으로 선율을 시작하다가 이
　　　　　내 밀양아리랑으로 불러 주었다. 그런데 후렴구 부분에서는 다시 본조아리랑
　　　　　으로 부르는 등 아리랑 노래를 섞어서 불러 주었다.

　　　　내 살아 쉴곳이 있나
　　　　한강수 깊은물에 푹빠져죽자
　　　　아리랑 아리랑 아라리요~
　　　　아리랑 고개로 넘어간다

　　　　서산에 지는해가 지고싶어지나
　　　　날버리고 가는님 가고싶어가나
　　　　아리랑 아리랑 아라리요
　　　　아리랑 고개로 넘어간다

　　　　문고리 잡고서 벌벌 떨지말고
　　　　신간에 짓는말 다쓰고가소
　　　　아리랑 아리랑 아라리요
　　　　아리랑 고개로 넘어간다

화투타령

자료코드 : 04_04_FOS_20110119_PKS_JSY_0003

조사장소 : 경상남도 남해군 남해읍 아산리 신기마을 신기마을회관
조사일시 : 2011.1.19
조 사 자 : 박경수, 황영태, 오소현, 공유경
제 보 자 : 정석엽, 여, 80세
구연상황 : 제보자에게 화투 노래를 불러 달라고 요청하자 잘 아는 듯 바로 불러 주었다.
　　　　　 제보자가 노래를 시작하자 청중들도 아는 노래여서인지 함께 불러 주었다.

정월 솔가지 속속히올라

이월 맷대에 이송하야

삼월 사구라 산란한마음

사월 흑사리 허사로다

오월 난초 날았던나비~

유월 목단에 꽃대앉아

칠월 공사리 홀로나여~

팔월 중생 달도밝다

구월 국화 굳었던내마음

시월 단풍에 뚝떨어진다

동지달 오동나무~

섣달비바람에 떨어진다

얼씨구나 저절씨구 지화자자 저절시구

진주난봉가

자료코드 : 04_04_FOS_20110119_PKS_JSY_0004
조사장소 : 경상남도 남해군 남해읍 아산리 신기마을 신기마을회관
조사일시 : 2011.1.19
조 사 자 : 박경수, 황영태, 오소현, 공유경
제 보 자 : 정석엽, 여, 80세

울도담도 없는집에 시집삼년을 살고나니
시어머니 하시는말씀 아가아가 며늘아가
너거낭군 온다하니 진주남강 빨래가라
진주남강 빨래하니 구름같은 말을타고~
고걸넘어 지내가네
흰빨래는 희기빨고 검은빨래 검게빨아
집이라고 돌아오니 시오마니 하시는말씀
아가아가 며늘아가 사랑방에 가보거라
사랑방에 가시보니 기생첩을 곁에두고
하고있네
그말을 살아보고
아랫방에 들어가서 석자수건 명자수건
목을달아 죽다네
진주남강~

[여기서부터 말로 읊음]

진주서생이 듣고 버선발로 뛰어나가
기생첩은 삼년이고 본처는 백년인디
내속을 그리몰라
니는죽어 꽃이되고 내는죽어 나비되어
푸른산천 찾아가서 천년만년 살고지고
사랑사랑 내사랑아 사랑사랑 내사랑아

창부타령 (2)

자료코드 : 04_04_FOS_20110119_PKS_JSY_0005

조사장소 : 경상남도 남해군 남해읍 아산리 신기마을 신기마을회관

조사일시 : 2011.1.19

조 사 자 : 박경수, 황영태, 오소현, 공유경

제 보 자 : 정석엽, 여, 80세

구연상황 : 제보자는 노래를 좋아하는 편이어서 스스럼없이 잘 불러 주었다. 청중들도 따라서 불러 주었다.

니는죽어 독이되고 나는죽어 쌀이되어

녹아나자 녹아나자 한독안에서 녹아나자

얼씨구나~ 저절씨구~ 지화자자 저절신다

논을지나 논을쳐서 한데비어

처녀총각 노던뒤는 밭을쳐도 수제비요

얼씨구나 저절씨구~ 지화자자~ 저절신다

아리랑 (2)

자료코드 : 04_04_FOS_20110119_PKS_JSY_0006

조사장소 : 경상남도 남해군 남해읍 아산리 신기마을 신기마을회관

조사일시 : 2011.1.19

조 사 자 : 박경수, 황영태, 오소현, 공유경

제 보 자 : 정석엽, 여, 80세

구연상황 : 제보자가 노래를 잘 부르는 편이어서 분위기가 한층 화기애애해졌다. 노래를 시작하자 가사가 재미있어서인지 청중들도 즐거워하며 박수를 치며 장단을 맞추었다.

영감아 탱감아 죽지를마라

봄보리 개떡에 코볼라줄게

344 증편 한국구비문학대계 8-23

아리랑 아리랑 아라리요
아리랑 고개를 넘어간다

우리가 살더라 몇백년사나
살아생전에 먹고뛰고놀자
아리랑 아리랑 아라리요
아리랑 고개를 넘어간다

모심기 노래

자료코드 : 04_04_FOS_20110119_PKS_JES_0001
조사장소 : 경상남도 남해군 남해읍 차산리 동산마을 동산마을 첫 골목집
조사일시 : 2011.1.19
조 사 자 : 박경수, 서정매, 황영태, 오소현, 공유경
제 보 자 : 정앵선, 여, 84세
구연상황 : 조사자가 모심는 노래를 아느냐고 묻자 한참 생각을 한 끝에 노래를 구연했
다. 몇 소절 부르지 않았는데, 조사자가 뒷 가사의 운을 띄우자 제보자가 이
어 구연했다.

앞뜰논에~ 모를심어~ 감실감실 영화로다
모찌~ 속적삼안에~ 분통같은 저젖탱이~
한번보면~ 병드는데~ 살날그만치 보고지아

노랫가락 / 나비 노래

자료코드 : 04_04_FOS_20110119_PKS_JES_0002
조사장소 : 경상남도 남해군 남해읍 차산리 동산마을 동산마을 첫 골목집
조사일시 : 2011.1.19

조　사　자 : 박경수, 서정매, 황영태, 오소현, 공유경
제　보　자 : 정앵선, 여, 84세
구연상황 : 다른 청중이 노래의 소재를 이야기하자 제보자가 기억을 더듬으며 노래를 부
　　　　　를 준비했다. 그리고 노래를 구연했는데 잘 모르겠다면서 마무리 지었다.

　　　나비야~ 청산가자~ 범나부야~ 너도가자

　　　가다가~ 저물거든~ 꽃속에라~자고가자

진도아리랑 (1)

자료코드 : 04_04_FOS_20110117_PKS_JYA_0001
조사장소 : 경상남도 남해군 남해읍 선소리 선소마을 선소마을회관
조사일시 : 2011.1.17
조　사　자 : 박경수, 정규식, 류경자, 서정매, 정혜란, 황영태
제　보　자 : 정연악, 여, 87세
구연상황 : 연세가 많은 분이다. 마을사람들이 노래를 잘하는 할머니라고 하면서 노래를
　　　　　시켜보라고 부추겼다. 조사자들이 노래를 부탁하자 '한번 해 볼까? 부를까?'
　　　　　라고 하면서 몇 번을 물어본 다음 이 노래를 불렀다. 노래를 부르는 동안 청
　　　　　중과 조사자들이 박수를 치며 박자를 맞췄다.

　　　설천모너리 조내깃밴가 조름조름이 잘조리낸다[74]

　　　아리아리랑 스리스리랑 아라리가 났네~~

　　　아리랑 응응응 아라리가 났네~

삼삼기 노래 (1)

자료코드 : 04_04_FOS_20110117_PKS_JYA_0002
조사장소 : 경상남도 남해군 남해읍 선소리 선소마을 선소마을회관

---

74) '잘 조려낸다'의 의미이다.

조사일시 : 2011.1.17
조 사 자 : 박경수, 정규식, 류경자, 서정매, 정혜란, 황영태
제 보 자 : 정연악, 여, 87세
구연상황 : 연세가 많은 분이라 옛날 긴 노래를 잘한다고 하면서, 다른 노래도 한번 불러
보라고 했더니 이 노래를 불렀다. 그리고는 노랫말이 딱 맞지 않느냐는 말을
덧붙였다.

헤에

사람이 늙으면 마음조차 늙느냐~~

등신은 늙어도~~ 마음은점점 젊어온다

　그 말이 참 옳제? 우리가 이리 늙어도 마음은 항상 아 마음이다. 우찌
살겠네? 죽도 안 허고 웅?

　　헤에~ 에라만수 허라 대신이로구나

　　반갑다 반가와 천리춘풍이 반가와

　　더디도다 더디도다 암행어사가 더디와

　　우리남한의 춘절들은75) 떨어지기 되었더니

　　객사에 새봄이와서 이화춘풍이 나를살린다

　　에라만수~~

모심기 노래

자료코드 : 04_04_FOS_20110117_PKS_JYA_0003
조사장소 : 경상남도 남해군 남해읍 선소리 선소마을 선소마을회관
조사일시 : 2011.1.17
조 사 자 : 박경수, 정규식, 류경자, 서정매, 정혜란, 황영태
제 보 자 : 정연악, 여, 87세

---

75) '춘향이'를 말하는 것 같다.

구연상황 : 조사자가 모심기 노래를 해 달라고 요구하자 이 노래를 불렀다. 노래를 길게
　　　　　빼면서 차분하게 불렀다.

　　이논에다 모로심어 감실감실 영화로더~

　　논아논아 잘있거라 명년요때되며는 만내보저-~

삼삼기 노래 (2)

자료코드 : 04_04_FOS_20110117_PKS_JYA_0004
조사장소 : 경상남도 남해군 남해읍 선소리 선소마을 선소마을회관
조사일시 : 2011.1.17
조 사 자 : 박경수, 정규식, 류경자, 서정매, 정혜란, 황영태
제 보 자 : 정연악, 여, 87세
구연상황 : 제보자가 이 노래를 앞의 노래 다음에 바로 연결해서 불렀다.

　　산아 청산아 말 물어보자

　　애가터져 죽은무덤이 몇몇이나 되던가

　　에야디야 에헤에에야 에야디여루 산아지로구나

진도아리랑 (2)

자료코드 : 04_04_FOS_20110117_PKS_JYA_0005
조사장소 : 경상남도 남해군 남해읍 선소리 선소마을 선소마을회관
조사일시 : 2011.1.17
조 사 자 : 박경수, 정규식, 류경자, 서정매, 정혜란, 황영태
제 보 자 : 정연악, 여, 87세
구연상황 : 제보자가 앞의 노래에 이어 이 노래를 불렀다. 노래를 부르던 중간에 한 번
　　　　　불렀던 노래냐고 물었다. 청중들이 아니라고 했더니 계속해서 불렀다. 마지막
　　　　　에는 끝을 제대로 맺지도 않고 후렴에 대해 설명했다. 노래 끝에 붙는 후렴은
　　　　　'아리아리랑'이라는 '진도아리랑'의 후렴도 붙이고, '에야디야'라고 하는 '산

아지타령'의 후렴도 붙인다는 말이었다.

니정내정 모지랑빗자리76) 싹싹씰어다77) 한강철교에넣고
있는정 없는정 잘 살아보자
아리아리랑 스리스리랑 아라리가 났네~~
아리랑 응응응 아라리가 낫네~~

간데쪽쪽 정들이놓고 이별이잦아서 내가몬살겠네
아리아리랑 시리시리랑

아리아리랑도 허고 에야디야도 허고 그러네.

창부타령

자료코드 : 04_04_FOS_20110118_PKS_JYJ_0001
조사장소 : 경상남도 남해군 남해읍 차산리 중촌마을 중촌마을회관
조사일시 : 2011.1.18
조 사 자 : 박경수, 서정매, 황영태, 오소현, 공유경
제 보 자 : 정영자, 여, 80세
구연상황 : 제보자가 흥이 오른 상황에서 노랫가락을 부르기 시작하자 분위기가 한층 더
　　　　　무르익어서 청중들도 즐거워하며 박수를 치며 장단을 맞추었다.

남해금산 뜬구름아 비실었나 눈실었나
비도눈도 아니실꼬 노래명창을 실었다
얼씨구나 좋다 지화자 좋다
얼마나 좋아서 저지랄을 하네

---

76) 닳아서 못 쓰게 된 몽당 빗자루를 말한다.
77) '싹싹 쓸어다가'의 의미이다.

마당가에 모깃불이

자료코드 : 04_04_FOS_20110118_PKS_JYJ_0002
조사장소 : 경상남도 남해군 남해읍 차산리 중촌마을 중촌마을회관
조사일시 : 2011.1.18
조 사 자 : 박경수, 서정매, 황영태, 오소현, 공유경
제 보 자 : 정영자, 여, 80세
구연상황 : 청중과 제보자가 모두 흥겨워하는 분위기에서 노래가 구연되었다. 청중들은
　　　　　모두 박수를 치며 즐겁게 노래를 경청하였다.

　　　마당가에 목개불이[78)]

　　　날캉같이 속만탄다

　　　끝이타야 넘이알제

　　　속타는줄을 모르더라

모심기 노래

자료코드 : 04_04_FOS_20110118_PKS_JYS_0001
조사장소 : 경상남도 남해군 남해읍 아산리 중앙경로당
조사일시 : 2011.1.18
조 사 자 : 박경수, 서정매, 황영태, 오소현, 공유경
제 보 자 : 정의순, 여, 88세
구연상황 : 이숙례 할머니의 농부가가 끝나자 이어서 바로 불러 주었다. 노래가 시작되자
　　　　　청중들도 맞장구를 치며 함께 불러 주었다.

　　　서마지기 논배미가 반달만치 남았구나

　　　저게무슨 반달이냐 초승달이 반달이지

　　　초승달만 반달이냐 그믄석달도 반달이다

　　　에헤이야~

---

78) '모깃불'의 의미이다.

사발가

자료코드 : 04_04_FOS_20110118_PKS_JYS_0002
조사장소 : 경상남도 남해군 남해읍 아산리 중앙경로당
조사일시 : 2011.1.18
조 사 자 : 박경수, 서정매, 황영태, 오소현, 공유경
제 보 자 : 정의순, 여, 88세
구연상황 : 목청이 높고 맑은 편이어서 노래를 시원하게 잘 불러 주었다. 청중들도 즐거
워하며 박수를 치며 장단을 맞추었다.

석탄백탄 타는데는 연기만 퐁퐁나고요
이내가슴 타는데~ 연기도짐도 안난~다-
에헤야 데헤야 어야라난다 지화자
얼씨구 절씨구 잘한다

삼삼기 노래

자료코드 : 04_04_FOS_20110117_PKS_JPI_0001
조사장소 : 경상남도 남해군 남해읍 선소리 선소마을 선소마을회관
조사일시 : 2011.1.17
조 사 자 : 박경수, 정규식, 류경자, 서정매, 정혜란, 황영태
제 보 자 : 정표이, 여, 71세
구연상황 : 조사자가 '양가매 노래'를 아느냐고 묻자 제보자가 안다고 했다. 그러자 주변
에서 불러 보라고 했다. 긴장을 한 탓인지 갈수록 노래에 떨림 현상이 많이
나타났다.

시집가던 삼일만에 씨어마니 거둥보소
참깨닷말 두리깨닷말79) 두닷말을 내어줌서
볶으라꼬 호롱친다80)

---

79) '들깨 다섯 말'의 의미이다.
80) '호령을 한다'의 의미이다.

서방님도 요게앉고 씨아바니도 요게앉고

씨어마니도 요게앉고

여쭙니다 여쭙니다 말한마디 여쭙니다

천금같은 요내몸을 짚단같이 헐었시니

요내몸도 물어주몬 참깨닷말 두리깨닷말

물어주기 문제없네

야래야 미나리깡에

자료코드 : 04_04_FOS_20110119_PKS_JMJ_0001
조사장소 : 경상남도 남해군 남해읍 평현리 양지마을 양지마을회관
조사일시 : 2011.1.19
조 사 자 : 박경수, 정규식, 류경자, 정혜란, 윤슬기, 강아영
제 보 자 : 조막점, 여, 90세
구연상황 : 조사의 취지를 설명하고 노래를 부탁하고 제보자가 이 노래를 불렀다. 오래
전에 부르던 노래라서 기억이 안 날지도 모른다는 걱정을 하자 청중들이 그
냥 부르라고 부추겼다.

야래라 미나리깡에 미나리비는 저처녀야

부리잔이 넘이알고 손치자니 제모리고

던진다고 던진돌이 발등에가서 맞았구나

홀짝홀짝 우는소리가 대장부나간장이 다녹는다

간다간다 할 적에는

자료코드 : 04_04_FOS_20110119_PKS_JMJ_0002
조사장소 : 경상남도 남해군 남해읍 평현리 양지마을 양지마을회관
조사일시 : 2011.1.19

조 사 자 : 박경수, 류경자, 정혜란, 윤슬기, 강아영
제 보 자 : 조막점, 여, 90세
구연상황 : 앞선 노래를 구연하고 난 뒤, 조사자와 청중이 한 곡 더 부탁을 하자 제보자
            가 이 노래를 불렀다. 노래를 부르고 나자 청중이 눈물이 날 것 같다고 이야
            기하자 제보자가 의미가 있는 노래라는 말을 덧붙였다.

간다간다 할적에는 예사로썹쩍 들었더니
영장받아 손에들고 나는간다 잘있거라

모심기 노래

자료코드 : 04_04_FOS_20110119_PKS_JMJ_0003
조사장소 : 경상남도 남해군 남해읍 평현리 양지마을 양지마을회관
조사일시 : 2011.1.19
조 사 자 : 박경수, 정규식, 류경자, 정혜란, 윤슬기, 강아영
제 보 자 : 조막점, 여, 90세
구연상황 : 조사자가 금산위에 뜬구름아를 불러 달라고 요구하자 제보자가 바로 이 노래
            를 불렀다. 제보자는 예전에 모도 많이 심었다고 하면서 이 노래를 불렀다.

금산우에 뜬구름아 눈실었나 비실었나
눈도비도 아니나신고 노래명창 날실었네
좋다~

니정내정 좋고보면 도토리밭도 잔물나고
니정내정 싫고야보면 요래쌀밥도 신물이난다

오늘 일기가 좋아서

자료코드 : 04_04_FOS_20110119_PKS_JMJ_0004

조사장소 : 경상남도 남해군 남해읍 평현리 양지마을 양지마을회관
조사일시 : 2011.1.19
조 사 자 : 박경수, 정규식, 류경자, 정혜란, 윤슬기, 강아영
제 보 자 : 조막점, 여, 90세
구연상황 : 다른 제보자가 몇 곡 부르고 난 뒤 이 제보자에게 노래를 불러줄 것을 요구
하자 이 노래를 불렀다.

오늘일기가 좋아서 서다보빨래를 갔더니
무작한잡놈을 만나서 돌베개를 베노라
에헤용에헤용 에헤에용 어야라난다라 지화자좋네
얼마나 좋은줄 모르겠네

꿩 노래

자료코드 : 04_04_FOS_20110119_PKS_JMJ_0005
조사장소 : 경상남도 남해군 남해읍 평현리 양지마을 양지마을회관
조사일시 : 2011.1.19
조 사 자 : 박경수, 정규식, 류경자, 정혜란, 윤슬기, 강아영
제 보 자 : 조막점, 여, 90세
구연상황 : 조사자가 다른 노래를 아는 것이 있느냐고 묻자 제보자가 앞의 노래에 이어
바로 이 노래를 불렀다.

꿩꿩장서방 자네집에간께 뭐뭐 주든고
앵감도 과실인데 과실하나 안주데

범벅 솥에 불 넣었다고

자료코드 : 04_04_FOS_20110119_PKS_JMJ_0006
조사장소 : 경상남도 남해군 남해읍 평현리 양지마을 양지마을회관

조사일시 : 2011.1.19

조 사 자 : 박경수, 류경자, 정혜란, 윤슬기, 강아영

제 보 자 : 조막점, 여, 90세

구연상황 : 청중들이 노래를 잘 부른다고 말하자 제보자는 앞선 노래를 구연한 다음 바
로 이 노래를 불렀다.

범벅솥에 불옇다고 불옇다고 한덩거리

맛보라고 두덩거리 삼세세덩거리를 먹고나니

배가 불러서 한이로다

진도아리랑

자료코드 : 04_04_FOS_20110119_PKS_JMJ_0007

조사장소 : 경상남도 남해군 남해읍 평현리 양지마을 양지마을회관

조사일시 : 2011.1.19

조 사 자 : 박경수, 류경자, 정혜란, 윤슬기, 강아영

제 보 자 : 조막점, 여, 90세

구연상황 : 조사자가 아리랑도 좋으니 아는 노래가 있으면 노래를 하나 더 해달라고 하
자 바로 이 노래를 불렀다.

시어마니 죽어서 방널러 좋네

팔도야 잡놈아 다오니라

이 산 저 산 나무 비어

자료코드 : 04_04_FOS_20110118_PKS_JYR_0001

조사장소 : 경상남도 남해군 남해읍 입현리 소입현마을 소입현마을회관

조사일시 : 2011.1.18

조 사 자 : 박경수, 정규식, 류경자, 정혜란, 윤슬기, 강아영

제 보 자 : 조영래, 여, 85세

구연상황 : 다른 분들에게 노래를 청한 다음 제보자에게 다시 청하니 다음 노래를 불러
주었다. 노래를 마치면서 "이만큼밖에 못 하겠다."고 하면서 구연을 마쳤다.

　　이산저산 나무비어 남해금산 절을지어
　　저산우에 피는꽃은 반만피어도 화초된다

님은 가서 안 오는데

자료코드 : 04_04_FOS_20110118_PKS_JYR_0002
조사장소 : 경상남도 남해군 남해읍 입현리 소입현마을 소입현마을회관
조사일시 : 2011.1.18
조 사 자 : 박경수, 정규식, 류경자, 정혜란, 윤슬기, 강아영
제 보 자 : 조영래, 여, 85세
구연상황 : 제보자는 한 곡을 한 다음 생각나는 대로 다른 노래를 불렀다. 노래를 부르기
전에 "그것도 부르려고 하니 주눅이 든다."라고 하면서 조심스럽게 노래를 시
작하였다.

　　님은가서 안오는데 나도가서 안올라네
　　임아임아 정든임아 다시한번 만나보세

성아성아 사춘성아

자료코드 : 04_04_FOS_20110118_PKS_JYR_0003
조사장소 : 경상남도 남해군 남해읍 입현리 소입현마을 소입현마을회관
조사일시 : 2011.1.18
조 사 자 : 박경수, 정규식, 류경자, 정혜란, 윤슬기, 강아영
제 보 자 : 조영래, 여, 85세
구연상황 : 다른 노래들을 부른 후에 조사자가 이런 노래도 아느냐고 물어보자 제보자가
이 노래를 해 주셨다.

성아성아 사춘성아 내왔다고 개넘마라

쌀한되만 자지씨몬 내도묵고 네도묵지

밀양아리랑

자료코드 : 04_04_FOS_20110119_PKS_HNJ_0001

조사장소 : 경상남도 남해군 남해읍 평현리 양지마을 양지마을회관

조사일시 : 2011.1.19

조 사 자 : 박경수, 정규식, 류경자, 정혜란, 윤슬기, 강아영

제 보 자 : 하납지, 여, 83세

구연상황 : 조사자가 아리랑도 좋으니 노래를 불러 달라고 요구하자 제보자가 다음 <밀
　　　　　양아리랑>을 불렀다.

　　　날좀보소 날좀보소 날좀보소

　　　동지섣달 꽃본듯이나 날좀보소

　　　아리아리랑 스리스리랑 아라리가낫네~~

　　　아리랑 고개로 나를넘기주게

화투타령

자료코드 : 04_04_FOS_20110119_PKS_HNJ_0002

조사장소 : 경상남도 남해군 남해읍 평현리 양지마을 양지마을회관

조사일시 : 2011.1.19

조 사 자 : 박경수, 류경자, 정혜란, 윤슬기, 강아영

제 보 자 : 하납지, 여, 83세

구연상황 : 조사자가 화투 노래를 불러 달라고 요구하자 제보자가 이 노래를 불렀다. 하
　　　　　지만 끝부분은 기억이 나지 않아 청중과 같이 가사를 생각해 봤으나 결국 제
　　　　　대로 생각이 나지 않아 대충 얼버무리며 끝을 냈다.

정월 속가지 속속이올라

이월 밑에 이상하다

삼월 사쿠라 살라던마음

사월 흑사리 허사로다

오월 난초 날아든나비

유월 목화 꽃에앉아

칠월 홍사리 홀로늙어

팔월 강산에 달도나밝네

구월 국화 굳었던마음

시월 단풍에 뚝떨어진다

동지 섣달 서른품에

섣들 겨울에 툭떨어진다

바람은 탱탱 불어쌌고

자료코드 : 04_04_FOS_20110119_PKS_HNJ_0003
조사장소 : 경상남도 남해군 남해읍 평현리 양지마을 양지마을회관
조사일시 : 2011.1.19
조 사 자 : 박경수, 류경자, 정혜란, 윤슬기, 강아영
제 보 자 : 하남지, 여, 83세
구연상황 : 화투 노래를 부른 다음 바로 이 노래를 불렀다. 중간에 가사를 몰라 청중에게
　　　　　물어보고 직접 마무리를 했다.

바람은탱탱 불어쌌고

콩잎은펄펄 넘어쌌고

아는탱탱 울어쌌고

제집은펄펄 달아나고

얼씨구좋다 절씨구좋아

이렇게좋다가는 논팔겄네

모심기 노래

자료코드 : 04_04_FOS_20110119_PKS_HNJ_0004

조사장소 : 경상남도 남해군 남해읍 평현리 양지마을 양지마을회관

조사일시 : 2011.1.19

조 사 자 : 박경수, 류경자, 정혜란, 윤슬기, 강아영

제 보 자 : 하남지, 여, 83세

구연상황 : 제보자가 청중과 함께 불렀다. 청중의 가사에 맞춰서 가는 듯했지만 끝까지 불렀다.

설천 모너리 조내기 뺀가

졸음도 졸음도 잘조리 든다

에여라 등가둥 둥가디여라 그리도 못노리로구나

이폴목이 쏙도라 빠져도 내가 못노리로구나

진도아리랑

자료코드 : 04_04_FOS_20110119_PKS_HNJ_0005

조사장소 : 경상남도 남해군 남해읍 평현리 양지마을 양지마을회관

조사일시 : 2011.1.19

조 사 자 : 박경수, 류경자, 정혜란, 윤슬기, 강아영

제 보 자 : 하남지, 여, 83세

구연상황 : 앞의 노래에 이어 제보자가 바로 이 노래를 불렀다.

시어마니 잔소리 헐때로 하소

며느리 복장은 클때로 컸소

아리아리랑 스리스리랑 아라리가 낫네~~
아리랑 고개로 나를넘기 주게

창부타령

자료코드 : 04_04_FOS_20110119_PKS_HNJ_0006
조사장소 : 경상남도 남해군 남해읍 평현리 양지마을 양지마을회관
조사일시 : 2011.1.19
조 사 자 : 박경수, 류경자, 정혜란, 윤슬기, 강아영
제 보 자 : 하남지, 여, 83세
구연상황 : 앞의 노래에 이어 바로 이 노래를 불렀다.

임아임아 서방님아 밥상받고 호롱마라
실낱같은 법아니면 마주앉아 호령하리
얼씨구좋네 지화자좋아 아니놀지를 논팔겠다

베짜기 노래

자료코드 : 04_04_FOS_20110119_PKS_HNJ_0007
조사장소 : 경상남도 남해군 남해읍 평현리 양지마을 양지마을회관
조사일시 : 2011.1.19
조 사 자 : 박경수, 류경자, 정혜란, 윤슬기, 강아영
제 보 자 : 하남지, 여, 83세
구연상황 : 조사자가 마지막으로 베틀 노래를 한번 불러 달라고 요구하자, 제보자는 알겠
다고 말을 하면서 다음 노래를 불렀다.

오늘날이 하심심하여서 베틀노래나 불러나보세
낮에짜면은 일광단이오 밤에짜면은 월광단이라
낮에짜고 밤에짜고 서방님와이샤스나 만들어보세

진도아리랑

자료코드 : 04_04_FOS_20110119_PKS_HCH_0001
조사장소 : 경상남도 남해군 남해읍 차산리 동산마을 첫 골목집
조사일시 : 2011.1.19
조 사 자 : 박경수, 서정매, 황영태, 오소현, 공유경
제 보 자 : 하추홍, 여, 85세
구연상황 : 제보자가 처음에는 홀로 중얼거리다가 조사자들이 자신 있게 불러 달라고 하
자 그제서야 구연해 주었다. 처음에는 한 소절만 불렀지만 조사자가 가사를
유도하자 자연스럽게 이어서 불러 주었다.

    산차지~ 물차지~ 총독부 차지~
    이세상 금전은 청년들 차지
    아리아리랑 스리스리랑 아라리가 났네~
    아리랑 끙끙끙 아라리가 났네

    우리가 살더라 몇백년 살겠나
    살아야 생전에 먹고쉬고 놀자~
    아리아리랑 스리스리랑 아라리가 났네~
    아리랑 끙끙끙 아라리가 났네

    갈보야 칠보야 몸단장 마라~
    돈없는 건달꾼 끝물만 쓴다
    아리아리랑 스리스리랑 아라리가 났네~
    아리랑 끙끙끙 아리리가 났네

노랫가락 / 그네 노래

자료코드 : 04_04_FOS_20110119_PKS_HCH_0002

조사장소 : 경상남도 남해군 남해읍 차산리 동산마을 첫 골목집

조사일시 : 2011.1.19

조 사 자 : 박경수, 서정매, 황영태, 오소현, 공유경

제 보 자 : 하추홍, 여, 85세

구연상황 : 제보자가 처음에는 노래 구연하는 것을 조금 쑥스러워했지만, 스스로 박수
를 치면서 자신 있게 불러 주었다.

수천당 세모시남개~ 둘이타자고 그네를매자

임이타면 내가밀고~ 내가타면은 임이민다

임아임아 줄살살밀어~ 줄떨어지면 정떨어진다

찔레꽃 노래

자료코드 : 04_04_FOS_20110119_PKS_HCH_0003

조사장소 : 경상남도 남해군 남해읍 차산리 동산마을 첫 골목집

조사일시 : 2011.1.19

조 사 자 : 박경수, 서정매, 황영태, 오소현, 공유경

제 보 자 : 하추홍, 여, 85세

구연상황 : 제보자는 처음엔 무엇을 부를지 몰라 고민하던 중에 청중들의 도움을 받아
가사를 건네 듣고는 그제야 노래를 불러 주었다.

길로 가다가~ 찔레꽃이 하도곱아

한꼭대기 꺾어다가~ 임의버선에 보를걸어

임을보고~ 버선보니~ 임줄정이~ 그리없어

진도아리랑

자료코드 : 04_04_FOS_20110118_PKS_HDY_0001

조사장소 : 경상남도 남해군 남해읍 입현리 소입현마을 소입현마을회관

조사일시 : 2011.1.18

조 사 자 : 박경수, 정규식, 류경자, 정혜란, 윤슬기, 강아영

제 보 자 : 한두엽, 여, 61세

구연상황 : 이야기를 하고 난 후 분위기가 고조되자 제보자가 다음 노래를 부르기 시작했다.

어른님 보다가 넘으님을 보니
안나는 심사가 아주절로 난다
아리아리랑 쓰리쓰리랑 아라리가 났네
아리랑 응~응 아라리가 났네

놀다가 가세요 자다가 가세요
저달이 떴다지도록 놀다가 가세요

눈깔이사탕 먹을때는 단맛으로 먹고
몽둥이뜸질 할적에는 하늘이빙빙 돈다

다리 세기 노래

자료코드 : 04_04_FOS_20110118_PKS_HMD_0001

조사장소 : 경상남도 남해군 남해읍 아산리 중앙경로당

조사일시 : 2011.1.18

조 사 자 : 박경수, 서정매, 황영태, 오소현, 공유경

제 보 자 : 한막달, 여, 89세

구연상황 : 제보자에게 다리세기 노래를 해 달라고 부탁하자, 아주 빠른 목소리로 순식간에 구연해 주었다. 청중들도 듣고는 재미있다며 모두 즐겁게 웃었다.

한나 만나 두만나
짝 바리 히양궁

도리 줌치 싸리요

육대 육대 전라도

하늘에 선군 제비콩

똘똘 몰아 장독칼

물레 노래

자료코드 : 04_04_FOS_20110119_PKS_HSJ_0001
조사장소 : 경상남도 남해군 남해읍 아산리 신기마을 신기마을회관
조사일시 : 2011.1.19
조 사 자 : 박경수, 황영태, 오소현, 공유경
제 보 자 : 허숙자, 여, 61세
구연상황 : 제보자가 노래를 시작하자 다른 청중들도 모두 함께 따라 불러 주었다.

물레야 물레야 비리빙빙빙~ 돌아라

아까븐 내청춘 다늙어~ 간다

에야데야 에헤디야

어야 디여라 내사랑이로 구나

아기 재우는 노래 / 자장가

자료코드 : 04_04_FOS_20110119_PKS_HSJ_0002
조사장소 : 경상남도 남해군 남해읍 아산리 신기마을 신기마을회관
조사일시 : 2011.1.19
조 사 자 : 박경수, 황영태, 오소현, 공유경
제 보 자 : 허숙자, 여, 61세
구연상황 : 자장가를 불러 달라고 요청하니 손자를 재우듯이 자세를 취하며 적극적으로
      노래를 구연해 주었다.

자네자네 자네자네
우리정은이 잘도자네
멍멍개야 짖지마라
꼬꼬닭아 울지마라
우리정은이 잠깰라
잔다잔다 잔다잔다

잠자리 잡는 노래

자료코드 : 04_04_FOS_20110119_PKS_HSJ_0003
조사장소 : 경상남도 남해군 남해읍 아산리 신기마을 신기마을회관
조사일시 : 2011.1.19
조 사 자 : 박경수, 황영태, 오소현, 공유경
제 보 자 : 허숙자, 여, 61세
구연상황 : 제보자에게 어릴 때 잠자리 잡을 때 불렀던 노래를 불러 달라고 요청하자 선
뜻 기억이 났는지 불러 주었다.

잠자리 꼼자리
멀리가면 니죽는다
붙은자리 붙어라

3. 서면

▍조사마을

경상남도 남해군 서면 서상리 서상마을

조사일시 : 2011.1.23
조 사 자 : 박경수, 오소현, 공유경

서면 서상리 서상마을 서상경노회관

서상리(西上里)는 남해군 서면의 남해 바다에 인접한 반농반어촌이다. 자연마을로 서상마을, 음지편마을, 정주당마을이 있다.

서상리는 고려 말부터 지금의 자작마을 서편 산자락 음지쪽에 사람이 살기 시작하면서 형성되었다고 전하며, 이후 해안가 쪽으로 점차 마을이 확장되었다고 한다. 옛날에는 바닷가에 호수가 있어 호포(湖浦)라고 부르다가 어음의 변화로 홀포, 홀개라고 불렀다고 한다. 그리고 뒷산 높은 곳에서 마을을 내려다보면 그 형상이 코에 뿔이 난 소를 닮았다고 하여 소 서(犀)자와 코끼리 상(象)자를 써서 서상(犀象)이라 하였는데, 후에 서상(西象)이라 하기도 했다. 현재의 서상(西上)이란 이름은 1910년 지명 개칭 시 서면의 면소재지에 있는 상등마을이라고 한 데서 비롯되었다고 한다.

서상리는 1986년에 서상1리와 서상2리로 분동되었다가 양 마을 각종 단체가 형평상 분리되지 못하여 많은 불편을 겪어 오던 중 인구 감소로 1996년 다시 합동되었다. 1986년에 마을 앞 서상만이 매립되어 마을 주민들의 소득감소를 가져오기도 하였으나 남해스포츠파크가 조성되어 마을의 발전을 도모하기도 하였다.

서상리에는 남평 문씨가 임진왜란 참전 이후인 약 450여 년 전에 처음으로 정착하였으며, 이후 현풍 곽씨가 합천에서 입동하였다고 한다. 그리고 300여 년 전에 초계 최씨는 광양에서, 김해 김씨는 미조에서, 인동 장씨는 남해읍에서, 밀양 박씨는 대정마을에서 각각 입동하였다고 한다. 2006년 현재 남자 200명, 여자 210명이 거주하고 있으며, 세대수는 총 192세대이다. 생업은 농업과 수산업, 축산업 등을 주로 하고 있다.

서상마을 주민들은 주로 반농반어의 생활을 하고 있으며 주 소득원은 벼, 마늘, 시금치 등이다. 그리고 바다에서는 문어와 물메기를 주로 수확한다. 마을에서는 해마다 당산제를 지내는데, 면사무소 경내에 있는 당산나무(포구나무, 수령 약 250년)에 황토를 뿌리고 금줄을 쳐 신성한 곳으로 부정을 막는다. 당산제를 지낼 때는 마을 초입과 마을 말미에 장승을 세우기도 한다.

조사자 일행은 1월 23일(일), 오후 1시 20분에 서상리 서상마을에 도착하였다. 마을회관에 도착하니 9명의 노인들이 있었다. 조사의 취지와 목적을 설명하고 1시 30분부터 본격적인 조사를 하였다. 이 마을에서 박경아(여, 82세) 제보자로부터 설화 <오줌을 누어 호랑이를 쫓은 여인> 1편과 민요 <창부타령>, <시집살이 노래>, <양산도>, <화투타령> 등 다수의 자료를 조사하였다. 곽심여(여, 100세) 제보자는 <창부타령>과 <달타령> 등 두 곡을 제공해 주었다. 이 제보자는 연세가 100세임에도 불구하고 일어나서 춤을 추며 가창할 정도로 기력이 좋았다. 민요에 비해 설화 자료는 제대로 조사되지 못했다. 조사는 약 1시간 정도 진행되었다

경상남도 남해군 서면 서호리 서호마을

조사일시 : 2011.1.23
조 사 자 : 박경수, 오소현, 공유경

서면 서호리 서호마을 서호마을회관(호운각)

서호(西湖里)는 남해군 서면의 학등산 남쪽 끝자락에 있는 산촌 마을이다. 비교적 평탄한 구릉지대에 위치한 서호리는 자연마을로 중간모, 서지골, 아랫모 마을이 있다. 중간모 마을은 서호 가운데에 있으며, 서지골 마

을은 서재가 있었다 하여 붙여진 이름이다. 아랫모 마을은 서호 서쪽에 있는 마을이다.

서호리는 서기 742년 삼국시대부터 있었다고 전해 온다. 정읍에서 진양 하씨가, 남원에서 경주 김씨가, 진주에서 진주 정씨가, 의령에서 달성 서씨가, 합천에서 문화 유씨가, 서울에서 청송 심씨가, 밀양에서 밀양 박씨가, 서산에서 김해 김씨가, 그리고 김녕 김씨, 경주 이씨가 마을로 이주해 와서 살고 있다. 2006년 현재 남자 103명, 여자 110명이 거주하고 있으며 총 세대수는 105세대이다. 대부분 농업이 주업이다. 김씨와 정씨가 많이 거주하고 있다.

지금의 서상에서 동정 앞까지 바닷물이 들어왔는데, 그곳은 한때 염밭이 있다 하여 호을포(湖乙浦), 홀포로 불렸으며, 마을 서쪽 소류지 근처에 기와공장이 있는 곳은 와야동(瓦冶洞) 혹은 애애동이라고 불렸다. 그 후 서상에서 봉성까지 곳곳에 사람들이 거주했기에 홀포(忽浦)라고도 했으나, 마을 앞의 큰 개천이 서쪽으로 흐른다 하여 서호라고 개칭한 이후 지금에 이르고 있다.

마을은 동쪽으로는 대정리, 서쪽으로는 서상리, 동북으로는 연죽리, 서북으로는 작장리, 남쪽으로는 연죽에서 서상으로 흐르는 서상천을 경계로 하고 있으며, 총 면적이 약 300만 m²에 이른다. 망운산의 남쪽 기슭에 천황산을 마주하는 남향의 따뜻한 마을이기도 하다. 마을사람들은 산림이 울창하여 땔감이 풍부하고 들이 넓고 물이 좋아 농사짓기에 좋은 고장이며, 살기 좋고 인심 좋은 고장이라고 자랑한다. 마을 뒤편의 주암골에는 임진 왜란 때 왜적과 대응하기 위하여 의병을 훈련시킨 장소로 대장군 집터가 있다. 이 집터에는 높이 2.5m, 길이 10m 가량 석축형태가 남아 있는데, 기와조각도 다수 채집되고 있어 일명 '제앙구절터' 또는 '성지'라고도 전해진다.

조사자 일행은 서호리 서호마을에 1월 23일(일), 오전 10시 20분경에 도착하였다. 이 마을의 회관은 한옥의 형태로 최근에 지은 건물이었다. 건물 앞면의 중앙에는 호운각(湖雲閣)이라는 현판이 붙어 있었다. 마을회관에 들어가니 남성 노인들만 있어서 이들을 대상으로 대략 40분 정도 조사를 했다. 조사를 마친 후 다른 마을로 이동했다가 오후 2시 40분에 다시 이 마을을 찾아왔다. 다행히 서너 명의 여성 노인들이 있어서 추가 조사를 할 수 있었다. 두 번에 걸쳐 이루어진 조사시간은 약 1시간 40분 정도였다.

정용하(남, 80세) 제보자로부터 민요 <농부가>, <청춘가>, <상여소리> 등의 민요를 조사했으며, 김동순(여, 80세) 제보자로부터 설화 1편과 <양산도>, <진도아리랑> 등 민요를 조사하였다. 곽점아(여, 83세), 김정균(남, 73세) 등의 제보자들로부터도 설화와 민요를 몇 편 더 조사할 수 있었다. 이 마을 역시 다른 마을과 마찬가지로 시금치 밭에 일하러 나간 할머니들이 많아서 여성 제보자를 만나기가 쉽지 않았다.

경상남도 남해군 서면 연죽리 연죽마을

조사일시 : 2011.1.23
조 사 자 : 박경수, 오소현, 공유경

연죽(煙竹利)는 남해군 서면의 용두산 끝자락에 위치한 산촌 마을이다. 자연마을로 봉성, 새방, 연죽마을이 있다. 봉성마을은 연죽 동남쪽에 있으며, 새방마을은 연죽 동쪽에 있다. 연죽마을은 옛날에 대가 많았다고 하는 마을이다.

연죽리에 언제부터 사람들이 들어와서 살게 되었는지 정확하게 알기 어렵다. 400여 년 전인 임진왜란 초기에 피난처를 찾아 온 사람들이 이 마을로 와서 정착해서 살게 되었다고 한다. 제일 먼저 평산 신씨(平山 申氏)가 이 마을에 들어온 이후 나주 임씨(羅州 林氏)가 남해읍 죽산리에서 옮겨왔으며, 이후 곽씨, 김씨, 박씨, 유씨 등이 입동하여 마을이 형성되었다고 한다.

옛날 마을 뒤에 절골에는 연화사라는 절이 있어 마을 이름을 연화동이라 불렀다가 1906년에 연죽리로 개명하였다고 한다. 1946년에 연죽과 봉성이 같은 행정리로 100여 호가 되었는데, 봉성이 남해읍으로 분동되면서 30여 호가 분리되어 나갔다. 1981년 12월에 마을 아래 입구에 저수지가 준공되었다. 2006년 현재 이 마을에는 남자 57명, 여자 56명이 거주하고 있으며, 총 세대수는 49세대이다. 대부분 농업을 주업으로 삼고 있는데 축산업을 하는 사람도 있다.

조사자 일행은 오후 4시 경에 연죽리 연죽마을에 들렀으나 마을회관에는 사람들이 아무도 없었다. 모두 시금치 밭에 일하러 나갔기 때문이다. 부득이 수소문 끝에 시금치를 다듬는 창고 부근으로 가서 그곳에서 작업 중인 김경심(여, 92세) 제보자를 만나 조사를 시도하였다. 그러나 제보자는 <사월에라 한다리목에>로 시작하는 민요 1편만을 부르고는 바쁜 일 때문인지 제보를 중단하고 말았다. 조사자는 더 이상 제보자로부터 조사가 어렵다고 판단하고 그 자리를 나왔다. 1월 23일(일)의 조사는 연죽마을 조사를 끝으로 마무리했다.

경상남도 남해군 서면 정포리 우물마을

조사일시 : 2011.1.22
조 사 자 : 박경수, 오소현, 공유경

정포리(井浦里)는 남해군 서면에서도 서쪽으로 바다와 접해 있는 어촌마을이다. 자연마을로 정포마을, 우물마을, 웃골마을이 있다. 정포마을은 큰 우물이 바다에 가까이 있다고 해서 붙여진 이름이며, 우물마을은 마을 안에 우물이 있다 하여 이름 붙여졌다. 웃골마을은 정포 동쪽에 있는 마을이다. 이중 우물마을을 조사지역으로 정했다.

우물(于勿)마을에는 여름이면 차갑고 겨울이면 김이 나는 참샘(우물)이 하나 있다. 마을의 이름도 이 우물에서 유래되었다고 한다. 이 마을 주민들은 아끼는 것이 3가지가 있다고 한다. 음력 10월 보름 동제를 지내는 당산나무와 돌탑이 두 가지이고, 다른 한 가지가 마을 뒷산에 있는 고래장터이다. 동제를 지낼 때, 당산나무에서 먼저 제를 올리고 마을 수호신이라 믿고 있는 돌탑에서 제를 마치는데, 제주는 집집마다 돌아가면서 맡는다고 한다. 고려장터는 옛날 굶주림 때문에 부모를 버렸다는 곳인데, 현촌 쪽으로 올라오다 보면 삼봉산 기슭에 있는 커다란 돌무덤을 일컫는다.

서면 정포리 우물마을 우물회관

이 마을에 처음으로 입동한 성씨는 장수 이씨이며, 지금은 정씨가 가장 많이 살고 이씨와 박씨 등도 거주하고 있다. 2006년 기준으로 남자 35명, 여자 47명이 거주하고 있으며, 총 세대수는 34세대이다. 대부분 농업을 생업으로 삼고 있는데, 벼, 마늘, 시금치, 참다래, 유자 등이 마을의 주 소득원이다.

조사자 일행은 오전에 고현면 오곡마을의 조사를 마치고 점심을 먹은 후 중현리 회룡마을과 현촌마을을 방문하였다. 하지만 두 곳의 마을회관에는 노인들이 없어서 이곳 정포리 우물마을로 가서 조사를 하기로 했다. 조사자 일행이 우물마을에 도착한 시간은 오후 2시 40분이었다. 마을회관에는 총 6명의 여성노인들이 있었다. 많은 사람들이 밭에 일을 하러 가서 회관에 나온 사람들이 적다고 했다. 마을회관은 2010년 7월에 지은 2층짜리 새 건물이었으며, 두 개의 방으로 나뉘어 있었다. 6명의 노인들 가운데 조사에 응해준 분이 정로자(여, 72세) 제보자와 박경자(여, 71세) 제보자였다. 정로자 제보자가 설화 <매미가 된 강피 훑던 여인> 1편을, 박경자 제보자는 민요 <잠자리 잡는 노래> 1편을 제공해 준 것이 전부이다. 다른 분들은 노래나 이야기를 잘 못한다고 하면서 조사에 소극적이었다. 조사 시간은 약 30분 정도였다.

경상남도 남해군 서면 중현리 회룡마을

조사일시 : 2011.1.22
조 사 자 : 박경수, 오소현, 공유경

중현리(中峴里)는 남해군 서면의 용두산 북쪽 능선 아래에 있는 농촌마을이다. 중현리 회룡(回龍)마을은 망운산의 북쪽에 위치한 옥녀봉 아랫자락에 위치하고 있다. 이 마을에 사람이 살기 시작한 시기는 약 300여 년 전으로 추정되고 있다. 이곳의 지형이 마을을 중심으로 양쪽 산 능선이 감아 돌아가는 형상을 하고 있어 도룡골이라 불리게 되었다고 한다. 1830년 경에 정만규라는 분이 마을의 발전과 동민의 평안을 기원하기 위해 마을의 중심부에 당산나무를 심었는데, 지금까지 전해오고 있다. 1937년에 행정구역의 변경에 따라 중현마을과 분리되어 한자로 개칭된 회룡마을이란 명칭을 쓰게 되었다고 한다.

서면 중현리 회룡마을 회룡회관

회룡마을에는 정, 박, 이씨 등 3성이 40여 호를 형성하면서 살고 있었으며, 일제강점기 때는 중현초등학교가 있어서 서면 북부 교육의 중심지가 되어왔다. 1945년 광복 직후에는 서면 중현출장소를 비롯하여 서면지서 주현분소가 있게 되어 서면의 북부지역에서 생활 질서가 좋은 곳으로 알려졌다. 이후 중현우체국도 신설되었다. 2006년 현재 남자 68명, 여자 82명이 거주하고 있으며, 총 세대수는 67세대이다. 생업은 농업을 주로 한다. 과거에는 벼, 보리, 밀, 콩, 고구마 등의 작물을 재배했는데 지금은 시금치, 밤호박 등의 특종작물의 재배 비율이 매우 높다고 한다.

마을의 정자나무인 말채나무가 당산나무로 지정되어 있으며, 그 옆에 수령이 200년쯤 되는 모과나무가 있다. 해마다 음력 10월 10일에 당산나무에서 제를 올리는데, 제주는 마을에서 제일 깨끗한 집안을 가려 선정한다.

조사자 일행은 정포리 우물마을의 조사를 마치고 중현리 회룡마을로 왔다. 이 마을에 도착한 시간은 3시 30분경이었다. 마을에 도착하니 다행히 노인들이 10명 정도 모여 있었다. 이 마을의 회관은 모범경로회관으로 선정되었다고 한다. 마을회관은 2층 건물로 중앙에 넓은 공간이 있었고, 양쪽으로 방이 여러 개 나뉘어 있었다. 노인들을 대상으로 조사의 취지와 목적을 설명한 뒤 조사를 시작하였다.

이경선(여, 79세) 제보자와 최월엽(여, 83세) 제보자로부터 <진도아리랑>, <너냥 나냥>, <창부타령>, <양산도> 등의 민요를 조사할 수 있었다. 다른 제보자들로부터도 몇 편의 민요를 추가 조사하였다. 조사자가 설화의 구연을 적극적으로 유도했으나 좀처럼 설화의 구연은 이루어지지 않았다. 조사는 대략 1시간 정도 진행되었다. 이 마을의 조사를 끝으로 1월 22일(토)의 조사를 마무리하고 숙소로 향했다.

곽심녀, 여, 1912년생

주 소 지 : 경상남도 남해군 서면 서상리 서상마을
제보일시 : 2011.1.23
조 사 자 : 박경수, 오소현, 공유경

곽심녀는 1912년생으로 쥐띠이다. 남해군 서면 작장리 상남마을에서 2남 3녀 중 첫째로 태어났다. 18살에 결혼을 하여 1남 2녀를 두었다. 70년 전에 남편을 잃었고 현재 아들과 함께 살고 있다. 과거에 농사를 지었다.

제보자는 100세라는 연세에도 불구하고 노래 장단에 맞추어 신나게 춤도 추면서 노래를 불러 주었다. 말도 잘하고 귀도 밝은 편이었다. 나이 탓으로 숨이 차서 노래를 많이 부르지는 못했다. 제공한 자료는 민요 <창부타령>과 <달타령> 등 2편이다.

제공 자료 목록
04_04_FOS_20110123_PKS_GSN_0001 창부타령
04_04_FOS_20110123_PKS_GSN_0002 달타령

곽점아, 여, 1929년생

주 소 지 : 경상남도 남해군 서면 서호리 서호마을
제보일시 : 2011.1.23
조 사 자 : 박경수, 오소현, 공유경

곽점아는 1929년 기사생으로 뱀띠이다. 경상남도 남해군 서면에서 2남 4녀 중 첫째로 태어났다. 4남 1녀의 자녀를 두었는데, 자녀는 모두 객지에 나가 살고 있다. 30년 전 남편을 잃었고 현재는 혼자 살고 있다. 과거에 농사를 지었다.

제보자는 어깨를 덩실덩실거리며 노래를 불렀다. 조사 초반에는 조용히 듣기만 하다가 옆 사람이 먼저 노래를 시작하자 흥에 겨워 같이 불러 주었다. 제공한 자료는 <창부타령>, <양산도> 등이다. 이들 민요는 일하면서 듣고 익힌 것이라고 하였다.

제공 자료 목록
04_04_FOS_20110123_PKS_GJA_0001 창부타령
04_04_FOS_20110123_PKS_GJA_0002 양산도

김경심, 여, 1920년생

주 소 지 : 경상남도 남해군 서면 연죽리 연죽마을
제보일시 : 2011.1.23
조 사 자 : 박경수, 오소현, 공유경

김경심은 1920년생으로 원숭이띠이다. 본관은 김해이다. 남해군 남면 덕월리 구미마을에서 6남매 중 넷째로 태어났다. 벼농사를 짓는데, 겨울에는 시금치농사를 한다고 했다. 18살에 결혼을 하여 1남 1녀를 두었다. 현재 아들과 함께 거주하고 있다.

조사자가 시금치를 다듬는 곳에 직접 가서 조사했기 때문에 제보자는 시금치를 다듬으며 민요 1편을 불러 주었다. 시금치 다듬는 일이 바빠서 노래를 많이 못 불러 준다고 미안하다고 했다. 제공한 자료는 "서월에라 한다리목에"로 시작하는 민요이다.

제공 자료 목록

04_04_FOS_20110123_PKS_KKS_0001 서월에라 한다리목에

김동순, 여, 1932년생

주 소 지 : 경상남도 남해군 서면 서호리 서호마을
제보일시 : 2011.1.23
조 사 자 : 박경수, 오소현, 공유경

김동순은 1932년생으로 원숭이띠이다. 본
관은 경주이다. 남해군 서면 서호리 서호마
을에서 2남 2녀 중 막내로 태어났다. 18살에
결혼을 하여 2남 1녀를 두었다. 52년 전에
남편을 잃었고 지금은 혼자 살고 있다.

제보자는 약간 느리게 노래를 불러서 가
사를 알아듣기가 수월하였다. 3일 정도 몸에
마비가 와서 생사를 넘나들었다고 하였다.

말하기가 불편한데도 불구하고 조사에 적극 임해 주었다. 제공한 자료는
<강피 훑는 팔자의 부인> 설화 1편과 <양산도>, <진도아리랑> 등 민요
5편이다. 이들 민요는 처녀 때 농사일을 하면서 배운 것이라고 하였다.

제공 자료 목록

04_04_FOT_20110123_PKS_KDS_0001 강피 훑는 팔자의 부인
04_04_FOS_20110123_PKS_KDS_0001 시집살이 노래 (1) / 사촌형 노래
04_04_FOS_20110123_PKS_KDS_0002 시집살이 노래 (2)
04_04_FOS_20110123_PKS_KDS_0003 양산도
04_04_FOS_20110123_PKS_KDS_0004 밭매기 노래
04_04_FOS_20110123_PKS_KDS_0005 진도아리랑

김두아, 여, 1930년생

주 소 지 : 경상남도 남해군 서면 중현리 회룡마을
제보일시 : 2011.1.22
조 사 자 : 박경수, 오소현, 공유경

김두아는 1930년 경오생으로 말띠이다.
본관은 김해이며, 경상남도 남해군 고현면
대곡리 대곡마을에서 태어났다. 2남 3녀 중
첫째로 태어났다. 17살에 결혼하여 슬하에 1
남 5녀를 두었다. 자녀들은 부산, 진주 등
객지에 살고 있다. 제보자는 3년 전 남편을
잃고 혼자 살고 있다.

제보자가 제공한 자료는 <화투타령> 1편
이다. 이 노래는 어렸을 때 친구들과 놀면서 알게 된 노래라고 했다.

제공 자료 목록
04_04_FOS_20110122_PKS_KDA_0001 화투타령

김연엽, 여, 1932년생

주 소 지 : 경상남도 남해군 서면 중현리 회룡마을
제보일시 : 2011.1.22
조 사 자 : 박경수, 오소현, 공유경

김연엽은 1932년 임신생으로 원숭이띠이
다. 경상남도 남해군 남해읍 오동리에서 2남
3녀 중 막내로 태어났다. 초등학교를 중퇴하
고 농사를 지었다. 17살에 결혼하여 슬하에
3남 3녀를 두었다. 자녀들은 모두 객지에 살

고 있다. 지금은 남편(82세)과 살고 있다.

제보자는 산비둘기 소리를 흉내 내는 <풀국새 노래> 1편을 제공해 주었다. 이 노래는 어릴 때 들어서 알게 된 것이라고 했다.

제공 자료 목록

04_04_FOS_20110122_PKS_KYY_0001 풀국새 노래

김정균, 남, 1939년생

주 소 지 : 경상남도 남해군 서면 서호리 서호마을
제보일시 : 2011.1.23
조 사 자 : 박경수, 오소현, 공유경

김정균은 1939년 생으로 토끼띠이다. 남해군 서면 서호리 서호마을에서 2남 1녀 중 첫째로 태어났다. 23살에 결혼을 하여 3남 2녀를 두었다. 현재 어머니를 모시고 부인(김갑년, 70세)과 같이 살고 있다. 제보자는 과거에 농사를 지었으나 지금은 시금치 농사를 한다 하였다.

제보자는 목소리가 가늘고 웃음이 많은 분이었다. 제공한 자료는 우스개 이야기로 <며느리 젖을 빤 시아버지> 1편이다. 이 자료는 옛날 어른들로부터 전해 들은 이야기라고 하였다.

제공 자료 목록

04_04_FOT_20110123_PKS_KJK_0001 며느리 젖을 빤 시아버지

박경아, 여, 1930년생

주 소 지 : 경상남도 남해군 서면 서상리 서상마을

제보일시 : 2011.1.23
조 사 자 : 박경수, 오소현, 공유경

　박경아는 1930년생으로 말띠이다. 남해에
서 2녀 중 맏이로 태어났다. 17살에 결혼을
하여 3남 4녀를 두었다. 남편은 현재 90살이
고 함께 살고 있다.

　제보자는 <창부타령>을 여러 편 불러 주
었다. 노래에 대한 설명도 함께 해 주었다.
숨이 찬데도 기억나는 대로 계속 민요를 불
러 주었다. 조사자가 민요의 제목을 말하면
바로 노래를 불러 줄 정도였다. 노래를 부른 지가 오래되어 가사를 많이
잊어버렸다고 안타까워했다. 그래도 계속 기억을 더듬으며 불러 주었다.

　제공한 자료는 설화 <오줌을 누어 호랑이를 쫓은 여인> 1편과 민요
<창부타령>, <시집살이 노래>, <양산도>, <화투타령> 등이다. 특히
<창부타령> 곡으로 여러 편의 노래를 불렀다. 설화는 어렸을 때 들은 이
야기이고, 민요는 일하면서 듣고 익힌 노래라고 하였다.

제공 자료 목록
04_04_FOT_20110123_PKS_PKA_0001 오줌을 누어 호랑이를 쫓은 여인
04_04_FOS_20110123_PKS_PKA_0001 창부타령 (1)
04_04_FOS_20110123_PKS_PKA_0002 시집살이 노래
04_04_FOS_20110123_PKS_PKA_0003 잠 노래
04_04_FOS_20110123_PKS_PKA_0004 물레 노래
04_04_FOS_20110123_PKS_PKA_0005 창부타령 (2) / 녹수청산 흐르는 물은
04_04_FOS_20110123_PKS_PKA_0006 창부타령 (3) / 말해라 방울 끝에
04_04_FOS_20110123_PKS_PKA_0007 창부타령 (4) / 달아달아 뚜렷한 달아
04_04_FOS_20110123_PKS_PKA_0008 화투타령
04_04_FOS_20110123_PKS_PKA_0009 양산도
04_04_FOS_20110123_PKS_PKA_0010 사랑섬에 군찬이는

04_04_FOS_20110123_PKS_PKA_0011 창부타령 (5) / 높은 산에 눈 날리고
04_04_FOS_20110123_PKS_PKA_0012 창부타령 (6) / 수락에 먹자고
04_04_FOS_20110123_PKS_PKA_0013 노랫가락 (1) / 그네 노래
04_04_FOS_20110123_PKS_PKA_0014 노랫가락 (2) / 나비 노래
04_04_FOS_20110123_PKS_PKA_0015 창부타령 (7) / 전라도라 무주산에
04_04_FOS_20110123_PKS_PKA_0016 창부타령 (8)

박경자, 여, 1941년생

주 소 지 : 경상남도 남해군 서면 정포리 우물마을
제보일시 : 2011.1.22
조 사 자 : 박경수, 오소현, 공유경

박경자는 1941년 신사생으로 뱀띠이며,
본관은 밀양이다. 경상남도 남해군 고현면
갈화리 갈화마을에서 2남 6녀 중 넷째로 태
어났다. 농사를 지었으며, 19살에 결혼하여
슬하에 3남 2녀를 두었다. 자녀들은 부산,
남해, 제주도 등 객지에 살고 있다. 13년 전
남편을 잃고 남해군 서면 정포리 정포마을
에서 혼자 살고 있다. 불교를 믿는다.

제보자는 목소리가 크고 발음이 정확한 편이다. 성격은 잘 웃고 활발해
보였다. 제공한 자료는 <잠자리 잡는 노래> 1편이다. 제보자는 이 노래를
어렸을 때 어머니에게 들어서 알게 되었다고 했다.

제공 자료 목록
04_04_FOS_20110122_PKS_PKJ_0001 잠자리 잡는 노래

신금자, 여, 1944년생

주 소 지 : 경상남도 남해군 서면 중현리 회룡마을
제보일시 : 2011.1.22
조 사 자 : 박경수, 오소현, 공유경

신금자는 1944년 갑신생으로 원숭이띠이
다. 본관은 평산이다. 경상남도 남해군 고현
면 도마리에서 1남 1녀 중 첫째로 태어났다.
초등학교까지 졸업하고 농사를 했다. 21살에
결혼하여 슬하에 1남 4녀를 두었다. 자녀들
은 객지에 살고 있고, 4년 전 남편을 잃은
혼자 살고 있다.

제공한 노래는 <다리 세기 노래>, <잠자
리 잡는 노래> 두 편이다. 제보자는 이 노래를 어렸을 때 친구들과 놀면
서 불렀던 놀이 노래라고 했다.

제공 자료 목록
04_04_FOS_20110122_PKS_SKJ_0001 다리 세기 노래
04_04_FOS_20110122_PKS_SKJ_0002 잠자리 잡는 노래

이경선, 여, 1933년생

주 소 지 : 경상남도 남해군 서면 중현리 회룡마을
제보일시 : 2011.1.22
조 사 자 : 박경수, 오소현, 공유경

이경선은 1933년 계유생으로 닭띠이다. 경상남도 남해군 서면 중리 중
리마을에서 태어났다. 1남 3녀 중 첫째로 태어났다. 농사를 지었고 17살에
결혼하여 슬하에 1남 3녀를 두었다. 자녀들은 부산 등 객지에 나가 살고

있다. 제보자는 12년 전 남편을 잃고 혼자 살고 있다.

제보자는 "좋다"란 말을 자주 했다. 손뼉을 치며 신명나게 노래를 불러 분위기를 화기애애하게 만들었다. 제공한 자료는 <진도아리랑>, <너냥 나냥>, <창부타령>, <노랫가락> 등 창민요들이다. 제보자는 이들 노래를 어렸을 때 할머니들에게 듣고 배운 것이라고 했다.

제공 자료 목록

04_04_FOS_20110122_PKS_LKS_0001 창부타령
04_04_FOS_20110122_PKS_LKS_0002 노랫가락 (1)
04_04_FOS_20110122_PKS_LKS_0003 진도아리랑 (1)
04_04_FOS_20110122_PKS_LKS_0004 너냥 나냥
04_04_FOS_20110122_PKS_LKS_0005 진도아리랑 (2)
04_04_FOS_20110122_PKS_LKS_0006 노랫가락 (2)

정로자, 여, 1940년생

주 소 지 : 경상남도 남해군 서면 정포리 우물마을
제보일시 : 2011.1.22
조 사 자 : 박경수, 오소현, 공유경

정로자는 1940년 경진생으로 용띠이다. 본관은 진영이다. 일본에서 3남 1녀 중 첫째로 태어났다. 6살 때 경상남도 남해군 서면 정포리로 이사를 왔다. 초등학교까지 졸업하고 농사일을 했다. 슬하에 2남을 두고 있다. 자녀는 각각 남해군 서면과 부산에서 살고 있다고 했다. 제보자는 현재 남편과 둘이 생활하고 있다.

제보자는 이야기를 할 때 손짓을 많이 했다. 성격이 활달하고 사교적이어서 다른 할머니들과 잘 어울렸다. 활달한 성격에 비해 말의 속도가 느린 것이 특징이었다. 절에 다니다가 다리가 아픈 후로는 가까이에 있는 교회에 다닌다고 했다. 제공한 자료는 설화 <매미가 된 강피 훑던 여인> 1편이다. 제보자는 이 이야기를 젊은 학생으로부터 들었다고 했다.

제공 자료 목록
04_04_FOT_20110122_PKS_JLJ_0001 매미가 된 강피 훑던 여인

정빈득, 여, 1936년생

주 소 지 : 경상남도 남해군 서면 서상리 서상마을
제보일시 : 2011.1.23
조 사 자 : 박경수, 오소현, 공유경

정빈득은 1936년생으로 쥐띠이다. 18살에 결혼을 하여 3남 5녀를 두었다. 자녀들은 모두 객지에서 살고 있고, 현재 마을에서 혼자 살고 있다.

제보자는 노래를 못한다고 말했지만 조사자의 유도에 따라 노래를 1편 불러 주었다. 수술을 한 후라서 숨이 차서 더 이상 노래를 부를 수 없었다. 제공한 자료는 <농부가>이

다. 이 노래는 논에서 일할 때 들으면서 배운 것이라고 하였다.

제공 자료 목록

04_04_FOS_20110123_PKS_JBD_0001 농부가

정용하, 남, 1932년생

주 소 지 : 경상남도 남해군 서면 서호리 서호마을

제보일시 : 2011.1.23

조 사 자 : 박경수, 오소현, 공유경

정용하는 1932년생으로 원숭이띠이다. 본
관은 진양이다. 남해군 서면 서호리 서호마
을에서 4남 1녀 중 둘째로 태어났다. 고조부
때부터 계속 서호마을에 살고 있다고 했다.
23살에 결혼을 하여 2남 2녀를 두었다. 자녀
들은 모두 객지로 나가 살고 있고, 현재 마
을에는 부인(75세)과 함께 지내고 있다.

제보자는 조사의 취지를 잘 이해하고 적
극적으로 조사에 임해 주었다. 긴 노래의 가사를 잘 기억하여 불렀다. 노
래는 육자배기토리로 불렀는데, 목청이 좋아서 노래를 구성지게 잘 불렀
다. 판소리 단가로 부르는 <사철가>와 <상여 소리>에 단가 <편시춘>을
넣어서 불렀다. 제보자는 어렸을 때부터 노래에 관심이 많았고 노래 부르
는 것을 좋아하고 즐겼다고 했다. 제공한 자료는 <농부가>, <사철가>,
<상여 소리, <노랫가락> 등 민요이다. <농부가>는 논을 맬 때 윗사람들
이 부르는 것을 듣고 배운 것이라고 하였다. <상여소리>도 윗사람이 부르
는 것을 듣고 자연스럽게 익힌 것이라고 하였다.

제공 자료 목록

04_04_FOS_20110123_PKS_JYH_0001 농부가 (1)

04_04_FOS_20110123_PKS_JYH_0002 농부가 (2) / 논매기 노래

04_04_FOS_20110123_PKS_JYH_0003 농부가 (3)
04_04_FOS_20110123_PKS_JYH_0004 상여소리 (1)
04_04_FOS_20110123_PKS_JYH_0005 사철가 / 단가
04_04_FOS_20110123_PKS_JYH_0006 노랫가락 / 충신은 만조정이요
04_04_FOS_20110123_PKS_JYH_0007 상여소리 (2)

최월엽, 여, 1929년생

주 소 지 : 경상남도 남해군 서면 중현리 회룡마을
제보일시 : 2011.1.22
조 사 자 : 박경수, 오소현, 공유경

　최월엽은 1929년 기사생으로 뱀띠이다.
경상남도 남해군 서면 유포리에서 3녀 중
첫째로 태어났다. 20살에 결혼하여 슬하에 2
남 3녀를 두었다. 자녀들은 객지에서 살고
있고, 지난 해 남편을 잃고 지금은 혼자 살
고 있다.

　제보자는 <창부타령>, <양산도> 등 민
요 2편을 제공해 주었다. 이들 민요는 자라
면서 자연스럽게 듣고 배운 것이라고 했다.

제공 자료 목록
04_04_FOS_20110122_PKS_CYY_0001 창부타령
04_04_FOS_20110122_PKS_CYY_0002 양산도

강피 훑는 팔자의 부인

자료코드 : 04_04_FOT_20110123_PKS_KDS_0001
조사장소 : 경상남도 남해군 서면 서호리 서호마을 서호마을회관(호운각)
조사일시 : 2011.1.23
조 사 자 : 박경수, 오소현, 공유경
제 보 자 : 김동순, 여, 80세
구연상황 : 조사자가 다음 이야기의 구연을 유도하자, 제보자가 아는 이야기라면서 구술해 주었다.
줄 거 리 : 옛날에 가난해서 강피를 훑어 먹고 사는 부부가 있었다. 부인이 강피를 훑어서 늘어놓았는데 남편은 책만 보고 있었다. 부인은 이런 남편이 싫어서 다른 곳으로 가 버리고 말았다. 그곳에서도 강피를 훑어 먹고 살았다. 암행어사가 된 남편이 그 아내를 보고 가는 데마다 강피를 훑는다고 노래를 불렀다.

옛날에 옛날에 옛날 처녀가 선 공부 참 검판사를 할라고 했던가, 공부하는 집으로 시집을 가논께, 비가 소나기가 오는데, 남자는 비가 소내기가 와도 책만 디다 보고 앉았고, 각시가 갱피를 훑다가 들와서, 그만 저저 그 서방보고 이혼을 했는 모양이제.

그런데 이혼을 해가 딴 데로 줄, 재혼을 했는데. 또 그런 몬 묵고 갱피로 훑어가 묵어요 그런게, 신랑은 인자 암행어사를 해가이고 돌아오는데, 저거 서방이 그 논에서, 아 [말을 바꾸어] 각시가 갱피를 훑고 있거든. 그런께,

> 저건네라 저논에
> 갱피훑는 저아낙네야
> 간디족족 갱피로다

말이, 그 노래가 있었어.

며느리 젖을 빤 시아버지

자료코드 : 04_04_FOT_20110123_PKS_KJK_0001
조사장소 : 경상남도 남해군 서면 서호리 서호마을 서호마을회관(호운각)
조사일시 : 2011.1.23
조 사 자 : 박경수, 오소현, 공유경
제 보 자 : 김정균, 남, 73세
구연상황 : 조사자가 구연을 유도하자 이 이야기를 해 주었다.
줄 거 리 : 시아버지가 마당에서 보리타작을 하다가 눈에 티가 들어가서. 눈을 비비고 있
　　　　　었다. 며느리가 그 광경을 보고 눈을 핥아 주뎄다고 했다. 며느리가 시아버지
　　　　　눈을 훑어주려고 가까이 가자, 젖이 시아버지의 입 주위에 닿게 되었다. 시아
　　　　　버지가 그만 며느리의 젖을 빨아 버렸다. 아들이 들어와서 아버지에게 따지
　　　　　자, "니는 우리 각시 젖을 삼년 동안이나 빨았다"고 응수했다.

　전에 저 한참 덥은데 시아배가(시아버지가) 보리타작을 한 다음에 마다
아서(마당에서) 보리타작을 하다가, 허다 본게 눈에 티가 하나 들어갔다.
그래 눈을 싹싹 비비산게 정지서 메느리가 치다 봐.

　"아버님 뭘 그리 비비 쌌습니까?" 이래 산게,

　"야야 이 눈에 티가 들어가서 당초 하나 눈물 든다."

　"이리 봅시더. 내가 한 분 내 드릴게요"

　함시러, 안자 눈을 싹 뒤지 갖고(뒤집어서) 훑는다. 메느리가 시아배 눈
을. 훑은게 거 메느리 젖티가(젖탱이가) 시아배 입에 와 닿거든. 그런게 한
분 빨아봤단 말이요. 빨아봐 논게, 안자 그래 놓고 타작을 다 하고 난게 아
들이 오이, 밭에 갔다 들오거든. 그래서 인자 하는 말이,

　"아이 내가 너거 각시 젖을 한 분 빨았다."

　이래 논게, 그런께서 아이 그마 아들이 저가배를(자기 아버지를) 짝지
대는 기라(따지고 드는 것이라).

　"와 뭣 때민에 젖을 빨았냐?"고 하니까,

　"야 이 자식아 니는 임마 우리 각시 젖을 삼 년 동안이나 잭기(적게) 빨

았나?"

하더란다. [일동 웃음]

오줌을 누어 호랑이를 쫓은 여인

자료코드 : 04_04_FOT_20110123_PKS_PKA_0001
조사장소 : 경상남도 남해군 서면 서상리 서상마을 서상경노회관
조사일시 : 2011.1.23
조 사 자 : 박경수, 오소현, 공유경
제 보 자 : 박경아, 여, 81세
구연상황 : 조사자가 호랑이 이야기를 해 달라고 하자 제보자가 이 이야기를 구술하였다.
　　　　　청중이 이야기 중간에 끼어들기도 했다. 제보자는 이에 아랑곳하지 않고 웃으
　　　　　면서 이야기를 마무리하였다.
줄 거 리 : 옛날에 한 여자가 산길을 가는데 호랑이가 뒤따라왔다. 여자가 너무 겁이 나
　　　　　서 치마를 걷어 올려서 오줌을 누었다. 호랑이가 이상하게 생긴 입을 보고 놀
　　　　　라서 도망을 가버렸다.

옛날에 할배들이 이약을(이야기를) 하모, 어느 계곡에 가는디, 이 전에는
주로 산길로 걸어대녔제, 차가 없고 빙판 겉은 데로 걸어가는데, 인자 그
사람이 어느 절을 찾아가는데, 여자가 멀(무엇을) 이고 찾아가는데, 꼭 따
로 오더라 하네.

따라아서(와서), 하다 무서워서 꾀가 닐 기 없어서, 호랭이가 이고 오는
걸 탐을 내는가, 사람을 탐을 내는가, 여자가 겁이 나서, 그 인자 단자다
내라 놓고 그만 다 저 오든가 마든가 마 어찌 급했던지, 마 공갈로 오줌이
안 누럽아도(마려워도) 오줌 눈다고 호랑이 앞에다 옷을 걷어 빘어.

그런게, 이 하모 여자들, [웃으며] [조사자 웃음] [청중이 끼어들어 참견
을 함] 고마 질에 서서, 고만 호랭이가 앞에 이미 다가오는데 여자가 마
아랫도리로 헐렁 벗어 삐리고 이리 엎어라서(엎어져서) 그런께네 글때(그

럴 때) 아마 몸엣 걸 봤던 모양이제. 여자가.

　몸엣 걸 봐논께 그마 그리 가이고 마 대차 하모 뭐 내리째졌제, 머리는, 그리고 호랑이 놀래서 마 내보다 더 무섭운 기 있는가 싶어 달나더라고 그 야아기가(이야기가) 있으이.

매미가 된 강피 훑던 여인

자료코드 : 04_04_FOT_20110122_PKS_JLJ_0001
조사장소 : 경상남도 남해군 서면 정포리 우물마을 우물회관
조사일시 : 2011.1.22
조 사 자 : 박경수, 오소현, 공유경
제 보 자 : 정로자, 여, 72세
구연상황 : 조사자가 다음 이야기의 구연을 유도하자 제보자가 나서서 이 이야기를 구술
　　　　　하였다. 이야기가 끝날 무렵에 청중이 개입하여 이야기를 보충했다.
줄 거 리 : 옛날에 강피를 훑어서 먹고 사는 부부가 살았다. 그런데 여자가 글공부만 하
　　　　　는 남편을 떠나 다른 곳으로 시집을 가 버렸다. 그 후 남편이 과거에 급제하
　　　　　여 길을 가다가 여자를 보고 가는 데마다 강피를 훑는다고 했다. 여자는 말종
　　　　　이 되어도 좋으니 따라가겠다고 가다가 그만 엎어져서 죽고 말았다. 죽은 여
　　　　　인의 혼이 매미가 되어서 여름에만 나와 울었다.

　만날 그 저 갱피 뜯으러 가가 그걸 해 물기라고(해서 먹으려고) 인자 피로 논에 가서 뜯고 와도, 남팬이라(남편이라) 쿠는 사람이 비가 마이 와서 덕석을 떠내려가도, 저저 글만 일으고(읽고) 그 덕석을 안 치워 논게, 이 마누래가 '이 살아 봤자 팽생 해도 그렇다' 쿰서 딴 디 시집을 갔삤거던.

　갔는가 우쨌는고 가삐 가이고 그 할미가. 전에 얘기를, 갔는데, 저저 저기 논에서 피로 갱피로 훑은게, 영감이 과거를 바 가이고(보아서) 피리 불고 막 이리 온께노, [멋쩍게 웃으며] 오데 저 그 과게 보는 사람이 쳐다본게, 저그 마누래 됐던 사람인데, 저 머머 머라 캤네.

(청중 : [노래로] 저건너에 저아줌씨는 간디족족 갱피로다.)

어, 그래논게,

"말종을(말을 부리는 종을) 해도 따라 갈라요. 소종을(소를 부리는 종을)
해도 따라갈라요."

한께로, 뜬금없이 따라가다 따라가다 따라가다 그만 마누래가 엎어져 죽
었답니다. 그래논게 죽은 그 넋이 매미가 돼 가이고(되어서) 나무 그 저 나
무 밑에서 매옹매옹하면서 맨날 여름만 되몬 나와가 울나무 밑에서 울었
다고, 그런 얘기가 그전에 이 집에 학생이가.

(청중 : [노래로] 경상감사 매암살가 경상감사 매암살가. [말로] 그리 노
래가, 노래를 적어 가지고)

(조사자 : 매미가 경삼감사 매암살가.)

(청중 : 그리 운다고.) [일동 웃음]

(조사자 : 그래. 재미있네요.)

창부타령

자료코드 : 04_04_FOS_20110123_PKS_GSN_0001
조사장소 : 경상남도 남해군 서면 서상리 서상마을 서상경노회관
조사일시 : 2011.1.23
조 사 자 : 박경수, 오소현, 공유경
제 보 자 : 곽심녀, 여, 100세
구연상황 : 조사자의 구연 유도로 제보자가 다음 노래를 불렀다. 제보자는 나이 탓으로
　　　　　 발음이 정확하지 않았다. 가창 도중에 목이 메여 기침을 하기도 했다.

　　　성제성제81) 가는데는 범도가다가 돌아온다

　　　얼씨구나좋네 정말로좋네 아니노지를 못하리라

　　　전라도라 무주태평 둘러놓고 뵈기좋다 탁그라졌다82)

　　　얼씨구나 지화자좋네

달타령

자료코드 : 04_04_FOS_20110123_PKS_GSN_0002
조사장소 : 경상남도 남해군 서면 서상리 서상마을 서상경노회관
조사일시 : 2011.1.23
조 사 자 : 박경수, 오소현, 공유경
제 보 자 : 곽심녀, 여, 100세
구연상황 : 조사자의 구연 유도로 이 노래를 불렀다. 구연을 하면서 박수를 한두 번 치기
　　　　　 도 하였다.

---

81) 형제 형제.
82) 정확한 뜻을 알기 어렵다. 보기 좋게 모양이 생겼다는 뜻인 듯하다.

달아달아 붉은달아[83)

이태백이 노던달아

저달속에

계수나무 백있으니[84)

은도치를[85) 찍어내서

도도치를 따듬어서

양친부모 모시놓고

천년말년[86) 살고젎다

창부타령

자료코드 : 04_04_FOS_20110123_PKS_GJA_0001
조사장소 : 경상남도 남해군 서면 서호리 서호마을 서호마을회관(호운각)
조사일시 : 2011.1.23
조 사 자 : 박경수, 오소현, 공유경
제 보 자 : 곽점아, 여, 83세
구연상황 : 조사자가 제보자에게 <창부타령>을 부를 수 있느냐고 하자, 제보자는 다음
노래를 불렀다. 차분한 목소리로 노래를 가창하였다.

꽃은피어 꽃을덮고 잎은피어서 꽃덮는데

울언님은 어데를가고 날덮어줄줄을 모리든고

얼씨구나 절씨구나 아니노지를 못하리라

---

83) 밝은 달아.
84) 박혔으니.
85) 은도끼를.
86) 천년만년.

양산도

자료코드 : 04_04_FOS_20110123_PKS_GJA_0002
조사장소 : 경상남도 남해군 서면 서호리 서호마을 서호마을회관(호운각)
조사일시 : 2011.1.23
조 사 자 : 박경수, 오소현, 공유경
제 보 자 : 곽점아, 여, 83세
구연상황 : 제보자는 앞의 노래에 이어 다음 <양산도>를 연이어 가창하였다.

    검은기차 삼십육칸에 정든님칸칸이나 실~고
    서산소에야 눈물이 한강수가 된~다
    아서라 말어라 내그리 마~라
    사람무[87] 괄세를 니그리 마라

    청천하늘에 잔별도 많~고
    요내야가슴에 희망도 많~네~에
    에아라~ 놓여라 아니못놓겄~네~에
    잡았던홀목이 쏙돌아빠져도 못노놔컸네[88]

서월에라 한다리목에

자료코드 : 04_04_FOS_20110123_PKS_KKS_0001
조사장소 : 경상남도 남해군 서면 연죽리 연죽마을 시금치 일터
조사일시 : 2011.1.23
조 사 자 : 박경수, 오소현, 공유경
제 보 자 : 김경심, 여, 91세
구연상황 : 제보자가 시금치를 다듬고 있는 곳으로 직접 찾아가서 조사를 하였다. 제보자
    는 시금치를 다듬으면서 조사자의 유도에 따라 다음 노래를 불러 주었다. 시

---

87) 사람의.
88) 못 놓아 놓겠네.

금치 작업을 하는 탓에 이 노래만 부르고 더 이상 부르지 않았다.

서월에라[89] 한다리목에 애기복선을[90] 숨갔더니
올라가는 신관사또 내려오는 구관사또
맛좋다고 다따묵고 우리행자는[91] 먹을기없어

시집살이 노래 (1) / 사촌형 노래

자료코드 : 04_04_FOS_20110123_PKS_KDS1_0001
조사장소 : 경상남도 남해군 서면 서호리 서호마을 서호마을회관(호운각)
조사일시 : 2011.1.23
조 사 자 : 박경수, 오소현, 공유경
제 보 자 : 김동순, 여, 80세
구연상황 : 조사자가 예전에 시집살이 할 때 불렀던 노래를 불러 달라고 하자 제보자가
다음 노래를 차분하게 불렀다.

성아성아 사촌성아 나왔다고 괴념마라
쌀한대만 재짓시맨[92] 성도묵고 내도묵고
그솥에라 누런밥은 성개주제[93] 내개주나

시집살이 노래 (2)

자료코드 : 04_04_FOS_20110123_PKS_KDS1_0002
조사장소 : 경상남도 남해군 서면 서호리 서호마을 서호마을회관(호운각)

---

89) 서울이라.
90) 아기 복숭을.
91) 우리 형제는.
92) 지었으면.
93) 형 개 주지.

조사일시 : 2011.1.23
조 사 자 : 박경수, 오소현, 공유경
제 보 자 : 김동순, 여, 80세
구연상황 : 제보자는 앞의 노래에 이어 다음 노래를 생각하여 계속 불러 주었다.

가기싫은 시집을가니 서방님이 뱅이들어

비네팔고 반지팔아 약한첩을 지어다가

그약이 끓기도전에 서방님은 꼬드라졌네

양산도

자료코드 : 04_04_FOS_20110123_PKS_KDS1_0003
조사장소 : 경상남도 남해군 서면 서호리 서호마을 서호마을회관(호운각)
조사일시 : 2011.1.23
조 사 자 : 박경수, 오소현, 공유경
제 보 자 : 김동순, 여, 80세
구연상황 : 앞의 노래에 이어 이 노래를 구연하였다. 구연 도중 이제 많이 불렀으니 그만
하려고 하다가 조사자가 후렴 부분을 부르자 노래를 끝까지 가창하였다.

에헤헤~이~요

이산저산에 도라지꽃은 바람에 난치르~고~오

울언님 내꽃다이가 내눈에 살랑한~다

내 언제 마이 불렀은께, (조사자 : 아서라.)

아서라 말어라 니그리 마~라

사람의 괄세를 니그리 마~라

시집살이 노래 (3) / 밭매기 노래

자료코드 : 04_04_FOS_20110123_PKS_KDS1_0004
조사장소 : 경상남도 남해군 서면 서호리 서호마을 서호마을회관(호운각)
조사일시 : 2011.1.23
조 사 자 : 박경수, 오소현, 공유경
제 보 자 : 김동순, 여, 80세
구연상황 : 제보자는 앞이 노래를 부른 후 시집살이와 연관된 다음 노래가 기억이 났는
지 다음 노래를 불러 주었다.

불같이도 뜨분날에94)

매겉이도 지심밭을

하나매고 두암매고

삼시세암을 매고나니

점심때가 되였구나

집이라고 돌아오니

피죽써서 웃국뜨고

콩죽써서 웃국뜨고

하다서러 못먹어서

머리깎고 [말하듯이] 중노리로가고

진도아리랑

자료코드 : 04_04_FOS_20110123_PKS_KDS1_0005
조사장소 : 경상남도 남해군 서면 서호리 서호마을 서호마을회관(호운각)
조사일시 : 2011.1.23
조 사 자 : 박경수, 오소현, 공유경
제 보 자 : 김동순, 여, 80세

---

94) 뜨거운 날에.

구연상황 : 제보자는 노래를 많이 불렀다고 하면서 더 이상 부르지 않으려고 하다가 조
사자가 아리랑 한 곡만 더 불러 달라고 하자 다음 노래를 불렀다.

아리아리랑 쓰리쓰리랑 아라리가 났네~에

아리랑 음음음 아라리가 낫네~

니죽고 내살아 쉴곳이 있나

한강수 깊은물에 퐁당빠져 죽자

쓰리쓰리랑 아라리가 낫네~에

아리랑 음음음 아라리가 났네

화투타령

자료코드 : 04_04_FOS_20110122_PKS_KDA_0001
조사장소 : 경상남도 남해군 서면 중현리 회룡마을 회룡회관
조사일시 : 2011.1.22
조 사 자 : 박경수, 오소현, 공유경
제 보 자 : 김두아, 여, 82세
구연상황 : 조사자가 <화투타령>을 불러 달라고 하자 제보자가 이 노래를 불렀다. 청중
들도 조용히 함께 따라 불렀다.

정월솔가지 속속히올라

이월매떼 이상하다

삼월사쿠라 산란한마음

사월흑싸리 허송하다

오월난초 날았든나비

유월목단 꽃에앉아

칠월홍소리 홀로누여

팔월봉산 달도밝다

구월국화 굳이큰마음95)

시월단풍에 떨어진다

동짓달 오동잎이

섣달비바람에 씰어진다96)

풀국새 노래

자료코드 : 04_04_FOS_20110122_PKS_KYY_0001

조사장소 : 경상남도 남해군 서면 중현리 회룡마을 회룡회관

조사일시 : 2011.1.22

조 사 자 : 박경수, 오소현, 공유경

제 보 자 : 김연엽, 여, 80세

구연상황 : 조사자가 풀국새 소리를 흉내 내어서 부르는 노래를 불러 달라고 하자 제보
자가 이 노래를 불렀다. 청중들이 함께 같이 불렀다. 풀국새는 산비둘기를 말
한다.

제집죽고97) 자석죽고 내혼자서 어찌살꼬

부욱국국 북국북국

창부타령 (1)

자료코드 : 04_04_FOS_20110123_PKS_PKA_0001

조사장소 : 경상남도 남해군 서면 서상리 서상마을 서상경노회관

조사일시 : 2011.1.23

조 사 자 : 박경수, 오소현, 공유경

제 보 자 : 박경아, 여, 81세

---

95) 굳었던 마음.
96) 쓰러진다.
97) 계집 죽고.

구연상황 : 조사자가 구연을 유도하자 제보자가 다음 노래를 불렀다. 청중들이 "잘 한
다."라고 흥을 돋우자 더 신나게 노래를 불렀다. 처음에는 남해 처녀의 몸치
장 노래를 한 다음 진주기생 의암이, 즉 논개의 충절을 기리는 노래를 했다.

남해읍에 절배기는 딸을낳아 곱게키워
애미하고 눈썹베고 연지찍고 분보리고[98]
감탄겉은[99] 저머리는 밀지름을살살살 볼라
얼기빗도 얼기빗기
열닷냥 꽃비네는 보기나좋게 찔러놓고
열닷냥 단치매는 허리가잘쑥 잘라입고
뱁새겉은 저보선는 돌에나납작 걸어신고
호리낸다 호리낸다 서울양반을 호리낸다
얼씨구나좋네 기화자좋네 아니아니놀기는 못하리라

우리나라 금상님은 우리나조선을 생기자고[100]
왜적놈을 목에다걸고 [가사를 바꾸어]
진주기생 이애미는[101] 우리나라를 생기자고
왜적놈을 목을안고 진주남강에 쑥어졌네
얼씨구좋네 절씨구나좋네 아니아니놀기는 못하리라

시집살이 노래

자료코드 : 04_04_FOS_20110123_PKS_PKA_0002
조사장소 : 경상남도 남해군 서면 서상리 서상마을 서상경노회관

---

98) 분 바르고.
99) 감탕 같은.
100) 섬기자고.
101) 의암이. 의암이는 논개를 말한다.

조사일시 : 2011.1.23
조 사 자 : 박경수, 오소현, 공유경
제 보 자 : 박경아, 여, 81세
구연상황 : 앞의 노래에 이어 이 노래를 구연하였다. 청중들이 박수를 치면서 잘 한다고
　　　　하였다.

　　　　시집가던 삼일만에
　　　　참깨닷말 두리깨닷말[102]
　　　　두닷말을 볶고나니
　　　　양가매도[103] 벌어지고
　　　　양주개도[104] 뿌러지고
　　　　시아바지 썩나섬서
　　　　에라요년아 요망한년
　　　　너거집에 돌아가서
　　　　상감만리 다폴아도
　　　　양가맬랑 물어내라
　　　　허허시어머니 썩나섬성
　　　　에라요년 요망한년
　　　　너거집에 돌아가서
　　　　새미쟁기로 다폴아도
　　　　양주개랑 물어주라
　　　　아버님어머님 그말을마소
　　　　집둥치겉은 요내몸을
　　　　짚단겉이 헐었으니
　　　　요내몸만 물어주면

---

102) 들깨 다섯 말.
103) 무쇠로 만든 가마솥도
104) 무쇠로 만든 주걱도.

양가매도 물어주고
양주개도 물어주요
허허아야 메늘아가
무신세근이[105] 그리났네
쪼그만한 네세근에
그런내세근 날줄몰라
미안하다 천만하다
에우엘랑[106] 안하리라

잠 노래

자료코드 : 04_04_FOS_20110123_PKS_PKA_0003
조사장소 : 경상남도 남해군 서면 서상리 서상마을 서상경노회관
조사일시 : 2011.1.23
조 사 자 : 박경수, 오소현, 공유경
제 보 자 : 박경아, 여, 81세
구연상황 : 제보자는 앞의 노래에 이어 다음 노래를 계속 가창하였다. 길쌈을 하다가 잠
이 오면 부르는 일명 '잠 노래'인데, 창부타령의 곡조로 불렀다.

잠아잠아 오지마라 시어마니 눈에난다
시어머니 눈에나몬 임의눈에도 절로 난다
얼씨구나 절씨구나 아니놀고야 무엇할까

---

105) 무슨 시근이.
106) 이후에는.

물레 노래

자료코드 : 04_04_FOS_20110123_PKS_PKA_0004
조사장소 : 경상남도 남해군 서면 서상리 서상마을 서상마을회관
조사일시 : 2011.1.23
조 사 자 : 박경수, 오소현, 공유경
제 보 자 : 박경아, 여, 81세
구연상황 : 조사자가 베틀 노래나 물레 노래도 불러 달라고 하자, 제보자는 다음 노래를
불렀다.

물레야 자세야 비리빙빙 돌아라
연락서산에[107] 달이떠온다

창부타령 (2) / 녹수청산 흐르는 물은

자료코드 : 04_04_FOS_20110123_PKS_PKA_0005
조사장소 : 경상남도 남해군 서면 서상리 서상마을 서상경노회관
조사일시 : 2011.1.23
조 사 자 : 박경수, 오소현, 공유경
제 보 자 : 박경아, 여, 81세
구연상황 : 조사자의 구연 요청에 제보자는 다음 노래가 기억난다고 하면서 불렀다. 창부
타령 곡조로 부른 노래이다.

녹수청산 흐리는물은 대동강으로 곰돌아들고
우리나같은 청년들은 님의품안을 곰돌아든다

창부타령 (3) / 말해라 방울 끝에

자료코드 : 04_04_FOS_20110123_PKS_PKA_0006

---

107) 일락서산(日落西山)에.

조사장소 : 경상남도 남해군 서면 서상리 서상마을 서상경노회관
조사일시 : 2011.1.23
조 사 자 : 박경수, 오소현, 공유경
제 보 자 : 박경아, 여, 81세
구연상황 : 제보자는 계속 창부타령 곡조로 다음 노래를 구연하였다.

　　　　말해라 방울끝에 비리빙빙도는 범나부야
　　　　옥동아로 낼줄아라 봉숭아로 낼줄아나
　　　　옥동아도 내사싫고 봉숭아도 내사싫고
　　　　이다지저다지 밀창문안에 잠든춘향이 나를주오
　　　　얼씨구나 니감도싫네 이렇게좋다가는 딸놓겠네

창부타령 (4) / 달아달아 뚜렷한 달아

자료코드 : 04_04_FOS_20110123_PKS_PKA_0007
조사장소 : 경상남도 남해군 서면 서상리 서상마을 서상경노회관
조사일시 : 2011.1.23
조 사 자 : 박경수, 오소현, 공유경
제 보 자 : 박경아, 여, 81세
구연상황 : 앞의 노래에 이어 계속 불렀다.

　　　　달아달아 뚜렸헌달아 임의년동창에 비친달아
　　　　님이홀로 누었더나 어떤불인자 품었더나
　　　　맹갈아맹갈아 본대로일러라 사생어절단에[108] 임찾아간다
　　　　얼씨구나좋다 지화자좋네 아니놀기는 못하리라

---

108) 사생결단에.

화투타령

자료코드 : 04_04_FOS_20110123_PKS_PKA_0008
조사장소 : 경상남도 남해군 서면 서상리 서상마을 서상경노회관
조사일시 : 2011.1.23
조 사 자 : 박경수, 오소현, 공유경
제 보 자 : 박경아, 여, 81세
구연상황 : 조사자가 <화투타령>을 불러 달라고 하자 이 노래를 불렀다.

정월솔가지 속속히올라

이월매떼 이상하다

삼월사쿠라 살자는마음

사월흑싸리 허사로다

오월난초 날아든나비

유월목단에 뚝떨어졌네

칠월홍사리 홀로누워

팔월공산에 달도밝네

구월국화 굳었던마음

시월단풍에 뚝떨어졌네

동지섯달 살자는마음

양산도

자료코드 : 04_04_FOS_20110123_PKS_PKA_0009
조사장소 : 경상남도 남해군 서면 서상리 서상마을 서상경노회관
조사일시 : 2011.1.23
조 사 자 : 박경수, 오소현, 공유경
제 보 자 : 박경아, 여, 81세
구연상황 : 앞의 <창부타령>을 부른 후, 조사자가 <양산도>도 부를 줄 아느냐고 하자

제보자가 다음 노래를 불렀다. 제보자는 흥을 내어 아주 구성지게 <양산도>를 불러 주었다.

저물레방아는 물을안고 돌~고~오
우리집 저남자는 나를안고 돈~다~아
에야라 난다난다 도동가디어라 그래도 못놓겠~네~이에
저기에 홀목이 쏙돌라빠져도 니놈을못놓겠다

에헤이~요~
열락서산에[109] 해떨어 지~고~오
월출야 동남에 달이솟아 온~다~어하
에야라 놓여라 에야라 놓여라 아니못놓겠네~이~야
저기에 잡았던홀목이 쏙돌라빠져도 니를못~놓겠다 어~허하

사랑섬에 군찬이는

자료코드 : 04_04_FOS_20110123_PKS_PKA_0010
조사장소 : 경상남도 남해군 서면 서상리 서상마을 서상경노회관
조사일시 : 2011.1.23
조 사 자 : 박경수, 오소현, 공유경
제 보 자 : 박경아, 여, 81세
구연상황 : 조사자가 다른 노래도 불러 달라고 하자 이 노래를 불렀다.

사랑섬에 군찬이는 삼천거리 배를모아
대동강에 띄아놓고 소주야알바람 잘불어라
정종강을 하처보자

---

109) 일락서산에.

창부타령 (5) / 높은 산에 눈 날리고

자료코드 : 04_04_FOS_20110123_PKS_PKA_0011
조사장소 : 경상남도 남해군 서면 서상리 서상마을 서상경노회관
조사일시 : 2011.1.23
조 사 자 : 박경수, 오소현, 공유경
제 보 자 : 박경아, 여, 81세
구연상황 : 앞의 노래를 부른 후 <창부타령> 곡조로 다음 노래를 가창하였다.

　　　　높은산에 눈날리고 낮인산에 비뿌리고
　　　　억수장마 비퍼붇고 대천지한바닥에 물결이라
　　　　얼씨구좋네 지화자좋네 아니놀기는 못하리라

창부타령 (6) / 수락에 먹자고

자료코드 : 04_04_FOS_20110123_PKS_PKA_0012
조사장소 : 경상남도 남해군 서면 서상리 서상마을 서상경노회관
조사일시 : 2011.1.23
조 사 자 : 박경수, 오소현, 공유경
제 보 자 : 박경아, 여, 81세
구연상황 : 앞의 노래에 이어 <창부타령> 곡조로 계속 불렀다.

　　　　수락에 먹자고 맹세를 해도
　　　　안주를보고 친구를 보면
　　　　아니아니 먹고는 안되리라
　　　　얼씨구나 저절씨구 아니놀기는 못하리라

노랫가락 (1) / 그네 노래

자료코드 : 04_04_FOS_20110123_PKS_PKA_0013
조사장소 : 경상남도 남해군 서면 서상리 서상마을 서상경노회관
조사일시 : 2011.1.23
조 사 자 : 박경수, 오소현, 공유경
제 보 자 : 박경아, 여, 81세
구연상황 : 앞의 노래에 이어 계속 이 노래를 불렀다.

수천당 세모시낭게 열두가지 줄을맺어
임이타면 내가밀고 내가탄다면 임이밀고
임아임아 줄살살밀어 줄떨어진다면 정떨어진다

노랫가락 (2) / 나비 노래

자료코드 : 04_04_FOS_20110123_PKS_PKA_0014
조사장소 : 경상남도 남해군 서면 서상리 서상마을 서상경노회관
조사일시 : 2011.1.23
조 사 자 : 박경수, 오소현, 공유경
제 보 자 : 박경아, 여, 81세
구연상황 : 앞의 노래에 이어 <노랫가락> 곡조로 다음 노래를 불렀는데, 노래를 다 부르고 난 후에는 창부타령의 후렴을 붙여서 마무리했다.

범나비야 청산가자 노랑나비야 네도가자
가다가 저물걸랑 꽃속안에 자고가게
꽃이곱아 못자걸랑 내품안에 자고가세
얼씨구좋다 지화자좋네 아니놀고만 못하리라

창부타령 (7) / 전라도라 무주산에

자료코드 : 04_04_FOS_20110123_PKS_PKA_0015
조사장소 : 경상남도 남해군 서면 서상리 서상마을 서상경노회관
조사일시 : 2011.1.23
조 사 자 : 박경수, 오소현, 공유경
제 보 자 : 박경아, 여, 81세
구연상황 : 앞의 노래에 이어 이 노래를 구연하였다.

전라도라 무주산에 무주나펑펑 둘러놓고
절편같은 울어매는 절벽겉은 나를두고
님의정에 좋다한들 자석의정을 끊고간다

창부타령 (8)

자료코드 : 04_04_FOS_20110123_PKS_PKA_00016
조사장소 : 경상남도 남해군 서면 서상리 서상마을 서상경노회관
조사일시 : 2011.1.23
조 사 자 : 박경수, 오소현, 공유경
제 보 자 : 박경아, 여, 81세
구연상황 : 앞의 노래에 이어 <창부타령> 곡조로 계속 가창하였다. 먼저 부른 노래는
시집살이 노래로 부르는 것인데 <창부타령>의 후렴을 붙여 불렀다. 제보자
는 어떤 노래이든 <창부타령>의 곡조로 불러서 마무리하는 특성을 보였다.

성아성아 사촌성아 내왔다고 기념마라
쌀한되만 자짓이몬 성도묵고 나도묵고
얼씨구좋다 지화자좋네 이렇게좋다가는 딸놓겠네

술이라고 생기걸랑 매일장주 생기거나
님이라고 만나걸랑 같은님을 만나주오
얼씨구좋~다 지화자자좋네 아니놀고만 못하리라

잠자리 잡는 노래

자료코드 : 04_04_FOS_20110122_PKS_PKJ_0001
조사장소 : 경상남도 남해군 서면 정포리 우물마을 우물회관
조사일시 : 2011.1.22
조 사 자 : 박경수, 오소현, 공유경
제 보 자 : 박경자, 여, 71세
구연상황 : 조사자가 예전에 어릴 때 불렀던 노래로 잠자리를 잡으면서 불렀던 노래를
해 달라고 하자 이 노래를 불러 주었다.

　　잠자라 꼼자라
　　붙은자리 딱붙어라
　　먼디가면 니죽는다

다리 세기 노래

자료코드 : 04_04_FOS_20110122_PKS_SKJ_0001
조사장소 : 경상남도 남해군 서면 중현리 회룡마을 회룡회관
조사일시 : 2011.1.22
조 사 자 : 박경수, 오소현, 공유경
제 보 자 : 신금자, 여, 68세
구연상황 : 조사자가 어릴 적 불렀던 다리를 세며 불렀던 노래를 불러 달라고 하자 제보
자가 이 노래를 불렀다.

　　이거리 저거리 각거리
　　진지만지 도만지
　　짝발라 해양근
　　도래주무치 새래육
　　육대육대 전라도
　　하늘숨어 제비콩

똘똘몰아 장도칼

잠자리 잡는 노래

자료코드 : 04_04_FOS_20110122_PKS_SKJ_0002
조사장소 : 경상남도 남해군 서면 중현리 회룡마을 회룡회관
조사일시 : 2011.1.22
조 사 자 : 박경수, 오소현, 공유경
제 보 자 : 신금자, 여, 68세
구연상황 : 앞의 노래에 이어 조사자의 요청에 따라 부른 것이다. 처음에는 잘 모른다고
하다가 기억을 해서 불러 주었다.

　　잠자라 붙었던디 딱붙어라
　　니날리가몬 넘에죽고 니죽는다

창부타령

자료코드 : 04_04_FOS_20110122_PKS_LKS_0001
조사장소 : 경상남도 남해군 서면 중현리 회룡마을 회룡회관
조사일시 : 2011.1.22
조 사 자 : 박경수, 오소현, 공유경
제 보 자 : 이경선, 여, 79세
구연상황 : 조사자가 <창부타령>을 불러 달라고 하자 제보자가 이 노래를 가창하였다.
가창 도중 가사가 기억나지 않아 잠시 멈췄다가 청중의 도움을 받아서 끝까
지 불렀다.

　　금산우에 뜬구름아 비실었나 눈실었나
　　비도눈도 아니실고

뭐라 쿠대. 노래 맹창(명창).

노래맹창 내실었소

노래맹창 니불러라 (청중 : 장단춤은.) 장단에춤은 내가추마

얼씨구 얼씨구얼~씨구 아니나놀지는 못하겠네

노랫가락 (1)

자료코드 : 04_04_FOS_20110122_PKS_LKS_0002

조사장소 : 경상남도 남해군 서면 중현리 회룡마을 회룡회관

조사일시 : 2011.1.22

조 사 자 : 박경수, 오소현, 공유경

제 보 자 : 이경선, 여, 79세

구연상황 : 제보자는 앞의 노래를 부른 후 자진하여 이 노래를 불렀다. 노랫가락으로 부
른 노래이다.

창이야 창열지마라 시부방 건달뵈기도110) 싫다~

저기저달이 날심중헐남상111) 저리밝기도 만무하~다

진도아리랑 (1)

자료코드 : 04_04_FOS_20110122_PKS_LKS_0003

조사장소 : 경상남도 남해군 서면 중현리 회룡마을 회룡회관

조사일시 : 2011.1.22

조 사 자 : 박경수, 오소현, 공유경

제 보 자 : 이경선, 여, 79세

구연상황 : 조사자가 제보자에게 아리랑을 불러 보라고 하자, 제보자는 다음 <진도아리
랑>을 불렀다. "좋다"고 하면서 신나게 박수를 치면서 흥겹게 노래를 불렀다.

---

110) 건달 보기도.
111) "나의 심중과 같은 모양"이란 뜻으로 말한 듯함.

아리아리랑 쓰리쓰리랑 아라리가 났네~에에에

아리랑 끙끙끙 아라리가 났네

시바로잡놈아 요바로잡놈아 돈돈만 알~제

생사람 내죽어나는줄 니가 모리나 으어으어나

아리아리랑 쓰리쓰리랑 아라리가 났네~에에에

아리랑 고개로 내넘기주소

너냥 나냥

자료코드 : 04_04_FOS_20110122_PKS_LKS_0004
조사장소 : 경상남도 남해군 서면 중현리 회룡마을 회룡회관
조사일시 : 2011.1.22
조 사 자 : 박경수, 오소현, 공유경
제 보 자 : 이경선, 여, 79세
구연상황 : 조사자가 다음 노래의 가창을 유도하자 제보자가 다음 노래를 불렀다. 청중들
이 서로 담소를 나누고 있었지만 제보자는 노래를 끝까지 가창하였다.

아침에 우는새는 배가고파 울고요

지아밤중112) 우는새는 임그립아 운다

너냥나냥 두리둥실 놀아라

낮이낮이나 밤이밤이나 참사랭이로구나

진도아리랑 (2)

자료코드 : 04_04_FOS_20110122_PKS_LKS_0005
조사장소 : 경상남도 남해군 서면 중현리 회룡마을 회룡회관

---

112) 저 야밤중.

조사일시 : 2011.1.22
조 사 자 : 박경수, 오소현, 공유경
제 보 자 : 이경선, 여, 79세
구연상황 : 앞의 노래에 이어 제보자는 다음 노래를 불렀다. 박수를 계속 치면서 노래를
불렀다.

영감아 탱감아 죽지를 말아라
봄보리 개떡에 꿀볼라 주께
개떡을 쩠이맨 잭기나[113] 쩠일라
서말드는[114] 시리에 한시리 쩠네~
아리아리랑 쓰리쓰리랑 아라리가 났네~에에에
아리랑 끙끙끙 아라리가 났네~

노랫가락 (2)

자료코드 : 04_04_FOS_20110122_PKS_LKS_0006
조사장소 : 경상남도 남해군 서면 중현리 회룡마을 회룡회관
조사일시 : 2011.1.22
조 사 자 : 박경수, 오소현, 공유경
제 보 자 : 이경선, 여, 79세
구연상황 : 조사자가 요청에 제보자가 앞의 노래에 이어 계속 부른 것이다. 노랫가락을
부르는 일명 '그네 노래'를 다 부르고 난 후, 특이하게 진도아리랑의 후렴을
넣어서 마무리했다.

세모시낭게 당사줄로 그네를뛰어
내가타면은 임이밀고요 임이타면은 내가밀고
임아임아 줄살살밀어요 줄떨어지면은 정떨어진~다

---

113) 적게나.
114) 서 말 들어가는.

아리아리랑 쓰리쓰리랑 아라리가 났네~에에에

아리랑 고개로 날넘기 주소~

농부가

자료코드 : 04_04_FOS_20110123_PKS_JBD_0001

조사장소 : 경상남도 남해군 서면 서상리 서상마을 서상경노회관

조사일시 : 2011.1.23

조 사 자 : 박경수, 오소현, 공유경

제 보 자 : 정빈득, 여, 88세

구연상황 : 조사자의 모 심을 때나 논 맬 때 부르는 노래를 요청하자 제보자가 부른 것
이다. 논에서 일할 때 부르는 것을 듣고 알게 된 노래라고 했다.

아나 농부야 말들어라

아나 농부야 말들어라

서마지기 저논빼미 반달만치 남았구나

그기무슨 반달이냐 초승빛달이 반달이로다

에헤라 대신이여~

농부가 (1)

자료코드 : 04_04_FOS_20110123_PKS_JYH_0001

조사장소 : 경상남도 남해군 서면 서호리 서호마을 서호마을회관(호운각)

조사일시 : 2011.1.23

조 사 자 : 박경수, 오소현, 공유경

제 보 자 : 정용하, 남, 80세

구연상황 : 조사자가 제보자에게 <농부가>를 불러 달라고 하자 이 노래를 불렀다. 육자
배기토리로 부르는 긴 농부가에 속하는데, 논맬 때나 모심을 때 부른다.

여~허 여~허 여허여루 상~사~디~요

여보시오 농부님네 이내말을 들어보소

어~허~와 농부님 내말을 듣소

남문-전 달밝은데 손님그믐 노름이요

학창에 푸른대솔은 산신님의 노름이요

요뉴월이 당도하면 우리농부 시절이로다

패랭이 꼭지에다 가를 꼽고서

마구잡이 춤이나 추어보-세

여~허 여~허 여허~여루 상~사~디~요

농부가 (2) / 논매기 노래

자료코드 : 04_04_FOS_20110123_PKS_JYH_0002

조사장소 : 경상남도 남해군 서면 서호리 서호마을 서호마을회관(호운각)

조사일시 : 2011.1.23

조 사 자 : 박경수, 오소현, 공유경

제 보 자 : 정용하, 남, 80세

구연상황 : 제보자는 앞의 노래를 부른 후 다음 노래를 구연하였다. 제보자는 약간 떨리는 목소리지만 목청껏 소리를 내어 힘차게 불렀다.

에~혜~야 에~혜~두에 에~헤야

이논빼미를 다매고 저논빼미를 돌아가세

에~혜~ 에~혜~루 상~사~디~여

농부가 (3)

자료코드 : 04_04_FOS_20110123_PKS_JYH_0003

조사장소 : 경상남도 남해군 서면 서호리 서호마을 서호마을회관(호운각)
조사일시 : 2011.1.23
조 사 자 : 박경수, 오소현, 공유경
제 보 자 : 정용하, 남, 80세
구연상황 : 제보자는 앞의 노래를 부른 후에 이어서 <농부가>를 계속 가창하였다.

어화거 화여루 상~사~디~여

여보소 농부들 말듣소

어~하 농부들 말들어

다되었네 다되어

서마지기 논빼미가 반달만큼 남았네

니가무슨 반달이냐 초생달이 반달이로다

어화거 화여루 상~사디여

상여소리 (1)

자료코드 : 04_04_FOS_20110123_PKS_JYH_0004
조사장소 : 경상남도 남해군 서면 서호리 서호마을 서호마을회관(호운각)
조사일시 : 2011.1.23
조 사 자 : 박경수, 오소현, 공유경
제 보 자 : 정용하, 남, 80세
구연상황 : 조사자가 <상여 소리>도 부를 줄 아느냐고 묻자, 제보자가 처음에는 <상여 소리>를 하지 않으려고 했다. 조사자와 청중들이 계속 제보자에게 노래를 권유하자 다음 노래를 불렀다. 후렴 부분은 청중들이 받아서 노래를 함께 불렀다.

넝~하~놈 넝~하~놈 넝하리넘~차 넝~하놈

천지생전 사람이나고 사람생겨서 글만중에

너~하~놈 너~하~놈 어가리넘차 너~하넘

끝종(終)자 이별별(別)자를 어히하여서 내였는고

넝~하~놈 넝~하~놈 넝하리 넘차 넝~하놈

넝~하~놈 넝~하~놈 넝하리넘차 넝~하놈
세상천지 만물중에 사람밖엔 또있는고
넝~하~놈 넝~하~놈 넝하리 넘차 넝~하놈
여보시오 시주님네 이내한말을 들어보소
우리가살더라 몇백년이나 살더라 말~고
넝~하~놈 넝~하~놈 어가리넘차 넝~하넘
이세상에 나온사람 니덕으로 나왔는가
우리부모님 아니면 내가이세상에 또있나
넝~하~놈 넝~하~놈 넝하리넘~차 넝~하놈
석가여래 공덕으로 아버님전 뼈를빌고
넝~하~놈 넝~하~놈 어가리넘~차 넝~하놈

사철가 / 단가

자료코드 : 04_04_FOS_20110123_PKS_JYH_0005
조사장소 : 경상남도 남해군 서면 서호리 서호마을 서호마을회관(호운각)
조사일시 : 2011.1.23
조 사 자 : 박경수, 오소현, 공유경
제 보 자 : 정용하, 남, 80세
구연상황 : 조사자의 요청에 제보자가 부른 것이다. 판소리를 할 때 단가로 부르는 <사
철가>이다. 육자배기조로 힘 있게 소리를 내어 자신 있게 불렀다.

이산저산 꽃이피니 분명코 봄이로구나
봄은찾어 왔건만은 세상사 쓸쓸하더라
나도어제 청춘이로니 오날백발 한심허구나
내청춘도 날버리고 속절없이 가버렸으니

왔다갈줄 아는봄은 반겨헌들 쓸데있나

봄아 왔다가 가려거든 가거라

니가가도 여름이되면 녹음방초 승화시라

예부터 일러있고 여름이 가고

가을이 돌아오면 한로삭풍 요란해도

제절개를 굽히지않는 황국단풍도 어떠헌고

가을이 가고 겨울이 돌아오면

한로삭풍 찬바람에

백설만 펄펄휘날리어 은세계가 되고보면

설백월백 천지백허니 모두가백발의 벗이로구나

노랫가락 / 충신은 만조정이요

자료코드 : 04_04_FOS_20110123_PKS_JYH_0006

조사장소 : 경상남도 남해군 서면 서호리 서호마을 서호마을회관(호운각)

조사일시 : 2011.1.23

조 사 자 : 박경수, 오소현, 공유경

제 보 자 : 정용하, 남, 80세

구연상황 : 제보자에게 더 노래를 해줄 것을 요청하자, 앞의 노래에 이어 다음 노랫가락
을 불러 주었다.

충신은 만조정이요 효자열녀는 가가재라[115]

화형제 낙처자하니 붕우유신 하오리라[116]

우리도 좋은님만나 태평성대를 누리리라

---

115) 충신(忠臣)은 만조정(滿朝庭)이요 효자열녀(孝子烈女)는 가가재(家家在)라.

116) 화형제(和兄弟) 낙처자(樂妻子)하니 붕우유신(朋友有信) 하오리라.

상여소리 (2)

자료코드 : 04_04_FOS_20110123_PKS_JYH_0007
조사장소 : 경상남도 남해군 서면 서호리 서호마을 서호마을회관(호운각)
조사일시 : 2011.1.23
조 사 자 : 박경수, 오소현, 공유경
제 보 자 : 정용하, 남, 80세
구연상황 : 조사자가 상여를 빨리 옮길 때 부르는 소리를 부탁하자 제보자는 다음 노래
　　　　　를 불러 주었다. <상여 소리>의 가사는 단가로 부르는 일명 '편시춘'의 사설
　　　　　이다. 단가 편시춘은 군불견동원도리편시춘(君不見東園桃李片時春 : 그대는 봄
　　　　　뜰에 복숭아꽃과 오얏꽃이 잠시 피었다가 지는 것을 보지 못하였는가)이란
　　　　　중국 한시에서 따온 글로 인생의 무상함을 읊은 것이다. 제보자가 상여 소리
　　　　　를 할 때 옆에 있던 청중들이 뒷소리를 해 주었다. 상여 소리를 부르고 나서
　　　　　현장의 상황을 말로 설명해 주기도 했다.

어화넘차

어화넘차

아서라

어화넘차

세상사야

어화넘차

쓸곳없다

어화넘차

군불은[117]

어화넘차

동원도리[118]

어화넘차

팬시춘이[119]

---

117) 군불견(君不見).
118) 동원도리(東園桃李).

어화넘차

창가소부야[120]

어화넘차

울덧마라[121]

어와넘차

창부타령

자료코드 : 04_04_FOS_20110122_PKS_CYY_0001
조사장소 : 경상남도 남해군 서면 중현리 회룡마을 회룡회관
조사일시 : 2011.1.22
조 사 자 : 박경수, 오소현, 공유경
제 보 자 : 최월엽, 여, 83세
구연상황 : 조사자가 창부타령을 한 곡 해 달라고 하자 제보자가 짧게 다음 노래를 불렀다.

노세 좋더라 젊어서 노자

늙고 뱅들면 못노니-라

양산도

자료코드 : 04_04_FOS_20110122_PKS_CYY_0002
조사장소 : 경상남도 남해군 서면 중현리 회룡마을 회룡회관
조사일시 : 2011.1.22
조 사 자 : 박경수, 오소현, 공유경
제 보 자 : 최월엽, 여, 83세

---

119) 편시춘(片時春)이.
120) 창가(娼家) 소부(少婦)야.
121) 울지 마라.

구연상황 : 제보자는 앞의 노래를 부른 후에 이어서 다음 노래를 불렀다. 흥겹게 가창하였다.

함양산청 물레방애는 물을안고 돌~올~고
울의집이 울의님은 나를안고 돈~다
에헤라 놓여라 아니나 못놓겄~네
능기를 하야도 내가 못놓리~라

4. 설천면

경상남도 남해군 설천면 금음리

조사일시 : 2011.1.25
조 사 자 : 박경수, 류경자, 정혜란, 강아영

설천면종합복지회관

　금음리(金音里)는 금음(金音)·옥동(玉洞)·봉우(鳳羽) 3개 마을의 법정리
명칭이다. 조사자들은 금음리 봉우마을에 위치한 설천면종합복지회관에 들
러 채록에 들어갔다. 종합복지회관에는 금음리를 비롯해 인근에 위치한 남
양리(南陽里), 문의리(文義里), 문항리(文巷里) 등에서 모여든 할아버지들이
자리하고 있었다. 바로 옆에 할머니방도 있었으나 할머니들은 잘 모이지
않는다고 했다.

최근에 지어진 설천면종합복지회관은 금음리 봉우마을에 위치해 있는데, 바로 옆에는 설천중학교가 자리 잡고 있다. 조사자 일행이 종합복지회관에서 만난 고찬옥(남, 87세)이 바로 이 봉우마을에 살고 있다. 봉우(鳳羽)마을은 행정구역상 경남 남해군 설천면 금음리의 자연마을이다. '굴 마을'로도 불리는 봉우마을은 청정 굴 최다 생산지로 알려진 어촌마을이기도 하다. 선착장을 돌아서면 도로를 따라 하얀 굴껍데기 더미가 산을 이루고 있어 이곳이 굴 마을임을 알 수 있다.

　1946년까지만 하더라도 정씨, 윤씨, 김씨 등 고작 10여 가구가 거주해 금음리 옥동마을에 속해 있었으나, 이후 여러 곳에서 이주해 오는 주민들로 인해 40여 가구로 늘어났다. 1947년 봉이 날개를 펴는 형상이라 하여 '봉우(鳳羽)'라 이름 짓고 분동했다.

　봉우마을은 논 10ha, 밭 13ha의 농사와 더불어 50ha의 굴 양식장을 가진 마을로서, 마을의 4분이 1에 해당하는 세대가 2~3ha의 굴 양식장을 가지고 있다. 이는 봉우마을의 앞바다인 강진만이 굴의 먹이인 플랑크톤이 풍부할 뿐 아니라 산란이 잘 되는 굴 양식 최적지이기 때문이다. 따라서 이곳에서는 1996년경까지만 하더라도 굴 양식으로 가구당 1억에서 많게는 4억까지 수입을 올렸다. 그러나 굴의 수요가 줄어들고 값싼 중국산 굴까지 음성적으로 거래되면서 그 진가를 잃어가고 있다.

　2008년 12월에 조사한 통계에 따르면, 이 마을은 현재 64세대에 주민이 151명으로, 남자가 76명, 여자가 75명이다.

　조사자 일행은 오전에 문의리 왕지마을에서 채록을 마쳤다. 그 후 남해군의 관문이자 남해대교로 유명 관광지가 된 노량리의 구비문학을 조사하고자 노량마을회관을 찾았다. 그러나 노량마을회관의 문은 굳게 닫혀 있었다. 마을의 노인들을 찾아 나섰지만 모두 굴 까러 갔다고 했다. 길거리에서 굴을 까고 있는 할머니들을 만났으나 날씨가 너무 추워 감히 말을 붙일 수가 없었다. 그래서 할 수 없이 다시 마을을 찾아 나섰다.

마을을 훑어 오는 길에 면사무소가 있는 남양마을회관을 찾아갔다. 그러나 그곳 역시 문이 굳게 잠겨 있었다. 그래서 길 가는 사람을 붙들고 조사자 일행이 마을을 찾아온 연유를 밝힌 후, 노인들이 모이는 곳을 물었다. 그랬더니 웬만한 사람은 모두 시금치밭에 나가고 없다고 했다. 그러면서 설천중학교 근처에 있는 설천면종합복지회관을 한번 찾아가 보라고 알려 주었다. 복지회관을 찾아 갔더니 인근 마을에서 온 할아버지들만 모여 있었다. 한편에서는 장기를 두고, 다른 한편에서는 이야기를 나누고 있었다.

조사자 일행이 찾아 온 연유를 밝히고 채록에 들어갔지만, 모여 있는 할아버지들이 쉽사리 이야기를 꺼내 놓지 않았다. 할 수 없이 조사자가 먼저 1편의 설화를 꺼내 놓으면서 판을 유도했다. 봉우마을의 고찬옥(남, 87세)이 <도라지타령>과 <아리랑> 등 민요 2편을 불러 주었다.

경상남도 남해군 설천면 남양리 남양마을

조사일시 : 2011.1.25
조 사 자 : 박경수, 류경자, 정혜란, 강아영

남양리(南陽里)는 남양(南陽)·용강(龍岡) 2개 마을의 법정리 명칭이다. 조사자들이 설천면종합복지회관에서 만난 문부근(남, 90세)이 바로 이 남양리 남양마을에 살고 있다.

남양(南陽)마을은 행정구역상 경남 남해군 설천면 남양리의 법정마을이자 자연마을이다. 남양마을은 설천면사무소와 설천초등학교, 설천우체국, 설천파출소 등이 밀집해 있는 설천면의 중심지이다.

'남양'이라는 마을 이름의 유래는 중국과 관련이 있다. 옛날 중국의 남양이라는 곳에는 제갈량이 공부를 했다는 와룡제(臥龍濟)라는 서당이 있다고 한다. 그런데 어떤 도승(道僧)이 설천면의 남양마을을 지나가다가 이곳의 지형이 중국의 남양과 흡사하고, 산수의 형국으로 보아 장차 큰 인물들이 많이 배출될 것이라 한 것에서 '남양'이라는 이름이 붙여졌다고 한다.

옛날에는 '당산모' 또는 '냄양'이라고도 했는데, '당산모'란 문의리와의 경계에 성황당이 있었다는 데서 유래된 이름이고, '냄양'은 남양이 잘못 발음된 것이다. 남해현지(南海縣誌)의 '방리편'에는 남양이 없는 것으로 미루어 문의리에서 분동된 것으로 추측된다.

남양마을은 크게 두 부락으로 나누는데, '당산모'라 불려오던 아랫마을이 지금의 남양이다. 윗마을은 '떼덜' 또는 '떼더리'라고 하는데, 한자로는 '사월(槎月)'이라 표기한다. '사(槎)'의 뜻은 '떼배'이고 '월(月)'은 '달'이니, 결국 한자는 '떼덜'의 '떼'를 '떼배 사(槎)'로, 그리고 '덜'은 '달'의 사투리 발음으로 보아 '달 월(月)'로 표기한 듯하다. 떼덜마을은 서쪽의 산자락에 위치해 있다. 때문에 나무가 무성하여 그 가지들이 서로 얽혀 서쪽으로 넘어가는 달을 가리는 까닭에 달 속에 '떼배'가 있는 것처럼 보인다 해서 붙여진 이름인 것 같다고 한다.

전설처럼 전하는 장소로는, 남양저수지 밑에 용이 살았다는 '용시덤병(龍沼)', 부락 뒷산 중턱에 절과 성이 있었다는 '산성', 그리고 아기의 돌무덤이 많이 있다는 '애기정지'가 있다.

2008년 12월에 조사한 통계에 따르면, 이 마을은 현재 81세대에 주민이 179명으로, 남자가 85명, 여자가 94명이다.

조사자 일행이 설천면종합복지회관을 찾기 전에 앞서 설천면사무소가 위치한 남양마을회관을 찾았다. 그러나 마을회관의 문은 굳게 닫혀 있었다. 시금치를 많이 재배하는 지역이라 할머니들은 들에 나가고, 일손을 놓은 할아버지조차 인근에 새로 들어선 복지회관으로 갔기 때문인 듯했다.

남양마을의 문부근(남, 90세)이 인근 골짜기에 있는 '혼불이 나타나는 도관이터'의 전설에 대해 구연해 주었다.

경상남도 남해군 설천면 문의리 왕지마을

조사일시 : 2011.1.25
조 사 자 : 박경수, 류경자, 정혜란, 강아영

왕지마을 왕지회관

　문의리(文義里)는 문의(文義)·동흥(東興)·왕지(枉池) 3개 마을의 법정리 명칭이다. 문의리에서는 왕지마을을 조사했다. 왕지마을은 남해의 첫 관문인 남해대교에서 우회하여 설천면 노량마을을 거쳐 설천해안도로를 따라가다 보면 처음 만나게 되는 마을이다.

　그 옛날 이성계가 남해 금산에서 와서 100일 기도를 드렸다. 이성계는 기도를 마치고 한양으로 돌아가는 길에 풍광이 빼어난 왕지마을의 정취에 취해 이곳에서 잠시 쉬었다고 한다. 그래서 주민들은 이성계가 이곳 굽은 고개를 넘어가서 임금이 되었다 하여 '굽을 왕(枉), 땅 지(地)'를 써서 '왕지'라고 하였다.(그러나 지금은 '못 지(池)'로 표기하고 있다) 봄이면 구두

산을 태운 연분홍 진달래가 바다로 쏟아져 내리고, 충렬사에서 왕지마을에 이르는 도로는 흐드러지게 피어난 벚꽃으로 터널을 이루어 하늘을 가린다. 뿐만 아니라 하동과 삼천포 쪽의 물살이 만나는 곳이라 물고기의 육질도 탄력 있어 회 맛이 좋기로도 이름난 곳이다. 때문에 강태공들이 한가로이 낚싯대를 드리우는 곳이기도 하다. 그러나 남해대교를 직통으로 통과해 남해읍으로 가는 차편이 대부분이다 보니 놓치기 일쑤인 풍광이다.

왕지회관에서 내려다본 채록지인 양찬선 씨 댁 일대의 정경

왕지마을에서는 몇 십 년 전까지만 하더라도 윤씨가 가장 왕성하고 번 창하여 세가(世家)를 이루었다고 한다. 또한 일제에 항거해 군내에서 3·1 만세 봉기를 일으키고 옥살이를 했던 윤주순 열사, 양봉문 열사가 이 마을 태생이기도 하다. 주민들은 이들의 뜻을 되새기며 후손 교육의 지표로 삼 고 있다.

2008년 12월에 조사한 통계에 따르면, 이 마을은 현재 68세대에 주민이 150명으로, 남자가 69명, 여자가 81명이다.

조사자 일행은 이 마을에 50대 초반의 상여 앞소리꾼이 있다는 사실을 알고, 상여 소리를 채록하고자 앞소리꾼과 약속을 하고 조사 일정을 잡았다. 그런데 전날 앞소리꾼으로부터 서울에 일이 생겨 가야한다는 연락을 받았다. 그러나 이미 마을 이장과도 연락을 취해 놓은 터라 상여 소리는 채록을 못하더라도 왕지마을을 조사하기로 결정했다. 마을에 도착했더니 이장이 나와서 조사자들을 기다리고 있었다. 함께 마을회관으로 갔는데, 날씨가 추워서인지 아무도 나와 있지 않았다.

보일러를 올려 놓고 이장으로부터 마을 현황에 대해 들었다. 이야기를 마칠 때까지도 할머니들이 모이지 않자, 이장이 조사자 일행을 양찬선 할머니 집으로 안내해 주었다. 그리고 마을 할머니들에게 전화를 걸어 그곳으로 모이게 해 주었다. 그래서 양찬선 할머니 집에서 채록을 했다.

마을의 주요 제보자와 제공한 자료의 특징을 보면 다음과 같다.

먼저 김도자(여, 72세)가 <지렁이국으로 시어머니를 봉양한 며느리> 이야기로 판을 열어 주었다.

김인순(여, 81세)은 19편의 민요를 가창하고, 2편의 설화를 구연한 이 마을의 대표적인 제보자이다. 민요는 <남매 노래>, <갈파래 노래>, <삼팔선 노래> 등 모심을 때 부르는 노래와, <물레 노래>, <여탄 노래>, <계모 노래>, <부모 노래>, <장모 노래>, <의암이 노래>, <독수공방 노래>, <버선 노래>, <나 하나를 남이라고> 등의 길쌈 노동요, 그리고 <청춘가>, <이 빠진 아이 놀리는 노래> 등 많은 노래들을 불러 주었다. 뿐만 아니라 인근 바다에서 일어났던 역사적 사건을 노래한 '객선 침몰 노래'도 불러 주었다.

설화로는 일제강점기 강점기 일본말을 몰라 벌어졌던 부자(父子)간의 해프닝 한 토막과, 꾀로 아내를 얻는 남자의 재치를 다룬 이야기를 해 주었는데, 짤막한 편이다.

김막점(여, 75세)은 <세월 노래>, <임 노래>, <첩 노래>, <기다림 노래>, <삼팔선 노래> 등의 삼삼기 노래 와 <청춘가>, <이야기 서두 소리> 등의 유희요, 그리고 동요 <다리 세기 노래> 등 민요 11편을 불러 주었다. 김막점 제보자의 특징은 자신의 삶과 연관된 노래를 부를 때면 울먹이면서 감정이입을 잘하는 편이다. 특히 가족사와 연관해서 외동아들 오빠의 죽음을 노래한 <삼팔선 노래 (1)>의 사설은 제보자가 직접 지어서 부른 것이라고 한다.

양찬선(여, 83세)은 민요 15편을 불러 주었다. <갈파래 노래>, <이 논에다 모를 심어> 등의 모심기 노래와, <잠 노래>, <꽃유리잔 깬 며느리>, <여탄(女歎) 노래>, <남탄 노래>, <시집살이 노래 / 사촌형 노래>, <엄마친정 노래> 등의 길쌈 노래, 그리고 <잠자리 잡는 노래>, <이갈이 노래> 등의 동요도 불러 주었다. 특히 <꿩 노래>라고 하는 재미있고도 원색적인 사설의 민요를 불렀을 때는 둘러앉은 할머니들이 기겁을 하며 조사자들의 눈치를 살피기도 했다.

경상남도 남해군 설천면 문항리 문항마을

조사일시 : 2011.1.25
조 사 자 : 박경수, 류경자, 정혜란, 강아영

문항리(文巷里)는 문항(文巷)・모천(慕川) 2개 마을의 법정리 명칭이다. 조사자 일행은 설천면종합복지회관에서 문항마을에 살고 있는 박충섭(남, 79세)과 모천마을에 살고 있는 정홍섭(남, 90세)을 만났다. 모천마을의 정홍섭(남, 90세)은 조사자가 설화 1편을 꺼내 놓으면서 이야기판을 유도하자 가장 먼저 응해서 이야기보따리를 열어 주었던 할아버지이다.

먼저 문항(文巷)마을은 행정구역상 경남 남해군 설천면 문항리의 법정마을이자 자연마을이다. 전형적인 반농반어(半農半漁)의 마을로서 마을 앞에 펼쳐진 갯벌에는 바지락·쏙·굴 등 유용수산물의 서식이 풍부하다. 때문에 오늘날은 이 갯벌에 '어촌체험장'을 개설하여 대대적으로 관광객을 맞고 있다. 또한 썰물 시에는 마을과 섬(상장도, 하장도)이 연결되는 '모세의 기적' 현상이 일어나는 곳으로도 유명하다.

뿐만 아니라 문항마을은 군내 3·1 운동의 진원지로 알려져 있다. 마을 입구에는 1985년 실시된 독립운동유공자 묘역의 성역화 계획에 따라 세워진 '남해 3·1 독립운동발상기념비'가 서 있다.

비문의 내용은 설천면 사람들의 독립운동 전개와 상황, 그리고 독립운동에 참가한 사람들의 이름이 기록되어 있으며, 비를 세우는 의의를 기록하고 있다.

2008년 12월에 조사한 통계에 따르면, 이 마을은 현재 79세대에 주민이 180명으로, 남자가 86명, 여자가 94명이다.

문항마을의 제보자인 박충섭(남, 79세)은 설화 4편을 구연해 주었다. <왜구가 갇힌 고현면의 가청곡(加靑谷)>, <고현면 대사리 탑동의 마을이름 유래>, <바닷돌을 날려 쌓은 설천면의 대국산성>, <이성계의 기도를 들어준 남해 금산> 등의 전설에 대해 주로 들려주었는데, 오랫동안 교직에 몸담고 있었던 영향인지 평이하고도 명확하게, 그리고 조리정연하게 잘 구연해 주었다.

다음으로 모천(慕川)마을은 행정구역상 경남 남해군 설천면 문항리의 자연마을이다. 정조 10년(1787년), 순조 31년(1831) 경의 기록에는 마을의 이름이 '모노리(慕魯里)'로 되어 있다. 이것은 유학자들이 학덕 높은 공자(孔子)를 사모하는 뜻에서 그가 태어난 '노(魯)나라'를 근거로 해서 이름을 지은 것이 아닌가 생각하고 있다. 이 마을의 옛이름인 '모노리'는 '모너리'로 와전되어 민요에도 등장하고 있다. 이후 '모너리', '모답'으로도 부르다가 '모천(慕川)'으로 마을 이름이 확정되었다. 이 '모천(慕川)'이라는 마을

명은 하천이 적고 물이 귀하다는 데서 생겨난 것이라고 한다.

향사에 의하면, 1874년경 좌수 통치의 명사와 문장가로 이름난 정향장, 박향장 등에 의해 '모천'이라고 이름 지어졌으며 문항에서 분동되었다. 1660년경 처음으로 이 마을에 이씨가 입주했고, 뒤이어 하씨, 류씨가 들어와 마을이 형성되었다고 한다.

2008년 12월에 조사한 통계에 따르면, 이 마을은 현재 84세대에 주민이 165명으로, 남자가 78명, 여자가 87명이다.

모천마을의 제보자인 정홍섭(남, 90세)은 설화 3편을 구연했는데, <사돈 대접 잘못했다가 낭패 본 사람>, <고양이가 뛰어넘으면 일어서는 시체>, <고려장이 없어진 내력> 등의 민담을 구성지고 맛깔나게 구연해 주었다.

경상남도 남해군 설천면 비란리 정태마을

조사일시 : 2011.1.24
조 사 자 : 박경수, 류경자, 정혜란, 강아영

비란리(飛鸞里)는 정태(丁太)·내곡(內谷)·동비(東非) 3개의 자연마을로 구성되어 있는 법정리 명칭이다. 지리적으로는 남해읍 쪽에서 들어서는 설천면의 첫관문으로 고현면과의 경계에 위치해 있다. 설천면의 최남단에 위치하고 있는 비란리(飛鸞里)의 마을이름은 오채(五彩)를 발하는 상상의 새인 난조(鸞鳥)가 날아오른다는 뜻을 담고 있다.

비란리에서는 정태(丁太)마을을 조사했는데, 남해의 첫 성읍지가 있던 곳으로 알려져 있다. 정태마을은 1948년 비란마을에서 분동되었으며, 비란성을 사이에 두고 고현면 성산리와 인접하고 있다.

통일신라 신문왕 7년 10월인 서기 687년에 남해군을 처음으로 전야산군(轉也山郡)으로 칭했는데, 향토사학자들은 남해의 첫 성읍지가 바로 고현면과 설천면의 경계인 성산성 일대인 것으로 추정해 왔다. 따라서 정태마을은 옛날 지체 높은 분들이 살던 화전(花田)고을이 있던 곳으로, 함부로 말을 타고 지나갈 수 없어 말에서 내려 걸어갔다고 해서 '정태'라 불렀다고 한다. 그리고 이 마을 사람들은 마을 앞산 기슭에 흔적이 남은 성(城)을 '고현산성'이나 '성산성'이라고 부르는 것에 동의하지 않고 있다. 이는 최초의 남해라는 이름도 전야산군인데다가 실제로 성 안 마을은 바로 정태마을이고, 성산마을은 성 밖에 있었다고 생각하기 때문이다.

정태마을 정태노인복지관

2008년 12월에 조사한 통계에 따르면, 이 마을은 현재 52세대에 주민이 106명으로, 남자가 42명, 여자가 64명으로 설천면에서는 비교적 인구수가 적은 마을이다. 2002년에는 전 주민이 법과 질서 지키기를 생활화하여 범죄 없는 마을로 선정되었다.

조사자 일행은 설천면 진목리에 위치한 대국산성에 관한 전설을 조사하기 위해 오전에 진목마을을 찾았다. 조사 중 비란리 쪽에서는 다른 형태의 대국산성 전설이 전한다는 이야기와 함께 박찬수 할아버지를 소개 받고 오후에 비란리를 찾았다. 박찬수 할아버지 집을 찾아가 마을의 내력과 대국산성 전설에 대해 간략하게 들은 후 마을회관을 찾아 나섰다.

먼저 내곡마을회관을 찾아갔으나 문이 잠겨 있었다. 지나가는 마을 사람에게 물었더니, 오후에는 날이 풀려 땅이 녹았기 때문에 모두 들에 시금치 캐러 나가고 없다고 했다. 조사자 일행이 마을회관을 찾는 연유를 설명하자 바로 인근에 있는 정태노인복지관에 사람들이 많이 모인다고 알려 주었다. 그래서 정태노인복지관을 찾아갔다. 노인복지관에는 할머니들만 10명 가까이 모여 있었는데, 채록 도중 할머니들이 더 모여들었다.

일단 조사 취지를 밝히고 조사에 동의를 얻은 후 준비해 간 다과를 내놓고 채록에 들어갔다. 옛날이야기를 해 달라고 했더니 이야기가 하나도 없다고 했다. 그래서 조사자가 먼저 이야기를 꺼내면서 이야기판을 벌였다. 이웃마을에서 들은 우스개 이야기도 들려주었더니, 한 제보자가 자신도 그런 류의 우스개 이야기를 안다고 하면서 우스개 이야기도 들려주었다. 해질 무렵 마을 할머니들에게 감사의 말을 전하고 조사를 마친 후 숙소로 돌아왔다.

마을의 주요 제보자와 제공한 자료의 특징을 보면 다음과 같다.

박찬수(남, 79세)가 대국산성 전설 1편을 구연해 주었다. 이우순(여, 78세)이 모심기 노래인 <남해 금산 뜬 구름아>과 모찌기 노래인 <설천 모너리 조내기배> 등 민요 3편을 들려주었다. 류산아(여, 83세)는 민요 8편을 가창했는데, 모심기 노래인 <동무 노래>와 함께 <아리랑 타령>, <산아지타령 / 수심 노래>, <살림만 잘하면>, <연애 노래>, <영감아 탱감아 죽지마라> 등의 유희요를 많이 불렀다. 그리고 8년 전 할아버지가 돌아가셨는데, 그때 자신이 지어 불렀다는 노래까지 들려주었다.

이옥지(여, 81세)는 이 마을에서 가장 대표적인 설화 구연자이다. <영감

아 탱감아 죽지 마라>라는 민요 1편을 가창하고, 설화 6편을 구연해 주었다. <은혜를 모르는 호랑이>, <밥 안 먹는 며느리>, <무조건 공대(恭待)하는 며느리>, <재치로 호랑이 잡은 할머니>, <여우 동생>, <두 과부의 소원을 들어준 스님> 등이 그것이다. 특히 두 과부 이야기인 우스개 민담은 이야기판을 웃음바다로 만들었다.

경상남도 남해군 설천면 진목리 진목마을

조사일시 : 2011.1.24
조 사 자 : 박경수, 류경자, 정혜란, 강아영

새로 건립된 진목마을회관

진목리(眞木里)는 진목(眞木)·고사(古泗) 2개 마을의 법정리 명칭이다. 진목리에서는 진목(眞木)마을을 조사했다. 이 마을에는 진목초등학교가 위

치해 있었으나, 농촌인구의 감소로 지금은 설천초등학교와 합해지고 폐교
가 되었다.

진목마을의 구아랫마을회관 앞 빨래터

옛날 북쪽 뒷등에 참나무 숲이 있었다고 해서 '진목(眞木)'이라 불렀다
는데, 남해현지(南海縣誌)에는 '진목정리(眞木亭里)'로 기록되어 있다. '정
(亭)'자가 있는 것으로 보아 참나무 숲속에 정자가 있었거나, 읍으로 통하
는 길목이다 보니 역말을 갈아타는 역참(驛站)이나 여인숙(旅人宿)이 있지
않았을까 추측하고 있다.

1392년경 백씨와 여씨가 정착하면서 마을이 형성되었다. 들이 좋고 바
다가 가까워 살기 좋은 곳이다 보니 마을이 점차로 커져 1940년경에 고사
(古泗)가 분동되어 나갔다. 그리고 1999년 환경농업지구로 선정되었다.

2008년 12월에 조사한 통계에 따르면, 이 마을은 현재 141세대에 주민

이 275명으로 남자가 133명, 여자가 142명이다. 이러한 분포를 보이는 진목마을은 설천면에서 세대수가 가장 많으며, 인구수는 두 번째를 차지한다.

조사자 일행은 진목마을에 위치하고 있는 대국산성 전설을 듣기 위해 이곳의 전설을 잘 알고 있는 정수범(남, 80세) 할아버지를 찾기로 했다. 그래서 채록 며칠 전에 연락을 취해 약속을 잡은 후, 오전 11시쯤에 제보자의 집을 찾았다. 조사자 일행은 제보자로부터 대국산성 전설 등 여러 가지 설화를 채록했다. 채록 도중 제보자가 대국산성 전설이 인근 마을에서는 다르게 전한다는 사실도 일러 주었다. 그래서 오후에는 인근 마을을 찾아 그 사실을 확인하기로 하고, 온 김에 진목마을의 주민들을 더 만나보기 위해 마을회관을 찾았다. 그러나 마을의 중앙에 위치하고 있는 새로 지은 마을회관에는 아무도 없었다. 그래서 마을의 위쪽에 위치한 구윗마을회관을 찾았다. 그곳 역시 아무도 없어 다시 마을의 아래쪽으로 향해 구아랫마을회관을 찾아갔다.

아랫마을회관은 바닷가 쪽에 위치한 마을의 중간에 위치해 있었다. 마을회관으로 들어가는 입구에는 예전에 공동으로 사용하던 우물과 빨래터가 자리 잡고 있어 이곳이 아랫마을 공동체의 중심지였다는 것을 한 눈에 알 수 있게 했다. 아랫마을회관에는 할머니 몇 명이 앉아 있었다. 조사자 일행이 마을회관을 찾은 취지와 함께 마을에서 사람들 구경하기가 힘들더라는 이야기를 했다. 그랬더니 설천면에는 시금치 농사가 많아 연세가 많은 노인들도 움직일 수만 있으면 모두 들에 나가고 없으며, 들에 나가지 못하는 노인들은 집에 앉아서 시금치를 가리느라고 마을회관에 나가지 않는다고 했다. 인근에 있는 전설을 들려달라고 하자 진목 정씨의 묫자리 이야기를 들려주었다. 그리고 민담 몇 편을 더 들려주었고, 민요도 몇 곡 불러 주었다. 조사자 일행은 고맙다는 감사의 인사를 전한 뒤 아랫마을회관을 나섰다.

마을의 주요 제보자와 제공한 자료의 특징을 보면 다음과 같다.

정수범(남, 80세)이 설화 5편을 구연해 주었다. 먼저 <바닷돌을 날려 쌓은 설천면의 대국산성>, <왜구가 갇힌 고현면의 가칭곡(假稱谷)>, <여자들을 바람나게 만드는 금음산의 송곳바위> 등의 전설에 대해 들려주었다. 그리고 <모든 책임은 원수(元首)에게 있다>, <엉터리 축문으로 제사 지낸 사람> 등의 민담도 입담 있게 들려주었다.

정금례(여, 77세)는 <임 그리는 노래> 1편을 불러 주었다. 김옥이(여, 75세)는 민요 8편과 설화 5편을 들려주었다. 민요로는 <삼팔선 노래>, <음식 노래> 등의 모심기 노래, <해방가>라는 삼삼기 노래, 그리고 <뱃놀이 노래>, <신랑각시 노래>, <상사 노래>, <각설이타령> 등의 유희요와 <다리 세기 노래>인 동요를 불러 주었다.

그리고 설화로는 <설천면 진목의 검사 판사가 나는 묏자리> 전설과 <아들을 삶아 남편에게 먹인 열녀>, <호랑이와 수숫대>, <동지섣달에 홍시를 구한 효자>, <자기 자식을 죽인 도둑> 등 여러 가지 민담을 들려주었다.

▌제보자

고찬옥, 남, 1925년생

주 소 지 : 경상남도 남해군 설천면 금음리 봉우마을
제보일시 : 2011.1.25
조 사 자 : 박경수, 류경자, 정혜란, 강아영

고찬옥은 1925년 소띠생으로, 남해군 설 천면 금음리 봉우마을에서 3남 1녀 중 둘째 로 태어났다. 본관은 제주이다. 20살 되던 해 10살 연하의 문주례 씨와 결혼하여 3녀 를 두었다. 제보자는 문의마을에서 22년간 거주하고, 부인과 같이 봉우마을로 이주하여 현재는 봉우마을에서 부인과 둘이서 생활하 고 있다. 일제강점기 때 보통학교 3년을 다  닌 것이 학력의 전부이다. 과거에는 농사일을 해 왔으나 지금은 나이가 많 아 일손을 놓고 있다고 한다.

제보자는 목소리가 큰 편이 아니고 이가 많이 없는 까닭에 발음이 불명 확했다. 하지만 몸을 앞뒤로 움직이면서 박자를 맞춰 가며 흥겹게 민요를 불렀다. 조사가 끝나갈 무렵 노래를 한번 불러보지 않겠느냐는 조사자의 유도 하에 2편의 민요를 가창했는데, 어릴 적 어른들이 부르는 것을 듣고 알게 됐다고 한다.

제공 자료 목록

04_04_FOS_20110125_PKS_KCO_0001 도라지타령
04_04_FOS_20110125_PKS_KCO_0002 아리랑

김도자, 여, 1940년생

주 소 지 : 경상남도 남해군 설천면 문의리 왕지마을
제보일시 : 2011.1.25
조 사 자 : 박경수, 류경자, 정혜란, 강아영

김도자는 1940년 용띠 생으로 남해군 설
천면 남양리 용강마을에서 4남 1녀 중 첫째
로 태어났다. 본은 김영이다. 제보자는 21살
에 결혼을 하여 51년간 왕지마을에서 생활
하고 있다고 한다. 남편은 9년 전 돌아가셨
다고 한다. 슬하에 1남 4녀의 자녀를 두고
있는데 모두 객지에서 생활하고 있다. 일평
생 농사일을 해 왔으며, 지금도 자급할 만큼
의 농사를 짓고 있다고 한다. 학력은 초등학교 6학년을 다니다가 중퇴를
했다.

제보자는 손동작을 섞어가면서 이야기를 해 주었다.

제공 자료 목록
04_04_FOT_20110125_PKS_KDJ_0001 지렁이국으로 시어머니를 봉양한 며느리

김막점, 여, 1937년생

주 소 지 : 경상남도 남해군 설천면 문의리 왕지마을
제보일시 : 2011.1.25
조 사 자 : 박경수, 류경자, 정혜란, 강아영

김막점은 1937년 소띠생으로, 남해군 고현면 갈화리 갈화마을에서 1남
5녀 중 넷째로 태어났다. 본은 김해이다. 제보자는 20살에 결혼을 하여 55
년간 왕지마을에서 생활하고 있다고 한다. 남편은 3년 전에 돌아가셨다고

한다. 슬하에 4남 4녀의 자녀를 두고 있는데
모두 객지에서 생활하고 있다. 일손을 놓기
전까지는 농사일을 했다고 한다. 학력은 초
등학교 중퇴이다.

제보자는 노래를 부르다가 중간에 손뼉을
쳐 가면서 부르기도 했다. 그런가 하면 제보
자의 가족사와 연결된 노래를 부를 때에는
눈시울을 적시기도 했다. 6·25 전쟁에 나갔
던 외동아들인 오빠가 죽은 후, 친정어머니의 심정을 생각하고 자신이 직
접 지어 불렀다는 노래도 들려주었다.

제공 자료 목록
04_04_FOS_20110125_PKS_KMJ_0001 세월 노래
04_04_FOS_20110125_PKS_KMJ_0002 청춘가 (1)
04_04_FOS_20110125_PKS_KMJ_0003 청춘가 (2)
04_04_FOS_20110125_PKS_KMJ_0004 임 노래
04_04_FOS_20110125_PKS_KMJ_0005 첩 노래
04_04_FOS_20110125_PKS_KMJ_0006 기다림 노래
04_04_FOS_20110125_PKS_KMJ_0007 다리 빼기 노래
04_04_FOS_20110125_PKS_KMJ_0008 청춘가 (3) / 세월 노래
04_04_FOS_20110125_PKS_KMJ_0009 이야기 서두 소리
04_04_MFS_20110125_PKS_KMJ_0001 삼팔선 노래 (1)
04_04_MFS_20110125_PKS_KMJ_0002 삼팔선 노래 (2)

김옥이, 여, 1937년생

주 소 지 : 경상남도 남해군 설천면 진목리 진목마을
제보일시 : 2011.1.24
조 사 자 : 박경수, 류경자, 정혜란, 강아영

김옥이는 1937년 소띠생으로, 남해군 고
현면 이어리 이어마을에서 3남 2녀 중 셋째
로 태어났다. 본은 김영이다. 제보자는 18살
에 결혼을 하여 57년간 진목마을에서 생활
하고 있다고 한다. 남편은 15년 전에 돌아가
셨다고 한다. 슬하에 2남 3녀의 자녀를 두고
있는데 모두 객지에 살고 있다. 일평생 농사
일을 해 왔으며, 지금도 농사를 조금 짓고
있다고 한다. 학력은 초등학교 3년 중퇴이다.

제보자는 몸을 좌우로 흔들면서 설화를 구연했는데, 민요를 가창할 때는
몸을 앞뒤로 흔들었다.

제공 자료 목록

04_04_FOT_20110124_PKS_KOI_0001 설천면 진목의 검사 판사가 나는 묏자리
04_04_FOT_20110124_PKS_KOI_0002 아들을 삶아 남편에게 먹인 열녀
04_04_FOT_20110124_PKS_KOI_0003 호랑이와 수숫대
04_04_FOT_20110124_PKS_KOI_0004 동지섣달에 홍시를 구한 효자
04_04_FOT_20110124_PKS_KOI_0005 자기 자식을 죽인 도둑
04_04_FOS_20110124_PKS_KOI_0001 뱃놀이 노래
04_04_FOS_20110124_PKS_KOI_0002 신랑각시 노래
04_04_FOS_20110124_PKS_KOI_0003 상사(想思) 노래
04_04_FOS_20110124_PKS_KOI_0004 음식 노래
04_04_FOS_20110124_PKS_KOI_0005 다리 세기 노래
04_04_MFS_20110124_PKS_KOI_0001 삼팔선 노래
04_04_MFS_20110124_PKS_KOI_0002 해방가
04_04_MFS_20110124_PKS_KOI_0003 각설이타령

김인순, 여, 1931년생

주 소 지 : 경상남도 남해군 설천면 문의리 왕지마을

제보일시 : 2011.1.25
조 사 자 : 박경수, 류경자, 정혜란, 강아영

　김인순은 1931년 양띠생으로, 남해군 설
천면 남양리 남양마을에서 3남 3녀 중 넷째
로 태어났다. 본은 김해이다. 제보자는 15살
에 결혼을 하여 66년간 왕지마을에서 생활
하고 있다고 한다. 남편은 4년 전에 돌아가
셨다고 한다. 슬하에 2남 3녀의 자녀를 두고
있는데 모두 객지에서 생활하고 있다. 일손
을 놓기 전까지는 농사일을 했다고 한다. 학
력은 일본에서 야학 3년 한 것이 전부이다. 11살에 일본에 들어갔다가 15
살에 나왔다고 한다.

　제보자는 움직임 없이 한 곳을 응시하면서 노래를 불러 주었는데, 이야
기할 때는 손동작을 써 가면서 해 주었다.

제공 자료 목록

04_04_FOT_20110125_PKS_KIS_0001 일본말 모르는 아버지와 아들의 해프닝
04_04_FOT_20110125_PKS_KIS_0002 꾀로 아내 얻은 사람
04_04_FOS_20110125_PKS_KIS_0001 물레 노래
04_04_FOS_20110125_PKS_KIS_0002 남매 노래
04_04_FOS_20110125_PKS_KIS_0003 시집살이 노래 / 나 하나를 남이라고
04_04_FOS_20110125_PKS_KIS_0004 일본 땅 범나비 노래
04_04_FOS_20110125_PKS_KIS_0005 여탄(女歎) 노래
04_04_FOS_20110125_PKS_KIS_0006 계모 노래
04_04_FOS_20110125_PKS_KIS_0007 부모 노래
04_04_FOS_20110125_PKS_KIS_0008 갈파래 노래
04_04_FOS_20110125_PKS_KIS_0009 장모 노래
04_04_FOS_20110125_PKS_KIS_0010 의암(義岩)이 노래
04_04_FOS_20110125_PKS_KIS_0011 객선 침몰 노래

04_04_FOS_20110125_PKS_KIS_0012 시누이 노래
04_04_FOS_20110125_PKS_KIS_0013 독수공방 노래
04_04_FOS_20110125_PKS_KIS_0014 청춘가
04_04_FOS_20110125_PKS_KIS_0015 이 빠진 아이 놀리는 노래
04_04_FOS_20110125_PKS_KIS_0016 노랫가락 / 인생 노래
04_04_FOS_20110125_PKS_KIS_0017 버선 노래
04_04_FOS_20110125_PKS_KIS_0018 노랫가락 / 그네 노래
04_04_MFS_20110125_PKS_KIS_0001 삼팔선 노래

류산아, 여, 1929년생

주 소 지 : 경상남도 남해군 설천면 비란리 정태마을
제보일시 : 2011.1.24
조 사 자 : 박경수, 류경자, 정혜란, 강아영

류산아는 1929년 뱀띠생으로 남해군 서면
정포리 정포마을에서 4남 2녀 중 셋째로 태
어났다. 19살 되던 해 남편과 결혼하여 설천
면 비란리 정태마을로 와 슬하에 2남 2녀를
두었다. 자녀들은 모두 객지에 거주하고 있
으며, 8년 전 남편이 작고하면서 현재는 혼
자 생활하고 있다. 일손을 놓기 전까지는 농
사를 지었으며 학력은 무학이다.

제보자는 8편의 민요를 가창했는데 스스로 하겠다고 나서기도 하는 등
적극적으로 조사에 참여했다. 목소리가 큰 편이어서 민요를 시원시원하게
불렀다. 노래를 할 때 특별한 움직임은 없었으나 흥이 나면 가끔 박수를
쳤다. 남편이 작고하고 난 후 직접 지어 불렀다는 노래도 불러 주었는데,
그 당시의 감정을 떠올린 탓인지 눈가가 촉촉해지면서 목이 잠겨 노래를
끝까지 이어가지 못했다. 그러더니 잠시 감정을 추스른 후 다시 불러 주었

다. 그 외의 노래들은 일하면서 주변 어른들이 부르는 것을 듣고 알게 된 것들이라고 한다.

제공 자료 목록

04_04_FOS_20110124_PKS_RSA_0001 탄로가(歎老歌)
04_04_FOS_20110124_PKS_RSA_0002 아리랑타령
04_04_FOS_20110124_PKS_RSA_0003 산아지타령 / 수심(愁心) 노래
04_04_FOS_20110124_PKS_RSA_0004 살림만 잘하면
04_04_FOS_20110124_PKS_RSA_0005 연애 노래
04_04_FOS_20110124_PKS_RSA_0006 모심기 노래 / 동무 노래
04_04_FOS_20110124_PKS_RSA_0007 영감아 탱감아 죽지 마라
04_04_MFS_20110124_PKS_RSA_0001 남편 죽고 부른 노래

문부근, 남, 1922년생

주 소 지 : 경상남도 남해군 설천면 남양리 남양마을
제보일시 : 2011.1.25
조 사 자 : 박경수, 류경자, 정혜란, 강아영

문부근(文富根)은 1922년 개띠생으로 남해군 설천면 남양리 남양마을에서 2남 중 첫째로 태어나 지금까지 살고 있다. 본관은 남평이다. 22살 되던 해 결혼하여 슬하에 2남 5녀를 두고 있다. 10년 전 부인이 작고하면서 현재는 혼자 생활하고 있다. 일제강점기 때 5년제 중학교를 졸업하고 초등학교 교사로 재직하다가 1988년 정년퇴임을 했다.

제보자는 어린 시절 아버지로부터 들었던 이야기라며 1편의 설화를 구연했는데, 귀가 잘 들리지 않은 탓인지 비교적 크고 또렷한 목소리로 구연을 해 주었다. 손동작을 함께 사용했다.

제공 자료 목록
04_04_FOT_20110125_PKS_MBK_0001 혼불이 나타나는 도관이터

박찬수, 남, 1933년생

주 소 지 : 경상남도 남해군 설천면 비란리 정태마을
제보일시 : 2011.1.24
조 사 자 : 박경수, 류경자, 정혜란, 강아영

박찬수는 1933년 닭띠 생으로, 남해군 설천면 비란리 정태마을에서 2남 4녀 중 막내로 태어났다. 본관은 밀양이다. 군 생활 5년을 제외하고는 태어나서 현재까지 정태마을에서 거주하고 있다. 21살 되던 해 부인과 결혼하여 슬하에 1남 6녀를 두었다. 자녀 중 한 명만이 설천면 문의리 왕지마을에 거주하고 있고, 그 외의 자녀들은 모두 객지에 거주하고 있다. 현재는 아내와 둘이서 정태마을에서 생활하고 있다. 일평생 농사일을 해 왔으며, 지금도 계속 농사를 지으며 생활하고 있다. 진목초등학교를 졸업한 것이 학력의 전부이다.

제보자의 설화 구연은 조사자의 유도 하에 이루어졌다. 조사자가 이해할 수 있도록 차분하게 손동작을 이용해서 이야기를 해 주었다. 설화는 어릴 때 어머니에게서 들어서 알게 된 것이라고 한다.

제공 자료 목록
04_04_FOT_20110124_PKS_PCS_0001 바닷돌을 날려 쌓은 설천면의 대국산성

박충섭, 남, 1932년생

주 소 지 : 경상남도 남해군 설천면 문항리 문항마을
제보일시 : 2011.1.25
조 사 자 : 박경수, 류경자, 정혜란, 강아영

박충섭은 1932년 원숭이띠생으로 남해군 설천면 문항리 문항마을에서 4남 1녀 중 셋째로 태어났다. 본관은 밀양이다. 23살 되던 해 3살 연하의 정금점 씨와 결혼하여 슬하에 5남을 두었다. 자녀들은 모두 객지에 거주하며, 현재 문항마을에는 부인과 둘이 거주하고 있다. 부산사범학교를 졸업하여 초등학교 교사를 하다가 교장으로 정년퇴임을 했다. 과거에 교사를 하면서 짬짬이 농사를 짓기도 했기 때문에 지금도 농사를 조금 지으면서 생활하고 있다. 학교를 다닌 것을 제외하고는 마을을 떠난 적이 없다. 전 설천면노인회 회장직을 역임했다.

제보자는 4편의 설화를 구연했는데, 조사자가 이야기를 해 달라고 부탁하자 곰곰이 생각을 하더니 이야기를 해 주었다. 구연 도중 손동작을 많이 사용했다. 교직에 몸담고 있었던 까닭인지 큰 목소리와 정확한 발음으로 이야기를 잘해 주었다. 성격이 밝아 보였다. 구연해 준 설화는 모두 주변 어른들로부터 들었던 것들이라고 한다.

제공 자료 목록

04_04_FOT_20110125_PKS_PCS_0001 왜구가 갇힌 고현면의 가청곡(加靑谷)
04_04_FOT_20110125_PKS_PCS_0002 고현면 대사리 탑동마을의 이름 유래
04_04_FOT_20110125_PKS_PCS_0003 바닷돌을 날려 쌓은 설천면의 대국산성
04_04_FOT_20110125_PKS_PCS_0004 이성계의 기도를 들어준 남해 금산

양찬선, 여, 1929년생

주 소 지 : 경상남도 남해군 설천면 문의리 왕지마을
제보일시 : 2011.1.25
조 사 자 : 박경수, 류경자, 정혜란, 강아영

양찬선은 1929년 뱀띠생으로, 하동군 금남면 가덕리 가덕마을에서 2남 4녀 중 막내로 태어났다. 본은 남원이다. 제보자는 21살에 결혼을 하여 62년간 왕지마을에서 생활하고 있다고 한다. 남편은 3년 전에 돌아가셨다고 한다. 슬하에 3남의 자녀를 두고 있는데 둘째 아들과 함께 살고 있다. 과거에는 농사일을 했다고 하는데 지금은 연세가 많아 일은 하지 못한다고 한다. 모인 마을사람 모두가 입을 모아 자녀들이 효성이 지극하다는 말을 했다. 학력은 초등학교 중퇴이다.

제보자는 목소리가 크고 성격이 밝은 편이며 늘 웃음을 띠고 있었다. 민요를 가창할 때에도 조사자를 바라보면서 눈을 맞추고, 손바닥으로 허벅지를 쳐가며 즐겁게 불렀다.

제공 자료 목록
04_04_FOS_20110125_PKS_YCS_0001 노래미 노래
04_04_FOS_20110125_PKS_YCS_0002 잠 노래
04_04_FOS_20110125_PKS_YCS_0003 꽃유리잔 깬 며느리 노래
04_04_FOS_20110125_PKS_YCS_0004 여탄(女歎) 노래
04_04_FOS_20110125_PKS_YCS_0005 시집살이 노래 / 사촌형 노래
04_04_FOS_20110125_PKS_YCS_0006 갈파래 노래
04_04_FOS_20110125_PKS_YCS_0007 모심기 노래 / 긴 소리
04_04_FOS_20110125_PKS_YCS_0008 엄마친정 노래
04_04_FOS_20110125_PKS_YCS_0009 임 노래
04_04_FOS_20110125_PKS_YCS_0010 남탄(男歎) 노래

04_04_FOS_20110125_PKS_YCS_0011 꿩 노래

04_04_FOS_20110125_PKS_YCS_0012 잠자리 잡는 노래

04_04_FOS_20110125_PKS_YCS_0013 발치(拔齒) 했을 때 노래

04_04_FOS_20110125_PKS_YCS_0014 열녀 노래

04_04_FOS_20110125_PKS_YCS_0015 이야기 서두 소리

이옥지, 여, 1931년생

주 소 지 : 경상남도 남해군 설천면 비란리 정태마을
제보일시 : 2011.1.24
조 사 자 : 박경수, 류경자, 정혜란, 강아영

　　이옥지는 1931년 양띠생으로 남해군 고현
면 오곡리 오곡마을에서 2남 4녀 중 첫째로
태어났다. 본관은 선산이다. 17살 되던 해
남편과 결혼하여 설천면 비란리 정태마을로
이주하여 슬하에 2남 2녀를 두었다. 자녀들
은 모두 객지에 거주하고 있으며, 남편은 33
년 전에 작고하여 현재는 제보자 혼자 생활
하고 있다. 일손을 놓기 전까지는 농사를 지
었으며, 학력은 무학이다.

　　제보자는 1편의 민요를 가창하고 6편의 설화를 구연했다. 민요는 조사자
의 유도 하에 이루어졌으며, 설화도 조사자의 끈질긴 설득 끝에 구연했다.
목소리가 큰 편이며 막상 구연에 들어가자 적극적인 모습을 보였다. 민요
를 가창할 때는 손동작을 하거나 손으로 허벅지를 치면서 신명나게 가창했
다. 민요는 어릴 때부터 여기저기서 들어 알게 된 것이라고 했다. 설화는
어릴 때 할머니로부터 들었던 것들이라고 한다. 할머니와 함께 삼을 삼으
면서 제보자가 졸면 할머니가 이야기를 해 주어 알게 된 것들이라고 했다.

이우순, 여, 1933년생

주 소 지 : 경상남도 남해군 설천면 비란리 정태마을

제보일시 : 2011.1.24

조 사 자 : 박경수, 류경자, 정혜란, 강아영

이우순은 1933년 닭띠생으로 남해읍 평리에서 3남 2녀 중 첫째로 태어났다. 본관은 전주이다. 19살 되던 해 남편과 결혼하여 설천면 정태마을로 와 슬하에 1남 2녀를 두었다. 자녀들은 모두 객지에 거주하고 있다. 10년 전 남편이 작고하여 마을에는 현재 혼자 생활하고 있다. 일손을 놓기 전까지는 농사를 지었으나 지금은 특별한 일을 하고 있지 않다. 학력은 일제강점기 때 일본학교를 3년 다닌 것이 전부이다. 한글을 제대로 배우지는 못했으나 본인의 이름을 쓰는 것에는 큰 문제가 없다고 한다.

제보자는 3편의 민요를 가창했는데, 목소리가 잠기는 편이었으며 주로 조사자의 요구에 응해서 불러 주었다. 3편의 민요는 일을 하면서 주변 사람들로부터 들어 알게 된 노래들이라고 한다.

제공 자료 목록

04_04_FOS_20110124_PKS_LWS_0001 남해 금산 뜬 구름아
04_04_FOS_20110124_PKS_LWS_0002 모찌기 노래 / 설천 모너리 조내기배
04_04_FOS_20110124_PKS_LWS_0003 각시 노래

정금례, 여, 1935년생

주 소 지 : 경상남도 남해군 설천면 진목리 진목마을
제보일시 : 2011.1.24
조 사 자 : 박경수, 류경자, 정혜란, 강아영

정금례는 1935년 돼지띠생으로 남해군 고
현면 오곡리 오곡마을에서 3남 2녀 중 첫째
로 태어났다. 본은 진양이다. 제보자는 17살
에 박두관(남, 81세) 씨와 결혼을 하여 60년
간 진목마을에서 남편과 생활을 하고 있다
고 한다. 슬하에 2남 3녀의 자녀를 두고 있
는데 모두 객지에 살고 있다. 일평생 농사일
을 했고, 지금도 농사일을 하고 있다고 한다.
학력은 일제강점기 때의 2년 반이다.

제보자는 움직임 없이 노래를 불러 주었다.

제공 자료 목록

04_04_FOS_20110124_PKS_JKR_0001 임 그리는 노래

정수범, 남, 1932년생

주 소 지 : 경상남도 남해군 설천면 진목리 진목마을
제보일시 : 2011.1.24
조 사 자 : 박경수, 류경자, 정혜란, 강아영

정수범은 1932년 원숭이띠생으로 남해군 설천면 진목리 진목마을에서 5남 3녀 중 막내로 태어났다. 본은 진양이다. 제보자는 23살에 결혼을 했다. 부인은 1년 전에 돌아가셨다고 한다. 슬하에 2남 4녀의 자녀를 두고 있는데 모두 객지에 살고 있다. 20대에 울산에서 경찰 생활을 1년 하다가 한국전쟁 당시 군 생활 6년을 했다. 군 생활을 마치고  남해에서 약국을 했다고 한다. 그리고 개발위원장과 새마을지도자를 역임했으며, 학력은 초등학교를 졸업했다.

제보자는 손동작을 해가면서 이야기를 했는데, 손동작을 활용해 구체적 부분까지 자세하게 설명을 해 주었다.

제공 자료 목록

04_04_FOT_20110124_PKS_JSB_0001 바닷돌을 날려 쌓은 설천면의 대국산성
04_04_FOT_20110124_PKS_JSB_0002 왜구가 갇힌 고현면의 가칭곡(假稱谷)
04_04_FOT_20110124_PKS_JSB_0003 여자들을 바람나게 만드는 금음산의 송곳바위
04_04_FOT_20110124_PKS_JSB_0004 모든 책임은 원수(元首)에게 있다
04_04_FOT_20110124_PKS_JSB_0005 엉터리 축문으로 지내는 제사

정흥섭, 남, 1922년생

주 소 지 : 경상남도 남해군 설천면 문항리 모천마을
제보일시 : 2011.1.25
조 사 자 : 박경수, 류경자, 정혜란, 강아영

정흥섭(鄭興燮)은 1922년 개띠생으로 설천면 문항리 모천마을에서 4남 1녀 중 넷째로 태어났다. 본관은 진양이다. 22살 되던 해 6살 연하의 부인과 결혼하여 슬하에 1남 1녀를 두었다. 5년 전 부인이 작고하였으며 지금

은 자녀와 함께 생활하고 있다. 보통학교를
다닌 것이 학력의 전부이다. 제보자는 일제
강점기 때 전국을 돌아다니며 공사장 일을
하였다. 그 후에는 고향에서 농사를 지으며
생활했고, 지금도 많지는 않지만 농사를 짓
고 있다고 했다.

　제보자는 조사자들이 설화 1편을 내놓으
면서 이야기판을 벌이자, 자신도 알고 있는
이야기를 해 주겠다고 하면서 가장 먼저 이야기판에 끼어들어 이야기를
구연해 주었다. 매우 긴 이야기였지만 큰 목소리로 정확하게 발음해 주었
다. 적절히 손동작도 섞어 가며 차분하게 이야기를 잘 구연했다. 3편의 설
화를 구연했는데 사람들이 모여 있는 곳에서 들은 이야기들이라고 한다.

제공 자료 목록

04_04_FOT_20110125_PKS_JHS_0001 사돈 대접 잘못했다가 낭패 본 사람
04_04_FOT_20110125_PKS_JHS_0002 고양이가 뛰어넘으면 일어서는 시체
04_04_FOT_20110125_PKS_JHS_0003 고려장이 없어진 내력

지렁이국으로 시어머니를 봉양한 며느리

자료코드 : 04_04_FOT_20110125_PKS_KDJ_0001

조사장소 : 경상남도 남해군 설천면 문의리 왕지마을 양찬선 씨 댁

조사일시 : 2011.1.25

조 사 자 : 박경수, 류경자, 정혜란, 강아영

제 보 자 : 김도자, 여, 72세

구연상황 : 조사자가 이야기를 하나 해 달라고 하자 모여 앉은 할머니들이 별 이야기가
없다고 하면서 난감해 했다. 그러자 제보자가 자신이 아는 이야기가 하나 있
다고 하면서 이 이야기를 꺼냈다.

줄 거 리 : 옛날에 시어머니를 미워하는 며느리가 있었다. 남편이 일하러 간 사이 며느리
가 고기를 좋아하는 시어머니에게 지렁이를 삶아 먹였다. 그런데 장님인 시어
머니는 그것을 맛있게 먹고 아들에게 자랑하려고 하나를 몰래 감췄다. 아들이
돌아오자 며느리가 맛있는 고기를 해 주었다고 하면서 감추어 두었던 것을
보였다. 아들이 그것은 고기가 아니라 지렁이라고 말했다. 그 말을 들은 시어
머니가 놀란 나머지 눈을 번쩍 떴다.

옛날에 하모(그럼) 그리 안 했나 그쟈? 그 옛날에 씨어매로(시어머니를),
올매나 씨어매가 밉어서. 며느리가 저, 서방은 인자 일허로 보내 놓고, 하
모 보내 놓은께, 우리가 옛날에 할매들한테 들은 이야기라.

그래 갖고 씨어매로 인자 하도 고기랑 뭐, 고기로 좋아해산께(좋아하곤
하니까), 거싱이로(지렁이를)¹²²⁾ 잡아가, 하모 지렁이 그걸 파 가지고 삶아
갖고 줘 놓은께, 할매가 그기 올매나 맛이 있었어.

(청중 : 웃음.)

하모. 옛날에 그리 안 샀나? 맛있어서 그걸 할매로 인자, 할매가 눈이
어둡어서 봉사가 돼 놓은께 묵고는(먹고는), 묵어 놓은께 인자, 그 할매가

---

122) '거싱이'는 지렁이의 남해지역말이다.

인자 아들이 온께, 그걸 인자 아들 오몬 뵈일 끼라꼬 올매나(얼마나),

'이런 맛있는 고기로 사서 인자 쌂아 주는고?'

싶어서 뵈이끼라꼬 인자 이불 밑엔가 오인가(어딘가) 옇어 났다 쿠더라. 하여튼 옇어 났도 놓은께, 옛날에 하모 그리 했네. 옇어 났도 놓은께, 거싱이로 인자 아들이 온께 뵈있단 말이세. 뵈이 놓은께,

"어무니, 이기 고기가 아이고 뭐이라."꼬 이리 캐놓은께,

(청중 : 거싱이네.)

하모. 거싱이라 캐 놓은께, 그만 봉사 눈을 감아 가지고 있다가 눈이 그만 번쩍! 떠 갖고, 그리 갖고 눈을 떴다 그러더라. 그 소리라.

설천면 진목의 검사 판사가 나는 묏자리

자료코드 : 04_04_FOT_20110124_PKS_KOI_0001
조사장소 : 경상남도 남해군 설천면 진목리 진목마을 (구)진목아랫마을회관
조사일시 : 2011.1.24
조 사 자 : 박경수, 류경자, 정혜란, 강아영
제 보 자 : 김옥이, 여, 75세
구연상황 : 조사자가 인근에 전설이 있으면 이야기를 해 달라고 부탁을 하자 이 이야기
　　　　　를 해 주었다.
줄 거 리 : 옛날에 진목의 정씨 집안에서 묘를 쓰려고 했다. 그런데 지관이 묘를 파 놓고
　　　　　쇠모자를 쓴 사람이 지나가거든 하관을 하라고 했다. 아무리 기다려도 쇠모자
　　　　　를 쓴 사람이 오지 않았다. 그런데 해가 질 무렵 안면의 한 사람이 솥뚜껑을
　　　　　사서 머리에 이고 왔다. 그것을 보고 하관을 했더니 정씨 집안에 검사 판사가
　　　　　났다.

정씨네가 백씨네 그 발치에다 묻었거덩. 우에(위에) 거는 전부 백씨네 그한 묘 그슥인데, 그래 갖고 인자 묻는다 안 묻는다……. 그리 인자 정씨가 사람이 죽었는디, 묻는다 안 묻는다 인자 시비가 일어나는디, 백씨네는,

"못 묻어라."

정씨는,

"묻는다."

이리 갖고 인자……. [시비 끝에 결국은 정씨네가 묘를 쓰게 되었다고 한다.] 그 풍수가 허는 말이 저,

"여기에 묻으몬, 이 묏자리로 파 놓거들랑 쇠모자(쇠모자) 씬(쓴) 사람만 지내가몬, 이 묘자리에 변호사 판사 그기 다 나긴데, 쇠모자 씬 사람이 가거들랑 이 하관을 허라."

쿠더란다. 시체를 옇으라 캐여. 구덕에다가(구덩이에다가). 아즉밥(아침밥) 묵고 인자 묘를 파 났는디, 쇠모자 씬 사람이 안 와여. 날은 춥제 애가 터져 죽겄더란다. 그만. 해가 거우이(어스름하게) 져 간께, 저 안면 사람이 소두방을(솥뚜껑을) 하나 사 가지고, 이고 이리 딱 덮치가이 오더란네. 그래가,

"아따! 인자 됐다. 인자 됐다."

험서로(하면서), 그리 갖고 그 인자 하관을, 묘로 인자 지었는디, 그래 갖고 그, 그 사람들이 검사 나고 판사 나고, 그 인자 막 나 가지고 잘 살았단네.

아들을 삶아 남편에게 먹인 열녀

자료코드 : 04_04_FOT_20110124_PKS_KOI_0002

조사장소 : 경상남도 남해군 설천면 진목리 진목마을 (구)진목아랫마을회관

조사일시 : 2011.1.24

조 사 자 : 박경수, 류경자, 정혜란, 강아영

제 보 자 : 김옥이, 여, 75세

구연상황 : 검사 판사가 나는 묘자리 전설 구연이 끝난 뒤, 또 그렇게 재미있는 전설이 없냐고 물었더니 더 이상은 모르겠다고 했다. 그래서 조사자가 효자나 열녀

이야기는 없냐고 묻자, 제보자가 이 이야기를 해 주었다.

줄 거 리 : 옛날에 아들 하나를 둔 부부가 있었는데 남편이 나병환자였다. 아내가 별별 방법을 다 강구해 봤지만 남편의 병을 고칠 길이 없었다. 하루는 동냥을 온 스님이 아들을 삶아 먹이면 낫는다고 했다. 아내는 물을 팔팔 끓여 놓고 기다리다가 아들이 학교에서 돌아오자 집어넣고 삶았다. 그런데 좀 있으니 아들이 또 들어섰다. 솥에 삶은 아들은 동삼이 화해서 온 것이었다. 동삼 삶은 물을 남편에게 먹였더니 나병이 깨끗하게 나아 잘 살았다.

전에 옛사람이 아들을 한나 낳았는데, 아들 한나을 낳아 놓고 국민학교를 보내 났는데, 자기 남편이 나병환자라. 자기 남편이……. 나병 환잔디 큰일이라. 그래 갖고 여자 이기 자기 남편 병 고칠 끼라고 오만 짓을 다 해여. 그래도 오만 짓을 다 해도 못 고치는 기라.

살밖에(사립 밖에) 오는 중이 한나 목탁을 똑똑 뚜드라사는(두드리고 있어서), 그리 동냥을 주고 인자 돌아설라 큰께 허는 말이, 그 스님이 인자 중이 허는 말이,

"내일 오전 열시나 되거들랑 가마솥에다가 물을 팔팔 한 솥 끓이다가, '우매(엄마) 밥 주소' 험서로(하면서) 책 보따리로 들고 들어오는 아-(아이)가 있거들랑, 그 학생을 가마솥에다가 바로 들어앉히 갖고 삶으라."

캐여. 그리 갖고 인자 뒷날 아즉에(아침에) 아-는 인자 학교를 가비고, 열 살 묵는 기 인자, 그런께 인자 열 살이몬 삼학년이제. 학교로 가뻤는디, 아이!,

"우매 밥 주소"

험서로 학생이 들어오는 기라. 학생이 들어와서 그래마 가마솥에다가 물을 팔팔 끓이다가 그만 그 아-를 들어 앉히빘어. 그래 인자 그걸 폭- 솥에다 고아 놓고 난께, 아이! 진짜 저거 아-가 오는 기라.

진짜 이거는 그 산에서 보내는 동삼이라. 그 중이 동삼을, 산신령이 동삼을, 산신령이 돌봐 갖고 동삼을 보낸 기라. 그리 갖고 인자 그거 삶아 놓고 난께, 저거 아-가 '우매 밥 주소' 허거덩. 그런께 적 어매가 처음에 애

가 터져 죽겄제. 인자 그런께……

그래 갖고 인자 아-가 들어오제. 그걸 삶아 갖고 영감을 믹이 놓은께 껍디기로, 허불을(허물을) 할푼 벗어비여. 할푼 벗어 갖고 그리 갖고 잘 살았단다. 그래 가이 잘 살았다고 이야기는 거짓말이라 캐도 이거는 거짓말이 아니고 진심이라.

호랑이와 수숫대

자료코드 : 04_04_FOT_20110124_PKS_KOI_0003
조사장소 : 경상남도 남해군 설천면 진목리 진목마을 (구)진목아랫마을회관
조사일시 : 2011.1.24
조 사 자 : 박경수, 류경자, 정혜란, 강아영
제 보 자 : 김옥이, 여, 75세
구연상황 : 조사자가 호랑이 이야기는 없느냐고 묻자 제보자가 있다고 하면서 이 이야기를 해 주었다.
줄 거 리 : 옛날에 딸 셋을 집에 두고 어머니가 도붓장사를 하러 다녔다. 장사를 마치고 떡을 받아 돌아오는 길에 호랑이가 나타나 떡을 주면 안 잡아먹겠다고 했다. 그래서 떡을 모두 빼앗기고 끝내는 잡아먹혔다. 호랑이는 집으로 와서 엄마라고 문을 열어 달라고 했다. 문을 열어 주었더니 막내딸을 안고 부엌에 가서 씹어 먹어버렸다. 그것을 본 언니들이 우물가에 있는 나무 위로 피했다. 그러나 결국 호랑이에게 잡힐 위기에 처했다. 언니들은 하늘에 빌어 꽃방석을 타고 올라갔다. 호랑이도 하늘에 빌었으나, 찔레방석이 내려와 타고 올라가다가 떨어져 죽었다.

딸을 세을(셋을) 낳아 놓고, 할매가 도부장사로 허로 댕기여(다녀). 도부장사로 허로 댕기면서, 묵고 살기 없어 도부장사로 허로 인자 가는디, 도부장사를 해 가지고 온께, 한 고개 넘어온께 호랭이가 흥!- 험서로,

"그 떡 받은 그거 내 주몬 안 잡아묵으께."

해서 줘 놓은께, 또 한 고개 흥!- 해서 또,

"모나(나머지도) 주몬 안 잡아묵으께."

그러더란네. 그래서 인자 또 한 고개 넘어가서 인자 다 줬다. 인자 또 큰일이라.

(청중 : 아ㅡ들(아이들) 묵을(먹을) 기 없다.)

아ㅡ들 줄라 큰께, 자꾸 인자 호랭이가 앞을 질러 갖고, 또 한 고개 넘어 가몬 안 잡아묵으께 해 놓고 그만 할매로 잡아묵어 비고…… 하여튼 그 호랭이가 저거 집에 와 가지고, 아ㅡ들 딸들 세이 있는데 와서 대문을 끼래 주라(열어 주라) 캐여. 대문을.

"아무것아, 아무것아, 대문 좀 꺼래 주라."

헌께, 그리 대문 좀 꺼랠라 큰께, 손을 대리 본께(만져보니까) 손이 꺼끄라바여(거칠어). 그런께 인자,

"엄마가 손이 꺼끄랍더라." 헌께,

"도부장사 허로 댕김성 손이 따서(터서) 그런디 엄마로 문을 좀 끼래 줘라."

그리 쿠더란네. 저거 간데(가운데) 언니가 문을 끼래 줘 놓은께, 그만 아ㅡ로 보둠고 부떡에(부뚜막에)가더니 아ㅡ로 그만 오싹오싹 너리 묵는(씹어 먹는)[123] 기라. 너리 묵어여.

(청중들 : 호랭이가 그러제?)

호랭이가. 그리 가지고 막내이로 그만 오독오독 너리 묵어는,

"어매(엄마), 그 뭐 허냐?" 큰께,

"부떡에 콩이 있어 콩 주워 묵는다."

그리는, 그리 딸네들 둘이 그만 토끼빈(달아나 버린) 기라. 막내이는 그 인자 잡아묵어 비고. 그 인자 샘이(우물) 우에(위에) 저 둥구나무가 있는디, 둥구나무로 인자 짜구로(자귀로) 파 가지고, 샘이 우에 올라가서 가만히 앉

---

123) '너리 묵다'는 '씹어 먹다'의 남해지역말이다.

았인게, 샘이로 대아다 본게(들여다 보니까), 그 둥구나무 우에 아-가 둘이 앉아가 있거덩. 이 내리다 보고,

"우째가이 올라갔느냐?"

고 갤차 주라(가르쳐 달라) 쿠고, 우째가이 올라갔는지…… 그래 가이,

"앞집에서 대패 얻고, 뒷집에서 지름(기름) 얻어 갖고 올라왔다."

캐 놓은게, 앞집에 가 지름 얻고, 뒷집에 가 대패로 얻어 갖고 깎아 올라오몬, 타고 올라오몬 쫄 미끄라져 비고, 타고 올라오몬 쫄 미끄라져 삐고, 그래 갖고 그만 나중에 호랭이가 골을(화를) 내 갖고, 병을 하더란다. 그래서 그만 하느님을 보고,

"하느님 아버지, 내로 살릴라 컬랑 꽃방석을 내라 주고, 직일라 컬랑 찔레방석을 내려 주라."

고 그만 하느님 아버지한테 빈게, 아이! 그리 저 하늘에서 꽃방석이 내려와서 그것들은 하늘로 올라가 잘 살고, 호랑이가 또 앉아 빌어 놓은게, 찔레방석이 내려오더니 타고 올라간게 그만 줄이 떨어져 나자빠져비 그만 죽어 빘어. 허허허허허. 그만 죽어빈 기라.

동지선달에 홍시를 구한 효자

자료코드 : 04_04_FOT_20110124_PKS_KOI_0004
조사장소 : 경상남도 남해군 설천면 진목리 진목마을 (구)진목아랫마을회관
조사일시 : 2011.1.24
조 사 자 : 박경수, 류경자, 정혜란, 강아영
제 보 자 : 김옥이, 여, 75세
구연상황 : 앞의 '호랑이와 수숫대' 이야기에 이어 호랑이 이야기가 하나가 더 있다고 하면서 들려주었다.
줄 거 리 : 옛날에 어머니와 효자 아들이 살고 있었는데, 어머니가 병이 나서 죽게 되었다. 그래서 아들이 어머니에게 소원이 무엇이냐고 물었다. 어머니가 동지선달

에 홍시가 먹고 싶다고 했다. 아들은 둥우리를 메고 홍시를 찾아 나섰다. 그런데 한 고개를 넘어가자 호랑이가 나타나더니 등에 태워 어느 제삿집으로 안내했다. 제삿집에서 홍시를 얻어 나오니까 호랑이가 또 나타나 이번에는 집에 데려다 주었다. 산신이 호랑이가 되어 효자를 돌본 것이었다.

아들을 한나 낳아 놓고 적아배가(자기 아버지가) 죽어 빘어. 애바들이(어머니와 아들)[124] 사는데, 이 오동지섣덜(오동지섣달)에 적 어매가 아파가 죽기가 됐어. 적 어매가 아들로 보고 허는 말이,

"뭐이 그냥 제일 소원이 돼요?" 헌께, 동지섣덜에,

"감홍시개기로 좀 묵어 보몬(먹어 보면) 좋겄네."

그래는, 둥저리(둥우리) 메고 인자 감홍시개기 인자 사로 간다고, 저 한 고개 넘어간께, 큰 호랭이가 한 마리 나타나더라 캐여. 앉임서러, 내 등더리(등에) 타라고,

"흐흥!"

해는(해서) 등더리 딱 탄께, 한 고개 넘어간께, 그만 깊은 산골에 들어가더니, 불이 빼꼬롬허이 있어는 그 축담[125]에 딱 내라 주는디, 그 집이 그날 저녁이 제사라. 실큰 잘 믹이 주고 감홍시개기도 줘서, 한 둥저리 줘서, 그래 갖고 갖고 나온께, 아까 그 호랭이가 또 와서,

"흥!"

험성 등더리 딱 앉으라 쿠더란네. 등더리 딱 태이온께 저거 살 밖에(사립 밖에) 딱 내라 줘여. 효자 노릇을 해 놓은께, 산신 호랭이가 돌본 기라. 그래가 돌본 기라.

---

124) '애바들이'는 '부모와 아들'을 일컫는 남해지역말이다. 주로 '아버지와 아들'을 일컬을 때 많이 쓴다. '부모와 딸'을 일컬을 때는 '애딸'이라고 한다. '애딸'은 '어머니와 딸'을 일컬을 때 많이 쓴다. 그리고 '조부모와 손자·손녀'를 일컬을 때는 통틀어 '애손지'라고 하는데, '손지'는 '손주'의 남해지역말이다.

125) '축담'은 마당과 마루 사이에 흙으로 단을 쌓고, 가장자리에 납작하고 고른돌을 둘러 놓아 신발을 벗어 두는 곳이다.

자기 자식을 죽인 도둑

자료코드 : 04_04_FOT_20110124_PKS_KOI_0005
조사장소 : 경상남도 남해군 설천면 진목리 진목마을 (구)진목아랫마을회관
조사일시 : 2011.1.24
조 사 자 : 박경수, 류경자, 정혜란, 강아영
제 보 자 : 김옥이, 여, 75세

구연상황 : 이 이야기 저 이야기를 들려주던 제보자가 갑자기 도둑놈 이야기도 있다고
　　　　　 하면서 이 이야기를 해 주었다.

줄 거 리 : 옛날 한 집에서 먹을 것이 없자 아들을 시켜 고모 집에 가서 고춧가루를 얻
　　　　　 어 오라고 했다. 고춧가루를 얻어 돌아오는데 도둑을 만났다. 도둑과 실랑이
　　　　　 를 하느라 밤이 되어서도 집에 돌아가지 못하고 산속의 어느 집으로 들어갔
　　　　　 다. 잠을 청하고 있는데 그 도둑이 왔다. 도둑의 집이었다. 도둑이 오더니 아
　　　　　 이 하나가 안 왔느냐고 물었다. 와서 작은방의 아랫목에 잔다고 했더니 도둑
　　　　　 이 부엌칼을 갈았다. 아이는 얼른 도둑의 아이와 자리를 바꿨다. 그러자 도둑
　　　　　 이 칼로 자신의 아이를 찔러 죽였다. 그 사이 아이는 도망을 쳤다.

　　아들이 하나 있는데, 아들이 묵고 살길이 없어서 적어매(자기 엄마) 적
아배가,

　　"너거 고모네 집에 가서 고춫가리로 좀 얻어 가이 오이라(오너라). 뭐이
입맛대로……."

　　그리는 이 머시마가(사내아이가) 대처 갔다 캐여. 대처 인자 고춫가리로
얻으로 갔는디, 어둑지그럼(어둑어둑) 헌께, 마 앞에서 그만 한 놈이 그만
산을 그만 지리더니(가로지르더니), 그만 고춫가리 그걸 조마이로(주머니
를) 뺏드라 비더란네.

　　그리 마, 눈에다가 그만 쎄리, 내 갖고 그만 눈을 쎄리 비비 놓은께, 이
사람이 아파 죽는다고 그만 질(길)에서 뚤뚤 굼부리더란다(구르더란다). 질
에서 뚤뚤 곰부라서,

　　"내 죽는다!"

　　꼬 그래는, 이 머시마가 그리 실라베로(실랑이를) 허는 바람에 저거 집

에 못 가는 기라. 밤은 오래되고 어둡고, 그만 불이 빼꼬롬헌 집에 하나 들어갔더니,

"이 집이 좀 자고 갑시다."

헌께, 저거 작은방에 자라 쿠더란다. 거기 인자 고춧가리 비비 준 그 나그네가 들어오더란다.

"우리 집에 웬 아― 하나 안 왔더냐?" 쿤께,

"아 하나 왔다." 쿠네. 그래 갖고,

"작은방에 구섬방에(아랫목에) 누워 잔다."

고 그리 캤단다. 그래 놓은께, 이 나그네가 그만 정기칼을(부엌칼을) 쓱쓱쓱쓱 갈더란다. 숫돌에다가. 가만히 차라본께(바라보니까) 망구(도대체) 나갈 데가 없어여. 망구 나갈 데가 없어서 봉창구녕이(봉창구멍이) 있는디, 저거(자기) 아는 구섬방에 딱 놓고, 지가 인자 웃구섬방에 이리 딱 누웠는디, 저거 아로 그만 칼을 찔러 갖고 그만 끝끝내 저거 아로 직이빈 기라. 그러자 그만 이 머시마는 살았어. 저거 집에 뛰어 갔어.

일본말 모르는 아버지와 아들의 해프닝

자료코드 : 04_04_FOT_20110125_PKS_KIS_0001
조사장소 : 경상남도 남해군 설천면 문의리 왕지마을 양찬선 씨 댁
조사일시 : 2011.1.25
조 사 자 : 박경수, 류경자, 정혜란, 강아영
제 보 자 : 김인순, 여, 81세
구연상황 : 제보자는 설화 구연에 앞서 민요를 가창했다. 민요를 가창하는 동안 딴 곳으로 시선을 돌린 채 조용하게 불렀지만, 기억력이 좋아 끊임없이 노래를 불렀다. 제보자의 노래가 막바지에 다다르자 청중들이 노래를 그렇게 잘 하는데 이야기는 못 하겠느냐고 하면서 이야기도 하나 해 보라고 부추겼다. 그랬더니 이야기는 별로 할 것이 없다고 하면서 마지 못해 이 이야기를 꺼냈다.
줄 거 리 : 일제강점기 때 일본인 순경이 아버지를 잡으러 왔다. 그래서 아들과 아버지가

뭐라고 열심히 설명을 했다. 그러자 일본인 순경이 좀 기다리라는 의미로 '조 또 마때!'라고 했다. 그랬더니 일본말을 모르는 아버지와 아들이 서로의 성기 를 꺼내 맞대고 있었다.

전에 왜정 때, 순경이 와서 인자 애바들이(아버지와 아들이)[126] 있는디 인자, 저거 아부지를 잡으러 왔는데, 인자 아들이 와서 뭐라 쿤께 인자, 순 경이, 그기 일본 순경이 돼 놓은께, 아들 허고 저저, 적아배(자기 아버지) 허고 둘이서 뭐라 쿤께, 쪼끔 기다리라 쿠는 그 소리로 갖다가,

"조또 마때!"

해 놓은께, 좆을 대고 맞대가 있더라 캐. 하하하하.

순경이 인자 일본말로 험서로(하면서) 째깸 기다리라 쿠는 그걸 갖다가, '조또 마때!' 인자 그리 놓은께, 둘이서 내어가 딱 마주 보고 마주 대 가 (가지고)······. 하하하······.

꾀로 아내 얻은 사람

자료코드 : 04_04_FOT_20110125_PKS_KIS_0002

조사장소 : 경상남도 남해군 설천면 문의리 왕지마을 양찬선 씨 댁

조사일시 : 2011.1.25

조 사 자 : 박경수, 류경자, 정혜란, 강아영

제 보 자 : 김인순, 여, 81세

구연상황 : 앞서 제보자가 구연한 '일본말 모르는 아버지와 아들의 해프닝' 이야기를 듣 고 모두가 한바탕 웃었다. 청중들이 이야기가 재미있다고 하면서 하나 더 해 보라고 했다. 그랬더니 제보자가 이 이야기를 꺼냈다.

줄 거 리 : 옛날에 한 남자가 예쁜 여자를 보고 탐이 났다. 여자를 찾아가서는 자신의 성

---

126) '애바들이'는 '부모와 아들'을 일컫는 남해지역말이다. 주로 '아버지와 아들'을 일컬을 때 많이 쓴다. '부모와 딸'을 일컬을 때는 '애딸'이라고 한다. '애딸'은 '어머니와 딸'을 일컬을 때 많이 쓴다. 그리고 '조부모와 손자·손녀'를 일컬을 때는 통틀어 '애손지'라고 하는데, '손지'는 '손주'의 남해지역말이다.

이 '나' 씨라고 일러 주었다. 그리고는 바느질 하는 물건을 하나 멍석 밑에 감추고 왔다. 그랬더니 여자가 돌아서서 가는 남자를 보고 '나서방'이라고 부르면서 물건이 어디 있느냐고 물었다. 그랬더니 남자가 '하던 자리' 밑에 있다고 했다. 사람들이 그 말을 듣고 오해하는 바람에 할 수 없이 두 사람은 결혼을 했다.

전에 한 사람이 살았는데, 인자 하도 각시가 예뻐서, 그 남자가 인자 각시로 좀 침노로 헐까 싶어서, 와서 인자 이야기로 허는디, 인자 서로 성을 물었는 기라. 남자는,

"성이 뭐이냐?"

큰께, '나 가(可)' 라 쿠고, 여자는 그 인자 바느질을 허다가 그 해서, 인자 무신(무슨) 말끝에, 그 여 뭐뭐, 이런 기 허는 기 있는디 인자, 그 뭣이 허는 디가 있는디, 남자가 인자 저 간께, 여자가 남자로 불러 가지고,

"저- 가는 나서방!~ 나서방~ 뭣이 그기 오 있냐?(어디 있냐?)" 큰게,

"그 허던 석(하던 자리)¹²⁷⁾ 밑에 있다."

캐 놓은께, 그 나서방이라꼬 부리라 쿠는 그기 인자 성이 '나'간디, 여자는 제 나서방이라 쿠는가 그리 싫어 가이, '나서방, 나서방 그거 아무 거 오디 있냐?' 큰께, '그 허던 석 밑에 있다.' 해 놓은께, 그리서 허더라 쿠는 그런……. [그래서 이웃에서 오해를 하는 바람에 할 수 없이 결혼을 했다고 한다.]

혼불이 나타나는 도관이터

자료코드 : 04_04_FOT_20110125_PKS_MBK_0001
조사장소 : 경상남도 남해군 설천면 금음리 봉우마을 설천면종합복지회관

---

127) '허던석'이란 그냥 멍석을 일컫는 말이라고 했다. '-허던'은 '-하던'의 음성모음화 현상으로, 남해지역 언어에 나타나는 일반적인 현상이다. '석(席)'은 '자리'이다.

조사일시 : 2011.1.25

조 사 자 : 박경수, 류경자, 정혜란, 강아영

제 보 자 : 문부근, 남, 90세

구연상황 : 조사자가 혹시 이 근처의 전설에 대해 알고 있는 것이 없냐고 묻자, 제보자가 설천면종합복지회관 바로 앞에 보이는 산을 가리켰다. 그곳에 도관이라는 사람이 살던 집터가 있는데, 거기에 관한 전설이 있다고 했다. 그래서 들려달라고 했더니 이 이야기를 했다.

줄 거 리 : 옛날에 한 골짜기에 도관이라는 사람과 그 어머니가 살고 있었다. 도관이는 고기잡이를 하면서 어머니를 봉양했다. 하루는 큰 태풍이 들이닥쳤다. 도관이는 전 재산인 배를 붙잡으려다 결국 바다에 빠져 죽었다. 아들 도관이를 기다리던 어머니는 도관이를 찾아 헤매다가 물에 빠져 죽었다. 그 후로 날이 궂으면 도관이가 살던 집터에서 도관이를 부르는 소리와 함께 혼불이 나타나기 시작했다.

　이거는 전설이라고 볼 수 있는데, 바로 실담(實談)입니다. 실담. 요서 보면 저 산골짜기 저기에, 저 산 있지요? 저 골짜기 거게 '도관이터'라 쿠는 터가 있습니다.

　도관이라 쿠는 사람 이름이고, 도관이터니까 도관이가 살다가 간 집터다. 이리 도관이터라고 있는디, 저기 혼불이 많이 납니다. 저녁이 되믄, 그 내력이 참 마, 애환이 섞인 그런 내력인데……

　저 쪼그만 골짜기에 초가삼간을 지어 놓고, 늙은 총각이 어머니를 모시고 살아왔어요. 전답도 없고 그러니까 저 산 넘에 가몬 '막'라고 하는 저 바다가 있십니다. 항시 넘어 대임시로(다니면서) 고기를 낚아 가지고, 그 고기를 마을을 대임시로 양식 허고 서로 바꽈 가지고, 그로서 어머니를 봉양을 했는데, 마 그러니까 뭐 어머니도 참 행복하게 살았겠지요.

　그런데 어느 날 바로 태풍이 들어왔어요. 태풍이 들어와 가지고 온 바다가 뒤비졌는데, 그 도관이라는 사람은 그 태풍에 자기 배가 걱정이 안 되겠십니까? 그리 뛰넘어가서 배를 보니까 그 배는 볼수로(벌써) 뭐 맻줄이(닻줄이) 끊어져 가지고 그 바다가 동동 떠가 있거덩. 그러니까 그 사람 재산이 바로 그 배 한나뿐이거덩. 그래서 그것을, 배 **맺**줄을 잡을 끼라고 퐁 당 뛰들었는데, 마 그것으로써 도관이는 파도에 삼켜져 버렸거덩요.

그리 자기 어머니가 아무리 기다려도 아들이 안 오거덩. 그래서 밖에 나가 보니까 비는 억수로 쏟아지제, 그래도 아들 걱정이 돼서 그리 그 넘어가 보니까 배는 보오(벌써), 그거 바위가 쌔빘십니다(많습니다). 그래 부딪혀 가지고 마 파손돼가 있고, 저거 아들은 죽었는가 살았는가 아무 그만 기척이 없거덩.

그래 다시 또 혹시나 집에 왔는가 또 다부(도로) 넘어와 가지고, 와 보니까 없거덩요. 또 와 봐도 없고, 욜로 가 봐도 없고……. 할마니는 결국에 거서(거기서),

"도관아! 도관아!"

아들 이름을 자꾸 불러. 한 사나흘 불렀답니다. 그래도 아들이 나타나지 않으니까 그만, 자기도 아들 찾아 간다 쿰시로(하면서) 물에 빠져 죽었빘어요.

그런데 그 뒤에 세월이 흘러 가지고, 인자 저 집터가 뿌사져 버리고 난 뒤에, 저서(저기서) 비가 올라치면은,

"도관아! 도관아!" 하는…….

(조사자 : 아, 소리가 들립니까?)

그때 우리도 요서, 뭐 그것이 한 80년 전뿐이 안 되거덩요. 우리도 쪼꼬만헐 때에 그 소리를 많이 들었던 그런 기억이 있어 참 허느마는(하거마는).

그럴라 치면은 거기서 혼불이 나와 가지고, 배 뿌사진 바다 넘어가 가지고, 다부 넘어와서 요 등빼로(등성이를) 뺑뺑 돔성(돌면서), 그리 가지고 우리가 많이 봤습니다. 그래 가지고 혼불이 또 요 나고, 조 나고 허몬, 부닥치 가지고 탁 쪼개지고, 그리 가지고 그 혼이 마을 안에 돌고, 또 들어가고 그랬는데,

(청중 : 그전에 많이 있었어요.)

그래 가지고 그 뒤에는 태풍이 불거나, 비가 오거나, 눈이 오거나 꼭 사

납아요(좋지 않아요). 그런데 그것이 요새 하모 새마을 허면서, 새마을 헌다고 그만 농로 생기고, 뭐이 이래 사으니까 그 뒤로부터는 통 없어요. 옛날에는 저기에,

(조사자 : 도관이터 거기에?)

좀 해가 질만치면(질 무렵이면) 사람이 거기를 잘 못 갑니다. 무섭아서.

(조사자 : 무서워 가지고, 혼불이 나오고 그래 갖고……)

하모요(네). 하하.

바닷돌을 날려 쌓은 설천면의 대국산성

자료코드 : 04_04_FOT_20110124_PKS_PCS_0001
조사장소 : 경상남도 남해군 설천면 비란리 정태마을 박찬수 씨 댁
조사일시 : 2011.1.24
조 사 자 : 박경수, 류경자, 정혜란, 강아영
제 보 자 : 박찬수, 남, 79세
구연상황 : 앞서 진목리 진목마을에서 대국산성에 대한 전설을 채록했다. 채록 도중 비란리에는 또 다른 유형의 대국산성 전설이 전한다는 사실을 듣게 되었다. 그래서 진목마을의 제보자로부터 박찬수 씨를 소개 받아 제보자의 집을 찾았다. 조사자가 조사의 취지를 설명하고는 진목마을의 정수범 씨로부터 소개를 받고 찾아왔다는 말을 전했다. 그리고 인근의 전설과 정태마을에 대한 이야기를 해 달라고 요청했다. 제보자는 약간 쑥스러운 듯 멋쩍어했으나 곧 이야기를 시작했다. 정태마을에 대한 이야기도 간략하게 해 주었으나 전설이라고 하기는 좀 부족했다. 그리고 이어서 이 이야기를 했다.
줄 거 리 : 옛날부터 전해 내려오는 이야기에 의하면 고현면 관당부락 앞에 칠성당이라는 당집이 있었다고 한다. 그곳은 천 장군이 귀양을 왔을 때 일곱 여자들을 데리고 왔던 것에서 유래한다. 그런데 천 장군은 대국산성이 있는 산꼭대기에 살면서 아내와 두루마기 짓기와 성 쌓기 경합을 벌였다. 천 장군이 술수를 써서 바다의 돌을 끌어올려 성을 쌓아 이겼다. 지금도 대국산성의 성벽 돌에는 바다의 굴 껍데기가 붙어 있다고 한다.

대곡산성은 옛날에 내가 들은 적이 있는 기 뭐이냐 하면은, 이 넘에 관당부락 앞에 칠성당이라 쿠는 기 있어여. 칠성당이 있었는데, 에 거기가 무슨 당이냐 하면은 대국산 올라가 있는 천 장군이, 천 장군이 올 적에, 뭐 귀양을 왔는 모양이제? 남해 여(여기가) 섬이라고. 귀항을 올 적에 여자를 일곱을 데리고 왔대요.

(조사자 : 천 장군은 어디서 왔습니까?)

글쎄? 그 어디서 왔는고 그것도 잘 모르겠는데, 그 사람의 고향이 전라도 뭐 어데라 쿠는데, 그거는 내가 잘 모르겠고. 그 인자 그 말이 전라도 사람이라 쿠는 것을 어떻게 알았느냐 하면은, 우리 부락에 과객이 한 분이 왔는데, 그리 천 장군 얘기가 나와 가지고 그 얘기로 허더가 본께, 아! 저 거 족보 서문에 있다고, 서문에 있는 디, '대국산이라 카는 산에 저거 선배가(선비가) 여 와서 성을 쌓고 살았다.' 허는 그 정도 뭐, 그 정도고.

그런데 여 칠성당 거기는 일곱 선녀가 살았는디, 그것을 언제 없앴느냐 하면은 우리 앞에 선배, 나이 많은 분들이 그걸 본 적이 있어요. 당(堂)을……. 당을 본 적이 있는데, 우리는 전혀 모리거덩. 옛날 일이기 때문에…….

그걸 당을 빈 집이 있는데, 아무도 손을 못 대고, 뜯지도 못하고 손도 못 대고, 그래가 겁이 나서 못 대고 있다가 뒤에 예수교, 예수교가 우리 한국에 들어왔는데 그분들이 철거를 했다고 그런 말도 있어요.

(조사자 : 그럼 왜 그걸 겁이 나서 못 뜯었습니까?)

(제보자 : 못 뜯었느냐고?)

(조사자 : 네.)

옛날에는 미신을 상당히 많이 믿었거덩. 혹시나 뭐이 자기가 해(害)나 볼까 싶어 가지고 손도 못 대고 내비 놨뒀다가 그리 인자 나중에 철거가 된 모양인데,

(청중 : 지금 소나무가 그 있다 아이요(아니요)?)

그 소나무 밑에 굼턱에(움푹 파인 곳에),

(청중 : 그 요리 길 냄서도(내면서도) 그걸 안 밀고 놔 뒀는디.)

밑에 굼턱에 거기 있었는디, 옛날에 그 나마이들이(나이 많은 사람들이) 거기에 본 적이 있다 그런 말이 있고

(조사자 : 대국산성 전설이 어떻게 됩니까?)

대국산성 허허 전설 그거는 내가 우리 어머니한테 조금 들었는데, 천 장군이 거기 살면서 어- 그 자기 여자하고, 그런데 인자 여자는 저거 살았고 천 장군은 혼자 저거 산 줄 알았는데, 그거 하고 그거 하고 또 조금 달라져요 또……. 여자하고 살면서 여자는 두루마기 짓고, 자기는 성 쌓기, 내기로 했다 쿠는데, 내기로 했다 쿠는디, 그것도 다 앞뒤가 안 맞아여. 그런데,

(청중 : 바닥서 돌로 갖다가 쌓았기 때문에 꿀적이(굴 껍데기가) 많이 있고…….)

그런데 여자가 졌다네. 져 가지고 고만 같이 못 살고 죽었는 모양인데, 그 인자 그 돌을 산 중에 무신(무슨) 돌이 있어 가지고 성을 쌓겠냐? 바다에서 돌을 뭐인 술(術)을 붙이 가지고 말이제이 그 올리 가지고 쌓았다 이러는데, 그것이 한 가지 이상한 기, 성 돌에 굴쩍이 붙어 가이 있어. 우리는 또 눈으로 봤거덩. 지금은 성을 다시 복원했는데, 그전에 복원허기 전에 성 돌을 가서 보니까 굴쩍이 붙어 있는데, '대관절 이 산 몬당(꼭대기)에 우째서 굴쩍이 여 붙어가 있느냐?' 이런 생각도 의문도 들고 그랬는데, 과연 그기 맞는가 안 맞는가 몰라도 그 얘기를 들을 적에는 과연 참 바다에서 올라왔는가 그런 생각도 들고, 그 우떻게 바다에서 산 몬댕이(꼭대기)까지 돌이 올라 올끼냐?

(청중 : 두루막을 한 채 먼저 하느냐, 성을 먼저 쌓느냐 뭐, 그리 가지고…….)

그래가 여자가 져 삐린 기라. 그 술(術)을 붙여 가지고 성을 쌓은 기 몬

첨(먼저) 됐기 때문에…… 그런데 그것도 안 맞고 당체 알 수가 없는데, 역사가 기록이 있어야 그걸 알고 할 낀데 우리 부락의 역사는 보관이 잘 못 돼 가지고…….

왜구가 갇힌 고현면의 가청곡(加靑谷)

자료코드 : 04_04_FOT_20110125_PKS_PCS_0001
조사장소 : 경상남도 남해군 설천면 금음리 봉우마을 설천면종합복지회관
조사일시 : 2011.1.25
조 사 자 : 박경수, 류경자, 정혜란, 강아영
제 보 자 : 박충섭, 남, 80세
구연상황 : 설천면종합복지회관에서 정홍섭 할아버지로부터 민담을 채록한 뒤, 혹시 남 해와 관련된 전설을 아는 사람이 없느냐고 물었다. 그런데 모인 할아버지들이 별 반응을 보이지 않았다. 그래서 조사자가 혹시 가청곡 전설에 대해 아는 사 람이 있느냐고 묻자 제보자가 이야기를 시작했다.
줄 거 리 : 임진왜란이 일어나기 직전 중[僧]으로 가장한 일본인이 지도를 가지고 척후병 으로 왔다. 그 중은 류성룡의 형이 운영하는 주막에 머물고 있었다. 중의 낌 새를 수상하게 여긴 주인은 중이 밖에 나간 사이 방에 들어가 보았다. 방에는 지도가 펼쳐져 있고 물감이 놓여 있었다. 주인은 그 지도의 남해 섬 육지 부 분에 파란색 물감을 칠해 바다처럼 만들어 버렸다. 임진왜란 당시 왜구들이 남해바다에서 이순신과 전투하다가 패했다. 도망치기 위해 파란색 칠을 한 곳 으로 몰려들었다가 갇혀서 섬멸 당했다. 그래서 그곳을 파란색을 더했다고 해 서 가청곡(加靑谷)이라고 부른다.

여 가청곡이라 쿠는 곡(谷)은 설천면에 있는 기 아이고(아니고), 고현면 그 오곡 동네에 있는 곡인데, 그 전해 내려오는 이야기를 보면은, 옛날에 그런께 임진왜란 때인 모양이제?

임진왜란 때에 애놈(왜놈) 병사들이 쳐들어왔다가 그 곡을 바다로 오인 (誤認)을 해 가지고, 그 만(灣)으로 들어왔다가 갇혀 가지고 이순신 장군한 테 전멸을 당했다 쿠는 그런 이야긴데…….

그 인자 이야기를 처음부터 풀이해 보자면은, 임진왜란이 시작되기 전에, 그 애놈 중[僧] 이름은 모르는데, 애놈 중이 말하자면 한국의 지도를, 그 지형을, 바다 지형을 확실히 탐사하기 위해서 애놈 중이 와 가지고, 저 서해로부터 남해로 해서 쭉 돌아감서 지도를 확인을 하는데, 경기도 어느 곳에 그때 당시 영의정으로 있던 류성룡 씨의 형이 주막을 했던 모양이제? 주막을 했는데, 그 주막집에 애놈 중이 와 가지고 한국말도 서툴고 우찌 냄새가 이상한데, 하는 기 수상해서 중이 나간 사이에 그 방에 들어가 봤더니 지도를 펴 놓고 있더래요.

그래가 인자 물감도 옆에 있고, 지도를 완성을 시킬라고 뭐인가를 해 놨는데, 본께 뭔지도 모르겠고 해서 그만, 남해 섬에 설천면하고 고현면 사이에 바다가 양쪽으로 이렇게 들어와서 가는 그 뭐입니까? 육지가 양쪽으로 만이 들어와서 육지가 가늘게 이어져 있는데, 거기에다가 마, 파랑 칠을 해 삤어.

그래 갖고 놔뒀는데, 그 지도를 보고 애놈들이 남해에 들어와서 마지막 전투를 할 때, 거기가 바다인 줄 알고 이순신이 내리 쫓으니까 그리 도망갈 끼라고 갔단 말이제. 가 보니까너 거기가 딱 막혀 있거덩. 그 뒷걸음을 치지 못하고 마지막으로 여기서 애놈들이 참패를 했는데, 그 지도 때문에 임진왜란이 끝이 났다. 그 말이거덩.

그래서 그 뒤에 그 곡을 가청곡(加靑谷)이라. 더할 가(加)자, 푸를 청(靑)자, 그래서 가청곡이라고 한다. 그런 전설이 있습니다.

고현면 대사리 탑동마을의 이름 유래

자료코드 : 04_04_FOT_20110125_PKS_PCS_0002
조사장소 : 경상남도 남해군 설천면 금음리 봉우마을 설천면종합복지회관
조사일시 : 2011.1.25

조 사 자 : 박경수, 류경자, 정혜란, 강아영
제 보 자 : 박충섭, 남, 80세
구연상황 : 앞서 제보자에게 고현면의 가청곡(加靑谷) 전설에 대해 듣고 혹시 또 다른 전
설은 들은 바가 없느냐고 물었다. 그랬더니 이야기가 될는지는 모르겠다고 하
면서 이 이야기를 들려주었다.
줄 거 리 : 옛날 왜구들이 남해군을 침범했을 때, 전라도 출신의 '정지 장군'이 군사를
이끌고 고현면 대사리에 와서 왜구를 격퇴시켰다. 그래서 지역민들이 그 공을
기리기 위해 고현면 대사리에 탑을 세웠다. 그래서 그 마을 이름을 탑동이라
고 부르게 되었다.

왜놈들이 쳐들어와 가지고 남해 땅을 괴롭힐 때, 전라도 어느 지역인가
는 확실히 모르겠는데, 거기 있던 '정지 장군'이 군사를 이끌고 와 가지고
왜놈들을 격퇴시켜 줬어. 그래 갖고 민생을 해결해줘 놓은께, 지역 사람들
이 고맙다고 정지 장군을 기념하기 위해서 거기다가 비를 세웠어. 탑을 세
웠어. 그래 놓은께 그 동네 이름이 '탑동(塔洞)'인데, 그 정지 장군 공을 기
리기 위해서 탑을 세운 깁니다.

(조사자 : 아! 그래서 탑동이구나.)

바닷돌을 날려 쌓은 설천면의 대국산성

자료코드 : 04_04_FOT_20110125_PKS_PCS_0003
조사장소 : 경상남도 남해군 설천면 금음리 봉우마을 설천면종합복지회관
조사일시 : 2011.1.25
조 사 자 : 박경수, 류경자, 정혜란, 강아영
제 보 자 : 박충섭, 남, 80세
구연상황 : 조사자가 인근에 있는 대국산성에 대한 전설을 아느냐고 묻자 제보자가 들은
적이 있다고 하면서 이 이야기를 들려주었다.
줄 거 리 : 설천면 진목리 뒷산에 있는 대국산성은 옛날에 천 장군이 만들었다고 알려진
산성이다. 천 장군이 비란의 아가씨를 놓고 그 형제와 내기를 했다. 천 장군
은 성을 쌓고, 다른 형제는 쇠사슬을 발목에 달고 남해읍에 다녀오는 것이었

다. 천 장군은 도술을 부려 바다의 돌을 끌어올려 성을 쌓았다. 천 장군이 성을 쌓을 동안에 그 형제가 오지 못해 천 장군이 이겼다. 그래서 천 장군은 그 아가씨와 결혼을 했다. 지금도 그곳에 가면 산성의 돌에는 굴 껍데기가 붙어 있다.

그 대국산성이라고 하는 산성이 설천면 진목의 뒷산에 있는데, 그 산성이, 그것도 오래 돼서 시대를 잘 모르겠는데, 역시 우리나라는 다른 나라가 쳐들어온 거 말고, 저 몽골하고 일본이 주로 쳐들어왔거덩. 시대를 어느 시댄고는 확실히 모르겠는데, 나중에 조사를 해 봐야 되겠는데, 거기에 그 천 장군이라고 하는 장수가 저 산성을 만들었대요. 만들었는데,

'여기가 적을 물리치는데 적합한 장손데, 여기다 성을 쌓아야겠다.'

이래 갖고 성을 쌓기로 했는데, 그때 인자 천 장군의 형제가 두 분이 와서 있었더래요. 형하고 동생하고. 그런데 그 설천면 비란리에 아주 [조사자를 가리키며] 이 아가씨처럼 예쁜 아가씨가 살았어예. 그리 형제간에 그 둘이 그 아가씨로 보고 서로 사랑을 했어.

그래 가지고 내기를 해 가지고, 이기는 사람이 이 아가씨로, 제 부인으로 맞아들이기로 딱 서약을 허고, 문서를 써 놓고 시작을 허는데, 자! 한 사람은 그 뭐입니까?……. 어? 가만히 있어. 이야기가 쪼금 깨인(꼬인) 거 겉다. 으흠. 아……. 아! 그러기로 했는데, 천 장군이 어, 부인이,

"두루마기 하나를 만들 동안에 성을 쌓을 수 있느냐?"

두루마기가 탁! 만들어지고 나면, 성도 완성이 돼야 되는데, 그래 내기로 해 가지고 시작을 했는데, 그 천 장군이 인자 도술을 부리 가지고, 바다에 있는 돌을 날려 보내서 그 성을 쌓았는데, 그때 인자 아! 그 형은 또 뭘 했느냐 하면은, 그 저, 다리에다가 뭐 열두 근(斤)짜리라 쿠더나(하든가)? 그런 큰 쇠사슬을 뭉끼 가지고(묶어 가지고) 읍에 갔다 오기.

읍에 갔다 오고, 성을 싸리고, 여자 한 분은 두루마기를 짓고, 이런……. 그리 두루마기 짓는 거는 시간 재는 기제. 그리 가지고 시작을 했는데, 쇠

로 끌고 온 그 분은 두루마기 다 지을 때 오지를 못했어. 오지를 못하고, 천 장군이 인자 도술을 부리 가지고 바다에 있는 돌을 날라다가 성을 완성을 시키 가지고, 그 뭐입니까? 비란에 있는 그 아가씨하고 결혼을 하게 됐다. 인자 그런 긴데……

그리 인자 그기 사실인지 아인지(아닌지) 우리가 확실히 알아보기 위해서 성에 여러 번 갔거덩요. 가니까는 그 높은 산에, 들어가는 입구에 아주 큰 1m 50에, 높이가 한 1m 정도 되는 큰 돌이 있는데, 거기에 꿀적이(굴 껍데기가) 붙어가 있어요. 바다에 있는 꿀적이……

(조사자 : 아! 굴 껍데기.)

꿀(굴) 껍데기가 그 딱 붙어 있는 거야. 사람이 붙인 것도 아이고 그러니까 그 굴껍질은 분명히 그 돌이 바다에서 왔다는 거거덩. 왔는데, 기중기도 없는 시절이요, 헬리콥터도 없는 시절인데 우째서 그기 왔는지 몰라. 그 천 장군 도술이 진짠지 허허. 하여간 그 굴껍질 있는 그기 사람을 미치게 만든단 말입니다. 그깁니다.

이성계의 기도를 들어준 남해 금산

자료코드 : 04_04_FOT_20110125_PKS_PCS_0004
조사장소 : 경상남도 남해군 설천면 금음리 봉우마을 설천면종합복지회관
조사일시 : 2011.1.25
조 사 자 : 박경수, 류경자, 정혜란, 강아영
제 보 자 : 박충섭, 남, 80세
구연상황 : 제보자는 앞서 인접해 있는 고현면의 전설 2편과 설천면에 있는 대국산성 전설에 대해 들려주었다. 대국산성 이야기가 끝나자 더 이상은 생각이 나지 않는다고 했다. 조사자가 남해 금산에도 전해져 오는 전설이 있지 않느냐고 물었다. 그러자 제보자가 이 이야기를 들려주었다.
줄 거 리 : 금산의 옛날 이름은 보광산(普光山)이었다. 고려 시대의 유명한 장수 이성계가 나라를 세우려고 지리산에 들어가 백일기도를 했다. 하지만 아무 효험이

없자 남해 금산으로 와서 백일기도를 했다. 99일째 되던 날 밤 꿈에 서까래 세 개를 짊어지고 산을 내려오는 꿈을 꾸었다. 무당을 찾아가 물었더니 왕이 될 꿈이라고 했다. 그 길로 돌아가 출정을 했는데 위화도에서 회군을 해 돌아 와서는 조선왕조를 세우게 되었다. 왕이 되자 자신의 기도를 들어준 고마운 산에 보답을 하고 싶어 비단으로 산을 둘러싸라고 했다. 그랬더니 신하가 차 라리 이름을 바꿔 주는 것이 어떻겠느냐고 했다. 그래서 보광산이었던 산이 비단 금자를 넣어서 금산(錦山)이 되었다.

금산은 그 본래 이름이 금산이 아이고(아니고) 보광산(普光山)이라. 보광 산인데, 보통 허는 보자(普字) 하고, 진주 허는 진자(晉字) 우(위)에다가, 글 자 우에 그거 떼빈, 보통 허는 보광산에, 빛 광자(光字) 허고……

그 고려시대에 그 유명한 장수가 이성계 아이라? 이성계가 나라를 세우 겠다고, 고려 왕조를 없애 버리고 자기가 나라를 세우겠다고 마음을 먹고 지리산에 왔어. 지리산에 와 가지고 백일기도를 했는데, 아무리 기도를 해 도, 백일을 해도 아―무 영거리가(영험이) 없거덩. 아무 말하자면 영감(靈感) 이 없는 기라. 그래서,

'어느 산이 좋네(좋겠는가)?……'

하고 온 기 인자 이 남해 금산에 왔어요. 왔는데, 백일기도를 하니까는 백일, 구십구 일째 되는 날 밤에 꿈을 꾸니까, 쎄까래(서까래) 세 개를 짊 어지고 산으로 내려오는 꿈을 꿨대요

그래서 옆에 있는 당집이라고 무당이 사는 집이 있는데, 무당 사는 집에 가서 물어볼 끼라고 꿈 해몽을 해 달라고 갔는데, 무당은 없고 딸이 있더 래. 딸한테 그 이야기를 허니까,

"아이갸, 아이갸, 곤장 삼백 대를 맞고 맞아 죽을 꿈이요." 쿠더래요

'이럴 수가 있나……' 아! 탈기를(실망을) 하고,

'그렇지마는 진짜배기 무당한테 물어봐야겠다.'

고 무당, 갔다 온 뒤에 찾아가서 물으니까, 이 무당 허는 말이,

"으흐응! 참말로 좋은 꿈이로구나."

생각해 보세요. 세까래 세 개에다가 사람이 탁! 이리 붙으면 임금 왕자 아이오?

(조사자 : 아! 예예예.)

"왕이 될 꿈이로다."

"됐다!"

그래서 그 길로 돌아가서 저 북쪽을, 오랑캐를 무찌르라고 군사를 줘 놓은께 압록강 가운데 그 위화도에서 회군을 해 가지고 와서 고려조를 멸망시키고 자기가 왕이 됐거덩. 인자 그 동안에 있었던 뭐, 정몽주 사건 그런 거는 빼고. 그리 왕이 되고 나서 가만히 생각해 본께 남해 이 보광산이 되기 고맙단 말이제.

'요 산을 내가 공을 갚아야 되겠는데…….' 신하들을 불러놓고,

"내가 그 산의 덕택으로 왕이 됐는데, 그 산에다가 내가 공을 갚아야 하는데, 아무리 생각해 봐도 좋은 방법이 없다. 온 나라에 있는 비단을 전부 거둬 갖고 와서 그 산에다 둘러싸라."

신하가 가만히 생각해 본께…….

"상감마마, 그기 비단을 둘러싸 놓으면은 백성들이 욕심이 나서 사흘도 안 가서 싹 벗기 가삐고 없어질 깁니다. 그러니 그 산에다가 비단옷을 입힐라면은 산 이름을 비단산으로 고치십시오."

그래서 비단 금자(錦字), 뫼 산자(山字). 그래서 금산이 된 기, 보광산이 금산이 됐다 쿠는 고런 전설입니다.

은혜를 모르는 호랑이

자료코드 : 04_04_FOT_20110124_PKS_LOJ_0001
조사장소 : 경상남도 남해군 설천면 비란리 정태마을 정태노인복지관
조사일시 : 2011.1.24

조 사 자 : 박경수, 류경자, 정혜란, 강아영
제 보 자 : 이옥지, 여, 81세
구연상황 : 정태마을의 박찬수 씨를 만나 대국산성 전설과 마을의 여러 이야기들을 듣고,
비란리의 다른 제보자를 찾아 길을 나섰다. 물어물어 정태노인복지회관에 도
착했다. 조사의 취지를 설명하고 판을 벌였으나 쉽사리 이야기가 나오지 않았
다. 그래서 조사자가 들었던 이야기 1편을 먼저 들려주자 제보자도 이야기를
하나 해 주겠다고 하면서 이야기를 시작했다.
줄 거 리 : 옛날에 어떤 사람이 길을 가다가 함정에 빠진 호랑이를 보았다. 불쌍해서 구
해 주었다. 그런데 호랑이가 함정에서 나오자마자 그 사람을 잡아먹으려고 했
다. 때마침 지나가는 나그네가 있었다. 나그네에게 구해 준 호랑이에게 잡아
먹히는 것이 옳은지를 판단해 달라고 했다. 그러자 나그네가 원래의 모습을
보고 판단을 해 주겠다고 했다. 그래서 호랑이는 도로 함정 속으로 들어갔다.
두 사람은 함정에 들어간 호랑이를 두고 길을 떠나 버렸다.

옛날에 인자 지나가는 사람이 질을(길을) 가다가 들은께, 호랭이가,

"살려줘, 살려줘."

하고 울어 쌌더란다. 그래서 가만히 차라본께(바라보니까) 호랭이가 함
정에 빠져 가지고, 함정에 빠진 호랭이가

"살려줘, 살려줘."

하고 울어싸서, 그래서 하다(하도) 불쌍해서 이리 내리다본께 너무 불쌍
해서 꺼내줬다. 꺼내줘 놓은께 다부(도로) 그만, 꺼내줘 놓은께 그 사람을
잡아먹을라 캐여.

그런께 또 그리허자 또 나그네가, 지나가는 나그네가 또 하나 있어 가지
고, 그리 그 나그네를 보고,

"이걸 이래 가지고 내가 하도 '살려줘, 살려줘.' 해사는 불쌍해서 꺼내줘
놓은께 그걸 내로 잡아묵을라 쿠는디, 잡아먹히야 되겠나? 우찌야 되겠
네?"

요리 인자 판단을 해 주라 쿤께, 그 인자 나그네가,

"그러몬 판단을 허는디, 몬첨(먼저) 우찌 가 있었는고 그 현장을 보고

판단을 해 주겠다꼬. 해 가 있어 보라."

쿤께, 다부 호랭이로 그 빠져 있으라 캐여. 함정에. 그리 함정에 빠져가 있으라 쿠는디 인자, 빠져가 있인게, 그만 그 나그네가 지나가는 사람을 그만 뎃고(데리고)가 삐더란다.

그런께 인자 그기 뭐이냐 허몬, 인자 그 설명을 헐라 쿠몬, 저저 넘의(남의) 은혜를 잊지마라 쿠는 그기라. 인자 그거 뱃이라. 허허.

밥 안 먹는 며느리

자료코드 : 04_04_FOT_20110124_PKS_LOJ_0002
조사장소 : 경상남도 남해군 설천면 비란리 정태마을 정태노인복지관
조사일시 : 2011.1.24
조 사 자 : 박경수, 류경자, 정혜란, 강아영
제 보 자 : 이옥지, 여, 81세
구연상황 : '은혜를 모르는 호랑이' 이야기가 끝나자 청중들이 이야기가 재미있다고 입을 모았다. 그러자 하나 더 해 주겠다고 하면서 이 이야기를 했다.
줄 거 리 : 옛날에 한 집에 며느리를 얻었는데 입이 커서 밥을 많이 먹었다. 그래서 그 며느리를 내쫓고 입이 작은 며느리를 다시 얻었다. 그런데 이 며느리는 밥을 먹지 않는데도 불구하고 쌀이 계속 줄었다. 그래서 숨어서 망을 봤더니 밥을 한 솥 해서는 정수리의 뚜껑을 열고 모두 집어넣어 버렸다.

옛날에 며느리로 얻어 놓은께, 하도 입이 커 놓은께 밥을 많이 묵어(먹어) 양식이 너무 굴어사서(줄어들어서), 그래서 인자 그 며느리 쫓가내 삐고, 입이 작은 며느리로 인자 하나 또 얻었어.

얻어 놓은께, 입은 작아서 보는 디(데서는) 밥은 안 먹는디, 자꾸 양슥은(양식은) 찧어 놓으면 굴어 삐고, 찧어 놓으면 굴어 삐고 해싸서 그리 인자 망을 봤다.

망을 본께, 쌀을 그만, 들어오더니 그만 많이 퍼 가지고 나가서 밥을 해

가지고, 밥을 한 솥 해 가지고 이-만한 댕이다가(대야에다가) 한 댕이 퍼가 오더니, 옛날에는 함지(함지박), 함지다가 한 함지 퍼가 오더니, 손에다가 물을 묻혀 가지고 이 주먹만치 똘똘똘 뭉치더니, 요요 꼭디, 정시리(정수리) 여 따까리를(뚜껑을) 떼고, 욧다 그만 주 옇어 삐고, 주 옇어 삐고 그만 순식간에 밥 한 다랭이로 다 주워 옇어 비더란네. 그거 뱃이 모리겄다. 허허허.

무조건 공대(恭待)하는 며느리

자료코드 : 04_04_FOT_20110124_PKS_LOJ_0003
조사장소 : 경상남도 남해군 설천면 비란리 정태마을 정태노인복지관
조사일시 : 2011.1.24
조 사 자 : 박경수, 류경자, 정혜란, 강아영
제 보 자 : 이옥지, 여, 81세
구연상황 : 제보자로부터 2편의 설화를 듣고 난 뒤, 조사자가 이야기를 참 잘 한다고 하면서 또 생각나는 것이 있으면 하나 더 해달라고 요청했다. 그러자 제보자가 잠시 생각을 한 다음 이 이야기를 시작했다.
줄 거 리 : 옛날 어떤 집에서 딸을 시집보내면서 시집을 가면 짐승에게도 예(禮)를 갖추어야 한다고 가르쳤다. 그랬더니 시집을 가서는 짐승들이 뛰는 것을 보고 짐승에게조차도 공대를 했다.

옛날에 옛날에 어느 동네에, 어느 동네에 한 집이 살았는데, 인자 그 딸을 출가로 시킴성(시키면서),

"시집을 가몬 그 시댁에는 개도 보고 위허는(위하는) 기다. 개도 보고 위허고, 소도 보고 위허는 기다."

그런께 인자 시집을 와 가이고, 그 며느리가, 저 씨어마이가,

"뭐이 밖에, 그 뭐이 그리 뛰느냐?"

캤다 쿠더나? 우찌 헌께, 그리 며느리가,

"어머니, 송치 씨가(송아지 씨가) 나오씨서(나오셔서) 거치 씨를(거적데기 씨를) 틀어-신께(뜯어 자시니까) 개 씨가(개 씨가) 보-씨고(보시고) 이씨고(웃으시고) 지십니다(짖으십니다)."

하하하…….

재치로 호랑이 잡은 할머니

자료코드 : 04_04_FOT_20110124_PKS_LOJ_0004
조사장소 : 경상남도 남해군 설천면 비란리 정태마을 정태노인복지관
조사일시 : 2011.1.24
조 사 자 : 박경수, 류경자, 정혜란, 강아영
제 보 자 : 이옥지, 여, 81세
구연상황 : 제보자가 앞서 비교적 간단한 설화 몇 편 들려주었다. 이야기판이 끝난 후 다른 제보자들이 한동안 민요를 가창했다. 민요 가창이 끝난 후 다시 제보자에게 기억나는 이야기가 또 있으면 하나 더 해달라고 요청을 했다. 그러자 제보자가 선뜻 이 이야기를 꺼냈다.

줄 거 리 : 옛날 산중의 한 집에 할아버지와 할머니가 살고 있었다. 하루는 할아버지가 외출을 하고 난 사이 호랑이가 찾아왔다. 눈치를 챈 할머니가 할아버지가 곧 올 것이라는 노래를 불렀다. 그러자 호랑이가 할아버지 오면 두 명을 한꺼번에 잡아먹으리라 생각하고 그냥 갔다. 그 사이 꾀를 낸 할머니가 아궁이에다 계란을 묻어 놓고, 행주에다 바늘을 꽂아 놓고, 마당에 멍석을 깔아두었다. 길에서 호랑이를 만난 할아버지가 집에 가서 잡아먹히겠다고 하면서 호랑이를 집으로 유인해 왔다. 그러자 할머니가 준비해 둔 물건들로 호랑이를 잡았다.

옛날에 저 산중에 영감 할마이 둘이 살았어. 그리 둘이 살았는데, 할매가 요리, 할배는 저 어디 출입을 가고 할매가 앉아서 명을(무명을) 잣인께, 호랭이가 와서 잡아묵을라 캐여. 그래서,

'저놈의 호랭이를 어찌 쫓구꼬(쫓을까)?…….'

세고(생각하고) 인자 꾀로 냈다. 명을 장(항상) 잣임시로 이 노래 겉으로,

"우리 영감 삼푼께 갔다가 오는가 가는가 내다보자.~"

이리 삼서로(하면서) 자꾸 그리사은께(그러고 있으니까), 영감 삼푼께 갔다 오몬 잡아묵을라꼬 호랭이가 그만 가여.

호랭이가 간 뒤에 인자, 계란을 저저, 부석에다가(아궁이에다) 묻어 놓고, 부석에다 묻어 놨어. 그리 놓은게 그리 인자 갔다가 오더란다. 인자 영감 만내 가지고, 영감이 내려옴성(내려오면서),

"그렇지마는 잡아묵어도 집에 가서 잡아묵제. 여서(여기서) 내가 죽겄나?"

이러 큰께, 인자 집으로 내려왔는디, 그래 할매가 허는 말이,

"아이! 저저 죽어도 불이나 써(켜)놓고 죽고로 정지(부엌에) 그 융그륵(숯)[128] 가이(가져) 오니라."

부석에다가 융그륵 가 오라 캐 놓은게, 융그륵 찾는다고 이리 히-죽히-죽 했인께, 계란이 튀이서 그만 눈에 들어가 뺐다. 그리 인자,

(조사자 : 호랭이 눈에?)

하모(그럼). 호랭이 눈에 들어갔어. 그 인자 행지피다가(행주에다가) 바늘을 꼽아놓고,

"그리 저저, 계란이 그리 들어갔걸랑 행지피로 가이 딲아라."이리 큰께, 또 행지피로 가지고 이리 닦은께, 또 바늘이 폭 찔러 빘다.

"바늘이 찌린다-. 바늘이 찔러."

이리 산께, 인자 마당에다 마, 덕석을 또 쏵- 펴 놓고,

"그러컬랑 마당에 덕석에 가서 누워라. 바늘 빼 주께."

인자 덕석에 가서 누웠인께 그만 이놈의 덕석이 둘- 몰아(말아) 가지고 그만 저- 골창에(냇도랑에) 갖다가 호랭이는 잡아 쳐옇어 비고, 그 영감 할머이는 잘 살더란네.

---

128) '융그륵'은 '숯'이라는 말 대신 일반적으로 쓰는 남해지역말이다.

여우 동생

자료코드 : 04_04_FOT_20110124_PKS_LOJ_0005
조사장소 : 경상남도 남해군 설천면 비란리 정태마을 정태노인복지관
조사일시 : 2011.1.24
조 사 자 : 박경수, 류경자, 정혜란, 강아영
제 보 자 : 이옥지, 여, 81세

구연상황 : 앞서 제보자가 호랑이 이야기를 2편이나 들려주었다. 조사자가 호랑이 이야기 말고 또 다른 동물 이야기는 없냐고 물었더니 바로 이 이야기를 시작했다.

줄 거 리 : 옛날에 아들만 있고 딸이 없는 집이 있었다. 그래서 여우산에 공을 들여 딸하나를 낳았는데 그 딸이 여우였다. 딸이 자라자 집안의 말이 한 마리씩 죽었다. 오빠가 몰래 살펴보니 동생이 말의 내장을 꺼내서 먹고 있었다. 부모에게 사실을 말했으나 오히려 야단만 맞고 오빠는 집을 떠났다. 오빠는 집을 나가결혼을 했다. 세월이 흐른 후 아내가 주는 병 3개를 받아 들고 집을 찾아왔다. 부모도 다 잡아먹히고 여우 동생 혼자 살고 있었다. 말을 타고 온 오빠를 보자 오빠 한 때 먹고, 말 한 때 먹을 것이라고 좋아하며 따라왔다. 오빠는 아내가 준 병 세 개를 던져 여우를 처치하고 목숨을 건졌다.

옛날에 옛날에 그 인자 저, 아들을 낳았는디 딸이, 딸이 그리 없어여. 그래서 인자 산에 가서 그런께 공을 딜이 가이고(들여 가지고), 공을 딜이고 들이고 해 가지고 딸을 한 개 낳았는디, 여우산에 가서 공을 딜있어.

그래 가이고 이 딸이 참 인물도 좋고 좋은디 여우라. 그리 그 집에서 말을 옛날에 참 많이 키왔는디, 그 딸 그거 남서(나면서)부터는 말이 한 마리씩 죽고, 또 며칠 있다가 한 마리 죽고, 그리 하다(하도) 이상해서 인자 저거 오빠가, 가마히 망을 본께,

그 적 어매 적 아버지는 그만 이 아-가 좋아 가지고, 그럴 생각도 없는디, 저거 오빠가 망을 본께, 이놈의 가수나가(계집아이가) 그만 저, 백여수가 돼 가지고 허이! 그만 이빨이 마 이-리 가지고, 큰 그만 여우가 돼 가지고서 나가더니, 그만 저저 지름병이다가(기름병에다가) 여 폴을(팔을) 쑥-쑤시 옇더니 그만 말 밑구녕에(밑구멍에) 가서 그만 손을 푹 쑤시가 미

자바리로(미주알을) 빼가 묵어 비고(먹어 버리고)……. 말 미자바리로 빼가
묵으 빈께, 또 말이 한 마리가 죽고, 또 뒷날 또 그리, 여우도 순─ 구미호
더라 캐여. 그런디 그걸 인자 또 그래 가지고 죽고, 이 말이 그만 다 죽어
뻤다.

저거 오빠가 생각헐 때는 인자 말을 다 잡아묵으몬 인자 저거꺼장(자기
들까지) 다 잡아묵을 기거덩. 그래서 저거 오빠가 생각허기로 인자 저거
엄마를 보고 애기로 했다. 부모네들 보고 애기로 헌께서, 저거 부모네들은,

"저놈우 자슥이 저 딸 하나 낳은 걸, 그걸 원수로 삼고 저런 소리로
헌다."

쿰서로 막 잡지고(꾸짖고) 야단을 해여. 그리,

"그기 아니라고, 우리가 그만 오이로(어디로), 저 아─ 저거는 한채(혼
자) 냅두고 그만 나가자."

큰께, 그만 적 어매 적아배가 야단을 험서로 그만 안 나갈라 쿠네.

'그러몬 뭐 엄마 아부지는 있더가 죽든지 말든지 그만…….'

저거 오빠는 나갔어. 나가 가이고 한 삼 년 있다가 인자 저거 집이 우찌
사는고 싶어 가만히 와 본께, 구석구석 그만 뻭다구가 수두룩 했더란네.
적 어매 적 아배 다 잡아묵어 삐고. 사람 뻭다구가 구석구석 수두룩 했고,
이놈의 가수나가 오이(어디) 갔다 오더라네. 그때는 마 처니가 돼 가이고,
처니가 됐인께 삼 년도 더 됐겄다 그제이? 참 오래 됐겄다.

(청중 : 오래 됐겄제.)

처니가 돼 가지고, 머리가 철렁철렁 해 가지고 옴서로, 저거 오빠가 인
자 말을 타고 가 놓은께, 그만 오빠 왔다고,

"오라비(오빠) 한 때, 말 한 때."

오라비 한 때 묵고, 말 한 때 묵으끼라꼬, '오라비 한 때, 말 한때.' 해삼
성(해 가면서) 좋아서 막 야단을 허더란네. 그래서 그만 본께 안 되겠고 그
만, 저거 오빠가 도망을 쳐서 그만 간다. 간께서,

아! 그래 가지고 저거 오빠가 각시로 얻었는디, 여자가 또 참 유명헌 사람이라. [앞에서 빠뜨린 부분인 집을 나간 오빠가 어떻게 지내왔는가 하는 내용을 추가해서 이야기하고 있는 것이다.] 그리,

"집에 가몬, 그 저 당신이 혼채 가서는 돌아올 수가 없인께, 불뱅이(불병) 한나, 물뱅이 한나, 까시뱅이(가시병) 한나, 뱅이로(병을) 세 개로 줌서로, 제일로 그슥헐 땔랑, 처음엘랑 인자 그, 까시뱅이 하나 들내 삐고, 그 뒤에는 불뱅이로 하나 딜내 삐고, 세 번째는 물뱅이로 딜내 삐라."

쿠더란네.

그리 인자 온께서(오니까) 가수나가 막 뛰서 따라오더란다.

"오라비 한 때, 말 한 때. 오라비 한 때, 말 한 때."

해삼서 막 쫓아온께, 저 까시 뱅이 딜내비 놓은께, 그 까시밭에 우찌 삐대(버텨) 왔는고 왔더란네. 또 따라와여. 또 따라온께, 인자 또 불뱅이러 들내 삤다. 불뱅이로 딜내 삔께 온데 불이 퍼졌는디, 그 불 새로 우찌 또 뛰서 또 따라오더란다. 그런디 인자 그 마지막 번에는 그만 물을 딜내비놓은께, 온 천지가 강이 돼 놓은께 그래가 그만 못 오더란네.

그래가 저거 엄마 아부지는 그만 그래가 죽어 삐리고 저거 아들은 인자 지(자기)대로 나가 놓은께 좋은 마누라를 얻어 가지고 잘 살더란네.

두 과부의 소원을 들어준 스님

자료코드 : 04_04_FOT_20110124_PKS_LOJ_0006
조사장소 : 경상남도 남해군 설천면 비란리 정태마을 정태노인복지관
조사일시 : 2011.1.24
조 사 자 : 박경수, 류경자, 정혜란, 강아영
제 보 자 : 이옥지, 여, 81세
구연상황 : 제보자는 이야기가 없다고 하면서도 조사자의 유도에 따라 설화를 여러 편
          구연해 주었다. 조사자가 재미있는 우스개 이야기는 없냐고 하면서 이웃마을

에서 들은 우스개 이야기를 하나 들려주었다. 그러자 제보자가 자신도 그런 이야기를 하나 알고 있다고 했다. 그래서 이야기를 해 달라고 했다. 제보자가 이야기를 재미있게 하는 바람에 조사자들과 청중들이 배꼽을 잡고 웃었다. 이 야기를 마친 후, 제보자가 다시 한 번 이야기 내용이 얄궂어서 욕먹지 않겠느 냐고 하면서 녹음에서 빼라고 했다. 조사자가 이런 이야기가 없으면 무슨 재 미로 웃고 하겠느냐고 하면서 좋고 나쁜 이야기가 따로 있는 것이 아니라고 했다. 그랬더니 우스개로 한 것이니 욕하지는 말라고 했다.

줄 거 리 : 옛날에 아래윗집에 두 과부가 살고 있었다. 하루는 윗집 과부의 집에 중이 와 서 자고 가기를 청했다. 재워 주고는 과부가 밤새 물레질을 했다. 그랬더니 중이 소원을 물었다. 과부는 '밥'이 소원이라고 했다. 중이 사라지고 나자 온 집안에 쌀이 그득했다. 이웃집의 과부가 그걸 보고는 까닭을 물었다. 그래서 알려줬더니 중을 불러와서는 똑같이 했다. 그러자 중이 이번에도 소원을 물었 다. 그래서 과부는 '양물(陽物)'이라고 했다. 중이 사라지고 나자 온 집안이 양물로 가득했다. 귀찮아서 삶아 내다버려도 없어지지 않았다.

옛날에 밑에도 할매가 혼채 살고, 우(위)에도 혼채 살고 여자가, 과부들 이 아래우에 인자 뒤에 한 집, 밑에 한 집 살고 있는데, 우에 집에 할매가 명을(무명을) 잣임성 있인께, 중이 와서 좀 자고 가자고 쿠더란다.

그래가 중을 재와(재워) 줬는데, 재와 줬는데, 이놈의 중이 밤새도록 본 께 그 아줌마가 명만 잣아여. 자도 안 허고. 그래서,

"아줌마가 뭐이 소원이건대 그리 저 자도 안 허고 밤새도록 그렇게 명 만 잣느냐."꼬 이런께,

"밥이 소원이라."

캤어. 그 못 살아서, 못 살아서 인자 밤낮으로 일을 해야 그 인자 묵고 산다 아이가? 그리 인자 밥이 소원이라고…… 그만 중이 사라졌더란네. 사라져 삐고 없는디, 밤도 안 새고 그만 중이 사라져 삐고. 그래가 인자 명 을 잣고 뒷날 아죽에(아침에) 나간께, 솥을 떠들라(들쳐) 봐도 쌀이 한 솥 있고,

(청중 1 : 하하. 좆이 한 솥 있고)

안청에 온디로(온 사방에) 다, 그륵(그릇) 그륵 쌀을 한 그륵씩 쌓아 놓고, 막 도구통에도(절구에도) 쌀이 한 도구통 있고, 그만 온 집이 쌀 천지더란네.

그래 놓은께 밑에 집 할매가 그만 새가(샘이) 나 가지고,

"우쨰서 그리 하룻밤 새 그리 부자가 됐네?"

뭘 막 둘러 왔는가(훔쳐 왔는가) 세고(생각하고) 그리 말을 헌께,

"그래 내가 이리이리해서, 그리 중이 와서 자고 가자 캐는 그리 재와 줬더니, 그 중이 뭐이 소원이냐 캐는 그리 밥이 소원이라고 캤더니, 자고 난께 중이 사라지고 없더니, 자고 난께 이렇기 막 쌀이 많이 있다."

꼬 이러 쿤게, 이거는 문디가(문둥이가), 지가(자기가) 넘치기를 해 가지고, 또 저거 집에 오라 캤다. 오라 캐 가지고, 인자 또 이것도 밤새도록 명을 잣았다. 잣인께 인자 중이,

"아이! 아주머니, 뭐이 소원이건대 그리 밤새도록 안 자고 일을 허느냐?"

쿤께, 이 문디가 바구리(성관계) 허고 뭘 많이 줬는가 싶어서 좆이 소원이라고 캤다. 하하하…… 그리 놓은께 그 또 중이 사라지고 없어여. 아이구! 자고 일어난께 솥에도 좆이 한 솥 있고,

(청중들 : 웃음.)

안청에 그륵에도 좆이 한 그륵씩 있고, 감나무에도 좆이 주렁주렁주렁 붙어가 있고,

(청중 2 : 아이고! 문디 겉은 소리로……. 아하하하…….)

(청중 3 : 이약 그거는 거짓말이라 쿠더니…….)

이망에도(이마에도) 그만 좆이 이리(이렇게) 붙어가 있고.

(청중 1 : 하하하. 이리 가도 좆, 저리 가도 좆. 하하하…….)

귀찮해서, 귀찮해서 친정을 갔다.

(청중 2 : 아이구! 문디겉다. 참. 하하하…….)

이망 요다 좆을 붙이 가지고, 하하. 좆을 붙이 가이 친정을 갔다. 친정에
가 놓은께,

"아이! 니는 뭘 그리 이망에다 그리 붙이가 대이네(다니느냐)?" 그리서,

"아이! 엊저녁에 중이 와 가지고서 이만저만 그래서 그랬더니, 온 디(데)
좆이 꽉 차 가지고 내가 좆을 피해 왔다."

쿠더란네. 쌂아 가지고 마, 귀찮해서 쌂아 가지고 울타리에다 퍼 들내삐
놓은께 울타리에도 막- 주렁주렁 붙었고 허허허허.

(청중 1 : 참 뭐이, 이약은 거짓말이라 쿠더니…….)

(청중 2 : 아이구! 이약은 하낱도 옳은 소리 아니다.)

그거는 녹음에 뺐비라. 그거는 내가 이시개(우스개) 헐라꼬 했제.

바닷돌을 날려 쌓은 설천면의 대국산성

자료코드 : 04_04_FOT_20110124_PKS_JSB_0001

조사장소 : 경상남도 남해군 설천면 진목리 진목마을 정수범 씨 댁

조사일시 : 2011.1.24

조 사 자 : 박경수, 류경자, 정혜란, 강아영

제 보 자 : 정수범, 남, 80세

구연상황 : 진목마을에 있는 대국산성 전설을 듣기 위해 제보자와 미리 약속을 하고 제
보자의 집으로 찾아갔다. 대국산성 전설을 들으러 왔다고 하면서 찾아온 취지
를 밝히자 제보자가 기꺼이 이야기를 해 주었다.

줄 거 리 : 설천면 진목리 뒷산에 있는 대국산성의 전설은 여러 가지로 전하기 때문에
어느 것이 정설인지 모른다. 전해 내려오는 전설에 의하면, 옛날에 천 장군이
라는 장군이 궁녀 네 사람을 데리고 이곳에 왔다. 그런데 그 궁녀와 내기를
했는데, 궁녀는 두루마기를 짓고 천 장군은 성을 쌓는 것이었다. 천 장군은
술수로 바다의 돌들을 끌어와서 성을 쌓았다. 경합에서 두루마기를 지은 궁녀
가 이겼으나 동정을 빠뜨리는 바람에 천 장군이 이겼다. 천 장군이 바닷돌을
끌어올려 성을 쌓았기 때문에 지금도 성의 돌에는 굴 껍데기가 붙어있다.

대국산성 전설에 대해서는 여러 가지로 흘러 내려오기 때문에 어떤 기 정설인지를 제가 추측조차 못하겠어. 못하는데 전해 오는 말이 많거덩.

몇 천 년 전의 일이기 때문에 도대체 대국산성이 언제부터 대국산성이 냐는 것도 지금 내 자신도 정확하게 알 수가 없고, 또 인자 도(道)에서 경 남도문화재라는 기 있어. 문화재 뭐 관리 위원인가 있어 가지고 요 학교에 서, 진목학교 교정에다가 그 이름이 콘센트인가? 뭐이고? 그 양옥집 있제? 저 하꼬방 겉이 지어 놓는 거 콘센트인가 뭐인가? 콘센트라 쿠나? 뭐.

(조사자 : 아! 컨테이너.)

박스 겉이 해 가지고 그런 게 있다. 그걸 네 채로 지어 놓고, 무려 그 사 람들이 한 6개월 정도 여기 상주를 허면서 대국산성 나머지 공사를 했어. 그래도 지금꺼장 완성된 게 아니고, 공정이 한 팔십 프로쯤 됐는가를 생각 하고 있어.

근데 저기 그 사람들이 하는 말은, 음— 백제가 신라로 쳐들어가는데, 그 신라 쳐들어오는 그래서 신라 측에서 방어선으로 구축된 것이다. 그때는 백제도 힘이 셌거덩. 백제가 신라를 쳐들어오기 때문에 그걸 방어하기 위 해서 방어선이었다. 이런 말을 허고……

인자 그 말을 거슬러 올라가서는 어떤 전설이 내려오느냐 허몬, 대국산 성에는 천 장군이란 장군이 있어 가지고, 그 사람이, 그 천 장군이 그 궁녀 를 한 네 사람인가 데리고 왔어. 데려와서 사는데, 그래 그 궁녀하고 내기 를 헌 기라.

"니가, 너는 내 두루마기를 만들어 놔라. 내 두루마기를 만드는 동안에 내는 바다에서 돌을 갖다가 성을 쌓는다."

그랬더니 그래 인자 그 내기를 헌 기제. 해 가지고 두루마기 쌓은(만든) 사람이 동전을(동정을) 못 달았는 기라. 다 말이 그렇다 이기, 허는 말 이……. 다른 데는 다 됐는데, 동전 이걸 못 달았는데 이 사람은 성을 다 쌓았다(쌓았다). 성을 쌓았는데 우떻게 했냐 허몬, 돌을 쌓아 가지고 그때는 칼로 가지고 빗다(베었다). 그 칼도 또 대칼이라. 그런데 대칼로 가이(가지고) 짝- 빗다.

그런데 그 성 성축허는 기술이, 아! 대단해. 아무튼 우리가 감탄할 만한 기라. 이 보통 뭐 돌로 쪼깨 올라가는 거 겉으몬 여기로 보몬 매끗허지만도, 이 성은 옆으로 보몬 옆으로도 줄이 졸- 맞아. 또 바로 보몬 바로, 이 직선으로 바로도 줄이 맞고, 또 옆으로 보몬 옆으로도 줄이 또 맞아. 근데 그만큼 그 저, 성축술이 뛰어났던 모냥이라. 그래서 과연 그 참 대로 가이, 칼로 가이 잘라 버렸다 쿠는 말은 나올 만해. 매끗허거덩. 근데 인자는 오래되니까 자꾸 자꾸 무너졌어. 무너져 가지고 내가 오십삼 년을 애를 태왔어.

그 성을 복구헐 끼라고, 그 관계 국회, 저 장치경이라는 사람이, 창선사람이 군수허던 시절에 군수, 국회의원 맹석(모두) 다 나오몬 내 이야기를 듣고, 면장 정도는 말할 것도 없고. 그래 인자 그 현지에 국회의원하고, 국회의원 신동관이 허고, 군수 장치경이 허고, 그 군수 도지사 저저 뭐이고? 국회의원을 현장에 초청을 해 가지고 개발을 하는데,

"힘 써 주시오"

그랬더니 신동관이 국회의원이란 사람은, 그 당시 공화당 국회의원인데, 그 사람은 경기도에도 공화당 산이 있어 가지고, 길을 내자 해 가지고 망했다는 기라. 그 인자 그 도벌꾼이 막 올라와서 망했다는 뜻인데, 그거는 아주 그 앳땐 얘기고

(조사자 : 그런데 그 천 장군은 어디서 온 사람입니까?)

그 인자 천 장군이 성을 쌓았다 쿠는디, 근데 천 장군을 찾아서 내가 사천꺼지 갔어. 가도 천 장군의 흔적을 찾아볼 수가 없어.

'갑자기 어디서 천 장군이냐? 그러면 결국 당시 중국에서 들어온 사람은 아니냐?'

그때는 뭐, 당나라 명나라가 지배할 때니까, 그런 사람이 아니냐 싶어도

그거는 정확하게 찾지 못허고……

(조사자 : 그런데 돌은 어디서 가져오셨습니까?)

돌? 문제가 돌이제. 돌을 바다에서 끄어 올리갔다. 그런데 그기 인정될 만헌 말은 지금도 성 쌓아 놓은데 가몬 꿀쩍에(굴 껍데기에) 붙어 있어. 돌에 꿀쩍이. 돌에 꿀쩍이 붙어 있고 성이 무너진 그 맨 밑에 가몬 꿀(굴) 껍디기가 있어. 아! 저 꼬막, 꼬막 껍디기. 꼬막도 이만헌 거 세꼬막이라 쿠나? 그거 껍데기라. 많이 있어.

첫 번에 많이 없을 때는 아! 내가 보켓도(호주머니에) 옇어 와서 집에 갖다 놓기도 허고, 학교에 주기도 허고 그랬는데, 아! 이거 많으니까 에! 그만 갖다 놓기가 싫어. 그만 입구에 들어가게 되몬 기와가, 지금도 기와가 많이 있다. 기와가 많이 있는데, 그거는 무슨 기와냐 허몬은, 들어가는데 정문에, 이 저 정문을 표시하기 위해서 건물이 그런 기 있던 모양이라. 그런디 그기 쓰러졌어. 그냥 그대로 바싹 쓰러졌거덩. 그래 막 기와가 많이 나오는 기라. 지금도. 그런 기 있고

또 인자 거슬러 올라가몬 돌에 꿀 껍디기가 붙었는데, 그때 사람이 많이 살았다고 허자. 힘이 좋았다 허자. 해도 꿀(굴) 저 저, 돌덩이에 꿀쩍 붙은 그걸 바다에서 언제 업어 올리겠느냐?

남해에 지금 살고 있는, 아! 죽었다. 정태영이고, 지금 저 진목에 정검사, 옛날에 정종섭이라고 쿠는, 동주대학 총장인가 뭐 허는 아! 이사장 허는 사람, 그 사람이 요요 학교 옆에 살거덩. 내 집안사람인데……. 그 사람, 검사하는 그 사람이 검사를 허다가 이 학교 가서 학교 설립해서, 대학총장을 허고 있어.

그런데 그 사람 저거 4대조 할배, 증조부제. 증조부가 남치에, 저 덕신 갔다 오는데, 덕신재로 넘어서 인자, 그때는 그기 용강 뒤이제. 뒤로 넘어서 오는데, 아이! 그 남치 잿등이라는 기 그때만 해도 솔도 없고 그랬다. 그때는 내가 알기로는……. 근데 거기서 괴로워서 낮잠을 잤어. 그 낮잠을

자니까 아이! 하얀 백발노인이 나타나서,

"내가 지금 집이 없어서, 집이 없어서 혼자 괴로움을 당하고 있다. 그런 께서 너가 집을 맨들어줄 수 없느냐?"

허는 걸 얘기했던 모양이제. 그런께 깨 본께 꿈이거덩.

'어이크!' 싶어 가지고, 당장 가 가지고, 뭐 가지고 있는 거는 제 옷을 자기, 영감 옷을 벗어 가지고 것다 인자 벗어 놓고, 것다 인자 당사(堂舍)로 만들았어. 무당들 집같이 그리…… 저 집도 쪼끄만 허다. 이만헌 집인데 것다 저 초가집을 가 있더가 나중에 인자, 이거는 기와니까 얼마 안 됐제.

한 60년 전 될까? 그때 인자 기와로, 이 집 짓고 남은 기와를 가지고 올라가서 기와로 대체를 했어. 그래 그때 이 나무로 깎아 가지고 키가 이만 허다. 이만한 저 천 장군 그걸 표시해 놓은 그 나무로, 나무로 가지고 사람을 만들었어.

(조사자 : 목상.)

목상을 맨들었어. 만들어 세워 놓고, 인제 우리가 어릴 때 소를 잊어버리몬, 소 먹이로 가서 소를 잊어버리몬 그 가서 절을 허몬 인자 소를 찾는다 이기거덩. 그런께 뭐 소 찾을 목적으로 가서, 어른들이 그리 허니까 그기 뭐 맞는가 세고(생각하고) 그만 우리는 아들이니까(아이들이니까) 따라허는 기지 뭐.

그랬는데 그걸 보존을 허고 있었지. 있었는데 비란에 여게 정신병자가 하나 있었어. 그리 그 사람을 가 가지고, 인자 그걸 꺼내, 목상 맨들아 놓은 그걸 꺼내 불에 태와 빘는 기라. 이렇게 큰 걸 우찌 태왔는고? 반 이상 타졌어. 그래 불을 태와 버렸어. 그리 지금은 흔적을 찾아볼 수 없고……

지금 복원을 하면서, 그 대국산 복원을 하면서, 그것도 옇어라 그랬는데 그거는 옇어 놨어. 그대로. 옇었는데 그 건물 크기나 이런 거는 말을 안 해도……. 인자 그 대국산 안에 똑 들어가몬 참 이상하게, 이상한 게 아니제.

폭이 한 1메타, 1메타 반, 한 2메타 가까이 되는데 그 땅 밑에, 깊이 한 5 메터, 5메타 되제. 5메타 깊이에 파몬, 그 참 당시에 할매들이 이상하제? 고생했제. 질을(진흙을) 가지고 인자 물을 가둘라니까, 이 저 웅덩이를 파 가지고 가(邊)로 뺑돌리 질을 가지고 딱 발라야 물이 안 새거덩. 그리,

(조사자 : 진흙을 예?)

진흙을 가 해 났어. 해 났는데, 아! 그 참, 그럴 때 질이 어디 있단 말이 고? 옆에 진목도 질이 없어. 없는데 그 질을 전라도에서 가져 왔느냐? 하 동에서 가져왔느냐가 문제인 기라. 그래 가지고 그 질을 떼 가지고 입에 씹어 보몬 모래가 하나도 없어. 그 저 질을 허몬 질 안에 모래도 있을 거 아이라? 모래가 없어. 그런 좋은 질로 가지고 물탱크를 만들었어.

그리 인자 비가 오게 되몬 물을 갇아 가지고 거기서 밥을 해 묵고 살 거 아이라? 인자 밑에는 적(敵)이 있으니까. 그리 했던 건데, 그 지금 공사로 묻어 놨어. 다부(도로) 묻어 놨어. 아이! 내가,

"아니, 이걸 다음에 와서 몇 십 년이 돼서 찾을라몬 어데매(어디쯤)인지 를 모를 긴데, 묻어 버리몬 뭐 어쩌겠단 말이야?"

"표시를 해 주겄다."

이기라. 것다가(거기에다가). 그래서 해 놓고 갔는데 그게 그런 기 매설 돼가 있고. 저쪽으로 가면 병사가 있어. 저 남치 쪽으로. 고현 쪽으로 가지. 고현 쪽으로 가면 병사가 있어 가지고 인자 그기 망수대(望守臺), 보고 인 자 이 적 들어오는 걸 보고 보는 게 그기 있어. 그기 뭐 대국산에는 그런 정도고……

왜구가 갇힌 고현면의 가칭곡(假稱谷)

자료코드 : 04_04_FOT_20110124_PKS_JSB_0002

조사장소 : 경상남도 남해군 설천면 진목리 진목마을 정수범 씨 댁
조사일시 : 2011.1.24
조 사 자 : 박경수, 류경자, 정혜란, 강아영
제 보 자 : 정수범, 남, 80세
구연상황 : 대국산성 전설을 듣고 난 후, 조사자가 혹시 인근에 있는 가칭곡 전설에 대해
          들어 봤느냐고 물었다. 그러자 제보자가 알고 있다고 하면서 이 이야기를 해
          주었다.
줄 거 리 : 옛날 남해군은 왜구들의 침범이 잦았다. 한번은 왜구들이 남해를 침범하기 위
          해 중으로 가장시킨 척후병을 보냈다. 그것을 눈치 챈 한 사람이 중이 잠든
          사이 중이 가지고 있던 지도의 고개에다 파란색 칠을 해 바다처럼 보이게 했
          다. 왜구들이 싸우다가 도망을 치게 되었는데 파란 칠한 곳을 바다로 알고 밀
          고 들어왔다. 그래서 그곳에서 왜구를 섬멸할 수 있었다. 왜구를 섬멸시킨 곳
          을 가짜로 바다로 칭했다고 해서 가칭곡(假稱谷)이라고 부른다.

  가칭곡129)이 우째서 가칭이냐 쿠모는(하면), 애놈들이(왜놈들이) 그때 임
진왜란 전에도 그렇고, 임진왜란 후에도 우리 조선을 막- 침범을 해 들왔
거덩. 들어오니까 우리 조선에서는 딱 재우는(겨워하는) 기라. 이순신 장군
도 나기 전이거덩.

  그리 인자 들오니까, 아! 그때는 우리 진목이, 아! 남해가 쑥밭이 됐어.
와 그렇냐 허몬 저 놈의 새끼, 여자들이 여름에 콩 밭에, 삼베옷 입고 밭을
메몬, 저 놈들이 들와서 강탈을 허는 기라. 능욕을 해. 아이! 저놈우 자슥
들, 빤스가 아니고 푼도시라 쿠는 걸 아는가 모리겠다. 푼도시라는 게 있
다. 그걸 치고 와서 인자 그 밭에서 능욕을 허는 기지. 그 강탈을 허는 기
지. 그러니까 심지어 악평을 허는 사람은 큰 아들은 요 조선 사람이고, 둘
째 아들은 애놈 종자다. 그런 말을 허거덩. 그 임신 가능헐 때 큰 아들 낳
아 놨는데, 젊은 여자로 강탈을 했으니까 그런 혹평도 받을 만하제. 그런
데 그거는 스스로 참 서러운 일이고……

  그래 거게(거기에) 가칭곡에 인자, 그런데 애놈들이 노량으로 쳐들어 왔

---
129) '가칭곡'은 '고현면 오곡리'에서 '도마리 성산'으로 넘어가는 고개이다.

어. 처들어 왔는데 노량에서 관당[130]으로 저리 빠질라니까 그 똑 지도로 봐도 터진 거 걷거덩.

터진데 싹, 한 사람이 저 꿈을 꾼께, 있으니까 절에 중이, 중이 왔더라는 기야. 중이 와서 그 지리로 묻고 그래서 가르쳐 줬는데, 나중 보니까 절에 중이 아니고 애놈이 가장(假裝)을 해 가지고 왔어. 중으로…… 가장을 해 가지고 남해로 칠라고 들어왔는데, 그리 그걸 딱 본께 지도가 들었더란다. 옴서로(오면서) 그놈들이 지도로 가지고 왔는데, 지도가 들었는데 이 사람이 것다가(거기에다가) 파란 칠을 해 삐렀어. 여 딱 바다가 터진 거 같거덩. 그 뭐 누가 봐도 그러니까, 그러니까 파란 칠을 해 삤다. 이놈은 인자 자는 기제.

것다(거기에다) 져도록 해 놓은께 바다가 터졌거덩. 터져서 요리 들어가 저거가 쫓기가몬 되겠거덩. 그런데 인자 지도 그 헌거 보고 밀고 들어왔다가 개똥도, 앞으로 갈 수 있나? 인자 없거덩. 그래서 애놈 전체로 그 소멸했다. 소멸해서 섬멸을 시겼다. 그런 말이 있는데, 그래서 이 이름이 '가칭'이다. 가칭. 이름을 그때부터 가칭이라 지었어. 가짜로 불렀다. 가짜로…… 그래서 가칭(假稱)이다. 그래서 지금도 뭐, 계속 가칭, 가칭이라고 돼가 있어. 행정상으로도 그렇고, 지내가는 사람도 그렇고 뭐, 가칭이라고 돼가 있어.

(조사자 : 그때 처들어왔을 때는 누구하고 싸움이었습니까?)

처들어왔을 때는 그, 그때 처들어왔을 때는 어떤 장군허고 싸웠냐 허몬, 이순신 장군 앞에 정철이, 정 정, 정철이, 저 여 저, 탑동 가몬 대사 가몬 대사 그 탑이 있어. 그 탑에 보몬 장군이 이름이 있어. 그 사람이 전라도 사람인데 정가다.[131] 그 사람, 그 장군이 있을 때……

---

130) 가칭곡의 서북쪽에 있는 자연마을 이름이다.
131) '정지장군'을 말한다. '정지석탑'은 '고현면 대사리 탑동마을'에 세워져 있는데, 고려 말(우왕 9년) 해도원수 정지장군이 남해의 관음포 앞바다에서 왜구를 크게 무찔러

저 이순신 장군은 그 영감 후배거덩. 저 뒤거덩. 그런데 이순신 장군은 전법도 그렇거니와 사람이 나(뛰어나) 놓은께서 인자 뒤에 막 따랐는데, 정 장군 이 사람은 마, 정 뭐이고? 외와가 있었는데.

(조사자 : 거기 가서 보겠습니다.)

하아. 그 장군 있을 때야. 있을 때 애놈이 밀고 들어온 기지. 또 그것도 그렇고, 이순신 장군 때도 몇 번 들어왔거덩.

그럴 때 인자 거게서 일망타진 헌 기야. 거서(거기서). 그래서 지금도 가칭, 가칭곡이다. 가짜로 불렀다. 부를 칭자 아이가? 가짜로 불렀다. 그 가칭이야. 그 가칭곡에는 그렇고······.

여자들을 바람나게 만드는 금음산의 송곳바위

자료코드 : 04_04_FOT_20110124_PKS_JSB_0003
조사장소 : 경상남도 남해군 설천면 진목리 진목마을 정수범 씨 댁
조사일시 : 2011.1.24
조 사 자 : 박경수, 류경자, 정혜란, 강아영
제 보 자 : 정수범, 남, 80세
구연상황 : 가칭곡에 대한 전설 구연이 끝난 뒤 인근에 또 다른 전설이 없느냐고 물었다. 그랬더니 좀 색다른 전설이 있다고 하면서 이 이야기를 들려주었다.
줄 거 리 : 설천면 금음리의 뒷산인 금음산에는 뾰족한 바위가 서 있었다. 인근 마을에서는 이 바위를 송곳바위라고 불렀다. 그런데 송곳바위가 마주 보이는 창선의 여자들이 바람이 났다. 창선에서는 그 바위가 남자의 성기처럼 생겼기 때문이라고 생각했다. 그래서 창선의 남자들이 와서 그 바위를 깨뜨려 버렸다. 그 결과 지금은 바위의 밑동만 남아 있다.

어업생활을 하던 사람들은 막 구신(귀신)처럼 말해 다······. 사실은 또 그렇게 헐 만해. 바다가몬 불이 나거덩. 내도 그 불을 여러 번 당했다. 봤

남해를 구하였다고 해서 지역민들이 정성을 모아 세운 것이다.

어. 당했는데, 그러니까 인자 그런 미신적인 관념을 다른 데보다 더 앞서 많이 믿기 돼가 있어. 그거는.

그리 인자 그그 좆바위라는 게 있고, 여게도……. 그 새끼들이 참 다, 얼마 안 됐다. 한 20년 됐는가? 아! 내도 몰랐어. 언제 저거가 이랬는가 몰랐어. 바위가 쪼삣헌데(뾰족한데), 이기 쪼삣해여. 쪼삣헌데, 그렇게 창선 저기서 보몬 딱 남자 성기(性器)겉이 보이는 기라.

"그러니까 동네 여자가, 젊은 여자가 바람이 난다."

그래 가이 깨 버렸다 캐. 내도 모르게, 우리 동네 사람도 모리게 살짝 와서 깼는데, 그걸 깨라 캐도 깽이로(괭이를) 갖고 깨나? 그걸 구멍을 뚫어 가이 공사로 해가(해서) 깨야 되긴데, 그런데 깨 넝걸터리(넘어뜨려) 버렸어. 그래도 밑줄거리야(밑동이야) 있제. 지금도……. 줄거리야 있지마는 지금은 막 솔이 꽉 차서 올라가 보지도 못허고, 꼭 가볼라 쿠몬 돼. 저 대국산으로 올라가는 길이 개통이 됐으니까 되지만도, 그거 하나 찾기 위해서 것(거기)꺼지 갈 기 있나?

그리 우(위)에 빈대절터라는 기 있어. 빈대절. 그 송곳바위, 그 좆바위라 샀는 그거 우에 빈대절터가 있는데, 거기는 절이 있었어. 금음산으로 넘어가는 저 노변에, 길가에 절이 있었는데, 그놈우 절이 빈대에 망했는 기라. 온 천지, 절 천지에 빈대가 들어온께서, 빈대에 못 이기서 결국 절이 망했어. 그래서 빈대절터라 허는 기 있거마는.

그 가몬 이상허다. 빈대절터 있는데 밑에, 물이 쪼매 나거마는. 나는데 거기 고기가 있는 기라. 그 고기가 어떤 고기냐 허몬 송사리 뭐, 이런 기라. 미꾸라지도 있고 그기 우째서 나느냐 허몬 쏘나기가(소나기가) 왁— 오몬 미꾸라지가 타고 올라가거덩. 올라가서 떨어진 모냥이제. 그기 공교롭게도 거기 들어갔는 기라. 그 나무허로 간 놈들이,

"어! 여 산중인데, 여기 고기가 있다."

허고 그 고기로 잡아 가이 왔어.

(조사자 : 그러면 그 송곳바위가 있는 위치는 어딥니까?)

위치? 대국산에서 금음산으로 올라가는, 요쪽으로 보몬 대국산성이고, 저쪽으로 가몬 금음산이거덩. 금음산이라는 기, 그 쇠음산이라 그런다. '금음'이니까 쇠 금(金)자, 소리 음(音)자 써서 금음산(金音山)인데, 맹 쇠소리 산이나 쇠음산이나 한 가지거덩. 그래서 일명 여기서는 쇠음산이라고 그래. 할배들은 셰음산이라고 그래. 셰음산. 원래는 쇠음산인데, 할배들이 그만 셰음산이라고 그래.

그리 쇠음산에 올라가는데, 길에서 한 100m 산으로 올라갔지. 올라가면 인자 그 아까 그 송곳바위라 쿠는 그기 있어. 우리는 여기서 송곳바위라 쿠는디, 창선 저 놈들은 그걸 갖다 좆바위라꼬, 과부 바람난다고 그래 가지고 깨 없앴는데……

그 우에 쪼끔 올라가몬 거게서 한 100m 더 인자 늦인목이라 쿠는 기 있어. 금음으로 가는 쪽이제. 가게 되면 아까 말했던 그 빈대절터가 있어. 지금은 형국이 우찌 됐는지 모리겠어. 내 얘기는 벌써 그 가본 지가 30년 40년 됐거덩. 내는 눈으로 직접 확인헌 거니까. 그런 정도고

모든 책임은 원수(元首)에게 있다

자료코드 : 04_04_FOT_20110124_PKS_JSB_0004
조사장소 : 경상남도 남해군 설천면 진목리 진목마을 정수범 씨 댁
조사일시 : 2011.1.24
조 사 자 : 박경수, 류경자, 정혜란, 강아영
제 보 자 : 정수범, 남, 80세
구연상황 : 제보자가 인근 지역의 전설에 대해 여러 가지를 들려주었다. 조사자가 또 다른 전설을 알고 있으면 마저 들려달라고 했다. 그러자 제보자가 고담(古談)을 알고 있다고 하면서 이 이야기를 꺼냈다.
줄 거 리 : 옛날 어느 절에 상좌가 시중드는 아이 한명을 데리고 있었다. 그런데 시중드

는 아이가 보니 상좌가 늘 무언가를 먹고는 입맛을 다시는 것이었다. 그래서 먹는 것이 무엇이냐고 물었더니 아이들이 먹으면 죽는 것이라고 했다. 그러던 어느 날, 상좌가 시주를 나간 사이 아이가 숨겨둔 것을 꺼내 먹었는데 꿀이었다. 꿀을 먹고 취한 아이는 밥도 하지 않은 채 드러누워 있었다. 상좌가 와서는 꿀단지를 찾았는데 없었다. 아이에게 물었더니 선생님의 벼루를 깨뜨려서 죽으려고 그것을 먹었다고 했다. 그랬더니 상좌가 모든 책임은 자기에게 있다고 했다.

책재원수(責在元首)는 모든 책임은 원수한테 있다. 높은 사람한테 있다 그 말 인데, 책재원수는…… 그러니까 그 절에 중이 있었는데, 중을 시중 허는 젊은 심부름꾼이 있었어. 그런데 심부름 허는 사람이 가만 본께서 저 상좌, 절에 상좌라는 사람은 뭘 지(자기) 혼자서 입에 딱 넣고 입을 짝짝 다시고, 참 맛있어 보이는 기라. 뭘 먹었는지는 몰라도 입 다시샀는 기…… 그래,

"선생님 그기 뭡니까?" 헌께서,

"응. 너거가 묵으몬(먹으면) 죽는 기다. 너거는 못 묵는다. 너거가 묵으몬 죽는다."

그랬단 말이야. 그래 요놈이 나이가 어려도 지능은 있었는 기라.

'아, 저 선생님이 거짓말 하는구나. 우째 당신이 묵으몬 안 죽고 내가 묵으몬 죽는단 말이고?……' 그래서,

'에이! 모르겠다. 그만.'

하루는 그 선생이 밖에 나가서 인자 시주 얻으러 간 사이에, 요놈이 인자 그 저 우에(위에) 그 벽장 안에 있는 걸 꺼내 가지고 마, 단지로 그만 단지 채 묵었는 기제. 나중에 그만 어릴 거 아니가? 인자 꿀이었어. 꿀, 꿀인데 그걸 다 쟈가(저 아이가) 묵었다. 그래 놓고 인자 요놈이 인자 드러누웠는 기제. 밤이 돼도 인자 밥도 안 허고 드러누워 있인께 선생이 오는 기라. 와 가지고 너 저, 한참 보더니 지가 먹어야 되끼거덩. 선생이 묵어야 될긴데 그걸 찾으니까 없거덩. 그리,

"여기 있는 저, 단지 우쨌느냐?" 헌께서,

"아이구! 선생님 내가 죽을죄를 지어서 죽을라고, 그 선생님 벼루로 가이(가지고) 가서, 씻을라고 가지 갔다가 벼루로 떨차서(떨어뜨려서) 깨비렀는데, 내가 사줄 돈도 없고 구할 길도 없고, 그래서 마 도리가 없이 죽을라고 각오를 허고, 선생님이 묵으몬 죽는다 쿠는 그걸 묵었십니다(먹었습니다). 묵었십니다."

그래 놓은께서, 그 선생이 그리 캐놔 놓으니, 이놈우,

"야이 자슥아, 내가 언제 그런 말을 허더냐?" 말도 못 허고,

'아하! 그기 내한테 돌아오는구나.'

그래서 인자 그 제자를 꾸짖지 못했다. 그런 경우를 보면은 책재원수다. 잘못헌 거는 원수(元首)에게, 책임은 내한테 있다 그기제. 그기 책재원수라.

엉터리 축문으로 지내는 제사

자료코드 : 04_04_FOT_20110124_PKS_JSB_0005
조사장소 : 경상남도 남해군 설천면 진목리 진목마을 정수범 씨 댁
조사일시 : 2011.1.24
조 사 자 : 박경수, 류경자, 정혜란, 강아영
제 보 자 : 정수범, 남, 80세
구연상황 : 조사자가 앞서 이야기한 '책재원수(責在元首)' 고담이 아주 재미있다고 하면서, 혹시 또 다른 이야기는 없느냐고 물었다. 그랬더니 고담은 많이 알지 못한다고 하면서 이 이야기를 해 주었다.
줄 거 리 : 옛날에 세 친구가 순번을 정해 걸식을 해서 먹고 지냈다. 한 친구가 걸식하던 중 날이 저물어 한 집에 들어갔다. 그런데 들어간 집이 그날 저녁에 제사였다. 주인이 축문 쓰는 사람이 출타하고 없어 제사를 못 지낸다고 하면서 그에게 축문을 부탁했다. 그런데 그 사람은 축문을 쓸 줄 몰랐다. 하지만 못한다는 소리를 못해 '천리타향(千里他鄉) 만리풍파(萬里風波)'라는 엉터리 축문을 써줬다. 음식을 잘 얻어먹고 다음날 아침 축문을 쓰는 사람이 왔다. 그 사람은 들통이 날까봐 떨고 있는데, 축문을 보이자 원서(原書)로 잘 썼다고 칭찬

을 했다. 알고 보니 이 축문 쓰는 사람은 언문밖에 몰랐다. 주인은 축문이 언문인지 한문인지도 모르고 제사를 지내왔던 것이다.

사람은 알아야 되는데, 우스운 이야기제. 알아야 되는데…….

친구 세 놈이, 친구 셋이서 저거 집을 떠나서 인자 걸식허로 나왔는데, 얻어묵으로 나왔는데, 인자 하룻밤은,

"한 끼는 니가 가고, 또 한 끼는 니가 가거라."

그래 분담을 해서 인자 얻어가 오는 대로 밥을 묵고 사는데, 그래 하루는 한번 그 저 사람이 인적이 드문 데 갔어. 가니까 인구는 사람이 한 다섯 집뿐이 안 사는데, 그리 가서 인자,

"이 집이 좀 하룻밤 쉬어 갑시다."

험성, 옛날에는 집에 들어오는, 얻어묵으로 오는 사람 막 참 괄세 안허고 주고 그랬거덩. 재와주고 그리……. 그리,

"잡시다." 헌께,

"자라."

그래. 저 머릿방에, 머릿방이라고 갓방[132]이제.

"머릿방에 자라."

그러는데, 자고 있는데, 그날 저녁에 그 주인이, 집 주인이 와서, 아이! 저, 옷은 본께 그런대로 입었어. 그러니까,

'옷차림 해 가지고 있는 걸 보니까 이런 정도는 알겠다.'

세고(생각하고) 인자,

"아, 그 우리가 오늘저녁이 제산데, 제산데 축(祝)을 쓰는 선생님이 어디 가고 안 들어왔는데, 축 쓸 사람이 없어서 제사를 못 지낸다."

이러거덩. 그리 인자 붓 허고 가져와서 축을 써주라 쿤다. 써주라 캐서,

"어! 내 그런 거 헐(할) 줄 모른다."

---

132) '갓방'은 집 본채의 가장자리에 위치한 작은 방을 말한다.

그 말을 자존심에 못 허고, 그리 인자 축을 썼어. 축을 뭐라고 썼느냐 하면,

"천리타향(千里他鄕) 만리풍파(萬里風波)라."

그리 썼어. 축을⋯⋯. 개똥도! 그거는 축도 아니다 그거는. 아닌데 인자 제 즉흥적으로 나오는 감정을 쓴 기제. 그래 가지고 이 사람들이 제사를 지내는 기제. 그기 인자 축인지 알고⋯⋯. 저녁에 제사를 지내고 난께서, 아! 뒷날 아침에 그 외출했던 선생이라는 사람이 들어왔어. 인자 들어왔다 쿤께, 인자 이 사람은 간이 오마 조마 허는 기제. 지도(자기도) 쓰면서 축이 아닌 거를 알고 써준 기라. 써 줬는데 인자 진짜 선생이 왔다 쿤께 놀래 가지고,

'아! 이 참⋯⋯.'

막 그리 오돌오돌 허는 판인데, 그래 선생이 인자 와서 딱 인사를 해 보더니, 선생님한테 보였는 기라.

"어젯밤에 선생님 안 계셔서 저, 축문을,"

저 지나가는 나그네제.

"이 분한테 부탁해서 이 축문을 가지고 그 제사를 지냈십니다."

보이니까 선생이라는 사람이 내려다보더니,

"어, 원서(原書)로다가 잘 썼다."

원서, 이 사람은 한글뿐이 몰라여. 한문을 한 자도 모르는 사람이라. 선생이라는 사람이⋯⋯. 그러니까 제사 지내는 놈은 축문을 한글로, 그때는 언문이다 그제? 언문으로 써 줬어. 그런데 저, 저 사람이 아무것도 모린께 원문인지 한문인지도 모르는 기야.

그만 그기 축문인 줄 알고 제사 지내고 했는데, 그래 이 사람이 인자 한문을 가지고 엉터리 축문을 지어 줬는데 그걸 보더니 '원서로다가 잘 썼다' 쿠더라 캐. 한문을 원서라고 안 허나 그제? '원서로다가 잘 썼다.' 그리 인자 이기,

'살았다…….'

싶으제. 그래 뭐, 들어오는 음식 겉은 거 잘 먹고 잘 자고, 맹탕 거짓말 허고 들고 빠져 나왔어. 그러니까 사람은 알아야 돼. 모르면 그와 같은 흉악헌 일도 볼 수 있다. 그 사람은 알고, 알 거는 알고 배워야 된다.

사돈 대접 잘못했다가 낭패 본 사람

자료코드 : 04_04_FOT_20110125_PKS_JHS_0001
조사장소 : 경상남도 남해군 설천면 금음리 봉우마을 설천면종합복지회관
조사일시 : 2011.1.25
조 사 자 : 박경수, 류경자, 정혜란, 강아영
제 보 자 : 정흥섭, 남, 90세
구연상황 : 설천면종합복지회관에서 조사의 취지를 밝히고 판을 벌인 조사자 일행이 이야기를 좀 해 달라고 요청하자, 제보자가 제일 먼저 이야기를 시작했다. 매우 긴 내용의 이야기임에도 불구하고 끝까지 차분하고 알아듣기 쉽게 차근차근 잘 구연해 주었다.
줄 거 리 : 옛날에 산중사람과 섬사람이 사돈을 맺었다. 하루는 산중사돈이 딸네 집에 간다고 섬사돈 집을 찾아갔다. 칙사 대접을 받을 것이라고 생각한 산중사돈은 하루 종일 굶고 해질 무렵에야 도착했다. 섬사돈이 저녁은 어떻게 했느냐고 물었다. 체면 때문에 먹었다고 했더니 밥을 주지 않았다. 다음날 아침 나서려고 하는데, 섬사돈이 아침을 먹고 가라고 했다. 배는 고팠지만 또 체면 때문에 바쁜 일이 있어서 빨리 가야 한다고 했다. 그랬더니 섬사돈이 또 밥을 주지 않았다. 화가 난 산중사돈이 섬사돈을 골탕 먹이기 위해 꾀를 내어 산중으로 불러 올렸다. 섬사돈에게 덜 끓인 콩죽을 먹여 놓고는 호랑이가 온다고 하면서 문을 걸어 잠갔다. 섬사돈은 꼼짝도 못하고 입은 옷에 볼일을 보고 말았다. 그 바람에 끌고 갔던 소와 달구지를 버려두고 아침 일찍 도망을 쳤다.

육지, 육지란다. 저- 숨기(쉽게) 말하자몬 햄앵(함양) 산청.

(조사자 : 예.)

여 우리 경상도로 말하자면 햄앵 산청 산중이거덩. 산중. 또 해변가 사

람은 삼천포 오디(어디) 사천 근방 해변가 사람이라. 해변가 사람인디, 저 산중사돈의 딸이 해변가로 시집을 왔어. 응. 시집을 왔는디, 산중에 있는 사돈이 딸네 집에 와서, 딸네 집이 우찌 사는고 볼라고 살살 걸어온께, 햄 앵 산청이면은 삼천포까지 올라 쿠몬 그 하룻길이 넘네. 숩게 말하자 몬…….

그래서 그 길을 올라쿠니께, 할뭄이 아침에 밥을 잘해 줘 많이, 사발이 지마는 뚜덕뚜덕 누질라(눌러) 가지고 한 그륵, 배고플 끼라고 잔뜩 해서 믹이 놓고(먹여 놓고), 이래 가지고 인자 얼른 딸네 집에 댕기오라고 이리 가이 했다.

이리 간께 딸네 집에 참 뭐 점심도 안 사 먹고, 그럴 때 뭐인 돈이라도 별로 있나? 그래 가지고 삼천포로 내리와서 딸네 집에 온께, 다행히 해가 거심헌디(어둑한데) 도착을 했어. 도착을 했는디, 이 사돈이라 쿠는 기 이 저, 맞이허는 사돈이, 딸네 집 그 사돈이, 바깥사돈이, 아이! 오몬, 이 집에 오몬, 사돈네 집에 오몬 칙사 대접을 받을 줄 알았는데, 산중사돈이…….

아이! 배는 고파 죽겠는디, 점도록(하루 종일) 굶어가, 점도록 질을(길을) 걷고 배가 오죽 고플 것가? 그 뭐뭐, 누라도 뭐뭐 생각해 보나 안 하나 그거는 환허이 아는……. 그래 가지고 사돈네 집에 떡! 들어선께 바깥사돈이 허는 말이,

"아이구! 사돈 내리옵니까?"

그것꺼지는 인사가 좋아여. 아이구 그런데 허는 말이,

"아이! 사돈."

저녁때가 됐는데, 말허자몬,

"저녁 우쨌소?"

(청중들 : 웃음.)

당장 사돈 말이 그리 가거덩. 그런께, 아, 내가 저녁을, 명색이 사돈네 집인디, 점잖찮고로(점잖지 못하게) 안 먹었다고 헐 수도 없고,

"저녁 묵고 왔십니다."

묵었다 쿤다. 그런께 저거 며느리로 보고, 그 며느리가 그 영감, 걸어온 영감 딸이제. 며느리가.

"야야! 아무것아, 자- 우(위)에 사돈님이 내리오싰는디, 저녁도 들고 오싰단다."

고 이리사(이러고 있어).

"그런께 저녁 걱정은 헐 것도 없다."

이래 가지고 그만, 연중에(그런 중에) 그 집도 안방에 사랭이(사랑방이) 있었던가? 그럴 때는 엥간허몬(어지간하면) 살림이 사는 기 안방에 사랭이 있다. 안에 사랭이 있고, 안에는 쪼금 유식허고 점잖은 사람이 노는 사랭이고, 밖에 사랑은 여여 문턱이 있어야 되거마는. 요것과 같이로 요리가이 (이렇게 해서) 문이 있어야 되고.

밖에는 그만 보통 얘기하는 사람들 이런 사람들 담배나 마 노다지로 풋고, 이런 사람들 노는 자린디, 그래가 와서 아이! 점도록 거기서 앉어서 놀라 쿤께, 그만 배는 속에 쪼그랑 소리가 나제. 다 배고파 보몬 알지만은 배가 살 고프몬 배 속에서 쪼그랑 소리, 소리가 나네. 이 허허 다 젂어 봤는지는 모르지만은.

소리는 나샀제, 아이! 사돈은 그래도 사돈네 사랑 자랑을 허는가 몰라도 뭐 사람들 데리 놓고 별놈우 얘기로 허고……. 아이구! 저녁이나 얼른 한 숟가락 묵으몬 좋겠해 죽겠해도 망개(도대체) 그렇게 점잖은 자리에서 저녁을 주나? 저녁은 안 주고, 그 사랑에 놀러온 사람들 그만 밤늦도록꺼지 놀고 안 가는 기라. 새사돈이 왔다꼬 그 얘기 들을라고 안 가고 있제. 배는 고파 죽겄제. 쪼그랑 소리는 나제.

이래 가이 있는 찰나에, 그래 가이고 잠을 잤는가 우쨌는고……. 그래가 이고 저저 사돈이, 아침을 잡숫고 가라 캤는 모양이제. 그런께 사돈네 체면에,

"아이구! 내가 바뿐 일이 있어 가이(있어서) 갈란다."

꼬, 어띠기 속으로 괘씸헌지, 그리 가이고, 괘씸해 가이고 그만 올라갈라 꼬 헌께,

"야야! 사돈이."

며느리로 보고 허는 소리제.

"야야! 사돈이 올라와싰다가 그만 바뿐 일이 있어 가이 아침도 안 잡숫고 간단다. 아침헐 걱정도 없다."

이럼성(이러면서) 그만 또 굶기 보내네. '아이구! 이런 놈의 세상이 있나?' 오이(어디) 가서 뭘 사 묵자니 돈이 있나? 그런 데는 오이 저저저 주막이라고, 그럴 때 술집 이런 걸 갖다가 보통 주막집이라 캤어. 주막집이라 캤는데, 주막이 얼른 오이 있나? 배는 고파 죽겄제. 하루 점도록 어떻기 부애가(부화가) 나는지, '요놈우 사돈을 한번 내 집에 끄어올리기만 올리몬 내도 니 복수를 헐끼다!' 속으로, 내라도 안 그렇겄는가? 복수로 허끼다 세고(생각하고), '명색이 사돈인디 사람 대접을 이렇기 할 수 있나?' 그래 가지고 올라와서 저거 할뭄한테 그런 서러운 고문을 했다 헌께, 할뭄도 이해가 슬- 가거덩. 고개를 끄덕끄덕 헌단 말이라. '참, 그 말이 옳다.'

"이놈우 영감쟁이로 올라오몬 식겁을 믹이끼다."

"그런디 언제 온답니까?"

이런께,

"야이 사람아. 언제든가 올끼세."

이러 쿠고 있다. 그래가 오기 전에 이 사돈이 계획을 삼기로 우떻기 삼았냐 허몬은,

"할뭄."

"네."

"아무 연분에 사돈이 올 모양이니게, 그날 저녁에는 저녁을 허는데 죽을 쒀게. 죽을 쒀는데 우떻기 쒀냐 허면은 죽을 두 솥을 쒀게."

사돈을 많이 줄라고 두 솥을 쒸는 게 아니고, 한 솥은 좀 매(오래도록 푹) 끓이고, 한 솥은 살- 끓이가이 대(덜), 콩죽 대(덜) 끓이 놓으몬 얼쭈(거의) 묵도(먹지도) 못허네 그거. 다 묵어 봤는가 모르지만은. 허허허. 콩죽 대 끓이 놓으몬 못 묵네.

"그래 가지고 매 끓인 거는 내로 주고, 대 끓인 거는 사돈을 줘라."

그래 가지고 하내이(한 명이) 한 그륵썩, 대 끓인 놈은 콩이 퉁퉁 불어가지고 있는 걸 사돈을 한 그륵 주고, 매 끓인 거는 저거 영감을 줬단 말이라.

묵은께, 앞에 요쪽에 저저 거울이 하나 붙어가 있었던 모양이제. 그럴 때 뭐인 거울이 있었을까? 그거는 거짓말 같애여. 그런 때 그 옛날인디, 뭐인 거울이 큰 기 있었나? 그래 가이 거울이 붙어가 있는디, 그 문 앞에 비치는 걸 보니까, 아! 이놈우 사돈이 첫숟가락을 묵음성(먹으면서) 그만 쌍을 찡그림서로 못 묵을덧기 숟가락을 놓을상 싶우거덩. 그런게 그만 호통이 벼락, 벼락 치는 소리라.

"이 망헌놈우 할망구가, 나무를 해다가, 나무를 해다가 매 끓이라 캤는디, 이 죽을 좀 대 끓있고나!"

이럼서 뭐, 제 죽은 매 끓있는디, 묵음서 인자 사돈이 휏나(혹시나) 숟가락 놓을까 싶어서 호통을 침성 까딱허몬 저저저 죽 더리(덜) 묵다가는 사돈네끼리 싸움 붙겄거덩. 그래 가지고 숟가락을 놓을상 싶우몬,

"이년이 죽을 대 끓있다."

쿰성,

"사돈이 만약 숟가락을 놓으몬 직인다(죽인다)!"

쿰성 이를 떨떨 갈고 이러거덩. 그래가 사돈을 얼쭈 죽을 그 다 믹있어(먹였어). 다 믹이 가이고, 그래 가지고 제 죽은 다 묵고. 그 영감들 둘이서 죽을 한 그륵썩 다 묵었어. 저 사돈, 삼천포서 올라간 그 사돈 영감은 생죽을, 생콩죽을 다 묵었고. 이리 가이(이래 가지고) 저거 영감은 옳은 콩죽을……

저저 콩죽을 잘 끓이 놓으몬 맛있네. 그리 맛있는디, 다 묵었는디. 그리 가지고는 사돈이 허는 말이,

"요 사돈이 요만치 생죽을 묵었이몬 뭐인 일이 날 끼라."

고 일이 나는 거는 사실 아인가? [청중 웃음]

일 날끼몬, 가만히 들어 본께 배 속에서 뭔 노성벽락을(뇌성벽력을) 허는 소리가 나거덩. 그런께, 옛날에는 쇳통이(쇠자물통이) 있나? 문고리가 요리 있는디, 걸어 장는(걸어 잠그는) 기 숟가락 안 있는가베? 숟가락을 가지고 요리 딱 걸어 잠금성,

"아이구! 여거는 해가, 산그늘만 지몬 호랭이가 와서 전부 쇠도(소도) 다 물어 가고 뭐, 다 물어 가고 없다."

꼬 도저히 문을 잠가 놓고 문을 안 끼라 줄라 쿠네.

'아이! 이놈우 씨발놈우 거, 사돈이야 이렇든 저렇든 우선은 내가 볼일을 봐야 되겠는디⋯⋯.'

망개(도대체) 볼 수가 있나? 요 뭐뭐 문을 잠가 놓고 막 호랭이가 덤비서 꼼짝을 못 헌다 쿠네. 그런께 무섭아서 사실은 뭐, 볼 일을 못 봤이몬 못 봤제, 뭐 문을 못 열겄거덩. 어떠기 야단을 허는고⋯⋯.

그래 가지고 거서(거기서) 그만 형편을 못 이기는 형편을 당하고, 날이 샌께, 그래 가지고 날이 샌께 인자는 요놈우 사돈이 문고리로 살- 그 숟가락을 끼래 줬는가 우쨌고, 내 그거는 안 봤인께 모르지만은. [조사자들 웃음]

날이 샌께 뭣 달아나덧기 사돈이 오이(어디) 그만 간 곳이 없다. 그래 가지고 그 사돈이 어떠기 욕심이 많은 지, 그 삼천포서 내리와서 헌 얘기가, (앞서 산중사돈이 섬사돈 집에 왔을 때의 이야기 중 빠뜨린 부분을 추가해서 이야기하는 것이다.)

"사돈, 요런 데는 머심이(머슴이) 신을 삼아 신으몬 뭘 가 삼아 신십니까?"

이런께,

"여거는 전부,"

그때는 마, 옛날에는 전부 짚신 아인가배?

"짚신을 가이고(가지고), 짚을 가 삼아 신으몬 많이 신으몬 삼일 신고,"

짚신 그기 그리 빼이(밖에) 안 되네. 한 삼일 빼이 못 가네.

"삼일 신고 글 안허몬(그렇지 않으면) 그만 뭐 우쩌다가 사일도 가지만은 그거는 좀 애럽다."

꼬 이놈우 머심이 일을 안 해. 지 신 삼아 신을라네, 뭐 일헐 여가가 있나.

"그러몬 사돈은 거(거기) 가몬 뭘 가이(가지고) 삼아 신십니까?"

"아이구! 우리 집에 오몬 산중이 돼서 밭을 치몬(일구면) 나무뿌리가 많-이 나옵니다. 나무뿌리 가지고 삼아 신으몬 한 덜 두 덜은 보통이요, 한정 없이 신십니다. 굉장히 오래 갑니다."

그리 큰께 요놈우 사돈이 욕심이 많아 가이고, 그 사돈 저녁도 안 준 놈의 사돈이, 비면이(웬만히) 욕심이 많겠나? 그래 가이고,

"그러몬 사돈, 그 풀뿌리를 좀 구헐 수가 있십니까?"

"아이구! 오몬(오면)……."

사돈 끄어올릴라 쿠는 소리제.

"오몬 그기야 뭐 천집니다. 그만. 우리도 재 놓은 기 더리(더러) 있고."

이런께, 요놈우 사돈이 그때 올라갈 때 우찌 갔는고 소구루마를(소달구지를) 끗고 올라갔어. 욕심이 많아 가이고 많이 가이(가지고) 올라꼬.

(조사자 : 아, 많이 갖고 올라고)

응. 많이 가 올라고. 그리가이 소로 매 놓고, 죽을, 저녁을 얻어묵는디, 그놈우 생죽을 얻어묵었단 말이제. 그런께 뒷날 아침에 옴성(오면서) 그만 그리 가이고 굿을 당허고 있는디, 챙피스럽아 있을 수가 있나?

그래 가이고 그만 쇠고 뭐뭐 뭐이고 다 내삐리고 그만 해서 도망을 했다. 그래 가이 사돈이, 그 사돈이 사돈 대접 잘못 해 가이고 쇠 한 마리,

구루마 한 개 다 잃어삐리고, 다 잃어삐리고 제 중우다가(바지에다가) 뭔 일봐 가이고 영감 보고(혼이 나고), 망신당허고 그래 가이⋯⋯.

사람이라 쿠는 기 욕심이 너무 많아도 안 된다. 이기야. 가이방(적당히) 해야 되고, 우리 여거 있는 분들도 보몬, 그 있는 거 좀 씨고(쓰고), 서로가 욕심 너무 부리지 말라고⋯⋯. 욕심 너무, 과욕을 허몬 못씨는 기라. 하아(응). 그래서 내가 그런 얘기가 전에 오이(어디서) 들은 얘기제. 내가 보지는 안 했는데, 아마 그런상 싶어요.

고양이가 뛰어넘으면 일어서는 시체

자료코드 : 04_04_FOT_20110125_PKS_JHS_0002
조사장소 : 경상남도 남해군 설천면 금음리 봉우마을 설천면종합복지회관
조사일시 : 2011.1.25
조 사 자 : 박경수, 류경자, 정혜란, 강아영
제 보 자 : 정흥섭, 남, 90세
구연상황 : 앞의 '사돈 대접 잘못했다가 낭패 본 사람'이라는 긴 이야기를 하고 난 뒤 잠시 쉬었다. 쉬고 난 다음 조사자가 혹시 동물과 관련해서 재미나는 이야기를 들어본 적이 없냐고 물었다. 그랬더니 이야기라고 하기는 그렇지만 들은 적이 있다고 하면서 이 이야기를 했다.
줄 거 리 : 옛날에는 초상(初喪)이 나면 고양이부터 잡아서 가두었다. 고양이가 시체 든 관을 넘으면 시체가 일어서기 때문이었다. 그럴 때는 가운데 상주가 왼쪽 다리로 시체의 다리를 걸어 넘어뜨려야 넘어간다고 한다.

요새는 죽으몬 그만 저저저 영안으로(영안실로) 가고 그리 가지만, 전에는 전부 삼일장을 집에서 치거덩. 치몬 전 데는, 뭐 고영이도 그래도 귀치마는(귀하지만) 저- 사람이 죽으몬, 고영이부터 잡아 가두라 쿠네. 그걸 내는 모르지만은 그런 소리를 들었어. 고영이가 이런 관을 넘으몬 관이 꺼꾸로 서요.

(조사자 : 오호!)

아이! 실지 그래요. 고옝이부터 가두라꼬 이러거덩. 고옝이가 넘으몬, 그기 참말인가 거짓말인가 모르지만은, 그거는 내가 안 봤인께 모르지만은 하하하하.

그리 관이 거꾸로 서몬 그러몬, 숩기(쉽게) 말허자몬 가운데 상주가, 맏이는 아이고 끝도 아이고, 가운데 상주가 있다가 왼무지기로 옇어 가지고[133] 자빨트리야(자빠지게 해야) 자빠지제. 글 안허몬(그렇지 않으면) 안 자빠진단네. 옛날에는……. 그런께, 옛날 사람들은, 사람이 초상이 나몬,

"고옝이 잡아 가돠라!"

이런 전설이 있다꼬.

"고옝이보타(고양이부터) 잡아 가돠라!"

이런 전설이 있다꼬. 그런 기 참, 옛날에 참말인가 거짓말인가 모르지만은 그런 전설이 있다꼬 그리 음…….

고려장이 없어진 내력

자료코드 : 04_04_FOT_20110125_PKS_JHS_0003
조사장소 : 경상남도 남해군 설천면 금음리 봉우마을 설천면종합복지회관
조사일시 : 2011.1.25
조 사 자 : 박경수, 류경자, 정혜란, 강아영
제 보 자 : 정홍섭, 남, 90세
구연상황 : 제보자가 입담 있게 민담 구연을 잘하자 조사자가 이야기를 하나만 더 해 달라고 요청했다. 그러자 제보자가 이 이야기를 이어서 해 주었다.
줄 거 리 : 옛날에는 나이 70만 되면 자식들이 토굴을 파고 부모를 그 속에 넣어 버렸다. 그런데 한 재상이 국법을 어기고 자신의 어머니를 뒷방에다 몰래 숨겨 놓았다. 그러던 중 중국에서 우리나라에 문제를 보냈는데 재를 가지고 새끼 세 발

---

133) 일어선 시체의 다리에 가운데 상주의 왼쪽 다리를 건다는 말이다.

을 꼰 후 방석을 만들라는 것이었다. 문제를 풀지 못한 재상이 날마다 한숨을 쉬고 있었다. 그러자 어머니가 그 까닭을 물었다. 재상이 사실을 말하자 어머니가 새끼를 꼬아서 방석을 만든 후 태우라고 했다. 그래서 문제를 해결했다. 재상은 문제를 푼 것이 자신이 아니라 숨겨 둔 어머니라는 사실을 고백했다. 나라에서는 사람이 오래 살수록 지혜가 생긴다는 것을 알고 고려장을 폐지했다.

　옛날에 사램이, 요새 말허자몬 나(나이) 많은 사램이 많아 가지고 고래장을(고려장을) 했어. 고래장 있제?

　(조사자 : 예예.)

　고래장이, '인간칠십고래희(人間七十古來稀)'라고, 나이 칠십 묵으면 저거 아들네들이 법, 명(命)이 그런께, 아들네들이 잘- 한 상 채려 가지고, 토굴을 이리 파 놓고, 그 속에 적아부지로(자기 아버지를) 가라 쿰서(하면서) 그 들어가고, 아들들이 그 한 상 채려 놓은 그거 한 상 주몬 그때가 그만 끝이라. 그거 묵으몬 그만 끝이고.

　그런데 이 중간에 우리가 숨기(쉽게) 말허자몬 저 오이(어디) 논 언덕이나 밭 언덕이나 파몬 그 저저, 옛날에 그 사발, 저 밑구녕에(밑바닥에) 여거 저저 표적이 있고 허는 그런 사발이 나온다 쿠거덩. 그기 고래장 때, 저거 아부지 저 허는 거, 한 상 채리준 그 상이라. 음식 담아준 상이라. 그거 묵으몬 끝이라. 그만. 그 끝인데, 그리 가이고 그런 시대는 그렇고……

　그리 가이 한 재생이(재상이) 재생이, 요새는 장관이라 쿠지만은 그런 때는 그걸 전부다 장관들을 갖다가, 그럴 때는 정승이고 그런디, 그럴 때는 언천(워낙) 오래 돼 놓은께, 재생이라 쿠고, 재생들이라 캤거덩. 재생이라 캤는디, 한 재생이 숨게 말하자면 효자제. 그런께 저거 어머니로 고래장을 시킬 긴디, 법 몰래, 법은 고래장 시키라 쿠는 법인데, 법 몰래 그만 암암리로 저거 뒷방에다 싱카(숨겨)놓고 밥을 장(항상) 갖다 줌성(주면서), 법 몰래 갖다 줌성 갖다 주고, 갖다 주고 이리 참, 숨게 말허자몬 아-(아이) 키우듯기 적어무이로(자기 어머니를) 그리 모시고 사는데, 가만히 들은께, 저거 어무이가 들은께, 만날 저거 아들 재생이 한숨을 쉬고, 한숨을 쉬고 걱정을 태산 같이 허거덩.

'그런디 야가 보몬 내로 아마 국법을 애기 가이고(어겨서), 고래장을 안 시켜 놓은께, 국법을 애기 가이고 걱정이 돼서 이러는구나!' 싶어서,

"야야, 뭘 그리 걱정을 그리 허나? 내 때민에 내로,"

숨기 말허자몬,

"고래장을 시킬 긴디 고래장을 안 시키고, 내로 여기 싱카놔 두고 이기 걱정이 돼서 그러나? 똑떡이(똑똑히) 말을 해라."

숨기 말허자몬 요새 말로,

"그리 그만, 내가 그만 죽을란다."

이런 정도로 말을 했겄제. 그런께,

"아이고, 어머니 그게 아입니다(아닙니다)."

"그러몬 그기 아이면 뭣꼬?"

그런디, 중국서 그런 데는 중국은, 요새 미국 겉이 우리나라가 그때도 속국이 돼 있었던가 봐. 우리나라가. 중국은 큰 나라고 우리나라는 왕인데, 임금이라도 국왕, 여 겉으몬 그만 국무총리 대신허이(비슷하게) 그만, 우리나라가 그리 가이 있었던 모넹이제.

이리가 있었는데, 그리 가지고 그것도 아이라고(아니라고) 아들이 그런다. 그런께,

"그러몬 뭐이고? 말을 해 봐라."

그런께, 중국서 저, 뭐인 지령이 내려오기로, 우리나라에 이런 지령이 내려오기로 뭐이 내리 왔냐 허몬은,

"재로 가이고(가지고) 새끼 서 발을 꽈 오이라."

쿠더란네. 재로 가이고 새끼 서 발을 우찌 꽈 올리겄네? 아! 이런 딱헐 일이 있나? 그런께 걱정을 헐 빽이(밖에). 그래 가지고 또 한 가지 더 있는 기, 재로 가지고, 아! 자네들은 모릴 기다마는(모를 것이다마는), 옛날에 두

트리방석이라고 있네. 불 옇고 깔고 앉는 두트리방석이라고 있었네. 자네들은 그걸 모린다.

(조사자 : 아! 방석 이렇게…….)

하이(응). 동그람허이 요리. 둥글둥글 해 가이고, 불 옇을 때 깔고 앉는 두트리방석이 있네. 그걸 또 한 개, 재로 가이(가지고) 엮어 올리라 쿤다.

'아이! 이거, 재로 가이고 새끼 꽈는 것도 애럽어(어려워) 죽겄는디…….'

우찌 재로 가이 새끼를 꽈겄네? 아이! 걱정이 될 수밲이 없는 기라. 이거는 한 개도 애럽운디, 두 개나 하하하. 이런 걱정을, 근심을 허고 있는데, 그러니까 적어머니를 보고 장 밥상을 딜이 놓음성 한숨을 쉬고, 한숨을 쉬고 있는디,

"그런께, 니가 아마 그것 때미 그런 모양인디, 그걸 미리 말을 안 허고, 걱정이 있걸랑 미리 말을 해라. 내 때미 그렇나?"

아까 말했듯기, 장 그러는디,

"그기 아입니다."

"그러걸랑 솔직히 말해 봐라. 내 때미 그렇나? 내가 그만 죽을란다."

숨기 말해 요래 말헌께,

"그기 아입니다."

인자 그때사, 이 재생이 적 어매한테 솔직히 털어놓고 말을 허는 기라. 그기 아이라 중국서 저 우리나라로 영이 내리왔는디, 인자 조선은, 그때는 조선이제. 그때는 조선도 아이고 그 뭐이가? 그 한신인가? 그 이조 때 조선이 됐제. 조선이라 쿠는 그때는, 조선 상구(많이) 전이라. 하모(그럼). 그 때는 뭐인 나란지 나라 이름도 내가 모리거마는. 하하하. 숨기 말허자몬 그리 됐는디. 그리 가지고 그 아들이, 재생이 그런 얘기를 했다.

"사실은 이리 중국서 이런 새끼를 가지고, 재를 가지고 새끼를 꽈 오라 쿱니다."

그리 세 가지, 두 가지 얘기로 헌께,

"야야, 걱정 말고 밥 묵어라. 괘안타(괜찮다)."

적어머니가 인자 그리 이야기로 허거덩.

'뭐인 방도가 있는고?……'

셌더니(생각했더니), 그래 가지고 허는 말이,

"그거 문제도 없다. 새끼로 꽈 가이고(꽈서), 서 발을 가이고(가지고) 불에 태와라."

불에다 이리 태와 놓으몬 그 재가, 새끼 태와 놓으몬 소롯이 그대로 있이긴께, 재로 가이 새끼 깐 기랑 한 가지 아인가? 소롯이 그대로 나타나끼제. 나타날 기고……. 깔고 앉는 두트리도 그걸 태와 빈께 소롯이 남고. 그래 가지고 나중에 이 재생이 국가에 가서 자수를 했어.

"내가 죽을죄로 지었십니다."

그때 옳은 재생이제.

"그러몬 뭐이고?"

"그런디 이거는 보몬은 내가 헌(한) 기 아이고, 우리 어머니로 내가 국법을 거슬리가 이고 싱카(숨겨) 났다가 이런께, 우리 어무니가 가르쳐 줘서 이런 깁니다." 이러 쿤께,

"하하! 이, 사람이 오래 살수록 뭐이, 생각는 점이 많구나."

그래 가이고, 그날부터,

"에라! 사람은 제 살고 접은(살고 싶은) 대로 살고로 냅 도라(내버려 둬라). 고래장은 없이 삐라."

그리 가이고 고래장이 없어졌는 기라. 그래가이 우리가 오늘날꺼지 사는 것도 그 할매 허허 덕이세. 하하하. 그래 가이고 고래장이 없어지고, 우리나라가 요렇기 발전해 돼 가지고 시방 살고 있는 그런 전설이 있는데, 그것도 거짓말이제. 뭐이 지었겄제.

도라지타령

자료코드 : 04_04_FOS_20110125_PKS_KCO_0001
조사장소 : 경상남도 남해군 설천면 금음리 봉우마을 설천면종합복지회관
조사일시 : 2011.1.25
조 사 자 : 박경수, 류경자, 정혜란, 강아영
제 보 자 : 고찬옥, 남, 87세
구연상황 : 조사가 마무리 되어갈 무렵 조사자가 제보자에게 노래를 한 곡 부탁하자 불러 주었다. 어른들이 부르는 것을 듣고 배웠다고 한다. 이 노래는 아무 때나 부르는데 주로 놀면서 불렀다고 한다. 목소리는 컸으나 이가 많이 없는 까닭인지 발음은 불명확했다.

　　　도라지 도라지 도라~지~~
　　　심심 산천에 백도라지
　　　한두 뿌리만 캐여~~~도
　　　바구리 반치만 되고요
　　　에헤이용 에헤이용 에헤~이용
　　　헤이야라 난다 지화자자좋다
　　　니가내간장 스리살살 다녹힌다

아리랑

자료코드 : 04_04_FOS_20110125_PKS_KCO_0002
조사장소 : 경상남도 남해군 설천면 금음리 봉우마을 설천면종합복지회관
조사일시 : 2011.1.25
조 사 자 : 박경수, 류경자, 정혜란, 강아영

제 보 자 : 고찬옥, 남, 87세

구연상황 : '도라지타령'을 가창하고 난 뒤 조사자가 잘 불렀다고 하자, 그러면 한 곡 더 하겠다고 하면서 이 노래를 불렀다.

아리랑 아리랑 아라리요

아리랑 고개곡으로 넘어간다

나를 두고서 가시는님은

십리도 못가서 발병이난다

아리랑 아리랑 아라리요

아리랑 고개고개로 넘어간다

세월 노래

자료코드 : 04_04_FOS_20110125_PKS_KMJ_0001

조사장소 : 경상남도 남해군 설천면 문의리 왕지마을 양찬선 씨 댁

조사일시 : 2011.1.25

조 사 자 : 박경수, 류경자, 정혜란, 강아영

제 보 자 : 김막점, 여, 75세

구연상황 : 다른 제보자들이 노래하는 것을 가만히 듣고 있더니 갑자기 생각난 듯 노래를 불러 주었다. 청중들이 목청이 좋다고 칭찬했다. 삼 삼고 모시 삼고 할 때 많이 불렀다고 한다.

우러집이134) 벽시계는 고장자주 나더마는

요내세월 가는데는 고장도안나고 잘만간다

---

134) 우리 집의.

청춘가 (1)

자료코드 : 04_04_FOS_20110125_PKS_KMJ_0002
조사장소 : 경상남도 남해군 설천면 문의리 왕지마을 양찬선 씨 댁
조사일시 : 2011.1.25
조 사 자 : 박경수, 류경자, 정혜란, 강아영
제 보 자 : 김막점, 여, 75세
구연상황 : 조사자가 생각나는 대로 계속해서 불러도 된다고 하자 제보자가 이어서 불러
주었다.

　　　물맑은 바닥에~135) 숭어가 놀고요~

　　　날자는136) 방안에는~ 좋다 우럿님이 노는고나~

청춘가 (2)

자료코드 : 04_04_FOS_20110125_PKS_KMJ_0003
조사장소 : 경상남도 남해군 설천면 문의리 왕지마을 양찬선 씨 댁
조사일시 : 2011.1.25
조 사 자 : 박경수, 류경자, 정혜란, 강아영
제 보 자 : 김막점, 여, 75세
구연상황 : 제보자가 청춘가 가락으로 앞의 노래를 부르더니 생각이 나는 듯 이어서 불
러 주었다. 신이 나는 듯 박수를 쳐 가면서 불렀다.

　　　시고야137) 떫어도~138) 막걸리가 좋고요~

　　　몽딩이를 맞아도~ 좋다 우럿님이 좋더라~

---

135) 바다에.
136) 내가 잠자는.
137) 시고, '야'는 허사(虛辭)이다.
138) 떫어도.

임 노래

자료코드 : 04_04_FOS_20110125_PKS_KMJ_0004
조사장소 : 경상남도 남해군 설천면 문의리 왕지마을 양찬선 씨 댁
조사일시 : 2011.1.25
조 사 자 : 박경수, 류경자, 정혜란, 강아영
제 보 자 : 김막점, 여, 75세
구연상황 : 앞의 노래가 끝나고 제보자가 "또 할까?" 했다. 조사자가 "예" 하면서 고개를
끄덕였더니 이어서 노래를 불렀다. 그런데 노래를 부르던 도중 울먹이면서 중
단을 했다. 그러자 청중들이 조사자에게 남편 죽은 지 얼마 안 돼서 그러니
이해를 해 달라고 했다. 그리고는 제보자에게 녹음하고 있으니 울지 말고 하
라고 위로를 했다. 그러자 제보자가 다시 하겠다고 해서 다시 불렀다. 그런데
다시 부르다가 또 울먹이면서 이제 그만 부르겠다고 했다. 그러자 청중들이
그걸 부르지 말고 딴 걸 부르라고 했다. 그래서 딴 노래를 부르고 난 뒤, 어
느 정도 진정이 되자 이 노래를 다시 불러 주었다. 청중들이 노래에 맞춰 박
수를 쳐 주었다.

정월에라 초이튿날은 단장허는 명절인데
우렷님은 어데를가고 단장할줄을 모리더라

첩 노래

자료코드 : 04_04_FOS_20110125_PKS_KMJ_0005
조사장소 : 경상남도 남해군 설천면 문의리 왕지마을 양찬선 씨 댁
조사일시 : 2011.1.25
조 사 자 : 박경수, 류경자, 정혜란, 강아영
제 보 자 : 김막점, 여, 75세
구연상황 : 한번 노래를 시작하자 제보자가 쉬지 않고 계속 노래를 불러 주었다. 이 노래
는 삼 삼고 모시 삼으면서 많이들 불렀다고 한다.

우러집이 울아버지 등넘에다 첩을두고
밤울로는 미친걸음 낮울로는 병든걸음

목만남네 목만났네 열두새세보선이[139] 목만남네

마당가운데 저모캇불은[140] 세우(細雨)살캉 맞았는가

속만타네 속만타네 날캉같이나 속만타네

속이타몬 넘이아요[141] 겉이타야 넘이알제

기다림 노래

자료코드 : 04_04_FOS_20110125_PKS_KMJ_0006
조사장소 : 경상남도 남해군 설천면 문의리 왕지마을 양찬선 씨 댁
조사일시 : 2011.1.25
조 사 자 : 박경수, 류경자, 정혜란, 강아영
제 보 자 : 김막점, 여, 75세
구연상황 : 노래를 이어서 부르던 제보자가 첩 노래를 부르고 난 뒤 그쳤다. 그래서 조사
자가 아는 노래를 다 불렀느냐고 물었더니 아직 좀 남아있다고 했다. 조사자
가 천천히 생각나는 대로 더 불러 달라고 하자 제보자가 이 노래를 불러 주
었다. 삼 삼고 모시 삼고 하면서 불렀다고 한다.

이구십팔 열야달에 중신오기만[142] 기다리요

우리조선 삼천만동포들 독립서기만 기다리요

다리 세기 노래

자료코드 : 04_04_FOS_20110125_PKS_KMJ_0007
조사장소 : 경상남도 남해군 설천면 문의리 왕지마을 양찬선 씨 댁
조사일시 : 2011.1.25

---

139) 열두 새 가는 버선이, '새'는 피륙의 날을 세는 단위이다.
140) 저 모깃불은.
141) 남이 아나요.
142) 중매(仲媒) 들어오기만.

조 사 자 : 박경수, 류경자, 정혜란, 강아영
제 보 자 : 김막점, 여, 75세
구연상황 : 조사자가 어릴 때 부르던 동요를 한곡 불러 달라고 하자 제보자가 이 노래를
불러 주었다.

이걸이저걸이 갓걸이
전지만지 또만지
짝발로 희양건
도래줌치 사돈치
육도육도 전라도
목도 장두칼

청춘가 (3) / 세월 노래

자료코드 : 04_04_FOS_20110125_PKS_KMJ_0008
조사장소 : 경상남도 남해군 설천면 문의리 왕지마을 양찬선 씨 댁
조사일시 : 2011.1.25
조 사 자 : 박경수, 류경자, 정혜란, 강아영
제 보 자 : 김막점, 여, 75세
구연상황 : 제보자가 동요를 부르고 난 뒤 노랫가락을 하나 해 보겠다고 하면서 이 노래
를 불렀다. 그러나 부른 노래는 청춘가였다. 놀 때 많이 부른다고 했다.

세월아 봄철아~
오고가지를 말아라~
아깝운 내청춘~ (좋다!)
다늙어 지는고나~

세월이 갈라면~
제혼채143) 가거나~

아깝운 내청춘을~ (좋다!)

왜데리 가느냐~

이야기 서두 소리

자료코드 : 04_04_FOS_20110125_PKS_KMJ_0009

조사장소 : 경상남도 남해군 설천면 문의리 왕지마을 양찬선 씨 댁

조사일시 : 2011.1.25

조 사 자 : 박경수, 류경자, 정혜란, 강아영

제 보 자 : 김막점, 여, 75세

구연상황 : 조사자가 손자들이 이야기해 달라고 조를 때 하는 소리를 한번 해 보라고 하
자 이렇게 해 주었다. 이 소리도 사람마다 조금씩 다르게 한다고 했다.

얘기 얘기 본대약

자리 밑에 빈대통

뱃놀이 노래

자료코드 : 04_04_FOS_20110124_PKS_KOI_0001

조사장소 : 경상남도 남해군 설천면 진목리 진목마을 (구)진목아랫마을회관

조사일시 : 2011.1.24

조 사 자 : 박경수, 류경자, 정혜란, 강아영

제 보 자 : 김옥이, 여, 75세

구연상황 : 새로 지은 마을회관에 찾아 갔더니 마을 사람들이 시금치 캐러 들에 나갔다
고 아무도 없었다. 그래서 구아랫마을회관을 찾아갔더니 할머니 4명이 모여
있었다. 방은 요즘 지은 마을회관과는 달리 일반가정집 방같이 조그마했다.
조사의 취지를 밝히자 추우니 들어오라고 했다. 시금치를 캐다가 잠시 쉬러
온 할머니도 있고, 다리가 아파 일손을 놓고 있는 할머니도 있었다. 판을 벌

---

143) 저 혼자.

이자 제보자가 이런 노래도 있다고 하면서 이 노래를 불러 주었다. 놀 때도 부르고, 삼 삼고 모시 삼을 때도 부르는데, 재미삼아 많이 불렀다고 한다.

방구 잘뀌는 뻘뻘이 싣고

노래 잘부리는 노래미 싣고

춤 잘치는 춘향이 싣고

오줌 잘싸는 자질개144) 싣고

노래 잘부리는 노래미 싣고

왕지145) 섬으로 뱃놀이 가자

신랑각시 노래

자료코드 : 04_04_FOS_20110124_PKS_KOI_0002
조사장소 : 경상남도 남해군 설천면 진목리 진목마을 (구)진목아랫마을회관
조사일시 : 2011.1.24
조 사 자 : 박경수, 류경자, 정혜란, 강아영
제 보 자 : 김옥이, 여, 75세
구연상황 : 제보자는 앞서 언어유희에 가까운 노래를 잘 불렀다. 제보자가 삼팔선 노래를 부르고 난 뒤, 조사자들이 또 재미있는 노래가 없느냐고 했더니 이 노래를 불렀다.

아리시리 찹쌀떡국 통대구146) 옇고

신랑각시 마주앉아 메띠기놀음을147) 헌다

---

144) 저질개. '저질개'는 베틀연장으로 막대기 끝에 헝겊 조각을 매어 그릇에서 물을 찍어 날실을 적시는 것이다.
145) '왕지'는 설천면 문의리 왕지마을을 말한다.
146) 대구를 통으로 한 마리.
147) 메뚜기 놀음을.

상사(想思) 노래

자료코드 : 04_04_FOS_20110124_PKS_KOI_0003
조사장소 : 경상남도 남해군 설천면 진목리 진목마을 (구)진목아랫마을회관
조사일시 : 2011.1.24
조 사 자 : 박경수, 류경자, 정혜란, 강아영
제 보 자 : 김옥이, 여, 75세
구연상황 : 조사자가 천천히 생각해 가면서 편안한 마음으로 아는 노래를 다 불러 달라고
했다. 그러자 제보자가 웃으면서 고개를 끄덕이더니 이 노래를 불러 주었다.

금산물~ 흘러흘러 메조수도148) 되고
이내눈물 흘러서 한강수가 된다

음식 노래

자료코드 : 04_04_FOS_20110124_PKS_KOI_0004
조사장소 : 경상남도 남해군 설천면 진목리 진목마을 (구)진목아랫마을회관
조사일시 : 2011.1.24
조 사 자 : 박경수, 류경자, 정혜란, 강아영
제 보 자 : 김옥이, 여, 75세
구연상황 : 한참 동안 이것저것 생각해 가며 민요를 부르던 제보자가 이제는 부를 노래
가 없다고 했다. 조사자가 음식으로 배 만드는 노래를 들었는데 혹시 아느냐
고 물었다. 제보자가 고개를 끄덕이더니 이 노래를 불러 주었다.

호박차시리떡149) 배를모아 조청강에 띄워놓고
찰부침이150) 돛을달고 국시가랑151) 노를저어
유람가세 유람가세 홍시섬으로 유람가세

---

148) 미조 상수도, '미조'는 미조면 미조리 미조마을이다.
149) 호박찰시루떡. 호박을 넣어서 만든 찹쌀시루떡을 말한다.
150) 찹쌀전.
151) 국수 가락.

다리 세기 노래

자료코드 : 04_04_FOS_20110124_PKS_KOI_0005
조사장소 : 경상남도 남해군 설천면 진목리 진목마을 (구)진목아랫마을회관
조사일시 : 2011.1.24
조 사 자 : 박경수, 류경자, 정혜란, 강아영
제 보 자 : 김옥이, 여, 75세
구연상황 : 조사자가 어릴 때 부르던 노래를 불러 달라고 하자 이 노래를 불렀다.

　　　　한다리 두다리 뻗어 놓고
　　　　우렁 주렁 두디기 청!

　　그리샀다 전에.

물레 노래

자료코드 : 04_04_FOS_20110125_PKS_KIS_0001
조사장소 : 경상남도 남해군 설천면 문의리 왕지마을 양찬선 씨 댁
조사일시 : 2011.1.25
조 사 자 : 박경수, 류경자, 정혜란, 강아영
제 보 자 : 김인순, 여, 81세
구연상황 : 아주 조용한 성격의 제보자로 다른 제보자들이 노래를 부르는 동안 가만히 듣고만 있었다. 청중들이 이 제보자가 노래를 잘 한다고 하면서 한 곡 불러 보라고 권하자 부끄러운 듯 시선을 돌리고 노래를 불렀다. 이 노래를 꺼내자 청중들도 따라 불렀다. 산아지타령 가락에 얹어 불렀는데, 물레질할 때도 부르고 놀 때도 불렀다고 한다.

　　　　물레야 자새야 뱅뱅뱅 돌아라
　　　　울밑에 선님이 밤이실을152) 맞는다
　　　　에야 디야 에헤헤 헤야

---

152) 밤이슬을.

에에야 디여로 사랑이를~ 고나

남매 노래

자료코드 : 04_04_FOS_20110125_PKS_KIS_0002
조사장소 : 경상남도 남해군 설천면 문의리 왕지마을 양찬선 씨 댁
조사일시 : 2011.1.25
조 사 자 : 박경수, 류경자, 정혜란, 강아영
제 보 자 : 김인순, 여, 81세
구연상황 : 청중들이 부른 김에 한 곡 더 하라고 재촉하자 이어서 불렀다. 청중들도 따라
　　　　　　불렀다. 이 노래는 모심기 할 때도 부르고, 삼 삼고 모시 삼을 때도 많이 불
　　　　　　렀다고 한다.

　　　　　남해금산 잔솔밭에 호리피던 꽃이피어
　　　　　씨누올케 꽃따다가 남강물에 떨어졌네
　　　　　거둥보소 거둥보소 우리오빠 거둥보소
　　　　　앞에가는 날안잡고 뒤에오는 처군잡네[153]
　　　　　처군은 떨어지면 골골마다 처군인데
　　　　　호박잎에 쌔인동생[154] 떨어진들 있을쏘냐
　　　　　나도죽어 남자되어
　　　　　처군보텀 생기놓고[155] 부모형자[156] 생길라네

---

153) 아내 잡네. '처군'은 아내의 남해지역말이다.
154) 싸인 동생.
155) 섬겨놓고. '생기다'는 '섬기다', '생각하다'의 남해지역말이다.
156) 부모 형제.

시집살이 노래 / 나 하나를 남이라고

자료코드 : 04_04_FOS_20110125_PKS_KIS_0003
조사장소 : 경상남도 남해군 설천면 문의리 왕지마을 양찬선 씨 댁
조사일시 : 2011.1.25
조 사 자 : 박경수, 류경자, 정혜란, 강아영
제 보 자 : 김인순, 여, 81세
구연상황 : 조사자가 '울도 담도 없는 집에' 하는 노래를 아느냐고 묻자 이 노래를 불렀
다. 여전히 시선을 한쪽으로 돌리고 조용히 불렀다. 삼 삼고 모시 삼을 때 많
이 불렀다고 한다.

저건네라 저집이는 울도담도 없는집이

다만식구 서이론데[157] 날한나를[158] 넘이라고[159]

날안묵은[160] 민애고기[161] 날묵었다고 전해주네

날안꺾은 수양버들 날꺾었다고 전해주네

죽구지야[162] 죽구지야 잠든듯이 죽구지야

알쏭달쏭 돌복징이[163] 수천없이 주워묵고

임의자는 방문앞에 잠든듯이 죽구지야

천이앉아 천말허고[164] 만이앉아 만말헌들

니죽었나 니죽었나 내말없이 니죽었나

---

157) 셋인데.
158) 나 하나를.
159) 남이라고.
160) 내가 안 먹은.
161) 민어(民魚).
162) 죽고 싶구나.
163) 돌복. '돌복'은 독이 있는 자잘한 복이라고 한다.
164) 천 마디 말을 하고.

일본 땅 범나비 노래

자료코드 : 04_04_FOS_20110125_PKS_KIS_0004
조사장소 : 경상남도 남해군 설천면 문의리 왕지마을 양찬선 씨 댁
조사일시 : 2011.1.25
조 사 자 : 박경수, 류경자, 정혜란, 강아영
제 보 자 : 김인순, 여, 81세
구연상황 : 삼팔선 노래에 이어서 일제강점기 때부터 많이 불렀던 노래라고 하면서 이
노래를 불러 주었다. 모심을 때, 삼 삼고 모시 삼을 때 등 여럿이 모이면 많
이 불렀던 노래라고 했다.

일본땅에 범나비는 조선땅에다 꽃을두고
덜덜이는165) 못오실망정 일년잡고 못오던가

여탄(女歎) 노래

자료코드 : 04_04_FOS_20110125_PKS_KIS_0005
조사장소 : 경상남도 남해군 설천면 문의리 왕지마을 양찬선 씨 댁
조사일시 : 2011.1.25
조 사 자 : 박경수, 류경자, 정혜란, 강아영
제 보 자 : 김인순, 여, 81세
구연상황 : 청중들이 '호박넝쿨 박넝쿨' 노래를 불러 보라고 하자 이 노래를 불렀다. 노
래를 시작하자 청중들이 모두 따라 불렀다. 예전에 많이 부르던 노래라고 입
을 모았다. 그러다 보니 가사가 조금씩 차이가 있어 제보자가 가사를 놓치기
도 했다. 삼 삼고 모시 삼고 할 때 많이 불렀던 노래라고 한다.

호박넝쿨 박넝쿨은 울안으로166) 손주는데
우리집에 울어매는 나를키워 넘주더라
기왕지라 넘주는자슥167) 길을찾아 넘을주제

---

165) 다달이는.
166) 울타리 안으로.

길못찾고 넘줄자슥 놓도말고[168] 배도말제[169]

계모 노래

자료코드 : 04_04_FOS_20110125_PKS_KIS_0006
조사장소 : 경상남도 남해군 설천면 문의리 왕지마을 양찬선 씨 댁
조사일시 : 2011.1.25
조 사 자 : 박경수, 류경자, 정혜란, 강아영
제 보 자 : 김인순, 여, 81세
구연상황 : 제보자가 노래 사설에 어머니가 등장하는 노래를 부르고 나더니 '다신어매(계모)' 노래도 한번 불러 보겠다고 하면서 이 노래를 불렀다. 이 노래는 삼 삼고 모시 삼고 할 때 많이 불렀다고 하는데, 어릴 때부터 많이 불렀던 노래라고 한다.

어매어매 다신어매[170] 요내내가 죽거들랑

앞산에도 묻지말고 뒷산에도 묻지말고

꼬방꼬방 장꼬방에[171] 꼭꼭파고 묻어주소

눈오걸랑 쓸어주고 비오걸랑 덮어주소

부모 노래

자료코드 : 04_04_FOS_20110125_PKS_KIS_0007
조사장소 : 경상남도 남해군 설천면 문의리 왕지마을 양찬선 씨 댁

---

167) 남 주는 자식.
168) 낳지도 말고.
169) 배지도 말지.
170) 계모. '다신어매'는 '계모'의 남해지역말로, 엄마가 죽거나 나가고 '다시 들어온 엄마'라는 뜻이다.
171) 장독대에.

조사일시 : 2011.1.25

조 사 자 : 박경수, 류경자, 정혜란, 강아영

제 보 자 : 김인순, 여, 81세

구연상황 : 제보자는 앞서 친정엄마와 계모 등 가족 관계에 대한 노래를 불렀다. 계모 노
래가 끝나자 청중들이 옛날에는 계모가 본처 자식을 참 많이 괴롭혔다고 하
면서 노래에 호응을 했다. 그러자 제보자도 '애미 없는 자식만큼 불쌍할까보
냐'고 하면서 응수를 했다. 그리고 이어서 이 노래를 불러 주었다. 부모를 생
각하거나 서글픈 노래들은 밤에 모여 앉아 삼 삼고 모시 삼을 때 많이 불렀
다고 한다.

우리부모 선산에다가 유자석노를172) 심었더니

유자석노는 아니열고 잠이열어 히드라졌네173)

갈파래 노래

자료코드 : 04_04_FOS_20110125_PKS_KIS_0008

조사장소 : 경상남도 남해군 설천면 문의리 왕지마을 양찬선 씨 댁

조사일시 : 2011.1.25

조 사 자 : 박경수, 류경자, 정혜란, 강아영

제 보 자 : 김인순, 여, 81세

구연상황 : 제보자가 부모와 연관된 노래를 이어서 부르자 분위기가 숙연해졌다. 잠시 노
래가 멈춘 틈을 타 조사자가 모심기 할 때 많이 부르던 노래를 불러 달라고
했다. 그러자 이 노래를 불렀다. 청중들도 따라 불렀다.

강진바닥174) 갈포래는175) 씨어마니를 닮았는가

펄펄헌다 펄펄헌다 날만보면 펄펄한다

---

172) 유자와 석류를.

173) 흐드러졌네.

174) 강진바다. 남해군의 앞바다인 '강진만'을 일컫는다. '바닥'은 바다의 남해지역말이다.

175) 갈파래는.

강진바닥 소래고동176) 씨누님을 닮았는가
틀어진다 틀어진다 날만보면 틀어진다

강진바닥 돌쟁이는177) 동세년을178) 닮았는가
물고돈다 물고돈다 날만보면 물고돈다

장모 노래

자료코드 : 04_04_FOS_20110125_PKS_KIS_0009
조사장소 : 경상남도 남해군 설천면 문의리 왕지마을 양찬선 씨 댁
조사일시 : 2011.1.25
조 사 자 : 박경수, 류경자, 정혜란, 강아영
제 보 자 : 김인순, 여, 81세
구연상황 : 조사자가 구혼하는 노래가 없냐고 하자 제보자가 이 노래를 불러 주었다. 청
중들이 같이 불렀는데 각자 사설을 다르게 부르는 바람에 가사가 엇갈리기도
했다. 삼 삼고 모시 삼는 등 여자들이 모여 앉으면 더러 불렀다고 한다.

저기가는 저할마니 딸있걸랑 사우삼소179)

딸이사 있네마는 나이애리180) 옇겄는가181)

여보할마니 그말씀마소

제비는작아도 강남가요 참새는작아도 알만씰소182)

금년보텀 출갈허면183) 멩년보텀 외손자라

---

176) 소라고둥.
177) '돌쟁이'는 갯벌에 사는 작은 게를 일컫는 남해지역말이다.
178) 동서(同壻)년을. 동서를 얕잡아 이르는 말이다.
179) 사위 삼으세요.
180) 나이가 어려서.
181) 넣겠는가. 시집을 보낼 수 있겠냐는 말이다.
182) 알만 슬어요.
183) 출가를 하면.

사람좋데 사람좋데 우리장모 사람좋데

첫날밤에 처니주고[184] 뒷날밤에 각시주데

딸키와서 날준장모 안주들고 술받으소

이술한잔 잣고보면[185] 늙도젊도 아니허요

의암(義岩)이 노래

자료코드 : 04_04_FOS_20110125_PKS_KIS_0010
조사장소 : 경상남도 남해군 설천면 문의리 왕지마을 양찬선 씨 댁
조사일시 : 2011.1.25
조 사 자 : 박경수, 류경자, 정혜란, 강아영
제 보 자 : 김인순, 여, 81세
구연상황 : 제보자가 '이옘이' 노래를 불러 보겠노라고 하면서 이 노래를 불렀다.

진주기생 이옘이는[186] 우리조선 생기자고[187]

천장애장[188] 목을안고 남강물에 떨어졌네

아-불쌍 불쌍코나 이옘이가 불쌍허다

객선 침몰 노래

자료코드 : 04_04_FOS_20110125_PKS_KIS_0011
조사장소 : 경상남도 남해군 설천면 문의리 왕지마을 양찬선 씨 댁
조사일시 : 2011.1.25
조 사 자 : 박경수, 류경자, 정혜란, 강아영

---

184) 처녀를 주고.
185) 잡숫고 보면.
186) 의암이는. '의암(義岩)'은 '논개'를 일컫는다.
187) 섬기느라고.
188) 왜장 천장. '천장'은 '가토 기요마사[加藤淸正]'를 일컫는다.

제 보 자 : 김인순, 여, 81세

구연상황 : 제보자가 '진주기생 의암이(논개)' 노래를 부르고 난 후 조사자가 이 지역과 관계된 노래는 없느냐고 물었다. 그랬더니 청중들이 입을 모아 인근에 있는 노량 앞바다에서 객선이 침몰한 노래가 있다고 했다. 그래서 조사자가 그 노래를 좀 불러 달라고 했더니 이 노래를 불렀다. 청중들도 따라 불렀다. 마을 할머니들에 의하면, 일제강점기에 지금의 남해대교가 있는 노량 앞바다에서 객선이 침몰했다고 한다. 일본인 선장이 기생의 노랫소리에 취해 배를 잘못 조종했기 때문이라고 했다. 그 바람에 우리나라 사람들이 많이 죽었다고 하면서, 이 노래는 그 사건을 노래한 것이라고 했다.

하야구사[189] 이등실에 이덕심이[190] 노래소리

반했고나 반했고나 선장들이 반했고나

반했으몬 제반했제 우리동포 반헐소냐

시누이 노래

자료코드 : 04_04_FOS_20110125_PKS_KIS_0012

조사장소 : 경상남도 남해군 설천면 문의리 왕지마을 양찬선 씨 댁

조사일시 : 2011.1.25

조 사 자 : 박경수, 류경자, 정혜란, 강아영

제 보 자 : 김인순, 여, 81세

구연상황 : 제보자가 가족 관계 노래 등 민요를 많이 불렀다. 제보자가 또 뭘 불러 볼까 하면서 청중들을 둘러보았다. 조사자가 부모 말고 다른 가족 노래는 없느냐고 물었다. 그랬더니 청중들이 씨누 노래를 불러 보라고 했다. 제보자가 고개를 끄덕이더니 이 노래를 불러 주었다. 둘게방에서 여자들이 모여 앉으면 가끔씩 불렀다고 한다.

씨누씨누[191] 이씨누야 송굿겉이[192] 모진씨누

---

189) '하야구사'는 배 이름이라고 한다.
190) '이덕심'은 기생의 이름이라고 한다.
191) 시누이 시누이.

니도가서 살아봐라 나도온께 이렇더라

독수공방 노래

자료코드 : 04_04_FOS_20110125_PKS_KIS_0013
조사장소 : 경상남도 남해군 설천면 문의리 왕지마을 양찬선 씨 댁
조사일시 : 2011.1.25
조 사 자 : 박경수, 류경자, 정혜란, 강아영
제 보 자 : 김인순, 여, 81세
구연상황 : 제보자가 예전에는 노래가 참 많았었는데 생각이 잘 나지 않는다고 하면서
청중들에게 노래를 좀 알려 달라고 했다. 그러자 청중들도 생각이 잘 나지 않
는다고 했다. 제보자가 잠시 생각을 하더니 이 노래를 불렀다. 그러자 청중들
도 같이 따라 불렀다. 이 노래는 예전에 남편을 군에 보내 놓고 아내가 홀로
지내면서 부른 노래라고 한다.

새는새는 낭기자고[193) 쥐는쥐는 궁기에자고[194)
빡빡얽은 고드리할매[195) 저거영감 품에자고
우리겉은 청년들은 독수공방 홀로산다

청춘가

자료코드 : 04_04_FOS_20110125_PKS_KIS_0014
조사장소 : 경상남도 남해군 설천면 문의리 왕지마을 양찬선 씨 댁
조사일시 : 2011.1.25
조 사 자 : 박경수, 류경자, 정혜란, 강아영

---

192) 송곳처럼.
193) 나무에 자고.
194) 구멍에 자고.
195) '고드리할매'는 못 생기고 늙은 할머니라고 한다.

제 보 자 : 김인순, 여, 81세

구연상황 : 제보자가 이제는 노래가 잘 떠오르지 않는다고 했다. 그래서 조사자가 아무 노래라도 좋으니 생각나는 불러 보라고 했다. 그러자 제보자가 이 노래를 불렀다.

이팔 청춘아~ 꽃자랑 말어라~

그꽃도 늙으면~ 좋다 낙화가 되노라~

이 빠진 아이 놀리는 노래

자료코드 : 04_04_FOS_20110125_PKS_KIS_0015

조사장소 : 경상남도 남해군 설천면 문의리 왕지마을 양찬선 씨 댁

조사일시 : 2011.1.25

조 사 자 : 박경수, 류경자, 정혜란, 강아영

제 보 자 : 김인순, 여, 81세

구연상황 : 조사자가 이 빠진 아이를 놀리는 노래를 불러 달라고 요청하자 이 노래를 불렀다.

앞니빠진 괴양아

냇고랑가196) 가지마라

빈대한테197) 뺨맞는다

노랫가락 / 인생 노래

자료코드 : 04_04_FOS_20110125_PKS_KIS_0016

조사장소 : 경상남도 남해군 설천면 문의리 왕지마을 양찬선 씨 댁

조사일시 : 2011.1.25

---

196) 냇가에.

197) '빈대한테'에서 '빈대'는 '가재'를 잘못 부른 것이다.

조 사 자 : 박경수, 류경자, 정혜란, 강아영

제 보 자 : 김인순, 여, 81세

구연상황 : 이 빠진 아이 놀리는 노래를 부르고 난 뒤 잠시 불렀던 노래들에 대해 묻고
대답하는 시간을 가졌다. 그런데 제보자가 갑자기 생각난 듯 이 노래를 흥얼
거렸다. 제대로 불러 달라고 했더니 다시 불러 주었다.

명사십리 해당화야 네꽃진다 설워마라

꽃도졌다가 다시피고 잎도졌다가 피건만은

우리인생 한번가면 언제다시 돌아오나

버선 노래

자료코드 : 04_04_FOS_20110125_PKS_KIS_0017

조사장소 : 경상남도 남해군 설천면 문의리 왕지마을 양찬선 씨 댁

조사일시 : 2011.1.25

조 사 자 : 박경수, 류경자, 정혜란, 강아영

제 보 자 : 김인순, 여, 81세

구연상황 : 조사자가 남해에서는 '질로질로' 노래를 많이 부르더라고 했더니 모두들 많이
들 불렀노라고 했다. 그래서 한번 불러 보라고 요청했더니 제보자가 이 노래
를 불렀다. 청중들도 같이 따라 불렀다. 버선이 너무 고와서 농사꾼인 남편에
게 주지 않고 서당 공부하는 시동생에게 준 것이라는 설명을 덧붙였다. 이 노
래는 여자들이 모이면 아무 때나 많이 부르는 노래라고 한다. 모시 삼고 삼
삼고 하면서 많이 불렀노라고 했다.

질로질로198) 가시다가 찔레꽃이 하도곱아

한봉지를199) 끊어다가 임의보선 잔볼걸어

보선보고 임을보니 임줄생각 전히없네

아재아재200) 서당아재 이보선신고 서당가소

---

198) 길로 길로.

199) 한 송이를. 남해지역에서는 꽃을 세는 단위인 '송이'를 '봉지'라고 말한다.

임아임아 서러워마라 노래끝이 온그렇소[201]

노랫가락 / 그네 노래

자료코드 : 04_04_FOS_20110125_PKS_KIS_0018
조사장소 : 경상남도 남해군 설천면 문의리 왕지마을 양찬선 씨 댁
조사일시 : 2011.1.25
조 사 자 : 박경수, 류경자, 정혜란, 강아영
제 보 자 : 김인순, 여, 81세
구연상황 : 조사자가 놀 때는 무슨 노래를 부르느냐고 물었다. 그랬더니 아리랑도 부르고
　　　　　청춘가도 부르고 노랫가락도 부르고 대중이 없다고 했다. 아무거나 한번 불러
　　　　　달라고 요청하자 제보자가 이 노래를 꺼냈다. 그랬더니 청중들도 같이 따라
　　　　　불렀다.

　　　수천당 세모신낭기[202] 둘이뛰자고 그네를매여

　　　임이타면은 내가나밀고 내가타면은 임이민다

　　　임아임아 줄살살밀어 줄떨어지면은 정떨어진다

탄로가(歎老歌)

자료코드 : 04_04_FOS_20110124_PKS_RSA_0001
조사장소 : 경상남도 남해군 설천면 비란리 정태마을 정태노인복지관
조사일시 : 2011.1.24
조 사 자 : 박경수, 류경자, 정혜란, 강아영
제 보 자 : 류산아, 여, 83세
구연상황 : 조사자가 옛날에 부르던 노래들을 불러 달라고 요청하자, 청중들이 이 제보자

---

200) '아재'는 시동생을 일컫는 남해지역말이다.
201) 원래 그렇소.
202) 세모진 나무.

가 노래를 잘한다고 했다. 그래서 조사자가 제보자의 앞으로 다가가자 "어떤 노래로 부를까?" 하고는 한참 생각을 하더니 이 노래를 꺼냈다. 아무 때나 부르는 노래라고 한다.

산천 초목은 젊어서 오는디
요내 청춘은 왜 늙어가네

아리랑타령

자료코드 : 04_04_FOS_20110124_PKS_RSA_0002
조사장소 : 경상남도 남해군 설천면 비란리 정태마을 정태노인복지관
조사일시 : 2011.1.24
조 사 자 : 박경수, 류경자, 정혜란, 강아영
제 보 자 : 류산아, 여, 83세
구연상황 : 제보자가 아리랑을 불러도 되느냐고 물었다. 그래서 조사자가 당연히 된다고 하자 이 아리랑타령을 불렀다.

아리아리랑 시리시리랑 아라리가 났네~
아리랑 고개다 나를넘기 주소
아라린가 지랄인가 용천~~ 인가
얼매나 좋아서 저지랄을 허느냥

산아지타령 / 수심(愁心) 노래

자료코드 : 04_04_FOS_20110124_PKS_RSA_0003
조사장소 : 경상남도 남해군 설천면 비란리 정태마을 정태노인복지관
조사일시 : 2011.1.24
조 사 자 : 박경수, 류경자, 정혜란, 강아영
제 보 자 : 류산아, 여, 83세

구연상황 : 아리랑타령을 부르고 난 후 조사자가 노래를 참 잘 한다고 했더니 제보자가
　　　　　　멋쩍은 듯 웃으면서 이 노래를 불렀다.

　　　청천 하늘에는 잔별도 많고

　　　쪼그만한 내가슴에는 수심도 많다

　　　에야 데야 헤에에 헤야

　　　헤야라 데야라 사랑이를~ 고나

살림만 잘하면

자료코드 : 04_04_FOS_20110124_PKS_RSA_0004
조사장소 : 경상남도 남해군 설천면 비란리 정태마을 정태노인복지관
조사일시 : 2011.1.24
조 사 자 : 박경수, 류경자, 정혜란, 강아영
제 보 자 : 류산아, 여, 83세
구연상황 : 제보자가 앞의 노래를 부르고 나자 청중들이 옛날에는 노래도 참 많았는데,
　　　　　　갑자기 부르라고 하니까 생각이 통 나지 않는다고 하면서 제보자의 입장을
　　　　　　대변했다. 그러자 제보자도 그렇노라고 했다. 그리고 잠시 생각하더니 이 노
　　　　　　래를 불렀다. 장구 치고 놀 때 많이 부르는 노래라고 했다.

　　　문고리 잡고서 발발떨질 말고

　　　심간(心肝)에 있는말을 다허고 가소

　　　양산대 들고서 매장을 쳐도203)

　　　너거살림만 축안내면은 그뿐요사~ 로다

---

203) '매장을 쳐도'는 '장마다 찾아다녀도'라는 말이라고 한다.

연애 노래

자료코드 : 04_04_FOS_20110124_PKS_RSA_0005

조사장소 : 경상남도 남해군 설천면 비란리 정태마을 정태노인복지관

조사일시 : 2011.1.24

조 사 자 : 박경수, 류경자, 정혜란, 강아영

제 보 자 : 류산아, 여, 83세

구연상황 : 조사자가 방금 부른 노래가 참 재미있다고 하면서 재미있는 노래가 있으면
하나만 더 해 달라고 요청했다. 그러자 제보자가 웃으면서 "재미있어여?" 하
더니 이 노래를 시작했다. 노래를 마치고 나서는 이제 그만하고 다른 사람에
게도 좀 가라고 했다. 이 노래는 놀 때 부르면 재미있다고 했다.

　　장그랑 장그랑 사장구[204] 소리

　　춤못치고[205] 가는남자가 파색이를~ 고나[206]

　　니연애 내연애 솔방구[207] 연애

　　바람만 불면은 뚝떨어져 간다

모심기 노래 / 동무 노래

자료코드 : 04_04_FOS_20110124_PKS_RSA_0006

조사장소 : 경상남도 남해군 설천면 비란리 정태마을 정태노인복지관

조사일시 : 2011.1.24

조 사 자 : 박경수, 류경자, 정혜란, 강아영

제 보 자 : 류산아, 여, 83세

구연상황 : 조사자가 모심기 노래를 한번 불러 달라고 요청하자, 제보자가 이 노래를 불
렀다.

---

204) '사장구'는 사기로 만든 장고(杖鼓)라고 한다.
205) 춤을 못 추고.
206) '파색이로구나'는 볼품이 없어 못쓴다는 말이라고 한다.
207) 솔방울.

우리 동무는 주눅이 좋아

모춤을 들고서 쌍애춤을[208] 춘다

헤야 데야 에에에 헤야

헤야라 대여라 사랑이를~ 고나

영감아 탱감아 죽지 마라

자료코드 : 04_04_FOS_20110124_PKS_RSA_0007
조사장소 : 경상남도 남해군 설천면 비란리 정태마을 정태노인복지관
조사일시 : 2011.1.24
조 사 자 : 박경수, 류경자, 정혜란, 강아영
제 보 자 : 류산아, 여, 83세
구연상황 : 제보자가 앞서 '남편 죽고 스스로 지어서 부른 노래'라고 하면서 첫머리를
'영감아 탱감아'로 시작하는 노래를 불렀다. 노래가 끝난 뒤 한 곡을 더 부탁
했더니 이제는 부를 노래가 없다고 했다. 그래서 조사자가 마지막으로 딱 한
곡만 더 불러 달라고 요청했더니 제보자가 이 노래를 불렀다.

영감아 탱감아 죽지를 말어라

봄보리 개떡에 꿀볼라[209] 주께

노래미 노래

자료코드 : 04_04_FOS_20110125_PKS_YCS_0001
조사장소 : 경상남도 남해군 설천면 문의리 왕지마을 양찬선 씨 댁
조사일시 : 2011.1.25
조 사 자 : 박경수, 류경자, 정혜란, 강아영

---

208) '쌍애춤'을 제보자는 '둘이 같이 쌍(雙)으로 춤을 추는 것'이라고 했다.
209) 꿀 발라.

제 보 자 : 양찬선, 여, 83세

구연상황 : 제보자의 집에서 마을 할머니들이 모여 채록에 들어갔다. 제보자가 '노래미'
노래가 있다고 해서 한번 불러 달라고 했다. 그랬더니 조사자의 손을 꼭 잡은
채 웃으며 도라지타령 가락에 맞추어 노래를 불렀다. 이 노래를 부르고 난 뒤
제보자가 노래미는 봄철에 가장 맛있다고 하면서 남해지역에서는 '봄 노래미,
가을 전어'라는 말이 있다고 했다. 그리고 노량도(露梁島)에는 굴도 맛있고 조
개도 맛있고 모두 다 맛있다는 말을 덧붙였다.

노래미 노래미 노래~미~

아이고 목이 와 이리 당네(잠기나)?

노량도210) 송널에211) 노래미
한두 마리만 낚으면은
서방님 반찬만 되노라
에헤이용 에헤이용 에헤헤에용
어야라난다 지화자자 ……

와 목이 그러네?

니가내간장 시리살살 다녹히나

잠 노래

자료코드 : 04_04_FOS_20110125_PKS_YCS_0002

조사장소 : 경상남도 남해군 설천면 문의리 왕지마을 양찬선 씨 댁

조사일시 : 2011.1.25

조 사 자 : 박경수, 류경자, 정혜란, 강아영

---

210) 노량도. '노량도(露梁島)'는 설천면 노량리의 앞바다를 말한다.
211) 수원늘에. '수원늘'은 왕지마을의 북쪽에 있는 어촌 자연마을로, 노량과 가장 가까운
마을이다. 태조 이성계가 이곳에서 하동으로 건너갔다고 한다.

제 보 자 : 양찬선, 여, 83세

구연상황 : 제보자가 '잠 노래'가 있다고 하면서 이어서 이 노래를 불렀다. 옛날에는 낮
으로는 들일하고 밤에는 모시 삼고 삼 삼고 했노라고 했다. 때문에 그때는 그
렇게 잠도 많이 오더라고 하면서 그럴 때 부르던 노래라고 했다.

　　　잠아잠아 오지마라 씨어마니 눈에난다

　　　씨어마니 눈에나몬 임오눈에212) 절로난다

꽃유리잔 깬 며느리 노래

자료코드 : 04_04_FOS_20110125_PKS_YCS_0003

조사장소 : 경상남도 남해군 설천면 문의리 왕지마을 양찬선 씨 댁

조사일시 : 2011.1.25

조 사 자 : 박경수, 류경자, 정혜란, 강아영

제 보 자 : 양찬선, 여, 83세

구연상황 : 조사자가 시집살이 노래를 하나 불러 달라고 했더니 이 노래를 불렀다. 노래
를 부르고 난 뒤 제보자가 설명을 덧붙였다. 며느리가 시집온 지 사흘 만에
꽃유리잔을 깼더니 시아버지가 버릇없다고 며느리를 죽이려고 했다는 것이다.
그러자 남편이 이 노래를 불렀다고 한다.

　　　시접오던213) 사흘만에 씨아바니 감사나고

　　　서방님은 병사나고214) 해명석을215) 딜이펴여

　　　감사앞에 술붓다가 병사한테 눈주다가

　　　깨들쳤네216) 깨들쳤네 유리잔을 깨들쳤네

　　　꽃놓고 유리잔은 돈을주몬 사느마는

---

212) 임의 눈에.

213) 시집오던.

214) '병사나고'는 병이 났다는 말이라고 한다.

215) '해명석'은 곱게 엮은 돗자리라고 한다.

216) 깨뜨렸네.

이십안짝217) 봉숭아는218) 오늘보몬 언제볼꼬

여탄(女歎) 노래

자료코드 : 04_04_FOS_20110125_PKS_YCS_0004
조사장소 : 경상남도 남해군 설천면 문의리 왕지마을 양찬선 씨 댁
조사일시 : 2011.1.25
조 사 자 : 박경수, 류경자, 정혜란, 강아영
제 보 자 : 양찬선, 여, 83세
구연상황 : '꽃유리잔 깬 며느리 노래'에 대한 제보자의 설명을 듣고 조사자가 옛날에는 여자들이 참 힘들었겠다고 했다. 그랬더니 청중들이 옛날에는 며느리가 사람 취급이나 받았냐고 하면서 응수를 했다. 조사자가 또 다른 노래는 없냐고 묻자 제보자가 잠시 생각하더니 이 노래를 불러 주었다. 모 심을 때도 많이 불렀다고 한다.

울오랍시219) 남잔골로220) 논도차지 밭도차지
대궐겉은 집도차지 천금겉은 부모도차지
요내나는 딸인골로 싫은듯이 넘을주데221)

시집살이 노래 / 사촌형 노래

자료코드 : 04_04_FOS_20110125_PKS_YCS_0005
조사장소 : 경상남도 남해군 설천면 문의리 왕지마을 양찬선 씨 댁
조사일시 : 2011.1.25
조 사 자 : 박경수, 류경자, 정혜란, 강아영

---

217) 스무 살 안쪽.
218) '봉숭아'는 아내를 일컫는 말이라고 한다.
219) 우리 오빠.
220) 남자인 까닭에.
221) 남을 주더라.

제 보 자 : 양찬선, 여, 83세
구연상황 : 조사자가 '성아성아 사촌성아' 노래도 아느냐고 묻자 고개를 끄덕이면서 웃더
니 이 노래를 불렀다. 시집살이 노래 '성아성아 사촌성아'와는 전혀 다른 노
래였다.

생이생이222) 사촌생이223) 내왔다고 개님말게224)
성솥에라225) 꾸중물은226) 성쇠묵제227) 내쇠묵나
성솥에라 누룽지는 성개묵제 내개묵나

갈파래 노래

자료코드 : 04_04_FOS_20110125_PKS_YCS_0006
조사장소 : 경상남도 남해군 설천면 문의리 왕지마을 양찬선 씨 댁
조사일시 : 2011.1.25
조 사 자 : 박경수, 류경자, 정혜란, 강아영
제 보 자 : 양찬선, 여, 83세
구연상황 : 앞서 김인순 제보자가 '갈파래 노래'를 불렀다. 같이 제창을 하던 중에 제보
자가 김인순 제보자와는 다른 사설을 불렀다. 그래서 다시 한 번 불러 보라고
요청해서 부른 것이다.

강진바닥 갈포래는 씨어마니 닮았는가
날만보면 펄펄하네

울타리밑에 국화꽃은 우러님을 닮았는가
날만보면은 씽긋쌩긋

---

222) 언니 언니. 남해지역의 할머니들은 일반적으로 '언니'를 '생이'라고 부른다고 한다.
223) 사촌언니.
224) 괘념 말게.
225) 형의 솥에 있는.
226) 구정물은.
227) 형의 소가 먹지.

모심기 노래 / 긴 소리

자료코드 : 04_04_FOS_20110125_PKS_YCS_0007
조사장소 : 경상남도 남해군 설천면 문의리 왕지마을 양찬선 씨 댁
조사일시 : 2011.1.25
조 사 자 : 박경수, 류경자, 정혜란, 강아영
제 보 자 : 양찬선, 여, 83세
구연상황 : 조사자가 제보자에게 모심기를 하면서 혹시 긴 소리를 해 본 적이 있냐고 물었다. 그랬더니 해 본 적이 있노라고 했다. 그래서 옛날에 했던 긴 소리로 한 번 뽑아 달라고 부탁을 했더니 이 노래를 불렀다.

이~논-에~라- 모~를~숭~거-
금~실-금~실- 영~화~로~세-

엄마친정 노래

자료코드 : 04_04_FOS_20110125_PKS_YCS_0008
조사장소 : 경상남도 남해군 설천면 문의리 왕지마을 양찬선 씨 댁
조사일시 : 2011.1.25
조 사 자 : 박경수, 류경자, 정혜란, 강아영
제 보 자 : 양찬선, 여, 83세
구연상황 : 조사자가 생각나는 대로 아무 거나 불러보라고 했더니, 제보자가 이어서 이 노래를 불러 주었다. 노래가 끝난 뒤 조사자가 무슨 뜻이냐고 물었다. 그랬더니 웃으면서 친정에 갈 때는 좋아서 오동통통 뛰어서 가고, 시집으로 돌아올 때는 오기 싫어서 터덜터덜 걸어온다고 했다. 옛날에 모시 삼고 삼 삼고 하면서 많이 불렀다고 한다.

엄마친정 갈땍에는
오동나무 껑거들고 오동통통 내갔더만
우리씨개[媤家] 올짝에는
타래나무 껑거들고 타래타래 내가왔네

임 노래

자료코드 : 04_04_FOS_20110125_PKS_YCS_0009
조사장소 : 경상남도 남해군 설천면 문의리 왕지마을 양찬선 씨 댁
조사일시 : 2011.1.25
조 사 자 : 박경수, 류경자, 정혜란, 강아영
제 보 자 : 양찬선, 여, 83세
구연상황 : 제보자가 엄마친정 노래에 이어서 불러 주었다. 노래가 끝난 뒤 옛날에는 여
자들의 법도가 참 엄했노라고 하면서 요즘은 세상이 참 좋아졌다는 말을 덧
붙였다.

임아임아 서방님아 밥상받고 호령마소
실낱겉은 법아니면 마주앉아 호령허제

남탄(男歎) 노래

자료코드 : 04_04_FOS_20110125_PKS_YCS_0010
조사장소 : 경상남도 남해군 설천면 문의리 왕지마을 양찬선 씨 댁
조사일시 : 2011.1.25
조 사 자 : 박경수, 류경자, 정혜란, 강아영
제 보 자 : 양찬선, 여, 83세
구연상황 : '임아임아 서방님아' 노래를 부르고 나더니 비슷한 노래가 생각난 듯 연결해
서 불러 주었다. 노래가 끝나자 청중들이 마느래(마누라)가 없으면 그럴 수밖
에 없노라고 입을 모았다.

배가고파 받은밥상 니도많고[228] 돌도많네
니많고 돌많은것은 임이없는 탓이로다

---

228) 벼도 많고 '니'는 벼의 옛말이다. 즉 껍질이 벗겨지지 않은 벼를 말한다.

꿩 노래

자료코드 : 04_04_FOS_20110125_PKS_YCS_0011
조사장소 : 경상남도 남해군 설천면 문의리 왕지마을 양찬선 씨 댁
조사일시 : 2011.1.25
조 사 자 : 박경수, 류경자, 정혜란, 강아영
제 보 자 : 양찬선, 여, 83세
구연상황 : 조사자가 재미있고 웃기는 노래는 없느냐고 물었다. 그랬더니 제보자가 씽긋
이 웃더니 이 노래를 불렀다. 듣고 있던 청중이 기겁을 하며 그런 노래를 부
른다고 뭐라 했다. 그래도 제보자가 개의치 않고 끝까지 불러 주었다. 오히려
청중들이 조사자들을 보며 눈치를 살폈다. 그러자 제보자가 얄궂은 노래면 녹
음에서 빼라고 했다. 그래서 조사자가 재미있고 들어보기도 힘든 좋은 노래라
고 하면서 어디 가서 이런 노래를 들어보겠느냐고 했다. 그랬더니 제보자가
옛날에는 별별 노래도 다 있었다고 했다.

껄껄 장서방[229]

자네좆이 몇발인고

옹그라지면[230] 홍들깨[231]

뻗어라지몬 간짓대[232]

잠자리 잡는 노래

자료코드 : 04_04_FOS_20110125_PKS_YCS_0012
조사장소 : 경상남도 남해군 설천면 문의리 왕지마을 양찬선 씨 댁
조사일시 : 2011.1.25
조 사 자 : 박경수, 류경자, 정혜란, 강아영

---

229) '껄껄'은 꿩의 울음을 흉내 낸 의성어(擬聲語)이고, 장서방은 '장끼'를 말한다.
230) 오그라들면.
231) 홍두깨.
232) '간짓대'는 주로 빨래를 널어 말릴 때 사용하는 긴 대나무 장대를 일컫는 남해지역
말이다. '간지작대기'라고도 한다.

제 보 자 : 양찬선, 여, 83세

구연상황 : 조사자가 어릴 때 잠자리 잡으면서 부르던 노래를 불러 달라고 요청하자 제
보자가 이 노래를 불렀다.

꽁꽁 남자라[233]

앉은자리 앉아라

먼디가면[234] 뺨맞는다

이갈이 노래

자료코드 : 04_04_FOS_20110125_PKS_YCS_0013

조사장소 : 경상남도 남해군 설천면 문의리 왕지마을 양찬선 씨 댁

조사일시 : 2011.1.25

조 사 자 : 박경수, 류경자, 정혜란, 강아영

제 보 자 : 양찬선, 여, 83세

구연상황 : 조사자가 이를 뺐을 때 부르던 노래를 해 달라고 요청하자 이렇게 불렀다.

까안치야[235] 까안치야

내이 가가고

헌니 가가고

새이 주라

열녀 노래

자료코드 : 04_04_FOS_20110125_PKS_YCS_0014

조사장소 : 경상남도 남해군 설천면 문의리 왕지마을 양찬선 씨 댁

---

233) 잠자리야. '남자리'는 잠자리의 남해지역말이다.
234) 먼 곳에 가면.
235) 까치야. 남해지역의 할머니들은 '까치'를 '까안치'라고 발음한다.

조사일시 : 2011.1.25

조 사 자 : 박경수, 류경자, 정혜란, 강아영

제 보 자 : 양찬선, 여, 83세

구연상황 : 다른 제보자들이 유희요를 신나게 부르자 제보자도 하나 불러 보겠다고 하면서 이 노래를 불렀다.

네가죽고 내가살아 열녀가 되느냐

한강수 깊은물에 (좋다!) 내빠져 죽제요

이야기 서두 소리

자료코드 : 04_04_FOS_20110125_PKS_YCS_0015

조사장소 : 경상남도 남해군 설천면 문의리 왕지마을 양찬선 씨 댁

조사일시 : 2011.1.25

조 사 자 : 박경수, 류경자, 정혜란, 강아영

제 보 자 : 양찬선, 여, 83세

구연상황 : 조사자가 손자들이 이야기를 해 달라고 조를 때 하던 소리를 해 달라고 했더니, 제보자가 바로 이렇게 불러 주었다.

이약디약236) 뿐디약

정기문이237) 탈거닥

마당에닭이238) 꼬꼬댁

영감아 탱감아 죽지 마라

자료코드 : 04_04_FOS_20110124_PKS_LOJ_0001

---

236) 이야기 디야기. '디야기'는 이야기와 대구를 맞추기 위해 붙인 말이다.

237) 부엌문이.

238) 마당의 닭이.

조사장소 : 경상남도 남해군 설천면 비란리 정태마을 정태노인복지관
조사일시 : 2011.1.24
조 사 자 : 박경수, 류경자, 정혜란, 강아영
제 보 자 : 이옥지, 여, 81세
구연상황 : 조사가 마무리 되어가고 있을 무렵, 조사자가 제보자에게 다가가 노래를 한
곡 해 보지 않겠느냐고 요청을 했다. 그러자 제보자가 마지못해 웃으면서 이
노래를 불러 주었다. 일하거나 놀면서 흥이 나면 장난삼아 부르던 노래라고
한다.

영감아 탱감아 죽지를 마라
봄보리 개떡에 꿀볼라 주께
개떡을 쪘으면 잭기나239) 찌나
서말드는 대시리다가240) 세시리로 쪘다

남해 금산 뜬 구름아

자료코드 : 04_04_FOS_20110124_PKS_LWS_0001
조사장소 : 경상남도 남해군 설천면 비란리 정태마을 정태노인복지관
조사일시 : 2011.1.24
조 사 자 : 박경수, 류경자, 정혜란, 강아영
제 보 자 : 이우순, 여, 79세
구연상황 : 조사자가 금산 노래를 알면 불러 달라고 하자 제보자가 불러 보겠다고 하면
서 이 노래를 불렀다. 모심을 때도 부르고 삼 삼고 모시 삼을 때도 부르고 많
이 불렀다고 한다.

금산우에 뜬구름아 비실었나 눈실었나
비도눈도 아니신고 노래명창 내실었네

---

239) 적게나.
240) 큰 시루에다가.

모찌기 노래 / 설천 모너리 조내기배

자료코드 : 04_04_FOS_20110124_PKS_LWS_0002
조사장소 : 경상남도 남해군 설천면 비란리 정태마을 정태노인복지관
조사일시 : 2011.1.24
조 사 자 : 박경수, 류경자, 정혜란, 강아영
제 보 자 : 이우순, 여, 79세
구연상황 : 제보자가 부를 노래가 없다고 했다. 그래서 조사자가 '설천모너리 조내기배'
라도 불러 달라고 하자 이 노래를 불렀다. 모 찔 때 많이 부르는데, 모 심을
때도 불렀다고 한다.

설천모너리241) 조내깃밴가242)

조름조름 잘조린다.

숨이 가빠서 안 나올라 쿤다.

각시 노래

자료코드 : 04_04_FOS_20110124_PKS_LWS_0003
조사장소 : 경상남도 남해군 설천면 비란리 정태마을 정태노인복지관
조사일시 : 2011.1.24
조 사 자 : 박경수, 류경자, 정혜란, 강아영
제 보 자 : 이우순, 여, 79세
구연상황 : 제보자가 노래 부르기를 힘들어하면서 뒤로 물러났다. 그러자 청중들이 좀 더
불러 주라고 권했다. 제보자가 하나만 더 불러 보겠다고 하면서 이 노래를 불
렀다. 청중들이 물레질 하면서 부르는 노래라고 했다.

각시야 자자 오감사야243) 자자

밤중 새별이244) 산넘어 간다

---
241) '모너리'는 '설천면 모천리'의 옛 지명이다.
242) '조내기배'는 바다에 그물을 던져 끌어당겨서 고기를 잡는 배라고 한다.
243) '오감사'는 '각시'라고 한다.

임 그리는 노래

자료코드 : 04_04_FOS_20110124_PKS_JKR_0001
조사장소 : 경상남도 남해군 설천면 비란리 정태마을 정태노인복지관
조사일시 : 2011.1.24
조 사 자 : 박경수, 류경자, 정혜란, 강아영
제 보 자 : 정금례, 여, 77세
구연상황 : 다른 제보자들의 노래를 듣고 있던 이 제보자가 자신도 아는 노래가 있다고
하면서 불러 보겠노라고 했다. 그래서 마이크를 꽂았더니 이 노래를 불러 주
었다.

　　　배띄워라 배띄워라 만경창파에 배띄워라
　　　인제가면 언제나와요 올란날이나245) 정코가소246)
　　　모란병이247) 변하여서 대동강수가 될지언정
　　　너와나와 두사람이 변치말자고 굳은언약
　　　헤어진단말 왠말인고
　　　새벽바람 찬바람에 울고가는 저기럭아
　　　전해주오 전해주오 우러님전에다 북방소식

---

244) 샛별이.
245) 오려는 날이나.
246) 정하고 가소.
247) 모란봉이.

삼팔선 노래 (1)

자료코드 : 04_04_MFS_20110125_PKS_KMJ_0001
조사장소 : 경상남도 남해군 설천면 문의리 왕지마을 양찬선 씨 댁
조사일시 : 2011.1.25
조 사 자 : 박경수, 류경자, 정혜란, 강아영
제 보 자 : 김막점, 여, 75세
구연상황 : 제보자가 "우리 오랍시가 독신(獨身)에, 전에 군에 가서 죽었거덩." 하고는 바로 이 노래를 불렀다. 그런데 노래 마지막에 가서는 울먹이면서 끝까지 부르지를 못했다. 조사자가 왜 그러냐고 묻자, 딸만 딸만 낳다가 외동아들로 낳은 오빠가 군에 가서 죽고 난 뒤 홀로 사는 엄마를 생각하고 제보자가 지어서 부른 노래라고 했다. 그러면서 "문디 겉은 김일성이, 삼팔선 저것 때미 우리 오빠가 안 죽었는가?"라고 하면서 설명을 했다. 그러자 청중들이 "영감 생각이 나서 울고, 엄마 생각이 나서 울고……." 하면서 애석해했다.

삼팔선아 문열어라 칠대독신 날들어간다[248]
김일성아 손들어라 칠대독자 날들어간다
홀로사는 울어매는 어느누가 거천허리[249]

삼팔선 노래 (2)

자료코드 : 04_04_MFS_20110125_PKS_KMJ_0002
조사장소 : 경상남도 남해군 설천면 문의리 왕지마을 양찬선 씨 댁
조사일시 : 2011.1.25
조 사 자 : 박경수, 류경자, 정혜란, 강아영

---

248) 내가 들어간다.
249) 봉양하리.

제 보 자 : 김막점, 여, 75세

구연상황 : 제보자가 앞의 삼팔선 노래를 설명하고 난 다음 이어서 이 노래를 불렀다. 노래를 부르고 나더니 이 노래가 참 한심한 노래라는 말을 덧붙였다. 그래서 왜 그러냐고 했더니 오빠가 군에 가서 죽은 후 가족들이 둘러앉아 모시를 삼다가 느닷없이 올케가 이 노래를 불렀다고 한다. 그래서 어머니를 비롯한 형제들 모두가 모시를 삼다가 그 자리에서 같이 울었다고 한다.

임을한탄해 죽은사람 삼팔선에복판에 묻어주소

금전한탄해 죽은사람 은항수복판에250) 묻어주소

얼씨구~나 타는간장 넘모리게251) 속만타요

삼팔선 노래

자료코드 : 04_04_MFS_20110124_PKS_KOI_0001

조사장소 : 경상남도 남해군 설천면 진목리 진목마을 (구)진목아랫마을회관

조사일시 : 2011.1.24

조 사 자 : 박경수, 류경자, 정혜란, 강아영

제 보 자 : 김옥이, 여, 75세

구연상황 : 제보자가 앞서 뱃놀이 노래를 재미있게 불러 주었다. 조사자가 참 재미있다고 하면서 생각나는 대로 더 불러 달라고 했다. 제보자가 고개를 끄덕이면서 알았다고 하더니 이 노래를 불러 주었다. 모심고 삼 삼고 모시 삼을 때 많이 불렀다고 한다.

원수너러 삼팔선세글자 어느누구가 지었는고

깊은산중 까마귀야 시체보고 울지마라

몸은비록 죽었일망정 대한민국은 남아있네

---

250) 은행 복판에.

251) 남모르게.

해방가

자료코드 : 04_04_MFS_20110124_PKS_KOI_0002
조사장소 : 경상남도 남해군 설천면 진목리 진목마을 (구)진목아랫마을회관
조사일시 : 2011.1.24
조 사 자 : 박경수, 류경자, 정혜란, 강아영
제 보 자 : 김옥이, 여, 75세
구연상황 : 노래를 잠시 쉬면서 이런저런 이야기를 나누던 중 제보자가 해방 노래를 해 준다고 하면서 이 노래를 불렀다.

삼십육년간 제국도에 삼천만동포를 울리내고
사오육년간 삼천만동포 해방이되어서 춤을친다
둥둥치는 북소리는 태평양바닥을 울리내고
임이부는 피리소리는 자다가들어도 난감터라

각설이타령

자료코드 : 04_04_MFS_20110124_PKS_KOI_0003
조사장소 : 경상남도 남해군 설천면 진목리 진목마을 (구)진목아랫마을회관
조사일시 : 2011.1.24
조 사 자 : 박경수, 류경자, 정혜란, 강아영
제 보 자 : 김옥이, 여, 75세
구연상황 : 해방 노래가 끝난 뒤 조사자가 장타령 같은 것은 혹시 모르느냐고 묻자, 제보 자가 각설이타령을 불러 주겠다고 하면서 이 노래를 불렀다.

일자한장을 들고나봐라
일선에가신 우리낭군 죽어오기는 만무허고
살아오기를 기다린다
이자한장을 들고봐라
이북통일이 되고야보면 부모형제를 만나보리

삼자한장 들고나봐라
삼천리강산이 돌아온다
사자한장 들고봐라
사오육년간

모리겠다야. 그걸 제다 잊어빘다 그만.

오자한장 들고봐라
오동추야 달이밝아 임의생각이 절로난다
육자한장 들고봐
육이오사변에 남편을잃고 과부살이로 들어간다
칠자한장 들고봐
칠성님께 기도드리 간신히 놓은자식 곰보딱개로 들어간다
팔자한장을 들고봐
팔자궂인 철모로씨고[252] 삼팔선으로 들어간다
구자한장 들고봐
군대생활 구년만에 목더리신세가[253] 웬말이고
십자한장을 들고봐
십년

또 잊어빈다. 자꾸 잊어비 산다. 잊어비 사 안 되겠네. 아이갸 아이갸 안
되겠다. 노래가……

---

252) 철모를 쓰고.
253) 목다리 신세가. '목다리'는 협장(脇杖)으로, 다리가 불편한 사람이 겨드랑이에 대는
지팡이를 말한다.

삼팔선 노래

자료코드 : 04_04_MFS_20110125_PKS_KIS_0001
조사장소 : 경상남도 남해군 설천면 문의리 왕지마을 양찬선 씨 댁
조사일시 : 2011.1.25
조 사 자 : 박경수, 류경자, 정혜란, 강아영
제 보 자 : 김인순, 여, 81세
구연상황 : 다른 제보자가 삼팔선 노래를 부르자 생각난 듯 자신도 아는 노래가 있다고
하면서 불러 주었다. 옛날에는 이 노래를 많이 불렀다고 했다. 모심기할 때도
부르고, 삼 삼고 모시 삼을 때도 많이 불렀다고 한다.

언신녀러254) 삼팔선세글자 어느누가 지었는가
깊은산중 까마귀야 시체보고 울지마라
몸은비록 죽었일망정 대한민국은 남아있다

남편 죽고 부른 노래

자료코드 : 04_04_MFS_20110124_PKS_RSA_0001
조사장소 : 경상남도 남해군 설천면 비란리 정태마을 정태노인복지관
조사일시 : 2011.1.24
조 사 자 : 박경수, 류경자, 정혜란, 강아영
제 보 자 : 류산아, 여, 83세
구연상황 : 제보자가 남편이 죽고 난 뒤 직접 지어서 부른 노래가 있다고 했다. 조사자가
한번 불러 보라고 했더니, 제보자가 말로 가사를 읊조리기 시작했다. 그래서
가락을 뽑아 노래로 불러 달라고 했더니 불러 주었다. 노래를 부르는 중간에
약간 울먹였다. 청중 중 한 사람이 일부분을 따라 부르기도 했다. 남편이 죽
고 난 뒤 혼자 있을 때면 남편을 생각하면서 불렀노라고 했다.

영감아 탱감아 부산을 가서
점심 묵고 두시간이니 다섯시된께

---

254) 원수 같은.

운명했다고 전화가온다
가기는 가소마는
숨이 가파서 어찌나 갔소
목이 몰라서[255) 어찌나 갔소
다리가 아푸몬 어찌나 가며
목모리고 가거들랑 물마시고 가고
가기는 가소만은
날데리러 오는날짜나 갤차주고[256) 가소

255) 말라서.
256) 가르쳐주고.

■엮은이 소개

박경수 부산대 대학원 문학박사. 현 부산외대 한국어문화학부 교수. 주요 저서로 『한국 근대 민요시 연구』, 『한국 민요의 유형과 성격』, 『현대시의 정체성 탐구』, 『아 동문학의 도전과 지역 맥락』, 『현대시의 고전텍스트 수용과 변용』 등이 있다.

정규식 동아대 대학원 문학박사. 현 동아대 융합교양대학 조교수. 주요 저서로 『즐거운 고전 삶으로서의 고전』, 『한국 고전문학 연구의 지평과 과제』, 『고소설의 주인 공론』 등이 있다.

류경자 부산대 대학원 문학박사. 현 부산대 강사. 주요 저서로 『남해군 전승민요의 현 장론적 연구』, 『현장에서 조사한 구비전승 민요-남해군편』, 『한국구전설화집-남해군 전설편』, 『한국구전설화집-남해군 민담1~2』 등이 있다.

서정매 부산대 대학원 한국음악학박사. 현 동국대, 부산대 강사. 주요 논저로 『한국 농 악의 지역성과 세계성』, 「밀양아리랑의 전승과 변용에 관한 연구」, 「범패 짓소 리에 관한 연구」 등이 있다.

정혜란 부산외대 대학원 외국어로서의 한국어교육학과 박사과정 수료. 현 울산대, 부산 외대 강사. 논저로 「전래동요를 활용한 한국 언어·문화 교육 방안 연구」, 『외 국인을 위한 한국문학의 이해』(공저)가 있다.

증편 한국구비문학대계 8-23
경상남도 남해군 ①

초판 인쇄 2016년 12월 21일
초판 발행 2016년 12월 28일

엮 은 이 박경수 정규식 류경자 서정매 정혜란
엮 은 곳 한국학중앙연구원 어문생활사연구소
출판기획 유진아

펴 낸 이 이대현
펴 낸 곳 도서출판 역락
편   집 권분옥
디 자 인 이홍주

주   소 서울시 서초구 동광로46길 6-6(반포4동 577-25) 문창빌딩 2층
등   록 1999년 4월 19일 제303-2002-000014호
전   화 02-3409-2058, 2060
팩   스 02-3409-2059
이 메 일 youkrack@hanmail.net

값 50,000원

ISBN 979-11-5686-710-4 94810
      978-89-5556-084-8(세트)